U0130889

何婧

2022
7.27

誰在銀閃閃的地方，等你

老年書寫與凋零幻想

目錄

老人共和國

病，最後一項修煉

誰在銀閃閃的地方，等你

新版序之一

當我們變成橘子

——寫給初老時期

1 捶心肝之前

您有空嗎？我們來說故事。

說故事之前，暖個身，先回顧。

感覺只是一瞬間，距離二〇一三年《誰在銀閃閃的地方，等你》出版竟已九年。過日子怎麼像買一支霜淇淋，還沒吃，被豔陽像幾條惡犬伸出舌頭舔光，連酥餅殼子也嚼了，手上涎著奶漬及餅屑，舔著，味道怪怪地，不知是霜淇淋原來的口味還是自己這隻髒手本就五味雜陳。

寫這書時，我剛跨過五十門檻，一生大架構底定，人生中無所逃頓的困境與險濤已經歷數波以上，風霜勳章別在裡衣，披上外套一身亮麗。在多軌公轉與創作自轉之間思索生死課題常有詭異之感，像被裂解後又迅速復元為一；盜火的普羅米修斯所受懲罰便是鎖在高加索懸崖上，每日被惡鷹啄光肝臟又還他一個新肝，周而復始，即使後來獲救，身上仍須繫著鐵鍊、鍊上拖一塊高加索石頭以顧全天神宙斯的顏面（神比人更愛面子），這種不自由的自由與我當時的處境相符。不知普羅米修斯後來是否找工匠將鐵鍊雕成藝術品、石塊磨成寶石墜飾用時尚感幫自己復一點仇，我在多軌公轉中快被五馬分屍時確實靠創作自轉擋了下來，終於完成書稿，全身像脫了一層皮。但復仇的快感還沒好好品嘗，為這書開新書發表會的照片登上了報紙，南方澳漁港邊的阿舅看到，驚呼：「怎麼變得這麼老！」他以為我還是那個綁兩條辮子、把門檻當作跨欄跳的小學生永遠不被時間找到。是的，老了，眼睜睜地在親人與朋友的眼皮底下現出一張祖母級的素顏。我不掙扎，直接去老齡櫃檯報到。雖然心不甘情不願，但是，老要老得理直氣壯，跟宙斯一樣，我也有我的尊嚴。

九年後的今天，六十門檻跨過了，沒有最老只有更老。這意味著，想說的話更多。原來，我們年輕時嫌年長者的那些細項，一項不少全回報在自己身上。以前嫌老人膽小，嫌老人話多，嫌老人想不開，嫌老人落伍，嫌老人怕死，現在，無須攬鏡自己心裡有數好不到哪裡去。

所以，以下要說的故事就是關於「好不到哪裡去」的那些事現在進行到哪兒了？一起面對吧。有空的話，做做練習題，對身體健康無益，對捶心肝怨嘆「時不我予」有點小幫助。您會捶得更大力，直到不怨嘆。

2 幾個壞透了的數據

首先，先做個測驗，測您的意識年齡。

請在腦海裡想像幾個畫面：一，一朵含苞凝露的紅玫瑰；二，一條粗重紅線；三，鮮花式場上一張藝術人像照；四，嬰兒海報。

您選哪個？

趁您思考的時候，我趕緊寫幾個字。

像含苞紅玫瑰輕易地在春暖時節開放，被少子化纏繞的台灣，輕易地在二〇二〇年跨過「生不如死」那條紅線。

換言之，每年把照片掛在告別式上的人多過滿月宴嬰兒。

簡言之，啼哭的日子多過笑聲。

這世界霸凌我們的力道毫不手軟，極端氣候、新冠疫情、中美貿易戰、地緣政治結幫拉派、俄烏戰火、通膨壓力、能源戰爭……電影裡類型大片紛紛以實境秀、真人演出方式撲向我們，活著跟煎熬漸漸同義。遠的不談，鎖上門，管好我們自己這個小海島打造一個世外桃源看來也做不到；少子化已成氣候，二〇二一年新生兒十五多萬名，據估算，到二〇三〇年將僅剩十二萬，既然成了氣候雪上必定加霜，二〇三八年剩九萬，二〇六二年恐跌破六萬……

暫停。查了一下，二〇〇〇年新生兒有三十萬人，推估三十年後，這批嬰兒只產出十二萬人。這種產能太讓人生氣了，他們就是我們寵出來的敗家子啊！也就是說，我們這一批嬰兒潮末段班的人，大都沒機會做曾祖可能連祖輩都沒指望，我們抬頭有三代以上，低頭只剩一代或只看到自己的腳指頭。

有降就有升，蒸蒸日上的是毛小孩數目，在二〇二〇年與十五歲以下孩童數目形成黃金交叉：全台灣犬貓數目大於十五歲以下孩童數目。二〇二一年，兩百九十五萬vs.兩百八十三萬，前者四腳有毛，後者兩腳沒毛。一座島狗吠狺狺，掩過嬰啼。修正，「低頭只剩一代或只看到自己的腳指頭」加上一句：看到貓孫女、狗孫子。

大勢已定，小的出不來，老的一直來。我構思這本書的那幾年，台灣老化速度還不算嚴重，但我已察覺不妙，書一出，好像給這社會添柴火一般，高齡化速度加快，專家給出時限：二〇二五年台灣老人人口將超過二十％，成為超高齡社會——台北市、嘉義縣走在前面，早已榮登「超高齡縣市」金榜。照這態勢往下想，兩岸還能怎麼談，全島皆老人，誰愛誰來養吧！（說個題外話，我問家中「那個老人」，若兩岸開打兵源不足徵召七十歲以下後備軍人上戰場你會去嗎？他答：「可以啊，派一個醫生一個護理師跟著我。」）

二〇二五年您幾歲？我六十四。嬰兒照片或海報跟我們無關了，含苞紅玫瑰般的青春已成有煙燻味的記憶——承受過多如煙感嘆的緣故——愛過或厭過的人有的已離席（不免疑惑當年怎會愛上這個人或其實那人沒那麼討厭），記得你年輕貌美、帥氣模樣的朋友只剩幾個，即使還在，可能陷入失智荊棘叢連自己都找不著。跨過六十五這條粗紅線，線頭自動繞圈纏住你的腳，拖著你往香水豔百合與菊花裝飾的式場去。你這輩子從未一次收到那麼多花，終於在花團錦簇中看到自己那張笑得很呆的死相。

回到測驗，選好了嗎？

其實，不管選哪一個，沒差。

想像一下，我們已經踏入電梯了，語音響起：「電梯門要關了。」又用台語、英文說一遍。

「然後呢？」您問。

二樓膝關節髖關節磨損不良於行、三樓牙齒掉光喝亞培鐵罐、四樓眼瞎耳聾、五樓慢性病折磨、六樓癌變、七樓中風癱瘓、八樓失智、九樓帕金森症、十樓天堂入口。

「什麼然後？按您要去的樓層啊？」我只能這麼答。

練習題1：您要到幾樓？

練習題2：如果不想去，您願意改變現在的生活習慣，譬如戒菸戒酒戒紅肉戒糕點、開始慢跑上健身房嗎？

3 當我們變成橘子

其實，天色還不算太晚，有人倡議第二個青春期，指的就是橘色世代——國際間稱五十到六十四歲健康初老時期的人為橘色世代。橘色是豐收的顏色，飽滿燦亮。

蘇東坡是先知，比他們早提出，〈贈劉景文〉詩：「荷盡已無擎雨蓋，菊殘猶有傲霜枝；一年好景君須記，最是橙黃橘綠時。」

春夏間豔美的荷花已凋謝，連可以承接雨水的盤葉都枯盡。秋季菊花盛放，花殘瓣落之後，莖枝還孤傲地站立風霜中。人生到此，春夏秋皆隨風而逝，一年中最好的季節，請您記住，正是橙橘由綠轉黃的初冬時節啊。

這詩寫的是人生四季，自青春至秋霜，荷葉枯盡、菊枝卻能傲霜而立，意味著年華雖逝，也有值得驕傲的東西留下。一生耕耘換得果實漸漸成熟，責任已了，正是可以放懷享受人生的時候。

重點在，責任是否已了。

人生到了初冬，昔日敏感的少女纖毛都硬成鋼刷，專治爐台鍋底，帶露玫瑰上的小刺也實用地變成可以挑蝦腸的牙籤了。有時覺得人生就是一場大敗壞的過程，有時又自我安慰，雖然小鼻子小眼睛地活著，也不全然是浪費糧食對不起地球。

我們這一輩到了橘色時期，能放手開懷追逐自己未竟的理想生活者恐是少數，大部分人被捆手綁腳：一是尚在職場拚搏；二是晚婚晚育以致子女仍在燒錢；三是父母公婆踏進銀灰色階段，需侍老陪病；四是身體走樣、零件待修，從橘色直接化成灰燼的時有所聞。以上四擔，夫妻同心協力共挑還嫌重，若僅靠一人背負，好好一個橘子半邊長青黴的景象見多了。

回顧自己尚在其中的橘色時期，家是主擔，侍老陪病不知不覺花去十多年。這其中，還能靠自我紀律完成幾本不臉紅的作品，感戴蒼天厚愛。這年紀看薛西佛斯的神話別有體會，滾石上山、石落山底，日復日重來，是懲罰還是淬鍊皆在一念之間。畢竟，我們要完成的是自己在意的人生，不是他人眼中拿來秤斤兩的那種。人生，精采的東西很少，漫長且龐雜的勞務都是給摯愛的人造橋鋪路而已。

橘色階段是個給與的時期，四周都是向你伸手的人，要呵護的、要決定的、要支持的、要照顧的、要錢的，沒有人注意橘色人也在經歷身心煎熬的難關。是以，逆風而行的橘色路上，有時也要暫放擔子，造一個半夢半醒的心境，恢復蹦跳孩童、燦笑少年、偉碩壯歲的自己，用皺紋換幾兩自在，以白髮釣幾條快樂，自我犒賞。把橘色世代當作第二次青春期，吱吱喳喳地，交可以共遊的新同伴、約時常同樂的老朋友，保持人際活絡。重拾或開發足以自處的興趣，累積將來獨居的心理資本。由此視之，蘇東坡稱之為一年好景乃智者言，給老蘇按一百個讚。

按讚之後，冒出一個橘色腦袋才會問的問題：「蘇大師，請問您五十歲以後還敢吃東坡肉嗎？」

不知道大師會怎麼回答？他死於六十六歲，橘世代結束。

心情忽然消沉，想起血壓計、驗血報告上的數據，一個人的「內在」都在那張惹人厭的單子上。想起幾個跨不過六十歲門檻的朋友，民俗傳說人到五十至六十階段非常危險。想起幾個跨不過七十歲門檻的人，亦有傳說人到六十至七十階段更加危險。想起這些廢話，內心深處有個嬌滴滴的聲音出現：「我不要做橘子。」

接著，已在老齡櫃檯完成報到手續的那個「祖母綠」（蘋果臉早已變成芭樂臉），領了一本「老運光明參考書」附帶一張「投胎意向調查表」，坐在窗邊喝咖啡，眼神呆滯，看著外頭嬉鬧的年輕人，似乎一點都不在意沒有她的參與這世界會敗壞得更快（真的嗎？），清了清喉嚨（需不需要做個快篩？），聲音沙啞有點賭氣：「橘子就橘子，不然能怎樣？嫌礙眼不會把皮剝掉。」

「真的呀，剝掉以後變成什麼？」嬌滴滴的聲音問。

「還是橘子。」

練習題1：您能想出變老的五個好處與五個壞處嗎？

練習題2：柑橘種類繁多，砂糖橘、帝王柑、柳丁、血橙、椪柑、桶柑、茂谷柑、肚臍柑，從最甜的、最大的到最漂亮的、最貴的、最營養的……如果橘世代也有分類，您覺得自己是哪一款橘？

新版序之二

你也有「銀閃閃」這一天

有兩派說法：一說老是漸進的，一說老是突發的。依我看，老是漸進的，只不過突然被自己發現。

1 青天霹靂：有人讓座給你

關於博愛座，這是檢驗社會文明程度的秤盤，端看放上去的是什麼臀即可評鑑。但有時候被認為「該坐博愛座的人」，其心裡狀態並不單純。

真實案例：公車靠邊，三位長者上車，其中一對夫妻，另一位稍年輕的是老太太的弟弟，三人都八十多歲了。一上車，頗擠，原本坐在博愛座的年輕人起身讓座，老太太招呼老先生坐，眾人目光集合如一束鎂光燈打在老先生身上，老先生站著不動要妻子坐，眾人目光移至老太太身上，老太太身子不動嘴巴動，喊她弟弟：你腿不好你坐。眾人目光移到弟弟身上，弟弟站著不動用手撥了老先生肩膀，說：姊夫，人家讓你你就坐嘛。老先生兩手抓吊環晃來晃去，噴火氣：我不坐我不坐。

老太太語氣急了：莫名其妙，你就坐嘛！司機看不下去，這三人加起來二百四十多歲要是骨頭散一根，他賠得起嗎？大聲命令：「年輕人讓老人坐。」冤枉啊司機大哥，博愛座早就讓出三張，是他們臀部長鐵釘不坐。

終於，在眾人炯炯的目光輿論下三位長者落座了，貌似被迫，嘴巴碎念。

為何不願坐？我猜測，不見得是心裡不服老，而是坐下起身動用到的膝蓋、髖骨頗不靈活，車程短，乾脆站著有利於快速下車。是我們長期以來的公車搭乘慣性讓長者具有潛在的焦慮感以致如此。我聽聞這個案例後，很是不解為何三位長者不搭計程車？隨後得到一解，政府敬老車票每月有四百八十點可扣，乘車不用錢，越老越儉省，政府給的沒花完很不甘心。

關於博愛座，我們這一代嬰兒潮末段班的人被馴化得很澈底，視坐博愛座為品德有瑕疵的人，寧死不坐。

然而，被「博愛」的一天終於來了。

我一上車，有人立刻起身讓座，我以為是讓別人，回頭看只我一人上車，驚魂未定看了善心人士一眼，胸前掛著悠遊卡一看就是「三聲無奈」敬老款式，年紀比我大，外貌是個阿伯無誤。或許看出我在疑惑，他解釋：「我馬上要下車。」所以是接班人的概念嘍，我心裡嘀咕，只好坐下來，盯著，看阿伯你有沒有騙我。

青天霹靂就在此，我比他先下車。

從此，霹靂劇場不時開演。平常，靠我這頭白髮惹來讓座也就罷了，疫情期間需戴口罩，加上眼睛畏光、臉部對紫外線敏感，出門標準穿戴是帽子、墨鏡、口罩，白髮、皺臉都遮住了，自詡身手還算矯健，穿著也不顯老，居然還被讓座。

那是個放學時間，公車稍擠，我往後頭站，一名穿制服的高中女生立刻彈跳起來讓座，我的外顯反應很正常，微笑、道謝、入座。打量她的長相，長得很清秀，是個乖孩子。接著心裡有個小奸小壞的聲音開始發表意見：「同學，妳這樣不得人疼喔，我包成這樣妳看得出年齡嗎？妳依據什麼判斷我需要坐？妳要知道人心不只複雜還險惡著呢，有些人妳不讓座他生氣，有些人妳讓座他更生氣。哎，察言觀色是門學問啊，等妳的人生折磨指數到某個階段就懂了。同學，我看妳需要吃胖點，瘦哩啪啷，怎麼跟明星學校那些虎豹豺狼拼頂尖大學……考學測，不能只靠心地善良啊！」心內碎念還沒完，靠窗的婦人要下車，我起身挪，待她移走，我挪入靠窗位子，立刻招呼小女生坐下，我急切的樣子大概跟祖母招呼孫女差不多——看過那種場面吧，空出兩個位子，阿嬤一屁股坐下，一手按住旁邊座位好像怕椅墊飛走、一手高舉喊孫兒快來坐。又想起幾年前在文藝營，索簽名的學員中有一位高中女生，攤開書請我題簽名字，接著說了一句極尊榮卻把我燙傷的話：「這是我祖母的書，她是妳的粉絲。」——小女生很聽話入座，繼續看手機，是漫畫。因為聯想往事，以致我心內碎念的內容切換成祖母模式：「妳眼睛不要啦？車子震成這樣還看手機，只看漫畫不行喔，有沒有帶國文課本，我幫妳簽名，順便傳授幾招寫作密技。」

世界往往跟不上我腦內的劇情，我包得緊緊的這一身看起來像一根漂流木，沒人知曉內在有狂濤巨浪以為我已老僧入定。

之後，我給出一個解釋：純淨嬰孩看得見靈異存在，陽氣旺盛的少年憑感覺也能偵測年齡。這麼說來，老是不可掩藏、無法矇騙的，即使包得密不通風，自有裂縫，老的氣息汩汩而出，不小心讓敏感體質的小女生起了雞皮疙瘩。

抱歉啊，年輕人，老，不是我願意的。如果我的出現讓你無法繼續安坐，請包涵，我接受自己需要博愛座這件事所經歷的內心撞擊，不是你緊翹的臀部能想像的。

練習題1：您知道公車、捷運上博愛座的顏色嗎？

練習題2：您會主動坐博愛座嗎？

2 當浴室像珠穆朗瑪峰險峻

十多年前歲末，我們一家結束在美國短期學術訪問返台，下飛機那一刻，老人家跌倒。他們住老公寓四樓，「傷筋動骨一百天」，爬樓梯像攀岩，八十八歲、八十五歲兩老暫時與我們同住，兩個月後，我決定買電梯房子安頓他們。

攤開筆記本，瀏覽兩家房仲網站，鎖定自我家步行十分鐘內可到的中古電梯大樓，三房兩廳兩衛有車位，記下十多間標的屋，花兩天一一踏查，先看生活機能、周遭環境、大樓外觀、嫌惡設施、出入人等，刪去泰半，再洽仲介看屋，篩到只剩幾間，接著帶老人家親看，冠軍屋出現。進入議價階段，錢，當然是大問題，可是放在二、三十年時間長度涵蓋侍親、保值、養老藍圖上，問題變得不大，強迫儲蓄即可。議價一帆風順，買賣雙方滿意成交，不到一個月辦妥過戶。趁老人家至上海訪親期間，裝潢進場，一個月後，完成裝潢，搬家公司六趟車把老公寓裡的家當全搬到新屋，老人家返台直接入住有電梯的新屋。

從此，老公主與老王子過著幸福快樂的日子。

幾年後，九十多歲公公病了，幾乎無力自理每日的沐浴，又基於自尊勉力為之不讓子女知道，這才見出我裝潢此屋時眼光何等短淺，囿於當時浴缸仍嶄新且尊重老人家洗浴習慣，只在馬桶、浴缸旁安裝扶桿，沒考慮到大浴缸遲早不利於老病長者以致留下這個嫌惡設施。不多久，病程變化迅速聘特別看護照顧，僅能在床上幫他清潔，從此無法享受沐浴之樂。我每次進浴室看到大浴缸便有無名火。公公辭世後，原打算敲掉浴缸改成乾濕分離以備婆婆來日體弱時可用，然老人家堅決反對，稱用浴缸較能省水，習於舊有的洗浴方式斬釘截鐵不願變更，遂作罷。七年後，窘境出現，九十七歲的她扶著ㄇ形助行器進廁所，每每被門檻卡住且無力抬腳，等到她無法行走必須用輪椅推她進去洗浴，那口浴缸占去空間，使得幫她洗浴的兩人加上肢體僵硬的她在狹窄空間裡手忙腳亂，一人洗三人濕，狼狽至極。如果我罵自己蠢蛋的語句能換成金塊，那些金子夠熔一個黃金馬桶座。

再三年，婆婆辭世。我忍那口浴缸十多年了，整修房子第一件工程就是打掉兩間浴室的門檻變成無障礙，拿掉浴缸改成乾濕分離，將廁所的門敲掉改成左右拉門，加大空間以便將來輪椅進出。我非常滿意，但自責這麼舒適的洗浴設備竟然在老人家都走了以後才完成。

這個寶貴經驗值得分享，實言之，凡是照顧過長輩最後一程的人必定咬牙切齒地同意，建商交給我們的那間浴室對老弱病人可比珠穆朗瑪峰險峻。與其將來必須敲掉重做，為何不能一開始就配置妥當：譬如，門片放寬到輪椅、助行輔具能進出，門檻改成可拆式隨時可變成無障礙，天花板設暖風扇免得冬天洗澡須先用電熱器烘暖，加寬洗浴空間以便放洗澡椅，地上排水暢通、快乾免得洗一次澡像下一場大雨，高低輕巧的蓮蓬頭，可收式不鏽鋼面板必要時可以放臉盆以供習慣前傾式洗頭的長者使用（對一個嚴重駝背的人來說，後仰式洗頭極為不便），甚至連乾濕分離都撤了，用不易長霉的材質做活動浴簾讓整間浴室變成開放式，當有長期臥床、尿袋病人時，照顧者將他從醫療床抱至洗澡輪椅上，直接推到浴室，一人即可幫他洗浴、烘乾、著衣。許多家庭必須聘雇幫傭的理由排行榜前三名，必有「洗浴」一項。如果要建立一種可延長老者自尊與自理能力或家人輕省協力即可的老年生活，先給一間智慧型浴室再說。

馬斯克說：地球是人類的搖籃，但人類不應該一直待在搖籃裡。壯哉斯言，壯到聽了感慨萬千，那些大富豪花十多億台幣當素人太空人圓一趟征服宇宙夢的同時，多少老人必須征服的卻是那口該死的浴缸。

練習題1：您願意戒斷躺在浴缸裡泡澡的習慣嗎？

練習題2：您能接受別人幫您洗澡嗎？

3 鋼鐵人與復仇者聯盟

先說動物。懶得動的動物大都長得很萌，貓熊、無尾熊即是。久遠以前帶小孩上動物園看可愛動物，正好碰到幼兒園戶外教學，無尾熊抱著樹幹酣睡，可愛小人集體對可愛小無尾熊喊：「動一下啦，動一下啦！」小熊理都不理繼續睡，讓我這急性子的人很想戳牠屁屁：「大家買門票進來，你好歹翻個身吧。」

足以媲美兩熊的動物，名叫樹懶（一作樹獺），也是標準的慢動作；每分鐘只移動四公尺，那是在樹上，在地面的話每分鐘只有兩公尺。這是什麼概念，我的步伐一步約八十公分，等於我走三步的距離牠要花一分鐘。受到威脅時跑得快一點，但也只有一分鐘四點五公尺。依照這種速度，在曠野無遮的地上看起來就是一團溫熱可口的鮮肉，所以很容易變成獵物，其茂密毛髮長滿綠藻，等於免費附上沙拉給猛獸吃。每日睡眠時間十五至十八小時，若吃到粗硬的一片葉子，得花一個月才能消化。樹懶有一張天真無邪、與世無爭的臉，牠在樹上優雅緩慢地伸懶腰的樣子，非常具有感染力，讓人想看破一切。所以待考學生、辦公室牆上千萬不可張貼樹懶海報，會瓦解奮鬥意志。電影《冰原歷險記》那隻人氣爆棚的動物喜德，就是樹懶。

再說電影。電影雜食（趨近廚餘桶）者如我，漫威宇宙《鋼鐵人》系列、《復仇者聯盟》系列皆已獻上眼球膜拜過了，連迪士尼出品的夢幻動畫也無節制地捧場。不太好意思張揚這些，但確實觀影胃口隨著年齡略有改變，不討厭通俗了，對營造「密室脫逃」般觀影困境、掐脖式沉悶的藝術片失去耐心以致毫不慚愧地看不下去。

這兩件不搭嘎的事混搭起來給出一種想像，如果樹懶穿上鋼鐵衣，那可就稱心了。同理，人衰老到一個地步就會樹懶化，行動遲緩、協調性差，需要一大堆輔具重振威風。但是，需要扯這麼遠嗎？當然需要，凡勸過自詡年輕的體衰父母使用尿布、拐杖、助行器、輪椅、電動床、氣墊床卻遭到抵死不從的人都理解，硬碰硬只會更硬，需要繞九拐十八彎，借用鋼鐵人著鋼鐵裝那種科幻酷炫感，才能沖淡變成「樹懶人」必須使用輔具時的挫敗感。「挫敗感」是雙人份的，存在於焦慮的子女與自我感覺良好的父母之間；成長過程父母罵子女的十大金句中必有一句：「你以為你還年輕啊，都幾歲了！」衰老過程子女對父母動怒的十大金句中也必有一句：「你以為你還年輕啊，都幾歲了！」冤冤相報都是愛。

十多年前公公重症住院，我超前部署提議先購電動醫療床，皆曰不必。出院才半日，病人、照顧者都吃不消，火速購床次日送達。公公逝後，婆婆多次扭到腰起臥痛楚，我建議她改睡電動床，亦曰不必，料想在情感與認知上見床傷感吧。等到自床上起身像下地獄般痛苦時，才願意試睡，這一試知道好用，自此離不開這床直到最後一刻。

有個真實案例歡迎對號入座。某位受人尊敬的長者，罹患罕見疾病身體漸凍，雙手動作不利索、雙腳無力不良於行，但腦部仍靈活運轉無礙於思考、讀書。經濟能力豐實，兒女在異國扎根，唯有丈夫往來於此屋與別處小宅，為她添購日常用品。有長照居服員每週一兩次陪同至醫院復健，一日三餐靠訂便當——一週吃二十一個便當，生性樂觀的她自豪地向人示範，如何用袋子裝著用電鍋蒸好的便當，蹣跚移步，從廚房背到客廳桌子用餐。說法有二，一說她自主性強，不能接受外傭照顧、不願改變家中設備、不想勞煩另一半，堅持著最看重的獨立自主的尊嚴。第二種說法相反，無人為她營造適合養病養老的居家環境，遂歸結於她的意願使然。那一天提早到來，她跌倒在地身亡，不知過了多久才被發現，電視仍開著。因她猝逝而傷心的人，設想常以智者話語、母愛情懷鼓舞晚輩的她最後竟如此無助、孤獨地離開，心中無法釋懷，想問卻說不出口的一句話：「這是她應得的嗎？」

這些經驗使我提早整頓心態，將來有一天若需要拐杖、輪椅輔助，我將速然接受，不必等摔了三兩次後才不甘願地接受。把輔具當成復仇者聯盟的邀請函，在自己身上發展輕工業，不失為苦中作樂之法。

然而，也必須務實地說，即使使用輔具也不能保證長輩安全。婆婆一向謹慎，起站、行走都小心翼翼，從未跌倒。九十八歲那年，忽然自椅子上站起來，踉蹌幾步轟然倒地，速送急診幸好未骨折。問她為何如此，她說聽到有人按門鈴，同在屋內的印尼妹尤妮證實門鈴沒響。一週後，第二次跌倒又送急診，原因類似，我們開始懷疑是否幻聽。為了預防，不再讓她坐藤椅改成輪椅。某日，坐在輪椅上看電視的她忽然掙著起身，幸好旁邊的人動作快扶住，但兩人一起歪倒在地爬不起來，急電我回來拯救，自此幾乎寸步不能離開她。經一事長一智，我做了一條長帶子圈住她與輪椅扣在沙發椅杆上，使之不能自行站起，稍稍解決問題。回想兒子一歲時成天黏著我，我如廁、洗浴時不得不將他放入遊戲床（其實就是個沒上蓋的籠子）拘禁，他哭得肝腸寸斷。長輩衰退到一個程度會跨過返老還童線，倒退著走，從稍能溝通的幼孩到不能溝通的老嬰兒，這一段路最折磨。有時為了防範不得不加以束縛，一條長帶子圈住輪椅看在沒經驗的人眼裡是不夠溫柔的，戴上球拍型手套以防她抓傷照顧者或扯掉尿管，看在子女眼裡也不好受。照顧老者現場幾乎每天都有新功課、舊習題必須解決，那些難題微小到無法構成一件像樣的事去向關心或不關心的家人言說；一口水、一口粥、一口痰、一坨便、一泡尿、一條管、一處瘡，誰有興趣聽這些？「媽媽（爸爸）您要多吃一點喔。」這是遠方電話，「這樣按痛不痛？肚子有沒有舒服一點？」這是協助臥床者排便後同感輕鬆的問話。值得說嗎？生命終將活到只能體驗不值得述說的地步，我們要有心理準備。沒有人願意這樣老，萬一注定，只能願意。

是以，願我們維生或監測的輔具只用得上「銀光級」血壓計、拐杖、助行器，不必進階到「黃金級」血糖機、血氧機、輪椅、電動醫療床、氣墊床，更不必升級到「血鑽石級」鼻胃管、尿管、氣切管、氧氣機、抽痰機。一旦晉升「血鑽石俱樂部」會員，意味著必須嘗遍滿漢全席，每盤勝過黃連苦。

老齡輔具也可以變成時髦產業，義大利研發「購物機器人」Gita（意為短途旅行），兩輪方形載貨機器人，可載重十八公斤，時速九公里，約台幣十萬元。老人上街購物，這玩意兒像哈巴狗一樣跟在後面，採買的東西放入筐內省得手提，還可當椅子坐。我輩三明治世代（上有越來越黏你的父母，下有離你越來越遠的子女）雖比不上網路世代一出生就能在數位瀚海泅泳，但也比我們的上一代更能接納新科技，日新月異的智慧型輔具可望使我們的銀齡生活更有尊嚴，心志與行動更加獨立。

前提是，必須擁有開放的心胸、樂於學習新科技的好勝心，否則，變成一隻什麼都不會或什麼都懶得學的樹懶只會討人厭。有些得天獨厚的人不用科技產品，反倒成為美談趣聞，讓人津津樂道。我曾經保持戒心不想掉入科技產品陷阱，一支古董手機可做見證，但是看到這個翻臉無情的社會越來越依賴機器智慧，戒心轉變成覺醒：萬一有一天我獨居，連上網預約、訂購、申請、下載、轉帳、換匯都不會，被社會的馬腿踢到草叢變成科技殘廢，可怎辦？有奴僕伺候、子女呵護？這種事不會發生在我身上，早有覺悟，從小沒有賣萌的本錢，老了再來裝可愛，誰理你啊？從此跳入科技潮流輸人不輸陣，順便拉攏身邊老友一起當沒出息的果粉。

練習題1：您願意換新款智慧型手機，學習各種數位技能嗎？

練習題2：如果有一天行動不便，夜裡起床三、四次如廁，造成照顧者困擾，您願意包尿布嗎？

4 在哪裡養老？

對很多家庭而言，「養老院」是個禁忌。

大約三四十年前，阿嬤雖老尚康健，有一天她從信箱取回廣告單，問家人是什麼，答曰：「養老院廣告單」，這就該閉嘴了，偏偏那人嘴癢加一句：「妳以後要去嗎？」掀起的風波不必細表。

時至今日高齡社會，關乎養老院的介紹四處可見，然而對有些人而言仍是禁忌。吾友的婆婆是個心思極度敏感的長輩，說起某位住在養老院的友人氣色佳，媳婦隨口答：「現在有些養老院設備不錯，經營得很好，跟以前不一樣。」這下踩到地雷了，婆婆內心繞地球一圈得出「巴不得現在就把我送去」結論，自此一張臉從絲瓜變成苦瓜，而且還是涼拌的，冰得很。世間婆媳關係有千百種版本，大多數版本裡有一個氣嘟嘟的人。

在宅養老是很多人的第一選擇。理想的狀況是住在自己名下房子、擁有一份退休金或零用金，不必靠子女供養。

我是一個擅長長程規劃的人，大約二十多年前，阿嬤八十多歲、母親六十多，住在母親名下公寓，而我們一家住深坑，其他手足各有住處，呈四散狀態。那時阿嬤開始無法自理，常有險象，母親承受照顧壓力，情緒與心臟皆糟。我設想往下兩個老人的發展及財源支撐，想到脊梁發冷。不久，我們還至市區，深坑透天厝空出。正巧手足有婚姻變局，我說動他們遷入寬敞的透天厝，無償使用。母親的公寓房子裝修後出租，這筆收入讓她心裡踏實。聘雇外傭照顧阿嬤，母親卸下重擔，寬心不少。阿嬤安詳地在這屋終老，母親也進入老齡，數年前我以原價將屋售予手足完成過戶，成全母親觀念裡祖先牌位與自己都要跟隨兒子的傳統。她安心養著蔬菜及自己的老年，不必每個月靠子女給孝親金，不必顧念口袋裡還剩多少錢，安住安養如常。這一切，照著我當年的設想發展，感謝上天讓我這出嫁女兒在為公婆規畫後仍有餘力回報世上我最愛的兩個女人的養育之恩。

我會在哪裡養老？住在自己的屋子當然是首選，若有一天無力自理生活，也能接受去養老機構，當作去特殊景點露營，如果正好有熟朋友或手足一起入住，當作溫馨小別墅也不錯。所有思考的前提在，不要變成子女的照護壓力，這一點，我們夫妻的看法一致。

說是容易的，做決定很難。有一慢性病年長朋友，有積財，無子女、不願意聘傭，因為找不到完美的傭人——連續試用五個皆不滿意——困在獨居大屋裡，多年來每天愁思要不要去養老院卻無法決定，因為找不到完美的養老院——參觀過十多家養老院，太遠、太潮濕、太吵、太窄、太舊、太不衛生、太不親切、太貴，皆有瑕疵——怨嘆這一生為何如此失敗，陷在憂思愁苦之中，料想會到倒下那一刻為止。老了，還要堅持完美，好比種「自討苦吃」瓜，產量豐足，天天吃一條，自成「怨嘆養生法」一派開山祖師。

晴天要積雨天糧，這話適用於觀念與意識型態之革新，如果我們不趁早「教育自己」理解、接受晚年有最好與最壞版本，萬一拿到的是最壞本，以退化至絕對固執狀態的腦子是無法接受的，無理取鬧的可愛小孩我們見過，吼叫哀號一點都不可愛的老小孩也很常見。

「不要變成晚輩的照護壓力」，這話的衍伸句是：「我們老人要過獨立自主的生活」、「年輕人有年輕人的事，我們不要造成他們的困擾」。彷彿天上有個小祕書，專門幫你記錄你講過的冠冕堂皇金句，逮到機會，用你說過的話塞你的大嘴巴。

有兩位一向具有自主意識的長者，大力宣揚過獨立的老年生活，不干擾子女。一位進養老院，幾年之後厭倦集體生活，對時常聽聞院友往生感到害怕，要求搬出來與兒子同住。一位住在自己屋子，有僱傭陪伴，子女每日來探，怎料開始一把鼻涕一把眼淚說子女都不關心她，把她丟給外傭，想與兒子一起住。兩案皆引發不小變動，前一位，兒子另租一屋共住，後一位因居處相近，兒子每晚晚餐後過去陪伴至老母就寢方回自己家，清晨起床第一件事先去床前問安，讓她覺得兒子就在另一間房間漫漫長夜並非只有僱傭陪伴而已。這當然是欺騙的行為，可恥嗎？不，是無奈。

有前例酌參，我也不敢拍胸脯說自己這一生服膺獨立自主，老了絕不會要求跟兒子同住。天上那個小祕書太厲害了，我怕她拿我說的金句塞我的嘴。（也許，我應該朝天空說：「我以後要跟兒子住啦，怎樣？妳記下來吧！」）

幼童怕黑，說有鬼躲在門後，哭著要媽媽抱著睡。正當陽光燦亮年紀的人，越夜越美麗，歡歌熱舞通宵，黑夜既豐饒又煽情怎會嚇人。纏綿病榻、氣血衰弱者近似幼童，原本藏在成人骨架深處的那個小孩，現在披上老皮外衣跑出來作主，一生積存的知識、經歷、名望、財富、智慧忽然乾縮成斑塊、肉瘤分布在枯槁肉身上，無法替他擋住漫天黑幕及只有他感受得到的陰風習習，風中有幾位冥府使者站在床邊盯著看、要帶走他。老小孩基於本能，哭著喊：「兒子啊、女兒啊，我怕，來陪陪我，你們不能把我扔在這裡啊！」如同小孩拉媽媽裙角哀求：「我要媽媽，不要上班，媽媽不要上班！」

好熟悉啊，原來生命像迴力棒，扔得越遠返回原點的力道越強。當此時，住哪裡都沒差，老小孩要的是住在兒女的懷抱裡。

「媽媽抱抱！」

現在換誰抱誰？

練習題1：如果您的父母哀求要跟您住，您怎辦？

練習題2：如果您的子女無力或不可靠，無法就近照顧您，您願意賣掉房子去養老院嗎？

5 半堵牆

如果幾本戶口名簿內的人合開一間家庭股份有限公司的話，我的職稱類似CEO兼財務部經理；最盛時期，保管十多人的四十多本存摺印章密碼，像無頭蒼蠅管理水果攤。數字世界的思考方式跟文字不同，考驗耐煩程度，每當火山快要爆發，想起紅樓夢股份有限公司的CEO王熙鳳，崇拜一下大姐頭，頓時活力充沛繼續耐煩。所幸階段性任務皆圓滿達成，此後管好自家的就行。這些經驗提醒我財務規畫的重要，尤其想要安享晚年不能沒有半堵牆可以靠。

關於養老儲備金，每個人的需求與潛力身價不同；若命定僕役宮昌旺，深受子女晚輩愛戴，到了晚年自有四方供養：子女買魚肉、外甥買糧、侄兒買水果、鄰居送菜，冰箱塞得滿滿的，每週又被帶出去吃餐廳兩次，身體一有小恙，子女買燕窩、外甥買人參、侄兒送滴雞精，如此具備富豪級潛力身價，每月退休金數萬進帳夠用了。萬一沒這個命，只能靠自己早日綢繆。五十六歲那年，我提前送給自己的銀光禮物就是一份長照險，繳費二十年當作定期儲蓄，萬一戰爭動亂毀去資產、萬一我兒謀生不易、萬一我不幸長壽且纏綿病榻一時之間死不了，不至於造成家人的經濟負擔。這一生自詡是奮鬥者、給與者、協助者，尊嚴與原則皆建立於此，提早盤算，求一個自給自足的晚年。

公公婆婆給了我極佳的示範，他們一生理財有道，勤儉、清樸，不僅不必仰賴子女反而有餘力多做公益，身後留下遺產。婆婆晚年常吩咐我，待她身後要將一筆薪水優惠存款捐做公益，這是她當公務員時政府給的優惠，連本帶利一直放在帳戶裡。在她心中，這筆錢是實實在在靠她工作掙得的，跟因理財而獲利的錢不一樣，捐做慈善別有意義。我們商議後，決定趁她意識清楚時完成心願，湊成一筆整數捐給四個機構。機構贈的感謝牌匾與一框《聖經》箴言放在她眼見所及之處，我相信是她神智潰散前最愉悅的安慰。

老友在大學任教，有一顆母親般寶愛學生的綿柔之心，多年來陸續捐設獎助學金嘉惠學生。我們的觀念一致，晚年財務布局，除了自身所需也應包含餽贈，留給家人遺產以及回報給社會的捐贈。畢竟，我們這微不足道的生命能夠好風好雨地走到盡頭，承受了上天與社會的厚恩，不報答就離開，黃泉路上走得不安穩。

有一天我問兒子，如果我們沒留給你財產你怎麼想，他是個光明正大的孩子，回答：「您們的錢是您們的，不必留給我，我自己會工作。」

我聽了「龍心大悅」，朕知道了。

練習題1：您想過自書遺囑嗎？

練習題2：您想過如何分配財產嗎？

6 斷捨離清單路

六十歲以後的人生固然還在橘世代範圍，也該練習「斷捨離」，跟往日說再見。

開始得很早，心智似乎像晨霧退去後山巒露出原貌，對往來酬酢的事失去興致，不再記掛人際，連帶地，跟我有關的舉凡生日、節日、紀念日一律全免，禮物、禮金、蛋糕一律免備。過簡單清爽的日子就好，不必繁文縟節、切勿囤積物類。

七十多歲小姑媽告訴我，不再添購衣服，衣櫥裡的衣服足夠穿到死。她說這話時我倆坐在風景區涼亭吃她包的肉粽、喝我煮的咖啡，疫情下膽小鬼的野餐，我看著粽子裡扎扎實實的紅燒肉栗子香菇蛋黃，再看她的肚腩一眼：「那妳以後只能瘦下去不能胖上來！」我環視自家，也覺得應該過除法生活——減法太慢，除去多餘之物分贈出去較快。「只出不進」原則考驗欲望，欲望是長在心裡岩石縫隙的狗尾草，以為枯乾了，哪知春風一撩，一根根冒出來，群狗亂吠。好在目前還挺得住，除了去文具店會破功之外，其他物項非必要不下手。

都知道身外之物生不帶來死不帶去，偏偏當事人下不了手丟棄。人一嚥氣，留下的東西有兩種，一是遺產一是遺物；遺產講的是繼承，遺物要的是整理，遺產只是數字直接匯進繼承人帳戶，遺物是人生，清理的人一份份看、一張張撕、一件件丟，人生道場微物現身說法。將滿櫃子照片倒在地上像個小丘，清理者如我從中獲得的警惕豈是繼承人得到的數字能比。這是個好問題：一個人活到一百歲，死後，數千張照片中，子女有沒有興趣看一眼，值得保留的有幾張？撐得飽飽的十四公升垃圾袋，給了答案。

據聞一位文壇大老，已至耄耋，一紙一片捨不得扔，所有文書信件雜物裝箱存放於租來的大貨櫃裡。聽在我這個「遺物整理師」耳裡，渾身起雞皮疙瘩。有兩條鐵血定律很多老人不願面對：一，繼承人有興趣的是你的遺產不是你的人生；二，只有極少數人有資格在死後設紀念館，其手稿信件水杯舊鞋破包被供奉起來膜拜，其他人一生製造出來的東西都叫「垃圾」，差別只在可否回收。老人不整理自己的爛攤子就走，不負責任。

有悟就要有行動，我的整理清單列出必辦事項，第一條是家庭機密文件，這部分早有記錄，多年前開始，只要我出遠門必交代重要文件及備忘單，以防回不來家人找東西如大海撈針。第二條，整理作品，此關乎今生靈命之所繫，不親自整理託付給誰？

整理，考驗一個作家在暴風雨未至時如何審視這一生成果，如何以藝術熟齡之眼評判半生提煉而出的作品，重新找到存在的意義，繼而增補刪改，保留精萃去除糟粕，讓留存下來的不讓自己臉紅。每本作品紀錄當時的人生階段，固然有其紀年意義但也不乏讓今日之我讀來有泥沙之感或筆力嫌弱的章節，這些粗礪沒必要繼續附著在文字肌理，在不顛覆原文精采的拿捏下，作者應擒起小鑷子將它夾出。

這些紙本書遲早會沒入煙塵，不如改弦易轍在數位瀚海留一個修訂過的新版本做紀念即可。我終究要離開這個世界，去之前，給等在未來的有緣讀者留下值得一讀的文字打聲招呼，也或許，在我生命結束之前這些作品已不符新世代的閱讀興趣永遠埋在數位瀚海的珊瑚礁深處，不論哪一種結局，我有責任整頓文字足跡，作品跟人一樣，即使要死，也要死得優雅。

跨過這一道斷捨離門檻，文學層面的貪念、執著算是卸下了。其實，斷捨離也不是什麼大難題，轉念而已，思維刻度往一邊偏幾寸，眼見的景象大不同。大海中的鯨魚有時會撞向船隻以刮除寄生在身上讓牠發癢發痛的藤壺，書寫航程上也有紛雜的欲念藤壺纏身，人比鯨魚好辦，用「夢幻泡影」這條藥膏搽一搽，頗有奇效。

有個新名詞「數位遺產」，蘋果公司推出新功能讓用戶可以指定幾個數位遺產聯繫人，在你死後，他們可以進入你的帳號看到儲存在iCloud的資料、照片、郵件、日記及各種你活著時候盡情使用而留下的足跡——在實物世界，我們對私密事物保持戒心會妥善清理，但在數位世界裡，我們誤以為手機、電腦都是私密的，因而忽略數位蜘蛛網幫你記錄一切，包括你常逛哪個網站，一目瞭然。據說人每天生產的資料約三MB，一生產出的數位資料將近九十GB。我的數位產量少得可憐，文字占不了多少空間，照片、影像隨時去蕪存菁，不經營社群，用不上數位遺產聯繫人美意。但畢竟還有未竟計畫放在筆電裡，這些粗胚文字大概也無人能代勞完成，人亡政息，若來不及完成，將來直接刪除即可。遙想李白、蘇東坡一定有不少手稿丟棄了，當中隨便一張紙都比我的文字珍貴，有此自知之明方不至於自戀到一筆一畫都要留給青面獠牙的「青史」。

想起好友K，猝然離去之後，家人自筆電中發現許多珍貴記錄及未完成的寫作計畫，特地複製到隨身碟寄給她的好友保存，好友竟無法讀取，家人再用新隨身碟複製一次，依然空白。人有靈，即使死後也要動用靈異力量阻擋他人窺看未完成的文字。這是個很好的提醒，與其將來一縷幽魂回頭遮掩數位遺產，不如生前梳理清楚。

整理清單上第三條是衣物、首飾、信件、照片、資料、書籍、文物、收藏，這一條讓人頭皮發麻，我決定等不麻的時候再說。

練習題1：您的整理清單是什麼？

練習題2：對您而言，最難整理的是哪一項？

7 最後一段路

老人家的銀閃閃路程頗長，六十五至八十九歲屬銀光大道，二十四年間除了用藥控制心臟、血壓外，身手矯健晨昏運動，能買菜烹調自理生活，社交活躍。八十九歲喪偶後進入還算明亮的月光路，有看護伴隨協助日常，依然晨昏運動，頭腦清楚，能自行吃飯、刷牙、如廁，常常與家人出外吃館子逛景區，每天笑瞇瞇地，掛在嘴邊的話是：「我很知足」。九十六歲左右進入深夜星光小徑，神智漸昏、肢體鈍化、不太能對答。九十八歲至一百歲是暗影幢幢的碎玻璃路，一截枯木倒臥在床。

怎麼判斷一個人踏入最後的碎玻璃路，有幾個顯而易見的指標可供參考。（1）無法溝通，失去言說能力，僅在偶爾清醒時回答是與否或忽然說出某個人名字，除此之外，陷入喃喃自語狀態，聲音高亢、情緒驚怖、晝夜不息。（2）睡眠混亂，一天一夜不睡或昏睡一天一夜。（3）雙腳肌肉流失關節僵硬不能站立、坐穩，躺在床上無法自行移動雙腳，兩腳間需用大小軟墊撐開以免壓成褥瘡。兩手亦如此，手中塞軟球、填充玩具避免手指攣縮或情緒激動時抓傷自己、他人。坐在輪椅上，防褥瘡的氣墊椅墊不可少，各種軟墊都需用上。（4）因吞嚥嗆咳必須使用鼻胃管，泌尿功能失能必須插尿管，呼吸功能退化需使用氧氣，無法咳痰需每日抽痰。（5）不管西藥、中藥，似乎幫助不大。

老人家神智清楚時表明不願插鼻胃管，急性腎功能衰竭住院期間，醫院不止一次建議插鼻胃管，那時她仍能以好、不好表達己願，家人尊重。出院後，自製軟泥食物佐以營養品，一匙一匙餵，她清醒的時刻都在跟湯匙奮鬥；燕窩、雞精、高單位全營養飲品、水果泥、南瓜泥、芋頭奶泥、水、藥粉。食畢，為她清潔口腔猶如把手伸入鱷魚嘴裡，情緒急躁直接咬下去。老人家是罕見的不喜身體被碰觸的人，為她清潔、洗浴充滿困難，即使在床上為她翻身、清理穢物，都是不小的工程，最受苦的是每月必須更換尿管，在她身體抗拒下護理師常失敗，家人摟抱她軟言哄慰、看護握手相陪才完成，貌似三四個大人圍著電動醫療床把一個眷戀生命的人從鬼差手中硬拉出來。這期間，隨侍在側的大人有四個，該花的錢不在話下，要什麼有什麼只問最好不問價格。即使如此，碎玻璃路上只能獨自體驗，百歲人瑞必須走完全程，在床上每隔數小時需翻身，被強迫撐開嘴巴以小棉刷黏出卡在喉頭的痰讓她舒服，被施以藥物、按摩以等待排出穢物，被翻來覆去以便清潔身體、更換尿布床單。一日有一日的奮戰，一週有一週的災情，如在地獄。當臟器衰敗到不得不租用抽痰機為她抽痰時，她極度抗拒、哀號，不出兩日，蟬蛻而去。

送別過兩位百歲至親，因而有感，耄耋長者結束的最佳時間是在月光路段。一旦跨過九十門檻，走得晚不如走得早，走得早不如走得好，善終是至福。再昂貴的床也不是頭等艙，累積不了哩程數，增添訃聞上的數字而已。子女若愛已有過漫長的時間去愛，若不愛，再苟延十年等著也不會來愛。真實案例歡迎對號入座；有一位失智長者纏綿病榻最後，不可分辨的濃濁語音中忽然出現清晰的名字，一個遠方的名字，侍親者告知這恐是最後的呼喚盼那人回探。那人已讀不回。病榻上的呼喚越來越清晰，侍親者退而求其次盼那人以手機錄影或自拍，讓牽掛的人見一面，已讀不回。長者走了，那人問需不需要回來參加告別式，侍親者曰：不必。接著的繼承在相關人等迅速配合下倒是很平順地執行，劃下句點。

愛，是恆久忍耐又有恩慈，因為愛從來就是不對等的。世間親情之間的牽絆與纏縛，一人只能看到一面，必定有凡人不能解不能察的情有可原的困難橫在最後的呼喚與最後的辜負之間，當然，這是神要去好好調查的事了。

我與先生對最後一段路與身後事看法一致，已簽署「不施行心肺復甦術」（DNR），願生命末期自然而行，將來也擬簽訂「預立醫療決定」（Advence Decision,AD）與器官捐贈，以求在舒緩疼痛之餘順應身體自然的節奏，安適地抵達終點。

有一天，我問兒子：「你希望我們死後放在靈骨塔好讓你想念的時候可以去看看，還是我們樹葬了事？」他說：「看你們自己，我沒差。」

「什麼叫沒差，能這樣講話嗎？」做媽媽的心裡有點不平衡，當然要糾正。關鍵是，能當一家人自是有奇緣，我們三人的觀念一致，能相互依託。

不能依託的例子也聽過，真實案例歡迎對號入座；一位往生者，生前白紙黑字加上口述，交代將來要「樹葬」。逝後，家人起了爭執，最後由最強悍的那位決定「花葬」，理由是陽明山風水好、往生者不知道有花葬可以選擇、家人去緬懷較方便、樹葬花葬都是回歸自然不要執著。

執著的人最擅長勸別人不要執著。愛，是恆久忍耐又有恩慈，生前死後都一樣。

練習題1：您想像過您的最後一段路嗎？

練習題2：您的醫療決定是什麼？

8 結語

九年前出版這書，心情由沉重轉為鎮靜，如今增訂版再添新篇，鎮靜轉為淡定。一個微不足道的人能看到自己的黃昏彩霞，能遇見那麼多精采的人、賞看奇妙的事，乃福大命大。「知足」二字，奧妙之處在於「知」，知有多義，明白、識別、相交、賞識、掌管，用在這一階段的人生，好像失散多年的知己回來陪伴。想想我們做小孩時多麼容易滿足，看一朵花開就笑得天寬地闊。人老當如是。

感謝與您在文字裡相遇，往前走，各有自己的老年生態系，也各有這生態系獨具的險惡與豐饒，我們宜以開放的心胸賞看；那些毫不遲疑、毫無保留用愛與關懷照顧我們的人，不管有無血緣關係都是貴人，是守護使者，一定要完足地向他們致謝、死後若有靈要慷慨地保佑他們。那些我們抱以期待卻落空的人事物，不必在意，那是上天透過我們而埋伏的一個轉折、一次前提、一回試探，為了鋪排未來的故事。當然，續集與我們無關。

當我們試著走到頂樓放眼一望，您應該同意，這高度已看不清楚屋內人生的小恩小怨，看到的，只有雲淡風輕。

序

老年書寫與凋零幻想

1 是你嗎？

是你嗎？翻動書頁的是你嗎？

你剛踏入滾燙的世間，還是甫自水深火熱的地方歸來？你才扛起屬於你的包袱，還是即將卸下重擔？你過著你甘願的日子，還是在他人的框架裡匍匐？你與高采烈寫著將來的夢想，還是燈下默默回顧活過的證據？你身手矯健宛如美洲虎，還是已到了風中殘燭？

人生對你而言，是太重還是太輕？是甜美還是割喉的苦？是長得看不到終點，還是短得不知道怎麼跟心愛的人說再見？

2 夢與街道

四年多前，我做了一個很短的黑白夢。夢中出現兩位老者，一男一女，穿黑衣，極老，一前一後慢慢走著，走在寬闊的乾涸河床曝露出的黑色礫石上。旁邊，有一個小孩也可能是個侏儒，躲在大石邊偷偷看著他們。夢自行運鏡，沒有對話，老者從小孩的右側緩慢地走到左側，最後，鏡頭停在小孩的白衣背影上。

幾乎也在這時節，我發現街道上、公園裡，輪椅老人越來越多，嬰兒車越來越少，社會曾有過族群裂痕，現在出現的是人口裂痕，從「高齡化社會」即將進入「高齡社會」、可能邁向「超高齡社會」的統計數據佐證了台灣的處境。這衝擊著我。我這一代從小熟背衛生所宣傳口號「一個不算少，兩個恰恰好」，從來沒想過有一天會短少嬰兒，而且彷彿被下了蠱，昔年那個蒸騰著夢想與青春、揮舞著汗味吹著稻風的島，似乎進入花果飄零。一夕間，人全老了。

夢預言了書寫方向。黑色礫石指社會環境也是邁向死亡的老年之路，那個偷窺的小孩或侏儒應該是我；夢點出，我自覺像個孩子或是內在力量像個侏儒，不足以處理「老」這麼沉重且龐大的主題。

但是，我並未走開，仍然偷窺著，埋伏在那裡，睜著我的散文眼睛。

3 四個老師、十一位助教、六位學長

甚至，連助孕的指導療法都有，連胎教的書都可以找到，更別說關於童年期、青春期的教養。

生命落地，人生開始，指導手冊一路排開；成年以後，以主題區分，教你如何小額創業，如何買下第一間房，如何克服恐懼戰勝憂鬱，如何挽救婚姻經營家庭。接著法定退休年齡到了，六十五歲開始，可以遊山玩水過自己的日子，另一排鬧轟轟的書教你如何養生，如何消滅癌症，如何活到一百二十歲不生病。

沒有人教你，如何準備「老病死」？沒有人敢挑明：你會老你會病你會死，相反地，那論調是：你不會老，你不會病，你不會死。在酥爽麻醉、通體舒暢的氣氛下，怎可能自我反問：若人人如此，那死的都是誰？

在生的現實裡，我們是否應該謙虛地想一想，靈魂可能是永遠輪轉的，但身軀是借來的，用壞了才歸還且不須賠償，已是莫大的福利了！

我無意寫一本指導手冊，但迫切覺得「老年學」（或老年產業）是一門有待各方齊力砌建的學問。作家關心的仍是世間現場裡人的特殊困局與突圍，生命之無奈與高貴。在醞釀的數年間，我常常浮出疑問：這世間真的甘甜如蜜嗎？既然苦楚多過喜樂，為何又戀戀不能捨？街道上行走的多是蒼老者，肢體抖顫、步履艱難，卻又展現無比的堅強。老的過程非常緩慢，像黏蠅紙上一隻蒼蠅慢慢地抖動小腳，抖不出下文。等我們老的時候才能體會，老人嘴裡含了一顆沾著蜂蜜的石子，硬得會崩牙，可是咂巴咂巴之後，分泌了甜，又吮了一口生命的蜜。

然而，預言寫作方向的夢，同時也質疑自己的能力。我必須感謝不可思議的眾緣匯聚，齊力提拔了我。

二〇一〇至二〇一一兩年間，我的親人走了四個；熟識朋友家中有長輩辭世的，共十一人；二〇〇八至二〇一二，有六位熟朋友罹患重病，最年長的才六十一歲。四年之間，參加告別式帶回來的紗袋毛巾有一大疊。不管是基督教追思禮拜唱「奇異恩典」、佛教道教誦「阿彌陀經」，我都同樣流了告別的眼淚。四位至親中，有一位我侍立在側、筆記變化陪著走完全部病程，有兩位我在現場送他們啟程；這四位都是以肉身做講壇的至親至愛的老師，詳詳細細教我修習「生死學分」；十一位助教，提供各式各樣「人生終程」考古題，供我深思、解糾纏的謎；六位學長，化療、電療、插管、加護病房，從鬼門關爬回來，好似做了「疾病筆記」，替我劃出勇氣、意志等必考題。

不可思議啊，眾緣匯聚！我的書寫生涯裡從未出現像這書一般的鐵人三項式的磨鍊，我再不成才，有此不擇手段改造我的造化，種種人生角色都完足地歷練、多少滋味都嘗過之後，依隨死神踏查的軌跡，我自詡已有能力下筆。

4 用文字搓一條繩索，渡河

我們的一生花很長的時間與心力處理「生」的問題，卻只有很短的時間處理「老病死」，甚至，也有人抵死不願意面對這無人能免的終極課題。然而，不管願不願意，無論如何掙扎、號叫，「老病死」聯合帳單終會找上門——先找上我們的父母，再找我們。大約從四、五十歲開始，我們得先承接父母的帳單，一把鼻涕一把眼淚和著肝腸寸斷、甚至滿腹怒火付完了帳單，接著，輪到自己的了。

「老病死」不僅是社會也是家庭、個人的總體檢，不僅只是肉身衰變，亦同步涉及家庭倫理、經濟、法律、宗教信仰、哲學素養⋯⋯，這些倉儲，若等到事到臨頭再盤算，往往太遲。一個人老了，不只是一個人的事，是一個家的事，整個社會的事。生老病死是自然律，但走這條路的人怎可毫無準備、順其自然？一個毫不準備的人是不負責任的，他把問題丟給家人及社會。

文學脫離不了人生，這本書也可以說是直接從人生現場拓印下來的，視作導覽亦無不可，邀請讀者在風和日麗的時候預先紙上神遊。由於是現場，不乏也有Live段落，刻意保留該有的硝煙與疲憊，正在體驗的人或許心有戚戚焉、掬了一把淚，尚未經歷的或許嫌它帶了刺。我的用意不在刺，在於人。

然而，要把「老病死」學分修好，關鍵還是在於有沒有把「生」這門課讀好。是以，這本書需要複合式的書寫策略。正文五輯從肉身如舟、人生版權談起，往下才能談「老」「病」「死」。全書二十六萬字，各輯比例不一，又有「書中書」的安排；輯三「老人共和國」九萬多字形同本書的「書中書」，而我私心所愛的「阿嬤的老版本」三萬多字又似輯三的「書中書」。正文五輯之外，附掛五篇「幻想」，是我的自我對話。雖然天光還算燦燦，但轉眼變天的故事聽多了，我也得想一遍自己的凋零結局。用文字搓一條繩索，有一天，牽病榻上的自己渡河。

侍病送終、日常勞役、伏案書寫期間，宛如生死礦坑裡的礦工，日日忙得伸手不見五指。感謝老友黃姐每隔一段時間叫「小黃」運來她的拿手佳餚，減少我揮鏟的辛勞，解我倒懸之累。

5 致讀者

有時，我想起你們。今生，用文字與你們做了心靈交流的朋友，無比榮幸。我也許不能記得臉龐、名字，但記得那些卡片、字條、信件、禮物，無一不是純然且誠懇的關懷，我衷心感謝。

熟悉我作品的你們恐怕也跟著我漸老了，設想你們也開始要修習父母的或是自己的「老病死」

課程。你們伴著我走過浪漫、空靈、典麗、樸實，跟著我讀了「初生之書」《紅嬰仔》、看了「身世之書」《天涯海角》，現在也到了該翻一翻「死蔭之書」的時候了。昔時的青春悲愁如此純潔，都是真的，今日於沼澤叢林搏鬥這般認份誠懇，也都是真的，「完整的人生應該五味雜陳，且不排除遍體鱗傷。」這是我的感悟。

但願你們闔上書的時候，心生喜悅，如我寫完這本書的心情：

相逢在人間，無比讚嘆，一切感恩。

寫於二〇一三年一月，台北

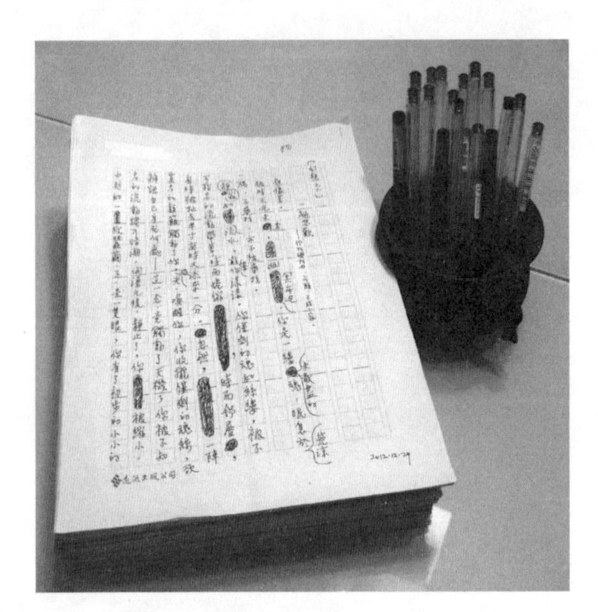

原稿及十八支寫光了墨水的筆

肉身是浪蕩的獨木舟

「完整的人生應該五味雜陳，且不排除遍體鱗傷。」——作者

在街頭，邂逅一位盛裝的女員外

我應該如何敘述，才能說清楚那天早晨對我的啟發？

從人物開始說起還是先交代自己的行蹤？自季節下筆或者描述街頭地磚在積雨之後的噴泥狀況？我確實不想用閃亮的文字來鎖住一個稀鬆平常的早晨——上班時刻，呼嘯的車潮不值得描述；站牌下一張張長期睡不飽或睡不著的僵臉不值得描述；新鮮或隔夜的狗屎，雖然可以推算狗兒的腸胃狀況但不值得描述；週年慶破盤價的紅布招不值得描述；一排亂停的摩托車擋了路，雖然我真希望那是活跳蝦乾脆一隻隻送入嘴裡嚼碎算了，但還是不值得擴大描述。

秋光，唯一值得讚美的是秋光。終於擺脫溽暑那具發燙的身軀，秋日之晨像一個剛從湖濱過夜歸來的情人，以沁涼的手臂摟抱我。昨日雨水還掛在樹梢，凝成露滴，淡淡的桂花香自成一縷風。我出門時看見遠處有棵欒樹興高采烈地以金色的花語招呼，油然生出讚美之心。這最令我愉悅的秋日，既是我抵達世間的季節亦情願將來死時也在它的懷裡。

一路上回味這秋光粼粼之美，心情愉悅，但撐不了多久，踏上大街，塵囂如一群狂嗥的野狼撲身而來，立即咬死剛才喚出的季節小綿羊。這足以說明為何我對那排亂停的摩托車生氣，甚至不惜以生吞活蝦這種野蠻的想像來抒解情緒，我跌入馬路上弱肉強食的生存律則裡，面目忽然可憎，幸好立刻警覺繼而刪除這個念頭，舉步之間，喚回那秋晨的清新之感，我想繼續做一個有救的人。當我這麼鼓勵自己時，腳步停在斑馬線前。

燈號倒數著，所以可以浪費一小撮時間觀看幾個行人，從衣著表情猜測他們的行程或脾氣的火爆程度。但最近，我有了新的遊戲：數算一個號誌時間內，馬路上出現多少個老人。

之所以有這個壞習慣，說不定是受了「焦慮養生派」所宣揚的善用零碎時間做微型運動以增進健康再用大片時間糟蹋健康的教義影響（糟蹋云云純屬我個人不甚高尚的評議，可去之）。譬如：看電視時做拍打功，拍得驚天動地好讓鄰居誤以為家暴打電話報警；等電腦列印時可以拉筋——沒有腦筋的話就拉腳筋；捷運上做晃功晃到有人害怕而讓座給你；在醫院候診時做眼球運動，但必須明察秋毫不可瞪到黑道大哥（瞪到也無所謂，等他從手術室借刀回來，你已經溜了）。我一向輕視這些健康小撇步，總覺得這麼做會滅了一個人吞吐山河的氣概；文天祥做拍打功能看嗎？林覺民會珍惜兩丸眼球嗎？但說不定我其實非常脆弱且貪生怕死，以致一面揶揄一面受到潛移默化。剛開始，必然是為了在號誌秒數內做一點眼球運動，企盼能延緩文字工作者的職業傷害——瞎眼的威脅（何況，我阿嬤晚年全盲，她一向最寵我，必然贈我甚多瞎眼基因），接著演變成數人頭，就像小學生翻課本看誰翻到的人頭較多誰就贏，接著，我必然察覺到那些人頭白髮多黑髮少、老人多小嬰少，所以升級變成給老人數數兒。很快，我得出結論：閒晃的大多是老人，街，變成老街。老人此二字稍嫌乏味，我暱稱為「員外」，正員以外，適用於自職場情場操場賣場種種場所退休、每年收到重陽禮金的那一群。

現在，等號誌燈的我，又玩起「數員外」遊戲。正因如此，我可能是唯一看到馬路對面巷口彎出一條人影的人。如果那是時尚騷女，我不會注意，若是哭鬧的小女童，我只會瞄一下，假設是短小精悍的買菜婦，我會直接忽略，但她牢牢吸住我的目光，不獨因為她是短短二十秒內第八個出現的員外，更因為她比前面七個以及隨後出現的第九個都要老，她是今天的冠軍。

過了馬路，我停住，隔著十幾公尺，不，彷彿隔著百年驚心歲月，不，是一趟來回的前世今生，我遠遠看著她。她的腳步緩慢，我不必擔心她會察覺到有個陌生人正在遠處窺看——這當然是很無禮的事。她走到郵局前，郵局旁邊是麵包店，再來是藥房、超商、屈臣氏、銀行，然後是我。我無法猜測她的目的地，要過馬路或是到超商前的公車站牌或是直行的某個機構某家商店？此時有個聲音提醒我，數算遊戲應該停止了，今早得辦幾件麻煩的事，沒太多餘暇駐足。我這年紀的人都有數，我們不應該再發展戶口名簿以外的馬路關係，光簿子裡的那幾個名字就夠我們累趴了，再者體力上也很難因萍水相逢而興起衝動，我們離驍勇善戰的「青銅器時期」遠了，心鏽得連收廢鐵的都直接丟掉。

但事情有了變化。當我抽好號碼牌坐在椅上等候，我竟然缺乏興致做「銀行版眼球運動」——數算有幾支監視器，順便給觀看監視器的保全一點「可疑的趣味」，而是看著牌告匯率呆呆地想著被我數過的那些員外；他們留在我腦海裡的個別印象與美元、歐元、日圓字樣做了詭異的聯結，而幣旁的數字則標示他們各自的困難指數是漲或跌。譬如：美元阿嬤的駝背度比昨天嚴重了零點零三，歐元阿公的顫抖情況可能貶值零點零一，日圓奶奶大幅升值意味著不必再推輪椅⋯⋯。燈號顯示，還有十三個人在我前面。這時間，不少人掏出手機神遊，我繼續盯著牌告，猜測他們現在在做什麼？喝粥、如廁、復健、走路、臥病或是躺著在運送途中？

我遇到美元阿嬤那天下著大雨，某家醫院捷運站，我正要刷卡進站，看到站務員對已出閘門的她指著遙遠的另一端出口說明醫院方向。八十多歲，阿嬤拄著一把傘當手杖，喃喃地說：「喔，這邊喔，那邊喔，不是這邊喔？」她駝背得厲害，幾近九十度，微跛，再怎麼抬頭挺胸也看不到天花板高的指示牌。我停住腳步，對她說：「我帶妳去。」便扶著她朝醫院那漫長的甬道走去。外頭下著滂沱大雨，如果沒人為她撐傘，一個老員外怎麼過這麼長、殺氣騰騰只給二十五秒逃命的馬路呢？我送她到大門，交給志工，像個快遞員。現在，我忽然想著那天沒想到的事，我怎麼沒問她：「看完醫生，有人來接妳嗎？」不，我應該問：「妳身上有錢坐計程車回去嗎？」

在水果攤前，起先我沒注意到歐元阿公。選水果的人不少，有幾隻惹人厭的胖手正以鑑賞鑽石的手法挑蓮霧，我速速取幾個入袋，那天忘了帶修養出門，所以在心中暗批：「挑總統的時候有這麼苛嗎？」付了帳，正要離開，這才看見老闆娘替歐元阿公挑好蓮霧，掛在他的ㄇ形助行器上，報了數目，等他付款。我用眼角餘光瞥見他的手抖得可以均勻地撒籽入土、撒鹽醃菜，就是不能順利地從上衣口袋掏錢。老闆娘等得不耐，幫他從口袋掏出銅板若干，不夠，還差若干，歐元阿公嘟囔一聲，抖著手往褲袋去。我問老闆娘到底多少錢，遂以流暢的手法自錢包掏出那數目給她，她把阿公的銅板放回口袋，對他說：「小姐請你的，不用錢。」阿公似乎又嘟囔了一聲。我有點不好意思，最怕人家謝我，速速離去，但心想，我若是老闆娘請他吃幾個水果多愉快！錙銖必較，乃彼之所以富而我之所以窘的關鍵了。此時，我忽然想到為何他只買蓮霧？也許只愛這味，也許相較於木瓜鳳梨西瓜哈蜜瓜這些需要拿刀伺候的水果，蓮霧，這害羞且善良的小果，天生就是為了手抖的老員外而生的。不知怎地，想到蓮霧象徵造物者亦有仁慈之處，竟感動起來。想必，監視器都記下了。

遇到日圓奶奶那天也是個秋日。我故意繞一大段路，探訪久未經過的靜街小巷，看看花樹，那是我的歡樂來源；新認識一棵蓊蓊鬱鬱的樹，比偶遇一位故友更令我高聲歡呼。我沿著一所小學的四周磚道走著，一排欒樹，花綻得如癡如醉，陽光中落著金色的毛毛雨，我仰頭欣賞，猜測昨夜必有秋神在此結巢。

正當此時，看見前方有一跑步婦人與一位推著輪椅的老奶奶似乎在談話，幾句對答之後，婦人高聲對她說：「妳想太多了！」說完邁步跑了過來，經過我身旁，或許察覺到我臉上的疑惑，也或許她想把剛剛老奶奶扔給她的小包袱扔出去，所以對我這個陌生人說：「老人家想太多了！」一出口便是家常話，使我不得不用熟識口吻問：「怎麼了？」她答：「她說她要走了，唉（手一揮），吃飽沒事想太多了！」跑步婦人為了健康邁步跑開。看來，她隨便抓了我倒幾句話，那老奶奶也是隨便抓到她，倒了幾句很重要的話，在這美好的晚秋時節。

九十靠邊，枯瘦的她佝僂著，身穿不適合秋老虎的厚外套、鋪棉黑長褲，齊耳的白髮零亂、油膩，有幾撮像河岸上的折莖芒花招搖。應有數日未洗浴，身上散著羶腥的毛毯味——混著毛料、潮氣、油垢、溷汁，若她倒臥，那真像一張人形踏毯，今早陽光蒸騰，確實適合曬一曬舊地毯。

她推著輪椅，緩慢地移步，這台小車變成她的助行器，只是椅上空空的很是怪異，應該被推的她卻推著輪椅，應該坐人的位置卻坐了陽光與空氣。看來，她還不符合巴氏量表規定，也可能無力負擔外傭薪水，只能獨自推著空輪椅，在四處布著狗屎的磚道上踽踽而行，陽壽還沒用完，只能活著。

我猜測，今早，她沐浴於暖陽中，心思轉動：「太陽出來了，秋風吹了，我要走了！」因那自然與季節的力量令人舒暢，遂無有驚怖，彷彿有人應允她，咕隆隆的輪轉聲在第一千轉之後會轉入那不淨不垢的空冥之境，化去朽軀，溶了骯髒的衣物。她感覺這一生即將跨過門檻飄逸而去，故忍不住對陌生人告別。我猜測。

銀行裡的事情辦妥，我得去下一站。不知何故，原應向左走的我竟往右邊探去，也竟然如我猜測，第八號員外尚未消失；她站在超商前面，朝著大路，不是要過馬路亦非等待公車，不像等人，更不是觀賞遠山之楓紅雪白（沒這風景），那必然只有一個目的：招計程車。

如果身旁有個幫我提公事包的小伙子或僕役，我定然叫他去看看、伸個援手。惜乎，本人轄下唯一的貼身老奴就是自己，遂直步走去。且慢，開口招呼之前，我暗中驚呼，這位女員外是否剛從上世紀二、三〇年代十里洋場上海掉出來——夜宴舞池裡，衣香鬢影，紘醉酒酣，滿室笑語漣漣。她喝多了幾盅，酒色勝過胭脂爬上了臉，扶了扶微亂的髮絲，說：我去歪歪就來。遂跌入沙發，隨手取了青瓷小枕靠著，似一陣涼風吹上發燙的臉龐，竟睡著了。她不知那就是《枕中記》裡的魔枕，一覺醒來，竟在陌生的老舊公寓，六七十年驚濤駭浪全然不知，流年偷換，花容月貌變成風中蘆葦。

繡衣朱履，一身亮麗長旗袍裹著瘦軀，顯得朱梁畫棟卻人去樓空，頭戴遮陽織帽，配太陽眼鏡，頸掛數串瓔珞，一手提繡花小包一手拄杖。這風風光光一身盛裝，說什麼都不該出現在街頭、在約莫九十多高齡獨自外出的老人家身上。

我問：「您要叫計程車是不是？」

她說：「對。」

「去哪裡？」

「XX醫院。」她答。

「有帶車錢嗎？」我問。

「有。」她答，清楚明白。

我一口吞下幾輛亂停的摩托車（盛怒中的想像），扶她到路邊，目測自前方駛來的小黃們，要招一部較有愛心的計程車（這得靠強盛的第六感）。聽說，有運將嫌棄老人家行動緩慢，「快一點」，這三字夠讓一個自尊心頑強的老員外悶很久。在尚未有專營老者需求、到府協助接送的計程車出現之前，一個老人要在馬路上討生活得靠菩薩保佑。還好，招下的應該是個好人，懇請運將幫忙送她到醫院，關上車門，黃車如一道黃光駛去，我卻遲遲收不回視線，似大隊接力賽，交棒者不自覺目送接棒者，願一路平安，別讓棒子掉了。

「為什麼穿得像赴宴？沒別的衣服嗎？」我納悶。

一位經過的婦人告訴我，老員外就住在後面巷子，獨居。我問：「妳認識她嗎？」她搖頭。

「那麼，幫幫忙，麻煩妳告訴里長。」我說。

這口氣太像子女請託，連自己都不好意思起來；我忽地欠缺足夠的智識分析這種馬路邊突發的心理波動？我憐憫她嗎？不全然，或許憐憫的是一整代老得太夠卻準備得不夠的員外們；他們基於傳統觀念所儲備的「老本」——不論是財力或人力——無法應付這個發酒瘋的時代，而本應承擔責任的我這一代，顯然尚未做好準備或是根本無力打造一個友善社會讓他們怡然老去。好比，夕陽下，一輛輛遊覽車已駛進村莊前大路，孩童喊：「來了！來了！」，狗兒叫貓兒跳，旅途疲憊的遊客想像熱騰騰晚餐、溫泉浴、按摩與軟床，迫不及待從車窗探出頭還揮揮手；而我們，做主人的我們杵在那兒，搗眼的搗眼、發抖的發抖，因為，我們尚未把豬圈改建成民宿。

哪一戶沒有老人？又有幾戶做得到二十四分之一孝？「不孝」帽子訂單爆增，乾脆叫郵差塞信箱算了。我們是「懸空的一代」，抬頭有老要養，低頭有人等著啃我們的老——如果年輕人總是畢不了業也繼續失業的話。

我想著從未認真想過的問題，一時如沙洲中的孤鳥，獨對落日。雖然，踩過半百紅線不算入了老門，看看周遭五六十歲者熱中回春之術欲抓住青春尾巴的最末一撮毛，可知天邊尚存一抹彩霞可供自欺欺人。然我一向懶於同流，故能靜心養殖白髮，閱讀不可逆的自然律寄來的第一張入伍徵召令。彩霞，總會被星夜沒收的。

我會在哪一條街道養老？會駝得看不見夕照與星空嗎？會像騾子推磨般推著輪椅，苦惱那花不完的陽壽祖產，看著至親摯友一個個離去而每年被迫當「人瑞」展示嗎？我是否應該追隨古墓派英雄豪傑大口吃肉大碗喝酒，仔細養一兩條阻塞的心血管以備不時之需，莫再聽信激進養生派所追求的「長而不老，老而不死，死而不僵，僵而不化，化而不散，散而不滅」之不朽理論？（以上純屬個人虛構，切切不可認真。）我會盛裝打扮，穿金戴玉，踩著蝸步，出現在街上嗎？

「為什麼穿得像赴宴？」

忽然，我明白那一身衣著可能是獨居老人為了提防不可測的變故，預先穿好的壽服；無論何時何地倒下，被何人發現，赴最後一場宴會的時候，一身漂漂亮亮。

這麼想時，我知道，我正式老了。

手工刑法

人，來到這世上，無不欠打。

不服氣是嗎？聽我說個道理來：想想我們出娘胎那天吧，先不論降生的時辰八字是吉是凶，也不管等在產房外的爸爸是貧是富；無一倖免地，當我們卯足全力掙脫而出時，在隧道出口處迎接我們的不是喧天的鑼鼓、歡騰的人潮，恰好相反，是一個蒙面陌生人。這名「職業打手」以降龍伏鳳十八掌把我們打一頓，不打哭不罷休——那些被這排場弄怒、弄怕或是屬於前朝皇帝來投胎轉世根本打不得的人當場棄權，駕返天堂。我們這些無所逃遁的人只得乖乖挨打，哭得死去活來。那種哭法依「聲韻學」辨之，單單只有一個意思：「好痛啊！」

我們一哭，周圍的人全笑了。這就是我對人生的第一層體會：不打不下凡，無痛非人間。引申言之，折磨與痛苦乃是我們入世之前即已領得、必須隨身攜帶的兩張悠遊卡，一打一哭之舉，只不過是刷卡有效、允許進入人世的警示聲而已。

然而，這「打法」應有高明與拙劣之別。高明者，出手輕重有致，打得那初生嬰兒一掃蝸居子宮內四體壓縮之感，頓時渾身舒暢，不出幾日便能咯咯而笑，從此性情開朗，終生不得憂鬱症。拙劣者，那日必定手眼不協調；一手捉著沾滿胎便的活泥鰍，另一手如急湍中扁舟之翻覆，就這麼不偏不倚打中小嬰背後的「宿怨穴」（想當然耳應有此穴），遂觸動其前世所積未及褪淨的種種哀怨、悲愁、碎心、傷懷記憶；這些記憶如四隻蜘蛛復活了，一起在這名無辜嬰兒背部結網，蛛絲隱入肌理、脈絡，從此性格陰鬱，兩個太陽也曬不出一朵微笑。

我完全相信我就是被一位手法拙劣的產婆給打壞的，致使二、三十年之久鬱鬱寡歡，險險尋短。時至今日，我母親若得了話頭總要複誦一遍，當年我是如何日日哭啼、如何「歹搖飼」折磨她，其神情悲憤，雖未咬牙也近乎切齒了。其實，母親有所不知，我之所以難養，乃是被產婆誤打誤中宿怨穴，使得愛憎癡恨影影幢幢糾纏一身，令我痛不欲生之故也。然而，退一步想，亦不忍苛責村中那位唯一金字招牌的產婆。我報到之日正值水患初退，大地殘破；且又是秋深露重的凌晨時分。三更半夜，老人家被人從暖窩裡挖起，速速騎腳踏車趕往數里外的我家。當年僅有油燈、蠟燭，照明不佳，老人家氣喘吁吁、兩眼昏花，一把捉住我這條頭胎泥鰍，想必又閃神想起颱風使屋瓦破損、雞鴨短少的煩惱事，下手也就不知輕重，甚至在專業允許的範圍內又多打了四五下。我非偉人，哭聲無法劃破夜幕，但一定痛入心扉，留下陰影。影響所及，自幼即痛恨打小孩的人，再者，亦十分不喜別人觸摸我的身體。最後，附帶地對套頭毛衣也有意見，沒事兒要人家複習出娘胎感覺做什麼呢？真是不懷好意，抵制它！

如此冗長的敘述只是暖身操，為了凝聚宿命論共識，以使我輩「伏案族」取得自憐自艾權力，放膽呻吟。接著，才能談背痛。

背痛，似病非病，說痛不痛、說不痛又很痛。其發痛之境界有三：初階者，頓覺被掏空脂膏只剩一副沒人要的蟹殼。中階的痛法讓人覺得自己是塊砧板，有個笨傢伙拿鈍刀在上面殺魚剁蒜切柳丁。高階者須早晚練習勘破生死，因為活生生地像背了一口檀木棺材。

不拘何種境界，其患者可名列「呻吟歌劇」第一女高音或首席男中音，詞曰：「哎——喲——喂呀！好痛喔！會死人哩！」下文依各人母語不同或接國語三字經或持誦台語四字咒，薄有資產者於終咒之後吟唱：「誰來幫我按摩，我送他一顆鑽！」

長期背痛的人自然而然會對玄祕之學或考古學產生興趣。兵分二路，一路從星相、命理著手，斤斤計較處女座比天蠍座容易背痛，或破軍坐命者比天同坐命的人更易有筋骨傷害。另一路走學術路線，提問：「為什麼人類會背痛？猴子會嗎？黑猩猩會嗎？」遂化身為鑑識專家，自考古書籍找解答。我的好友J是個資深背痛者，某次於姊妹淘聚餐上發表「背痛考古學」即興式學術演講：「一切痛苦都要從八百萬年前開始講起！」舉座瞠目結舌，紛紛放下筷子。

「八百萬年前的非洲遍布濃密的森林，原始猿人以樹為家，四肢靈活並用。沒想到地球氣候改變，導致雨林逐漸消失，幾百萬年後形成樹林、草原散布各地的景觀，因此，猿人留在地上的時間增多了，於是演化成直立行走的非洲南猿。你們總該知道鼎鼎大名的露西吧？」J問。

「露西是誰？上櫃上市電子公司的總裁嗎？」有人問。

「裁妳的頭！」J說，「她就是三百五十萬年前的非洲南猿，我們的遠古始祖。」

「那我就放心了。」那人搶白。

「雖然露西還是全身毛茸茸的猿人，但她已經可以跟妳我一樣一面抱小孩一面追公車了，如果她活在現代的話。」

「這跟背痛有什麼關係？」有人笑著問，一面挾蝦子往嘴裡輸送。

「怎沒關係？就像蝦子跟嘌呤含量的關係，嘌呤跟妳的痛風有關，」J瞪她：「妳還吃！」

「我有吃藥！」蝦子女人堅持著。

「如果南猿始祖們不直立行走，身體骨骼不演化，我們就不會腰痠背痛、頸肩僵硬、關節麻疼！」J意猶未盡，繼續賣弄：「根據專家的說法，直立行走比在樹間晃盪省力，所以南猿們有較多時間與體力交配；而且，省力意味著母猿更容易在生產後恢復體力，也就有機會多生一、兩胎，這對族群存續具有關鍵性的影響！所以，注意嘍，腰痠背痛的女人是偉大的，因為背痛是一種肉身記號，這記號代表族群存續、物種演化進入新的里程。」

「有必要扯這麼遠嗎？」蝦子女人說。

「我喜歡這種悲壯的感覺嘛！雖然不會讓我的背舒服，至少心裡好過一點。還有，二十三萬至三萬年前的尼安德塔人跟妳一樣，深受關節炎之苦。他們可沒妳好命喲，吃那麼多海產！」J說。語畢，眾人一齊瞪她，不予置評。

（好吧，我承認，J就是我。）

背痛不會單獨存在，必帶著贈品而來。往上延至肩、頸、手肘，往下擴及膝、踝。自此，南迴線、北迴線接軌，環島鐵道完成。於是，每當嚴冬逼近寒流來襲，或是熬夜加班手不離桌臀不離座之時，就是「背痛現行犯」飽受凌遲的時候。屬初階痛法的那副蟹殼彷彿生出兩隻巨螯，沒事兒就鎖你一下。中階的那塊砧板不是變重是多附了一台食物調理機，轟然作響。至於高階者，我們必須為他默哀，因為痛到彷彿背上的棺材裡有個殭屍探出頭來問他「現在幾點？」

每個人的背就像一張攤開的羊皮紙，密密麻麻寫著成長史。所以，露背裝是專為沒有背負歷史的人設計的。那些布著血絲、瘀青、痣點、傷疤、疹塊，必須塗藥膏、貼藥布如一部滄桑台灣史的背部，它們的主人絕對奉行「掩飾是一種美德」，除了穿內衣、外衣，還會加背心、外套。因為，歷史有時是見不得人的。

我的背記錄著一個生於一九六〇年代台灣農村排行老大（不只不會挑時辰，連順序都挑錯）女孩子的「虎背鍛鍊史」。首先，躍上我背的是妹妹，接著又來一個妹妹，最後是弟弟。唯一沒讓我背過、與我差兩歲的大弟很快地成為我的挑水夥伴；一根扁擔、一只吊桶，他在前我在後，從三百公尺外的水井抬水回家。但是，這傢伙從小就顯露斤斤計較的商人性格，質疑水桶吊繩從扁擔中間順勢下滑使他吃重，每走幾步便要求「校正」。我倆便在黃昏小路上演練物理學原理、爭論公平正義原則。於是，兩人估算身高差距，他改以雙手抬高扁擔頭，使彼此負重相當。行走間，我也自小顯露「以其人之道還治其身」的陰狠個性，即使看到吊桶下滑亦不出聲。商人潛藏間諜心思，他故意把扁擔抬得更高致吊桶往我處滑來，我見狀亦抬高，如是數回，兩人皆變成高舉雙手小跑步似士兵投降。回到家，一桶水灑了大半，討得一頓臭罵。我「看破」手足之情，賭氣地套好另一只水桶，自己挑水去，直到月牙掛上天空，才把灶腳的大水缸注滿。

我聽說，即使新兵入伍，剛剃度的比丘比丘尼也不必受這種訓練。

鐵打的筋骨也禁不住長期操勞，挑水背弟妹的小薛西佛斯總有懨懨一息的時候；我祖母是個精通十八般武藝的大地之母狠角色，見我沒精神了，拿出扁梳、端一碗水，命我坐好，先屈指用力夾捏我的頸肩，如消防局小隊長緝拿潛逃的保育類動物般為我「抓龍」，見我哀叫得火候差不多了，再命我趴著，用扁梳沾水為我刮痧，每每刮出兩道紅痕，首尾相連，果真一尾活龍被她逮到了。她嘖嘖稱奇，讚歎自己的手藝，全然不顧我痛得涕泗縱橫。相較之下，我母親的刮痧手法溫和許多。不過，若恰巧被祖母瞧見，她必定挑剔一番指示重刮，彷彿沒煎熟的魚得回鍋再躺一躺。

在那支扁梳的威權統治下，我學會隱瞞傷勢。凡是從屋頂摔落、騎車跌入河裡這種傷及筋骨的事一律不報，忍一忍也就過了。怎知這一忍卻積了暗傷。

國高中時期，我的背部脫離「虎背熊腰」目標改走「脊椎側彎」路線。最佳訓練道具不是啞鈴、鐵餅而是書包。對一個具有勤學苦讀精神的學生而言，書包就像戰時統帥所在的軍事碉堡與祕密彈藥庫，寧可過度齊備不可不足。每日，我把昨天的課本、參考書帶著以便下課複習、遇疑難可立即找老師解惑。當日的課本、參考書當然必帶。明日的課本最好也帶上，下午清掃之後有空預習。國語字典、英文字典如心臟病患的藥丸必須隨身攜帶。便當必帶，衛生紙手帕剪刀萬金油雨衣酸梅必帶。正在看的課外書高潮迭起不可不帶，午睡時趴著看幾頁也好。我頂著露耳垂短髮背著大書包度過六年青春期沒有豔遇。若有敵機轟炸，我死前一定護著書包，看這姿勢就知道七〇年代聯考的壓力有多大。

我帶著輕微側彎的脊椎踏進大學校園。宿命地，因矢志走文學這條「抬不起頭來的路」，從此，自頭頂百會穴到臀部薦骨上的腰俞穴，保持一個問號形狀。待進入文學雜誌當小編輯，日以繼夜伏案工作，右手中指指肉長繭、指節微彎只能算小點心，重頭戲是背部膏肓穴隱隱作痛如插了一支毒箭。痠痛難耐時，央求妹妹幫忙「抓龍」，彼此間對話總是如此：「到底是哪裡？」「這裡！不對，上面一點，左邊一點，再上面一點，不對不對，下面一點，對！就是這裡！哎喲救命啊！殺人哦！」按不到兩個噴嚏功夫，痛點溜了，又得宛如兩個瞎子操控衛星導航般再次校正座標。妹妹甚不耐煩，抓原子筆在我背上做記號標一二三，免除對位的麻煩。這時期的我過著清心寡慾的生活，一個背部寫得跟黑板似的女人，能有什麼情慾前途。

這給了我新的體悟。女性想出頭天只有二途，一靠前面，一靠背面。前者，走美色、性感路線，所有誘人武器都配置在女體前面可見這條路是天賜坦途。靠背面脊椎骨的，是條苦路；挑燈夜讀，伏案趕工，從書桌換成辦公桌、會議桌，首先把臀部坐扁、眼睛看花、胸部壓垂、腹脂堆厚，接著從指節、腕隧道關節、手肘、頸肩背如連珠砲一路發，終於修成正果取得總裁、總經理、總編輯「三總」頭銜從此背負天下重任。悲哀的是，當滾石上山的薛西佛斯換女性做做看時，首當其衝遭到嚴重破壞的是「情慾」胃口；靠「前面」打天下的依然採躺姿，靠背部定勝負的女性卻是趴著——面對男性時，她們不再熱中「探囊取物」這種發情母獸愛玩的遊戲，只愛趴得像一隻宜蘭鴨賞，央求丈夫（或男友）幫忙指壓、按摩，看能不能把鴨賞按成「春江水暖鴨先知」詩中那隻活潑小鴨。接著，鼾聲大作。命運乖舛的「總字號女頭目」總是為背部情慾區付出慘痛代價，依「八卦」卦理，其夫或男友會流連在外，也找人幫他做更細膩、更深入的按摩，差別在於不是背部是前面。

把背部玩廢了的女性不在少數。某次，與一位事業有成的大姐大喝下午茶。只見她偏著頭神情恍然，眉頭深鎖，右手在耳後、頭肩之間游移。我一看就知她絕非對隔桌男士搔首弄姿，是跟我同國的。遂起了慈悲心，匆匆喝完咖啡，捲起兩袖，脫錶拔戒指，走到她背後，從後腦髮際凹陷處的「風池穴」開始按摩，沿頸項擴及兩肩「肩井」、「肩髃」二穴，稍作停留，如卸下四顆螺絲釘，再順著第二、三、四、五、六胸椎棘突起附近的「附分」、「魄戶」、「膏肓」、「神堂」這幾處與頸僵、肩痠、背痛相關的穴位以小漩渦指法使勁壓揉，繼之合掌以童子拜觀音手勢來回搏打，啵啵作響，打得她點頭稱是、咿喔吟誦。事後，我回座，一面擦手一面低聲提醒她：「香奈兒No.5香水不要跟正光金絲膏一起用，味道很怪。」若非親眼所見，誰能相信名牌衣飾之下，一名未婚傑出女性背部所貼的止痛貼布竟比春聯還大。我半開玩笑：「妳不必結婚了，拚命賺錢蓋一棟面首樓，狀養幾個壯丁幫妳日夜按摩算了！」不久，為了答謝「馬殺雞」之恩，她送我一台口袋型按摩機，狀似搖控玩具。其實，我最需要的是向上帝借遙控器，將自己的頭轉至背後，兩手亦反轉，如此即可痛快地自行捶打背部，無須求人。

俗話說「可憐者必有可恨之處」，此理適用於背痛者。腰痠背痛並非無法可治，然凡是長期患者大多屬「活該型」懶人。氣功、太極導引、八段錦、瑜伽、甩手功，繳了報名費，沒上幾堂即因加班應酬下雨不去了；水療、泡湯、SPA據說皆有療效，但是時間、費用、衛生問題令人憂心，潔癖如我者不敢嘗試。坊間亦有專業按摩師，然某種不明所以的階級剝削感使我無法放鬆心情享受服務，甚至恐因過度緊張導致愈按愈僵硬。據說大陸有家按摩院非常積極，為了招徠顧客，一律稱客人：「爸爸好！媽媽好！」唉，實在不好。

俗話又說：「求人不如求己」，此理絕對適用於背痛者。當然，我的一位朋友例外，自從在電視看到有隻貓會跳上主人背踩踏幫人按摩之後，她就放棄存錢買Osim按摩椅、乳膠床墊的念頭，改寄希望於家中那隻寵物。對於年過四十還能做白日夢的人，我一向既敬佩又同情。腳踏實地如我者，只能靠手工刑具，自行「馬殺雞」。

刑具者按摩器也。自從年輕時買了第一支刮痧板，取其造形刮「合谷」、「太陽」穴治頭痛，按「攢竹」、「睛明」、「上光明」穴紓解眼睛疲倦頗有成效之後，自此收購不少器具，一字排開，狀似催魂梳、挖眼刀、索命繩、神指板、奪心槌……，不像閨中情趣用品，倒像心狠手辣妖婦的私房暗器。這些刑具散放家中各處，凡閱報、讀書、寫作、看電視、講電話或烹調空檔，隨手取之，胡亂敲打，狀似過氣乩童。由此可證，文字工作乃是另一種縱慾，必須一生背負筋骨原罪。想必司馬遷、李白、蘇東坡、曹雪芹……等大文豪皆有五十肩、腕隧道關節炎合併痛風（尤其是東坡肉發明者蘇東坡）之苦，只是不知，是否筋骨愈痛文章愈神？當其歇筆，是否有書僮一名、婢女兩名劃分責任區為其細細按摩、緩緩推拿如在仙鄉？但丁《神曲》中，荷馬、蘇格拉底、柏拉圖等詩

刮痧尖刀，木製，
宜於自裁，
痛而不死。

滾蛋型，
適合滾脖子。

三指神功板，
軟膠，拍打五十肩
甚好。

滾大面積處，背、腰、腹、大腿等。
若有二婢，一人拉一端，來回滾動腹部，
少能滴滿一桶脂肪。

滾臉蛋用的，玉製。
需提防手勢，以免
顴骨愈滾愈高，
鼻孔愈滾愈大。

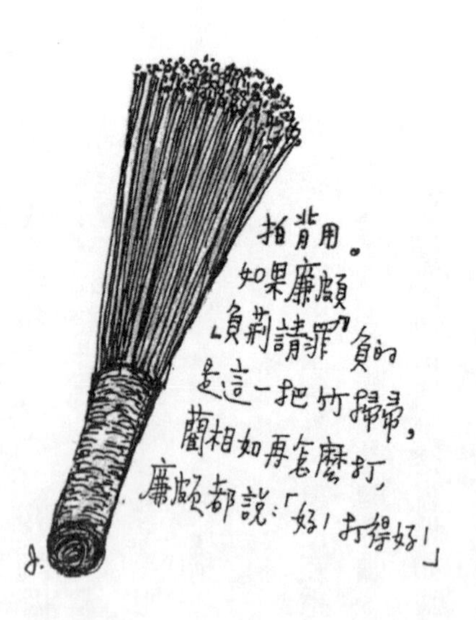

拍背用。
如果廉頗
「負荊請罪」負的
是這一把竹掃帚，
藺相如再怎麼打，
廉頗都說：「好！打得好！」

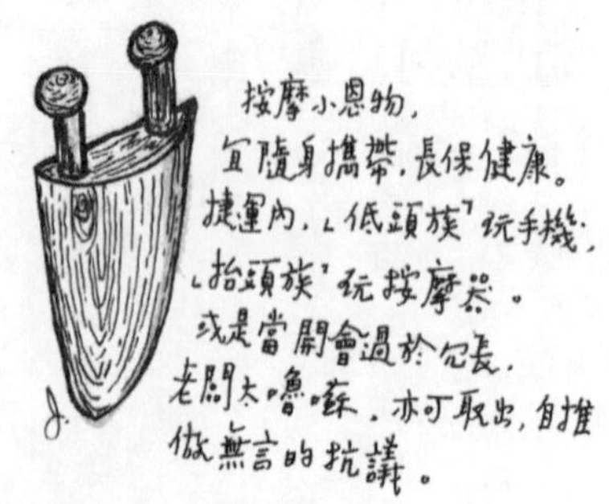

按摩小恩物，
宜隨身攜帶，長保健康。
捷運內，「低頭族」玩手機，
「抬頭族」玩按摩器。
或是當開會過於冗長，
老闆太嚕嗦，亦可取出，自推
做無言的抗議。

人、哲學家死後均住於地獄第一層，可見我輩舞文弄墨者下地獄是免不了的。幸好那裡環境幽靜，綠草如茵且是個有光的所在。如果這一層住戶成立管委會向主管機關提出申請，讓住在地獄第二層的邪淫者、為愛犧牲性命的情癡們有個將功贖罪的機會，亦即是幫第一層詩人、哲人、文學家做按摩等手工服務，如果這提案通過，此生因文字債引起的種種苦楚皆可不計較，不僅如此，我還期待下地獄呢！

地獄尚遠，肉眼所見的這一副零件老舊的肉身仍在。雪上加霜的是，為人母之後，還得為兒子那管過敏性鼻子贖罪；每當秋冬更遞鼻病發作時，臨睡前，為他抹上精油如醃唐僧肉，按摩鼻子與手上合谷穴、鼻痛點。這可苦了我的手腕。所幸被我喻為「長工阿福」（或阿貴）投胎轉世來伺候我們母子的孩子爸爸一向任勞任怨，見我筋骨生鏽也會提供幾分鐘的手工服務。於是，床榻上形成按摩生態，我揉兒子的鼻、兒子捏我手腕；他按我背，我搓他的膝頭。關燈後，窗外樹林間的路燈送來微光，三人窩在一起閒話家常又相互以手結成鎖鍊，足以忘憂解勞。從此，我得了便宜，偶會仿《紅樓夢》賈母派頭，喚著：「長工阿福、童工小福，還不快來幫我揉揉！」即使無人搭理，也能自得其樂一會兒。

按摩工具畢竟是冰冷之物，遠不及有溫度的手工推拿。然平民百姓，一生能享幾次按摩樂？享不得，用想也行；凡我「無期徒刑背痛受刑人」都應練就滿腦子綺思功夫，每當寒夜背痛、輾轉難眠之時，受夠了塗的、吞的、敲的、貼的種種折磨之後，不妨來一趟「想像療法」。

想像自己剛從熱氣氤氳的花香浴池裡出來，全身氣血通暢、肌膚鬆軟，趴在乾淨且軟硬適度的臥榻上。接著，有兩名好性情、手藝精湛的按摩師前來會診你的背部。你從談話中得知，他們同時也是人體考古學家，專長肌理筋骨鑑識，能一眼看穿整個背部板塊形成史，洞察各種傷害的殘骸。

他們以精巧的工具測量肌肉面積、骨骼距離，計算舊創新傷堆疊模式以便找出破解之道。你聽到他們以憐惜口吻指出第一道傷應是出生時被產婆打中「宿怨穴」所致不禁鼻頭一酸，接著提及重擔下壓肩胛導致背肌拉傷等等，聽了讓你心頭浮起暖意，最後，其中一位以指頭輕輕劃過你的左背停在膏肓穴處，說：「這是一條情傷，所有哀愁都收納在這兒，像芒草劃過流水，不留痕跡，卻留下記憶。」你聽了眼眶微濕，感覺自己的背部像退潮後的河灘沙礫地，糾糾結結一覽無遺。

鑑識畢，他們詢問你喜歡何種精油？佛手柑安撫神經、薰衣草放鬆情緒、紫羅蘭助眠、檸檬草祛除疲勞。你選擇尤加利樹當作香氛主旋律，再漸漸滲入玫瑰香味，你覺得背部裸露應該搭配晚春初夏的季節情緒，才能讓自己順著按摩的節奏回到半人馬神話時代。他們同意，又為此選擇森林裡潺潺流水、幽幽鳥啼的音樂做呼應。開始了，一縷縷淳厚的樹香在淡雅白玫瑰陪伴下流進你的鼻腔，如整個春季的自然能量賜給疲憊的心靈。四隻柔軟且強勁的手從頭到腳在你身上舞蹈，流暢、優雅，結合力與美，時而如非洲草原一群野獸奔蹄上山，滾石滑落；時而像海洋深處一次強烈地震，崖與崖密合。有時像一輪初生太陽在你背上散步，有時是一群蝴蝶匆匆飛過。你輕聲喟嘆，跟自己的命運和解，重新領回被眾神親吻過、輕飄飄的身體。「多美好的時刻，請不要停啊！」你喃喃自語，打起呵欠，意識從現實漸漸滑入夢境。你覺得自己變成一個有翅膀的神人，一步步飛向最璀璨、極奢華的香眠國度，如躺在宙斯床上。

整整酣睡十六小時，次日醒來，你完完全全變成一個好人。

活得像一條流浪狗

——關於失落感的七則猜想

當然，我見過流浪狗。在城市邊境，垂著尾巴與我錯身而過，牠不認識我，不會纏著我討食物，只是自顧自地低頭趕路，專心流浪，甚至沒察覺我這個「路人」回頭目送牠好一會兒，祝福牠一路平安，不要變成網路上虐殺貓狗照的下一個主角。

然而有一天，當我回頭看一隻淋過小雨的流浪狗時，發覺牠也正在回頭看我。那瞬間，那被指認卻引不起快意的瞬間，我的腦海浮出未曾有過的念頭：「難道，在這位見過世面的動物小友眼中，我已經是個散發流浪霉味的靈長類？」

繼續行走，腳步卻慢起來。眼前仍是欠缺美感但早就習以為常的城市街道，迎面而來的多是老者，一個比一個高齡，天天都是重陽節的樣子。我彷彿闖入銀髮族園遊會現場，逛一攤老一歲，終於也要成為肢體抖顫需依賴雞爪助行器的一員。雖然，我離那景況還有一段路，況且比我年長的同輩不時示範抵死抗拒姓「歐」（歐吉桑、歐芭桑）的高難度技巧，但此時，我不在意成為「準歐盟成員」，也不嫌惡老者，反而從他們身上獲得一絲認同的暖度——他們是退潮的人，我是浮遊之民（至少那隻小浪犬是這麼看的），皆非當今主流戰場上的驍將，街頭相遇，同是淪落人。我心裡納悶的是，到底發生了什麼事讓我那原本朝氣蓬發的內在漸漸產生變化，以致眼神渙散、表情嚴霜、背脊彎駝、腳步沉重，像一個裹著皮的髑髏而不自知，卻讓一條聰慧的流浪狗一眼看穿。

我猜想，必是跟崩壞、焚燬的事件有關：半生賴以寄託的價值體系崩了，擋風遮雨的道德屋簷焚了，染上「後中年期」失落感流行病毒，症狀顯著，不時發作。那隻流浪狗能嗅出我身上有灰飛煙滅的氣味，倒是個知音呢！

在尚未失落「失落感」之前，隨手記下幾件看來稀鬆平常卻讓我發愣的小事，以備有一天失落了「失落感」，整個人痲了瘸了聾了，自己看看（如果還沒瞎的話），或許還能接回幾條神經，喚起什麼，進而恢復「刺痛」那種新鮮的知覺。

1 半張裸照

報紙社會版，約占三分之一版面登著一張照片：面對觀者的是兩個人，站在護欄邊，一位微胖婦人伸出雙手做出阻擋動作，一位是高瘦的大男孩，臉上表情被「馬賽克」處理，看不出動作；背對觀者的是新聞主角，一位站在遮雨棚上的女性，襯衫向後套著，沒扣釦子，因而完整且清晰地讓觀者看到全裸之下那曲線畢露的背影。

文字描述了時間地點事件人物：憂鬱症母親全裸爬上遮雨棚欲尋死，友人與兒子隔著護欄阻擋，那件襯衫必是在溫情呼喊之間扔過去讓尚未完全失去理智的她披上的。在她之下，也必然有圍觀的群眾及一台盡責的攝影機，喀嚓喀嚓，當晚有一名盡責的編輯決定放大照片，讓裸背裸臀裸腿畢露，次日一大早給全國人民看（他們的慣用語是，民眾有知的權利），文字裡提到為了照顧生病的母親，就讀高中的大男孩休學。

如果，如果我是那位尚未完全失去理智的憂鬱母親，次日打開報紙，我該如何看待這張報紙對我兒子的傷害呢？他有個以這種方式上了報的母親，鄰居以及他的老師、同學、朋友甚至心裡喜歡的女孩，都看到了，想必也在餐桌上談論了。我這個被絕望封鎖的母親還能不能掙出一絲力氣，告訴兒子：「認命吧，民眾有知的權利。」

如果，如果我是大男孩，我該怎麼處理媽媽的感受？甚至，漫長的這一生，我有沒有能力處理這一塊瘀傷？可以假裝一切未曾發生嗎？或是，永難抹滅那張報紙的烙印，夢裡，從被張揚的屈辱感與恐懼中醒來。一輩子被一個惡夢綁架了。

如果，我是報社主管，我是不是應該親自向記者與編輯嘉勉一番，在腥風血雨的媒體廝殺戰場上，他們捕捉到數秒間的獨家精采鏡頭，更重要是，懂得放大。

閱報的早餐時刻，草草看完之後，我憤怒地將這張沒人味的報紙撕下，丟入回收箱。

每一款人生都有困境，有些人生的艱難程度非他人能想像；但，這不代表正在淵谷中奮戰的人喜歡被張揚、被刺探、被圍觀、被全國民眾當作佐茶的糕點。有時，越是深沉的痛苦，越希望旁人沉默地走開。而我們，完全幫不上忙、遠在天邊的人有什麼權利大刺刺地觀看他人的痛苦而後繼續嚼食早餐等待股市開盤？一張被放大的半裸照，蝕去我們面對他人痛苦時那種最基本的「靜默的尊重」，一種「不張揚的體貼」。我們放任自己處在被改造、被餵食重鹹口味的危險中而不自覺。我們花錢買一份報紙，馴服地任他們把我們善良的心給玷汙了。

我也明白，這半張遮遮掩掩的背影算什麼，更露骨的圖照、更能刺激官能反應的文字——彷彿跟每天郵件垃圾匣裡成堆的穢字淫辭皆出自同一人之手（或是同一批被處理過的腦袋），早已處處可見、時時能聞。剛從沙漠逃出來的人，開口閉口稱誦水呀河啊；關過黑牢的人，愛說陽光鳥鳴繁花。到底發生了什麼事，使得一群選圖照、下標題的編者，除了「性、奶、乳、暴、淫、侵、晃、弒、槍、血、殺」及其相關詞串，已寫不出其他字彙（他們必然高呼：讀者只愛血與性）。被這幾個字規格化的人，看到一根電線杆旁有條死蛇，腦海裡也必然浮現斗大標題：慘死！電線杆性侵夜歸蛇！

什麼時候開始，媒體變成屠宰場，豢養數十條餓狼巨蟒，張著血盆大口，每日拖回獵物，玩弄、逗鬧，待現出驚慌掙扎之狀，再加以活剝現宰，必得見到一灘血淋淋，滿足所謂「讀者有知的權利」，方才罷手。然而從內容選擇角度來看，這句話恰好證明社方認為：我們有權利讓讀者「無知」。

如果有一天，大多數媒體以舐癰吮痔、茹毛飲血為樂為癮為賺頭，我，一個漸老之人，應該強迫自己習慣這些嗎？我，可以期待那一天永遠不要來嗎？

2 一張桌子

金融海嘯襲捲了原本就困難的家庭，那陣子中高齡失業、家中斷炊的事件時有所聞。有家善心麵包店於晚間將到期麵包放在紙箱內供民眾取用，對困頓之人而言，倒也不無小補。

畫面上，幾個彎腰、蹲著的阿婆正從紙箱裡取麵包。影像過眼即逝，卻留下悵然之感，總覺得少了什麼？

少了一張桌子。

把麵包放在紙箱裡，保持食物潔淨，把紙箱放在桌子上，保全了他人的自尊。為他人保全尊嚴，是一種高難度的體貼吧！

3 樹，必須死

對某些人而言，砍樹是一種癮，有權力砍樹極為過癮。他們握有或大或小的權力，需搜集越多越好的選票；精算時間成本，絕不會選擇種樹，因為等不到綠樹成蔭的成績，就被對手以「毫無建設」的罪名轟下去。所以，為了被看見，鄉鎮村里巷弄野丘河濱，所有的樹都必須砍。清出空地，蓋光禿禿的小公園「以增加使用率」，放不安全的兒童遊樂器材給越來越少的兒童玩（君不見推嬰兒車的人少了，牽寵物狗的人多了），種兩個月必死的草花以持續性地消化預算。扣除雨季溽暑颱風寒冬，到處都看得到的無樹小公園到底成全了誰的成績單誰的荷包？我們得到什麼？一張張樹的死亡證明，一匹匹生鏽的搖搖馬——沒孩子可坐，寵物狗不愛坐，給老人坐又危險得有讓他安樂死的嫌疑。

守得住樹的地方，也有守不住的事。

經過某縣份最有名的綠色隧道，兩旁百年老樹一起盤成綠蔭長廊，彷彿土地守護神，聯手護衛斯土斯民。我若是本鄉遊子，返鄉看到老樹依然等我護我，如兒時一般，怎能不潸然淚下？千千萬萬盆遇雨即毀、曝日即枯的草花，怎能取代一棵老樹？能護住老樹隧道，是掌權者的佳績。

慢著，這樹下怎麼裝了這麼多燈箱？兩大排，三步一具，行車經過，仰頭而望是一匹綠幛，低頭而看，嚇！像特力屋燈區展示。

這個縣天天鬧鬼嗎？需要這麼密集的燈箱！據云斥資千萬。

接著，（以下是我的猜想），因為節能省電之需，燈箱只能開一半。再來，維修耗材之預算有限，壞掉的燈就讓它壞吧。接著，練臂力的縣民丟過來的石頭把燈箱弄破了，最後，剩下不知該怎辦的「箱」。

這縣份有不少需協助、課輔的兒童，那千萬資源若用於教育該有多好。然而，從秀出一張漂亮成績單的角度來看，必然是：

一個吃飽了的貧童的笑容，不是成績；一具燈箱，是。

一棵繼續在四季風雨中歌吟的樹，不是成績；一座鞦韆，是。

也許，我們應該重新定義「建設」，選一個不隨便建設的人，而不是大興土木把土地剃成光頭、把海灣蓋成酒店的人。

我非常懷念老樹，高大的樹，藏著一萬朵綠浪等著風來嘻鬧的樹，芬芳的樹，收留鳥巢的樹。我從不緬懷青春，從不追憶少女，卻思念那一棵棵與我萍水相逢，曾經為我遮蔭、安慰我漂流的心卻永遠離開了世間的樹。我行過一坪六十萬起跳號稱水岸人文首席的新興住宅區，想念的是二十多年前站在此地的兩株百年桂花樹；我記得花開得澎湃，薄雨午后，我癡迷地嗅聞花香遲遲不忍離去，景象如在眼前。是的，憂傷會突然襲來，會浮現不合乎閱歷與年齡的問題：那些被砍死的豐美的樹們，會投胎轉世嗎？會乘願再來嗎？會因我的思念而幻影再現，等在路上與我相逢嗎？

樹，比人可愛，樹，比人有涵養。路途中，當我看見一棵大樹，總會在心裡感謝他這麼美，觸摸他等同握手，鄭重地訴願：「可不可以請你永遠活著，永遠為我活著。」

然後，憂傷會突然襲來。

4 假如我是一具屍體

假如我是一具置身戶外的屍體，那必然是不幸事件：或因被莫名其妙的流彈波及，或是交通意外，或遇天災，總之，我必是在無辜且極度驚怖的狀態下被迫成為一具屍體。正因如此，以我對自己的了解，不可能露出安詳滿足的微笑，恐怕正好相反，死狀悽慘。

不多久，必定有警車、救護車抵達現場，拉起封鎖線展開忙碌的偵查工作。此時，必定也圍攏了幾個不趕時間的路人，非常關心現場狀況其實關心的是能否搜括更多資料以獲得隨口轉播的談話興致。

譬如，場景一：是個女的啦，五十開外，聽說是地產大亨，從口袋灑出好多鑽石，看到沒有，警察都赤腳捲褲管，那個女的手上有一張清單寫著共有幾顆鑽石，一顆都不能少！用膝蓋想也知道，財殺啦財殺啦！

場景二：查某的啦，生作矮矮的，頭毛白速速，面全血，嘖嘖可憐哦……！

換言之，鄉親們關心的是自身的閒話趣味。要不，他們既不負責救援、指揮、勘察、聯絡、拖吊，也不必安慰家屬、清掃、買便當，不出力不出錢，杵在現場圍觀，抽菸嚼檳榔聊天，等著看「死相」聽家屬「號哭」，不是把滿足好奇心的快樂建築在他人的悲傷之上，是什麼？

假如我是曝屍於野的屍體，若冥府發給慘死者六張優惠折價券稍作補償，允許靈魂在事發現場做六件標記、行使獎懲的話，那麼，第一張，我當然用來標記跟死因相關的事物，有助於破案或避免他人發生同樣慘劇。第二張，標給救援的人，他們應得到祝福。第三張，送給路過卻不圍觀，以同理心尊重遭逢意外的我，並且在心中祝禱逝者得安息生者得安慰的人（這也是我一貫的作為，若經過事故現場，便稱誦觀世音菩薩悲海緣聲，為不幸的人默禱）。第四張，我得大大地使用，標記圍觀的「鄉親勢大」，他們將得到我的怒氣。第五張，我必然要送給用鏡頭蹂躪我的攝影記者，他們欺負我這個死人，肆無忌憚，拍攝且特寫我那壓扁的頭顱、噴血的五官甚至殘軀躺臥的模樣，次日登在報上以「饗」讀者，無一絲「尊重亡者」的同情心，更不顧念家屬看到這種照片將何等心痛心碎，永遠不能磨滅親愛的家人慘死的樣子（想想啊，如果躺在車輪下的是年輕的孩子，父母親看到報上登這種照片，是什麼感受？或是，躺在那兒的是報社老闆的親人，攝影者也敢這麼賣力地拍足各種角度再把照片洗一套送給老闆留念嗎？）隱藏在各種冠冕堂皇的理論、理由下，這種照片得到呈現的合理性，然而我只看到掠奪與殘忍。光憑這一點，我不僅要牢牢標記，更要用第六張優惠券向鬼差大哥借一下鋼叉，朝那鏡頭狠狠地叉去——

我可不敢說，以死人的眼力，我會叉中鏡頭還是鏡頭後活人的眼球。

5 電視新聞與阿茲海默症、名嘴與失眠的另類治療

對不少退休族群而言，遙控器已成為不可或缺的手部輔具，那形似狗骨頭或一條松阪肉、布著敏感小突起的器具，頗似巫師法器，老人家坐下來，朝電視一按，音量放大，開始上班。

依臀部耐力，上班的部門可分為：戲劇處，計有韓劇組、日劇組、台劇組、大陸劇組、偶像劇組、電影組⋯⋯。新聞處：三立、民視、TVBS、中天、年代、東森、台、中、華、公視⋯⋯，藍綠各取所需。名嘴處：大話新聞（後來停播了）、全民開講、頭家開講、星光大道⋯⋯，亦是有藍有綠。另有財經處、賣藥處、烹飪處、命理處、宗教處、購物處、體育處、卡通處、綜藝處、三

姑六婆磕牙瞎扯處、國外處……等部門可供選擇。粗略估算，從六十五歲退休到乘鶴西歸或駕返瑤池，上二十多年電視班。此班無正常上下班時間，依各人睡眠作息而定，無給職，有爆肝之虞。

照理說，一百多台，如滿漢全席應是視聽之無上饗宴，實則不然！有一陣子，我用功看電視，抱著預習銀髮生活的態度，好好了解萬一將來我這顆腦袋不管用了，可以看些什麼節目，長一點知識。看了不久，原本平靜無波的心竟升起一把野火，覺得再看下去，我這顆腦袋瓜可以丟入廚餘桶。

就說新聞吧，那真是一人份的智力就可以完成的一日份連續劇。只要讀幾份早報，挑幾個頭版、配幾則政治重點，補一些鏡頭或電話連線，叫主播唸一唸，這也能算重大、獨家新聞！此外，再配合血與性相關社會事件，諸如：車禍、吵架、追殺、尋仇、械鬥、性侵、販毒、偷拍、燒炭、跳樓、減肥、美容、醫療疏失，再大量灌入美食、小吃介紹，佐以政商緋聞、影視八卦，摘一些國外趣聞點綴點綴，若嫌不夠，網路是現成的資源回收站，隨手搜括幾件也真的可以撐下去了。

畫面上，主播與記者一唱一搭：

「……我們立刻跟本台特派記者連線，ｘｘｘ，請告訴我們現場的情形。」

「好的，主播，各位觀眾，記者現在所在的位置就是野豬出沒的地點，從我右手邊的地方可以看到有很多員警正在進行搜查的動作，他們從昨晚到現在都沒有休息，可以說是非常的辛苦。從地上的腳印可知，不只一隻野豬在這裡活動，警方判斷至少有一隻大的二隻小的，我們來看一下稍早的訪問……。以上是現場最新的狀況，把鏡頭還給主播。」每隔一小時，重播再重播，像跳針的唱片。

重播，竟成為現今電視新聞頻道的常態，這麼看來，豈不是電視報紙化！

某日清早，一古蹟失火，記者連線主管機關首長詢問災情，此首長聲音稍啞，大約起床不久，諸如此類一番，說了一句：「至於詳細的災情，要進一步了解之後才能知道。」此時剛剛事發，合理。到了晚炊時分，這則新聞又播了，「以下是本台記者的報導」，狀似有進一步消息，秀出的畫面仍是記者與首長的電話連線，播出的聲音竟然是：「至於詳細的災情，要進一步了解之後才能知道。」就是早上剛起床的那副啞嗓。從清早事發到傍晚，這則新聞動也不動，像報紙上的，這能叫有聲有影的新聞嗎？

我總想要一個解釋，終於恍然大悟，摸出一點道理來了。上學上班的人沒空看電視，掛在網路上的新世代蜘蛛們不習慣看電視，這麼多台從早播到晚的新聞給誰看？我猜，給忠實觀眾，也就是退休多年的宅公宅婆看。

上了年紀的宅公宅婆，腦力退化，甚至有不少是記憶力逐漸喪失的初期阿茲海默症患者，不斷重播的新聞內容對他們而言確實是最有人情味的作法。反覆練習，說不定能發揮療效，延緩病變。啊，我誤解他們了，原以為這樣的新聞是一種墮落（我年輕時，新聞記者幾乎就是社會精英分子的代名詞），現在才知新聞工作者早就卸下無冕王改當老者良伴；如此說來，走綜藝路線的變裝新聞播報法，乃仿傚老萊子娛親，真是一件功德啊！

自此，看新聞如做記憶力測驗，若抓到重播便沾沾自喜，證明自己尚未失智。管它愛播幾次就播幾次，一則採訪連播幾天快成醬瓜了也無所謂，我只要拿起遙控器送它一個黑暗就行了。

談到政論性談話節目，稱得上是台灣電視史上的奇蹟。我們年少時曾對「三廳電影」——男女主角在客廳、餐廳、咖啡廳愛得死去活來的愛情片感到不耐，沒想到臨老卻完全接受比三廳更單調的「一桌」談話節目。好歹，人家男女明星皆俊俏，穿著講究，至少也是或站或坐、或拉扯或擁抱、或傻笑或哭啼；如今，明星換成名嘴，談話節目裡，名嘴們坐著不動，只動兩手一嘴，上身穿戴看來整齊，但我強烈猜疑桌底下大約是一排短褲、幾雙布希鞋。

名嘴雖貌不驚人但口若懸河，所懸之河大大有別：藍嘴懸藍河，綠嘴吐綠波，立場與市場不同、生態各異，絕不相混。任何一事，藍嘴說是綠營的陰謀，綠嘴反控是藍營抹黑，除了陰謀與抹黑，有幾個關鍵詞常常出現：操作、誣衊、鬥爭、欺瞞、侮辱、包庇、切割、止血、栽贓、打手、踐踏、人格追殺、國家機器、民脂民膏、人民的眼睛是雪亮的、社會自有公評……。若你的遙控器遊走於兩大陣營御用節目之間，將錯覺那是兩個國度，或是兩個星球的戰爭。一生堅定做藍骨的人是幸福的，死後上藍天堂；一世誓為綠魂也是福報，死後自去綠色極樂世界。如我者，不藍不綠、嫌藍惡綠，惶惶然不知自己身在何處，大約只能算是小小一條浪犬了。浪犬身上只有灰塵的顏色，不必為了一塊賞肉彎曲骨架跳扭腰擺尾的舞，想來，很適合我這種「遊民」。

名嘴已是意識形態代言人，一桌從學界、新聞界轉戰有成的嘴巴們，在鏡頭前莫不擺出「靠一隻嘴救國」的悲憤氣勢：橫眉怒眼、目含凶光，氣衝腦門，頸部青筋浮現，臉上肌肉抽搐，嘴巴急速開闔，佐以揮手抱拳伸指，出示手板、報紙、資料或幾句自寫的、宛如扶乩而得的箴言，口沫橫飛，罵人多說理少。其說理內容不必多做準備，「google」一下便有一籮筐，加上活用關鍵詞，懂得包裝、引申、詮釋、反對他人意見，再佐以政商交遊深不可測之言說密技，諸如：「我上禮拜才見過他，在一個工商大老的家宴裡，至於同桌的還有誰我不便說……」、「昨晚，我接到一通電話，是你們貴黨的大老，我這樣一說你應該知道是誰了……」「光這一個月，我見過他三次，三次都在私人場合……」如此這般，說理罵人爆料吹捧四合一，夠撐好幾個節目，一日數萬金入袋。

是以，藍者恆藍、綠者恆綠，藍綠必須天天對決，萬萬不可和解，如此才能造就荷包鼓脹的名嘴經濟學。若有一日，兩英以兄妹相稱、邱陳情同叔姪，將咱兩色一起打破，用水調和，再拈一個藍，再拈一個綠，你藍中有我的綠，我綠中有你的藍。如此一來，名嘴皆閉嘴，那是多麼乏味的世界，多少人會得「晚飯恐慌症」——因飯後無談話節目可看而血壓飆升、情緒暴躁，繼而搥胸頓足、蹲地嚎哭。

當我們離不開談話節目，是否意味著離不開廉價、膚淺的生活。談話節目包山包海無所不談，名嘴上天下地無所不知，真真假假、虛虛實實，各取所需。藍嘴服務藍觀眾，每日怒罵對手以安撫藍民之迫害情結；綠嘴亦如是，批判敵方以鞏固綠民之悲憤意識。說是臧否時政、月旦人物、為民喉舌、伸張正義，未免太沉重也太抬舉了。換個角度看，政論性談話節目是當年「憤青」如今是憤怒中老年人的政治夜店，是迫害幻想者的心靈團體馬殺雞，是被損害與被侮辱者幻想中的臨時法庭，是孤老者飯後的兒孫團聚，失眠者的安眠藥。

我終於找到獨門的觀看談話節目方法，那是發生在研究此類型節目接近臨界點的時刻；某日，一激動派名嘴手持資料，斷章取義，信口「十大建設」（「信口開河」已不足以形容），批判敵黨某員，其疾言厲色之狀令人覺得此員罪大惡極，乃歷史罪人，斬立決！我聽得目瞪口呆，呼吸忽然急促，一撮火苗竄入心扉，腦部彷彿有戰鬥機轟隆飛過，由於平日未養成持誦三字經習慣，情緒找不到出口，遂抓起遙控器正要朝電視擲去，緊急一瞬間，幸虧理智遙控了情緒，改拿遙控器按「電源」卻不小心按到「靜音」，頓時只見這位名嘴誇張地鼓動兩片嘴唇，如一頭激動的牛大口嚼著竹掃帚，卻發不出聲音。

我被這突梯的畫面惹得哈哈大笑，遂以靜音模式觀看各台名嘴耍嘴皮子的嘴臉，察其髮量多寡、皺紋深淺，齒列是否整齊、衣著是否得當，樂不可支。打電話跟好友分享這意外得來的樂子，還發想應該有人發明可以朝電視射飛鏢的小鏢子，既出氣又可以練手臂，一陣哈哈，說完，自覺事態嚴重，正色問：「我樂成這樣，是不是該去看醫生？」

6 從踐踏別人中得到快樂

被稱為「四年級、五年級前段班」的我這一代，彷彿是山裡部落的住民，抬頭有天，腳下有地，就這麼信任著，但現在，土石流來了，我們該逃還是死守到底？

回顧我們的成長，雖生於清貧年代卻懷抱改變社會的理想，少年時期的我們背上都有一條自我鞭策的鞭子，奮鬥，渴望，願意吃苦，穿著不合腳的布鞋（我們的上一代穿草鞋，再上一代赤腳）離鄉尋找拚搏的機會。我們吃過什麼樣的苦頭，從來不讓父母知道。

我們這一代可能也是保有家族觀念的最後一代。處在大家族與小家庭的分隔島位置，雖建立了自己的小家庭，卻對父母與家族長輩懷抱著濃厚的親情。所有上一代認真護守、交到我們手上的禮儀祭典、為人處世之道都儲存在思維脈絡裡；我們對「奉養父母、尊敬長者」有感覺，對「人格修養」這四字有感覺，對「知書達禮」有感覺，對「溫柔敦厚」也有無比嚮往的感覺。

這些，夠了，已能解釋為什麼當我看到那兩件事時，心會隱隱作痛。

電視上，一位女立委以傲慢態度、具羞辱性的言詞質詢一位學術機構的女副院長；這位飲譽學界、健康狀態不佳的老前輩，如遭亂棍痛毆，站在台前，氣極攻心卻無力反擊以致露出絕望的表情。女立委打得過癮，咄咄逼人，如逼問一級戰犯。

看到這一幕，我的腦海因浮出「踐踏」二字而急遽結冰，打了寒顫，看見冷酷地獄浮現於人間。

人，怎麼可以這樣對待人？

如果這是對的，那麼我們心中積存的對仁厚的嚮往，算什麼呢？

難道，這些嚮往早就被政商名流、權威人士棄如敝屣，早就是個笑話只有我不知道還在念念不忘？

不多久，務求驚悚的新聞果然搜到一則驚異事件。

老人照護中心，幾名小護士對一位重殘臥床的老爺爺戲鬧，逗他拿餅乾，言語輕浮，滿室嘻笑，更將這一段過程錄下鋪在網上「以饗好友」，說是留作紀念。

紀念什麼？紀念一個人雖然老了殘了，還有剩餘價值，可供年輕人當作玩具取樂？還是標誌在這個翻臉不認人的時代，人心可以邪惡到什麼地步？

如果躺在床上的是院長的爸爸，小護士會這麼鬧嗎？如果那是她自己的爸爸，她會這麼做嗎？如果躺著的是她自己，她還會覺得這是可供紀念的歡樂的片刻嗎？如果，在職場權力的考量下，她不敢，在親情考量下，她不准，在自身感受考量下，她不願，何以對一個重殘老人，她竟敢竟准竟願了？層層剝開之後，看見的不是欺負弱者的邪惡力量是什麼？

道德的土石流轟然沖下，我這一代逃不快或不想逃的，注定被埋。

然而，如果「從踐踏別人中獲取快樂」是政商、媒體的時尚遊戲，是市井小民的家常小吃，則我情願找一個小山洞自埋。濁世滔滔，隱在無人搭理的角落裡，享有安靜的黑暗，勝過與一群腦滿腸肥的俗夫赤裸裸地泡在溷汁與唾沫相混的溫泉裡啊！

7 沙灘標語與掃墓的老前輩

有些物品褪流行了，必須丟掉，才有空間容納新產品；有些價值觀落伍了，必須拋棄，才能合乎時潮；有些道德觀過於迂腐，必須刪除，方能與時俱進，跟上所謂時代的腳步。

是這樣嗎？

勤儉，算不算落伍？願意尊重每一樣物品或食品被製造、種植出來所費的時間與勞力，因此物盡其用、絕不浪費，是否已被掃入阿嬤級思維而遭到恥笑？一個人需要無止境地開發慾望，囤積五十雙鞋子、七十個名牌包、丟棄「吃到飽」食物、每年追逐更智慧的手機活在賈伯斯創立之蘋果帝國的殖民裡製造更多電子垃圾才能證明自己活在世界的中心？在炫富潮浪中，選擇簡約低碳生活的人，難道不值得讚許？我們應該鼓勵極盡個人享受的奢華價值觀，或是揚棄物質魔咒，改而追求性靈成長，看看一個人站在自己那渺小的位置，是否依然能對世界發揮最大的善意，如同美麗的賣菜女士樹菊阿姐，不知名的榮民老伯伯。他們顯然沒嘗過、住過、用過當今最頂級豪奢的物質享受，但話說回來，哪一樣物質能換得到他們已完成的人生境界？

誠實與誠懇，算不算落伍？難道沒有人欣賞這檜木一般的德性？

我想起幾年前在異國沙灘見到的一則標語。

那是美國西岸一處度假聖地，陽光、沙灘、遊艇、賞鯨，遊客如織，四處是歡愉的氣氛。沙灘上，出現了奇特的景象；約有五六處「討賞小站」（姑且如此稱之），在沙灘上鋪一條浴巾，四角用石頭壓住，中間置一盒子供遊客投錢，也有的不設盒子，直接丟在浴巾上。旁邊豎一張紙板牌告，說明「募款」目的。沒看見募款主人，不知躲在何處。這麼隨興的裝備，遊客都知道這是「討賞」不是「募款」，路過的人看著五六個牌告，誰家的標語打動他，就賞那盒子幾個零錢。我停下腳步，讀每張紙板。有的寫：「救救雨林吧！」有一張說：「關懷北極熊」，盒子裡都有賞錢。獨獨有一則這麼寫著：

「Need Beer Why Lie」

需要啤酒，為什麼說謊。果然，浴巾上的賞錢最多。我莞爾一笑，也投去一塊錢。我猜想投錢給他的路人一定也有相同的想法：別用虛假的理想來騙我的錢，說真話，我願意請你喝啤酒。

感恩與感謝，算不算落伍？這一瓣心香，難道已不值得珍惜？

不只一次，我聽到老人家以溫暖的口吻追憶當年提拔他的那位處長。五十多年前，他仍年輕，部門裡有個科長缺，處長力拒上頭交派的人選，要升任奉公盡責、操守廉潔的他。小小一個科長位，竟成為各方勢力明爭暗鬥的決戰場。這位處長堅決地拔擢他，用人唯才，展現了擔當。

他內心感謝，終生不忘。逢年過節必親訪，即使處長退休了、失智住進安養中心，他依然帶著老妻轉搭公車去探望。而後處長辭世，他感念他一生未婚，無子嗣祭拜，每年清明節，必攜帶鮮花與老妻爬上軍人公墓的階梯去靈前鞠躬致敬。

老人家老了，背脊駝得厲害，子女婉言相勸不宜上山，但老人家依然履行清明祭拜之願。

老人家上山鞠躬直到九十二歲，第二年清明節前一個月，他以九十三高齡辭世。認真算，在他活著的每一個清明節，都守著這份感謝，終生不渝。一個月後，是清明節了。他的兒子想起老父對這位處長的感恩之情，自覺該上山一趟。他不知處長的塔位在何處，於是站在大門口朝內鞠了三個躬，心中向這位未曾謀面的處長稟報：「爸爸不能來，他離開我們了。也許，您們已經在天上見面了……」

什麼樣的人有那副肩膀，挑起擔當？什麼樣的人做得到那種純粹，把一份感恩的心拭得無比晶亮，映照出神的身影。

這些，不值得一顧嗎？

如果，我邁向老年的路途中，種種曾經被讚嘆的德行、情操，都被掃入溝渠，這社會變成邪魔者的狂歡舞會，敗德者的度假樂園，那麼，我情願當一條沒沒無聞的流浪狗。

當流浪狗也沒什麼不好，朝夕陽西沉的地方小跑步，跑過一個山頭，說不定能遇到同類，一群老犬，述說著彼此能懂的純樸往日，相約對著皎潔的月亮吠叫。吠著吠著，說不定天亮時，能把往日叫回來。

老，是賊

寫在前面

1.本文列為限制級。全部內容涉及衰老議題，五十歲以上讀者請自行斟酌閱讀，切勿勉強，以免刺激過度，損及健康。

2.台語俗諺：「呷老有三壞：哈嘻（打呵欠）流目屎，放尿加尿苔，放屁兼滲屎。呷老有三好：顧厝，帶囝仔，死好。」

有個字

有個字，沒人喜歡，但它喜歡你。這字叫：「老」。

老，不是見不得人的事，只是，人見不得自己老，因此，跟老結了仇；他去招惹誰都可以，就是不准靠近自己五百公尺以內，最好比照家暴法保護令之「遠離令」規定：命加害人遠離被害人住居所、學校、工作場所。免得稍有閃失，「老」像個賊，竄入體內，致使五百公尺生活圈內之遠親近鄰、同事朋友、西藥房豆漿店老闆在同一天對你皺眉，眼神飄閃打量你全身，張大嘴巴「哦」了半天「哦」不出半句話，你不自覺地扶了扶眼鏡、用指頭梳了梳頭髮、抿嘴吸鼻，再次確認自己的五官沒被野風吹歪，霎時，你意會他們沒「哦」出來的渾話應該是：「幾天不見，怎麼老成這樣！」

你想像著，混身發汗。你發誓，這事絕對不准發生。

但世間事往往受潛定律支配。你越不想見到的怨憎之人越會在超商門口一進一出碰到，而且你怎麼那麼沒用竟本能地跟他說「嗨」；你越想發財每週買樂透越是證明命中注定沒偏財運只能看老闆臉色吃飯。所以，你發誓不准發生的事，果然很快就發生了。

老，是怎麼回事？你對著鏡子翻找白頭髮時，起了一點做學問的興趣。

甲骨文「老」，象形字，是一個駝背、長鬍鬚、頭上吹著幾莖亂髮、扶著手杖的老男人側身站像（這圖像讓奉行駝鳥哲學的女人放心，老的是男人不是女人）。不得不佩服造字的老祖宗是個畢卡索，幾筆線條，垂垂老矣的枯槁模樣躍然紙上——老已經夠倒楣了，還垂垂，剎那間令人一陣暈眩，險險乎要不支倒地了。

中國文字跟人一樣，會長高變胖。演變到小篆，老字包含「人毛匕」三部分。「人毛」謂人之鬚髮，「匕」為化字初文，即變化之意。人的鬚髮由黑變白，意思也夠清楚了。如今，「老」這字橫來豎去的筆順已看不出有個顫巍巍的老阿公對著遠方呼喊那離棄他的嬌妻（純屬作者想像），然而，提筆寫一遍，依然心生驚懼：「土」之後，橫刀一劃，底下明明藏著一支小匕首！老字帶了刀，把你給殺了，當然也是一種變化。

大抵而言，帶匕首來見你的，皆是前世宿敵。其行蹤飄忽，出沒難測，亦即如社會版兇殺案所云：「死者身上無明顯外傷，家中門窗未遭破壞，顯示兇手應為熟人。警方正積極清查死者的交往關係。」交往？宿敵不必透過複雜的交往過程，她（姑且當它是個女的）直接從前世追捕而來。情殺？財殺？都不是，也都是。一支雕著春花秋月的小匕首，架在你脖子上，逼你承認她擁有你的身體主權：你的頭髮歸她管，你敢抵抗，她一根接一根拔掉叫你變成省電燈泡；你的牙齒歸她管，你不從，讓你吃香蕉崩牙；你的攝護腺也捏在她手裡，她來決定灑一泡尿是一剎那還是一盞茶功夫（台語有一諺，甚惡毒：少年放尿過溪岸，老歲放尿滴腳盤）。嚴格說，老，是個熟人，她熟你，你卻一而再、再而三宣稱跟她毫無關係，還偷偷摸摸僱用戴口罩的兇殘殺手用祕方、針劑、手術刀及各式先進儀器對付她。最後證明，她不僅是熟人，簡直是從前世奔來討債的另一個媽，你得負起法律責任好好奉養她。

甲骨文「老」，專家云：「象一老人戴髮傴僂扶杖形。」

剛開始沒那麼糟

其實，剛開始沒那麼糟。老，像受過高等教育的知識分子，溫文儒雅，神不知鬼不覺地飄到你身邊，以情人的眼波打量你的身軀。

那是某個月夜，你擁有的這艘浪蕩的獨木舟靜靜地停泊在床上，呼吸均勻，鼾聲微微，正做著不清不楚的春夢。老，一縷煙似地，自門縫飄入，坐在床邊，深情地撫摸這艘行過野鴨悠遊的水域、航過瀚海風暴的獨木舟，手法溫柔如一行情詩。她從你的髮絲嗅出氣候溫差，從皮膚測得紫外線強度，從牙齒計算動植物品種，自腳板刮得地質變化。甚至，還伸手探入你的胸腔，掂一掂那顆心臟有沒有什麼冤屈要申訴？她當然也像拉內褲鬆緊帶般試了試幾條血管的彈性，瞇眼觀測血液流速，以舌頭舔了舔，得知你家附近東坡肉、蛋糕的分布圖（她忍不住又舔一口，果然也是甜食熱愛者）。從胃部，她盤算你的業績壓力與夫妻親子關係。又從尾端那朵垂著蝴蝶結的小雛菊，推斷腸道內的宿便量大於你銀行裡黃金存摺的公克數（她皺眉，最近金價大跌，而你的腸道黃金竟逆勢大漲）。最後，她取出馬錶測一下小蝌蚪們的游泳能力。或是，如果你是女性，把溫柔的小手伸入卵巢數算還剩幾顆卵子能用，順便勘察子宮是否變成養腫瘤的「蚊子館」。

巡視完畢，她輕輕握著你的手（此時的你正呼出一波高過一波的美鼾），以無比憐惜的口吻說：「時候到了。放心，我不會讓你太痛。」

次日醒來，你以為夜裡流一身汗是空氣不流通，肩膀僵硬是落枕，牙齦紅腫大概是火氣大，莫名其妙腹瀉可能是昨天吃了一坨蹄膀，小腿肚抽筋跟穿新鞋有關。至於心臟突然撲通撲通跳了幾下就無法解釋了，但有什麼事難得倒高階主管且又是個詮釋派論者，你立刻聯想選戰戰況方酣，兩黨瘋狂廝殺，昨晚看政論節目氣極敗壞跟一個朋友爭辯，必然因此驚動了這具小幫浦。你做出結論（像每次開會一樣）：小腿（意如小江），明天開始多運動，該讓那輛六萬元愛駒（單車）出來見世面。小嘴（類似小蔡），你少碰肉多吃蔬菜，那台可以把皮鞋打成龜苓膏的食物調理機要拿出來用。還有，小鼻（就是小丁），呼吸練習要每天做，專家說吸氣憋氣吐氣的時間比是1:4:2。大家都明白了罷。好，散會。

但是，小腿很為難地說：「報告老大，有困難，明天跟大老闆開業務會報耗一整天，跑不開。」小嘴也說：「明晚黃總娶媳婦後天陳董嫁女兒這兩攤不醉是不能歸的，我忌不了口。」小鼻更是嗤之以鼻：「接著去上海視察，行程滿檔，能呼吸就不錯了，哪有空練習呼吸？」

你點開手機裡的行事曆，滿滿滿。心想：也對，這麼重要的健康議題應該審慎評估，做好周詳計畫再付諸行動才是。因此，補上一個附帶：「這樣吧，找命理師批大限流年，看身體哪方面會出問題，再來設定目標鍛鍊。」最後，總結：「這是個大的project，等年底休假再研議研議！」

結案。歸檔。沒事了。

這就是知識令人放心的地方。任何一個置身於資訊瀚海，持續關注國際詭變、潮流翻滾、社會趨勢，密切注意政經脈動、生態變遷、醫藥新知及糧食能源危機，搜讀專業論著旁及網路雜誌報紙且跨過四十五歲門檻、事業有成的現代人——一言以蔽之，就是「把地球夾在指縫間」的人，有什麼事難得了他呢？當他只用一杯咖啡的時間解釋了身體訊息，那些訊息等同垃圾信可以直接刪除。萬事萬物已得到合理的解釋。當我們能夠提出解釋，意味著行使主權、掌控局面。更了不起的是，還擬計畫、定目標、排行程，以無比昂揚的姿態邁向未來。這位西裝筆挺的總字輩老大的日子仍是發燙的，不僅把地球夾在指縫間，連太陽都在他的手掌心。

老，這個萬年奇妖

但是，我們不得不承認，老，這個萬年奇妖，是個文盲。千百萬年前，她的業務量很少，那些興奮過度的細菌與饑餓太久的大型野獸簡直像吸塵器幫了她不少忙。最近三百年來，業務量以等比級數激增。即使如此，她依然以高度的自我要求把每一件工作做得盡善盡美。這位資深文盲，看不懂皇帝詔曰，也不懂抗老檄文，更別談凍齡計畫案。她才不管你們現代人、他們古代人怎麼想。所以，漂亮的抗老計畫書，等同於邀請函。

其實無須你邀請，她早就看上你了，別忘了她管轄的老字號員工人數豈是富士康這種微塵公司能想像的，地球上有多少人就有多少老字號員工盯梢。至於動物，那是另一系統，亦有專人負責。除了戰爭與傳染病算是難得的大福利，員工可休假外，老字號員工是二十四小時待命的；半夜主管來一個指示，就得幫宿主種三根白頭髮——一根在左耳邊，一根前額，一根頭頂。不能種錯位置，因為這既是座標以便來日繁殖有所導航，也是給宿主之善意提醒。三根種在一起，一次被拔光，戲劇張力不夠；一次拔一根，翻找再拔一根，持兩鏡前後互照憤而再拔一根，增加了搜索的趣味。或是，正當春暖花開時節，上級要你做個小工程，你就得抄傢伙去當礦工；把牙周破壞一番，或是幫眼睛搭蚊帳——白內障，或是把眼球挪一挪——老花，讓這宿主拿報紙的手越挪越遠，若要仿照《閱讀的女人》畫一幅側身像，那本書恐怕需靠近肚臍。至於老人斑、魚尾紋、臥蠶（嚴重者已臥如牛角麵包）、皮膚鬆弛，這些是不須上級交代的；這算打卡，沒空的話三天打一條，有空的話一天打三條。

老，從何時開始的？

流年如流水，老字號無限公司員工夙夜匪懈全年無休，宿主——也就是你我，無從察覺其酣暢的生產線是如何運作的。我們每日攬鏡自照數回，昨日容顏與前日無不同，今日與昨日亦相同，往前往後以此類推皆如此。既然日日相同，何以一年前照片與今日照片相比，竟有明顯差異，更甚者，其差異之大，令自己如遭五雷轟頂，心中驚呼：頗似失散多年的雙胞胎如今重逢，一長於富裕之家一被貧戶收養，故面容相似卻神情相異。但這還不是最糟，再過一年，拿出第三張照片，可不是三胞胎的大姊現身了；不僅被貧戶收養可能還遭到暴力對待，以致面容憔悴、神情蕭索、臉色黯淡，彷彿剛從礦坑獲救出來。

你從何時開始不愛照鏡、討厭照相，即標示了你從那時開始變老。青春氣息是沛然莫之能禦的，即使以炭塗面、衣衫襤褸，仍掩不住那蒸蒸騰騰的香氛。從未聽聞一樹枯葉埋得了一條奔跑的溪。所以，青春傾向張揚；愛攬鏡自照，愛攝影留念，愛不擇手段使那輝煌的美更美。反之，當肉身這條浪蕩舟航過五湖四海，犁過悲歡歲月，所累積的脂肪與財力同等雄厚──年輕時的坐姿，像一把名師設計的雅致單人椅，中年後變成皮沙發，再幾年，沙發上多了抱枕，接著，一陣不必細述的肉體土石流之後，變成沙發床──因此也就自然而然傾向於閉鎖；看鏡子不順眼，認為應該賞給高畫素高解析攝影機一顆石頭（秦始皇若在世，焚書之後必然焚所有智慧型手機相機）。從未聽聞一樹新綠能讓一條枯溪回春，所以，過了這條邊界，獨木舟喜歡躲在黃昏之際樹蔭之下。當年不擇手段使美上加美，現在不擇手段不讓老醜外揚。

揭開老化之謎

為什麼會老？老化領域專家史蒂芬．奧斯泰德寫了一本書《揭開老化之謎》，一出手就丟過來這句話：「老化這個題目什麼都是，就是不會令人沮喪」（我摘下眼鏡再看一遍，強烈懷疑「會」上面那個「不」字是草民誤植），接著，他又說：「老化是生物上一個矛盾現象，只不過很少人懂得欣賞它，它是一個幾乎全體物種都有的現象，而且其種類變化可以說是無止境的；一隻蜉蝣只活二十四小時，一隻蒼蠅只活一禮拜，一隻狗十年，一個人一世紀，而一棵樹可以活一千年或兩千年。鮭魚活過幾年，然後產完卵就筋疲力盡而死，而烏龜確是老當益壯，這裡面有沒有一個固定的規則或形態呢？我們是否可以改變它的形態？世界上是否真的有活到一百五十歲或一百六十歲的人瑞？男人真的比女人老得快嗎？海豚和大猩猩也會罹患關節炎或老人癡呆症嗎？還是僅有人類才這麼『幸運』？……」

這就是專家讓我們有靠山之感的地方。如飛機陡然爬升至千呎高空，以牢靠的知識引領我們脆弱的心智從高空俯瞰那囚禁過我們的牢房，此時它像火柴盒般不堪一擊。既然所有物種都必然老化，人類也就沒什麼好抱怨的了；既然所有人類都會老化，那麼如今身陷老化苦惱的我還能說什麼？

頂多舉個手發問：為什麼大學同學珠珠看起來還那麼年輕？同學會時穿了一件她女兒的粉紅色kitty T恤，笑稱年輕人真浪費喔衣服還好好的就不穿我看料子挺好的揀來穿反正不怕老同學笑。說得唱歌似的，其實是來展示國威的。那髮色、那臉龐、那頸項、那胸線、那腰肢、那臀形（還敢繫鉚釘皮帶、穿露股溝的牛仔褲），在在都是對同班女同學進行毫不留情的鞭笞。更甚者，看到那群沒用的男同學，眼睛在「災區」與「觀光景點」之間閃爍游移，如同鞭子之外再送妳一把火鉗。

幸好，專家的研究給了這些打擊一個平反的機會：放心，妳等著看，珠珠會老的，也會如妳現時一般擁有這灰白髮色、這鬆垮臉龐、這火雞母皺摺脖子、這產業嚴重外移的胸線、這囤積戰備油的腰肢、這過度發酵的臀部。待她老了，誰還記得妳早兩年她晚兩年老化這種小事？這麼一想，心情恢復平靜，凍齡美魔女，凍得了一時，凍得了一世嗎？

「我希望我能使讀者想到老化時不會有恐懼或悲傷的感覺。」史蒂芬說。（本來不會，但想起粉紅色珠珠，除了恐懼、悲傷還有一股足以燉爛輪胎的妒火，這一點，心思單純的學術型雄性動物絕對不能體會。）

「我希望我能使讀者把老化想成一個引人入勝的謎團，而不是不可避免的**死亡**。」他說，苦口婆心到快下跪了。

（我把書往地上一摔，啐一聲：大膽！你居然敢說出這兩個字！）

書耳上（當然，撿起書），穿桃紅色上衣但容貌超過五十歲的比較動物學教授史蒂芬，彎腰站在一頭鬃髮飛揚的老獅子後面，陽光讓他們同時瞇起眼睛以致額頭發皺。我忽然想起海明威《老人與海》，老頭子山第亞哥與巨無霸馬林魚搏鬥之後遭到鯊魚群攻擊，大魚被啃得只剩一副骨頭。返航回到家，累得癱睡在床的老人「夢到獅子」。史蒂芬與獅子的合照引起我的聯想：雖然這傢伙一再宣稱老化是引人入勝的謎，但他明明就是一副剛跟鯊魚搏鬥、死裡逃生的模樣。

研究老化，使他老得更快。

如何測量老化

老化是從什麼時後開始的？該如何測量老化？

史蒂芬說，用壽命來測量老化是不精準的，用身體的運動能力——譬如跑百米的速度——來測量也不精準。用生育力，同樣有困難；婦女在四十五至五十歲左右停止生育，可是有的男人到九十五歲還有生育力（不懷好意的作者想：是喔，一百歲時可以陪五歲兒子溜直排輪喔）。用死亡率是個辦法，推估老化開始於死亡率最低的那個年齡。他說：「以美國婦女為例，在她們一歲時，死亡率是千分之一，但到十歲時，這個機率降到了四千分之一。然後生命又開始變危險了，死亡率在十二歲時開始增加，從這以後，加速度上升，到三十出頭時，婦女的死亡率跟她們剛出生時一樣。從此以後，持續不斷一直增加。所以，假如說老化是開始於死亡率最低的時候應該是合理的。換句話說，老化是從死亡率開始一直增加的那一點算起。所以在美國，老化開始於十或十一歲。」

這就不能怪我從一開始就不喜歡史蒂芬大教授，他一面安撫我又一面刺激我。雖然書中他大篇幅討論遺傳、老化過程與延緩老化、延長生命，頗具有知識的趣味性，但已不能挽救我得知自己可能也是「從十一歲開始老化」後，加速老化的事實了。

當然，我也是矛盾的。我不確定自己想從知識裡得到什麼？知道「老」是一把鐵鎚，被鎚扁了，難道不知道那叫鐵鎚，就不會被鎚扁嗎？

「最乖的童子軍到了四、五十歲時，還是會變成中年人，到了七十歲，還是會變成老年人。」史蒂芬說：「截至目前為止，沒有任何一種飲食療法、維他命、礦物質或荷爾蒙，也沒有一種生活態度、生活方式或生活行為能夠提出證據說，它可以延緩老化。」不過，他也預留一絲希望：「在我們了解了什麼對生命的新陳代謝有害了之後，應該可以在不久的將來找出真正可以抗老化的方法。」

若真是如此，怎麼解釋珠珠與我之間的「老化」差異呢？除了遺傳因素（史蒂芬認為不是那麼重要，我卻頑固地認為很重要），難道沒有其它原因？

我推測，大學時期即以時尚潮女之姿在校園內小有名氣的珠珠，這些年來過著優渥的「富太」生活。想必，除了皮拉提斯、瑜伽、按摩，攝取保健營養品，精通各種排毒理論，恭請大師為她灌頂也聘用名醫為她灌腸，定期做臉部髮絲頭皮之深層保養，更有熟識的美容整型醫師提供專業協助，讓她身上連一粒芝麻斑都沒有。如果，珠珠過的生活是凌晨到中央果菜市場批貨，一面開發財車一面吞飯糰，自從老公腰部椎間盤突出之後，連搬貨都得自己來。那麼，她還有本事拉得起一件低腰的鬼洗煙管牛仔褲嗎？那種「腹杯滿溢」（非福杯滿溢）彷彿蓋著膨脹起司的海鮮濃湯的體態，比任何惡毒的語句更會讓一個女人想死。情歌可以斷腸，牛仔褲足以殺人。

珠珠投入龐大的財力心力以抵抗老化，而我一貫就是吃老本的敗家態度，任由這副皮囊風吹雨打，如今出現這樣的差異，也符合公平正義原則啊！

當然，如果她不穿得像十八歲，我會嘉許她懂得照顧同學的感受而給她按一個讚。至於我自己，也應該自我檢討；我不應該把注意力放在不當的地方，譬如學術會議上，那位大學者穿著二十年前的西裝以不老妖精的嚴肅表情宣讀艱深的理論，我應該多聽聽他說什麼，而不是死盯著他的臉，要明察秋毫這傢伙到底有沒有去拉皮？

我應該肚量大一點，要老就自己老，不要老想著拖別人一起老！

幾歲才算老

幾歲才算老？儒家經典《禮記》對老年人口做了分類與界定，舉其要：「三十曰壯，四十曰強，五十曰艾，六十曰耆，七十曰老，八十九十曰耄，百年曰期。」年滿七十歲可以自稱「老夫」。惜乎，沒講女性可以自稱什麼？以理類推，大概是「老娘」。

這份統計資料頗有趣，但不知老祖宗所據為何？由「強」、「壯」而判，應是根據體能來篩選的。我合理推測，兩千多年前，曾舉辦一場大規模的鐵人三項比賽，項目包括：扛沙包路跑、耐餓力（飢餓三十始祖版）、耐凍力，以此「體能基測」成績客觀地界定三十歲以後的年齡稱謂及影響後世深遠的年齡階級意識。

我的推測是有根據的，〈王制〉篇：「五十異粻，六十宿肉，七十貳膳，八十常珍，九十飲食不離寢，膳飲從於遊可也。……五十始衰，六十非肉不飽，七十非帛不煖，八十非人不煖，九十，雖得人不煖矣。」

換個角度看，這段話就是「全國體能基測中心」呈給天子的報告書：五十歲，可以吃精緻的糧食。六十歲，家中要有供他獨享的常備肉品（想必是肉鬆、乾肉或燉肉）。七十歲，需有另一份膳食以補充營養（諸如「完膳」或亞培高單位小罐頭）。八十歲，可以時常食用山珍海味。九十歲，要在他房裡設小吧檯，置冰箱、微波爐或小瓦斯爐（切記不可用炭，以免有弒親之嫌）……。以上內容是針對耐餓力，「五十始衰」以下則是關於耐凍力之整體評估；八十歲，要人抱著他才能暖。九十歲，即使叫胖呼呼的火旺嫂成天給他抱抱，也不能讓一台冰箱變成烤箱。

東漢許慎《說文解字》承其分法，稱七十歲為老。但往下各代的「老年線」出現分歧；晉朝以六十六歲為老，隋以六十歲，唐以五十五歲，宋以六十歲。

唐朝把五十五歲以上劃成老人引起我的強烈好奇。我猜測，可能是整個帝國充斥著萬馬奔騰般躁動不安的雄性荷爾蒙，且六十歲以上的人都因某次H1N1大流行而被抬去「種」了，正巧，帝國要推行「敬老尊賢」運動以端正縱欲過度的民風，在欠缺老年人口的窘境下，不得不把老年線提早到五十五歲。

或是，其實事情很簡單，到了唐朝，鐵人賽新增酒測與胡人舞蹈項目，無法笙歌達旦且十杯就躺平的人悉數被淘汰，一查，竟都過了五十五歲。我猜，喝酒比賽冠軍應是李白先生，他不僅千杯不醉而且喝酒的氣魄驚人，有詩為證：「五花馬，千金裘，呼兒將出換美酒，與爾同銷萬古愁。」被老闆罵的鳥氣，需兩瓶威士忌才能消，消萬古愁得喝多少啊？典當寶馬與皮衣哪裡夠？怕不當得只剩一條內褲才怪！毫無異議，李白被授與「青春永駐」勳章，尊為「帝寶」（帝國之寶）。

中醫的說法最讓人不悅。《黃帝內經．靈樞》：「五十歲，肝氣始弱，肝葉始薄，膽汁始滅，目始不明。六十歲，心氣始衰，善憂悲，血氣懈惰，故好臥。七十歲，脾氣虛，皮膚枯。八十歲，肺氣衰，魄離，故言善誤。九十歲，腎氣焦，四藏經脈空虛。百歲，五藏皆虛，神氣皆去。」

若照中醫臟象學說，把五十歲劃成老人，必會引起暴動。雖然，不乏有些肝氣嚴重衰弱、只想在家坐搖椅領月退俸的五十歲之輩支持此法，但也不可忽視多數跨過五十門檻、因更年期荷爾蒙變化莫測，以致產生強烈「年齡自尊心」的人，他們最恨別人在他面前說「老」——小護士敢說：「杯杯，你哪裡不舒服？」或賣菜姑娘：「阿姨，要買什麼？」必然招來橫禍。即使是我，雖然覬覦「博愛座」甚久，卻也不希望悠遊卡發出嗶嗶嗶三聲敬老音。

然而，近年來，拜詐騙集團積極拓展業務之賜，有個不幸的現象充斥於金融界。我去郵局匯款到阿嬤戶頭，行員問我：「你認識這個人嗎？」我怔了一下，從來沒人問我認不認識「簡林阿葱」，以致我的反應頗符合初期癡呆，「認識。」「他是誰？」「我阿嬤。」她居然往下問：「這錢做什麼用？」我的心中起了星星小火苗，但很快自行吹熄，原本想答「還賭債啦」，算了，據實以告「生活費」。問完，還要我在一張單子上簽名，表示自行負責。單上一行字：「預防詐騙，善意提醒五十歲以上長者……」真想問設計這張單子的人，為什麼是五十歲？但我畢竟是有風度的人，即刻簽名，不想為難明明比我還老的行員。但心中有個幸災樂禍的聲音對自己說：「妳完蛋了，在他們眼中，妳已經呆得很明顯嘍！」

還好，《老人福利法》第一章第二條：「本法所稱老人，指年滿六十五歲以上之人。」既如此，如何稱呼五十至六十五歲的人，但憑各人的自我感覺了；青春民粹主義分子，概稱之為「後中年期」（絕對不可出現「老」字），務實派細分為「後中年期」、「後後中年期」及「前老年期」。我一向不喜歡嘍嗦，統稱為「漸老期」或暱稱「生命中不可抗拒的野狗攻擊期」。因為，不管你怎麼自欺欺人，漸老這處境就像被三條野狗追咬。而且，第一條總是最兇猛的。

野狗理論

第一隻野狗在什麼時候竄入你的生命？我的老朋友韓愈（由於高中國文課本老是把〈師說〉和〈夏之絕句〉擺在一起，使我錯覺自己跟韓大師頗熟）有一段名言：「吾年未四十，而視茫茫，而髮蒼蒼，而齒牙動搖。」這段話太嚇人，以致大家都忘了〈祭十二郎文〉是千古流傳的至情祭文，只記得他的健檢報告。

韓愈家的基因不能算優，父母早逝，三個哥哥也早去，十二郎韓老成是他的姪兒，兩人從小一起長大，既是叔姪又像手足，兩代形單影隻，感情倍濃。「念諸父與諸兄皆康彊而早世」，可知家族中叔伯輩也不長壽，早衰的韓愈自忖：「如吾之衰者，其能久乎？」沒想到十二郎得了軟腳病，竟走在他前面。韓愈身在京師，驚聞噩耗，銜哀寫下祭文。

引我關注的是，韓愈老化得也太早了，

「吾自今年來，蒼蒼者或化而為白矣，動搖者或脫而落矣，毛血日益衰，志氣日益微，幾何不從汝而死也！」白髮如萬箭齊發，牙周病嚴重，這一年的韓愈也不過三十五歲左右。略具醫學常識者不難推測，韓愈因牙口不好連帶有消化系統毛病，視力退化勢必肝氣不旺，必有愁思憂憤傾向，推測其睡眠品質不佳，恐怕早就在半夜學蘇武牧羊了。

我年輕時讀韓文，對這位蘇東坡眼中「文起八代之衰，道濟天下之溺。忠犯人主之怒，而勇奪三軍之帥」的大文豪，談不上喜愛。文章雖氣勢磅礡、吞吐山河，但少了一點人情味。直到偶讀〈祭鱷魚文〉又憶及高中所讀〈祭十二郎文〉，才串出溫情的一面。尤有甚者，等我跨過三十六歲門檻，同時飽受眼乾、齒搖及白髮如秋芒叢生之苦，才忽然明白，韓愈那一段體檢描述簡直是寫給我看的。我欠缺他那種論述縝密、雄辯滔滔的才氣，也不具備性格剛強、直言不忌的膽識——諫憲宗迎佛骨，觸怒皇上，被貶到廣東潮州當刺史打擊鱷魚——但我與他的基因圖譜可能相似度極高。這讓我好過很多，在早衰的路上，我不是孤單的，韓愈在前面做了我的精神靠山。

遺傳指令就像一只霸道的鬧鐘，滴答滴答，自顧自走著。

雄辯如韓愈，在〈祭鱷魚文〉中，以移民局官員口吻喝斥鱷魚這等「醜類」，命令牠們在限期內自動出境（南徙於海）否則格殺勿論，期限是三日，不知何故又自動放寬：「三日不能，至五日，五日不能，至七日。」好似鱷魚家當甚夥，恐其整理不及。面對刺史大人的恐嚇：「操強弓毒矢……必盡殺乃止。其無悔！」那些冥頑不靈的鱷魚根本沒把大文豪的文章放在眼裡，悠哉如故。這就不能怪我喜愛蘇東坡勝過韓大師了，我猜測，若是東坡被貶到潮州，聞鱷魚擾民，依他的個性，何需多費唇舌，必速速向朝廷請款，建水師、養蛙兵，從此潮州成為鱷魚皮包皮鞋發源地，刺激當地產業，且除了「東坡肉」另有「鱷魚丸」行世。

對鱷魚都束手無策了，遑論對遺傳指令。除了靠染劑，我從未聽說靠雄辯能讓白髮在一夜間黑回來。

肉身叛變

我一直有個困惑，善罵者是否易患齒病？吾友某君，位高權重，平日喜訓斥屬下，給自己的五十歲禮物是一口爛牙。拜植牙之賜，終於擺脫無齒之徒稱號，唯所費不貲，戲稱一部TOYOTA ALTIS塞在嘴裡。韓愈辯才無礙，藩鎮之亂，鎮將王廷湊謀反，韓愈受命招撫，凜然以大義斥責王某，終於使其折服歸順。口才這麼了得，何只懸河簡直是海嘯，果不其然，牙齒真是不好！中年即齒牙動搖的他，有〈落齒〉詩自況：「去年落一牙，今年落一齒。俄然落六七，落勢殊未已。餘存皆動搖，盡落應始止。……」此詩宜貼於牙科診所或糖果禮盒，以儆頑眾。

我阿嬤也是口若懸河一族，平日最喜喝斥我們且愛啃甘蔗，兩害相加，六十多歲即大牙小牙落玉盤，七十不到，眾牙已叛變而去，只剩孤牙一顆固守山海關。某日，此牙犯疼，就醫；醫生親切問診：「阿婆，您哪一齒在痛？」我阿嬤全無惡意只是以對孫兒的慣用語答曰：「你目睛青瞑是哦？我總共嘛剩一齒娘娘！」後來，此一孤臣孽子亦棄逃了，阿嬤進入無齒狀態。但她畢竟不是省油的燈，靠牙床磨合也能吃雞肉、蝦子、火鍋料與鳳梨酥，好似安裝一支復仇者聯盟贈送給她的大鐵鎚。

滴答滴答，遺傳鬧鐘走不停。髮白、齒搖、眼乾同時找上我的那一年，可標記為「三十六歲，命中注定的野狗元年」。

不懷好意的白髮麕集在我前額，一陣風吹過，我從朋友眼中讀到驚嚇與同情——彷彿我是個棄婦。他們不約而同暗示後來明示可信賴的美容院與安全的染劑品牌。每次上美容院剪髮，美容師必然追問：「要不要染一下，看起來比較年輕。」我始終不為所動。我的想法很簡單：一、如果這是遺傳給我的模樣，我應該欣然接受。其二、我對興風作浪之情慾一日遊毫無興趣，上公車只求「博愛座」不求豔遇，此不黑不白的頭顱正符合需求。三、染髮如吸菸，有一必有二、有二就有三，我要染到哪一年才罷手？有個四十多歲即髮白的長輩信誓旦旦說：「等退休了，就不染。」退休了，說：「等兩個女兒出嫁，當過主婚人，就停。」女兒嫁了，改稱：「當嬤就不染。」做阿嬤了，她說：「唉呀，都染三十多年了沒差啦，看到一個頭白得快被鬼抓去，很不甘心！」

黑是什麼？是一座發亮的黑森林，群樹芳草散發香氣，仲夏夜戀人們追逐嬉戲的舞台。黑，是輕盈的，藏著夢的色素。是絲綢，誘捕戀人說出誓言的網——白衣上留著一根伊人的黑髮，好比長長的懸念，輕柔地取下，憶及繾綣，夾入書頁，浮出微笑。

白是什麼？是戰爭之後哀鴻遍野的荒村，枯樹惡草，散出地獄腥風，是流氓與刺客窩藏的暗窟。白是沉重的，藏著死的符籙，是不鏽的鋼柵，囚禁罪犯使之認罪該判「老刑」的大牢——黑衣上一絲自己的白髮，像是絞刑架垂下的粗繩，厭惡地拂去，憶及老之將至——不，已侵門踏戶至此，心情墜入谷底，餵鱷魚去。

然而，野狗理論之妙用在此，當你抱怨被小狼犬攻擊時，請看一看遭熊抱的慘狀——套一句詩人拜倫的名言：「我一直埋怨自己沒有一雙好鞋，直到看見有人沒有腳。」吟誦白髮哀歌的人應該住口，當看見沒有頭髮的人時。

接受自己的頭髮變白與接受禿頭絕對是不同等級的折磨（廷杖二十與拔指甲二十差可比擬）；見將軍白髮，有何不能忍？見壯盛之年而髮際線節節敗退，只剩北太平洋東岸幾束水草拋過整個北大西洋覆蓋了歐亞大陸最後抵達孟加拉灣，你還好意思抱怨染過月餘、新冒出來的白髮如鬼差的獠牙嗎？

壯士斷腕，容易，斷幾束水草，難。見將軍白頭，不忍；見將軍禿頭，更不忍——除非其肖像鑄於鎳幣上。

野狗理論另一妙用是：當第一條狗咬你的袖子，你怒而驅之。第二條咬你的手時，你覺得咬袖子實在不算什麼。當第三條咬你的頸動脈，你立刻覺得第一隻小乖乖是鬧著玩的，第二隻小壞壞只是跟你撒嬌而已！

失眠。是的，年過五十歲的人看到這兩字會發抖——根據吸血鬼電影示範，一個人頸子被咬時，會瞪大眼珠繼而慘叫，這模樣就是失眠者的暗夜形象。

「年齡是我的鬧鐘，」海明威筆下，捕魚老人說：「為什麼老年人都醒得那麼早？難道要讓一天變得長些嗎？」

睡意，是個巫覡，藏身於七呎之下軟泥之中的古甕。每晚，沿著你所屬的那一株花樹的根鬚往上逸出，飄入臥室，於枕蓆、暖被之間設壇作法，持咒而誦，夢境入口於焉浮現。當此時，你被一股磁力吸引，頻頻呵欠，說：「我要睡了。」即使影片正當精采，家人談興正濃，書報未閱，都擋不住你的腳步。進臥房，打一個鱷魚嘴巴大的呵欠，頭一沾枕眼一閉，還來不及想明日行程，已被等在夢境入口、一群花枝招展的夢國接待員簇擁著滑入夢鄉了。

巫覡返回古甕。你再度睜眼，已是八小時後鬧鐘響起時。這夜間，家人晚歸洗浴、樓上鄰居沖馬桶、救護車咿嗚而過、對面夫妻吵架驚動警察來巡、後面公寓小兒夜哭、年輕人狂飆摩托車、枕邊人鼾聲如雷、暴雨來襲敲響浪板，你全沒聽到。套一句諾貝爾獎等級睡眠皇家學院之讚辭：「締造無比輝煌的睡眠成就，超越所有生物，其完美程度媲美死亡。」

不知何故，自從跨過五十界限，巫覡先是姍姍來遲，接著竟不來了。每晚躺在床上的你，了無睡意。你進入科學與不科學互生共榮的生命態度：床組顏色換成你的星座幸運色，饅頭枕換成可保護頸部的波形枕，床墊軟硬適中符合人體工學且是歐美名款，薰衣草溫水浴、溫牛奶、輕音樂、香氛、隔音窗、窗簾、眼罩、消磁寶石，連床位都請命理師「喬」過了。每晚，你依舊聽到樓上沖馬桶三次，摩托車飛嘯六次，七百公尺外救護車鳴笛一次，蚊子來襲一次——你起了殺意，開燈，持捕蚊拍與之周旋二十分鐘，擊斃。關燈躺下。又起床，開燈，直覺還有一隻逆賊。果然如你所料，舉拍擊之，此役耗費三十二分鐘。

該睡了，你平躺如一尾新鮮的白鯧，沒睡意；側睡如弓，沒消息；趴睡如死蛙，沒動靜；翻身仰成大字，又兩手交叉胸前如埃及法老王，沒作用。「難道要我倒吊嗎？」你想，真的把雙腳高舉貼牆，沒效。你翻身取鬧鐘按下夜光，兩點四十五分，算來已磨蹭四小時了。「我非睡著不可！」你換個方向睡，企圖改運。腦中忽然一陣雜念湧生，土石流來襲：兒子晚歸，不知有沒有鎖門（為此，你去確認了，有鎖）。昨日見堂妹一臉憔悴且暴瘦該不是有癌吧！要是她死了財產落入好吃懶做的丈夫手中怕不敗光了那兩個孩子怎辦？（為此，你起身寫了便利貼，提醒自己明天打電話給堂妹，叫她去找婦科陳醫師）。聽說明天開會，小劉要當大家的面辭職，給老闆難堪。噯，沒想到珍珍的心機這麼深，全然不顧我們三十年的交情，她兒子結婚，我看我就裝作不知道。兒子新交的這個女朋友耳朵上打一個還是兩個耳洞？裝不知道不好，從小看著他長大，我應該賀一賀。珍珍這種個性，當她的媳婦可有得受哦！小劉也有錯的，不知道有沒有找好退路，現在景氣這麼壞？歐債危機怎麼辦？投資都賠了。鬧鐘是不是壞了？現在才三點二十分。唉呀，那傢伙有沒有把剩菜收進冰箱？為此，你乾脆去廚房確認。嚇！竟看到一隻小強，對著排水孔吐露衷曲。你興奮起來，持拖鞋悄然移近，啪！據說破膛蟑螂帶菌，你花十分鐘為牠規畫告別式，裹了兩張衛生紙才放進馬桶舉行隆重的水葬。你又擦拭案發地點、刷洗鞋底，此役畢，躺下，「真的該睡了！」你迷迷糊糊彷彿被人蒙眼，飛車環遊北海岸一周，不久，窗外傳來老人家晨間運動的拍手聲。五點五分，你踅至浴室，鏡中的你眼皮浮腫，眼袋下垂，像掉到櫃底數日才被掃出來爬著螞蟻的菠蘿麵包。

次夜，你對巫覡死了心，直接吞一顆安眠藥叫大腦關機。

諾貝爾獎等級失眠皇家學院，也給你一篇讚辭：「近年來致力研究夜間床上戰場，親身測試人類體能與精神極限，屢獲佳績；獨力捕獲無數害蟲，對環境衛生做出重大貢獻。促進安眠藥市場繁榮，增進人類福祉，功不可沒。」

巫覡藏身的古甕已毀，一縷睡意香魂消散於野，軟泥凝固，你的元神花樹萎謝，只有不知情的風呼呼吹著一樹枯條。偶有路過的鳥兒在枝頭間棲息引吭，那輾轉反側的人才能因這春天的碎片而獲得幾個小時的睡眠賞賜。老，是賊，偷了明眸、皓齒、烏絲，也竊了你那黑桑椹般溢著果蜜與酒香、飄著情歌與甜夢的夜，好一匹上等料子的月夜，一去不回，回贈給你一叢乾牧草，讓你笨牛也似地，嚼到天濛濛亮。

然而，這還不是最糟的

然而，這還不是最糟的。比方說吧，老賊從你的衣櫥偷了黑絲晚禮服，還需要珍珠項鍊來鞏固她的華麗。是的，她要偷——噫，她要偷什麼……話到嘴邊怎麼出不來，就是那個那個……，我要說什麼？怎麼一下子記不起來？不是珍珠項鍊，這是個比方，那東西像珍珠但不是珍珠，就是那個很熟悉，每天都會用到的，筷子？不是筷子；鑰匙？不是，好像有點接近，啊！想起來了，要偷你的記憶力。

記憶力，絕無僅有的一串銀閃閃的天然珍珠項鍊遭竊，警方不受理。你的珠寶盒空了，竊賊回贈幾顆塑膠鈕扣給你，以嘲諷的手法。鎏金鑲珠的珠寶盒是你僅有的，你時時撫摸至少證明自己還存在著（台語有一諺，亦甚毒：「躺下睡不去，卡講嘛講過去」）。幾顆塑膠鈕扣，不知從舊衣回收箱哪件衣服扯下的？那是他人的記憶結晶，濃縮符號，無法歸類的單獨事件，突然掉落的不明物體的零組件，此起彼落干擾著你的日常生活：你明明只要買鳳梨卻買了蓮霧忘了鳳梨，丟掉的是黑傘卻記成花傘，小錢包誤放入冰箱卻咬定送快遞的小弟有嫌疑，右邊牙齒鬆動卻叫醫生把左邊拔掉算了，叫服務生炒麵不要放味精卻說成不要放妖精。要命是，你通通不承認自己說錯，反而指責他人栽贓抹黑：「什麼妖精，我說味精，你耳聾了！」平白送來一碟餿小菜，識相者吞下，不識相者反駁：「你明明說妖精，不信問服務生。」一頓飯變成雜技團之翻桌表演，還得賠碗盤錢。至於男士，如廁後忘了關水門，險險乎家禽跑出來問候大家，亦怪罪拉鍊品質不好自動下滑，Made in China，不是自己忘了拉。

什麼是值得記憶的？什麼是不值得記的？記得的都是值得記的嗎？你想過嗎？

然而，記憶力衰退也不是最糟的。比野狗更兇的，猛虎。台語有云：「拆吃落腹」，請記住這四字。

「肉體的敗北是多麼可恥啊！」托馬斯・曼《威尼斯之死》，已見衰態的中年作家阿森巴赫說。

故事開始於五月，連續濕冷形成鬱悶，盛夏氣息包覆著正在醞釀的暴風雨，阿森巴赫渴望從近乎崩潰的案頭工作抽身，旅行的慾望在他體內騷動，瀕臨油盡燈枯的他踏上前往威尼斯的旅途。

從一種「瀕死」逃離，渴望在風光明媚的水都獲得洗滌，重生。殊不知，水影如兩面鏡，一面讓他看見絕美少年達秋——這十四歲宛如希臘雕像般無瑕的少年何嘗不是凝結在他內心深處的自己的青春影像，另一面，無所逃遁地，看見在時間戰場上如俘虜一般頹敗的現在的自己。

威尼斯的水影如夢似幻，亦如無數尖刀落在濁骨凡胎身上。當夢幻時刻降臨，阿森巴赫陷入癡迷狂戀。海濱戲水，少年的青春身軀刺激他的眼睛：「他那蜂蜜色頭髮蜷曲在太陽穴和頸子上，肩上的毫毛在陽光中閃耀著，肋骨的線條，均勻的胸部，顯出胴體優美的曲線。他的腋窩平滑得有如雕像，腿彎是光潔的，可看到青筋。感到這個身軀像是透明的物質造出來一樣。」阿森巴赫片刻不能離開達秋，甘願為他而死。

當尖刀擲下，他厭棄自己如此衰老，亦恨不得一死。「當著令他傾心而又迷戀的少年面前，就情不自禁地恨自己衰老的身軀；那灰白的頭髮，削瘦的臉，都使他覺得羞恥和絕望。因此促使他格外地想取回肉體的活潑，彌補逝去的青春。」

老作家進了美容院，染髮修臉、化粧塗胭脂，他要轟轟烈烈地再年輕一次，死也甘願。修整後，鏡中那張臉變成充滿喜悅的活潑青年，青春果然重返。他戴上繫著彩色帶子的草帽，打上鮮紅領帶。是的，死神伸出了濡濕的腥紅長舌，無須一陣逆風，那長舌一捲，將他捲入死亡黑谷。因逐美而染疾的阿森巴赫，死於波光瀲灩的威尼斯。

不要與時間為敵

若說達秋象徵理想中的絕美境界，創作者需以生命相許，這「美與死」便是可歌可泣的。然而，我跨過五十界限之後重看名作，可能受到肉身這艘老舊獨木舟的影響，眼底有了苔痕，腳盤也有刀疤，一眼看到好一鍋沸沸揚揚的人生湯，鍋邊圍著野狗土狼餓虎，等著把那哭過恨絕、酸甜苦辣都入味的眾生「拆吃落腹」。每一道偉大主題的背面，往往印著不可抗拒的命運的嘲弄。追求絕美不見得必須死，但以衰頹之軀，憤然對時間下戰帖，欲喚回青春，重燃愛戀，很難不死。威尼斯，好一個夢幻泡影的大講堂。美少年那青春的蹄，應到天邊捉雲彩，沙灘上踏浪；白髮人的腳是刺人的暗礁，應該埋在後院給羊齒植物造景，也適合埋死狗（當你接受老，那三條野狗便死了），礁岩為碑，繫上鮮紅帶子，鑄上：「永別了，吾愛。」

肉體的敗北並不可恥。早衰，是我的老年資優先修班，訓練我不要與時間為敵，勿貪戀那一生僅有一回、無法複製不可取代的青春。我送走青春，也送走青春時才有的悲傷苦悶、愛恨情仇。老，不是我的敵人，是注定要相偕共遊的知己啊！

自何時開始老？這問題，一笑置之。既不能倒提江水，叫一條河重新流過，那麼不妨把腳浸入水中，認了眼前風景。天地悠悠化育，四時潺潺嬗遞，人，該老。

所以，當你赫然發現，這個老賊於暗夜潛入你的臥房，溫柔地撫遍你的肉身，做了可愛且可笑的記號，次日起，嘍嘍們以黑道地下錢莊的討債手法，為你換白髮、搖牙齒、矇眼睛，甚至破壞幾條血管、扯裂幾絲神經，當此時，你在慘叫之餘，應該展現一點做人的風度與修養。幽默感是珍貴的，不奢望你有這筆祖產，但你不妨學一學，與正在捆綁你的嘍嘍們閒話家常：

「工作很辛苦，有沒有加班費？會不會覺得自己是血汗員工？」

「……」

「我應該是最合作的吧，都沒有抗拒，有沒有獎賞？」

「……」

「你們要帶我去哪裡？」

「……」

就在最新的那條繩子綁痛了你的大腸，你不得不接受醫生建議做大腸鏡檢查時，躺在診療床上的你，見到一個小嘍嘍悄然飄臨，親暱地對你說：「大哥大哥，你最合作了，老得好快唷，我好喜歡在你這裡工作。」

「在哪裡工作？」

「這裡呀，」他指了指你的大腸：「新進人員要先在糞便部門待一年。」

「老實說，小兄弟，我不想這樣。」

「為什麼？你不喜歡我們嗎？」

「吃屎啦，有人喜歡你們嗎？」你板起臉：「我接受你們，但不想老得這麼快好不好！」

「喔喔，我懂，」小嘍嘍取出一本厚手冊，翻出一頁，唸著：「大哥，那你必須戒菸酒茶咖啡檳榔，培根香腸蹄膀。每天運動一小時，流汗，多吃蔬菜水果，十一時以前睡覺。手冊說，這種人有很強的抗拒力，我們工作時要小心職業傷害。」

「如果我做不到呢？」你想到每天一瓶酒一包菸，是苦悶人生裡的歡愉！

「那我就不知道了，手冊上沒寫。」

「你們要帶我去哪裡？」

這位跟你有了交情的小嘍嘍，顯然是剛入行的新鮮人，以無比興奮與略帶優越感的口吻，低聲說：「噓，偷偷告訴你，我們老大說，要帶你去一個叫『**病**』的地方。聽說到了那裡，我們的工作就輕鬆了，我好期待喔！」

「去那裡做什麼？」你瞪大眼睛問。

小嘍嘍轉頭偵察一陣，確定無人偷聽，嘻嘻地說：

「**去找死！**」

次日起，你關掉手機，賣力運動。

焦慮派養生恐怖分子

一支小布旗

尋常的一條街道。牙科診所前，兩條長木椅，提供給路過的人歇歇腳。每天早上，四五個阿婆聚在這裡，七十歲以上，聊著永遠好不了的慢性病痛，聊著傳說中的祕方與健康食品的神效。九點整，鐵捲門升起，沒睡飽的小護士拿掃把出來掃地，無視於吱吱喳喳一群老麻雀的養生話題，如同麻雀們亦不受那支無精打采的掃帚干擾。我站在不遠處，旁觀著，有個聲音在心中響起：「這樣的活法有什麼意思？」但另一個入世甚深的聲音立刻趕到，饒富趣味地看小護士有沒有把地掃乾淨，覺得阿婆們辛苦了一輩子，如今還能每日拄傘走出家門，與老鄰居相聚聊一聊小毛病，未嘗不是一種小山丘、小池塘的幸福。想繼續過人生與不想繼續過人生、欣賞凡俗與厭倦凡俗的我同時存在，如同年輕與年老兩個世界同時存在，各自發出軋軋的齒輪聲，錯身而過，卻毫不影響彼此的方向一般。

過不久，老人家有了新的聚會地點。也是一條尋常街道，一間久未出租的店面忽然重新啟用，無招牌無門面裝潢，只豎了一面迎風而煽動的布旗，上書「健康食品」也有可能是「不健康食品」要看風的臉色才能判定，路人很難弄明白葫蘆裡裝了什麼。或許，業者也不希望路人弄明白，他只要老人們口耳相傳，一個邀兩個，兩個邀四個，鑽進葫蘆來。

靠著贈品打通關節，每日在堤岸、公園、操場集結的公嬤老族相約赴會，聽重要的健康演講。時間一到，族人魚貫而入，大門接著緊閉，彷彿裡面正在進行某巫教之歃血儀式，誓師討伐那捉弄人的魔鬼。投影片、講者帶權威感的聲音、輕音樂、銷售小姐親切的笑容，營造出袪病回春的神祕氛圍，重要是，每天感受到有人這麼熱切地關心他們的健康——「阿姨，妳氣色好好喔，妳騙人妳不可能八十歲啦！」一句讚美的話，劃開沉重的老病生活，心中霎時長出小綠苗。這種話，子女從來不開口，在付出四五十年辛勞的那一片屋簷下，沒有人懂得「妳越來越年輕」是女性永遠期盼的鮮豔玫瑰花。一支紅玫瑰，健康、美麗、愛與崇拜，這是人類永遠甩不掉的夢。而原來，一切是這麼簡單，只要按時吞服高人們煉出的丹藥，被竊取的健康很快就會找回來。健康一回來，什麼都跟著回來了。

那些失竊的健康包括：靈活的關節，一顆強而有力的心臟，粉嫩平滑的肝，勤快的腎，灌滿氧氣的肺，晶亮的眼睛……。原來，紙盒內那瓶藥丸就是打擊罪犯的游擊手，用滬開水造一陣小浪送他們進入體內叢林，直達魔鬼盤據的器官營區，攜帶精銳武器的殺手就會以幻影般的速度將魔鬼一網打盡，受傷的細胞一夜間修復、重組、運作。那關節不再疼痛，雙腳靈活，可以躍起做一個芭蕾舞旋轉；那冠狀動脈恢復通暢，如同總統車隊通過時的任何一條馬路。

昂貴的價錢算什麼？「人在天堂，錢在銀行，老婆在教堂。錢是身外物，沒有健康，要錢做什麼？什麼都是假的，只有健康是真的。」老族們相互耳語，鼓勵，鞏固生活中不可忽略的微型信仰。

「老婆在教堂做什麼？辦追思哦？」一個老族問。「什麼辦追思？再婚啦！」另一個答。

即使是強烈冷氣團來襲的早晨，騎樓下，十多位穿得臃腫的老族坐在商家貼心準備的塑膠椅上，依序排隊，等候鐵捲門升起。更有幾位坐輪椅的，由外籍看護推來共襄盛舉。每一位的表情似乎說著同一句話：「還我健康！還我健康！」如果不是老族們溫和的語聲，真會令人錯覺，這是被倒會的阿婆們到會首家撒冥紙的抗議行動。

幾個月後，想必是已達到此區老族的消費上限，布旗收了，鐵捲門又拉下。牙科診所的長椅上，又恢復舊日聚談的情景。但少了一張面孔，一位九十歲以上的慈祥老婆婆，每日拄杖慢步而來，左手戴一串透亮的黃琥珀念珠，總是安安靜靜地聽她們高聲聊天。才過一個冬，這張慈祥的面孔不見了。小護士依然每日掃地，老麻雀依然吱吱喳喳。有人的日子往前走，有人的往後走。

不久，相隔幾個街口，又有一支新布旗出現。老族們聚合的情景再現，只不過這次是另一批長者。像這般小規模的朝聖行動，通常都以就近的住宅區為訴求，在老族的腳力範圍內設點，凡是需子女陪同、車載的，都需避免；一則省去接送麻煩，再者也不宜讓年輕人干擾老族的消費決定。

八點不到，門口聚集十多位老族，同樣也有三四部輪椅長者參與其中，推椅的年輕外傭與老族成為強烈對比。老族吱吱喳喳，外傭咕咕噥噥，兩個世界，共用一個太陽，共吹一波寒流。這時間，正是學生夾著書包拚命跑向教室心裡喊著：「不要遲到，不要遲到」，正是上班族衝進捷運心裡喊著：「我要加薪，我要加薪」，而等待鐵捲門升起的老族，臉上的神情傳達出心中的吶喊：「我不想死，我不想死！」

誰想死呢？想死的，撐不到七八十歲。

研究死亡率的專家說，在現代化國家裡，男性的死亡率自青春期開始出現顯著的尖峰現象，十二歲至二十三歲，其死亡率增加了十倍，然後才慢慢下降。這段高死亡率時期，被稱為「男性荷爾蒙失智症」，是行為上而非生理上的現象，三分之二的死因是意外和自殺。我們固然不宜籠統地以「荷爾蒙失智症」解釋所有在這段年歲離去的年輕男女，但這個統計提示了另一個思考：除了不可預測的意外事故與疾病，不想留在人間的人，是不會讓自己變老的。也就是說，不管壓在肩上的是一擔什麼樣的「爛人生」（請恕我用辭過當），能撐到七八十歲的，基本上都是不想死的——打一個比方，「活著的意志」換算成存款概念是一千萬，「歸去來兮的意志」（台語諧音：歸氣來死）等於是負債一百萬，則此人「生命資產」尚厚，偶爾在子女面前唱繞舌歌：「閻羅王你是我兄弟，怎不讓我死死卡歸氣。」不必當真。

但是，另一份報告又讓人緊張起來：在台灣，六十五歲以上老人的自殺率，高過其他年齡層二至三倍。換言之，跨過青春歲月那一段足以致命的暗礁之後，四五十年間，認份地扛起命運派給他們的人生重擔，等到跨過老年線，竟又踏入另一段足以致命的暗礁地帶。青春時期的暗礁，較容易獲得支援，銀髮暗礁，較不易獲得援助；年少時，大家急著保護你，因為還有很長的生命可過，年老了，生命只剩一小段，鮮少人能認知，老人也需要被捧在手掌心。

銀髮暗礁的威脅主要來自疾病折磨，如果幸運地熬過這一關，應該可以平穩且緩慢地獲得帶病延年之「福」。那麼，這就不難理解了，為什麼等在寒風中熱切地追逐健康丹藥的竟是七八十歲的老族們？他們是了不起的生命鬥士，一生中，與一波波的奪命暗潮相搏，如今，即使坐上輪椅，仍展現倔強的鬥志，積極地想要求得延年之道。七八十這個數字是不夠的，他們要求更高的待遇，要繼續攻頂，成為百岳勇士。

一箱電子養生郵件

「要活就要動，有養才有生。」這句話幾乎已成為總計七百一十一萬、五十歲以上人口的基本口號了。

其實，認真推敲起來，六十三萬、八十歲以上的老族們，生長於戰爭亂世、窮鄉僻壤，一生就是一部媲美傑森・史塔森之驚悚格鬥的「動作片」——炸彈丟來時急速跑動，為生存而長期勞動。時下所稱每週三次每次半小時之流汗運動，簡直令他們嗤之以鼻；流汗算什麼，血都流過了嘍！他們那千瘡百孔亦是千錘百鍊的身體，已自動進化成高性能的人形跑步機。至於「養生之道」，我阿嬤那輩都吃蘿蔔乾、豆腐乳、醬瓜、酸菜，也嚼了不少豬才會吃的地瓜及地瓜葉、發霉的粿、微餿的糕。對阿嬤而言，食物沒有「壞掉」這回事，只是味道改變而已，只要洗一洗、蒸一蒸，還是能吃的。他們從未以老母雞煲湯、燕窩、靈芝、人蔘加以滋補，怪哉，個個帶著興旺的食慾輕輕鬆鬆飆上九十，甚至上看一百，真要氣死那些砸銀子買不到健康的富豪。這一輩人不太在意養生，能活下來，已經夠感謝的了。

五十至七十九歲共約六百四十七萬人中，又可粗分為兩派：漸老族（五十至六十四歲），逾四百五十八萬人；老族（六十五至七十九歲），逾一百八十九萬人。這兩大區塊的養生觀念與技巧是不同的，會聽信偏方、揪團買電台介紹的藥品、追逐一支布旗所宣揚的仙丸的人，多數落在老族這一區。他們之中，不少人熱愛醫學，具有不被認證的醫生潛力，會把心臟科、泌尿科開給他的慢性病藥，與購自中藥店或小布旗店、地下電台的補體藥丸，自行依朋友強力見證或個人情緒感受而斟酌服用。有時，也出現神農氏附身，燉煮不明草藥加以補強，直接促進洗腎產業之蓬勃。這群老族的子女，不少人因與父母大聲爭吵、拍桌摔椅、丟棄藥品等激烈手段而被扣上不孝的大帽子。凡是走到這一步的，皆是養生養出了恨的。洗得了腎，卻洗不去沾粘在親情裡的怨懟。

較年輕的漸老族，具有正確的養生知識與醫療常識。但是，不代表他們都是理性的信徒。狂熱是一種很難自我發現的情緒病菌，易滋生，不易消滅。

這批戰後嬰兒潮大多受過良好教育，參與台灣經濟奇蹟，識見勝過上一代。他們不會用「血濁」來描述健康狀況，也不認為跟隨媽祖遶境就能讓心臟年輕。數據，才是生活中的重點；他們知道，總膽固醇不能大於兩百，三酸甘油脂必須小於一百五十。族人聚談，話題從歐債、美國經濟衰退、兩岸、馬政府，接著跳到股市房地產、子女結婚否或抱孫未？最後一定落入健康大籠子：某親人罹癌、某友猝逝、哪位醫生高明、近期服用何藥、血壓血脂多少？「我膽固醇高了一點。」「多高？」「破三百。」舉座驚呼連連，如聽聞你在大安區買了三百坪豪宅，心中有個聲音響起：「唔，天堂近了！」

拜網路之賜，此族精通搜尋技巧。網上門診、網上藥典、健康食品門市、生技公司產品皆已加入「我的最愛」，兼以電郵轉載轉載再轉載，與同伴互通有無，以一指而遨遊太虛養生幻境，樂此不疲。族人每日花在閱讀訊息的時間多過與家人談心，一看到抗老防癌延壽祕技、如何活到百歲不

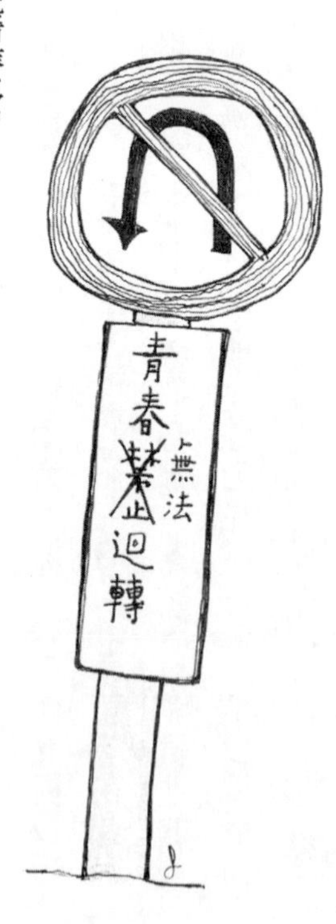

癡呆、不生病的生活、十大長壽食物，便中了蠱，非得立刻翻讀不可。

譬如，來一封電郵「主旨：香蕉皮治老人斑」，內容淺顯易懂，敘述生動誘人：「沒想到才搽幾天，臉上一塊瓜子大的斑居然淡到看不清楚了！」惹得你真的跑到「全聯」買香蕉，當下吃一根，以內皮抹手背，靜置三分鐘，受不了黏，洗去為妙，除斑失敗。又來一條「主旨：老花、近視護眼祕方」，內容明白曉暢，具煽動力：中醫師祖傳祕方……枸杞紅棗帶核桂圓……近視一千度變兩百……。這還得了，趕緊奔向中藥店，救眼要緊。燉了幾次，無人捧場，自行仰頭灌下以免糟蹋，亦宣告破功。再來一條「主旨：肝硬化居然有救」，又有一條「百歲七大祕訣」，亦有「防癌其實很簡單」，還有「上帝的藥房」……。

一箱電子郵件，泰半是養生保健，尤有甚者，三個彼此不相識卻同時擔心你會早死的族人寄來一條「百歲祕訣」。不久，另一個恐慌派族人傳來驚悚數據「每十二分二十一秒，一人死於癌症」。隔了一年，有個訊息較落後大概住在「深山林內」的族人轉寄「香蕉皮治老人斑」給你。狂熱守則第一條：自己熱，也要讓族人熱。只有進入漸老期的人才能感受，族人每日升起熊熊的養生篝火，載歌載舞，互相拿火把烤焦對方的那股興奮與熱情。

經濟基礎雄厚、閱歷豐富的漸老族是養生保健市場的主力消費群，月擲數千至萬，不皺眉頭。

所以，打開漸老族家中的養生保健專櫃，不難發現其豢養的夢幻隊伍。西方補品如：花旗蔘、亞麻仁籽、藍藻、蜂膠、葉黃素、銀杏、魚油、維骨力、銀寶善存……。本土派有：蜆精、蒜精、花粉、卵磷脂……。東南亞日系韓系較不多見，但不時也有晚輩進貢燕窩、高麗人蔘。中系以藥材為主，凡從大陸旅遊歸來必有冬蟲夏草相隨。專櫃裡亦設主題區，如更年期區，應有大豆異黃酮蹤

人與小丸的關係頗有趣，小時候，那丸叫糖，老了，那丸叫藥，只有漸老未老一族，那丸叫夢幻。

影，性福專區，或可見到鯊魚精。有個不誇張的說法，若你從美國回來，想給親友買禮物，買善存、銀寶善存、葉黃素、維骨力、鈣片就對了。

對漸老族而言，吃藥這種事沒啥大不了，有病治病，沒病強身。還記得鄧麗君〈何日君再來〉嗎？她那千迴百轉的溫柔嗓音勸著：「來來來，喝完了這杯再說吧！」唉，吃藥亦是，吞下去再說吧！

夢幻小丸子

愛吃補藥的，豈只現代人，古人也吞得兇。

《紅樓夢》裡的大藥罐非林黛玉莫屬；先天有不足之症，氣血虛弱，所以弱不禁風。自小，會吃飲食便吃藥，一日不斷。初來賈府，與眾姊妹嗚咽摟抱相見了，賈母問：「常服何藥？」黛玉答：「如今還是吃人蔘養榮丸。」賈母道：「正巧，我這裡正配丸藥呢，叫他們多配一料就是了。」

黛玉的年紀，正是現代孩子拚國中基測的關鍵時刻；生於富貴之家，吃好睡飽不用補習有丫環伺候，竟然身體差到需要吃人蔘，怎不令人搥心肝？除了這味，書中尚出現治婦女氣血虧損的八珍益母丸，滋陰補肝腎、治療虛勞咳嗽的麥味地黃丸，顯見這群女孩個個蒼白。

黛玉每年春分秋分之後必犯嗽疾，寶釵看她咳得辛苦，提了食療之方；很簡單，「每日早起拿上等燕窩一兩，冰糖五錢，用銀銚子（小鍋）熬出粥來，若吃慣了，比藥還強，最是滋陰補氣的。」這還不夠，寶玉也為她開了方子，要有「頭胎紫河車，人形帶葉蔘，龜大何首烏，千年松根茯苓膽及珍珠。」藥材珍貴，看來沒配成。

端午，元妃賞賜家人禮物，給邢夫人、王夫人的清單上有錠子藥，即是把藥製成堅硬的小塊，猜測其作用應該類似「善存」。

黛玉是先天氣血虛弱，寶釵相反，先天從胎裡帶來一股熱毒，發病時會喘嗽。尋常藥是不行的，要吃一個禿頭和尚開的方子。

周瑞家的問：「不知是什麼海上方兒？姑娘說了，我們也記著，說與人知道，倘遇見這樣病，也是行好的事。」

寶釵見問，乃笑道：「不用這方兒還好，若用了這方兒，真真把人瑣碎死。東西藥料一概都有限，只難得可巧二字：要春天開的白牡丹花蕊十二兩，夏天開的白荷花蕊十二兩，秋天的白芙蓉蕊十二兩，冬天的白梅花蕊十二兩。將這四樣花蕊，於次年春分這日曬乾，和在藥末子一處，一起研好，又要雨水這日的雨水十二錢，……」

要是雨水這日不下雨，就得次年再等。再加上白露這日的露水十二錢，霜降這日的霜十二錢，小雪這日的雪十二錢，將這四種水和了藥，再加十二錢蜂蜜，十二錢白糖，丸成龍眼大的丸子，盛在磁罈內，埋在花根底下。若發病，吃一丸，用十二分黃柏煎湯送下。這丸有個名，叫「冷香丸」。

基本上，這一段文字顯示曹雪芹當時的精神狀態有虛耗現象，案頭疲憊，寫幾段戲文給自己「爽快」一下。

漸老族年輕時看《紅樓夢》女兒們，覺其弱不禁風、掩袖喘嗽、扶几移步之病態，有一股幽蘭之美。當時恨自己怎麼這麼粗勇，百毒不侵，無緣做出「左右扶起嬌無力」之惹人愛憐狀！成為漸老族之後，深知健康是一切財富的基礎，對病態美有了不同的看法。

以下劇情純屬虛構，但也可能跟某些人家有所雷同。

大兒子帶了一個林黛玉回來，氣質幽雅，一看就是書香子弟。可是，一頓飯間，不時需要兒子為她拍背緩咳、遞水潤喉，還替她把菜裡的蔥薑蒜挑出，說是太刺激了（做媽的妳冷眼旁觀，心想：過年前老娘感冒，咳得半死，也沒見你倒一杯水來看我死了沒有！）黛玉一口氣稍緩，自云這病是不能累的，洗碗多站一會兒就喘起來。兒子聽得一臉疼惜，問：「燕窩開始吃了沒？」妳接口：「什麼燕窩？」黛玉抿了抿嘴，說：「詩社有個學姐學過中醫，建議我每天早晨吃一碗燕窩。」妳聽這話，緊張得頭皮發麻，暗想，是否叫二兒子側面勸一勸這個癡情哥，交女朋友不能光看漂亮，要多想想一些長遠的事才行。

才想著呢，第二天，老二帶一個薛寶釵回來，應對得體令人歡喜。忽然，聞到廚房飄來的煎魚味，竟喘咳不已，說不出話來；兒子奔來叫妳：「媽，別煎了別煎了！」又立刻從她的背包取出藥丸，倒出保溫瓶內的黃柏湯讓她服下，脹紅的臉才漸漸平復。兒子看你一臉驚慌，說：「媽，妳不用擔心，有一家中藥店專門幫她配冷香丸，她從小吃。」妳的臉忽冷忽熱，問：「從小吃，這貴不貴？」兒子說：「不貴不貴，一顆才兩百五十。」做媽的妳，暗暗咬牙加重「才」這個音，說：「那……那就好，多久吃一顆啊？」寶釵答：「不一定，厲害的話，一天三顆，不喘就不必吃。我這病就是不能聞油煙。」說完，揮手搧煙，又補了一聲咳。

「一天三顆，七百五，一個月二萬二千五百，大學畢業生的月薪是二萬五千元……。不喘就不必吃，問題是聞油煙就會喘……」妳想著，心情大壞，接著也哮喘起來。但兒子與寶釵在房裡打電玩，沒人理妳。

這就是漸老族的矛盾，自己滿櫃藥品，卻希望兒子交的女朋友個個像阿里山的少年，壯如山。

自云「吾上可陪玉皇大帝，下可陪卑田院（收容乞丐的地方）乞兒，眼前見天下無一個不好人。」的蘇東坡，性格曠放瀟灑，才氣懾人，其作品如日月並明，即使是隨手戲作，也像一夜星空。大才子雖然胸中萬卷，落筆如風雨，但高貴的靈魂、不世出的天才都藏放在一具跟你我一樣會衰老的肉身裡，不保養，朽壞得更快。是以，東坡大師也深諳養生之道。某次，見弟子由紅光滿面，得知他練瑜伽，也跟著練。此外，更鑽研道家修煉之法，吃朱砂、煉丹藥。

東坡可能是古今文豪中最是鬼才多端，也最具有化學實驗興趣的——當然，能力是另一回事。他愛釀酒，自誇蜜柑酒如何醇美，但據說喝了他的「密酒」的朋友都腹瀉。一生仕途多舛，六十多歲了，還被貶到海南島，但不改其任性逍遙、隨緣放曠的性情。島上找不到好墨，令大書家十分苦惱，竟自己做實驗製墨，差點把房子給燒了，事後從殘跡中尋得十幾條手指粗、狗屎般的墨條，自己大笑一場。沉迷於養生術的他，更是熱頭熱臉栽進去，闢室置丹爐，自己提煉夢幻小丸。寫過兩則煉丹筆記，一叫「陽丹」，自尿液煉出白色粉末尿素，加棗肉做成小丸，空腹時配酒服用。一叫「陰丹」，由頭胎生子的婦人奶水提煉，做成藥丸。但不知陰陽兩丸是分開吃一日陰一日陽，還是同時吃兩丸？藥療加上食補，東坡常吃胡麻與茯苓，稱之為仙人的食物。照這說法，我們現代人真是享福，黑芝麻一罐一罐地吃，一面過神仙生活一面抱怨自己歹命。

既然說到「尿」，不妨補充一下陽丹的愛好者。大凡皇帝都怕死，明嘉靖皇帝晚年也喜好長生之術。右政通顧某（他的名字不值得我們記），勤勤快快地取童男童女尿液（想必那幾個孩子被逼灌水，丫環老嬤們齊力捉來取尿的情形，說不定已到了輕度虐童的程度），煉製長生尿丸，呈給老糊塗皇帝。昏聵之龍心大悅，封顧某為禮部尚書。滿朝文武都討厭他，私下給他一個封號叫「煉尿尚書」。重點是，吃了這麼多尿丸的皇帝，最後還是尿不出來——死了。

煉丹大師蘇東坡的投資報酬率不盡理想，比他長十七歲的司馬光活到六十八，東坡輸他，只活六十六。司馬光寫過有名的家訓〈訓儉示康〉，訓勉兒子司馬康以儉樸為美德，由此猜測，司馬老爺忙著主編《資治通鑑》忙了十九年，應無空閒也無興趣煉什麼夢幻小藥丸。要是兒子敢闢室置丹爐，給老爹知道了，以幼時「司馬光砸缸救童」的脾氣與力氣，不把那爐給砸了才怪。但是，老夫人是否私下請道士煉了，偷偷捏成芝麻湯圓，煮酒釀給老爺補一補，那就不知了。女人為了幫助丈夫完成千秋萬世之偉業，會做出什麼事來，寫歷史的男人永遠不會知道。

萬歲，萬歲，萬萬歲

據統計，男性平均壽命七十六，女性八十二點七。活幾歲才夠呢？

七十的，覺得八十是最起碼的。八十的，覺得九十差不多。九十的，覺得一百歲不是不可能。一百了，還不想一了，一〇一、一〇二、一〇三、一〇四、一〇五……。

你要活幾歲才夠？

與其狂熱地追逐養生潮流，變成一個怕死的恐怖分子，還不如參考蘇東坡後來所悟的養生法來提醒我們走上正確的路。有人問他長生祕方，他說：

無事以當貴，
早寢以當富。

安步以當車，
晚食以當肉。

總言之，簡樸的生活、規律的作息、適度的運動、清淡的飲食。千百年來，這套養生哲學是最佳途徑。不過，我忍不住想加一句：**自在以當壽**。人生如登山健步，不停地數算自己走了幾里路，有何意義？登山不是為了算里程，是為了遊興；一個人入世，不是為了活幾歲，是為了驗收自己成為什麼樣的人。

一個老者最後活幾歲，對別人而言毫無意義也不會有人在意，但是，他活著的時候是一個什麼樣的人，卻有人在乎，甚至，讓人永難忘懷。

是以，養生，不應是為了把自己養到理想的歲數，而是，重新養出對生命的態度：

不管活到幾歲，這一生都夠了。

山海經大藥局

有上古時代小型百科全書之稱的《山海經》，內容豐富，涵蓋地理、地質、水利、動植物、礦產、神話傳說……。年輕時，只當它是旁證的材料，用來查神話來源、詩文引用之原出處而已。成為漸老族後，特愛回頭摸一摸經典作品、古籍老書，重讀《山海經》，讀出年輕時想都沒想過的滋味。

成書於戰國初年至漢初的這部奇書，包藏一個詭譎炫美的異世界。找不到第二本書像《山海經》，帶來視覺震撼與想像力爆破之閱讀享受。高能量的文字，讀之宛如從高崖翻落，繼而低空掠飛，時而於平野行走。虛實相間，玄想與現況，諸神與凡人，神話與世俗，揉雜而共榮。荒誕中藏著真實密碼，錯亂裡透露了獨特的秩序。不禁令人幻想，兩千多年前（或更早），不知從哪兒來的，刻字的龜殼、牛骨，散繩的竹簡片，攏成一堆沒人要的小墳堆。可能是來自某座宮殿，不同書籍、記載、文獻之斷簡殘篇。吹了幾陣風雨之後，有幾個識字的人用牛車把它拉回家，弄了個編輯部，埋頭數年，經了幾手，把小墳堆理出頭尾，旁添血肉，成書。

重看《山海經》，特別注意到「藥用」的描寫，越讀越有興味，赫然發現，裡面藏了一個大藥局。

原始社會人們，也是肉身住世，既是肉身，豈有不病？既病，不管內疾外傷，都得治。找誰治？捨己其誰？難不成去不庭山上三身國，姚姓，找每人都是一首三身的怪胎來幫你治嗎？（順便請教他對「分身有術」的看法，及為人應該「一日三省吾身」還是「吾一日省三身」？）藥材何處尋？放眼望去就是藥庫，難不成要跋涉千里到雲雨山找那棵欒樹？據傳大禹治水經過這山，發現紅色崖石上長著這棵紅幹黃枝綠葉的奇樹，天帝們就是採這樹的花果煉成仙藥——可知，群帝也得吃藥；既吃藥，就不是長生不死。

莽莽蒼蒼四野，等同於醫院門診、開架式藥房，看對科抓對藥，一條命保住，弄錯了，就到昆侖山找一身九個腦袋，每張都是人臉的「開明獸」，討論面對生命無常，何種態度才叫開明。

閱讀上古藥房，鳥、魚、獸、草、木皆備，藥效不同，或食用或佩戴，令人恍然如置身其中，比逛百貨公司藥粧店還有趣。

舉例如下。

祝餘草：其狀如韭而青華，食之不饑。

樣子像韭菜，開藍花，吃了可以不餓。想來，這草一定長得滿山遍野，花海宛如藍絲巾，旅人餓了，摘來吃，作用等同今之7-11御飯糰。

迷穀（ㄍㄨˋ）**樹：其狀如穀而黑理，其華四照，佩之不迷**。

長得像構樹，有黑色紋理，花開閃閃發亮，佩戴在身上可以不迷惑。但我別有所解，可能是用來照明，作用如同手電筒，使人不迷路。試想，一個扛獵物要回家的年輕人，走到半路，忽然吹來一陣妖風，烏雲蔽日，天地齊黑，伸手不見五指，此時摘一大把迷穀花，照路，才不會把獵物宅配到別人家去。

鹿蜀：其狀如馬而白首，其文如虎而赤尾，佩之宜子孫。

性福專區來也！這獸真漂亮，白頭馬身虎紋還拖了一條紅尾巴，白黃紅三色很是喜氣，難怪戴在身上有助於性能力。但不知如何戴法？該不是把整隻獸扛在肩上走來走去吧，這多蠢啊！猜測，大概只要戴那條紅尾巴就行了，繫在腰上，走起路來搖之晃之，頗有「助長」（此處亦可唸ㄔㄤˊ）之趣。

另外，崇吾山上有一種圓葉子、開紅花的樹，吃了也有助於生育。但沒說是壯陽還是補陰，這就是欠缺實證的地方，因為威而鋼與排卵藥是不能吃錯的。

值得一提，〈中山經〉有座青要山，「是山也，宜女子」，適合女人居住。這裡是天帝的祕密花園（「帝之密都」），有很多鳥，蝸牛、螺螄到處都是，想必美味的田螺料理、中式蝸肉皆起源於此。最吸引人是，主管這裡的神叫「武羅」，他有人的面孔、豹的花紋，小腰身，牙齒潔白。想來，這位男神頗斯文秀氣，耳朵上還掛著金環，更添幾分美男子模樣，跟〈海經〉各篇寫的各國人種，諸如：雞胸、一身三首、人面鳥嘴翅膀、一隻眼睛……相比，人模人樣、牙齒潔白絕對是個美男指標。這山有種鳥叫**鴢**（ㄧㄠˇ），長得很漂亮，紅眼睛、紅尾巴、藍羽毛，吃了有利於生育。下文會提到的**荀草**，也長在這裡。讀《山海經》，只有這一段最令女性嚮往，我合理揣測，應該是編輯老爺的妻子趁人不注意添上去的。

蓇（ㄍㄨˇ）**蓉草：其葉如蕙，其本如桔梗，黑華而不實，食之使人無子。**

開黑色花、不結果的蓇蓉草可真厲害，要不是做避孕藥用，就是可以墮胎。凡是活在以生育力做為宮廷中同分比序項目的女人，都要睜大眼睛認識這草，以免眾美爭寵戰爭中，那已被收買的小蹄子，端來仙草茶要給妳消消暑，一喝，卵巢也消了。

鯥（ㄌㄨˋ）**：其狀如牛，蛇尾有翼，其羽在魼**（ㄒㄧㄝˋ）**下，其音如留牛，食之無腫疾**。

這種怪魚的羽翼長在腋下，長得像牛，拖了一條蛇尾，叫聲很大，像犁牛。吃了，不會得毒瘡。

皮膚疾病顯然是遠古社會的熱門大科（與今之台灣似），書中記載治瘤、疥瘡、癬、腳氣的動植物很多。

三隻眼睛的**馱**（ㄉㄧˋ）**鳥**，食之可以治療腳氣。**鵸鵌**（ㄑㄧˊㄩˊ）**鳥**，五彩的羽毛有紅色紋路，雌雄同體，吃了不長毒瘡。**赤鱬**（ㄖㄨˊ）**魚**，吃了不長疥瘡。**儵魚**（ㄒㄧㄡㄅㄧˋ）**魚**及**豪魚**，治白癬。**滑魚**、**鰈**（ㄗㄠˇ）**魚**、**鶌鶋**（ㄑㄩㄐㄩ）**鳥**，可去除皮膚上的疣。有一種鳥，黑身紅腳，長得跟山雞一樣，叫**蟷渠**（ㄊㄨㄥˊㄑㄩˊ），可以治皮膚皸裂。

除了治病，追求美麗，更是皮膚科的流行課題。沒想到，古人也不例外。〈西山經〉裡的**羬**（ㄑㄧㄢˊ）**羊獸**，其油脂可以治療皮膚皺紋，乃美容聖品也。**天嬰草**，治粉刺（連粉刺都受到重視，推測當時的美容意識甚高）。**荀草**，「服之美人色」，吃了皮膚變得粉嫩白皙，像美人一樣，可列入SK-II保養系列。**䓘**（ㄧㄠˊ）**草**，更厲害，「服之媚於人」，不必細說，升級至狐狸精階段了。**鮆**（ㄗ）**魚**，食之不騷，應是治療狐臭。

心痛，不可忽視，此心痛應指心臟內科，非痛心之意。**萆荔**（ㄅㄧˋㄌㄧˋ）**草**，長得像黑韭菜，可以治療心痛。〈中山經〉高前山上的水，冰寒清澈，這種礦泉水喝了可以不心痛，真是羨煞所有心臟科的老病號！

另一大科是腸胃直腸，管腹瀉、嘔吐、痔瘡。飲食不潔吃壞肚子，可以理解，不解的是，古人怎有痔瘡困擾？難不成，多肉食欠纖維不運動，才跟現代人一樣，少年得「痔」大不幸。

旋龜，治肛腸疾病。魚身蛇尾的**虎蛟**（ㄐㄧㄠ）**魚**，黑紋紅頸的**櫟**（ㄌㄧˋ）**鳥**，都可以治痔，讓向日葵恢復成小雛菊。**囂**（ㄒㄧㄠ）**鳥**，長得一隻眼睛四個翅膀一條狗尾巴，叫聲像鵲鳥，可以治腹痛、止瀉。**飛魚**，消痔止瀉。

有瀉就有吐。〈北山經〉陽山上，有一條河叫留水，河裡的**䱤**（ㄒㄧㄢˋ）**父魚**，可以止吐。假如，你住在同屬北山經山系的太行山，有一天得了急性腸胃炎，狂吐不已，除非西王母座前那三隻青鳥願意飛到留水叼魚回來，否則你的家人得走九百七十里路才到得了陽山；很幸運，三五條**䱤父魚**自動跳入魚簍，再跑九百七十里路返家，煮好魚湯，不知此時你已一命嗚呼還是自動痊癒了？

其它小症如愛打嗝，吃**牛傷草**。有吞嚥問題，會噎著的，吃**天楄**（ㄅㄧㄢ）**草**，這草的莖是方的，長小刺。

有一種**茈**（ㄗˇ）**魚**非常特別，一首十身（真好，一條等於十條，想必貌似香蕉），具香氣，氣味像蘼蕪野菜，「食之不糟（ㄆㄧˋ）」，吃了就不會放臭屁。沒想到在那麼空曠的年代，沒有電梯、車箱、教室、會議室等密閉空間，放臭屁竟然也是一種人際困擾。

耳鼻喉科也有藥。**白鵺（ㄧㄝˋ）鳥**，治咽喉痛。**文莖樹**，可以治耳聾。

我最需要的眼科來了。**籜（ㄊㄨㄛ）草**，像葵的莖、像杏的葉、開黃花、結莢果，「食之已瞢」，可以明目。**鴣鸐（ㄍㄨ ㄒㄧˊ）鳥**，「其狀如烏而白文」，長得像烏鴉但有白斑紋，可以治老眼昏花。我得好好記下這鳥的特徵，若不巧誤踏時空裂縫而墜入山海經時代的北山經山系，才能天天燉一隻鴣鸐鳥養眼。

相較於眼科只有兩味，腦神經內科用藥算是多的。或許當時社會雛型已具，政經活動日漸頻繁，國與國往來密切，天神之間爭戰不休，帶給凡間的災禍也多了起來。以致「不愚、不惑、不忘、無癡疾」的需求大增。

莔（ㄍㄤ）草，葉狀如葵，紅莖白花，果實像山葡萄，吃了不會變笨（賢明的媽媽們不要問我哪裡可以買到？我也在找，我們家都需要吃）。其他如**櫔（ㄌㄧˋ）樹**，服之不忘，乃補腦增強記憶力。**蒙樹**，服之不惑。**人魚**，食之無癡疾，不得老年癡呆症。

另外，免疫風濕科也開張了。**鵁（ㄐㄧㄠ）鳥**，羽毛像雌雉，群居朋飛，吃了可以治風濕性關節炎。

奇怪的是，精神科竟是熱鬧的大科。若把「魘、妒、憂、勞、狂、畏、癡、怒」相當於今之失眠、情緒障礙、憂鬱、恐慌、焦慮、精神分裂、妄想、暴怒，皆劃入精神科業務範圍的話，那真叫人大吃一驚，遠古社會的人怎有這麼複雜的身心雜症？上古社會常是不滿當政的騷人墨客寄託之所在，卻忽略那個榛狉未啟的洪荒世界處處布著致命的危險。即使未命絕，時時受到驚嚇也不利身心健康。

不說別的，書中記載**䱻**（ㄅㄟˋ）**䱻魚**有劇毒，即是江豚，誤食必喪命，像我這般眼睛散光又愛吃魚的人，死亡率一定很高。

又有一種動物叫**窫窳**（ㄧㄚˋㄩˇ），其狀如牛，赤身人臉馬足，音如嬰兒，愛吃人（注意，不是「人愛吃」，是「愛吃人」）若我到山上採果，忽聞嬰兒哇哇之聲，尋聲而去，見樹幹之間露出一張人臉，以我這麼善良的人一定上前關懷，曰：「需要幫忙嗎？」那獸若是略通人語，一定叫我把衣服脫下。我羞答答地問：「做什麼？」怪獸答曰：「免得我一口吞下，還需把妳的衣服吐出來。」

四野皆山，書中警告，猨翼之山「多怪獸，水多怪魚，多蝮虫（毒蛇）、多怪蛇、多怪木」，這能叫理想世界嗎？

洞庭之山，帝之二女所居之處。既是帝女寢宮，想必是繁花盛放、百鳥悠囀的花園吧，不，她們出入必帶來狂風暴雨，兩位公主長得「狀如人而載蛇，左右手操蛇」，這不是蛇妖就是養蛇個體戶！

西王母，這號人物廣受後世崇拜，其貌，一點兒也不慈祥，「其狀如人，豹尾虎齒而善嘯」。若我不意路過玉山（西王母所居之處），巧遇其出巡，聞空中傳來瘋婆子般高聲長嘯的聲音，忽見一張猙獰的臉，朝我張開血盆大口，露出一排尖牙，還甩來一條豹尾把我打趴在地，我沒嚇死的話，也必須去抓**䱱**（ㄧˋ）**魚**或**文鰩**（ㄧㄠˊ）**魚**燉**蓍草**（與狐媚藥效的那一種蓍草不同）來吃，才能治發狂與夢魘。

精神科用藥如下：

鯈（ㄧㄡˊ）魚：其狀如雞而赤毛，三尾六足四首，食之可以已憂。**白鵺（ㄧㄝˋ）鳥**：可以治療喉嚨痛及癡病。**蓄草**：服之不做惡夢。**領胡獸**：食之已狂，不會發狂，乃鎮靜劑也。**帝休樹**：服之不怒，應該在老闆辦公室種一棵，天天泡茶給他喝。**鮨（ㄧˋ）魚**：魚身而犬首，其音如嬰兒，食之已狂。**黃鳥**、**栯（ㄩˋ）樹**：食之不妒，適合研發製成小丸，發給同事。**文鰩魚**：狀如鯉魚，魚身而鳥翼，蒼文而白首，赤喙，夜飛，其音如鸞雞，其味酸甘，食之已狂。

闔上《山海經》，不免有嘆。生於數千年後蕞爾小島上的我們何等幸運。所有可怕的怪獸都已馴養於動物園內，且變得十分可愛。蛇，只在電視上看到，即使遇到，也有消防隊大哥幫你捕捉。若需健腦護眼助眠，巷口藥局提供貼心的服務。若誤食沙門氏桿菌，不必讓家人奔波兩千里去抓魚，電召小黃載去醫院急診即可。我們這條命，比數千年來恆河沙數恆河的人，活得容易。

肉身寶貴，令人眷戀，是以養之護之，祈求延年益壽，長生不老。但我們忘了，因為生在這時代、這社會，領受多少人的功績與布施，我們才有機會看自己變老，才讓養生變成一件可追求、願意追求的事。為此，難道不應該感到慶幸、富足，而放下焦慮地追求長命百歲的慾望？

追求健康的同時，莫忘啊，生命已讓我們健康太久了。

向肉身道謝

〔幻想之一〕

這肉身，父精母卵所造，五十年前，賜我手腳完好、五官俱備、臟器精良的人世之身，於今我心感謝。

必然有累世的祝福，預先塗敷於舟身；想像那是與我有血緣聯繫的祖輩，在卸下人世任務返回當返之處途中，路經驛站，那是註銷肉身與砌造新舟的所在。他們獲准最後一次行使感知，遊覽片刻，再各奔前路。遂依血脈譜系所示，查到自己的子裔；一條條未來之舟的雛型懸掛其間，他們以僅剩的人世餘溫溫柔地撫著舟身，說著祝福的話語，猶如在自家屋簷。天祖摸著來孫的頭說：「要乖，健康長大。」高祖對玄孫說：「要認份。」莊稼人曾祖說：「做人要厚道。」年輕即猝逝的祖父，剛剛註銷二十多歲的肉身，抑鬱而行，以驚愕的眼神看著他的第一個孫兒的舟身，標示著將在二十多年後入世。他定然被一股眷戀的情感鼓動起來，宛如萬念俱灰忽逢一線明光，原先猝離人世的憾恨因得知子孫將綿延而轉為慰藉，摟抱著尚未有人入住的小身軀，彷彿懷抱愛孫，流盡一個年輕男人所能蓄藏的眼淚，臨別，依依不捨對小舟說：「阿公會保庇你。」

必然如此，累世先祖的祝福既豐且厚，是以，我獲贈一條好舟。

「父兮生我，母兮鞠我。」清貧年代，物資匱乏，然而父母未曾稍減對我養育之深呵護之勤。「拊我畜我，長我育我，顧我復我，出入腹我。欲報之德，昊天罔極。」

雖然，未曾有過珍饈，但餐桌上不曾少過一頓熱飯——即使記憶裡飄著散不去的地瓜簽稀飯味道，然而，採自菜園的鮮美蔬菜，篩自河中的蜆粒，阿嬷的蘿蔔乾、豆腐乳，滋味深入腑臟。寬厚的土地拓展我的筋骨，多情的川流滋潤我的血脈。這肉身不及一棵小樹高，但無損於自視之高度，自信之篤定。從未墜入逐美浪潮，受制於其浮沉，因服膺世俗標舉的肉體尺寸而厭棄父母賜我的這張臉、這身軀。我真心歡喜舟中的一切配備，即使眾美環伺奪去目光，我仍相信自己是一株奇特的香木。

必然有祖澤護身，所以，小病不斷而大難不犯；自屋頂墜下、背部著地而無傷，猶能自行爬起拍去草屑，繼續與同伴嬉戲。騎車墜河而不溺，掌中著火而未殘。既是世間，豈無噬人的情濤恨浪，既是肉身，怎可能不痛不傷？然而啊，我這承載累世祝福的小舟，一程程地趕，一關關地闖，星夜時的疲憊與傷悲，都隨著日出而終結。

親眼見過壯麗的景色，也目睹腐朽的人身；嗅聞田園間清新的香氣，彷彿一切追尋都可以找到珍惜你的人、擁抱你的地方。也聞過揮之不去的腐敗屍味，提醒另一個終點等著收割人生。嚐過多汁的果實、酸餿的剩菜、血腥的鐵鏽味。涉過潺潺地為我的雙腳歡唱的溪流，走過長長的只有一人獨行的泥濘。聆賞過山林間悠揚的鳥語，微風吹穿樹葉的沙沙之歌，聽過梵唱，耳聞哀哭。驗證過慾望之歡愉、刀刃劃出傷口、生產之裂身痛楚。曾感受蝴蝶吻著手臂，帶來一個宇宙藏在其中的觸覺，領受暴雨鞭打全身視你為天庭逃犯的痛感。啊，完整的人生應該五味雜陳，且不排除遍體鱗傷。

一路以來，飯疏食飲水，這小舟依然支撐我冒險、拚搏。從未以頑固的疾患牽絆我，從未因女身，在每月潮汐間以任何一絲痛干擾我。至今五十年，我何德何能，竟得到一艘好舟。

我見我身，是變幻光影中一條閃亮且堅定的小舟。人生行路，悲多歡少，能活著，皆是萬福。

我身，這刻了舊痕的獨木舟，悠悠蕩蕩，仍在茫茫人海。往前，必然是叢林險路，疾病將如猛獸撲來。我應當虛心接受。

回首前塵，如此知足。「父兮生我，母兮鞠我。」衷心叩謝，那藏在肉身血脈裡，由我獨享的累世福祿。

你屬於你今生的包袱

「每天早晨，你的包袱叫你起床。」

——作者

版權所有的人生

為什麼給我這種人生？

時序入夏，據報將有一場梅雨鋒面來襲。白晝已熱得如在沸水蒸籠裡，行走在外，熾陽燙痛手臂。日落，高溫稍降，熱浪依舊，彷彿地底是一座憤怒火山，腳步踩過，即噴出熱煙。風，都被野獸吞光似地，樹葉不動，路邊招搖的草叢也靜止了，像被點了穴。抬頭看，雲層厚重，遮蔽了星月，但毫無落雨的意思。那雲層，倒像鍋蓋，把熱氣都封住了。

黏人的熱，宛如用漿糊把身體塗一遍，可以把迷路的瓢蟲、丟失的金項鍊都黏出來。室內室外，無所逃遁。若此時，有人自入冬的南半球捎來問候，你告以溽暑令人窒息，他能感同身受嗎？若你抱怨、咒罵、呼喊，他將以何種心態看待呢？他的窗外吹著攝氏十二度的寒風，身上裹著毛毯，腳上套著毛襪，正舒適地啜飲熱茶，他能進入你的現場，體會海島型盆地才有的攝氏三十二度永遠不散、自行迴轉的這種悶濕黏熱嗎？他終究會編一個理由結束電話，因為，沒人願意耗費自己的舒適時間，只為了聽另一個人抱怨不可改變的天氣。

是的，不可改變的天氣。如果，這不是天氣，是人生實況，同樣地悶濕黏熱，亦是不可改變，他人能感同身受嗎？即使他人捎來關懷的心意、鼓舞的語句，稍稍讓你振作，但溽熱仍在，你必須馴順地鑽回自己的蒸籠。

蒸籠內的你，咬牙忍耐那一波波嘲諷般的沸水聲，默默體驗那熟透即將崩坍的自我感覺。時間如蝸行，彷彿永遠走不到秋涼，等不到慈悲的風。你的內心翻騰著一個人所能產生的各種情緒，刀光劍影，彼此抵消又相互揭竿而起，最終，你含恨問了一個問題：「我進駐的這個人生，不會有人想要，為什麼給我這種人生？」

為什麼給我這種人生？這問題，該請誰回答呢？

暫時擱置這問題，換個方式設想罷。如果，你從未經歷酷寒與溽暑，不知火燒水滂，打從入世起，生活在四季如春的氣候裡，百花爭豔、群樹高歌；奔跑時揚起的風恰好只夠吹開一朵蓓蕾，降下的雨水足以潤澤萬物不會阻礙人的腳踝。年年月月，你活在不曾改變的清新裡，習以為常，那麼，你聞著每日必有的玫瑰與百合同時綻放的香息，會眼眶含淚地說「感謝讓我擁有這種人生」嗎？不，可能不會。任何事物一旦慣常，寶變為石，有夏秋冬做比較，春才顯出不同。無季節更替，只有春天，即變得單調乏味。如果，每日空氣中盡是花香，人怎會感謝玫瑰？那麼，生活在他人眼中宛如天堂的你，若不可能由衷地興起感謝，是否可能，會被一成不變的繁花茂樹給激怒了，設想自己活在花圈擺飾的囚牢裡無所逃遁，遂憤怒地問：「為什麼給我這種人生？」

當我們耳聞有人的人生貼著天堂版貼紙，對照自己的寒微版，遂起了厭惡心，發出不平之吼。如果，我們知道擁有天堂版的人也厭惡他們的，同樣發出不平之吼，那麼，是不是該把「為什麼給我這種人生」的問題收回，因為這問題不僅無人能回答且變得可笑了。即使，仍有不馴的情緒想要繼續爭辯，心想：換一個天堂版再稍作修改，庶幾乎臻於完美。即使情緒緣故有此想法，也最好打消；其一，與其修改一個陌生版本，不如修改手上最熟悉的這個。其二，自己擁有的這個糟得不能再糟的版本可能即將進入苦盡甘來的階段，而被修改的天堂版的下一頁可能是酷暑或大寒，豈有人願意做這種交換？

「為什麼給我這種人生？」不久之後，你再次含恨地問。

即使是回收站，都可能找到一兩樣可愛可用之物，你那沉重的包袱裡，難道連一樣寶物都沒有？

「你願意換嗎？」有人問你。

「願意。」你說。

設想，你把那可恨的包袱帶來了，下定決心要換。在你眼前排著幾個顏色形狀材質大小不同的包袱，紅的最大、黃的最小、黑的看起來最輕、藍的沉甸甸……。怎選？你問管理員：「總該給我一點說明書吧，我大老遠來這一趟，暗梭梭叫我怎麼選？」

服務態度不太好的管理員最恨有人換貨，冷冷地說：「隨你便啊，愛哪個選哪個啊！我只有這張紙。」

你接來一看，像是小學生記下某人口述的產品內容，不清不楚寫著：

1號包袱：六歲，父親死，沒錢讀書，結婚後丈夫病死，生七個孩子，一子出生一週夭折，一女出生半年死，一子七歲死，最後一個兒子在她六十歲時病死。幼年喪父中年喪夫晚年喪子，可活一百歲。

2號：掌上明珠，幼年很幸福。婚後，丈夫外遇不斷，皮包裡裝錢去女方家談判，之後離婚，三子女疏遠不親。再婚，丈夫中風十九年，繼子女不事生產，需索無度。晚年獨居，猝死五天才被發現。可活九十九歲。

3號：孤兒，年輕創業，事業成功，投資失利，入獄，精神失常。壽，八十八。

4號：男，父母疼愛，有才華有抱負，二十四歲發病，一生與病榻為伍，不必背房貸趕上班、不欠婚姻債、不必養兒育女，衣食無虞，有專人伺候，晚年有褥瘡之擾，居家至終老。壽，七十六。

5號：女身男命，長女，幼年喪父，離鄉背井。無祖蔭無祖產，白手起家，感情多風波，中年後婚姻平順，小康。需先後服侍四位長輩，侍病、養老、送終。晚年罹患失智，孤老以終。

6號：女，家庭小康，從小受父母兄姊疼愛，繼承祖產一棟房一塊地。丈夫修養夠脾氣好收入高，生二子，皆名校畢業工作高薪、娶賢妻各生一男一女。最大遺憾，兒子未依其心願成為醫生，媳婦的英文不夠好。父母公婆皆健康自理、先後心臟病發猝逝無須侍奉湯藥。身體健康，教職退休後，積蓄豐退休金厚，與丈夫環遊世界。享壽九十八。

……

你對管理員說：「就這個，我要六號。」

管理員指了指後面：「去抽號碼牌。」

你一抽，109876號。

「什麼意思？」

管理員說：「排在你前面有109875個人要六號，他們都棄權了才輪到你，簡單講，候補啦。」

你傻眼了，氣得把紙朝管理員臉上一扔，破口大罵：「其他的都是瑕疵品，你騙人嘛！」

「不是瑕疵品，人家會拿來換嗎？不滿意，去消基會告我呀！」

「那為什麼有六號？」

「你沒抽過福袋嗎？香皂、醬油之外，也要有一部汽車啊。」

「六號這麼好，她為什麼要換？」

「我可沒說她要換，這個是樣品，擺在這裡讓單子好看一點。不過，如果她抱怨自己的包袱，就會啟動更換的機制，你們才有機會。」

「騙人！都是爛包袱！」你跺腳大喊。

「告訴你，這幾個爛包袱現在都有人背著呢，找到新主，他們才能脫身。兇什麼兇，你的不是最爛的！」

你氣炸了，撿起一顆石頭要丟他，他竟說：「你最好不要，那是迴力石頭，我得保護自己你說是吧！」

這下子，你不只傻眼更要呆住了，得知有人的包袱這麼悽慘，立時慚愧起來，背起自己的包袱回家去，你的眼眶有淚水打轉，不是為自己，是為了包袱比你沉重的人，那是個什麼樣的人生？就在你掉下眼淚的同時，你咬咬牙，撿起石頭，朝管理員的後腦勺用力扔去，雖然這石頭果然回到你的前額，但你覺得總算替大家報了鼻屎大的仇，圖一個爽快！

「你願意換嗎？」如果有人問你。

看一看裝著悲歡離合的包袱，你會怎麼回答？

帕里斯的選擇

古希臘羅馬神話裡有一個著名的選擇。

特洛伊德王國的都城即是特洛伊。王后懷了胎，竟夢到自己生出一團火燄，將特洛伊城燒成灰燼。占夢家視為不祥，預言王后腹中的這兒子將帶來毀滅。在娘胎即被定罪的胎兒，一出生即被賜死——國王命令一名奴隸將嬰兒棄於荒山，讓野獸做最後處理。這奴隸顯然對亡國夢兆一無所知也毫不關心，眼中看到的只是一個無辜且可愛的小男嬰，對他露出無邪的笑容，令他忍不住偷偷親吻小臉頰。奴隸被油然而生的愛鼓動了，雖服從命令將男嬰棄於山中，卻又即刻將他抱回家偷養——不，光明正大地養著。國王賜下死令，名義上這男嬰已不存在了，但對奴隸來說，這孩子是全新的給予。他為他取名帕里斯，當作兒子，光明正大地養在牧人之家。

帕里斯給的第一道啟示：國王有權力賜死，奴隸有能力賜生。

青年帕里斯是個俊美且強壯的牧人，他對羊群的知識勝過對皇室歷史或治國之術的理解。因其壯碩，常率領村人抵擋強盜侵擾，博得眾人喜愛。

有一天，在山間放牧，羊群囓草。他偶然來到長滿高聳松樹與繁盛橡樹的峽谷，從群山之間遠眺特洛伊城及遙遠的大海，被莫名的情緒撥動，彷彿血脈裡的皇家血液衝激心臟引起遼闊的想像而他不明所以，一時竟惆悵起來。正當此時，大地震動，遠方天際滾來一團黃沙，遮蔽山林，待睜眼，眼前站著三位昂揚豐美的女神，身上的甲冑、寶飾燦亮，像千百支銀箭在空中飛繞。其中一位手上拿著一顆金蘋果，刻一行字「送給最美麗的女神」。三位女神都認為自己最有資格擁有金蘋果，僵持不決，連宙斯都無法裁定，建議祂們找凡人做裁判。

拿著金蘋果的是尊貴且威嚴的天后赫拉，祂說：「帕里斯，你該知道我是宙斯的妻子，如果你評斷，金蘋果非我莫屬，我應允，你將統治大地上最強盛的王國。」

第二位是主掌勝利與智慧的雅典娜，孕育於父親宙斯的頭顱，令宙斯頭痛欲裂，命火神取斧頭幫祂劈開，穿甲冑、持金矛的雅典娜自宙斯顱中蹦出來。這位誕生自宙斯的思想根源之地的女神，眼中射出令人不敢逼視的靈動光芒，祂也開出條件：「如果你選我，我讓你成為以智慧聞名、享譽永恆的偉大智者。」

第三位是絕美的愛神阿芙蘿黛蒂，祂一開口，彩蝶翩然飛舞，空氣都變香了。祂站在帕里斯面前，這青年頓覺全身鬆軟無力，即將融化一般。竟目不轉睛迷入祂的眸子深處，愛神朝他的眼睛吹一口香氣，說：「親愛的帕里斯，如果你選擇我，我答應讓你娶世間最美的女子為妻，享受幸福。」

如果你是帕里斯，該如何抉擇？

一個成天與羊群為伍的牧人，不久之前遠眺繁華都城、想像瀚海的壯碩男子，擺在面前的是權力、智慧、愛情，只能三擇一。統治王國豈是易事，征戰平亂、領導統御，無時不以黎民百姓之福祉為念，不得稍息。帕里斯不想扛重任。成為智者豈是易事，皓首窮經、撰述評析，摒棄一切享樂，唯有案頭生涯。帕里斯坐不住，不愛讀書。他選擇愛神，墜入溫柔的懷抱，把握世間幸福，容易多了。

帕里斯的選擇埋下伏筆，日後他與世間最美麗的女人斯巴達王后海倫一見鍾情，兩人私奔，引發毀滅性的特洛伊戰爭。愛神只答應他娶世間最美麗的女人為妻，但祂沒說，那是他不該愛也是愛不起的女子。帕里斯若事先知道將引發兵燹為國家帶來滅亡，他還會把金蘋果交給愛神嗎？

如果，帕里斯選擇國王版或是智者版，故事會變成什麼樣？可以確定的是，神不會給人完美版本，國王版的帕里斯可能連年征戰最後死於刺殺，而越是不朽的智者越有可能家有悍婦，蘇格拉底是個範例，他擁有超凡入聖的智慧以及最差的擇偶能力。

帕里斯的選擇給了第二個啟示：對於神給予的賞賜要保持戒心，因為，祂只給一半，另外那一半決定這賞賜是好是壞的關鍵，在人身上。因此，人必須比神聰明。

身世，每個人的必修課

我們的人生也是自己選的嗎？

不，我們被分派。父母不是我們選的，時空環境不是我們選的，屋簷下共同生活的人，非我們能決定。我們被分派到一戶人家，睜開眼，第一件事是被賜名，斬釘截鐵宣告，這是必修課，沒得選。

即使冠上必修課鐵律，何以課程內容有天淵之別？

有人的課室位在鳥語花香的庭園，時蔬珍饈不缺。有人蝸居於暗無天日的陋室，三餐不繼。有人早晨被父母吻醒，臨睡前有床邊故事與搖籃曲。有人必須躲避母親的鞭子、父親的魔爪。有人手足皆親密友愛，兄姊保護、弟妹協助。有人遇豺狼虎豹，一生脫離不了。有人享有二十年風平浪靜，放步成長。有人剛學會走路，一場意外，父亡母殘。

人生版本繁雜，誰決定哪些人取得如意版，哪些人注定要念厚厚一本詰屈聱牙？

若用前世積德或造孽以致今世得果報論之，過於虛無縹緲且冷酷殘忍。除非有人確切證明，一個父親坐牢、母親吸毒，被其毒友拔指甲、綁生殖器，凌虐致死的小男童乃上輩子作惡以致今生應該得到這種報應，是以，施虐者反而是正義之士應該獲得嘉許；除非有人證明，大地震時被窗繩繞頸變成植物人的小男孩也是前世犯了重罪，罪有應得。除非神親自現身為祂訂的律法辯論（真如此，我必然朝祂丟擲不只一顆石頭），否則，絕不接受戴罪入世之說。悲哀就是無止境的悲哀，不幸就是找不到理由的不幸，無辜的人拿到辛酸版本、心碎人生，他們無罪。

一切都是偶然，隨機分派，被生下，報了戶籍，隸屬一個屋簷。人生從這屋簷開始，屋簷下的一切，由不得一個嬰兒情願或不情願。成長路上，是被珍愛的，還是被糟蹋的，是浸著恩澤的，還是烙下暗傷的，與其問渺渺的神為什麼，不如靠自己，一概承當。

唯有承當，才能走到未來的時間刻度，找到轉運交叉路，主宰自己的第二度誕生。

人生是什麼？

如果人生是一趟旅行，這條路該怎麼走？我能看見旅途中微小的美好，還是一路抱怨天氣、詛咒泥濘直到終點？

如果人生是一門艱深的功課，這門課該怎麼修？我是埋頭苦幹的解題者，還是自私自利製造難題給家人的人？

如果人生是一場派對，誰來準備？誰享受？誰善後？若我總是負責收拾殘局，我甘願嗎？

如果人生是一次完整的鍛鍊，沒有苦盡甘來的時候，該怎麼做才撐得住？

如果人生是一條礦脈，該如何開採？應當換取眼前財富，還是留給後世紀念？

如果人生是一回轟轟烈烈的燃燒，該在鬧街施放節慶的煙火博得歡聲，還是去寒村布施溫暖，一生無名？

如果人生是一宿之夢，該枯坐著等待天明，還是自夢幻裡尋找真實，再從真實之中體悟泡影？

如果人生是一份作業，用良心與責任為線，為他人織一匹布。我審視自己織成的布匹，線縷緊緻、圖案瑰麗，足以裁製華服。而他人織給我的，竟是破洞百出連做抹布都不能的線團，我能接受嗎？該怎麼追討？該如何釋懷？

版權所有的人生

一開始，我們手上的人生版本只有第一章。猶如一部小說，首章已被設定，時空背景人物情節，不得更改，以下卻是空白，我們得續寫。

翻開每一頁白紙，希望看到提示，一首詩、一張圖或是蛛絲馬跡。然而，天機不可洩漏，我們沒有賈寶玉的運氣。

寶玉夢中神遊，到了離恨天上、灌愁海中、放春山裡的遣香洞，洞內有個太虛幻境，遇見掌管人間風情月債、癡男怨女的警幻仙姑。這仙姑比帕里斯遇見的愛神正派，祂像是情感生活輔導組的總教官，不像希臘愛神只管金蘋果不管人間死活。總之，境內有殿，藏放各式賬冊，是一座不開放的情債圖書館。仙姑的輔系大概是圖書館系，所以賬冊管理得當，分類為「癡情司」、「結怨司」、「朝啼司」、「夜怨司」、「春感司」、「秋悲司」還有「薄命司」。各有幾十只大櫥，用封條封著，內貯普天下女子過去未來的簿冊。寶玉翻查家鄉的《金陵十二金釵正冊》、副冊、又副冊，上頭以詩畫隱喻人物、判定命運，譬如：「可嘆停機德，堪憐詠絮才。玉帶林中掛，金釵雪裡埋。」判定了黛玉、寶釵悲局。餘者判詞，若非紅顏薄命、遁入空門，即是晚景淒涼。一場稀世才子佳人共譜的金玉盟，到頭來「好一似食盡鳥投林，落了片白茫茫大地真乾淨」。

即使寶玉過目不忘，盡覽姊妹們的運途，又有何益？大觀園的日子仍然得過下去。即使第五回已決定「掛玉埋薛」，滿紙荒唐語、一把辛酸淚，曹雪芹還是得提筆沾墨，一字字寫下去。

人生之難，不在於不知結局，在於知道最終逃不過「白茫茫大地真乾淨」，還是得春花夏葉秋實冬枝地過下去。然而，難道季節更替之中毫無可慰之事、可愛之人？或許人生之奧妙即在於此，字生字、句生句之中，書寫的樂趣沛然湧生以至於忘憂。日升月落，勤奮的筆不曾停歇，寫著寫著，赫然發現人物增多、情節錯綜，離命定的第一章已經很遠了。人生之美，在於過程的繁複詭奇，在於書寫的這版本雖有作不了主的架構，卻也有作得了主的段落。

終究，我們得問自己一個問題：「第一章的難題，都處理妥當了嗎？」

那命定屋簷下的難題，設在原生家庭內的暗樁險局，無法脫逃；最脆弱的童稚階段、多愁善感的少年歲月，屋簷下既是養育我們的庇護所，可能也是賜下人生第一道重傷的傷心地。有些傷痕源自於命運的殘酷捉弄非父母之過，但有些傷害來自於心智與修為雙重欠缺的不成熟父母（可能終其一生都不會成熟），恣意對家人施行精神與肉體的傷害，而且在他們的字典裡沒有「犯錯」與「抱歉」這兩則詞條。

第一章第一段若是傷痕與眼淚劇情，別期待下一段馬上出現療癒與燦笑，給予傷害的地方不可能給予解藥。永遠不要期待在第一章讀到懺悔的眼淚、擁抱與寬恕，心狠手辣的一流小說家，絕不會讓他的人物在第一章出現和解。

人生亦如是。首章，無法刪除，也就不必纏纏縛縛織成爬滿蠹魚的厚內衣終生穿著，不如把力氣用來惕勵自己，壯大魄力、屯墾智慧，予以整頓、修復、收納於適當的位置。天空中，多的是帶傷飛行的鳥，我們總會走到夠強壯的年紀，迴身把記憶中那個啼哭的小孩解救出來。

於是，我們得問自己另一個嚴肅的問題：「我的第二章，是否複製了第一章？」

是否，昔年暗夜的恐懼化成今日的暴戾語句，丟擲給我的子女，看到他們畏懼而發抖，我才獲得抒壓？是否，恐懼藉我之手遺傳，痛苦經我而複製，傷害因我而輪迴？是否，原應用來記載輝煌重生的第二章，抄襲了第一章，僅是換了名字？我始終活在第一章的龐大陰影裡且辛勤地複製這陰影給子女，昔日顫抖的小童長成扭曲形變的人物，變成第一章的奴隸，邪惡與愚昧的追隨者，在日升月落之際，澆灌一畦畦茂盛的瞋恨、怨懟、憎厭、憤懣。是否，當看到我最親愛的家人受傷，我的童年瘀痕才獲得療治？

遠方天際送來晚霞，五十門檻已架升起來了，這版權所有的人生必須進入第三章。剩下的稿紙不多了，審視半生手稿，那不能修改的文字，寫的是「濃在悲外、淡在喜中」的性靈故事，還是濃雲濁霧的復仇大綱？「我要把等不到抱歉的第一章，悔恨交加的第二章，繼續寫入五十歲以後的人生嗎？」

若是，這必是可以做為教學範本的爛小說了。行年過五十，昔日烙下憾恨的人恐怕已作古了，人，怎可能向一座墳墓要到道歉？若真有鬼靈使者半夜捧來森森涼涼的一紙歉書，有何意義呢？難道要用來裝飾自己的骨灰罈嗎？而屋瓦覆蓋之下，每個家族難免出一個「標靶人物」——若有標靶藥物治他，全家可得安寧。別為了抵抗討厭之人，卻懲罰了所愛之人。牽一髮而動全身，若拔了那根毛髮會引發連鎖反應，甚至掀了屋頂，擴大戰場，那麼，伸出去的手就縮回來吧！那一莖髮，無法無天的髮，不能以暴易暴，就在精神綁架與協商溝通之間尋一處可接受可管控的小道場，當作是今生來督促你修行的逆增上緣；修了三分怒，換修三分恕，剩下的修四分「隨它去吧」，誠懇地，與他修一個「來世不相逢」。

「未經檢驗的人生，不值得一活。」蘇格拉底如是說。

抬頭望天，該流的淚水已蒸發成浮雲，積雨雲在草原落下甘霖，草根吸吮雨水，欣然成長，開一片野花回報你的淚。這就夠了。生有限，恨歸零，愛無盡。

你喜歡你的人生嗎？

人生第三章，切莫把首章的夢魘、魅影帶進來；更何況，屋簷下豈是全無恩澤？我們顧守自己的悲情、冤屈，也應拿出天秤，秤一秤恩惠的重量。也不宜讓第二章的憾恨滲透進來，我們親手建造的屋簷若是穩固的堡壘，理應合掌感謝，若是遭逢天災人禍而殘破，除了重建或遷村又能如何？有些事，人的律法可以行使判決，但情感的創傷、背叛的怒火與挫敗之抑鬱，只能自療。回想嬰孩時，情願或不情願，無法更改原生架構，如今已非手無寸鐵的嬰兒，擁有修改的能力。廢墟上的磚瓦不會提供解答，但足以激勵我們去建造一幢固若金湯的心靈小屋。戰士，豈會趴在沙場上哀悼那隻失去的左腳？他會到傷兵站止血，保全性命。把沙漠哭成綠洲，那截左腳也回不來，又何必痛哭流涕失去了尊嚴。

浮雲悠悠，人生不保證苦盡甘來，人生不盡然公平，唯有釋懷。

終究，我們必須自問：「夜幕即將低垂，第三章該怎麼下筆？」

可以寫成傷痕報導文學，借一輛牛車，上頭放幾塊墓碑，供自己在漸老的路上輪流數落顯考妣、親兄弟；放一疊卷宗，時不時批判老闆同事客戶；放離婚協議書、出生證明或驗傷單，誦唱惡妻（夫）孽子之「大杯咒」——誦唱過久口乾舌燥，咒完需喝一大杯水之故。到頭來，孑然一身，拖著牛車步向暗夜，走上惡病叢生的老年之路。

也可以，把水落石出的第三章寫成祈禱文，或是風吹著雪一幅寒花晚節的水墨畫，或是抒情詩，向徐志摩借一點瀟灑，「揮一揮衣袖，不帶走一片雲彩」，但求身輕如燕。

「你喜歡你的人生嗎？」

靜極了，夜半燈下，第一章那個垂淚的小童，等著你的回答。

下輩子，你還要不要做人？

「如果有下輩子，妳還要不要做人？」我問二姑。

「不要不要！」她斬釘截鐵地答。

「妳要做什麼？」

「到時候，再看看！」她說。

「妳呢？下輩子要做人嗎？」我問屘姑。

「不要！」也是斬釘截鐵。

「妳要做什麼？」

「一隻小鳥。」她說。

物，你的看守所

有個事實沒人反對，我們來到這世上時，什麼都沒帶，連衣服都沒穿。

有，有一個人反對，他叫賈寶玉；寶少爺出生時，小嘴裡啣了一塊雀卵大的五彩玉，晶瑩剔透，叫通靈寶玉，上頭還有字跡：「莫失莫忘，仙壽恆昌」。還有第二個人反對，此人面目難辨不知姓名，據左鄰右舍說，他含金湯匙出生。

他們是奇人。至於我們這些濁骨凡胎，出生時天氣正常，毫無異象之兆，一條光溜溜的泥鰍就這麼滾出來，啥都沒帶，打算來騙吃騙喝貌。硬要拗，也是有帶的，就是一屁股胎便。

一出生，我們被穿上衣服、戴帽、著襪，接著，圈上金鎖片、金手鍊，專屬的奶瓶與小床棉被也有了。物，實用的、裝飾的、娛樂的，一件件蜂擁而至。一旦學會「所有權」概念，小泥鰍變成大鱷魚。對於別人有而我沒有之物特別敏感，即使有了還要升級追求新款、敵方款以供參酌比較。好似山寨大王，坐擁寶物而不饜足。所有權概念很容易跟飢渴、物質恐慌症揉合併發，像三頭獒犬，不惜斥資以搜括、收購、屯積，反覆發作，獲得毒癮般的短暫快樂，至此，看守所建造完成。

年過五十，鮮有不抱怨被壓得腰痠背痛的。若有此症，宜擇吉日良辰，燈下自理，打開包袱澈底清算——清明節需剪除雜草、慎終追遠，對待大包袱，也應該每年自我掃墓一次。審視包袱裡有哪些人可以拋了——再糾纏下去，他不可能變好而你可能變糟，這是我的忠告也是田野調查結論；哪些物件可以丟棄——五年沒穿的衣服，別設想臨死前還會拿出來穿。

我們親手打造的物質看守所，曾經帶來微薄的歡愉，證明我們確實存在於這個世界，為我們宣示了主權。但當它變成高塔，則原本可愛可喜之物，反而變成手銬腳鐐，恥笑著人的貪念。

拜衣教狂徒

女性對衣服的狂熱近乎宗教——拜衣教，教徒具或輕或重的裸身妄想症，此症患者總覺得自己沒穿衣服，所以，夜市、小鋪、賣場、百貨公司、精品旗艦店之衣衫裙褲背心外套圍巾，猶如護身天使，穿上它才能獲救，才覺得自己可以見人。逢週年慶打折，必漏夜排隊，驚恐自己落敗，發狂似地見衣即搶，刷爆信用卡亦不足惜。

一年四季輪流當令，本地、異國裁製不同，內外有別、場合各異、身材變化、年齡增長，一具小小的鎚型或筒狀或甕型的身軀，竟需囤積上千件衣服。存放衣物的箱、屜、櫥、櫃據地為霸，家中其它空間可以小，衣櫥必須大。付房貸付得氣喘如牛，養衣櫥竟養得不亦樂乎。若把所有衣服以天女散花的手勢灑於床上，必是一座衣冠塚。這時，宜於自問：「我這具即將步向老途的臭皮囊，穿得了這麼多衣服嗎？」此時，必然有悔意，逛街買衣的時間若用於研讀，可修得一個博士學位附帶兩個學士，所揮霍的資財，足以環遊世界八十八個月或買下一塊山坡，種桂竹筍、撫養一群帝雉。

衣服形似另一具身體，女人對衣服藏著盲目的愛戀。每一件衣服被挑中的當刻，近似一夜情；

迫不及待試穿、殺價、購買、洗濯或整燙（猴急的連洗都不洗）、穿上，與肉身密合一日，完成一次情慾。正當愛慾充沛時，這衣是最愛的一件，衣櫥裡的其它衣服都可以丟棄，待情慾退潮，晚上回家脫下，丟入待洗的衣籃，跟昨天前天的髒衣毫無不同，只是千分之一而已。次日，女人狩獵的天性又發作了，櫥窗裡的新衣吸引目光，再次豔遇，煽情興慾，故事重演，衣櫥又多了一個過氣情人。

看著自己締造的衣冠小丘，大部分衣服已數年未穿，常穿只有幾件。哪些是「後宮佳麗三千人」乃慾望陳跡，哪些是舒適的家常夥伴，自己最明白。但是，女人不願意整理，不捨得丟棄，因為，即使是二十年前的華服如今已失去實穿之用，看著它，至少看得見裊娜的體態、青春的火燄，若丟了，什麼都沒有，彷彿一生叱吒情場，到頭來抓不到一隻臂膀、靠不了半個胸膛，那挫敗的感覺不如飲鴆。衣服還在衣櫥裡，看得見青春遺跡、戀情幻影，摸得到美麗、健康、珍愛、歡樂，啊，活得漂漂亮亮的感覺真好！女人，用衣服寫自己的愛慾歷史。

然而，每一件衣服也可能如鱗片，在神祕的暗夜自行組合成一尾巨蟒，反過來囓咬不肯放手的女人。這一座小丘，理應自己親手整理，管控慾望，練習割捨、放手，想像另一具青春之軀穿上它的情景，從贈與之中得到安息。若不肯如此，總有一天，會有個人撐開黑色大塑膠袋，打開妳的衣櫥，把衣服一古腦兒全部塞入，將鼓脹的十幾只大袋丟入舊衣回收箱，或請葬儀社燒給妳。這人還會站在衣櫥前嘖嘖稱奇，肆無忌憚地給妳一句評語：「妳有毛病啊，這麼多衣服，累死我嘍！」他不可能明白，妳一生確實活在情感極度匱乏轉而養衣作樂的看守所裡。

有一天，衣櫥全部清空。

鞋的靈骨塔

左腳跨出去的黎明，焉能不被右腳跨出的黃昏追上？雙腳如梭，織出一袍歲月，然而，在時空的經緯之中，我們更懂得走路了，還是不斷地迷途？

一雙腳能同時穿幾雙鞋？包頭、露趾，高跟、平底，牛皮、羊皮、塑膠、布面，夾腳、氣墊、馬靴，慢跑、健行、登山、滑雪，室內還分冬天鋪毛及夏季藺草的，豪雨時節恐淹水，青蛙裝連著一雙耐磨的雨鞋。

穿草鞋那時代的人比我們懂得路面，深諳如何從泥淖中拔腿而出。他們的一雙腳用來跋涉，所以需要鞋，我們的腳幾乎不用走路，所以需要豢養一盒盒名家設計款、明星紀念款及一整櫃鞋底沒有汙泥的鞋子來裝飾兩隻不長繭的腳板。

一雙腳需備幾雙鞋？曾經有個不識趣的婆婆，上兒子家小住，無意間看到儲藏室堆了許多鞋盒，趁年輕人上班，窺探究竟，都是女鞋。不識字但會數數兒的阿婆，下定決心盤整貨架，數到七十二，她放棄了，心裡有數，這媳婦遲早會跑掉。

毒蜈蚣化身，節足動物中的多足類，念念不忘失去的腳，看到鞋，有一股心痛，緬懷自己的腳，故以鞋舉哀；長方形紙盒，鞋的塔位，堆垛自成一棟眾鞋的靈骨塔。

那鑲水鑽的三吋細高跟，曾在舞池旋轉過，拉鍊拉到膝蓋的亮皮馬靴，曾在聖誕節狂歡亮相過，抓地力特強的健行鞋，曾踩過某一座山的腰圍。這些，都將成為過往。老，這條路，據說會讓人跌得鼻青臉腫，所以，只需一雙易於穿脫、四季合宜、舒適止滑的便鞋。漸漸地，一雙室內拖鞋就夠了。漸漸地，成天躺在床上，鞋可以收起來，穿雙毛襪就夠了。

有一天，所有的鞋同時向妳告別。

飢餓的皮包

猶如飢渴的嘴，每一只包包喊餓。妳是具有母性的女人，牽它回家，如拯救一個挨餓的孩童。不多時，妳變成世界展望會會長，專門展望國外難童。妳解救LV家族，又收養PRADA兄弟姊妹。衣櫥旁不得不設包包專區。每夜，那喋喋不休、永難滿足的嘴巴吶喊著深沉的慾火——想要占有世上最貴最美最稀少的一切，因此，每一只包包都幫妳背過卡債，標示了帳單的高度。

有一天，眾嘴一起離妳而去，各自親吻另一個女人的手臂。妳最疼愛的LV，連一句再見都沒說。只有躲在內袋裡那一包忠心耿耿的乾燥劑，對新主人的小錢包，透露關於妳的發霉故事。

整頓了衣、鞋、包，平凡者如你我，等於拆了半座看守所。拎個隨身小包包，漸老之路宜乎一肩明月，兩袖清風。

若說我們的看守所像木頭做的，那麼豪富們的大約是銅牆鐵壁了。不管願不願意，捨不捨得，漸老是一條鋪著薄霜的窄徑，容不下萬本藏書、數百隻紫砂壺或青銅古董、一窖稀品紅酒、幾十幅名畫、七公斤珠寶名錶、六棟房子、五筆土地、四部車、三個兒女、兩個太太、一家公司。都知道是身外之物，但住慣了自己打造的豪華看守所，捨棄豈是容易的？我們一生只練習擁有，從來沒說也沒人提醒我們應該訓練捨棄。

有一天，一個人所屯積的東西會反過來攻擊自己。所謂智者，即是趁氣力尚足的時候，一磚一瓦地拆，將看守所改建成花園。愚者，固守物質，看守所變成爭產的戰場。親情，成了他的陪葬。

快樂王子

王爾德筆下的〈快樂王子〉是一座雕像，身上綴滿金亮片，兩眼鑲著藍寶石，腰間佩劍的劍柄嵌了一顆紅寶石，站在一根高大的圓柱上，看著城裡的一切苦難。

一隻落單的小燕子棲在他身上過夜，次日將飛往埃及尋找同伴。夜半，一滴眼淚打醒了小燕子，牠抬頭問，王子告訴牠，遠方小巷有一戶貧家，窮困的母親沒錢醫治孩子的病，他對小燕子說：「幫我把劍柄上的紅寶石挖出來，送給那位可憐的母親吧！」燕子當信差，給送去了。不久，王子看到遠處閣樓裡有一位年輕人埋首寫作劇本，飢寒交迫，恐怕劇本還沒寫完就要餓死了，他央求小燕子啄下一隻藍寶石眼睛，送給年輕作家。待第二顆藍寶石送給賣火柴的小女孩之後，快樂王子瞎了。燕子不忍離去，留下來陪伴他，講述旅遊見聞，王子有所感，說：「親愛的小燕子啊，你告訴我許多令人嘆為觀止的景象，然而，這世間最令人嘆為觀止的事，卻是世人的苦難；這世界最深奧的事莫過於悲苦。小燕子，你沿著這城市飛一圈，把你看到的景象告訴我！」這回，小燕子沒看見繁華看到了悲苦。王子命牠將身上的金亮片一一分送出去，快樂王子只剩下一身泥色。

酷寒來襲，王子的泥身裂開，露出鉛製的心，接著，小燕子凍死在雕像的腳邊。

上帝吩咐天使：「幫我把城裡最珍貴的兩樣東西找來吧。」

天使繞了一圈，把廢棄場裡王子那破裂的鉛心與凍僵的小燕子帶回來，呈給上帝。

但願，邁向老年的路上，快樂王子像個老友，時刻提醒我們：

放手吧，最後一定要把自己走成一無所有。

心靈小屋

造一間小屋，在皚皚的高山巔或是陽光普照的海濱。想像著，這屋沒有住址，不需要門牌與路徑圖。小屋孤獨地站著，有時在檜木、松林圍繞著的崖邊，時而在翠茵如波的平野，也曾站在湖心，看風吹漣漪，月泳江河。不對任何人開放也無法開放，這屋是心靈巢穴。

人世的包袱太重了，被罰滾石上山的薛西弗斯，也有疲困的時候，何況是凡人。包袱裡，只要有一人一事是難關、困境、亂源，注定要背包袱的人焉能不成為薛西弗斯——必須在冥界將一塊極重的大理石推至山頂，每當快要到達山頂，大石即自動滾落。薛西弗斯必須承受永無止境的勞動，不得休息。

注定背包袱的你，總是讓自己站在最顯著的位置，以致眾人不約而同認為那包袱理應掛在你的肩上，從此，共同認證那包袱應該繡上你的名字，歸你所有。你欠缺自私的能力，不熟悉遠離的技巧，學不會眼不見耳不聞，你的一顆心無法鍾鍊成硬鋼冷鐵，於是，第一個趕到現場的人總是你，一肩挑起，不出怨言，也無暇口出怨言。

然而，再怎麼堅毅的人也有疲憊的時候。你一向擅長替疲憊的人分擔重任，所以，無人發覺你也會疲憊也需要有人替你卸擔。你慣常鼓舞脆弱者，遂無人察覺你也會脆弱也需要強而有力的鼓舞。

這就是你造小屋的緣故。人總會走到寂寥的角落，彷彿置身滂沱雨夜，孤獨地站在牆角避雨，抬頭只見無邊的墨黑及被路燈幽光照亮了的雨陣，密如急箭，一片殺伐之聲。沒有人知道牆邊站著一個脆弱且疲倦的人，此時此刻，沒有人安慰得了你。你的難題在於，最應該協助你的人竟成為你的負擔，而越來越重的擔子幾乎耗去僅有的氣力。你察覺自己到了臨界點，往前一步，你不確定能不能管控自己的怒火，會不會一觸即發，製造更多亂局。你不願如此，也無法立即尋得最佳的解決之道，更不願徒然地將難理的線團丟給不相干的人，僅僅只是為了獲得言語的安慰而於事無補。你發覺你需要一間小屋，需要更高的力量、更強的心智能力來協助你度過難關。

你為自己造一間小屋，擺在內心深處那座吉力馬扎羅山（Kilimanjaro）——可敬的海明威寫著，經年白雪覆蓋的非洲最高山，西邊峰頂被稱為上帝之屋。靠近那兒，有一頭凍僵的美洲豹屍體。沒有人知道，這頭豹到這麼高的地方尋找什麼？你為自己造一間離神最近的小屋，猜測那頭孤獨的豹子，到雪山峰頂，也只是想死在離神最近的地方吧！

你祕密往返，在散步中、勞動的空隙或晨起之時，回到小屋。瞬間即成，自在興滅。

尋常的世間屋簷下，怎可能是一群智者交會著智慧光芒，萬事萬物各有其適宜的位置，無不安好。通常是，一支雜牌傭兵恰巧躲在同一本戶口名簿內，刀光劍影，遂演變成械鬥的一級戰區。敵人可以分勝負、有傷亡，陣亡的敵兵不會再起來作戰，家人不分勝負、無傷亡，所以昨日戰敗的敵兵，經過休養生息，今日又能擴大戰場，作殊死戰。家，是糾纏的洞穴。

而你，其實沒有太多選擇，或者說，毫無選擇。人生，無法像進一家旅店，不滿意其設備、服務，甚至只是窗外的風景與廣告不符，即可以據理力爭，退費退房。如果人生也這麼簡單，每個轉角、每張桌上都放著合約中止書、意向選擇表，供我們隨時勾選，決定繼續留在屋簷下與同一群演員完成同一齣戲，或是抽離，坐在最後一排最後一個位置離出口最近，除非摸彩有獎品才往前靠近，否則只做一名觀眾，不過問劇情。如果人生如此，何來掙扎、豈有痛苦？難就難在，進了大門，半壁江山已定，即使你擁有孫悟空騰雲駕霧的功夫，仍翻不過如來佛的手掌心。何況，屋簷下有你不能捨棄的人，有你憐惜的人，明知他在劇中得攀崖去摘樹上的果實，你怎可能不基於疼惜而參與劇情，挺身而出，為他攀崖為他墜海。家，也是行俠仗義的江湖。你做不到站在遠遠的地方，看心愛的人毀去。

肩頭重擔，逃，從來不是最佳選項——有人天賦異稟，做得到。凡做不到的人，無須斥責善逃者，你既然做不到，就不必浪費唇舌、時時日日月月年年評論他們的作為，計算他們的成績，彷彿是依附在他們身上才能獲得生活目標的寄生蟲。不如禁語，持誦「解冤菩薩」，求祂戴上老花眼鏡，把冤繩都解開，好讓你轉念尋求自己的獨門途徑。你的最佳選擇可能是，將荒廢的半壁江山治理成步向豐饒的國度。屋簷下，對與錯同時存在，每一件「對」的事情背後看得見犧牲，每一件「錯」的事情可能夾藏了苦衷。人生之路有個淺顯的道理，如果你已經過河了，不要回頭斥責那原先答應要為你搭橋的人何以食言，如果你已經脫離飢餓，也不必費力向眾人數落那上山採果的人一去不回。人生不應該用來數算多少芝麻粒可以換多少綠豆粒，應該開墾一種格局，一層境界。國土上，亂臣賊子皆已設定在可允許的破壞範圍而不致影響國運昌隆，風暴已分級管理，不致毀損國土。你必須勇毅，必須是半人半神，人的部分的疲憊，自行以神性修復。

你的小屋不在古老的奧林帕斯山，沒有聖樹之葉發出聲音給你預言及啟示；不在光芒四射、如火燄般氣象恢宏的昆侖山，沒有開明獸為你鎮守四方。你只有自己，依隨意念，造一間小小的、可以邀路過的眾神進來閒坐的小屋。

想像你回到小屋，卸下世間的甲冑武器，恢復輕盈之身。屋內有另一個你，年長的你，以最熟悉的溫情軟語與你對話；真實的心聲得以吐露，原初的感受無須偽飾。他問你：「你仍然願意成為理想中的自己嗎？人生荒漠中，一個勇士。」你被這個問題引到不同的高度，剎那間，看清了局面。你回答願意，是以所有的負面情緒、草莽語句都丟入溝渠，化為煙散。你們討論理性的重要，校正我執的刻度，確認方向，擬定對策，修補甲冑，鑄造新武器。這半神的長者問你：「你能在暗夜行善，沒有人嘉許你的善舉而不覺得忿忿嗎？你能埋首工作，不計算光環與名利的報酬嗎？當你付出，卻沒有人看出你的付出，也得不到回報，你能釋懷嗎？你願意練習清除殘存的悲苦意識，終於獲得毫無虧欠的自由之心嗎？」

你願意。

這長者為你重新著裝，將智慧之泉灌進你的頭顱，把勇氣注入胸膛。你步出小屋時，滂沱夜雨已停歇，牆邊躲雨的人恢復成堤岸散步的人，重返現實。微風吹來，錯肩而過的路人、劃過天邊殘霞的飛鳥，天地依舊，無人察覺你剛剛做了一趟心靈之旅。

有時，你回到茅茨土屋，不是為了療癒，單純地，只是想要讚美、感恩與默禱。你讚美這生生不息的世界珍藏著無數美好事物讓你歡喜，你感謝那最高存有讓你能欣賞美好、讚嘆崇高、禮敬神聖。你默禱，純真、善良與美永遠不要消逝。

你暢飲生命杯中波濤洶湧的各種滋味，從甘甜到苦澀，擁有完整的體驗。你終於明白，這是多麼稀有的給予，一副完整的人生；握權柄的帝王與服役的小卒都是你，光明的坦途與黑暗甬道你都走過，珍愛與背叛你都經歷，真誠的心與狡猾的嘴臉你都遇過，貧困與富裕的滋味你都品嘗，年輕時因絕望而欲絕、為生而求生你同時擁有，生之大喜與死之長慟你也親自體會了。做為一個人，駐紮世間短短數十寒暑，你獲得的機運何等寶貴，一副完整而且留得住美好記憶的人生，得來不易，你焉能不感恩？

所以，你到小屋來，只想告訴年輕的自己——那身影仍藏匿在松林間兀自低語，你喊他的名，像一個父親或母親的口吻；你踩斷了松針，敞開衣襟收藏了風，以長者的滄桑眼眸流露溫柔的目光，你只想告訴他：「出來吧，我心裡沒有恨了！」

如果，年長的自己消彌了恨，那麼，躲藏在內心深處年輕的自己，不必再固守怨恨崗位以為自己應該捍衛一生的尊嚴、聲討應得的公道；年輕的身影獲得釋放，恢復其原有的青春記憶，喜悅時光、靚美事物一一浮出。則是，再度降臨，青春再度降臨於年長的自己心中，遲來的、溫馨的，感受自己的生命被慈悲的神慷慨地祝賀了。

等不到的道歉，交給風吧！那從前是悲哀的，現在變成寧靜了。

欠著的一個吻，永遠沒有機會補償了。流失的一份愛，切莫回頭追討也不必兌現，無須設問：「如果時光倒流，你會變得勇敢嗎？」更不必留待來生，此生應該相忘。

分歧的兩條路，不要強求合於一道，趁土壤尚未乾裂，各自種植風景吧！是鳥，放它回去空中，是魚，任它返回大海。各看各的旭日東升，各賞各的彩霞滿天。

生命之杯滿溢，你獨自品嘗，內心平靜。

你在小屋悠遊著，以半人半神的形象。你知道自己仍是脆弱的凡人，人世的難關尚未過完，儲存的勇氣總是不夠，提煉的智慧常常浮現雜質，但你知道這小屋是你的歸宿。你必然要時常往返，自我鞭策、鼓舞、祈求、安慰，獲得寧靜。

每年，你總是跟小屋裡多個年輕的自己約定：「生命告終之前，一定會回到這裡，最後一次回家的時候，你們要告訴我，我是否完成人生任務？是否變成你們理想中值得尊敬的人？」

天色未暗，且歡歌暢飲吧，生命之杯已為你滿溢。

〔幻想之二〕

一趟悲歡

——給阿嬤阿母：無願，不成一家

想像著。

彼時天光未透，幽冥無邊，你是一縷未散盡的魂，眠息於荒涼一隅，不尋找，亦不被尋找。

寂靜如流水，載著你漾漾。你僅剩的魂如絲縷，被不可指名的流動帶著，時而蜷縮，時而舒展，有時被扯去半寸有時又添來一分。忽然，一陣莫名的顫簸觸動了你，微光，喚醒你，你收攏僅剩的魂絲，欲辨認自己身在何處——這一念，竟觸動了天機；你被不知名的流動捲入暗潮，洶湧之後，靜止了，你被縮小，小到如一枚蠶繭，不，是一隻眼，你有了初步的小小的自我。如眼眸開闔，光，濛濛之中布著閃亮，那閃亮的光點在你四周流竄。你感受到聲音，竊竊私語，然而幽暗仍然籠著你，你漸次掙脫黝暗，自深沉處往淺灘上岸。你感知到光，又亮了些，於是你覺知自己是一名自由的野靈，正處在幽域與人世邊界，那流竄的光點是入世的旅魂，你退回幽冥澤畔，不尋找亦不被尋找。

於是，你恣意遊蕩，獨來獨往。你棲在隱密處探看、聆聽，眾魂攜著密令各有前程，獨你悠然逍遙。你數度尾隨旅魂進入邊界盡處，窺看所謂世間。你覺知好一波花的芬芳，潺潺的水唱，古蔭林泉引你愉悅，你甚至沿著樹身而上，將自己的魂張成枝條，搖動著葉，灑落了露，自得其樂。無意間，你聽得古蔭下數名不願銷案的遊魂閒話人間事，竟起了興味，但你依然不尋找亦不願被尋找。

某日，你又隱在一旁觀看眾魂啟程。一名旅魂行路踽踽，一面翻閱密令一面黯然神傷，你踅至其旁閱其密令，知其神傷之故，起了未曾有過的憐憫，你目送其消失於邊界，入世為人。你遊至幽域另一處，眾旅魂啟程之前許願處，你尋到那名遊魂留願的地方，知其去處，已有數朵幽幽藍光留在其願四周，表示有魂允諾欲與之人間相會。你撥弄每一朵藍光為戲，那純淨的光線纏繞著你，邀請著你，你已久不尋找亦不願被尋找，但此時卻起了送暖的意願。你摘下一絲魂，搓揉成一朵心花，亦點出藍光，輕輕放入其中，願人間一趟，共歷悲歡。

你啟動了每一趟入世皆須攜帶的書寫任務，自行填寫密令：

乘願而來。

老人共和國

「我們剛投胎於世就進入了競技場，到死方才走出來。人已到賽場的終點，再去學習更精準地駕馭雙輪馬車還有何用呢？那時，需要考慮的，就只是該如何從中解脫了。**老年人該做的研究，僅僅是學習該怎麼死。**人，到了我這種年紀，卻恰好很少做這種研究，常人把什麼都想過了，就是想不到這一點。大凡老人比孩子更依戀生命，比年輕人更不情願離開人世。因為，他們的全部勞動原是為了生存，而到了生命的終點，他們卻發現自己的全部心血都白費了。」──盧梭

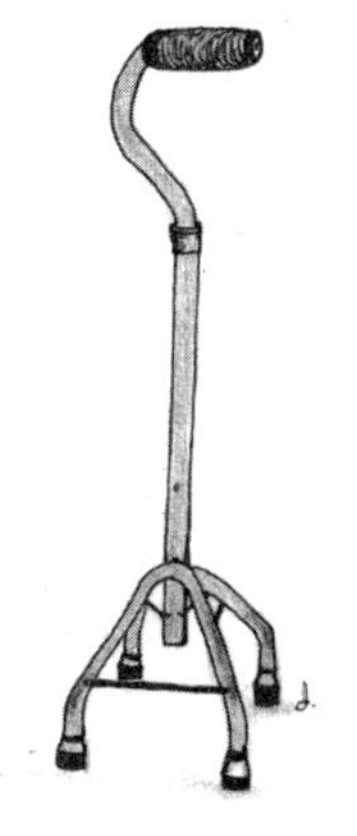

老人之亂

一覺醒來

生命中尋常的一日，你一早醒來，驚覺最後一小包「青春魔粉」怎不見了？你戴上老花眼鏡，四處翻找，最後在地板上發現；被惡童撕開，灑於地上。一隻拖鞋沾了魔粉，發出炫目的色彩，彷彿再多灑一撮，它就能化成彩虹魚用力搧動魚尾游出去了。好無情的一場青春大革命，暗夜裡，小紅衛兵侵門踏戶搞破壞你竟然不知！你彷彿聽到微血管嗶剝嗶剝地破了，腿上浮現蜘絲小徑宛如異議分子的逃亡路線，臉上的老人斑（你十分不解為何不叫智慧斑或壽斑）又多了幾處，像奔過泥地的小狗一躍踏上你的臉拓下可愛的小印子。「這是我嗎？」你問鏡子。鏡子起了霧斑，像舊照片被歲月腐蝕。你越看越覺得驚悚，鏡中的你像被放大的遺照。

此時，已過六十五歲。天地俱在，只是沸沸揚揚地老著。你被迫踏上老人列車，火車快飛火車快飛，朝著老人國奔馳，兩旁猿聲懶得為你啼叫。唯一安慰的是，你不是車上最老的那一個。

一國皆老

二十一世紀是老人世紀，地球被數不盡的老人占據了。不知怎地，腦中頓時浮現恐龍活躍的侏羅紀面貌，數目龐大、行動緩慢的老人族群，彷彿是時光機器指錯了刻度以致侏羅紀動物還魂竄入人類軀殼，一隻隻人形小恐龍或在樹影下散步、或是安靜地食草、或曬一小截太陽、或與同伴仰天互嘯取樂。時間拉長了，長到恐龍們轉一個身需花去半個股票交易日也不嫌浪費。放眼望去，三大洋五大洲之已開發國家，那高聳的大樓、通衢大道、購物商場、醫療院所，處處可見恐龍身影，侏羅紀的風吹開了二十一世紀潮浪，預言著一場跟老相關的國際級戰亂正在醞釀。

（請不要誤會，侏羅紀恐龍之喻只是驚嚇過度的作者的瞬間想像，毫無歧視之意，更請我身邊的老人不要想太多，戰亂是國際課題，不是指你們帶給我的難題。）

不說別處，就說我們自己吧。

一九九三年，也就是具有歷史意義的「辜汪會談」那一年，台灣六十五歲以上老年人口占總人口比率七％，正式進入「高齡化社會」。自此，這島彷彿被一名不懷好意的水電工安裝了一具「老化引擎」，日夜轟隆運轉，完全不受政黨輪替或藍綠對決影響。十八年後到了二〇一一，六十五歲以上有二百五十二萬人，占總人口比率十點九％。台灣老化程度排名世界第四十八，預料照這麼優異的表現持續下去，到了二〇二五年，台灣老人人口比率將超過英美等國，二〇三三年則有機會超越日本成為全世界最老的國家。

老人越來越多，什麼理由都可以抓來湊一腳評議一番，唯一不能用的就是藍綠牌——因為民進黨主政不力，所以害老人越來越多，因為國民黨施政無能，所以老人都長壽。人口問題，超越黨派，比植樹造林還複雜。可恨我們的社會習於把任何問題都歸咎於政黨，噴灑口水嚷一嚷，對於「動搖國本」之事全然漠視。水電工又加裝了幾具「老化引擎」，他賊賊地等著看，未來的台灣變成一群藍綠老人拄杖互嗆、推輪椅追打的場面——名副其實成了車輪戰。

如果老化趨勢不變，專家預估，二〇一五年，將有二百九十四萬老人，占總人口比率十二點六%。二〇一七年，也就是眼睛看得到的五年之後，老人人口將飆升至十四%，台灣必須放一串鞭炮，慶賀成為「高齡社會」。不，不應該放鞭炮，高齡社會不值得高興，但尷尬的是，應該怎麼做呢？難道設祭壇除魅，把十四%老人當妖怪嗎？

到了二〇二五年，台灣有二十%是老人，成為「超高齡社會」。想像那情景：公園裡擠滿了老人，麥當勞一樓規劃成老人區，兒童餐之外加賣老人餐，公車加開博愛專車因為光幾個博愛座已不夠用了，老人醫院也開張了，當年跳到醫美領域的醫生回流到老人醫學，因為愛整型美容的人也都一個比一個老嘍！

往下的預估愈見驚悚，二〇五六年，四十%是老人。二〇六〇年，台灣人口不到二千萬，但有一半超過六十歲，將有七百八十多萬老人。

二〇六〇年，我虛歲一百，我夫理應已在天堂耕讀，我兒六十五，推著輪椅上裹著毛毯、戴著毛帽、掛著鼻胃管像一條人形肉乾的我到餐桌前，雙層蛋糕上插著數字一百彩色蠟燭，三朵小火苗跳動著，一屋子人，大約文化部也派了個小妞來送禮，好歹我年輕時還算是個老老實實的作家，大家高唱生日快樂歌還有人祝我「呷到百二歲，拿拐仔做工虧」（活到一百二十歲，拄杖做工作）。

我要發抖地跪求上天，外加磕三個響頭，千萬不要讓這麼悲慘的事發生。長壽，絕對是一種懲罰。

若將一個社會從「高齡化社會」進展到「高齡社會」所花的年數代表其老化速度的話，台灣老化速度居全球之冠；法國用了一百一十五年慢慢變老，瑞典花了八十五年，美國預估是七十三年，而台灣只花二十四年。昔年締造經濟奇蹟的亞洲猛龍，數十年來沒別的成就，老化速度卻拿了第一。

老年戰紀

出生於一九四六年的戰後第一批嬰兒潮，如今已抵達六十五歲跨進老人門檻，想像在他們之後逐批出生的嬰兒潮亦即是大家暱稱的三年級生、四年級生擴及五年級前段班，正排隊依隨人潮向老人國大門前進。

如果想像力更豐富一些，幾乎可以看見黑壓壓媲美紅衫軍、跨年演唱會的人潮，被兩旁吹哨、揮指揮棒、佩槍的保全人員嚴控著，不疾不徐緩步前行。人群中不時有人彈跳著想要知道前面的情況，前面的人卻頻頻回頭搜尋後面有沒有認識的面孔。耳語像流感病毒散布著，據說一跨進大門就回不了頭，據說進門時會挨一記悶棍，打在哪個部位隨他高興。有人心生恐懼低聲咒罵，有人趁警衛不注意向後脫逃，忽然響起一陣急哨，幾名警衛齊力制伏逃跑者，如大虎圈住小兔。接著，你看到脫逃者被孔武有力的警衛一把拎起，以擲鐵餅的標準姿勢朝老人國圍牆擲去，一道拋物線吸住人潮目光，你看到那人在空中叫救命，降落時半截身子化成恐龍，把一棵樹給打歪了。

人潮安靜下來，認清這是一條不可逆的路，誰也救不了誰的命。沒人敢問大門後是什麼光景？是囚室，每人穿一套病服？是寵物園，每人認養一頭孤獨獸？是四季如春的天堂分駐所，幫上帝擦宴客用的銀器？

嬰兒潮變成老人潮，老化惡浪撲打西太平洋邊上的這片綠葉——昔時生機盎然的翠綠之葉如今已轉成枯黃，從葡萄牙水手高喊「福爾摩沙」以來，從未有過二百五十多萬老人同時在島上呼吸，如今成真，寫下歷史紀錄。一九四九年移民浪潮帶來嚴重的族群問題，這社會花去六十多年仍未能消融，眼前的老化海嘯更加凶險，這根基不深、不擅長處理國家級問題的社會頂得住侵襲、禁得起摧毀嗎？

人要老，不能阻擋，人老了，要病要人照顧，無法選擇。但是，年輕人不婚不育，卻是選擇下的結果。台灣人口密度全球第二，總生育率卻是最低，不足以完整地世代交替。二〇一〇年，新生兒才十六萬多，所幸在政府呼籲與育兒福利之下，二〇一一年止跌回升，達十九萬多，今年（二〇一二）拜百年結婚潮與龍年生育熱的雙重刺激，可望達二十三萬。然而少子化仍是國家級的嚴重威脅，能否每年保住十八萬新生兒，要看註生娘娘疼不疼愛台灣。

家庭價值觀改變、社會開放多元、自我意識覺醒、生活品質提升這四項指標，決定了年輕世代的婚姻觀與生育觀。

戰後嬰兒潮世代的父母，經歷抗戰或日據，於困厄環境中孕育子女。嬰兒潮世代雖未親歷戰爭，但是生於顛沛之際、長於廢墟之中，直接繼承了上一代的戰亂記憶與困苦求生的墾拓精神，他們是最同情父母的一代，家庭價值觀根深柢固，保有為家庭而犧牲自我的特質。

嬰兒潮世代的子女卻正好相反，社會走到大轉捩處，一個休養生息之後勃然奮發、開放多元的社會提供他們優渥地成長，完整的教育以及鼓勵追求自我的風潮使他們的人生價值觀不再是「家庭成就」而是「自我實現」，更不再認為婚姻與生育是人生必修課——他們從父母身上看到婚姻與生育裡充斥著自我犧牲，而這一代對犧牲這兩個字是反感的，視作愚蠢的同義詞。

所以，不是育兒環境過於惡劣，再惡劣也比不上奶奶那一代背著孩子逃難、阿嬤在產後第三天下田幹活，是自我意識抬頭且內化成一個不想長大的孩子，不願為「另一個生命」而降低生活品質——自由、獨享、免責。微薄的薪水，與其用來養孩子，不如環遊世界，盡情享受。當一對適婚適育的年輕人說，他們只要同居不想被婚姻、工作、房貸、孩子這種無趣的生活綁住，只想當地球村的遊牧民族，追求精采的一生。站在他們面前拿著鼓勵結婚生育宣傳手冊的內政部官員如何說服他們「努力做人，增產報國」？

不育潮與老化潮雙重惡浪席捲全台，愈到鄉下愈明顯；最老的三個縣份是嘉義縣、雲林縣、澎湖縣，老人人口超過十四％，全台灣有二十三個鄉鎮是超高齡社區，老人人口超過二十％。一個人老了，問題不大，一個家庭有兩個老人，問題也不大，至多拆去半邊屋瓦，一個縣老了，問題變大，地荒了，野草比河流豐沛，一個國家老了，豈非死路一條？老機器若不想解體，得靠年輕人力挽狂瀾；「扶老比」指的是十五至六十四歲生產人口對六十五歲以上老人的比值，二〇一一年，台灣的扶老比是7:1，七個生產人口養一個老人。到二〇二二年，變成4:1，最恐怖是二〇三九年（也就是我七十八歲那年），扶老比變成2:1。這個數據使我發慌，自動將壽命期望值降到七十八歲以下。

一個老化的國家等同慢性自殺，財政惡化、競爭力與生產力驟降，如同戴上手銬腳鐐。如果我們的年輕人堅苦卓絕地扛起一個高齡社會，在險惡的國際環境中賣力工作，負擔起所有老邁嬰兒潮的安養責任、福利津貼，說真的，我們這些老人難道不會因心疼而慚愧嗎？如果新一代的年輕人，從小就被我們寵成不接受壓力、拒絕考驗、抗拒吃苦，以致無感於國之將傾，反責罵老人是搞垮社會的米蟲！那麼，像乞丐一般活著的我們，還活得下去嗎？

逐漸老去的嬰兒潮世代，賣力打拚、服膺人定勝天的奮鬥歲月已然落幕了，孤臣無力可回天，他們是憐憫父母的一代，所以侍親盡孝、養老送終，卻也是老來無著落的一代，他們的子女幾乎不可能依循舊版本陪伴他們走完人生的路，甚至有可能因全球經濟大蕭條而回家投靠父母，他們必須重新學習如何在一個不友善時代、充滿難關的社會安頓老年，其一生奮發堅毅的墾拓精神也將貫徹始終，他們的老年期跟青年期一樣，勢必充滿奮鬥。

老，真的來了。嚴苛的考驗落在現今五十至六十五歲這一批人身上，他們的肩上有三副重擔，一副是侍奉老病父母，一副是協助甫成家立業或不成家也不立業的子女，最後一副是準備面對自己的老年。

老人國的大門已開啟了，國境邊哀鴻遍野，天空中嘎叫的昏鴉與國境內的戰火硝煙，一起逼向眼前。

附記：寫作此文時，正巧一個十六歲少年晃悠而過，我唸了台灣從高齡化到高齡、超高齡的老人人口數據，問他有何感想。他立刻皺眉，嚴肅地說：「唉呀，真的要鼓勵生育了！」我又唸了我一百歲時被六十五歲兒子推出來切蛋糕那一段，問他有何感想？他的第一個反應：「是誰祝你活一百二十歲？」

鎏銀歲月

「老年是我們人生的一個階段，就像其他階段一樣，老年有其自己的容顏，自己的氛圍與溫度，自己的哀與樂。就像較我們年輕的其他人類手足一樣，我們這些白髮老翁也有責任把意義帶給自己的人生。」

德國小說家赫塞寫下對老年的期許，歷五十多年於今讀來仍然中肯。他認為當一個老人就像當年輕人一樣，都是一件「漂亮且神聖的工作」，而學會如何面對死亡，其價值不亞於學會其他任何技能，這種學習，更是尊敬人生意義與其神聖性的表現。

老，固然有年齡指標、體能狀態之分，但更關鍵的是自我感覺。六十五歲至一百歲都叫老，細分卻有霜紅之葉與枯木的差別；即使處於同一年齡層，一個充滿活力視退休為第二個人生的開始，遂積極規劃、學習、籌備，展現出探險隊員一般的遠征樂趣，與一個自覺日漸衰老、鑽入蝸牛老殼自怨自艾的人相比，其差異之大宛如星際。

赫塞所言不假，老，是一門高深奧妙的學問，必須學習。我們將三歲幼童送到幼稚園、七歲進小學、十三歲上國中接受不同階段的教育，但是，我們從不認為滿六十五歲的人也應該到「老年學校」報名，學習如何面對緊接而來的「老病死聯合課程」，且每年應該通過一次老年基測。我們有充裕的時間學習「生」之課題，但用來學習「老病死」的時間被壓縮得極為緊迫，常常是採放牛吃草的方式步入老年，任由時間摧殘，終將成為屋簷下苦澀的負擔。

根據衛生署二〇一〇年資料，台灣男性平均壽命七十六點二歲，女性是八十二點七歲。專家研究，台灣於一九〇五年日據時代首次有平均壽命推算，當時男性的平均壽命是二十八歲，女性為三十一歲。百年之間，台灣人壽命增長了五十歲。這真是值得感謝的天堂般的賞賜，跨過二十一世紀的我們有機會吹六十五歲、七十五歲、八十五歲蠟燭，擁有健全的社會、開放的知識、平等且完善的醫療、豐沛的資源以規劃自己的鎏銀歲月。是以，若不能懷藏恩典般的喜悅享受醇醪人生，鎮日地混吃賴活喊病等死，實在對不起曾祖輩，他們正值青壯、躍過溪澗如野鹿，常常毀於渴飲澗水而得到急性腸胃炎。

回溯歷史，放眼從古早到現今這島嶼的演進，即使是小小一條命，也因社會腴厚而腴厚起來。比上或許不足，比下卻綽綽有餘，這島從未有過這麼多老人，也從未有過如此優渥的條件讓人放心地老著（當然，還可以更好）。思及此，跨過六十五歲門檻的人，應該先合掌稱頌一聲「感恩哪」！

鎏銀第一階段

六十五歲至七十五歲，或可粗稱為第一階段的鎏銀歲月。對保養得宜、規劃得當的銀髮人士而言，是晶鑽級日子；身心尚健、資財有餘，足以重拾志趣、調整生活，畫出自己特有的銀色生活地圖。擺脫了職場上的業績壓力、卸下人生各種角色扮演的責任（父母故去、兒女飛去），正是創辦

「一人公司」或成立「個人工作室」的時候，其最重要的業務就是實踐意義與創造愉悅。

法國大哲學家盧梭有言：「青年期是增長才智的時期，老年期則是運用才智的時期。」然而，我得多添一點意見；青年期所增長的才智、習得的技能，恐不足以應付當今瞬息萬變、猶如跳竹竿舞般眼花撩亂、腳步踉蹌的社會，所以，老年期第一階段，仍應保持學習的熱忱。人，失去學習的熱勁，猶如失水植物，終將枯萎，而完全停頓了學習的銀齡者，有如心智癱瘓，最終只能鑽入微小而狹仄的事件一再複誦一再怨懟，極奢侈地以十年或更久的時間只聒述屋簷下某幾件家務事，或是全神貫注地鑽研肉身之小病小痛小憂小懼，不得解脫。這樣的活法，不僅不能做為後輩範本，反而像熬了一池塘餿粥，自己慢慢吃到嚥了氣。

感受服務的召喚，化為行動，即使只是做一名默默維護公園花木的志工，不間斷地付出，也能讓自己覺得仍是有用之身——對社會有用，而非抱持我勞苦功高，社會理應養我到老死。

此外，萃取生命哲學、冶煉人生經歷，去蕪而存菁，使內在清芬敦厚，境界崇高，無處不顯出睿智與修養，更是銀齡者的閉門功課。文人，最怕窮酸，老人，最忌滿腹牢騷。修養比透早運動更重要，亦是鎏銀歲月裡的快樂之泉。運動可延壽，修心足以喜樂，樂比壽珍貴多了。蘇東坡〈哨遍〉：「……君

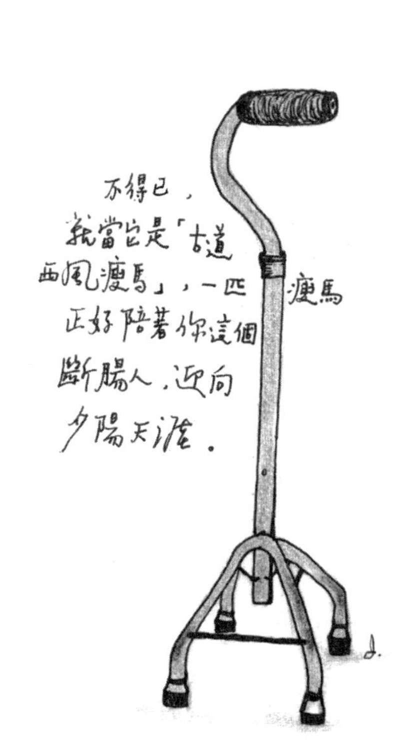

看今古悠悠，浮幻人間世。這些百歲光陰幾日？三萬六千而已。醉鄉路穩不妨行，但人生要適情耳。」拭亮意義卻不患得失，品味人生但不貪求，行藏於悲喜之間已能釋然，隨緣布施無須回報，記取或遺忘不足以掛懷，能行則行、當止則止，隨順自然。霞彩幻化依然美不勝收，但已無刺眼的光芒。「江水風月本無常主，閒者便是主人。」山川尚如此，此一小小肉身又怎能永遠為我所有呢？人生適情耳！

儉樸的生活將帶來舒適，盧梭描述了晚年的自我反省，除了保持興趣盎然地尋求精神上的安寧，對物質也做了整理：「我丟開了上流社會和它的浮華，我把所有的裝飾品都丟開了，不帶佩劍，不揣懷錶，不著白襪，不佩鍍金飾品，不戴帽子，只有一副極為普通的假髮，一套合身得宜的粗布衣服。更重要的是，我從心底摒棄了利欲與貪婪，這就使得我所拋開的一切都變得無關緊要了。我放棄了當時所占有的、於我根本不合適的職位，開始按頁計酬抄寫樂譜，對這項工作，我始終興趣不減。」

大思想家願意抄寫樂譜，我老時江郎才盡，回宜蘭三星洗蔥，按把計酬，孰曰不宜。

鎏銀第二階段

七十五歲左右進入鎏銀歲月第二階段，大多數人在此時迎接命中注定的流星雨——病，一一來襲，嚴峻的極限考驗自此開始。

絢爛的霞彩漸被野風吹散，銀齡者的體能下滑方式不是以階計，是驟降一層樓。銀齡老舟搖到七十五號碼頭邊上，野風怒號、惡浪喧騰，舟中人豈能不濕？

當然有例外，且是令人瞪大眼睛現出驚嚇表情的例外。

瑞士有一位六十六歲女士（在我們這兒，這歲數的叫法是奶奶或阿嬤，書面文字稱為：老婦、老嫗或是我最討厭的老媼，我強烈建議改稱為老夫人），竟然不畏年事已高，順利產下一對雙胞胎，成為瑞士歷史上第一高齡產婦。但是，瑞士嬤輸給印度嬤，世界上最高齡產婦是印度老婦人，七十歲時產下雙胞胎。不過，報導上沒說這兩對雙胞胎健康否？若六七十歲工廠出品的小寶寶跟二三十歲工廠出產的一樣活蹦亂跳，那麼天下女性都應自搥肚子以表敬意。若孩子的健康堪憂，要這紀錄做什麼？

另一個銀齡濤浪裡的衝浪高手是一百一十六歲的馬來西亞老……老（該怎稱呼？）……「老祖媽」，絕大多數女性的一百一十六歲指的是冥誕，而且當「顯妣」很多年了，門前小樹苗已長成兩人合抱。更別提那動作快的，已輪迴兩次又剛出生了。這位好厲害的老祖媽正等待第七春緣分到來，她有過六次婚姻，育有四名子女、十九名孫子及四十七名曾孫。想必那六個前夫都墓木已拱。

人必須為自己負起完全的責任，亦即是預先規劃人生最後一段旅程，面對老病死課題。我們年幼時不得不依靠父母成長，但老來，不宜抱持依靠兒女的心態。今之社會，他們已無法像舊時代重土安遷、父母在不遠遊，恰好相反，像一顆種子被野鳥帶到天涯海角落地生根。舊時子女多，總有一兩個在身邊，於今多的是單根獨苗，跑到地球另一端成家立業。是以，老病歲月僅能靠自己打點。嬰兒潮世代是最同情父母的一代，也是最不想麻煩子女的一代。新舊社會結構活生生地在他們這一代身上拆解、重組，老來，也得靠自己搭起帳篷，在尚未準備好迎接老者的社會露營。

理想的第二階段老年生活要有「四有」：「有錢」、「有空間」、「有人」、「有事」。

每月有一筆十萬元退休金可以領到老死，定存二千萬，股票珠寶不計。住在自己的房子，生活機能健全、離大型教學醫院只有兩百公尺的無障礙電梯大廈，中庭花園草木扶疏，管理員親切和善。離捷運、公園、河堤甚近。身邊有個二十四小時本地阿嫂伺候起居，出門有車有司機，還有個不必上班、可信賴的年輕人聽候差遣。老伴走了，但有個紅粉知己（或銀粉知己）像畫眉鳥繞在身邊，陪著一起出國旅遊。兒女事業有成，孫輩頭角崢嶸。老朋友正好一桌十個，酒品人品牌品俱佳。小狗汪汪一隻，靠在腳邊，小貓喵喵也一隻，抱在懷裡。每週上太極拳一次，看表演聽戲一次，與女友近郊小遊一次，與老友牌聚兼祭五臟廟一次，與兒女餐聚一次，做禮拜（或誦佛經）一次。知名的江浙小館是乾女兒開的，每月持慢性病連續處方箋領藥一次，兒子、媳婦都是醫生。

每天既充實又快樂，且奉勸每個人都要像他一樣快樂。他忽略了一點，有時候，快樂好比是嬌滴滴的名貴蘭花，不是每戶人家的屋簷下都長得出來的。

不理想的第二階段銀齡生活只有四個字：貧病交迫。有了這四字，等著領「晚景淒涼」證書了。每月僅敬老金三千元，兒女遠在天邊（或膝下空虛），獨居在五十年老公寓五樓，下樓買便當猶如出國一般工程浩大，罹患重病無人陪同就醫，最後由相關單位安排至安養院。

在理想與不理想之間，存在著老年陸塊，每個人領到哪個住址、安居何處，端看壯年期以降是否做好規劃使倉廩富足。老年，是人生中最不浪漫的一個階段，且是最孤軍奮鬥的一段路。壯碩健康的身體可以為一切難關尋得出路，但老病的肉體本身就是沒有出路的難關，旁人能提供的協助極為有限，即使子女也不可能全天候襁抱提攜，替父母擔下衰老、病苦。若壯年時以一句「沒打算活那麼久」或抱持「時到時擔當，沒米煮番薯湯」逃避了儲備老本——經濟老本與精神老本——的責任，一旦遷入老人國，在窮山惡水處落籍，成為家庭與社會的負擔，又能怨誰？從何怨起？

生活日誌

相較而言，「金錢老本」易於儲存，「精神老本」的觀念則被忽略甚至毫無察覺。人之愉悅，源自內在富足，非豪宅珍饈所賜。銀齡者的物質慾望降低，單車環島、高空跳傘、浮潛、攻頂等冒險之樂早已是陳年往事，連數小時鐵道之旅都不堪負荷了，活動所及，住家方圓數百公尺範圍而已。活動少，睡眠少，唯有時間變多——像故障的吃角子老虎機器，嘩啦嘩啦掉出小山丘銅板，所有你抱怨過、推辭過「沒時間」的話語，如今回來跟你結帳了，連本帶利還你好漫長好難熬的時間感。若一個人一生重心僅是工作與家庭，從未建構自我主體，從未學會獨處（這一點要用紅筆圈起來劃上三個星號，乃老年學測、指考必考題），當這兩根大柱移開，老年生活猶如汪洋孤舟，不知何去何從？雖說老年的終點是墳墓，但墳墓也不是那麼容易就進得去的。飄搖的老舟，所言全是昔年之職場公司同事工作，兒女媳婿孫輩，或是報告一身病歷，日復日，月復月，焉能不讓人木然以對？老而精神無所寄託，其窘困之狀不下於阮囊羞澀。

以下，恐是大多數老者不陌生的生活起居注。

（週一）

凌晨4:30 獨居的八十歲有心臟病老媽媽醒來了。

4:30—5:00 做室內甩手運動五百下。

5:00—5:30 梳洗，聽收音機，做踏步運動五百下。

5:30—6:30 量血壓，做記錄。公園散步，與鄰居聊天，買早餐或水果。

6:30—7:30早餐，吃藥，刷牙，大號。

早上的重要事情在七點半都做完了。發呆一會兒，抹一抹桌上的灰塵，其實灰塵昨天就抹完了。開電視，看一看氣象，關掉。如此花去半小時。

8:00—8:30抄一段經文。

8:30—9:00小瞇一會兒。打電話給女兒珍珍，此時的珍珍剛進辦公室不久，坐定等老媽電話。談話內容為：我這裡下雨，妳那裡有沒有下雨？早餐吃過了沒？吃過了，妳呢？吃過了。吃什麼？談話時間約三分鐘。

9:00—9:30空白。室內走動。到後陽台看衣服乾了沒？

9:30—10:00看電視，胡亂轉台。看股票台。

10:00—11:00空白。室內走動。自言自語。打電話給朋友。通電五十分鐘。

11:00—11:30去前陽台曬一曬鞋子。

11:30—12:30打電話給女兒珍珍，問她中午吃什麼？珍珍說，不知道耶，看同事要吃什麼請她們一塊兒買吧。她說了自己的午餐內容，冰箱冷凍庫還有三隻珍珍上次買的蝦子，放半個月了，打算中午吃一隻蝦。珍珍說，妳乾脆全煮掉算了，她說不行不行，膽固醇太高了不行，今天的血壓有點高真是糟糕。珍珍問，高多少？她答，一百三十八，九十一。珍珍說，還好啦。掛斷電話。午餐，吃藥。

12:30—14:00午睡，斷續。

14:00—15:00空白。走動。自言自語。

15:00—16:00看電視劇。

16:00—16:30 空白。打電話給朋友，沒人接。

16:30—18:00 公園散步，聊天。看學生打球。

18:00—19:00 晚餐，吃藥。

19:00—20:00 洗澡。

20:00—21:00 看電視。打電話給珍珍。此時珍珍已拎三個便當回家與丈夫小孩吃過，老媽報告公園聽到的街坊事，有個老太太在家裡暈倒，她兒子下班回家發現她走了。珍珍說，喔。

21:00—21:30 固定看談話節目。甩手三百下。

22:00 就寢。

24:00 如廁。

（週二）

3:00 如廁。

4:00 醒來，又躺了一會兒。

4:30—5:00 做室內甩手運動五百下。

5:00—5:30 梳洗，聽收音機，做踏步運動五百下。

5:30—6:30 量血壓，做記錄。公園散步，聊天，買早餐或水果。

6:30—7:30 早餐，吃藥，刷牙，大號稍少。

早上的重要事情在七點半都做完了。開電視，看一看氣象，關掉。看全聯寄來的特價目錄。

8:00—8:30 抄一段經文。

8:30—9:00 小瞇一會兒。打電話給珍珍，問她昨晚幾點睡，報告自己昨晚看談話節目迷迷糊糊在椅子上睡著了一陣子，上節目的有誰誰誰，談的是大概什麼事。昨晚睡不好，十二點多起來小便，又睡著了一會兒，三點又起來小便。睡到四點就怎麼也不能睡了，唉，怎麼這樣呢？今早血壓還好，高的一百二十五，低的八十，大便少了一點。珍珍一面吞早餐一面聽電話，嗯、嗯、嗯，一面把今天要辦的檔案拿出來，一面操作滑鼠流覽郵件。老媽問，妳現在才吃早餐喔？珍珍說，早上晚起，來不及在家吃。老媽報告自己早上吃了半片土司，一杯高鈣低脂零膽固醇牛奶，半條香蕉。又說，土司沒有了，今天陳太太會幫她買來。好啦，不講了不講了。

9:00—10:00 空白。看電視。把要陳太太洗的衣物拿出來。

10:00—12:00 一週來二次、每次二小時的鐘點居家看護員陳太太來，採買、洗衣、清掃、做餐。與陳太太相談甚樂。此人做事的細膩度稍嫌不足，但性情開朗，笑聲洪亮。專攻街坊八卦、鄰里小道消息。老媽與之相談甚歡。共用午餐，收拾畢，陳太太離去。

12:00—14:00 午睡。

14:00 打電話給珍珍，報告陳太太買了半條土司來，上次買的全麥不好，這次要她買葡萄乾的，全麥五十五元，葡萄乾的也是五十五元。聽樓下鄭媽媽講，橋頭新開一家麵包店，正在打折，一條白土司才三十五元。今天叫陳太太下次到橋頭買。珍珍肩夾電話，一面看資料，嗯嗯發聲。又提及今晨大便不順，較少，不知怎麼回事？珍珍答：「正常的啊，有時多有時少。」老媽說，陳太太也這麼說，但她覺得不是，前天、昨天吃的東西一樣多，為什麼一天多一天少？此時，珍珍的主管走來，珍珍說：「我要掛了，再打給妳。」老媽掛好電話，如廁，微有大號。回坐椅上，等電話，等了半小時，回撥，珍珍一說「喂」，老媽口氣稍急：「妳說要打來怎沒打？」珍珍答：「忙忘了」，此時珍珍正檢閱相關法規、合約，一活動甫結束，與廠商有付款紛爭，對方欲提告違約，珍珍被指派去「擦屁股」。老媽繼續報告剛剛上廁所不知怎地肚子一陣咕嚕，大號就出來了，稀了一點，是否陳太太買的魚不新鮮，中午吃了鱈魚，語氣憂慮。珍珍稍不耐煩：「再觀察看看嘛，要不然妳吃表飛鳴，家裡還有吧！」有是有，大概快過期了。珍珍說：「我星期六再買一瓶新的給妳。媽，不講了，我要去開會。」珍珍掛完電話，心浮氣躁，不慎掃倒水杯，自罵一句粗話。心裡覺得彷彿在罵自己的媽，愧疚不已，思及老媽一輩子為家犧牲，鼻頭為之一酸，捲起資料衝進電梯，不知怎地，情緒忽然下降。她想週六去做諮商，想到恐怕得加班，想到要記得買一瓶表飛鳴，想到兒子沉迷電玩功課鴉鴉烏覺得所有的辛勞都是白費的，又想到老媽關心自己的大便多過關心外孫的功課，一時情緒飆升，繼而想到老媽這麼認真照顧身體就是在幫她的忙，自己剛剛的念頭很可恥。老媽並不知道，女兒做心理諮商已經半年了。

15:00—16:00 空白。走動。自言自語。看電視劇。

16:00—16:30 空白。打電話給朋友，沒人接。拿起電話想打給珍珍，放下。

16:30—18:00 公園散步，聊天。看學生打球。

18:00—19:00 晚餐，吃藥。

19:00—20:00 洗澡。

20:00—21:00 空白。走動。自言自語。

21:00 固定看談話節目。甩手三百下。打瞌睡。珍珍打來，正在捷運上，加班到現在，明天要去南部出差。

22:00 就寢。

空虛與寂寞，慢慢地對一名老人銷骨蝕肉，終於墜入毫無生活品質與品味的老年黑淵。站在黑淵裡，更眷戀生命，更計較點點滴滴的生命滋味，在腳邊游來游去的黑鰻魚隨手可抓取，每一條都叫長壽。

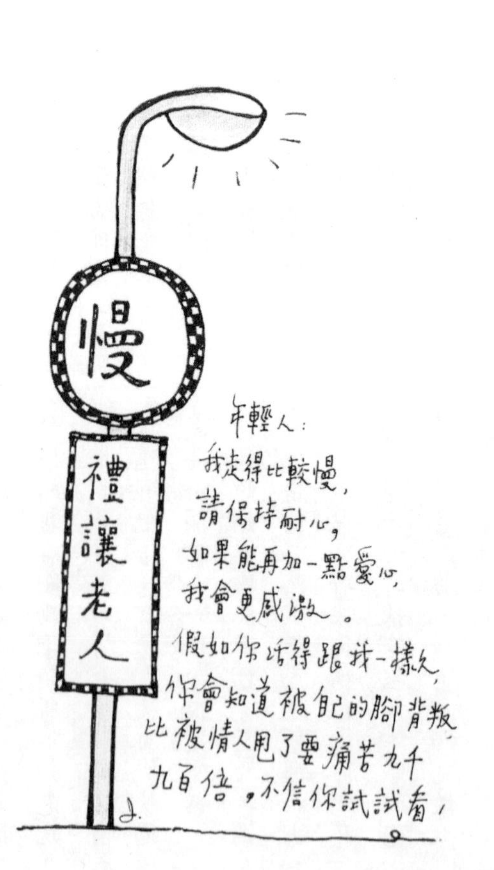

如果有一所老人學校

報載芬蘭老人，只有臨終前兩個星期躺在床上。政府有一套預防老化的措施，寧將經費用在老人運動上，活躍老化，提供運動處方服務，大學體育系成為最好的諮詢窗口，使老者樂在運動，七八十歲還能拉吊環、翻觔斗。

我曾在美國一小城看見七八十歲老者獨自在國家公園風景區寫生，在市區書店一角戴著呼吸器安靜地作畫，或是自組讀書會，幾個老友每月以知識相濡以沫。文學與藝術自然而然地浸潤著他們的鎏銀歲月，散發出自信、愉悅的風采。彷彿宣示著，病有病的密道，我有我的陽光小徑，它走它的，我過我的。

這是多麼不同的心態，把生命最後階段的每一天拿來探訪美、享受美，與戰戰兢兢地把每一天拿來爭取長壽，哪一種生命觀較值得追求呢？

我們的社會對老化課題的認識起步較晚，除了少數睿智者有所準備、獲取高品質的晚景之外，放眼觀察，大多數採的是「自然工法」——自生自滅地老去，逐漸拖倒一屋子的生活品質。

我不禁幻想有一天，每個社區都有一所媲美小學規模的「老學校」，專收六十五歲以上學生；依五歲齡分為：一年級（六十五—六十九歲），二年級（七十—七十四歲），三年級（七十五—七十九歲），四年級（八十—八十四歲），五年級（八十五—九十歲），六年級（九十歲以上）。每個學生視其所需，帶藥上學，有專業護士巡堂檢查。餐點亦依其身體、病況烹調。

每天早上七點，校車到府接學生，下午四點送回。若家中無人，需供晚餐安親到六點也可以，若子女出差，需補習到九點再送回安寢或托住幾日也是可以的。

這學校為銀齡者量身規劃各年級課程：智（知識）、體（運動）、美（藝文）、聖（信仰）、養生保健、財務規劃、家政美勞、公共服務、疾病醫療、生死學……，課程多元。即使不識字或教育水平較低者，其一生必有其他專長，身懷包粽做粿種菜之密技，校方派專人為之留下紀錄，列為傳承。

只要銀齡者放下年齡優越感——年紀這麼大去上學會被恥笑。只要還沒有被病痛掠倒，學習應是快樂的事。

每當我行過公園、河堤，看見眾多無所事事的老者呆滯地吹著涼風、看著馬路上的車輛與行人以打發時間，腦中便會浮現這所「老學校」，彷彿看到老學生們嘻嘻哈哈地進教室；一年級正在排隊上車要去各個公益單位做志工，他們每週有一天公共服務日；二年級上口述歷史寫作課，這學期作業是寫出自己一生的故事；三年級上故宮國寶鑑賞；四年級上體育及復健課；五年級上生死學正在小組討論；六年級的集體蹺課，正在樹蔭下聊天。

他們一生的經歷豈無寶礦，無所事事的老法，使寶礦化為煤渣，索然無味。如果有個學校可去，白天看見同學，晚上看到家人，帶病延年的日子，應該會多幾筐笑聲吧！

詩人艾略特說：「人生燃燒於每一瞬間」，鎏銀歲月也不應該留白啊！

祖字輩任務

鄉下老厝早已荒廢，只剩苔痕牆壁與鎖不住的黑暗。舉家遷徙北上之後，三十年悠悠蕩蕩的時光結成濕冷的幻影，飄浮在濃密的竹叢、狂放的野草之間。每次回到童堤舊地，面對生我育我的老厝都有一種魔幻感觸，老厝變小了，彷彿被灑了縮骨雨，一次比一次矮小，錯覺再縮下去，可以拿來當鑰匙吊環，把老厝隨身攜帶。

然而，留在記憶中的老厝依然屋高庭寬，顯示雖然已過半百，儲存的記憶還是孩童時期的那一份，毫無修改，也不想修改。天地自成一格，蔚藍天空與綠浪稻田都還在，永遠不老。

曬穀場上總是熱鬧的，母雞帶小雞四處啄食，孩子們拍球、跳繩，高聲喧鬧。也總是在不久之後，竄出中氣十足的喊聲：「阿芬也，還不去竈腳顧火，拍球就會飽是莫？阿麗，衫不收收要等露水出來？俊林呢？死去哪裡，去港邊把鴨仔趕回來，二十六隻，減一隻，把你剝皮袋粗糠。」

那是阿嬤。

新式教育說，對孩子要以鼓勵代替責罵，不可打小孩，當孩子沉浸在遊戲的快樂時，應讓他自由發展，不可貿然打斷，因為遊戲是建立自我主體性的重要途徑。阿嬤的教育觀完全相反，她以責罵做為強而有力的溝通術，擅長威脅與恐嚇，採用禪師說法密技，常用「當頭棒喝」這一招。生於日據大正二年（民國二年）的她，與字兩不相識，堅信遊戲是吃飽太閒、沒路用的行為，離「做鱸鰻」（做流氓）、撿牛屎、牽瞎子阿和走路這三種工作最近。

她的話語簡直就是半部台語辱罵辭典加上一卷醒世箴言，我們從小在她的口沫下聽講，別的收穫不說，單說對語言之微妙意涵的掌握、運用與翻新，一定比同齡者強。我們都有本事用最流利、最道地的台語進行一場「難聽度」極高的相罵比賽，當然，切切不可破戒，否則一定挨告。

口頭禪之一：「嚎菰」，還不緊去嚎菰！指吃飯，視我們為中元節搶菰活動的普渡對象：餓鬼。

「番仔台」，台，殺之意，被原住民殺，保留台灣墾拓史裡漢人與原住民的血拚械鬥的史實，順便斥責我們的行為已足以激起原住民的出草興趣。

「欲衰了」，要倒楣了。以反語讚美小孩，例句：「欲衰了，你個知影落雨要收衫！」

「用腳頭屋想嘛知」，用膝蓋想也知道。這句話具有強烈的智能歧視意涵，而且很長一段時間誤導我們，以為人是用膝蓋思考的。與此同義者有，「倒頹」、「憨到不會抓癢」、「讀冊讀去腳接壁（背部）」。

「目周糊蜆肉」，眼睛被蜆肉糊住了，升級版用法是：目周脫窗。例句：「阿東，去放穀那邊間拿柴刀來。」七八歲小童跑入雜亂的穀倉，東看看西瞧瞧，沒看見。「阿嬤，沒啦！」「有啦，風鼓邊地上找看。」「阿嬤，沒啦！」於是，一條人影狂風般掃進來，直接從地上拿起柴刀，並且示範了成語的正確用法：「你目周糊蜆肉，這大支你沒看到，笨到不會抓癢，只知影吃！」

只知道吃，這句話確實點出當年的物質環境及孩童對營養的需求，道破孩子心中永遠的痛！因此，當阿嬤忘情地以「只知影吃」批評我們那神聖的慾望時，武昌起義第一槍響了，最小的那個孫子不畏權勢，勇敢地回嘴：「我們若是連吃都不會，你就知死嘍！」

阿嬤遭到辣嗆，啞口無言，不禁笑出來。

阿嬤的教育方式並未嚴重傷害我們，小傷痕大概是難免的，大扭曲談不上（好吧，可能有一段時期有人的傷情較重，但從未發展到不講話的地步，她那咄咄逼人的氣勢加上悲情訴求，讓人無法修禁語功）。原因是，鄉下孩子較蠻皮，打罵由你，貪玩在我，自有一套生存之道。其二，當年崇尚打罵教育，民風如此剽悍，也就習慣成自然。其三，我們內心明白，阿嬤是愛我們的。雖然她的愛包含了愛打與愛罵，但夜裡同睡一榻的孫兒們不可能感受不到阿嬤的愛。

農業社會的稻埕上，一定有阿公阿嬤牽著孫兒的身影。小孩一歲多斷奶後，年輕的阿母繼續投入生產大業，孩子大多跟著阿嬤睡。同個屋簷下，帶孫是天經地義的事。不願帶孫的，除非是罹病，否則就是去蘇州賣鴨蛋了。

阿嬤四十八歲時首度晉升嬤級，第五個孫子出生時她也才五十七歲，體能尚健，活力猶然充沛。我家沒阿公，阿嬤是育嬰的唯一支柱。時間一到，孫兒一個個拋到她身邊來。

阿嬤的房間是開放式長條形，前後有門框但不設木門，只用門簾遮著，大概怕木門很快就毀於亂臣賊子之手乾脆虛設。釘了兩間木板床，中間隔一道拉門——果然很快就毀於「死雞仔爪」，足夠睡七八個人。說不上原因，我們四個較大的孫兒就愛跟阿嬤擠在同一間，共蓋一條足以鋪天蓋地的大棉被。拉門另一側的木板床，變成堆放雜物的地方。

阿嬤習慣睡在最右邊，她的睡功很好，像烏龜，一動也不動；小孩的睡法像轉陀螺，半夜，各自斡轉之後，不免有一隻手、兩隻腳擱到她的肚子上，她或是嘟囔一句：「睡沒睡相」，若是情節嚴重如一隻飛毛腿踢痛她的臉，她也會爬起來打一下「兇腳」的屁股，加以管教，再調整其睡姿，以免再犯。記憶中，她從未趕任何人到別間睡，也許她也享受孫兒們跟她擠在一起的親情吧！

父親猝逝後，母代父職在外謀生，嬤代母職變成第二個母親。單親加上隔代教養的雙重難題壓在她的肩上，脾氣變得更暴躁，還好，她擅長的負面語言提供情緒疏通的出口，也激發了求生意志。她強悍，我們也學會強悍。

我們那村的阿嬤，沒有一個不帶孫的。孫兒像個小跟班，跟著阿嬤上鎮採買、廟裡求籤、田中幹活、菜園抓蟲、雨日串門、做粿包粽、醃瓜漬菜以及最重要的看顧牲禮——每月初二、十六需於曬穀場「做牙」拜拜，牲禮放在長條板凳上，需提防雞隻、野貓突擊。但監守自盜之事屢次發生，牲禮短少都跟野貓無關。跟在阿嬤身邊學習，等於念了幼稚園。

昔日鄉村多是家族自成聚落，三四代數房的親人同居共竈或是同一稻埕而分爨，自成一完整的生態，家庭是生活重心，形似一個小社會。固然兄弟鬩牆、妯娌紛爭時有所聞，但侍老、育嬰之事也因被眾多親人分擔了而顯得輕易。試想，兩個老人、四個大人、三個大孩子輪流看顧一個嬰兒，是不是比一個新手媽媽獨力育嬰更容易些。若是同一稻埕有七個大人、四個大孩子照顧一個生病的老人，也比一對夫妻照顧病者容易多了。

嬰兒潮世代大多長於舊式數代同堂的家庭結構，但他們的子女卻在都會化的核心家庭成長。眼下的難題是，他們得用舊傳統侍奉父母，心裡卻有數，子女會用新潮流對待他們的老年。可是，單就育嬰這件事，子女卻希望他們能承續阿嬤帶孫的舊傳統予以協助。「妳媽能不能幫妳帶？」「妳婆婆可以幫忙帶吧！」這兩句話必然會出現在孕婦的對話裡，也很少聽到年輕人有這樣的宣示：「我媽我婆雖然體力還不錯，可是我覺得她們應該去享受晚年生活，自己生的小孩要自己帶，不應該麻煩上一代。」——事實上，這是我當年的宣言，也確實做到。

當然，也有可能是做父母的心裡覺得應該予以協助，但又渴望悠閒的生活，遂形成心理壓力，兩代之間滋生微妙的感受，怨言與不悅就在這些細故的縫隙中迎風招搖。

現代老者，鎏銀歲月第一階段、新登祖字輩榜單的年輕老人，應不應該、願不願意帶孫？是第一層問題。如果不願意，也要有心理準備，將來要求他們幫忙時，人家可能態度不是那麼甘願，言談也不夠親切。親情雖然無價，但人們常常忘了大恩卻撿了小恨。第二層問題，如何帶？照媽版還是嬤版？第三層問題，帶到何時？

除了渴孫一族、看到嬰兒就垂涎的大地之母型人物之外，甫退休欲享受彩霞晚景的嬤級女性，是否願意被一個嬰兒綁住三四年，體力能否負擔，經濟需求如何，皆需兩代懇談而求得最佳方案。而婆媳（或母女）因帶孫而旁生枝節、影響感情者亦多有所聞。

情節之一：做嬤的其實已經過勞了而年輕人不察，她心內寶愛子女、疼惜孫兒自覺應該繼續效勞，但又覺得心力吃不消卻不好開口，陷入兩難。做兒子的認為每月給媽兩萬元又讓她享受含飴弄孫之樂，這種孝行令自己都感動起來。有一天，說：「媽，娟娟上班上得太累了，正好有休假，我們要去歐洲十天，強強放妳這兒。記得帶他打預防針喔。還有，娟娟說不要給強強吃蝦子，他過敏。」

於是，黃昏時分，阿嬤帶孫到公園騎小腳踏車，追得氣喘吁吁、大呼小叫，便有搖扇女道人提問：「這妳孫喔？」做嬤的彷彿遇到心理醫師推來躺椅，立刻躺下，知無不言、言無不盡，「少年的攏嘛顧自己痛樂就好，敢有想到我嘛老了，也要喘氣一下。叫我莫給他吃蝦，想到就凝，我一手帶大的，不知他過敏！」結論必然走哀怨路線，值得不懂事的兒子注意一下，否則有母子危機。化解之道，那段話修改如下：「媽，妳幫我們帶強強好辛苦，我跟娟娟正好有休假，我們一起去大陸玩幾天。」

情節之二。孩子的爸或媽——也就是嬤輩的女婿或媳婦，尤以媳婦為主，甚不識大體，把人情世故當作信箱裡的宣傳單，隨手可拋。其為人也五穀不分、四體不勤，其裝扮也捲翹睫毛、彩繪指甲。除了上班，持家無方；三餐便當，衣物送洗，假日補眠。且十分護衛自己的生活品質，常與朋友吃個小館、喝個小酒、唱個小歌、跳個小舞、不反對在婚姻內劃個租界談個無傷的小戀愛。日久，似乎忘記自己已經當媽了，彷彿孩子是他阿嬤生的。凡有以上情事，這媳婦必然榮登每日公園名嘴評論的熱門人物。此事值得不懂事的媳婦注意一下，否則有婚姻危機。

由於經濟不景氣，為了節省保姆費，西班牙年輕人將孩子交給父母帶。百分之五十的祖父母需帶孫，每天八九個小時，甚至全日托到週五晚間才得以喘一口氣，週日晚上孫兒又被送來了。帶一個，已算吃力，有的需帶二三個阿孫，心力交瘁，嚴重影響老年生活品質，竟出現祖父母聯合大罷工行動。

在台灣，尚未聽說祖字輩公開怒吼。或許是中國式社會重視家庭延續，所以，即使是勇於追求自我生活的年輕嬤，也願意撥空幫著拉拔阿孫長大。台諺有云：「愛花連盆，惜子連孫。」正是最好的詮釋。在老輩祖父母的觀念裡，長孫猶似幼子，分配財產時，享有一份特權，由此可見在家族傳承上的重要地位。當然，由此引發的重男輕女觀念則是一大弊。既然，視孫為命脈之所繫，帶孫有了堅實的文化做基礎，所謂祖父母聯合大罷工，應該不可能在台灣出現。雖說如此，他山之石可以攻錯，年輕子女應隨時檢查帶孫所帶來的個人改變與家庭情勢；再能幹的媽媽也會疲累，一旦累積，即成怨言。

換個角度想，對年輕的銀齡者而言，育小嬰與照顧病老哪一件較辛苦？哪一件笑聲最多？哪一件藏著快樂？哪一件令人重溫生命的喜悅、再次見識神奇的力量？哪一件帶來深刻的富足？哪一件引動了日思夜想、戀愛般的感情？是咯咯而笑的小嬰還是輾轉病榻的老父母？

一個小孫對祖字輩人生的改變是「完全占領」。一隻小胖手替爺爺奶奶（或阿公阿嬤）掀開了厚重人生之書的一張夾頁。那是一頁神奇，即使服膺一代帶一代、信誓旦旦絕不帶孫的準嬤，一旦孫兒出世，看那張小臉似曾相識，也會被策動；所有的鐵石之心在嬰兒面前自動粉碎，繁花盛開，絃樂飄飄，「來，奶奶抱抱！」命運落槌，又一個阿嬤帶孫「成交」。

如是我聞，一位甫退休的準爺，繳費上保姆課，為了迎接即將誕生的孫兒，他積極進行新生訓練——不，是新爺訓練，以便親自帶孫。一位昔年熱愛與朋友瞎混的爺級人物，近來「反形」不愛出門，一出門必早回，朋友瞋怪，一問才知家中有孫兒進駐，甫登基稱帝，改年號為「金孫元年」，得意洋洋，自此視朋友如糞土，出門如帶電子腳鐐，不召即回。

加入帶孫行列的祖字輩越來越多，重視祖父母的育孫貢獻也成為共識，遂有「祖父母日」之訂定。英國以十月的第一個週末為祖父母日，美國是九月的第一個週日，台灣則是八月的最後一個週日。

四季必須嬗遞，世代必須交替。不管能不能、願不願帶孫，能見識新生命帶來的清新希望，不啻是鎏銀歲月的另一種恩賜。孩子的心純潔無瑕，誰帶他，他就認了誰。生根的愛是一棵純金之樹，在雲霧世間只為你一人輝煌。

如今，一百歲我的阿嬤，仍活在孫與曾孫群中，被照顧著，被保護著，安享天年。

自己的老屋

「一個女人假如想要寫小說，她一定得有點錢，還有屬於她自己的房間。」這是八十多年前，英國小說家維吉尼亞．伍爾芙（Virginia Woolf）給有志從事文學的後代女性最務實的忠告。

這話更適合老者，改寫如下：「一個老人假如想要擁有舒適的晚年，他一定得有點錢，還有屬於自己的房子。」房間不夠的，伍爾芙祖奶奶，我要房子。

一旦進入鎏銀階段，不分男女，都叫老人。管你年輕時是一頭男性沙豬還是女性主義行動者都無法宰制衰頹的肉體，管你是帝王將相還是販夫走卒，腿要抖，無法叫它乖乖站好。五級階梯，害死一個英雄，一道門檻，叫豪傑跪地求饒。可知，老這回事，是一種殘酷的侵略，把你服膺的人生準則悉數摧枯拉朽，恣行否定鐵律。

鄉下四合院或一條龍住宅，是最適合養老的地方；前有曬穀場後有庭院，進出無大礙。場邊有老樹濃蔭，與老鄰吹風聊天，閒睡片刻，看小孫嬉玩，一日順順當當溜過。後院可蒔花種菜，每日抓蟲澆水，呵雞罵雀，有家禽野鳥作陪。老體養著不大不小的病，「擦擦伊去死」（管它去死，阿嬤語），一笑泯恩仇。每日醒來，能離床越來越遠，至晚間才歸巢，即使像一隻蝸牛再遠也過不了門前小河，又有啥關係？天寬地闊，讓病感消退，移步之間暫忘病痛。

在我的童年記憶裡，很少看到老人家滔滔不絕地發表自己的疾病史，若有鄰人問病情，一句「總是按呢（總是這樣）！」輕輕帶過不再多說。常看見他們拄著竹杖慢慢地在曬穀場、小路頭閒步，或是坐在木凳上，在前庭菜圃裡抓菜蟲。他們豈無病痛？但具有一股默然承受的神態，不像現今老者，花太多時間鉅細靡遺地敘述自己的病痛彷彿是全世界最受折磨的人。鄉下老者能如此從容，恐怕是拜空間寬闊之賜，使病痛的感覺變輕吧！

阿嬤與樓梯

現今都會型住宅，不管是公寓還是大廈，對老者而言，都有可改善的空間；前者終將變成攀岩練習場，後者高高低低到處是小階梯，也像是一種暗算。

公寓房子的難題在於樓梯，多少老者的晚年生活毀在那幾層巉岩似的樓梯上。他們一居數十年，在此養兒育女，生根茁壯，習於周遭生活圈與老鄰居，不輕易他遷。體力尚健時，絕對不相信自己會「無能」到連兩層樓都爬不了，此時若有晚輩奉勸他們售屋另覓吉第，以圖謀老年計，必遭其斥責，搬出當年打日本、躲轟炸之狡兔身手加以駁斥。他們萬萬想不到這就是年輕與年老的分界，年輕時可以後空翻，老來，你翻一個看看！

三十年前我家北遷，購新建之公寓三樓，歡喜入住。當年一屋皆壯，阿嬤也只有七十，體力矯健，元氣飽足，猶能日日到今之內湖科學園區昔為小山老樹古厝的地方去運動，或一時興起，獨自搭火車回羅東買雞鴨魚肉（她覺得台北的肉不好）。我們沒人想到有一天阿嬤會老，也就一再錯失換購電梯大樓的機會。彷彿「老」與「病」是火星上的土產，奇怪，如今百思不得其解，為何我們陷入集體愚蠢的狀態，深信此二字與我們無關。

有一天，阿嬤老了、盲了且出乎她自己意料地長壽了（當年，她哭我阿爸，口口聲聲哀歌：若將孫兒飼大，老母就欲來去找我的心肝子），下樓、就醫變成大工程。此時欲就近換購電梯大樓，「手骨沒哈泥大隻，錢不是蜆殼」（阿嬤語），我們自我怨嘆，果然如幼時她的預言：「嘴齒敲敲一米籮，沒三小路用啦。」掙錢的能力甚差。所幸家中有壯漢，當年被她電到「金摔摔」的那個孫兒，背她上下樓，不必求人。後來另遷透天厝，障礙雖然變小，仍然需背、抱，幸好人丁甚多，孫與曾孫圍繞，而且她似乎為了因應地形地貌讓自己的身體處於穩定且緩慢的衰頹狀態，家人只需代領慢性病藥，無須她常常就醫。但因室內室外有階，形成障礙，她已多年未能好好曬一場太陽了。

樓梯有多可怕，沒試過的人不能體會。雖說家中有壯漢，但壯漢也會變胖變喘，阿嬤只有四十多公斤，但已肢體變得僵硬，無法配合抱她的人的使力動作。抱一個一動也不動的人，除非受過舉重訓練乃是奪牌國手，否則承受不住那百斤般的沉重感，稍一不慎，連自己也會扭傷。尤其，樓梯空間窄，橫抱需提防阿嬤撞到頭，於是需有一人在後面護嬤頭、抬嬤腳，提醒主抱者小心這裡、小心那裡，那胖丁（已非壯丁）才走幾階，已面紅耳赤宛如宮保雞丁，發出喘聲，喊著：「稍等稍等，我喬一下。」好不容易爬完樓梯，第三人趕快將輪椅推來，讓阿嬤坐好，三人左右協力抬輪椅過門檻，至院落，出鐵門前還有三階階梯，再抬過這三階才到大馬路，此時第四人已開車停靠妥當，那汗流浹背的胖丁再將阿嬤自椅中抱進車內，有一人已先進車內接應，將阿嬤的姿勢調好，綁好安全帶。負責陪醫的人背起包包坐前座，好，開車帶阿嬤去醫院。至醫院，一人去停車，一人推輪椅，一人辦事。看病回來，倒帶一遍。辦巴氏量表，再來一遍。看精神科，再來一遍。肺炎急診，再來一遍。每經歷一次，我們總會扼腕：「為什麼當年都沒想到阿嬤會有走不動的一天？」

雖然勞師動眾，我們對阿嬤的心念純正，只有疼惜，絕對無人出怨言發粗語。至於別人家的老人，那可不見得。若有個火爆兒子，才背一下，即取出家庭帳本，開始清算鬥爭：「你以前不是說不必靠兒子嗎？你自己起來走啊幹麼叫我背！」老人家衰的是身體，不是腦袋，吃這頓排頭，豈能不恨自己擱淺在這暗無天日的牢房不如去死，偏偏連求死的力氣也沒有了，只能看人臉色。活到這種地步，真不如一隻吉娃娃寵物狗！

如是我聞，罹患柏金森症逾十年、肢體日漸僵硬且體型偏胖的老奶奶，住在公寓三樓，雖有外傭照顧，每日早晨出門復健、黃昏至公園會友，那樓梯像割人的刀山。有朝一日，連移步都難的時候，一有病痛，只能央救護車接送。如果，她的病需就診、回診、急診，一週內數度進出，該怎麼個安排法？（說不定，不久的將來會出現「搬人」粗工，按件計酬，秤重索費，以拯救無數被困在公寓樓上的老人家。）

如是我聞，某位老爺爺與太太住在公寓五樓（天啊，真的是五樓），原本硬朗，忽然摔倒換髖關節，旁加病症，自此流連醫院。每回進出，只能叫救護車，所費不貲，欲另租無障礙電梯大樓，無人願意租給老病者。

金窩銀窩比不上自己的狗窩，偏偏這狗窩位在山崖邊、樹頂尖。

早年的電梯大樓，雖然上下有電梯，但不知何故，電梯前必有三五階階梯，彷彿無階不成樓，有階才暗合步步高昇之中國風水理論。蓋房子的人，不是蓋給自己住，更不是蓋給老人住，故室內格局室外空間，處處有礙。近年推案的新大樓都有無障礙觀念，是一大進步，可惜屋價比仰望星辰還要浩瀚無邊，豈是耄耋之年那顫抖的手能摸上邊的？

另類老窩

老與病，是考驗一個社會文明與否、最具鑑別度的題目：病，蓋一家醫院，不致引起居民反彈，一則對自己方便，再者也有助於房價。但是，要設一間疾病收治或收容之家，必然引起強烈反彈，理由不外乎：影響生活品質、小孩害怕、影響房價、傳染之虞。都說要敬老，個別地禮敬長者不成問題，但當政府要蓋銀髮住宅時，居民反對的聲浪四起，理由不外乎：影響生活品質、小孩害怕、打擊房價、充斥外傭與救護車。老與病，是兩根探針，一針見血地刺開我們心中根深柢固的歧視意識形態。

是以，不管是舊公寓還是差強人意的電梯大樓，有自己的窩，畢竟是幸運的，社會上多的是沒有落腳處的老人。

報載，日本老人罪犯，回籠率達七成。這些老罪犯有的包尿布，有的連走路都不穩。監獄裡有吃有住，生病有人安排就醫，等於是全民埋單奉養一個多出來的爸爸，還有比這更好的去處嗎？有個八十三歲老人偷香油錢，想必是笑瞇瞇地等著警察來帶他走，因為，監獄是唯一不能拒絕人的地方。

無獨有偶，大陸也有個七十多歲老人搶劫女子皮包，搶完不走，站在原地等公安，面帶微笑如等兒子。法庭上，懇求法官多判幾年。他的說法跟日本老罪犯一致，監獄是唯一能讓他吃飽睡好、沒人趕他的合法地方。

養老的空間難題

我目睹「阿嬤與樓梯」的搏鬥過程可媲美山第亞哥與那條大旗魚，心中引以為鑑，從此不相信體力、只相信腦力可以帶來優質晚景。數年前，我開始盤算該如何把老人家從四樓公寓「解救」出來？

他們崇尚簡樸生活，一簞食一瓢飲皆自得其樂。身體硬朗，雖逾八十五，仍能上下樓梯，絲毫不以為苦，反而流露一份自豪之樂。

我豈能放肆地宣揚我的「仇梯意識」與「空間換算法」？況且老人家對下一階段「老窩」心意未決；他們探訪幾處養老機構、山莊，似乎有意循老友的腳步進住。

當時，我們只知多數的機構收住猶能自理的長者，若纏綿病榻不能自理，另有照護的處所。但是，我們完全沒想到，人的老化是複雜的身體與心理的變化過程，在自理與不能自理之間，有一段人人殊異且可能十分漫長的半自理時期，那是養老機構不負責的。是以，即使進住養老機構，每月花費數萬不等的食宿費用，待長者進入半自理或局部自理階段，身邊需二十四小時有人照料時，問題回到原點，必須由家人接手，負起就醫、聘用外傭的責任。既然養老機構尚做不到三段式、量身訂製的伴老完整行程，再好的服務人員恐怕也不能取代子女的地位，加上長者也有可能厭膩了人群，想在生命末段與家人相處，因此，若一廂情願地以為養老機構可以擔起全部照顧，不啻是簡化了問題。

試想狀況一，住養老山莊五年之後，老媽媽吵著要回家，你怎辦？你能說：「媽，住不下耶，太擠了啦，娟娟今年要考基測，瑄瑄明年考學測，妳搬回來的話，影響她們的前途耶！」你說得出這種混帳話嗎？

狀況二，老父住養老機構七年之後摔斷雙腿需僱二十四小時本地看護，一個月多出六萬。你的手臂夠粗壯嗎？

狀況三，養老機構允許你另僱外籍看護小姐，怎料老爸與她言語不通，一天到晚哭哭啼啼抱怨她很壞，還懷疑人家要毒死他，你三天兩頭得去排解，老爸一見你，抓著你的衣服不讓你走，你鬆開他的手，好言勸：「別這樣爸爸，我改天再來！」一進車裡，想起老爸年輕時做工養家沒欠過你們一張床一頓飯，猛然一陣心酸，滴下男兒淚。你想接他出來，住哪裡？邀兄弟姊妹共議，大家的難處都出來了：一個在美國，一個離了婚住高雄，一個說我是嫁出去的女兒有公婆要顧，一個肝不好正在治療。你老婆嗆聲了：「兒子又不是只有你一個，為什麼全部丟給你？分財產的時候怎麼就不分住得遠住得近、兒子還是女兒，大家一樣多！你要當爛好人，可以，離婚！」

以上就是我的「空間換算法」，換來換去，就是需要一間屋。

老人家雖未明講（他們是如此替子女設想，不願開口讓兒子為難），但做兒子的知道他們最歡喜的是待在兒子身邊養老。我們盤算了「四樓公寓原處養老」、「機構養老」、「同住養老」三種可能性，算出三個方程式的唯一正解是：在我們附近另購一電梯中古屋，讓他們養老。

購屋牽涉龐大資金，想必這也是大多數人家踢到的同一塊鐵板。老人家一向財務獨立無須子女奉養，但倉廩如何？豈是子女可以開門見山去問的？他們以安居舊寓為樂，從未提及換屋，若貿然提議，將陷他們於苦惱中（需知，做父母的也需要財務隱私權，他們自有盤算），亦陷自己於挖牆奪財的嫌疑裡（這是我萬萬不能忍受的）。若邀手足合購，各家有各家的規劃亦恐將來旁生新問題，壞了親情。若放手不管，等問題來了，再邀明知遠水救不了近火的手足相互推拖擺爛，豈是念過一點聖賢書的人應有的作為？是以，我們甫換屋兩年多、正背著龐大房貸背得不亦苦乎之際，咬牙另購一屋，想起阿嬤箴言：「頭都洗了，哪差身軀？」思及兩個讀書人竟敢欠下天文數字的債務，起初微有小失眠，年復一年，也就斯然習慣了。

兩老歡喜遷屋，就近可以照顧，各擁獨立空間，兩代均安。如今想來，這是我們所做的最正確的決定，一勞永逸地免除四層樓梯的夢魘，免除奔波至養老院探視、解決問題的辛勞，免除同住一屋因生活習慣不同而引起神經緊張、爆發具有傷害性的衝突，免除房東不願租屋給老者所帶來的屈辱感，保全了尊嚴與親情。

自己的老屋

我的仇梯意識加上獨立自主的生活癖性，使我認為最理想的「養老」與「侍老」方式是兩代就近各住，既能相互照顧又各有天地。擁有一間電梯無障礙「自己的老屋」是何等自在的事，能在自己的巢穴老去，豈不是天賜的幸福！然而，這些都必須及早綢繆，待老病才來面對，往往已是太遲。

我但願能在自己的老屋安度老年，保全著一生不喜在人群中集體行動的怪癖，享受寧靜的星夜。

我期許自己牢牢記住受困的阿嬤帶來的啟示，當我進入鎏銀階段，一定不可犯下大部分老人會犯的錯誤；猶豫不決，留戀一個澡盆如傳家至寶、死守一具櫥櫃如四行倉庫，害自己及照顧他的人處處費力、吃盡苦頭。

我要拿出大破大立的氣魄，把室內格局打得寬闊流暢，讓浴廁廚房陽台的動線一氣呵成，毫不留戀身外之物。若有需要，立即購買醫療級電動床、電動輪椅，省去自己與家人的麻煩。我絕不想看到家人或看護像練舉重一般服侍我，絕不想花一丁點時間悲情地向來訪的晚輩哭訴每天上床、起床如何艱困如何痛苦，哭到興頭處，還要搥一下胸口！

能夠儘量不求人，即是快樂老年。我想像著，屆時，遠在異地的我兒來電，問老爸老媽所為何事？我語調輕快地說：「你爸騎著小土驢（電動輪椅）去買水果，我在陽台抓菜蟲順便曬太陽。聖誕節，你有空就回來，沒空不用回來，要記得每天吃蔬菜水果喔！」

我兒答曰：「知道知道，你們要乖喔！」

哀歌的屋簷

——阿嬤的老版本之一

太陽現身，柔和的光線穿透老竹，宛如一團綠雲般的竹葉周邊被金黃的光染亮了，濃密中篩出無數道亮光，像遠方有人射來密密麻麻的箭，消融於清新的空氣中，原本流淌著清涼露水與薔薇淡香的空氣，漸漸升溫，鬆上光的味道。遠近雞啼，聲音的接力，太陽升起。

稻田平野，散布著農舍，如撒珠一般，各以蜿蜒的小路相連。離河不遠，老竹圍出一獨立的幽篁，內有三間厝，中間是我家，左右兩戶，一是同宗房親，一是雖無親戚關係但相處融洽的鄰人。

幽篁內自成一處平凡的世界，嫁娶、嬰兒誕生，一代接續一代；離家掙錢的、返家過節的，可是掙得的財富卻也因水患而毀去所有收成。歲月沿著竹叢頂端盪她的小腳尖，於風中吹奏神祕的哨音；那飄散的音符紛然夾入黎明的雞啼中，混入靜夜的狗吠，時而接續於兒童的一陣嘻笑之後，或是隨著一隻消瘦的蟾蜍躍入門前泥塘，發出撲通一聲。無人能從喧譁的眾聲之中挑出歲月所吟誦的歌曲，聽出如行雲如流水的田園古謠，隱喻著哀歌。

阿嬤是順安村那邊的人，離每年做大水的冬山河有一段距離。她是家中老大，弟妹多人，耕種之家，父早逝。她天生具有疾如風火的勞動天賦與效率，粗重如莊稼、細膩如繡花，不粗不重如醃菜做粿包粽、飼雞養鴨兼及祭祀禮拜、召魂收驚等民俗百科，無一不通。那年代，具有這些本領的農村女性才能活，她天生好問好學又勤勞刻苦，所以練就一身活功夫。

唯一遺憾是不識字。她說小時候，「學校的先生來厝內問有囝仔要讀書否？我跑很遠，躲起來不敢回去。」她聽說學校老師打學生打到真悽慘，「驚到欲死死」。

她說的是日據時代，即使進學校，女孩子念了一年半載，也會被叫回家背小孩、煮飯，以輟學收場。但她不知從何習得加減乘除的心算之法，做小營生的時候，也能斤兩無誤地算出正確的數字。

我們嬤孫曾閒聊，她說過，做「查某仔（少女）的時候救過兩個人，一個是住附近的阿婆，要喝農藥正好被我看見，一個在港邊欲自殺，我問她要做什麼？不知是不是因為這樣，所以我一世人這麼歹命。」言下之意，死神正在執行勤務卻被她阻擋了，因此降禍使她命運多舛。我說：「照妳這麼說，做醫生的要被千刀萬剮嘍！再說，人若注死，誰擋得住？妳擋得了一次，擋不了第二次，那受命要帶人赴死的神技術不好，不自己檢討哪裡沒做好，怎能怪妳？」她覺得我的說辭有些似歪不歪的道理。

那年代的風吹遍四野，那年代媒婆的腳也是遍行無阻的。有人向她的姨啊——當時慣稱母親為姨啊，稱父為阿叔——提到武淵那邊有個姓簡的，有幾甲田地，人老實可靠。雖有一個童養媳，但他不喜，另嫁了，眼前正是適婚年紀。某日，她在田裡作息，有人叫她看，「就是那個人」，她遠遠看見一個戴斗笠的男子騎腳踏車經過，想必只看見風中蓬起的衣衫及一隻上下踩動的腳，卻瞬間完成驚心動魄的戀情，就此踏進簡家門。

二十多歲，她成了寡婦。我阿公不到三十歲，在同伴作弄下誤踩一具甫被撈起用草蓆蓋著的浮屍，自此受驚而神魂恍惚，發燒、吐瀉不止，求神問卜，不及一個月而亡。我猜測是急性腸胃炎，但阿嬤認為是沖犯煞氣，被惡靈糾纏。她一生不能釋懷，惡作劇的人為何這麼壞，騙她的丈夫草蓆下是一尾生眼睛沒見過的大鯊魚。

惡靈繼續糾纏她。阿公死時，阿嬤已懷胎八月，不多久，產下一子——我的叔叔。這出生在悲傷的眠床上的小嬰兒，並未好好認取他的母親的臉，一週後，隨著他的親生父而夭亡。

夫死子逝，那年夏天是她生命中的第一個寒冬。幫忙喪葬的人將小嬰兒埋在何處不復記憶，也就無遺骨可撿。阿嬤為他取名「阿祿」，以衣冠入骨灰罈，進金自家墓園，與他的父親作伴。雖然只有七日生命，卻是她一世的懷胎記憶，即使只有七小時，做母親的也不會忘記有這一個兒子。

另一個字，也同「祿」一樣，從此被家族剔除，這字叫「慶」——阿慶，我的另一個叔叔。六歲的阿慶長得可愛，機伶乖巧，正是跑跑跳跳的年紀。某日黃昏，一個頑皮的十二歲男孩赤裸全身，自臉至腳塗抹田泥，看阿慶走來，躲入竹叢，忽地竄跳而出嚇他，阿慶驚哭而連連夢魘，不多久，喊肚子痛，伏在他姊姊的背上已失去神采，垂目而亡。

阿嬤失去第二個兒子，她不提這事，不曾描述六歲孩子的模樣，我猜，那絕對是扯裂心肝的悲傷。

家族墓園裡躺著三個男的，一個青年，一個嬰兒，一個兒童。

近六十年之後，我告訴阿嬤我要來去嫁了，她問那未來的孫婿叫什麼名字？我說他的名字有個慶字，妳就叫他「阿慶」好了。那時，她八十二歲，全盲，忽然表情下沉，抿嘴不語，我問她：「叫阿慶不好啊？」她有了慍意：「不好，那是妳阿叔的名字。」我辯說：「人家他老爸老母給他取的，跟阿叔同名有什麼關係？」她欲言又止，說：「不好就是不好！」她堅持以較難發音的他的姓來指稱他，一嬤一母皆以姓氏叫孫婿、女婿，完全違背禮俗與家常用法。我理解阿嬤的心理，除了不祥的考量之外，「慶」這個字只能屬於她的六歲兒子，只能用來標記她的悲傷。

還有一個女兒，落土即夭。阿嬤也很少提她，取了小名曰阿嬰，依俗不能入住家族墓園，阿嬤以紅紙圈著一個鳳梨罐頭，做香爐，宛如是小閨女的紅瓦小閣樓，安放在餐桌旁的牆壁凹槽，保留同桌共餐的情感想像，不讓她成為無處可去、無人祭拜的孤魂。逢年過節，她叫我點三炷香，「去拜妳阿姑」，所以我暱稱之為「罐頭姑姑」。阿姑長大了，吵著要嫁，這是阿嬤感應到的，經人媒合，辦了冥婚，從此阿姑有人拜了，紅瓦小閣樓回復成空罐頭，自此撤除。

阿嬤身邊只剩一個長子，三個女兒。

她把嗜吃白飯的二女兒送給同村的殷實地主做童養媳，盼望她在那裡有大碗大碗的白飯可吃。豈知，那養母視她如奴，罵她毆她虐她，她逃回家，哭求：「姨啊，我不要回去！」阿嬤認為做人要守諾，牽她的小手送回養家。養母繼續罵她毆她虐她。於今，這老養女我那上知天文下知地理的親二姑，回想往日苦處仍會老淚縱橫，想一遍，哭一遍。在當時，我們眼中所謂純樸的農村，虐待養女乃是表面上賢淑知禮的婦人關起門來理所當然的管教行為。那被打耳光、捏臉頰、拍腦袋、用竹掃帚枝條狂抽全身的養女，不准號叫，打完，命她在蒸騰夏日穿長袖衣褲，以遮掩血跡斑斑的杖痕。

幾綹粗麻揉入絲綢禮服裡，仍是絲綢禮服。偶爾的殘忍作為編入知禮數、懂人情的女規裡，仍是有德之婦。人性是看不起比自己低下的階層的，一個被貧困的原生家庭放牧出來的女孩，她就是個奴，既是奴，就要用對奴的方式對她，罵她毆她虐她，理所當然。這是當時大部分養母的共識。而這些養母，後來都在童養媳事母至孝的侍奉下安享晚年。從來不需要說抱歉。

我曾問她：「阿姑逃回來，妳怎麼那麼條直，還把她送回去給她養母修理到金摔摔？」她怒道：「我哪知伊這麼夭壽，心肝這麼狠，打囝打到那款形？」以下是一串不甚悅耳的言辭。

兩個女兒在台北學藝掙錢，獨子當完兵回家學做生意、娶妻生子，阿嬤的艱苦歲月應該告終了。

確實，當時看起來是如此。

我母來自濱海小村，賢慧多藝，學裁縫、善料理，文武全能。我是第一個降落在這戶屋簷的孩子，正是這個家轉為欣榮之時——這也注定，我的家庭角色是協助它再度欣榮。阿嬤是四十八歲的年輕嬤，對我極其疼愛，採買、巡田出入必背，炫耀於天地山川之前。直到五十七歲，她轄下共有五個內孫，二男三女，一屋八人，孩童追雞趕鴨、嬰兒索奶啼哭，轟轟鬧鬧，十分快活。

我阿嬤喜歡熱鬧，一屋子人聲鼎沸讓她有安全感，好像她創辦的親情公司顧客盈門、生意興隆。想必，她十分享受隨時有孫兒來投訴、密報、告狀之樂，「阿嬤，妳緊來看，妳俊林拿這麼大顆的石頭丟鴨子！」「阿嬤，伊搶我的金柑糖！」「阿嬤，給我五角買枝仔冰！」「我也要！我也要！」她用來呵孫的用語甚多，似乎沒有「別吵」二字。也許，兩叔一姑早夭的經驗，讓她對活蹦亂跳的童音別有一種放心的感受，耳朵張得像小雷達一般，自喧鬧中辨識每一個孫兒的動靜。所以，你朝四野喊：「阿嬤」，遠處河岸，三五個婦人蹲著洗衣洗菜，迅速站起來對你回應的必是她，她於風中依然認得金孫的聲音。

六十一歲那年，生命中的酷寒來臨。

她的三十九歲獨子因車禍被抬回家等待斷氣，她一見木板上獨子的慘狀，昏厥倒地，幾位鄰婦將她弄醒，她大叫兒子的名字，崩潰，又昏厥過去，又被抓頸筋、刮痧弄醒，她放聲呼救，數度以頭撞壁，被人緊緊抱住。

從來，我無數次重回十三歲眼睛所保留的那一夜現場，只從自己的角度感受到孤兒的無助，直到有了家庭，才有足夠的心智經驗從三十五歲母親的角度感受喪偶的悲痛，現在，我超過阿嬤首次當嬤的年紀且看到自己的兒子長得高頭大馬，可以從她的角度進入一個守寡多年的婦人在晚年被奪去獨子的絕望。一件死亡，若只從自己的角度體會，只是一件，若從家中每代的角度體會，那就不只一件。那夜屋簷下，是幼雛喪父，中年喪夫，老年喪子。

送進家族墓園的第四個骨灰罈，竟然也是男的。

這樣的遭遇，若說有什麼旨意，無非就是要她死。不，她還不能死，她必須帶十三歲、十一歲、八歲、六歲、四歲五個孫及耕種四分薄田。

我母必須出外營生掙錢，返家不定。那段期間，屋簷下是純然的黑暗。我父靈桌設於客廳，桌上燭光熒熒，爐內香煙裊裊，桌前有柱，左右各置紙人偶，柱上蓮花朵朵，曰：西方極樂世界。桌中央，嵌一幅放大的黑白照片，出入必見我父無悲無喜的臉，靜靜看著我們。

每晚，餐後梳洗畢，正是大大小小圍著飯桌做功課的時候。阿嬤完成一日份該做的勞役，也積了一日的苦悶，拿著她的毛巾，神情黯然，步履沉重，呼吸急促，走到客廳，在我父靈前蹲下來，喊他的名字：「阿漳啊——，我的心肝子啊！」繼而，放聲哀歌：「我心肝子啊心肝的子啊，你是按怎，放你的老母啊，做你去！」哭聲哀哀欲絕，泣訴：「我歹命哦，我死尪，恩望要靠我的子，是按怎，讓我無子可偎靠！我的心肝子啊，你放棄你的大子細子，讓他們日時暗暝，找無老爸！」

隔著一牆，我們寫作業的手停了下來，連六歲陪四歲戲耍的兩個也知道靜默。接著，淚珠滴在練習簿、課本上，咄咄有聲。我們只是孩子，沒有能力解釋那沉重的黑暗，只感覺胸口被灌了鉛塊，黑暗不是在眼睛之外，黑暗在體內。

有時是我，有時叫弟或妹，去客廳拉阿嬤的衣服，搖她的肩，說：「阿嬤莫哭了，阿嬤妳莫哭了！」我們嘴拙，只會像跳針的唱盤怯懦地說：「阿嬤莫哭了，阿嬤莫哭了！」直到她哭夠了，收聲，嘆息，回神，站起來，走到門口，一把拎乾毛巾上的淚水，水聲嘩然。

次晚如此，再次晚亦如此，哀歌成為她的晚課，少有停歇。有時，在家哭不夠，叫一個孫陪她步行一個多小時到墳場，尋到我父的墳頭，烈日下嬤孫兩人痛痛快快哭一場。較大的幾個，都陪她去過。我們陪阿嬤共嘗命運擲來的悲哀，而她，她忍住不死，留在世間陪孤雛長大；我們是她的牽絆，綁住她的腳，以致延長了她的悲哀。

仁慈的安慰也是有的，我們叫他「阿仁伯」，時常騎腳踏車到我家，與孤兒寡嬤閒話家常。他的腳踏車煞車聲，成為暗夜唯一溫暖的「人籟」——是的，我們是被天地拋棄的一家，叫天天不應、喊地地不靈。

比悲哀更能刺痛痲痺的心的是屈辱。隔鄰房親，視我們如仇。這三十歲的壯漢，在我父猝逝不滿三個月，出手揪我母的頭髮撞牆壁，自此埋下施暴的火線。他的理由是，我母好大膽，私自修砍他家後院的竹枝竹葉，若強颱來襲將毀損其屋厝。我母說明，竹叢高大，尾部若不酌以修剪，颱風一來將掃過水田，秧苗遭殃，而且竹蔭範圍過大，半塊田照不到太陽亦不利育稻，已多次請你們砍修不理，故自行砍修。他不聽解釋，莽起來便對寡嫂動手，全不顧他與我父源出同一個祖父。

換我母哭我父，搥桌曰：「你一身做你去，放一擔這麼大擔給我挑，放我一個女人任人欺侮！」

當夜，婆媳二人，又同哭一場。

我回想，是否我嬤我父我母為人失敗，才遭到如此對待？但我百思不解，他們三人都是寬厚善良的人，在村中皆有讚譽，何以如此？阿嬤雖愛罵我們，對待他人無一句粗話。何況，我記得有一年淹大水，他們家中無人，我父將兩老背來我家，一起躲在屋梁上。其妻生雙胞女嬰，一嬰染病，家中無人在，其母一腳微跛不利步行，我嬤抱那嬰步行、換車至鎮上求醫，如是數回。我記憶深刻，最後一次，他們央阿嬤抱那重病的女嬰再去求醫，阿嬤才出門不久，折回，直接進她家。我在門口聽到阿嬤說：「唉，走到半路，沒了。」這小嬰死在一個為她奔波的隔壁阿嬤懷裡。他們怎都不記得？

我們是罪人嗎？罪在何處？

次年，插秧前，由於新鋪路面，頗有一些落石掉到田裡，我母將田裡大小石頭一一掏出，有些置放在他家地界，我弟在遠處鋤補田埂，皆是尋常作息，連麻雀都不驚。

他的妻子看見我母勞作，認為掏石之舉將崩壞他家路基，至雜貨店打電話，要他火速趕回。他騎車而返，不由分說，出口以最辱級粗話罵：「幹你老母」，我母怒而回嘴：「我老母的腳桶水你也免想要喝！」他以一個壯漢的身手，一把抓住我母的頭髮，將她拖至路上，我母既痛且踉蹌無力反抗，他出拳搥打她的頭胸背，他的妻子趁勢圍過來死擰我母的大腿，我母哀喊，四野迴盪，在遠處鋤地的我弟看見了，劈啪劈啪兩腳飛奔於水田上欲趕來救母。此時，有一路過的男人，出手將我母與壯漢分開，那路人甚壯，強力挾持我母，硬是將她帶回厝內，我母哭喊要返回原處，因她看見她的兒子自遠處奔來，恐會遭到毒手，我母掙脫那路人，不顧痛楚跑回原處，目睹那壯漢將她的十二歲瘦小兒子壓坐在地上，重拳痛毆。

阿嬤聞訊跑來，見此情狀，大斥：「你這好大膽，你敢出手打人！」壯漢忤逆長上，偏頭如劈刀，嘲笑：「我把妳看出出（看透了），你子死了！」

我嬤說：「我子死了，我以後要靠孫，你這樣欺負人！」

他笑曰：「你的愛孫也快要沒了！」

就在此時，就在此時，阿嬤嘴唇顫抖，但語氣堅定，字句清楚，指著他，說：「我要目周金金（睜大眼睛），看你躺三年四個月給我看！」

我母我弟遍體鱗傷，驗傷後原要提告。但族親大老出面調解，意思是發生這種事乃是誤解所致，各人都有錯，就各退一步以和為貴。阿嬤念在他家中老母身體不佳，叫我母一切要忍耐，算了，不要提告。婆媳兩人都是寡婦，寡婦的路上常有人丟來羞辱的石頭。那些受辱的日子，阿嬤身邊只有我母，阿母身邊也只有阿嬤。

但此事未了。毆打孤兒寡婦之事傳開，壯漢之母為了替兒子卸責，四處散布流言，語意聽來彷彿是關切、憐惜、無奈，說我母死了丈夫之後，行徑大變，脾氣如何暴躁，性情如何乖戾，一天到晚找人吵架。

我母聞言，深感包藏在聽起來是關切其實是暗算的語句裡的心何等可畏！是非曲直怎可任人誣衊，話不明講，不是好漢。遂親自進她家門，恭稱一句長輩，說：「我平日待妳如何？妳生病，我端飯給妳，幫妳洗衣十日，妳欠油欠鹽，我無第二句話倒給妳，害我被我姨啊罵用這麼兇重。妳子打我母子，妳無半句話也罷了，還到處對人說我死丈夫脾氣壞！」

這長輩惱羞成怒，反責怪我母：「妳講這些嗶哮話，妳不存好生，也要存好死！」

我母八歲喪父，三十五歲做了寡婦，好生好死這種被祝福、被憐惜、被保護的人生離她很遠很遠，她只求盡一個母親、一個媳婦的責任，不讓沒了阿爸的孩子又沒了阿母、沒了兒子的婆婆又沒了媳婦，她沒去死不代表她不想死，是不忍把一老五小留在世上不管，她眼睛看得到，已經是這款日子，若她眼睛一閉，那下場怎能想像？既然，這好生好死的大道理是經由一個歪曲事實的長輩之口來教導她，她也就不客氣地回答：「好，借妳的話還妳，妳不存好生也要存好死，妳在眠床上倒十年給我看！」

那黑暗歲月除了少數房親關照，全靠三個自身難保的姑姑出錢出力幫著苦撐。童養媳二姑自己有一大擔要挑，替公公送了終，需侍奉那打她打得半死的癌婆——老來才知這養女待她真好，也就不去麻煩其他媳婦了。二姑是鐵牛，以她那天生的善良與神人般的勞役技術，迴身協助了她的生母及五個姪。我十五歲北上求學求生，全靠大姑與屘姑擔待。人，想活下去，天，怎能擋得住？

於今回顧，那些無情的歧視乃是源自人性裡對死亡的恐懼，遂以殘忍的語言與手段釋放其驚恐；孤兒，彷彿罹患瘟疫，在學校、村落、同儕之間受到孤立與排擠。我小弟生平第一場像男子漢一樣的打架行為發生在小學一年級，有個大男生在背後嘲笑他：「沒老爸！」他為了證明沒老爸的小孩也能捍衛尊嚴也就不自量力地撲過去了，同時，卻也坐實師長眼中無老爸管教的孩子較頑劣的印象。

這款身世歧視直到交往年齡仍然令對方家長走避不及，勸曰：「這種家庭出身，我們家又不是孤兒院、養老院！」幸虧已受過毆打的震撼教育，否則乍聞此語豈不是該自卑得去燒炭！而寡婦加上雙寡老婦，在一般人眼中，必是邪靈附軀、惡魔纏身以及前世作惡多端今生遭到報應，所以活該是畸零人、弱勢者、賤民，人人得以朝他們吐口水、發粗語、揍拳頭。而在施行這些語言、行為時，他們彷彿為自己進行了一場驅魔除魅儀式，獲得淨身，遠離一切邪魔，消滅了死亡。他們從中獲得替天行道一般難以言喻的快感，不覺有錯。

對死亡恐懼，對遭受死亡打擊的人家生出嫌惡之感，扭曲了人性，他們認為喪家是邪魔，卻以行為證明自己才是邪魔的代言人。

我此生目睹最壯觀的風景是人性，有曠放瀟灑的人，也有貪婪不知饜足的人，有善良且熱情的人，也有邪惡置他人於絕境以獲得快樂的人。他人的同情非常珍貴，而別人對你的毀損，必須視之如日升月落乃一日之尋常，反擊之後，隨水而流。世間，可能不存在我們想像中的那種正義與公平。肇事的人毀了一個家，稍事賠償之後，不會有人堵在他家門口羞辱這一家人，不會有歧視跟隨他的子女好長一段路。但是，那被毀的家庭，卻必須遭受羞辱與歧視，彷彿活該如此。世間，不存在我們想要的那種正義與公平。當我們這麼想，等於放自己一條生路，也幫神解了套。

其實，他們都誤解了一件事；我們沒有罪，是遭逢不幸，但並未被剝奪天賦，我們被打入悲慟，但並未失去奮鬥的能力，我們在很小的時候當了孤兒，但不代表我們不會長大。以睥睨的眼神看著我們的人更弄錯了一件事，他們以為我們注定要困在黑暗裡，殊不知，有我嬤我母這樣犧牲自己給予全部的愛的最高領導，我們沒打算在黑暗裡待太久。

我父故去第十年，我們北遷覓地扎根，離開那哀歌的屋簷。

如果時光可以倒流，但願有慈悲的神出手阻止那一場車禍，為我阿嬤保住孝順的獨子，不讓她以淚養老，活活把眼睛哭瞎。如果，時光無法重返到憾事發生的當時，我嬤注定要失去心肝子，至少，我情願一牆之隔的房親不引爆那場毆打，這樣，我嬤我母不會說出那番話，而一切的一切，會不會因此有所不同？

「存好生存好死」的長輩一向身體欠安，晚年深受病苦，纏綿病榻十三年而逝。

壯漢在五十多歲那年遭逢車禍，臥床多年後擱淺在輪椅上，前後十一年而逝。

「我要目周金金，看你躺三年四個月給我看！」

來自一個憤怒寡母我的阿嬤的咒語，在無盡悲傷的土地上，遺憾地應驗了。

世界降下她的黑幕

——阿嬤的老版本之二

我大學畢業那年發生了兩件事，一件是車禍，另一件也是車禍。暮春，兩輛機車對撞，我弟重傷差點不治；初秋，計程車與卡車對撞，我母重傷差點不治。那一年，畢業的喜悅就像糖果紙上不足以一舔的糖漬，我處在覓職謀生與寫作慾望雙重夾擊之中，最常流連的地方不是書店、酒館或談文論藝的咖啡廳，而是醫院、警察局及洽談理賠的處所。這一年，也是我在廣告公司被當成耐磨耐操的菜鳥而累得抬不起頭看月亮的一年。到了初冬，我處在一種極度疲憊揉著厭倦的精神狀態，竟興起一股不知與誰為敵（命運？）的戰鬥決心，我要把我家連根拔起。

表面上看起來似乎是盛怒之下的決定，其實，自有一番理智的推演。我們逐漸長大，就學就業皆往北部發展，嬤、母漸老漸衰，遲早會衍生問題，與其將來面對不如現在決定。其二，兩件車禍，嚴重地喚起她們內心的恐懼，尤其阿嬤，漫漫白日，她一人在厝內，日夜不見孫兒身影不知音訊，是大折磨。其三，基於現實考量，大家住在一起可以節省用度，有人煮飯洗衣，豈不美哉（第三點顯然是最重要的）！

我的屘姑正好在內湖購屋，若能就近落腳，一來彼此有所照應，二來，十四歲即離家打拚的她，數十年後有機會與她的姨啊重敘親倫，也是美事。這真是順風便車，我在屘姑家附近看屋，為了節省開支，租在高速公路邊，從窗口就可以數算高速公路上的車流量，不僅十分吵鬧，夜間室內不必開燈，夜行車燈如祕密警察的手電筒劃過床榻上熟睡的囚犯的臉龐，由於條件極差，屋主露出愧疚的表情，收取低廉的房租，只吩咐我不要把紗窗弄破即可（但我們還是把它弄破了）。

嬤、母抗拒北遷，老鄰與房親意見紛歧，遷與不遷各有基本盤，我「有嘴講到無涎」，撂下一句：「我阿爸在的話，也會贊成。」這話起了作用，她們卜筊請示神明祖先指點，連得三聖筊，情勢向北。我說：「妳們不妨先搬來試住半年，不習慣的話隨時可回，平日兩邊來去亦可，又沒人綁住妳們的腳。」

決定搬了，房子租下了。我嬤我母連續半月不能睡，兩人一面打包一面抹眼淚擤鼻涕；厝前厝後，無處不留戀，家禽野雀，無時不啁啾挽留，即使是風吹過搖曳的竹枝、腳踏入的田泥，都像不可計數的手拉住她們的衣服、圈住她們的腳。記憶太沉重也太鮮活了，一厝九間房，如何能連根拔起？

我一面上班一面打點租處，無暇回鄉幫忙整理，只叮嚀她們要趁機汰舊換新。喬遷吉日，她們虔誠地拜別神明祖先，說明此去暫時租賃，不便請諸神隨行，待買屋，有自己的新厝，必定隆重恭迎。卡車於清晨出發，近午抵達台北，停靠在租處門口，嬤、母不知如何操作門鈴，扯喉大喊我的名字，我從二樓窗戶探頭出去，差點暈倒，滿載的家當中露出耕作器具、做粿的竹篾盤、我母那台老古董嫁粧縫紉機及一捆曬衣竹竿，所有我殷殷叮囑應該棄置的家用雜物全部出現在我面前，她倆還聯手辯稱已丟掉多少頂斗笠、多少雙拖鞋真正「討債」（浪費）云云。多說無益，缺角碗盤、長短筷、崩柄鍋子，各依所司歸位。其中，那只老舊的小泥爐也來了，我忽然憶起阿爸在的時候，每年除夕圍爐之前，他親自燒炭，放入小泥爐，搧出紅炭小火，置於飯桌下，全家一面吃年夜飯一面伸長腳丫偎著暖洋洋的火光。此情此景忽然在北遷之日閃現，引我傷感而鼻頭微酸。但轉念一想，或許這是阿爸自遠方捎來的一則訊息，一個團圓的徵兆吧！

一布袋白米、紅湯圓、牲禮，婆媳二人禮拜天公、地基主，等於向天庭的戶政機關遷戶口。幸虧她們把舊物都搬來，化解了拔根之感，當夜，沒有出現認床不眠的困擾，或許是太累了，祖孫三代都發出比高速公路的車行還流暢的鼾聲。

七十歲的阿嬤展現了驚人的生命力，她是一個不願花時間抱怨過去、挑剔現在的人。她的勞動慣性使她很快融入都市生活，牢記街頭、市場、公車及住家的相關位置，背誦電話號碼，學習操作各種家電。她的空間能力超強，足以彌補不識字的缺憾，不多久，已能單獨坐車過大橋去大市場買菜，初一十五坐火車回舊厝供奉青果、禮拜神明。幼時，她訓斥我們：「目周睨一下，就要知影」意思是，看一眼就要能夠掌握情況，不要事事項項都要靠別人點破、明說，那就是蠢材。果然，她以身作則，眼睛才眨幾下，一張社區地圖已內建腦中。

阿嬤喜歡活在我們之中，孫兒們就業就學，穿制服的要勤洗制服，帶便當的要記得哪個用哪個，她很忙，日子推著她團團轉，忘記了舊傷。

次年，她從厝姑家出來，抬頭看見隔壁棟三樓有一戶貼了紅紙，她不識字，叫我去看，是個「售」字，居然離厝姑家這麼近，我們歡喜看屋，小殺價格，成交。阿嬤很得意她「看中」這麼好的邊間屋，不敢相信我們的眼睛攏總被蜆肉糊住居然沒看見。

這是她視力變化之前，看得最清楚的一次。

那十年間，應該是她最快樂的時期，孫兒們婚嫁，第四代出生，她做阿祖了，還能背著「矸仔孫」（曾孫）操持一點家務。屘姑數度帶她出遊，她從飛機窗口看到直溜溜的機翼，問屘姑：「那敢是鐵支路（鐵道）？」家中時常餐聚，一屋近二十人，我母闊手大料理，澎湃如滿漢全席，菜餚豐盛到開大人桌與小人桌。

過年的時候，她最開懷。年夜飯後是紅包時間，我家慣例是無分大小皆有一包，一陣喧鬧，每人發出十幾包也收得同數紅包，連小童也以銅板充數，輸人不輸陣。阿嬤大豐收，需密宣一孫充當臨時會計，關起房門理帳，唱名清點才知紅包大小。

紅包之後是聚賭，大飯桌清空，大碗公、骰子現身，各人賭資充足正是兵強馬壯可以一戰的時候，恭請阿嬤阿母就位，好一場兄弟火拚、姊妹廝殺即將展開。此時有人叫囂曰：「你打算輸多少？」被問的人放下一疊百元鈔，答曰：「有本事來拿！」那挑戰者睥睨之，掏出千元鈔以展示威風，眾人見大戶相爭，十分興奮，莫不加以刺激、鼓譟、取笑，逼得保守者踴躍用兵，掏出皮包，把所有千元鈔都取出。

有人問阿嬤：「妳要輸多少？」只見她早已把紅包收妥，手握幾張百元，輸完就作罷，謹慎守財。記憶中，阿嬤從未開口向我們要錢，她與我母都是向孩子拿錢會害羞不自在的那款人。她的物質慾望等於零，三餐溫飽已是大滿足，從不在意衣著寶飾，幾件家常衣服大多是我母踩縫衣機幫她做的或是屘姑買的。家常用度又極節省，即使我們給她的年節紅包或小零用，她也會體恤我們甫成家立業賺錢辛苦而退還大半。平日買東西給她，必遭「討債」之議，以「賺錢是徒，存錢是師」勉勵我們薪水多不算什麼，存得下錢才是師父。勸勉之語講多了，聽者藐藐，每次購物給她，她必問多少錢，我們都會自動打折，「五十元」是較常用的數字。過年的紅包，是她認可願意收的，因此，我們趁這機會傾囊以授，而牌桌上，更是最佳時機。

骰子大戰開打，阿嬤的賭性被挑起，亦跟我們一樣吆喝有聲：「十——八啦！」「扁——精啦！」我們玩真的，跟她，玩假的；她每次押一百，一擲，立即有人報數：「阿嬤十點，有了有了！賺一百！」東家立即賠她，其實碗內的骰子還在轉且最後的數字很難看。她頗得意自己的手氣不錯，旁邊的孫兒再甜言蜜語灌一點迷湯、演一點即興戲，她一輩子都沒發現孫兒們以極佳的默契像一群賭徒聯合起來對她詐賭一二十年。有狡黠者慫恿她：「嬤，押卡多一下，五百啦！」她猶豫，恐怕輸了可惜，狡黠者說：「免驚啦，給它押落去就對了！」那做莊的暗恨在心，自牙縫蹦出一句：「你給我記住！」我母已看得哈哈大笑，出言欲拆穿真相，孔武有力之人摀住她的嘴以免壞了大局。看阿嬤喃喃自語且忐忑之狀，我們皆暗笑，終於，她數出五張下押，一擲，莊家自動送上五百放她面前，敬業的演員們齊聲配樂：「有了！有了！有了！」

我們合演一齣年度大戲，博阿嬤歡心。一場豪賭，進帳頗豐，常讓她高興大半年。阿母常說：「你阿嬤有價值(值得)，查某子友孝，你們這些孫仔也友孝！」其實，最孝順的是她，阿嬤若沒有這個與她同食共眠、情同母女的媳婦，其晚年或許是另一種境況。

阿嬤是一個極自尊也自立自強的人，她與我母都是支柱，既是支柱，意味著我們長期依靠她們勝過她們依賴我們，因此也就容易忽略其身心變化。阿嬤一向健康，從不服藥，連一罐保健食品也沒讓我們花錢買過，她又是極端忍耐的人，從不對人喊這痛那痛，若有小恙，「睏一下就好」，果然也就好了。如今回想，我們對她的身體老化過程是疏忽的，在欠缺侍老經驗與醫療常識的情況下，忽略了她是一個這麼堅強、獨立的人，靠自己默默消化身體衰老所帶來的不適，不願占據我們的時間帶她尋醫，等到她出聲說：「目周奈也霧霧看攏無？」一檢查，角膜潰爛，已是不可挽回。

那幾年，全靠我母我姑我妹帶她四處求醫問神，天南地北都去了，束手無策。八十歲左右，視力流逝殆盡。她說：「唉，我這目周是哭你老爸哭過頭，才會青瞑（瞎）！」彷彿，大部分的她留在世間陪我們，兩隻眼睛提早退役去找她的心肝子。

即使如此，她也不太抱怨。靠著光影輪廓，摸索著洗米煮飯，收、摺衣服，絕不讓自己變成一個閒在那兒抱怨、要人服侍的老人。她看不見鐘面，麗妹買了咕咕報時鐘，讓她知道時間。我們將電話設定成快速撥號，做記號，讓她可以通聯。點眼藥水變成一日大事，一張面紙摺過來疊過去就是不肯浪費。後來，我買了一只小布袋，裝藥膏藥水面紙，掛在她胸前，狀似幼稚園孩童的打扮。

阿嬤一生的習慣是，吃完飯，碗筷自行拿到廚房洗畢，她如此教我們，自己也以身作則。如今眼弱，飯粒菜屑掉在桌上地上，吃飽起身，還要摸索著拿到廚房，常踩得油膩膩黏搭搭，我們要她放著就好，她改不過來，維持多年直到全盲了才停止。這些生活細節，不是大事，但每日發生，形成考驗。幸好，阿嬤跟我們生活在一起，自來都是打打鬧鬧的說話方式，不必因老病而聽到不悅耳的評語。有時候，只有血緣至親才能包容長輩在老化過程中必然會出現的、不宜啟齒的身體變化。從小，阿嬤為我們把屎把尿從未嫌惡，現在，換我母與我們回報她。

因著敏銳的自尊感受與形象考量，阿嬤不再與我們同桌吃飯。既然勸不動，也就順她的意讓她自在。她一人坐在沙發上，靜靜看著她看不清楚的前方，聽著我們在餐桌上喧譁笑鬧。偶爾，她會一一點名曾孫，問：「有沒有去吃飯？」我們總是為她現場轉播，讓她能對照聲音而想像畫面。等我們吃罷，她才願意坐上老位置，還要一一點名問：「有吃飽莫？」好像要確定我們都吃飽了，她才能放心吃。有時，嫌她一問再問，乾脆撩起衣服，牽她的手來摸肚：「妳看，吃到飽歪歪！」她也覺得好笑，果然不再問。我母幫她備一大碗，布滿飯菜，她端碗慢慢划食，食慾甚佳。尚未下桌、喝著小酒的人為她描述菜色，剝蝦夾魚放入她的碗中，邀她：「嬤，欲飲酒莫？」她必然回絕道：「唉呀，嘖嘖，我不敢！」卻愛問有沒有配酒的菜，湯是否冷絲絲？我母總會再快炒一菜，重新熱湯，阿嬤喜歡喝湯，咻咻有聲，彷彿從中獲得舉杯共飲的快樂。

阿嬤漸漸失去自行散步的樂趣，出門必須有人陪。所幸屘姑就在隔壁，牽她到那兒閒話家常，頗能解悶。遠程則與我母回鄉，住二姑家，與老鄰、房親相聚。充電幾日，回台北總有講不完的劇情。阿嬤從不聽廣播不看電視，回鄉見聞變成材料，在她腦中上演鄉土大戲，供自己解悶。

隨著視力衰退，我們察覺必須從她的角度來與她相處，而不是從自己的習慣。家中擺設、物件位置，不可隨便更動，以免靠空間記憶及觸覺摸索的她在自己家中迷路。扶她走路，必須比衛星導航還詳盡，要不，她會因害怕而不敢舉步，譬如：「嬤，直直走，無車無人，你大步走沒關係。稍等，前面有花盆，閃左邊一點，好，繼續走，五步以後有兩個階，好，現在路都是平的，快到了！」

有一天，下雨的早晨，我牽阿嬤下樓，一面撐傘一面口述路況，走向停在大門斜對面的車。對一般人而言僅有十幾步的距離，對她來說卻是一段緩慢的路程。就在我小心翼翼地扶她前行的時候，一輛不耐等待的車對我們按了三次喇叭。我極度憤怒，察覺自己有一隻腳已跨過理智界限，想衝過去拍打車窗用我阿嬤從前的土話罵他：「你目周青瞑沒看到老大人是莫？稍等一下會死喔？」但我理智地（或是怯懦地）克制自己的情緒，因為不可以把阿嬤丟在路中央淋雨。待我們坐進車內，憤怒的情緒不知怎地聯結到內心深處的傷痛，我被一股從未有過的感慨淹沒了：我阿嬤一生都被看不起，我阿母一生都被看不起，而我從未保護過她們！

她們的公道在哪裡？在平安長大的我們身上，還是在我尚不忍破土的文字裡？

阿嬤自立自強的個性也表現在凡事自理的堅持之中。她靠著在微光中摸索，用自己的方式畫出生活地圖；漱洗、洗澡、洗頭、洗貼身衣褲、穿衣、半夜如廁，像蝸牛一樣，靠自己慢慢完成。她從未抱怨孫兒們沒幫她的忙，她從來不認為別人應該伺候她、以她為重心、聽她使喚，她默默實踐了一種靜肅且孤獨的老者之美，自然而然。原先，我以為所有老人家都是如此，後來多所聽聞，才知道像她這樣堅毅刻苦將一生奉獻給孫兒們，老來宛如一隻害羞的小鳥，不呼喊病苦、不要求物質、不干擾孫兒們忙碌的生活而以鎮靜的姿態坐在她的單人沙發上宛如坐在巢穴，關心的仍是孫兒、曾孫而非自己，像她這樣可敬可愛的老人並不多！直到我自己的眼睛出了問題，我才能完整地體會，阿嬤用沉默的方式忍受那麼多年的眼疾，是因為對我們的愛與呵護早已勝過自己的身體。

大約是她八十八歲那年，我們回到武淵，住二姑家。晚餐後，我看外面涼風舒爽，早月升空，問阿嬤：「我帶妳走回舊厝好不好？」她立刻說好，我追問：「妳走得顛動嗎？若走到半路走不顛動，我就當場把妳放殺（遺棄）在那裡喔！」她故意瞋怒而笑曰：「妳給我放殺，我不曉大聲咻（叫）？」

我扶著她慢步而行，一路為她描述誰家翻新的樓房，停放幾部車，路邊種植何種作物，絲瓜棚架結實如何，番石榴果小必澀，狗吠來自何處，花香的名號。她腦中存放的是舊地圖，而此時是道路重劃後的新方位，我必須更精密地描述竹圍、屋厝與小河的相關位置，她才能終於說出那戶人家的姓名而判斷離我們的舊厝還有多遠？我離鄉太早，記得的也是舊圖，但早已忘記大半，經她提點，才能讓自己的那張褪色地圖清晰起來。我做她的眼，標記河川、稻田、房屋、電線杆及天上的星月，她描述故事，標記人物、情節、時間，為我導盲。

走了一半路程，舊厝出現。新月掛在已無人居住的竹篁上方，黑融入黑之中。從我的眼睛望去，或濃或淡的暗色輪廓，像舊圖鑑脫落的一頁，像心碎變成寧靜的記憶，像隔著雨濛濛看過去的對岸前世，像最適合一個叫阿漳的壯漢、叫阿添的青年、叫阿慶的孩童、叫阿祿的嬰兒繼續生活的家園。

「嬤，看到舊厝了，在頭前（前面）。」

她停下腳步，微喘，想坐下，無處可坐，可恨我個頭太小背不動她，我捏一捏她的腳，問：「嬤，回頭好不？」她說好，自嘆：「沒路用，走不去嘍！」

她再也走不回舊厝，世界在她面前降下了黑幕。

宛如流沙

——阿嬤的老版本之三

有一道銀光拱門架在耄齡者的路上，通過後，季節更替，地殼滑動，群樹形變，屋宇改道，人物流竄。表面上肉眼所見的座標不變，但被這束銀光掃過，座標上的景致瞬間變化，彷彿夢中有夢，畫中藏著另一幅畫。在他人眼中，只是尋常的街道一景，於耄齡者心眼所視，卻是當年生離死別的碼頭。難以察覺的光影，削鐵如泥，無聲息地掏空地基，搖晃城牆，使他們信以為真的記憶產生質變，從鋼骨結構變成海灘沙堡，但依然信以為真。

大約過了八十歲以後，隨著視力與體力雙重衰退，阿嬤漸漸改變了。五六十歲時那個驍勇善戰的大地之母卸下甲冑，退役了，變成一個逐漸脫離現實的老婦。好像，某個我們都酣睡的星夜，夜半她獨自起身，竟通過那道銀光拱門，受光影牽引，發現另一個現實，從此往返於兩套時空之中。

她的老化首先表現在對家人的依賴上。每一日都太漫長了，以致對晚間有一種熱切的期待；孫兒下班，晚餐，喝茶，聊天，有人陪伴。逢年節，她早在幾天前就一一詢問居住在外的孫兒孫女是否回家吃飯？那段時期，正是二三十歲的我們為工作拚鬥的時候，踩著風火輪一般，無法與阿嬤的緩慢節奏合拍；常常是一陣狂風亂掃的家聚之後，各人背起包包，提著我母做的粿，做出滾蛋狀，她問：「這麼快要走了？不多坐一下？住一暝，明天再回去？」聽來令人心酸。

老年的寂寞是真的寂寞，一種膠著狀態，宛如數萬隻蜜蜂黏著養蜂人，黏出人形墳堆。像阿嬤這樣把一生獻給家庭、全無自我也欠缺機會建立自我的人，到了老年，常呈現空茫。她不吵不鬧，盲著眼坐在沙發上，讓人不忍。與她相處，必須從看似不變實則緩慢變化的境況中找到因應之道，從實體與虛擬交互出現的間隙追蹤她的心靈藏在何處，好比捉一條泥鰍，抓一朵雲影。這一點，對我們這些很難被規格化的孫兒而言，不算太難。

對話

「現在幾點？」她常問，半小時一報的咕咕鐘不夠用。告訴她之後，也無下文，臉上沒表情，不知她的腦海裡到底是船舶靠了岸還是海鷗飛走？

問她：「嬤，妳問幾點要做啥？要洗米煮飯喔？」

「沒啊，我現在哪會洗米煮飯！」

繼續逼問：「沒做啥，那妳問幾點做啥？」

她露出一笑，嗔曰：「沒做啥，不能問喔！」

「妳不知喔，政府規定沒做啥不能問幾點！」

她老雖老，尚未倒頹到盡碰（盡頭），咧著嘴笑曰：「我聽妳在打手槍（胡說八道）！」

老化的第一特徵是重複，同一件事對同一人講過多遍，每一遍都像第一次講那般新鮮。最適合送作堆當聊天同伴的，應是腦部退化程度相當的人，兩人每天重複講同一件事毫不生厭，該嘆則嘆，該怒則怒，該笑之處也像昨日一樣拍手哈哈大笑。是以，對腦袋裡裝著災情不斷的土石流世間的中年人而言，依隨一隻原地打轉的蝸牛一起散步，實是苦差。難就難在，這隻蝸牛什麼都不需要，就是需要有人陪他聊天。

阿嬤也不例外，昔日能言善道的她，一旦重複起來也會讓人沉不住氣，答曰：「嬤，妳講過了！」

有一次我回去，陪她閒聊。電視弄成靜音，播著新聞，我打開筆電做一點小手工，她坐在沙發上，問我：「妳中午呷飽未？」

我說：「呷飽了，妳呷未？」我當然知道她吃過了。

「呷飽。」她說，停一會兒問：「妳呷啥？」

我說：「水餃。」

她問：「呷水餃會飽？」

我說：「會，呷九粒就飽了。」

她問：「包啥？」

我說：「我自己包的，豬肉、韭菜、高麗菜。」

她嘖嘖有聲，意為不贊成，說：「呷水餃會飽？」

我說：「會。」

話題中止，一小段沉默。沒多久，她問：「妳呷飽未？」

我已不驚怪，時而瞄電視，時而打幾個字，回答：「呷飽了。」

「呷啥？」她問。

「水餃。」我說。

「呷水餃會飽？」她問。

「會喔，呷九粒就飽歪歪嘍！」我說。

她問：「包啥？」

我看看電視，看看筆電，看看她的臉，在她後面的窗口遠處站著一棵楓樹，探頭探腦彷彿在偷窺我們。

我說：「三粒包金仔塊，三粒包鑽石，三粒包珍珠，妳欲呷莫（妳要吃嗎）？」

她嘖嘖有聲，說：「不要。哎唷，呷水餃會飽？」

我說：「會。」

我講了一通電話，泡了咖啡，吃了阿母切的水果，問嬤要不要吃，她說不，問她要不要來一杯茶？她說也好。沏了茶，調好溫度，端茶讓她喝一口，將茶杯放茶几上，告訴她，若要喝喊一聲，我再端給她。以上諸事畢，我繼續打字。

她問：「妳呷飽未？」

我說：「中午呷飽、暗頓未呷。」

她問：「呷啥？」

我低嘆，闔上筆電，啜飲咖啡，決定帶她離開這個故障的世間，進入豪華的異想世界，善待這個失明的老阿嬤。

我說：「中午，朋友請，在大飯店，呷得真澎湃，有雞有腿庫（蹄膀）有蝦仔還有一尾真大尾的魚，十二樣菜，盤子親像臉盆那麼大，還有人唱歌跳舞給我們看！」

先從眉頭開始舒動，接著臉上的皺紋拉出笑意，她說：「這呢好，貴參參？」

我拉長聲音說：「真──貴喔，莫要緊，我朋友真──有錢，伊的眠床下全是錢。」

她說：「嘖嘖，這呢好！」

我問：「我帶妳去那間大飯店吃飯好不好？」

她說：「哦，不要！」

「為什麼？」

她嘆一口氣說：「我目周沒看（眼睛看不見）！」

「誰講目周沒看不能去飯店呷飯？」

「不要，壞看（不好看），會給人笑！」

「誰敢笑妳，我就抓來剝皮袋粗糠！」

她說：「哦，不要，我自己想都不好。」

讓想像力跳舞，像一頭不服管束的野豹，帶她躍過獵人的陷阱，發燙的火燒山，湍急的河流。當她落入陷阱，於黑洞中團團打轉，當她行過火燄，腳底起泡而原地跳上跳下，當她被惡水沖落而卡在漂流木的間隙，她僅能用重複的言語呼救：「救命啊！救命啊！救命啊！」陪侍的人必須警覺她身處險境，出手搭救。若以「妳怎麼這樣煩，一直問一直問一直問！」回應，這樣的語句，恰好就像朝著火的人身上潑油，而且讓自己也落入故障的狀態。

世間，我怎能相信肉眼所見的世間是唯一真實？我怎能信任記憶是永不摧毀的銅牆鐵壁？老化，讓阿嬤離地三尺，進入翻騰的時空之旅，我尾隨她，見識到原以為固若金湯的記憶，是流沙砌築的，流雲聚合的，流螢麇集的，我見識到在這奇幻的風景中，阿嬤變成一個單獨旅行的人。

某日，我母返鄉歸來，提及我家田邊有人種一棵樹，植樹者是相鄰的地主，其為人一向為鄰人所不喜。

我母又轉述老鄰各家，誰病了誰要娶媳婦誰要嫁女兒，以資談興，談罷，士農工商各自歸營，按下不表。

次日一早，阿嬤發脾氣，言談高亢，我母平白挨她一刮。一問才知，她氣那種樹男人好大的惡膽，竟敢種三叢大樹，欺我們人在台北，管轄不及，其意向明顯，就是要侵占我們的土地。惡人啊！惡人啊！

昨日一棵風中抖擻的小樹，才一夜，吸飽日精月華，長成鬱鬱蒼蒼可以直達天聽的永生樹，即使是放任想像力奔馳的魔幻文學也要有個底限，但阿嬤憤然之狀，你焉能說一切是虛假？

我母費一番唇舌解釋，無效。恰好我回去，得知原委，向她說明登記制、土地所有權狀上所有權人的名字、地政事務所丈量界定等相關地政法規，說得好像一個掮客要跟她做買賣。

「嬤，我這樣講妳有了解莫？」我問。她的表情顯示她像個篩子，有的聽進去，有的聽不進去。

我以為這事已了。沒多久，她咬牙切齒罵曰：「這呢夭壽，種三叢樹占人的土地，你們都不知他的厲害，久來，他就講這是他的土地，這麼切惡（罪大惡極）！」

我母與我相視苦笑，被打敗了。

四分薄田，小農格局，僅能讓自家有「米母」可食，度日有個靠山。但對阿嬤而言，意義不僅如此。我曾祖原是大戶，為了治病賣掉一些，分產給諸子各房，每房分到的已不能算多了。其中一房，懶於耕作，售光土地悠閒度日，相較之下，我嬤一個年輕寡婦不畏烈日寒風帶著幼兒們耕作，挾緊祖產不放，雖有房親建議她售地渡難關，免得常需向人借貸，她咬緊牙關硬撐，四分薄田毫無缺角傳給孫兒，她視之為此生功勳，對得起祖上。

我即刻理解，她返回內心深處的恐懼洞穴，陷在曲折的暗道迷了路，她看見三棵大樹盤根錯節，伸出無數小腳踐踏她的祖產、她的淨土而求救無門。我想，必須來一點暴力。

我摟著她的肩，說：「嬤，那三叢樹，你的長孫親身轉去叫一群人鉎（砍）到光光光，順便將那個人修理到金閃閃，伊驚到不敢出來，妳攏總免煩惱，鉎掉了。」

「喔，鉎掉了！」她喃喃自語。

「嗯，鉎到光爹爹（光亮無比），」應再加強細節以鞏固劇情：「鉎真久，樹仔太大叢，一群人鉎到天黑，免工錢，請他們呷飯就好。都鉎掉了，樹仔枝有人拖去做柴，大家都看見了。」

童話國度，惡龍作亂，遊俠騎馬而來，與之廝殺，解救苦難同胞。平原恢復秩序，森林裡百獸率舞。

嬤確實活在另類的童話世界，我們用語言為她架設天羅地網，蛇虺魍魎都不入。過濾後的世間十分安寧，恆溫，恆常靜好，她在獨享的溫室裡半走半飛緩慢地衰頹，連一隻有情緒障礙的蜜蜂若未經允許也近不了她的身。有人婚變，她不知，二姑丈病逝，她不知，大姑猝逝，她也不知。我們一向羨慕的，只有平安喜樂沒有死亡災厄的日子，就是阿嬤現在的寫照。

然而，或許是母女之間的感應，很少主動提及大姑的她，竟在那悲傷的時日忽然對厝姑問起她的大女兒近況，淚眼婆娑的厝姑強作鎮定，逼自己用愉悅的聲音說：「她現在清閒了，去山上寺廟誦經拜佛，不能下來看妳。」

「住廟裡喔！」

「對，去陪佛祖。」

如同幼年，我們能精準地判斷什麼事可以讓她知道什麼事千萬不能講以免討打，現在，基於同樣的直觀能力，我們極有默契地過濾掉世間的有毒物質，讓勞頓一生的她平靜無波地安享晚年。

在溫室久了，她的記憶彷彿是收工的泥巴人在河裡洗滌後恢復潔淨，以致看不出耕作的痕跡，有時，也讓人一驚。

閒聊時，有人提及打小孩的社會事件，她皺眉說：「奈也（為什麼）欲打囝仔？用講的就好打他做啥？」

聞言者正是當年被她用扁擔追著跑、「用力最深」加以管教的那個頑童，張大眼睛，目露兇光，問：「那妳當年為什麼打我們？」

阿嬤面有慍色，駁斥：「我哪有打你們？我從來不打囝仔。」

我們面面相覷，擠眉弄眼，更有人做出握拳自毆的癲狂狀。怎麼回事？好大一塊記憶不見了！

處世之道，智者有言，屋簷下有些舊帳是不能翻的，此乃「家和萬事興」之鑰；那些或大或小的帳目尾端都綁了一枚土製炸彈，大帳如財產問題，小帳如重男輕女——給哥的排骨肉較大給我的那麼小，一提，常炸掉半個屋頂。但是，世間之所以吵鬧混亂，就是偏偏有「砂鍋一族」，酷愛打破，不鬧一場好讓大家血脈賁張，促進血液循環，好像對不起剛吃下去的三碗飯。

打罵帳本掀開了，砂鍋族人不服氣，回嘴：「不是妳打的，鬼打的啊？」

在別人家視作重大事件的「重男輕女」清算戲碼，對我們而言是小事。阿嬤與阿母皆服膺血脈相傳、家族延續之傳統觀念，表現出重男輕女的傾向乃理所當然。再者，孫兒中又有乖巧與頑皮之別，嬤、母稍有偏心也是合乎情理。麗妹小時候即批評阿嬤：「妳惜碗頭碗尾。」第一個碗與最後一個碗，意即疼老大與老么；我是老大，小弟為么，我們或許不覺，但手足的眼睛比反對黨還雪亮，從該罵而不罵、該打而不打，判定受寵等級。所以，阿嬤棍棒下的重男輕女情節不算嚴重。至於食物，我們家沒有排骨肉大小片的問題，因為從來沒有排骨肉。倒是有肥瘦之爭，紅燒五花肉肥多瘦少，有人筷子功高強，揀瘦存肥，為兄弟姊妹所不「恥」（此處做「齒」亦可），在阿嬤面前參他一本，發配邊疆挑水拉車服勞役，吃得好怎可做得少？

「我從來不打囝仔！」

天啊，叫我們怎嚥得下這口氣？頗有血本無歸之感。本來，與至親回顧往昔調皮搗蛋、挨罵追打之狀，也是家常一樂。現在，執法者全盤否認打罵教育，難不成要編造陽光下阿嬤帶我們在草地上野餐、拿著排骨肉追逐我們這款愛的教育，好補上那一大塊記憶空缺？

砂鍋人還要找人證，證明阿嬤拿過棍子，被旁人制止：「你呷飽太閒欠呆（以拳頭突擊腦部）啊！」

我忽然有悟，阿嬤說的是實話——這是她理想中的面貌，如果不是命運作弄逼她活在高壓之中不能按「理想我」過日子，她的本來面目應該是慈祥和藹、惜孫如命的。跟自己的阿嬤，不適用「事實勝於雄辯」之理，也不可「土條直」（固執、不知變通）指控她說謊，我們必須重新觀察老化過程中記憶的變形蟲之舞，進而理解她一個人走在不知名的路上，看見了海市蜃樓。我們應該高興，她看到的是美景。

不過，適度地以語言為餉，以免她泡在自己的記憶池塘太久，也是需要的。

「嬤，酒蓋不好，對不對？」

「對啊，喝酒不好。」她說。

笑聲窸窣。「看到菸、火就著，對不對？」

「就是講啊，吃菸也不好。」她說

笑聲蕩然。有個孫看不下去，摟著她解釋，話說的是：酒，改，不好。看到菸，火（指打火機）就點著了。雙關語之妙，醒世箴言立刻變成酒鬼菸徒的快樂宣言。

雲妹最會沒大沒小地逗她：「嬤，我們一起來去『討客兄』好不？」嬤瞋笑曰：「三八叮咚，要去妳自己去！」

晚飯後，喝茶聊天看電視，我弟沒頭沒腦問她：「阿嬤，欲跟我同齊（一起）去莫？」

「去叨（哪裡）？」

「去就知了。」

她想了想，說：「不要，你自己去，我懶惰行。」

次晚，我弟再邀，她大約坐得乏了，心動說：「也好，我去換一件衫。」說完起身去房間，穿衣而出。

「走喔，欲去叨？」

「便所。」我弟大笑。

「猴囝仔，騙我！」阿嬤亦燦笑。

隔週，我弟故技重施：「嬤，欲跟我同齊去莫？」

她那靜止的臉上忽然湧出表情，笑意盈盈，大聲說：「不要！」

「為啥不要？」

她得意地說：「我奈也不知你要招我去便所！」

寶刀未老，看破腳手（詭計），我們把阿嬤從池塘裡拉起來一會兒，曬了片刻的太陽。

食

阿嬤一生的飲食習慣完全符合現代養生焦慮派的理論。差別在，他們是享受過度身體出了問題才悔改，阿嬤活在貧困的日據時代被迫養成粗食習慣。一旦飲食性格養成，對精緻食物反而排斥了。

她吃魚、去皮的雞胸肉，因務農敬牛而不吃牛肉，不敢吃羊肉；不敢喝牛奶，所有奶製品全部去掉，但可以吃布丁。不愛甜食，所有高級糕點頂級甜品全部丟掉，晚年可以接受鳳梨酥、老婆餅及最簡單的海綿蛋糕。我家是特殊的不喜甜食的家庭，若有朋友從日本回來，聲稱排隊一小時才買到一盒和菓子特地進貢給阿嬤吃，茶几上那盒和菓子就像一條盤睡的蛇，必惹得大家驚聲尖叫。怎麼解釋就是有人不相信我們是怪胎，硬要送港式月餅、豆沙甜粽。阿嬤與阿母皆命苦故不愛甜，這是我的解釋。

阿嬤吃米食，不愛麵食，最愛空心菜、高麗菜、地瓜葉及其葉菜類一掛好兄弟，料理方式一律是川燙或清炒，所有繁複的料理過程如裹粉油炸、熬燉都被省油省瓦斯的她踢出廚房。愛吃粿，我母擅長做粿，她吃得津津有味。

最令我們費解的，她愛吃地瓜，一生為地瓜之忠實信徒，幾乎天天吃，可推舉為地瓜代言人。窮困年代，地瓜養大了幾代人，但我們看到地瓜就皺眉，唯獨她對那裹著泥土的小台灣，愛永不渝。

或許，食物就是健康與否的標準答案，阿嬤從不吃中西方健康食品、補品、藥品，沒吃過一顆善存，沒吞過維骨力，從來沒有心血管及肝腎肺問題。大戶人家的老爺老夫人喝燕窩燉人參，阿嬤只是對我母說：「滾一條蕃薯來呷！」我不太熱中地中海飲食法，我覺得阿嬤的地瓜飲食法更具有說服力。

八十五歲以後，最適合阿嬤的點心是鈕仔餅，狀似一顆小鈕釦，那是給小寶寶吃的。問她：「嬤，欲吃鈕仔餅莫？」

「好啊！」

她伸出手，倒一些在她的掌心，她一顆接一顆往嘴裡送，無牙的嘴巴冒一下冒一下（蠕動），安安靜靜享受小鈕釦在嘴裡溶化的滋味，我們因此看到命運的鐵鎚尚未打造好、涼風吹翻稻浪那當時，阿嬤的嬰兒時期。

衣

八十多歲以後，夏天悶熱，家中一向不開冷氣，阿嬤學我弟裸露上身，圖個清涼。兩只老奶脯垂來晃去，雖不甚雅觀，但這是自己家，有何不可。不過，要是門鈴忽響，應門的人要先注意一下阿嬤有無穿衣，若是裸著，叫她：「嬤，緊去穿衫，有人來。」她起身去房間，嘴裡嘟囔：「炭屎蓮（要命、要死啦），沒代沒誌誰人來啦？」見來者是我姑，如釋重負，繼續清涼。

阿嬤雖不重衣著，但外出一定端正整齊，視之為有禮有體。九十歲以後鮮少外出，在家以舒適為主。忽然，有一天，她絮絮叨叨自己攏沒衣服可穿，脾氣起落，賭氣不食，一問才知，她說的是

「壽衣」，且必須是訂做的。

我母向二姑求援，她精通民俗禮儀，是一部小百科。鄉下舊例，壽衣連衣帶褲需穿七件，等於把四季所需都穿上了。她二人到羅東買衣，阿嬤不喜，兩人又去布行剪布，阿嬤嫌布太粗，語氣不悅，躺在床上不起來吃飯。再剪一布，稍可，找不到裁縫店，我母問：「姨啊，不要用做的，買便的好不？」她不要，情緒起伏，不語不食。我母只好說：「我來做好了。」框著老花眼鏡，為她量身裁布，許是壓力過大竟大量掉髮，出現鬼剃頭，叫苦連連。

連逛幾家中國服飾店，我要找一件「壽衣」。不看潮流樣式，只摸那布料，終於找到繡花鑲珠的細絨大外套、流水般的絹絲褲。牽嬤的手摸那衣，從衣領到袖口，描述其顏色與珠花形狀，為她穿上，她兩手撫摸冰清柔軟的絨布，說：「啊，真幼（細）！」面露悅色，彷彿見到自己的華服相。對她這一輩莊稼婦女而言，壽衣猶如嫁裳，喪禮之隆重哀榮不可輸給五人大轎的婚典。

這事小鬧一陣，發疹子般也就過了，依舊恢復粗穿衣褲。寒冬時，阿嬤連襪子都不肯穿，兩隻腳踩在地上，如同踩在田裡。

住

像流行性感冒，每隔一段時間，阿嬤就唸著要回鄉下舊厝住，任憑我們描述舊厝屋頂被颱風吹翻，歸厝間（整間屋）暗摸摸黑祟祟，說不定已變成蛇穴鼠窟、魔神仔的度假小屋，她不信就是不信，固守記憶中寬闊堅固、明亮舒爽的舊家樣貌，罵我們：「講什麼嚎嘯話！」

說不定，她枯坐時就是在腦海重新整修舊厝、粉刷牆壁，以致無處不光亮，廳堂神案還繞了七彩小燈泡。禾苗欣榮，竹蔭蒼翠；雞隻啄粒，麻雀與燕子在電線上譜曲，她早晚巡視自己的領土，五穀豐登，六畜皆旺盛。

後來，她交代將來百歲年老（往生之意）要回舊厝設靈治喪，循古例，不冰不火，土葬。

我們聽了，頭痛不已。失明阿嬤活在她的文明古國，我們活在高速翻轉的社會，又是一番車輪戰辯論比賽，她如如不動，我方宣告失敗。

有一天，她沒頭沒腦又在朗誦舊厝、土葬之論，雲妹回她：「講隨妳講，到時準，我再把妳BBQ！」

「啥是BBQ？」阿嬤疑惑。

「把妳烘肉（烤肉），火化啦！」

阿嬤氣噴噴，說：「妳敢把我烘肉，我做鬼抓妳！」

我們達成初步共識，將來依她的意思回鄉採土葬，但喪禮在台北辦理。有人問：「她交代要回去舊厝辦，這不就違背她的意了嗎？」

某聰明人曰：「到時用『卜筊』問她。」

「要是卜不出『聖筊』（一正一反）怎辦？」

「怎會卜不出，我們這麼多人，輪流一直卜一直卜，總會卜到的！」

善哉善哉，「卜筊」之用大矣哉！

錢

失明阿嬤是個宅婆，三餐飽食，衣物有我母裁縫，屘姑每月幫她剪髮，麗妹每週回家幫她夾眼睫毛——她有嚴重的睫毛倒插之擾，一冒芽就刺眼，必除之而後快，奈何所有人都夾不乾淨，只有麗妹手藝最優。總言之，她根本不需要錢。

八十五歲以後，想必她對死亡之事做了沙盤推演，默默在心中自我練習，是以言談間頗不尋常。譬如，她忽然嘆曰：「給我目周青暝，卡慘過死，也不歸去（乾脆）死死較快活！」我們聽久了，當作是新詩朗誦，不予理會。有一日，她又舊調重彈，才說完，一陣冷風吹來，她問：「玻璃門是沒關喔？風吹得冷絲絲！」

「吹些風有啥關係？」

「會破病（生病）！」

「妳一天到晚說要死，沒破病是要怎麼死？」

她被堵得無言，笑出聲說：「講也是有理。」

基於同樣的心理狀態，她抱怨自己身上「沒半仙」（沒半毛錢）。鄉下有「手尾錢」之例，長者辭世時身上有錢，一則吉蔭子孫富貴，二來黃泉路上也有盤纏可支使。我們當然尊重她的想法，但白日花花在家起居卻身懷款項，豈有這道理？我們解釋ATM提款機到處可見，萬一登仙列車駛來，在她上車前，一定放十萬現鈔在她的口袋，「這樣好不好？」有嘴講到無涎，不聽。

「嬤，往生時若是身軀沒帶錢，到底會怎樣？」雲妹問。

她憂頭結面（憂愁），說：「去地府，會被割肉！」

「誰敢給妳割肉？」

「若無所費（路費），會被小鬼仔攔下來，不給我過！」她說得好像「行前通知書」上提醒旅客必須帶錢買門票否則過不了關口，聽得人頭皮發麻。

「他給妳攔路，妳不會把衣服掀起來展奶給他看，罵：你祖媽誰人你知否？他就逃到裂褲腳嘍！」

阿嬤笑斥：「三八叮咚！」

為了圖耳根清淨，給了她一疊百元鈔，加上年節紅包所得，她身上有不少錢。問題來了，每晚睡不著，三更半夜數鈔票，窸窸窣窣的聲音吵得我母睡不著。她又記性不佳，常問我們：「你幫我算一下，總共多少錢？」我們就得放下手邊的事，數那一疊百元、五百、千元鈔，報了數目給她，她似乎不信，自己再算一遍，喊人來問：「你幫我看，這張是一百的還是五百的？」

其三，身上放這麼多錢，添增煩惱；所有祖字輩老者不管是祖父母或是曾祖父母，十個有九個（另一個可能癱瘓在床）會塞錢給孫子或曾孫，且告訴小孫：「阿嬤（或阿公、阿祖）給你零用錢，不要讓你爸媽知道。」小孫食髓知味，從此知道「合作金庫」在哪裡，徒增教養上的困難。我們好話說盡，她終於同意身上只放一萬，餘者存入郵局。

八十九歲之後，已無法讓她一人在家，即使是片刻都有危險，她需要二十四小時身邊有人。我們請來外籍看護小姐，其間種種兵慌馬亂之戰況——因不適任、不適應而一再更換——只能嘆氣曰：一言難盡。有一次，阿嬤咳嗽就醫，需照X光，看診畢返家，衣袋裡的八千元不見了。每人各有猜測，但都無法追查。平白惹出這種風波，我們不願再領錢放她的口袋，又不能不補；雖說老小老小，侍老與育小乃天差地遠，老人家發起脾氣來，不管你有空沒空、願不願意都得全部埋單，是以，無事就是好事。

我母靈機一動，去文具行買小學生用的假鈔，以假亂真，反正阿嬤看不見。怎知，她數真鈔數久了，手有了記憶，狐疑曰：「這票仔怎麼這呢薄？」我母心虛，再去買鈔，用膠水將兩張黏成一張，變厚了，無事。豈知，她日日月月數，數得邊角開花，又抱怨：「唉，換新總統，這錢怎麼做得這呢粗！」

時為阿扁當政，我們大笑，視作年度最佳笑話。

阿嬤不是唯一一個要求在身上放錢的，某鄉親婆婆亦如此，枕頭下壓著二十萬元，以備登仙梯、遊地府之所需。她們這一輩完全依循傳統觀念設想死亡旅程，難以改變。

阿嬤也堅持身上需戴一點金飾，耳環、項鍊、戒指，免得登仙時一無所有，呈現窮苦相。但她只戴媳婦、孫兒買給她的金飾，女兒、孫女送的都退還。她把我送的一兩重金手鐲還給我，亦是受男丁傳香火、女兒屬外姓的傳統信仰影響。對她們這一代而言，若無男丁傳承血胤、奉養以終，需靠嫁出的女兒過活，無疑是一生的挫敗。她們的家族觀念涵蓋生前死後直至永恆，擔心「死後無人拜」，點出子嗣相傳與敬祖祭祀是家族信仰的核心。是以，所謂「祖產」包含田園與墓園，此二項毫無疑問都將交給男丁，若無，則以過繼、收養、抽豬母稅（擇女兒之子從母姓以繼承娘家產業）方法選定繼承人。多少屋簷下嫁出的姊妹與兄弟爭戰財產分配，爭的是田園、財產，但不爭墓園管理，依照的是法律而非至親的家族信仰與意願。她們這一輩沒受過兩性平等的啟發，固守傳統不可撼動，留下多少導火線而不自知。

當阿嬤退還金鐲給我，我的心內微有波浪，但很快地從她的信仰來理解這件事，接受在她的家族圖譜上我的位置；即使我是她的第一個孫兒，但不是「長孫」，即使她一向疼愛我，將來在她的人生最後一次哀榮大典上，負責捧神主牌的也不會是我。我是嫁出去的孫女，我的名字將寫在另一個姓氏的家譜上而不是簡姓的，這意味著，在她的觀念裡，我不應該也無能為力繼承簡姓的田園與墓園。

當然，大部分本省家庭代代相傳皆如此。但是，現代社會的家庭觀念、婚姻經營、兩性平等、就業模式都充滿變局，若挑擔的是女兒，若唯一的男丁是敗家子且婚姻裡有一匹大貪狼等著整串提去，則考驗至親的智慧——遺憾的是，事後證明，他們極度欠缺應變的智慧，遂留下一本爛帳與一筆「蠢財」，讓子孫大打出手進而斷絕關係。

身懷首飾與現鈔，旅行的意味濃厚，彷彿耄齡路上天光雲影變幻莫測，隨時可能從花叢間樹蔭下現出一輛登仙馬車，兩名持戟衛士左右攙扶旅客上車，來不及向家人告別。是以，要預先理好小錢包，一路才能順風。

正因如此，我們又陷入惶惶不安的想像；萬一阿嬤於睡夢中登仙，上了車要打賞小鬼，發現身上的錢被我們換成假的，會不會大怒而責備我們？

我母深知她婆婆的個性，越想越膽顫，領十萬現鈔放在床邊，以備不時之需。問題又來了，真假同在，明眼人看得清，就有旁生枝節的煩惱。我母又心生一計，將那疊真鈔纏來繞去再用膠帶捆成木板條，誰也休想偷抽一張。這板條，真是荒謬的存在，卻如實地標示家有老人就有難以想像的戰況。錢板另有妙用，腳上沒拖鞋時，正好拿來拍一隻路過的蟑螂。

次年，不適任的外籍看護在等待遣返的相關單位的收容宿舍偷跑了，這帳竟然算在我們頭上，被罰半年內不能申請新外傭，苦不堪言。兩位姑姑願意分擔照顧幾天，阿嬤到鄉下二姑家小住之前，假鈔已不堪使用，當時我母身體不佳，懶得再玩這遊戲，又不便讓她帶錢板去，就用家中廢紙剪了一疊「紙鈔」（真的是紙鈔），圈上橡皮筋，塞入阿嬤的口袋。

有一天，阿嬤坐在床頭數錢，念小一的外曾孫女走過，問：「阿祖，妳在做什麼？」

「算錢啦。」

小一，正是說實話的年紀，以見義勇為的語氣說：「阿祖，那是假的，那是簿仔紙！」

阿嬤聞言，氣她的女兒一天一夜，罵曰：「這呢好膽！這呢敢！偷拿我的錢！」

二姑怪我母：「妳要害死我啊！」

我母怪二姑：「妳怎麼沒交代好孫女咧？」

新來的外籍看護接手照顧阿嬤，解救了我們。但是，無情的光陰流轉，九十五歲的阿嬤被推著進入另一段路程。漸漸，她不再數錢。錢，這支鑰匙所能開啟的那一座熱鬧滾滾的世間，在她面前盡情地裂解。

宛如流沙。

哀歌無盡

——阿嬤的老版本之四

宛如流沙，阿嬤腦海裡，她最摯愛也是傷她最深的那個世間，紛然崩塌；時空失去故事，故事失去人物，人物失去名字，名字失去親密的聯結。外表仍是我們的阿嬤，但我們清楚，有一股不可逆的強大力量在她的腦內航行，破壞了記憶與智能的倉儲。

相忘於世間

大約是九十四歲以後，她已不能主動聊天，即使是簡單的日常詢問，也不太能招架，但有時又出現難得的靈光，對答正常。人的大腦是個謎樣宇宙，老年之後，腦內細胞衰退的速度與區塊，決定了人變成何種模樣。阿嬤失去了很多能力，讓我們較難調適的是，她忘記了我們的名字。

「嬤，我是XX，我是誰妳知道嗎？」

對自己最親的阿嬤，必須先報上名，再盤問她親屬關連，期待她說出正確答案，是一件讓人悵惘的事，彷彿有個東西被剝奪了，永遠要不回。她若答對，我們拍手歡呼：「阿嬤，妳真鰲（厲害）！」若答錯，要她再想一下，提示，再提示，她好像鑽入淹水後的資源回收站要找幾年前某人寄來的賀卡一般艱困，放棄曰：「不記得了。」這是誠實的時刻，有時，不知是蓄意還是腦內電路板「秀逗」，把我母說成孫女，把孫女說成女兒。

同樣的困窘也出現在我外嬤（外婆）身上，她小我阿嬤三歲，不約而同都進入半遺忘狀態。對我母而言，更是悵然；外嬤只生一兒一女，不是十個八個，把唯一女兒給忘了，做女兒的有何感受？有一次，我母打電話回去，報上名字，問她的親生姨啊：「我是誰妳知影莫？」外嬤說：「我不知。」我母提示：「我是阿絨的查某仔（女兒）啦！」電話那頭陷入沉默，接著，聽到外嬤用疑惑的聲音說：「咦，阿絨叨我咧（阿絨就是我啊）！」我母轉述這事時，是在醫院的病床上，次日要做心臟手術，辦好住院，先給她的阿母打電話，想聽一聽親娘的聲音，她的娘卻忘了她是誰。像豢養的一池魚，逐漸死去，池面上翻了密密麻麻的魚肚白，有些大尾的魚吃了死魚，以致小魚的記憶滲入大魚的記憶裡。我母轉述時笑出眼淚，像小女孩，可那顆小淚滴裡藏有無法言盡的失落。

人生何等殘酷，我們從小同榻共眠的至親不見了，跟自己的至親，也會走到相對而坐卻相忘於世間的地步啊！

靈性流失，肉身仍在。之前出現的記憶力衰退、話題重複、情緒暴起暴落，已屬小節，阿嬤失去時間感，如同巴西亞馬遜叢林裡的「亞蒙達瓦」部落，沒有時間概念，無法分辨過去與未來。她進入嚴重的日夜顛倒狀態，夜間不眠而自言自語，時有吵鬧，變成「夜行性動物」，彷彿體內另有一個叢林部落的持矛勇士，跳出來狩獵，讓照顧她的看護苦不堪言。

老年人各項身體機能的衰敗中，有兩項對照顧者而言是極大的折磨：一是夜間不睡，致使照顧者亦不能睡；二是夜間頻尿，喚人服侍，每次皆涓滴而已。照顧者建議包尿布，但長者不願意（為了省錢或是不習慣），若有不及，尿液漫漶床榻，當夜需洗浴更衣換床套，次日從衣褲、床單、被套到棉被全套清洗晾曬。綏靖不到幾日，又來一遍，安寧數天，又來一遍。

因這肉身崩壞，屋簷下漸成戰場。即使僱有外籍看護，她也是肉體凡胎，也會疲憊，是以家中負責總管的那個人，變成總指揮及唯一的協力者（或稱爛攤收拾者），其他家人進進出出探視而已從未侍夜，因此完全不能想像、不能理解、不能感受照顧者的辛勞。一個需二十四小時被照顧的老人（或病人），仰賴的不僅是兒女對他的親情，更是兒女對照顧他的那個人的厚實情感、誠摯感謝與道義同盟。後者的重要性更勝前者，惜乎，很少人體悟到這一層而做出實踐。

在現場的是我母，但她畢竟有了歲數，侍奉婆婆超過三十多年，身體也有了病況，此一階段最是泥濘。次之，是我的小妹，幼時最受阿嬤責打，此時卻由她挑大梁，總攬一切雜務，別人出嘴交辦，她負責辦妥。

在照顧阿嬤的分工單上，我最慚愧，只是扮演電話諮商與苦水收集站角色，掛完電話，回到自己的家庭生活，那土石流災情都是那邊的事。

我常想，所謂「孝道」是什麼？像我這種不在第一線現場的人，有什麼資格大聲談「孝道」呢？

原有的看護不適任，又是一番巴氏量表銜接期的混戰，新來的年輕看護才二十出頭，第一次來台工作。不知是思鄉過度還是夜間沒睡飽，上任不及一個月，竟從樓梯上滑下來，傷及筋骨。仲介帶她就醫照X光，無事，但筋骨有傷不能出力服侍阿嬤，整天臥床休養。於是，我母變成超級台傭，照顧兩張床上各臥各的一大一少。到後來，我們都覺得這鄰國女孩再臥下去恐怕會出現精神問題，好言好語問她的意願，她說很想家，在越洋電話中哭求她的母親：「妳讓我回去好不好？我會賺錢給妳。」聞者莫不心酸。

女孩走後，繼任人選未至，又是一陣混亂時期。某日，我回去協力，我母出門採買，由我看顧。單單只是扶阿嬤起床如廁——她不愛包尿布，會扯掉——已讓我吃不消，瘦小的她怎變得像隕石沉重？待事畢，扶起以便擦拭穿褲，差點踉蹌而倒。我母回來，兩人合力用便盆椅推她到浴室洗澡；阿嬤肢體僵硬，脫衣褲，需費一番手腳，免得折了骨，洗頭髮，又是一番功夫。浴室空間不大，我母說反正她的衣服濕了，叫我退後由她善後。我站在門邊，看一個心臟病老媳婦捲起褲管，幫不記得她是誰的婆婆洗澡，九十多歲的身軀是枯乾的樹幹，泡過水的草菇，等待腐去的稻草，是失去歷史的廢墟。蓮蓬頭流瀉熱水，嘩啦嘩啦，洗去廢墟上的塵埃，熱煙蒙蔽了鏡面，也蒙去我眼底的感傷。我替我的阿嬤湧淚，她何等自尊自強，若有清醒的覺知，必不願戴著長壽的后冠讓人服侍至此；我替我的阿母抱屈，上天交給她厚厚的一本人生任務，每一頁都是「犧牲」二字；我也替那位鄰國女孩感傷，不知回國之後她的處境如何？淚水的最後成分屬於自己，我愧疚自己對娘家付出太少，卻也同時意識到婆家二老往後的路程裡，挑大梁的會是我，而我，做好準備了嗎？

名叫長壽的那條路上，有一條繩子綁著一或二位女性，繫在老者床邊。無論是「家有一老，必有一吵」還是「家有一老，必有一倒」，都是屋簷下的現實，前路迢遙，長夜漫漫。有人說，這是一條幸福的路，子養親在，得報生養大恩，完成孝道；有人說，這是吉兆之路，長輩高壽主福蔭，澤及子孫。我說，幸福之路也好，吉兆之路也罷，必須由躺著的人及照顧的人說了才算數。長壽路不是康莊大道，路上的老病狀況，也不是寫一首詩、唱一首歌能解決的。

狂哭當歌

新來的看護阿蒂小姐是我們的救星，若用前世今生解釋，她必定曾與我們當過家人，故能投緣若此。我不禁感嘆，若少了這些鄰國姊妹站在床邊服侍，走在長壽路上的老者該怎辦？我們這些家人，該怎辦？

九十五歲以後，阿嬤起了很大的變化。有一晚，她坐在沙發，忽然手指前面，說：「妳看妳看，一滾（群）人行過去嘍！」當時，陪在旁邊的是我妹，問她：「啥麼人？」

「一滾人，妳沒看？吶吶，在那裡，有人唱歌，有人跳舞！」

客廳裡只有她們二人，我妹頓時頭皮發麻，以為群鬼來家裡開「轟趴」。

不久，躺在床上的她傷心而哭，自嘆：「我歹命！」家人好言勸慰，岔開話題才沒事。但情緒變化、譫語的情形越來越明顯。某晚，我與她通電話——她的聽力不佳，我的聲音必須大到像吵架，根本就是吼天不是聊天，通話畢，往往必須含一粒喉糖——忽然，她聲音顫抖，說：「妳莫出去，在抓人！」講得嘴唇發抖、驚惶無比。我弟在她旁邊喝茶看電視，斥之為無稽，特地出門去看，進門對她說：「沒有啊！」但她依然驚惶。不知這段記憶從哪裡蹦出來？日據還是二二八？我們毫無頭緒，但她那顫抖的聲音使我難忘。

接著，阿嬤進入最棘手的狀況：哭！她一面哭，一隻手敲床邊矮櫃，敲到淤血。

次日是週六，竟變本加厲，放聲大哭一整天，說：「三天後，有人會來帶我走！」我母摟她肩、我弟拉她手，不管怎麼勸，都不能讓她停下來。

三日之說宛如預言，馬奎斯有小說〈預知死亡紀事〉，難道真有怪談？此事非同小可，立刻通知親族。嬤的親小妹我們的姨婆，連同姪輩多人自宜蘭老家趕來，我僅剩的兩個姑姑亦飛奔而至，一群人圍著哭泣的九十五歲老人，叫阿姊、叫姨啊、叫大姑、叫阿嬤、叫阿祖，亦紛然垂淚，氣氛悲傷，場面哀悽。宛如人生走到盡頭，與至親淚眼作別。

二姑囑我母，看這樣子，衣服要準備了。

當晚，我弟在高人指點下，火速趕到某廟求來三道符，用膠帶貼於阿嬤的床頭牆壁及床上，另外拿了她的衣服蓋保護印，幫她穿上。不久，她自行脫下衣服，說：「這領衫髒！」週日一早，發現盲眼阿嬤竟然將那三道符扯掉了。

當日，昨天那群親族憂心忡忡地再度來探，加上遠道而來的其他子姪，一屋子沸騰。眾人勸她莫哭了，傷身不好，她答曰：「再讓我哭兩天！」

我回去，看到她坐在沙發上，面容憂悽，沉浸在哀哭之中，與一屋的現實完全脫節。我心頭一懍，這個阿嬤我認得，她是我父猝逝後夜夜在靈前哀歌的那個母親啊！

時光重返，記憶裡刻骨銘心的悲傷時光竟在九十五歲時再現，依然喚出淚珠。我摟著她說：「阿嬤，妳莫哭！」當我說出這話，自己也幾乎返回當年現場；因為，那時的我們口拙，不懂得安慰，只會重複說這句話。

難道，這麼多年過去了，爬也努力爬出那黑暗了，走到她的人生盡頭，祖孫相別，我還必須講：「阿嬤，妳莫哭！」嗎？

這讓我氣悶，豈有此理這人生，我絕不接受！遂肅然於瞬間粉碎那噬人的記憶，路要斷夢也要斷，回到此時此刻。她已哭得氣力衰弱，頭依偎在我肩上，夢魘般唸著：「我……的……孫子啊……」我找到她了，癱在三十四年前那張靈桌下，我要把她從暗夜拉回來，我說：「妳的孫子都大漢（長大）嘍，事業攏總真發展，大家都過得很好，妳的矸仔孫也很上進，妳一世人呷這麼多苦，真有價值！」

坐在一旁的苦命二姑，聽得眼眶泛紅，好像我說的是天庭《功勞簿》的讚辭。

想起小時候，我們受到驚嚇、懨懨而病，阿嬤必持我們的衣服包著一炷香，叫我們跟在身邊，到野外招魂：「三魂七魄回來了，在東在西，在南在北，回來嘍！」如今，阿嬤的魂在哪裡？被誰綁架了？

我又凜然地彷彿對著不知名的存有說：「若要帶伊去，就歡歡喜喜，不要讓她這麼傷心，時間若是到了，讓她裝水水（裝扮漂亮），歡歡喜喜啟程，這樣凌遲九十五歲老人，讓她這麼傷心，我們做孫子的不會原諒！」

若真有陰間使者、牛頭馬面現影，我也要罵一頓！

下午，我母拜地基主，也祈求神明。晚上，讓她吃一顆安眠藥，一夜成眠，也讓這幾天兵馬倥傯的家人好好一睡。

週一，忙碌的一天。卜卦派、問神派、祕方派各自出動，傳來消息。或說：農曆某月此人將大去。或說：某月有大劫，過了這關，這人就是你們的。或說：今天晚上是關鍵中的關鍵，需過了晚間十一點交了子時，才能放她去睡。

這日晨起，阿嬤安靜，能少量進食，家人歡喜，愁眉稍展。下午，屘姑陪她，她說，有一個人敲她的頭，她又痛又氣，對他說：「我要叫我的孫子、媳婦、很兇的女兒來打你！」那人答：「來啊！」

我對屘姑說，原來妳在她心目中是很兇的女兒。屘姑苦笑。

當晚，為了守住子時才能睡的神諭，我母我弟輪番陪她聊天，作戰數小時，兵疲馬困，到了山窮水盡、無話可說的地步。我弟電我：「姊仔，換妳哦！」我看時鐘，剛剛十點，還有一小時戰局，我怎可能撐那麼久？跟老人講電話有兩種戰況，一是他滔滔不絕自盤古開天講到鄰居開刀，一小時疲勞轟炸，你只能聽不能掛掉，苦差也！一是聽力不佳，言談能力衰退，你必須搜索枯腸找幾粒話題，卻往往一句話講了三遍，他還是沒聽清楚，此亦苦差也！阿嬤屬後者。電話中，她聲音沙啞，不哭了，神智清醒。我從「呷飽沒」起頭，問飲食起居，她只能簡答無法申述。很快地，我進入言說的初等階級，問她喜歡什麼水果？她答不出來，我必須用選擇題供她選擇（由此可證，我們教育裡的選擇題考卷是多麼欠缺智力）。

「西瓜、香蕉還是拔拉？」

她說：「香蕉。」

「為什麼？」

「西瓜、拔拉太硬。」

我又問：「為什麼妳喜歡吃香蕉？」

她答：「我不知道啊？」

我說：「香蕉比較軟對不對？」

她說：「對啊！」

我問：「拔拉生做什麼樣子妳知道嗎？」

她說：「我不知啊？」

我問：「妳是真的不知還是假的不知？」

她說：「我不知啊？」

我說：「生做圓圓的還是長長的？」

她說：「不知。」

看看時鐘，撐不到二十分鐘，我跟弟說，本人彈藥用盡，自行宣布陣亡，請另派天兵支援。接手的天兵是麗妹，拖延不久亦陣亡，我母接手再戰，直至子時，才放她去睡，一屋人累癱不在話下。

安歇數日，大家歡呼，感謝神蹟佛力，祖宗保佑。沒想到幾天好光景，阿嬤又哀哭了，聲音之悽厲洪亮，逼得我弟立刻關門閉戶掩柴扉，恐鄰人以為內有受家暴的老人而報警處理；那陣子電視時常報導，我弟又長得粗獷，有助於聯想。白天，只有我母與看護在家，她極苦惱，電話中聽得出，再下去，我母也要出問題了。

我想這事不宜純以靈異角度視之，應該就醫。但是，該看哪一科，我多方請教，決定掛精神科。

阿嬤就醫是件大工程，四人大隊開車前往。精神科候診處的病友紛紛投來異樣眼光，似乎狐疑年紀這麼大了還需要看精神科？

燈號亮起，將阿嬤推入診間。我說明原委，醫生問診，輪椅上的阿嬤一臉慈祥，毫無反應，醫生猶如向虛空請益，我代答，稟明症狀，他親詢病人，又是一陣沉默，墜入虛空中的虛空。正當不知如何是好的時候，慈祥的她忽然從茫茫渺渺的狀態醒轉，變臉哀哭：「我……歹命……哦……」聲音之大，診間外的病友大約都聽到了。感謝阿嬤開金口，我鬆了一口氣，面露喜色說：「就是這樣！從早到晚，哭不停。」

診斷為失智併發老年憂鬱症，領藥，打道回府。當晚服下，次日好轉，仙丹也！仙丹也！

從此以後，我代替阿嬤成為精神科長期病人。

連續處方箋

在醫院，夜間門診，等著看醫生，幫阿嬤拿藥。每三個月一次，與醫生相談，取得連續處方箋，共得三個月的藥量許可，此次先拿一月份，另外兩個月依單子上的日期到院直接領取，不必掛號看醫生。

連續處方箋，「連續」兩個字引起我的注意。候診處燈火通明，亮得容不下一隻蟑螂。這外景恰好可以用來隱喻內在；如果我們心中要求世間明亮潔淨，容不下一隻蟑螂，那麼，遲早要到精神科報到。

我能接受蟑螂嗎？越來越能接受了。我們必須尊重蟑螂及像蟑螂一般的人事物，自有其存在的必然性。世界不是我創的，說不定若交給我來創，在考量各種必要的效果後，也會放一兩隻蟑螂在每個人的人生小背包裡，當作進階練習題。

回到「連續」。差十分鐘才開始看診，預估二十分鐘後會輪到八號的我。我喜歡掛十號以前，不喜掛到二十九、四十一、七十五號之類，就是偏愛十號以前，這可能是個病癥，經過自我分析，猜測對號碼的要求可能聯結到了學校的考試名次。坐在這一區的病友們看來不像吃過晚飯的樣子，我吃過了，早早把晚間作息弄畢，我喜歡從從容容、精神飽滿地來精神科，候診的時候可以看《國家地理雜誌》，或是掏出隨行小簿，寫幾段字。文字，是我的連續處方箋。

微雨的冷天，剛剛在站牌等車時，怪異地，「連續」兩人向我問路，我長得像移動式google嗎？一個是中年微禿男人，橫越馬路而來，問我哪班車可到公館？才答完，不知從哪裡竄出一個長得俊挺穿黑色polo衫的年輕人問：「我要去永和，是搭這邊的綠二還是對面的？」我立刻湊近牌告，企圖很快地從一根黑繩懸掛著密密麻麻、耳墜一般的地名中，判斷這個趕路的年輕人應該去左岸還是右岸上車，彷彿他的幸福操在我手中，「應該…應該去對面才……」我還沒講完，黑衣羅密歐連個謝字也沒有，橫跨馬路到對面去了，想必茱麗葉正在永和某餐廳等著他的求婚鑽戒。看著他的黑背影，有個聲音竄出：「去吧，奔向茱麗葉的懷抱吧，你就別管我死活了！」這聲音咯咯而笑，接著，心底另一個聲音嚴肅地批評：「都幾歲了，頭髮白成那樣了還這麼幼稚，吃飽沒事練習發福啊！」彷彿媽媽斥責女兒，不，是清末民初飽受壓抑的老嫗斥責二十一世紀初的純情小女生，這數秒之間的自我勃谿，頗符合去精神科途中應有的內心風景。罵完自己之後，我想，做為求婚之處，永和這地名還不錯，比石碇好，石碇被戲稱為「死定」，真是糟蹋人家。糟了，我其實不確定去永和應該搭這邊還是那邊的綠二，就在我摘下眼鏡（畢竟也有一點點不嚴重但會形成干擾的老花）想弄清楚綠二的路徑時，我的車來了，同時來三部，我應該搭哪一部？快決定！我選擇第二部，車子一發動，我立刻醒覺到兩件事，一，羅密歐坐錯車了，離永和越來越遠，這是我這個渾蛋的錯；二，我把六七一當成六一一，我也坐錯車了，這是羅密歐的錯，他害我分心。

所以，今晚，我對「連續」這兩個字有點感冒。

候診處的椅子都坐滿了，有些病友很明顯地是來回診的；坐在我前面兩位女士，老的對年輕的說：「我最近情緒很不穩定……」年輕的勸她：「他（也可能是她）講話不好聽的時候，妳就走開嘛！」我很想告訴她：介紹我外婆給妳認識好不好，她一輩子修「咒語課」，屋簷下有個人常常咒她「死了沒人哭」咒了將近五十年，外婆照常過日子沒有情緒不穩不需要看精神科！

有些人可能跟我一樣，是偽病人。是嗎？是這樣嗎？我是偽病人或者其實就是病人？我是清楚明白的我自己，還是手中這張健保卡及重度殘障手冊的主人？說不定我向醫生描述時，順便摻入一些我的症狀而不自知，藥卻由阿嬤在吃。想到這兒，不禁又派出清末民初那個老嫗來罵罵自己，脫韁野馬的思維習慣不太好，人要懂得收束、管理、拋棄一些念頭及情感烙印，禪宗大師神秀之偈：「身是菩提樹，心如明鏡台，時時勤拂拭，勿使惹塵埃。」看來值得當作內在大掃除標語，如果當年阿嬤勤拂拭那些悲傷經驗，拋棄之，換得開朗心態，說不定不需要跟精神科打交道。於是，我又想，為什麼人老了之後失智，變成暴躁、易怒、憂鬱，而不是變成一尊笑呵呵的彌勒佛？為什麼好的部分壞得那麼快，壞的部分卻掃不掉？若真是如此，證明上天給人的腦袋，都是有瑕疵的。

邱醫師準時進入診間。他是個溫和親切、說話聲音像輕音樂的醫生。長得有點像馬英九，但四年下來，「邱英九」的髮絲愈見稀疏，快要藏不住蝨子（如果有的話）了。今晚，他駝著背進診間。不過，他的袍子一向乾淨，值得嘉許，不像我母的心臟科醫生，白袍有髒汙且皺巴巴的，蓬首垢面（臉色較黑有雀斑故有此錯覺），若不是單身就是老婆孩子在國外，他獨守空閨當賺錢機器，我對阿母說：「醫生看起來病得比妳還嚴重咧！」她聽了大樂，笑得花枝亂顫。不知怎地，聽到醫生病得比自己還嚴重，做病人的會有一種輕鬆感！

回到邱醫師，他看起來蠻累的。數一數牆上的掛號單，今晚有六十多個病人。具備何種特質的人適合當精神科醫生？像他這樣，似乎從不發脾氣，凡事慢調斯理，有一股讓周遭安靜下來的力量，還是具有黑幫老大氣派的人對病患的病情較有幫助？你要是眉頭深鎖、眼眶含淚傾訴自己的睡眠障礙、情緒澎湃，說過來講過去痛苦哇痛苦哇！老大一面轉筆一面虎視眈眈看著你，接著從桌底摸出一瓶威士忌（或是一支球棒）……。

還是「邱英九」比較好。輪到我了。

「邱醫師你好，我來幫阿嬤拿藥。」

「婆婆現在怎樣？」

秀出手機裡阿嬤的照片給他看，簡報飲食起居大概：「服藥以來，哀哭的情形大幅改善，但偶爾仍會自嘆『歹命』，小『哦』（吟哦）一下，像唱民謠一樣。安眠藥的幫助不大，幾乎沒吃，家人已習慣她日夜顛倒，不吃也沒關係。現在不能認人了，搞不清楚誰是誰，大部分時間臥床，包尿布的關係，臀部有一個小瘡，有搽藥，也買了插電式多管上下的那種氣墊床給她睡，這次麻煩你開一條藥膏。」

「邱英九」看著螢幕敲打鍵盤，解釋幾句，提醒我要注意老者的褥瘡問題。我說我們之前沒有經驗，現在知道怎麼做了，有請看護注意阿嬤的清潔與血液循環。

「還有，」我說：「這顆藥比較大，阿嬤不好吞，又不能弄碎，可以換嗎？」

「好，我換藥效一樣，一次只要吃半顆的，可不可以？」

「好，謝謝。還是連續處方箋。」

「好。」邱英九診斷完畢。

「謝謝邱醫師，請你多保重，再見。」

出了診間，下一個病人進去。一分鐘不到，護士出來叫名，我立刻上前，她交給我藥單及連續處方箋，不必交代，我自去批價、領藥順便預約下個月及下下個月的處方箋領藥，到時直接到預約櫃檯領藥即可，不必再經過批價櫃檯小姐的纖纖玉手。每個病人及家屬都應該摸清老主顧醫院的

「空啊縫」（空隙夾縫），才能存活。嗯，我有很嚴重的google傾向。為什麼這樣？我自我分析，其實喜歡掛十號以前及注重學校的考試成績，彰顯的是同一件事：我發現要在體制裡得到最多自由的最佳辦法就是，跑在別人前面，那麼，枯等數小時、考卷上錯的題目寫三遍這種鳥事就不會輪到我。我不想被綁在無意義的事情上，所以，必須懂得google。

領得一個月「精神科糧草」。突然想起幼年曾看過的乞者，一身襤褸，戴破笠穿草鞋，背著鋪蓋，腰間繫著斑剝的搪瓷寬口杯，手拿坑坑凹凹的小鋁盆，吟哦曰：「好心的頭家頭家娘，分我一碗飯呷……」我嬤或我母會盛一碗剩粥配「鹹帶仔」（泛指醬菜、豆腐乳、菜脯）給他。我們自己也吃這些，沒別的。

那時的阿嬤，身體強壯，心情愉快，像一頭快樂勞動的牛。

如今，我代替阿嬤到這明亮的所在乞討，領得二十八顆抗憂鬱藥，讓她心情放輕鬆，渾然不知恩怨情仇；七顆備用的安眠藥，眾人皆睡我獨醒，顯然不是值得鼓勵的人生境界；十四顆精神科用藥，讓她有定向感，不要獨自返回二十世紀去找心愛的那四個男人，像衛星導航，引她回到無煩無惱的現在。

阿嬤是桶箍

九十八歲，因吸入性肺炎，阿嬤住院，受了抽痰、插鼻胃管的折磨，我們看了極為不捨。有一天，躺在病床上的她又在「喀喀喀」，喀了老半天就是咳不出痰。我母是個失栽培的「土醫生」，叫她：「姨啊，妳嘴開開，我看！」阿嬤張開嘴，我母伸入兩根指頭，以旋風無影指從阿嬤喉嚨

「揪」出一坨濃痰，「一糊這麼大糊，親像麻糬！」阿母說，說也奇怪，從此好轉。

住院十多天，阿嬤恢復得不錯，出院，但帶著一根鼻胃管，她的體重太輕，吞嚥能力不佳，不得不如此。那根管子讓她很不舒服。就在我聯絡好衛生所護士定期來家為阿嬤換鼻胃管諸般事宜之後，我母來電：「妳阿嬤自己把管子抽掉了！」我大驚，再插一次是很痛的：「怎辦？叫護士來重插！」我母心軟，說：「先不要，看她能不能自己吞。要是能吞，不要再插了，看了真無甘（捨不得）。」

阿嬤展現堅毅的生命力，戰勝那根管子，慢慢地吞嚥高營養食物。舊曆年時，麗妹問她會不會數數兒，她竟然慢慢地數到六十七。她不會言說，但我們懂得那強烈的情感，她要跟我們在一起，繼續做這個家的桶箍，做我們的阿嬤。

阿嬤的一生被哀與愛緊緊纏繞。我相信，她刻骨銘心地愛著我們，唯有愛，才能叫一個絕望的人留在世間，唯有愛，悲哀找到出口。

如今九十九歲（虛歲一百），如同當年她張開手臂守護我們，我們守護著阿嬤。時間似乎從她身邊逃跑了，她沒煩沒惱、無憂無愁地，棲息在傷她最深也是她最摯愛的世間。

世間相遇——寫給永遠的阿嬤簡林阿葱

我們何其有幸，與阿嬤這樣的女性在世間相遇，做她的兒女、孫兒、曾孫，受她照顧，從她身上學習人生這一門艱深的課程。

年紀越大、閱歷越深，我越能看穿世俗網罟所網住的所謂珍奇財寶，往往是不值一顧的。屋簷下，不需要金山銀礦，但需要一位大地之母（或父）。何其有幸，我成長的茅廬裡，住了兩位不離不棄的母親。她們是大地之母的化身，用人身挑起神才挑得動的世間重擔，「有敢於入世的膽量，下界的苦要一概承擔」我從她們身上看到與眾不同的魄力，像一個將軍！

將軍不能選擇戰場，戰到最後一兵一卒，絕不投降，她們不能選擇命運，同樣也絕不投降。柔軟的時候，是大地之母，剛強時，是世間將軍。命運給她們破碎，她們埋頭苦幹，將它補成完整。我相信，她們的智慧、堅毅、善良、淳厚會隨著血脈遺傳給我們，她們對子女、孫輩的愛，已化成血脈故事、家族傳奇，將煉成永世的胎記，在後代身上繼續澎湃。

我與阿嬤的祖孫親情很難說得清、訴得盡；我是她的第一個孫兒，自小承受她的疼愛最多。我從小留長頭髮，每天早上，她幫我梳頭、抹茶籽油、綁兩條辮子，讓我光鮮亮麗地去上學，直到國中依規定剪成清湯掛麵才停止。

阿爸過世後，在兩個姑媽的幫助下，我到台北讀高中，寒暑假才能返家。要回台北那天，阿嬤一定紅燒一包雞肉雞胗，炒花生或蘿蔔乾讓我帶到台北加菜，後來我在學校附近賃屋，她還要我多背一包米。每次，阿嬤都陪我走路、坐巴士到羅東火車站。我買票進站，說：「阿嬤，妳回去。」她總是站在剪票員旁邊，隔著木柵欄說：「再等一下。」以前的車班常誤點，我一再催她：「嬤，妳回去啦，我自己等就好。」她嘴裡說好，穿著拖鞋的腳卻一動也不動。隔著柵欄，想到就叮嚀：「到台北，物件要記得拿，過車仔路，要看有車莫，沒車才可以過。」我都已經是高中生了，她還擔心我不會過馬路。聽來平常，句句卻是做阿嬤的對離鄉孫女的關愛。

有一陣子，我為了節省開支，跟班上一位想要減肥的同學合吃一個便當，對一餐可吃兩碗飯的我來說當然是不夠的，但想到阿嬤與阿母撐一個家的艱難，我也不以為苦了。上大學後，無意間，我提到這件往事，阿嬤臉色大變，斥責我為什麼要這樣做，厝內怎會欠一頓粗飽，怎麼可以餓肚子！誰都知道她賣掃帚常常餓肚子，允許自己餓肚子就是不准孫兒挨餓。這件事被她提了好幾次，每次講的時候，臉上的表情盡是懊惱、疼惜甚至是生氣。

孫輩中我的年紀最大，有時，她會跟我說一些內心深處的故事。那些過往，交織著血淚與屈辱，一個沒有父蔭、夫靠的女人，走的坎坷路常有人丟來殘忍的石頭——這是人性裡固有的成分，不足為奇。這些，她都咬牙挺住。她異乎常人的是，並未因為這些屈辱而變成一個扭曲、貪婪的人，她自始至終是一個善良、淳厚、熱情的人，守護著菩薩心腸。

是的，菩薩心腸。有一次，雲妹在砂港鐵路旁那塊地做農務，撿到一支停在某個時刻的錶。阿嬤判斷應該是不久前發生車禍被火車推到這塊地的亡者之物，她多方打聽找到家屬，要阿母跑一趟送還給人家。當時，我阿爸才過世幾年，她一定從那隻遺落的錶體會出其家人的傷痛，才不辭辛勞要送回一個安慰，這樣細膩、善良、溫厚的感情，是很多人做不到的。

阿嬤的名字是「蔥」，蔥也是「藍色」的意思。藍色，確實最能表達她與命運搏鬥的過程，她的一生就是把抑鬱悲苦的深藍煉成暖日晴空的故事。

阿嬤與阿母都是文武齊備的人，我回溯自己的寫作才能從何而來，發現她們都有藝文傾向，得此雙份加持，我自然會樂此不疲。小時候，與阿嬤同睡，曾問她枕巾上的「鴛鴦戲水」圖文是誰繡的？她以一副「妳不知妳正在跟師父講話嗎？」的口吻說：「攏嘛我繡的！」搬來台北後，有一次我聽到她自唱：「韭菜開花直溜溜，芹菜開花結歸毬，少年唱歌交朋友，老歲唱歌解憂愁。」我一聽大驚，叫她再唱一次讓我記下來，她竟覺得不好意思起來。如果，她生在一個小康之家，擁有受教育的機會，以她的拚搏精神與才華，必定會有一番作為。是以，像阿嬤與阿母這樣苦命的人不是不努力，是被奪去機會，而多少酣嘗甜美的人生滋味的人，不見得是因為他們比別人努力，往往是，比別人擁有機運。

但一輩子啃讀苦字經本的阿嬤在晚年得到了我們全部的愛，或許，這就是她的補償。在阿嬤面前，我們永遠是小孩，是怎麼罵都罵不倦、怎麼疼都疼不完、怎麼愛都愛不盡的孫兒。即使霜髮已斑白，與阿嬤相處仍與幼年無異。好似，她隨時會抄起一支竹枝追打那個調皮的孫兒；好似她賣完掃帚過午走路回家，我們從路口竹叢邊遠眺她的身影出現，一面大喊阿嬤一面快跑去迎接她，而她總是從口袋掏出一小包金柑仔糖給我們，自己卻捨不得吃任何東西。

每次回家，一定這麼招呼：「嬤，我敏媜吶。」她也習慣說：「敏媜喔，妳呷飽未？」即使回答吃飽了，她也再問：「欲擱吃莫？欲飲燒湯莫？」常常在她的招呼之下，覺得確實沒吃飽，拿起碗，再吃一些。

何其幸運，與阿嬤這樣的女性在世間相遇，因為有她的愛陪伴，當年吃過的苦，如今都變成了甜。

銀髮服務有限公司

美好的一日，我看到善行。

公車靠站，司機從駕駛座起身，先幫一位老婆婆把助行椅及雜物搬下去，再扶她下車，等著下車的乘客靜立，無人催促，接著依序刷卡向司機說謝謝，下車。司機也回說謝謝，我下車時，也對他說：「你真好，幫助老人家。」

天空微雨，我有點淚濕。心裡自嘲：「唉，真是沒用的傢伙。」眼角的淚意一時乾不了，隨它去吧，不如像覓食的雨中浪犬去街角超商要一杯熱咖啡，熱煙蒸一蒸，淚就不明顯了。

想起一件小事，也在公車上，乘客漸多，司機見有老者上來，扯著喉嚨說：「年輕人讓給老人坐！」車內沒什麼動靜，我猜，他的呼籲引起微妙的尷尬，坐著的人心想：「我不年輕了好不好！」站著的也嘀咕：「真是的，我不算老吧！」

在另一班公車上，老夫妻上來，一位可愛的小姐讓座給老先生，他直說：「不用不用，妳坐妳坐！」站著不坐，車一開動，搖搖晃晃，那小姐不知如何是好，叫她怎麼坐回去呢？乾脆往後走，遠離現場。旁人也說：「你坐！」老先生還是不坐，看來較年輕的老太太開始數落他：「你快坐下去嘛！為什麼不坐呢？你這樣很奇怪耶！」討了一頓罵，才坐下。為什麼男人從小到老都欠罵呢？

我不禁想，當我老時，膝蓋像惡靈碉堡，每走一步就像被惡靈用刺刀戳一下，到時會有人對我行善嗎？如果，老年生活之適意與否需建築在他人的善行上，這絕對是堪憂的。善人住在每條大街上，惡人或冷漠的人也在每條巷弄走動。

行政院衛生署國民健康局，有感於台灣即將於二〇一七年進入高齡社會，欲結合各縣市政府推動「高齡友善城市」運動，擬定八大承諾：「敬老、不老、康健、連通、安居、暢行、無礙、親老」，方向正確、目標高遠。但預算經費如何不得而知，恐怕無法等待其建置完善之後再來老！老，是大自然的排泄系統，我們這些進入大腸階段的人被迫要往直腸的方向蠕動，什麼承諾都擋不了。

不敢奢望友善城市立即到來，也不能寄望「臨時孫子」隨時出現在家門口陪你上醫院到菜場，但是，難道沒有人嗅出好大一塊「老年產業」值得研發、開發嗎？

其實，有的。

澳洲一家專門研發、製造醫療及居家照護產品的公司，推出全球第一件「電子內褲」，適用於年長者及尿失禁的病人；褲內有可拆式的尿液感應器，能將訊號透過無線網路傳至中央電腦，醫護人員即可處理。

好處在於，能讓長期臥床且不能言語的病人保持乾爽，免受褥瘡、皮膚病變之苦。

壞處是，我猜測，這褲子若感應到尿液，應該會發出一些響音。問題來了，想像老人院裡老爺爺、老奶奶都穿上了，他們尚未完全失去行動力，所以就到交誼廳活動活動，結果，時不時就聽到嘀嘀嘟嘟的響音，分不清楚是手機在響還是來自臀部的呼喚？如果它像鬧鐘一樣，不按「off」就每隔一分鐘給你響一次，一次響三十秒，偏偏你又耳背不知道自己的屁股在響，會不會吵得那原本脾氣就不好的院友受不了，拍桌叫你去換褲子，你沒聽清楚，他就用那支天生的隱藏式麥克風替你放送：「笨蛋，你尿褲子了，快去換啊你！」你是個老人、病人，可你也是個自尊心很強的人，本能地，就拿起拐杖朝他打了下去，回嗆曰：「這下你也尿褲子了！你也尿褲子了！」

從此，老人院貼出公告：為了維護大家的安寧與安全（此二字用粗紅筆寫），進交誼廳前，請關閉電子內褲響音。

於是，就像手機一樣，電子內褲也可以調成震動式的。問題又來了，它震動得太厲害了，害一個打瞌睡的老婆婆控制不住自己那震動的電臀，竟嚇得跌下來。

還是傳統的比較好。

據說中研院有人發明「聰明藥盒」，可提醒病人吃藥。這是不錯的點子。一般而言，需用到藥盒的，一定是慢性病患；這些老病號，大都吃藥吃成精了，若是精神、神智都正常，無須他人提醒，每天按表操課，不會忘記。但若是開始進入心智起伏、記憶力衰退的狀態，確實需要有人提醒他吃藥。不過，這個藥盒得放在身邊才行，要不然，他可能不夠聰明，找不到聰明藥盒。

提醒二字，是銀齡生活裡最常用到的動詞。某甲對太太說：「你提醒我明天包個紅包賀一賀他。」太太答曰：「沒問題，明天早上你先提醒我要提醒你包個紅包賀一賀他。」最後，誰都不可靠，寫在便利貼上，提醒自己。問題是，沒人提醒你要看便利貼，你還是忘了。

《博士熱愛的算式》，片中那位車禍受傷後僅能維持一天記憶力的博士，在衣服上貼了數張便利貼，自我提醒，雖然有誇大之嫌，卻也點出記憶力衰退對生活造成的困擾是苦不堪言的。忘了鑰匙，忘記瓦斯爐在燒水，忘了眼鏡放哪裡，有時還會忘記自己洗過澡沒？

如果有個小機器，像鳳梨酥大，可設定項目，別在身上，時間一到發出聲音：「前方有測速照相，請依限速行駛。」對不起，設錯了，是這個才對：「請注意瓦斯爐在燒東西。」

還要有貼紙型的小感應器，可以貼在眼鏡、鑰匙、手機上，一旦找不到，只要拿起遙控感應器掃描一下，就可以循聲從報紙底下找到眼鏡，在浴室找到手機，在廚房找到鑰匙，在床上找到無線電話。據聞日本已研發預防失智者走失的「GPS導航鞋」，這真是一大福音。

大部分老人家有個習慣，把生活中常用的東西全攤在客廳桌上，大的如熱水瓶、泡茶組、餅乾桶，必用的如電話、放大鏡、筆記簿、桌曆、剪刀、收音機、血壓計，小的像毛巾、面紙、牙籤、棉花棒，重要的如錢包、鑰匙、藥袋，再加上當日報紙二份、昨日未看完的二份、近日剪報未收妥的數份，旁邊還有信件、相簿可供隨時緬懷。這些，統稱為「生活娛樂平台」，再面對一台幾乎不關的電視，架設成一個老人的家庭生活實景。這種開放式的生活習慣，確實符合他的體能與記憶力，卻完全不適合與年輕人共同居住。屋簷下的空間使用法，標示了領土權，除非老人家擁有自己的領土權，否則很難不出現問題。比如說，負責家中環境規劃、整理的是媳婦，若此人偏好極簡風格且有潔癖傾向，兩代很難不爭吵。

如果有一張專為老者設計、可搖控調整高度、收納取用方便的多寶格櫃子，應該可以改善擺攤式的置物習慣。要剪報，一張隱藏桌子伸出，內嵌式檯燈亮起，可以做一點小手工。要泡茶，附掛的電壺座可插電，抽屜裡有茶葉與杯具組。要吃藥，有一只大抽屜專放藥品，還附一個檔案夾層供你放各種單據及醫療記錄簿，以及每日必用的血壓計。若能如此收納，家中應會安寧不少。

日本已研發會爬樓梯的輪椅，讓老者戰勝「坎坷的路面」，除此之外，老人家還需要一輛可調高低的家用輕巧型電動輪椅。如果，老媽媽行動不良，白日家中只有她一人，又還不到需要僱用外傭的地步，有這麼一台小「不不」，老媽媽等於有了腳，可以下樓看看街坊鄰居，還可以洗米煮飯做一點家事，才不覺得自己是廢人。

等到我們這一代五年級生步入老年，需要的恐怕不只是一個多寶櫃、一台多功能助行器，我們這一代的子女是基因改造的油麻菜籽，適合國際土壤，不可能在我們身邊看著我們老去——我們也不願獨生子女為了看顧我們老去而荒廢遠方的人生，是以，我們需要一家「銀髮服務有限公司」，二十四小時等著服務像我這樣希望在自家養老、喜愛獨自安靜的老怪癖。

首先，這家公司必須值得信任，具備鐵的紀律、鋼的管理。採會員制，隨召隨到，按件計酬，服務範圍涵蓋所有老年生活裡的事項；舉例而言，我扮演女兒、媳婦角色必須承接的各種狀況，這家公司都能接手：

「簡媜，廚房的燈壞了，妳來看一下。」

「簡媜，馬桶蓋裂了。」

「簡媜，米跟油沒有了。」

「簡媜，妳去銀行幫我領一點錢。」

「簡媜，聚餐的餐廳訂了沒？」

「簡媜，老房子的浴室漏水了，是不是要找人修啊！」

「阿敏媜，妳阿嬤的藥沒有了。」

「阿敏媜，我的耳朵吱吱叫，妳帶我去看一下醫生。」

「阿敏媜，我是不是要驗血了？」

當我老得不能趴趴走（雖然我很不願意留到那時候，但登仙列車一時未到，只好等候），我既無女兒可供差遣，也不想（或不能）差遣別人的女兒，兒子顯然也不太可靠，這時，有這麼一家公司做我的生活幫手，我與同代人都要歡呼了。

想像一下，即使我不小心跌斷腿需要短期的二十四小時居家看護，他們都能派遣。我眼力不佳，偏又特別留戀某一部作品，需要有個人來為我朗讀，他們也能辦到——傑哈德巴狄厄主演的《為瑪格利特朗讀》（*My Afternoons with Marguerite*）深獲我心；低教育的中年男子在公園巧遇受過高等教育的九十五歲老太太，她引領他進入小說世界，待她視力漸失，換他為她朗讀。Margueritte是雛菊之意，「以雛菊為名，她活在文字的世界，被形容詞圍繞，活在動詞的綠色原野中，迫使你投降。」最後，這男子把無兒女的瑪格利特從養老院接回家，說：「別死，你還有時間，請等待。」

我希望我的老年仍然有文學的甘泉滋潤著我，但不期待有陌生人把我接回家當成媽媽。

當然，大部分時候，生活是瑣碎得不知道意義在何處但是不解決又不行，如果有這麼一家公司待命，我們變成老糊塗了也沒關係。舉例來說，專線電話響了，負責這位客戶的小姐從電腦上完全能掌握狀況：

「蔡背背您好，請問您需要什麼服務？」

「哎哎，那個熱水瓶壞了妳給我弄一個新的來。」

「沒有問題，我們的外務員三十分鐘後拿型錄過去給您選好不好？」

「好好，還有哇，那個那個衛生紙沒有了真傷腦筋，我現在就是坐在馬桶上給妳打電話的啊！」

「蔡背背您不要動，我叫您的專屬管家阿卿姊馬上過去幫您擦屁股！」

老年財金生活體驗營

「我們每個人去墳墓的時候，手上只能拿著生前所施贈出去的銀兩。」——盧梭

老本

雖然很不願意，但是難以迴避地，我們得打開皮包，談一談「錢」。

錢有很多別稱，孔方兄、阿堵物之類，到了老年，錢有個專有名詞叫「老本」。有意思的是，按照李白的財金理論「千金散盡還復來」，年輕時散去的那些錢應該像迴力棒一樣在你老時通通返回口袋變成「老本」才對，但二十一世紀的風景沒唐朝那麼好，我們眼前說的「老本」，既不是迴力棒，也不是百貨公司周年慶的來店禮，有來就有，而是指你隨身攜帶的盤纏，有就是有，沒有就是沒有。

關於「老本」，也有兩種不同的論調，姑且稱之：一，享樂派。此派為人四海，縱慾享樂不落人後，聲稱，來到世上時兩手空空什麼也沒帶，還不是長大了；要老就老，哪需要存啥老本？船到橋頭自然直。年輕時有錢不花，傻也！

或有膽小之輩，斗膽問之：「那那，如果將來老病纏身怎辦？」

「交給政府辦吧！」

瞧，多麼瀟灑，多麼自在啊！

膽小保守之輩遞上麥克風，怯怯地問：「這位大哥，難道你不想留一些給子女嗎？」手一揮，大哥面露不耐，曰：「去去去，別壞了我喝酒的興致，只有你們這些傻蛋才要留給子女，告訴你，你爸爸我賺的錢我要花光光，一毛都不留！」

果然，大哥重然諾，不到六十五歲全敗光了。

其二，積沙成塔派。此派信徒深信「好天要積雨天糧」，走的是最瑣碎、最消磨英雄志氣才女性情的一條算盤之路，台語「爛帳歸（整個）算盤」指的就是這景況；小戶人家的薪水袋是死的，整個算盤都是家常小帳，一筆筆加減乘除，好不容易才積出一小坨油脂，趕緊送進銀行裡的「加護病房」——定存，呵護一年，活了，生成一坨小肉，再連本帶利做運用，半年一載又生出幾塊肉。有富爸爸的人，大手一揮，即令一頭肥豬燉成紅燒肉，大口吃肉大碗喝酒，好不快活；爸爸很窮的，只能靠自己帶便當不外食、搭捷運不買車、抹凡士林不做臉、穿「柴契爾」（台語，菜市仔）不穿香奈兒、讀公立不上私校、自己教不補習，夫妻倆同心協力積出一塊塊肉，攏一攏，有一天蹦出一頭豬——一棟房子，十多年後，蹦出第二頭豬，再十年，第三頭豬也報到了。

兩派人士都會老，忽地在鑾銀路上碰到了，大哥的處境堪憐，但他的子女都不憐他，往下情節不必細訴，參社會版某老人告兒女棄養之類新聞即可。勤儉持家派也老了，辛苦一輩子換一本穩當牢靠的存摺，養自己的老。哪一種人生較迷人？老實說，我們都希望過大哥版生活，但都不希望他是我爸爸。

年輕時，有位同事的一番話對我起了一點刺激。下班後一群人到小酒館胡扯，慵懶的音樂、暈黃的燈色，不知怎地竟「盍各言爾志」起來了，這位年紀較長、未婚的同事叼著菸描述他的理想人生，他說：「最倒楣是，錢還沒花完就掛了，最痛快是，死的時候欠很多錢。」

大夥兒一陣嘻哈，欠一屁股債似乎很能刺激談興。那時，我離三十歲還有一排欄柵等著跨，身上長著奇奇怪怪的稜角，鄙視婚姻，厭惡體制，沒打算活過五十歲。一份薪水加上外快，固然需養家，仍有餘裕供自己在東區各個湧動潮騷、弄潮兒尋歡的地方揮霍。但不知怎地，他的宣言像指向月亮的手指，我本應循指看到月亮，卻相反地看到那根指頭流著膿血！我悚然一驚：死的時候欠一屁股債，太可怕了！蘇格拉底臨終最後一句話，交代徒兒：「咱們應該向醫藥神祭獻一隻公雞，去買一隻，別疏忽。」我若連一隻獻祭的公雞都買不起，那真是太傷尊嚴了！

「積蓄」是自小我嬤我母對我們必誦的二字咒，大約也被她們洗腦了，是以，頓然醒悟，以有限之資財逐無涯的時尚，供養商品帝國裡的豪富們，自己只換得滿櫃衣服鞋子包包，實在是件蠢事。我心想與其化整為零當東區時尚火山群裡的火坑孝子，被火化成灰還不值一陣風吹就散了，不如化零為整把薪水都送進頂級加護病房——銀行；二十八歲那年，我買了生平第一棟房子，沉重的房貸幾乎壓垮肩膀，卻也證明李白的投資理論不全然是錯的，千金若散盡於具有保值、增值潛力的品項上，確實能「還復來」，而且帶著孩子一起回來見爺爺奶奶。

管控物質慾望、妥善規劃財務，是極不浪漫的事，甚至會被正值青壯、服膺志摩所言：「感情是我的指南，衝動是我的風」的人譏為俗不可耐。確實如此。無奈，這個俗是亂民聚集的梁山泊，不嚴加管轄就反了；一錠銀能逼死一個才子，話說回來，才子為了存一錠銀把筆寫濫了，也是可憫的。

想要走上平坦的鎏銀之路，必須腰纏萬貫——古時錢一千叫一貫，萬貫約值千萬。六十歲靠邊的人，最流行的問話是：「什麼時候退休？」「有沒有退休金？」中老年人已經耗盡浪漫情懷，他們尊敬讀萬卷書的人，但清楚得很，安度晚年需萬貫財。

老年財金生活體驗營，有兩種營隊可供參考。

某甲六十五歲退休，每月有五萬退休金，另有房租收入二萬，投資理財報酬二萬，共九萬。有一間自住無房貸的房屋，銀行裡可動用的存款一千萬，保險箱裡珠寶黃金三百萬，股票三百萬。夠了夠了，就說這些吧，這樣的人他怎能不熱愛生命？怎能不斤斤計較血壓高低、不提防膽固醇指數、不每年做健檢、不追求長命百歲？

某乙，過了六十五歲，無退休金，看到子女為三餐糊口而奔波，自己身無分文可資助之，又疾病纏身，如此境況下，他有什麼條件「熱愛生命」？有什麼能力希望子女陪侍在側、承歡膝下？若他在不願拖累子女的強烈意念下做了悲慘的決定，我們旁觀的人豈能以一句「兒女未盡孝道」或「老人家做傻事」來評論這複雜且沉重的生命之軛？

是的，退休金首先劃分了老年生活屬經濟艙還是商務艙？有退休金的，若是公教人員，那是直接可以升級到頭等艙的。近年來由於經濟不景氣，社會大眾對頭等艙迭有批評，但無論誰當政，難以撼動這已成為社會安全閥的結構。頭等艙的優渥待遇顯然不宜對勞工朋友詳說，以免引起動盪，不過，有幾個數字可以協助我們理解。

公務員平均退休年齡為五十五歲，教育人員為五十三歲，軍人是三十四歲，政務人員為五十五歲。據銓敘部統計，至二〇一一年九月止，參加公務員退休撫卹基金的人數為六十三萬二千，其中，公務員二十九萬，占四十五點八％，教育人員十九萬四千，占三十點七％，軍職十四萬八千，占二十三點五％。每年新增加入退撫基金約一萬人以上。以二〇一二台灣人平均壽命八十歲計，公教育退休人員支領退休金達二十五至二十七年，軍職更長達四十六年。若加計身故後澤及其眷屬、遺族，無疑地，這份退休金給一個家鑲了金。

有個不離譜的估算，按照「八五制」，依主計處公布公務員平均薪資六萬三千元計，某先生二十五歲成為公務員工作滿三十年，於五十五歲退休，假設退休時薪資六萬，依所得替代率百分之八十計，此人每月可領四萬八千元。由於他身體康健，生活無虞，也願意協助子女育兒，所以間接替子女省下每月二萬元、四年共九十六萬保姆費，如果他理財有方，手上替子女備有頭期款，這筆省下的保姆費夠在新北市某些社區買下六百萬房子而只需負擔少量房貸。如果夫妻都是公教退休，每月領得十萬以上，加乘的投資理財效力更加驚人；他們不僅五十五歲以後的老年生活獲得山盟海誓般的保障，更有能力呵護第二代、拉拔第三代。假設他們平日注重養生保健，其壽命要超過八十歲並不難（只要到公園逛一圈，就知道八十歲不是困難的事），當做活到八十五罷，把計算機拿來敲一敲，三十年，一人領了一千七百多萬退休金，兩人共三千四百五十多萬。工作三十年，國家包養三十年，甚至可能更久。在現代醫療照護的協助下，這人只要「一息尚存」，每個月的退休金不會少。每年一月，核發一到六月退休金，七月，發放七到十二月退休金，這兩個月，不適合搭乘登仙列車。

這筆退休金，當然是免繳所得稅的，而他們又可以讓子女報「撫養人口」，在申報所得稅時，列入免稅額範圍。

如果，不是公教退休人員，五十五歲的勞工父母還在職場工作，有薪水收入所以必須繳所得稅。年輕子女大學畢業投入職場，薪水二萬五千元（做個參考，二十八年前，我二十三歲，大學畢業一年後月薪二萬八千元，當時內湖區一間三十多坪新成屋公寓，一百八十萬），需還學貸，結婚生子後，由於父母無法協助，每月需花二萬托嬰，加上房租，這一家三代要買一棟房子難上加難。

一份退休金，影響三代。

同樣工作三十年，五十五歲，一個單打獨鬥的文學家，著作二三十本（有些可能不再印行），每年版稅收入可能不及五十萬（這算不錯的，但勢必逐年減少）。沒有年終獎金，沒有退休金，沒有醫療優惠，沒有子女教育補助，沒有國民旅遊卡，沒有優惠利率存款，沒有喪葬補助，啥都沒有，基本上是迂迴地延續國共之爭時對揮筆如劍的知識分子的憎恨，以軟性消滅法，讓所謂的自由市場機制來慢慢捏死他們那愛吶喊、愛批判的粗壯脖子，逼他們放下筆為稻粱謀。這四十多萬版稅，需扣繳百分之二的健保補充保費，其餘可扣除十八萬免稅，剩下二十多萬需列為所得申報所得稅。唯一令人感動的可能是，當這位作家晚年貧病交迫時，文化部長應會帶一束花、一盒富士蘋果及一個六萬元紅包，在媒體簇擁下，探望這位雙手抖顫的老作家，深情款款地握她的手（假設這個老作家是我），說：「簡媜老師，我是看您的作品長大的，您的書永遠撫摸，呃，是撫……撫慰一代又一代的年輕人，您太偉大了，我代表政府致上最高的敬意，請您趕快好起來喔，再寫幾本好書給我們看好不好?大家說好不好？」鎂光燈喀嚓！喀嚓喀嚓！陪同的馬屁精大聲鼓掌說「好！」這時，我囁嚅著，伸出手指，抖抖抖，指著嘴巴，有人看到了，說：「噓，安靜安靜，簡媜老師有話要說！」大家支著耳，以為我要說什麼謝主隆恩之類的場面話，我說了，說的是很實際的話：「牙……牙齒不好，蘋果咬不動，香蕉好！」

當年輕人擠破頭要搶入錄取率極低的公務員行列，點出我們的社會藏著巨大的隱憂，這個國家不再鼓勵奮發冒險、踴躍創新了，她提供牢靠的呵護給公務員，鼓舞了公務員。

正在支領軍公教退休金的人是不必擔心老本的，只要政府無論財政多困難都守住對軍公教的承諾，只要四大基金即使瀕臨破產也會照顧軍公教，他們是可以放心的。

但是，但是，以下純粹是個人的假設與感想：假如我是正在支領豐厚公家退休金的人，在我逐漸老去的路上，我要提醒自己時常回顧社會對我的眷顧與恩惠，我的所得，固然靠自己努力而獲得，但我不能忽略，我可能是在相對不公平的社會階層中站在獲利的那個位置，享有其他階層不能奢想的生存優勢與社會紅利，換言之，我不見得比他們努力，不見得比他們有功於社會，但我得到機運以致獲取資源、分食料多味美的大餅。當我看到一整個世代的年輕人拚命工作領取低薪，還要承擔被裁員的風險，一整個世代甚至不只一代要背起我們這些老人留下的負債，他們未來的光明在哪裡？生命的甜味應該分給挑擔的年輕人多一點還是全部讓老人獨享？當這些不是危言聳聽而是已浮現眼前的課題時，一個領取一毛都不少的退休金的人，是不是應該思考政府財政困難的事實而覺知到手中這份退休金，可以經由我手做出有意義的分配，哪怕只是一塊餅片，也是一番心意。在我老去的路上，看到自己的後代發榮滋長，固然是欣慰之事，看到整個社會的年輕世代蓬蓬勃勃，豈不是更大的快樂！

然而政府退休金也不見得宛如山盟海誓，愛永不渝。馬奎斯〈沒有人寫信給上校〉，哥倫比亞內戰結束後，一位上校每星期五到郵局等他的「退役養老金」通知信（我們這兒叫「國軍退除役官兵俸金發放通知單」）。故事一開始，上校打開咖啡罐要煮咖啡，罐內只剩一小匙，「他把咖啡壺從火上移開，把水倒掉一半，再用小刀刮乾淨罐內的咖啡，連罐底帶點鐵鏽也刮起來，一起倒進咖啡壺裡去。」一下筆，先來一段山窮水盡的景兒，看得我這個有咖啡癮的人極度難受。家中老妻害著哮喘症，成天臥床，上校端熱咖啡給她，她問：「你呢？」「我喝過了。」上校撒謊。

上校除了等待以外，別無他事可幹。兒子死了，「我們是兒子拋下來的孤兒」，但月復月年復年，沒有人寫信給上校。郵政局長對他說：「唯一一定會來的事情就是死亡。」上校意識到自己的孤單無助，「所有我的同志都在等待郵件中死去了！」故事最後，老妻問：「我們這段期間吃什麼？」無法可想的上校說：「狗屎。」

為何沒有人寫信給上校？財政破產，政治腐敗，政策反覆，失信於民。如果有一天這事發生在台灣，一月及七月的退休金發放月，沒有人寄來「XX月退休金發放單」、「國軍退除役官兵俸金發放通知單」，那是何種情景？即使大示威大遊行丟擲雞蛋搗毀公務車都發不出來，那是何種情景？誰能保證這事永遠不會在台灣發生？

多少老本才夠？

電視上，財經節目名嘴七嘴八舌估算要存多少老本才夠？有人提供一個數字：三千萬，嚇得我趕緊關掉電視。

老年生活裡最驚人的支出是：醫療、僱傭、房租。如果一個人從六十五歲起受病折磨二十年，無家人照顧，則租屋、僱傭及生活開銷的花費絕對超過千萬。健康與否決定了老本厚薄，有無家人照顧，左右著錢財流失的速度。

首先，一間無房貸的房子是理想的出發點，我翻開帳簿小算一番，一位獨居老者在身體健康的情況下，每月最基礎的開銷可管控在一萬五千元左右。若需要二十四小時僱傭，僱外籍者每月支出二萬二千，本籍六萬，以外籍計，連同生活管銷每月約需四萬。若加上需自費的醫療診治、用藥，每月六萬不等。小結論：一個人退休後奉天承運，擁有自住小房一間，健康自理二十年後，最後一夜在月光照耀下於睡夢中羽化成仙，如此良辰美景的老年歲月，五百萬夠了。如果，這二十年走的是刁鑽險惡的路數，生的病不快攻只是慢磨，我也懶得算了，直接賣一棟房子去罷！

想要長長久久活下去的人，必須對自己的健康負起最大的責任（當然，長久是一個很危險的概念，不鼓勵）。二十年，夠讓一個嬰兒進入大學騎著腳踏車飛奔著去上課或是去約會，像惠特曼的詩「我看見一株欣欣向榮的橡樹生長著」，多麼美好。二十年，耗費在一個老人身上的資源也夠讓小橡樹「發出歡欣的深綠葉子」。老年，是完整生命的一部分，讓每個人安享老年是健全社會理應實踐的人權責任，正因為如此，一個理性的公民、待老的中年人，應該以最大的善意提前擁抱社會裡的孩童、少年——他們將來必須扶老——認真地規劃自己的老年資本，既不要成為子女的負擔，也儘可能地不動用公共資源。

然而，所謂儲備老本，也應該加上儲備「快樂本」，以備被枯藤老樹昏鴉圍繞的老年生活所用。何發此論？因為十之八九的老人不自覺地掉入哀嘆、抱怨、發怒的陷阱，彷彿是一種練習，地獄之旅的練習，以便將來墮入地獄時不至於水土不服。「快樂本」像一條繩子，不管用什麼質料搓揉的，綁在腰上，墜入陷阱時才能拉著繩子自行攀上來。老人，也要自立自強。

看一眼你的財產

都說世間之物「生不帶來死不帶去」，此八字箴言鎖住了我們的一生；正因為死的時候帶不走，所以「物」與「活」相呼應，占據「物」即是占有了「活」，物越繁多，意味活得越澎湃，越是軍容強盛、國威震四海，越能長生不死。彷彿造了堡壘，執戟的鬼差能奈我何？

到如今，鬢已星星矣，打開那衣櫥、箱籠、書櫃、抽屜、寶盒，好好看一眼自己的收藏，物之閱兵，那十八年沒穿的衣服、十九年沒戴的戒指、二十年沒翻的書，像老弱殘兵，對著你這位失散多年的統治者哮喘，誰來整頓？學「三顧茅廬」一段，張飛所言：「我只用一條麻繩縛將來！」——這傢伙眼中，茅廬內豈有大賢？依他看，「三顧毛驢」還差不多，麻繩用得正好——把書籍衣物用繩子一綑，交給垃圾車或舊衣箱。你真的捲袖幹活了，無奈氣血衰弱、手腳發軟，一包重物才提幾步，頭也昏眼也花，休息的時間比幹活長。此時，張飛又蹦出腦海，曰：「等我去屋後放一把火，看他起不起！」大凡人老了，動不動就記起張飛的話，此人必是暴躁之徒，有待修為。

佛家云能捨才能得，捨得把物送出去，才能得到清風朗月般的自在。替自己積累多年的物品找個新主，延續一份歡喜，乃老年必做的功課。物是死的，人是活的，是人的溫情讓物有了光澤與意義，這物便活了。人，都喜歡收禮物，不喜歡收遺物，一字之差，就在於做主人的你肯不肯趁天光未暗時，給物一個安排。

試想，衣櫥裡有一件質料很好的桃紅色羊毛衫，妳把它送給老鄰居的女兒繡繡，妳說：「這是為了女兒訂婚買的，只穿一回，一直收著，現在身材垮了，更不可能穿，妳皮膚白，穿在身上很喜氣，配這條項鍊更好看嘍！」繡繡歡喜收下，這是禮物版。另一個版本是，妳女兒拿這件衣服給繡繡，說：「我媽走得很痛苦，最後身上長了好大的褥瘡，這麼大，血淋淋的好恐怖喔！我整理她的衣櫥，煩死了，滿坑滿谷，丟回收箱嘛挺可惜的，都是錢買的呀，這一件羊毛衫還是新的，送妳穿吧！」繡繡尷尬地收下，看到衣就想起褥瘡，轉身丟入回收箱，這是「遺物版」。

衣物好處理，書籍難割捨，對嗜書如命的人來說，冤枉啊大人，那叫殺頭啊！但轉念思及，某年月，圖書館一角，有個戴眼鏡、頭上未長角的獨角獸，穿著偽裝的學生制服，抽出你捐的那本書，讀了幾頁，索性坐在地上，讀出一條路一道橋，過橋進入你曾去過的那處百年森林，認出他應隸屬的國度，如同當年的你。理想找到傳承，星火遇到油膏，這豈不是至樂！

書籍也算好處理，難的是古董字畫收藏，樣樣都是摯愛中的摯愛，一想到不能長相左右，不能攬懷以摩娑，簡直痛不欲生——不，是痛得欲生，欲永遠不死與這摯愛的古董字畫收藏永不離分。這是無藥可救的癡病，害這種病最有名的就是清朝收藏家吳洪裕，此人愛上一幅畫。

元朝黃公望〈富春山居圖〉有「畫中之蘭亭」之譽，長約七百公分。幾經流轉，落入清朝收藏家吳洪裕之手，他愛這畫勝過愛人，臨死前，囑家人焚燒此畫以殉葬，死也要帶走這心肝寶貝，不願與她須臾分離。

以下內容是作者的想像：

僕人扛來火爐，升起火，吳洪裕示意家人將畫從錦匣裡取出，展開讓他再看一眼，他已不能言語，兩滴癡淚在眼眶打轉因水量不足倒也沒滑下來。火旺了，家人捲好畫正要擲入火爐，有人進言：「放入錦匣再燒吧，畫也得有個棺兒啊！」家人心想有理，入匣，大聲稟曰：「爹爹，富春去陪您了！」

不知將畫丟入火爐的是誰？也許是丫環或老媽子，必定是不知此畫價值的才下得了手，一陣火光餓狠狠地竄將起來，照亮了吳洪裕半邊臉，火光溫暖著他那漸冷的身軀。吳洪裕快閉眼了，他聽到火燒的輕爆聲，像心愛的「富春山居」化成仙女走在他前面召喚他，吳洪裕安心了，有伴兒了，願意閉眼了，家丁放聲大哭：「老爺呀！老爺呀您別走哇！」只有一個人趁亂趕緊撲向火爐，不顧燙，救起那畫。這人就是他的姪子吳貞度，剛剛進言放入錦匣的就是他。幸好有他滅親救畫，不怕他伯伯化成厲鬼來討債，我們才看得到這國寶。吳貞度不僅是〈富春山居圖〉的救命恩人，也是後代的救命恩人。

燒成兩半的畫，卷首經修補成為短幅「剩山圖」，其餘成為長幅「無用師卷」；兩卷各自流浪，前者藏於大陸浙江博物館，後者藏於台北故宮，分隔三百六十一年後，二〇一一年在故宮合展。

我排了一個多小時的隊，擠在喧囂、汗騷的人群中只能被擁著往前走，匆匆瀏覽號稱合璧的〈富春山居圖〉真跡。這樣看展，形同逛高檔夜市，毫無感動。草草地自人群中抽離出來，我想得比較多的，反而是一幅畫在時間長河裡踏上不可思議的漂泊旅程所點亮的幻滅啟示，它的不朽是為了宣揚幻滅的真諦。當然，也想到那兩個男人：吳洪裕至死不放的那份癡，以及吳貞度手上被燙出的大水泡。

慈禧太后砍了多少人的頭，她終究也要一死的，死也要帶走帝國的寶藏，殉葬品不可計數，定東陵固若金湯，足以與天地同在。然而才二十年，卻被軍閥孫殿英給盜了墓，老佛爺手臂上四十八只翡翠手鐲於今安在？一顆含在她口內雞蛋大的夜明珠掏不出，土匪大盜抽刀劃開她的臉，硬是給掏盜了。那時候，帝國的軍隊在哪裡呀？那時候，老佛爺您連一句「救命」都喊不出來！想開點吧，素花香草相伴，還能拌泥香，珍寶藏身，白白給盜匪強暴了。

回到我們小老百姓吧，箱籠裡的東西還沒理完哩！

若是有價的，處理起來傷透腦筋。不說別的，就說那只名牌包包吧，兒子們合送的生日禮物，躺在不織布袋內安眠從未見過世面，該送給媳婦嗎？媳婦有兩個，送給珍珍還是珠珠？送誰都不公平，送女兒萬寶龍好了。也不成，想必媳婦們會有這麼一番話：

「哎，那個包偷偷給寶龍了，我就說嘛，沒事寶龍昨天回來幹嘛？老太婆就是偏心，人家說女兒賊一點都沒錯！」珍珍給珠珠打電話。

「就是嘛就是嘛，寶龍提那個包能看嗎？人家還以為是山寨的！」珠珠附和。

「我就氣這一點，有事光會叫我們，有好處第一個想到女兒，我們也是人家的女兒好不好！」珍珍咬牙道。

這時候她兩人感情蜜得很吶！唉，送誰好呢？不如送給作家簡媜。（作者大驚擺手：千萬別送我！）

瞧，單一項「細軟」就浪費了三百字唇舌、兩回合心思，仍然議而未決。待理的還有：二克拉鑽戒三只，鑽錶一只，紅寶石首飾一套，祖母綠玉鐲一只，鴻運金幣一套，五兩黃金條塊三條，掐絲瑪瑙筆洗一對，牙白劃花牡丹紋碟一個，黃綠彩嬰戲碗一個，碧玉鰲魚花插一對，十二生肖紐玉印一組，白玉觀音一尊……（以上清單部分參考故宮收藏）。

這些價值不斐的收藏該怎麼分配？老太婆想了大半年還沒一撇咧，她煩了，耍脾氣了：「我不管，誰要誰去收拾，誰打贏了歸誰，你們打架我也管不著，反正我眼睛一閉什麼都沒看見了！」

老太婆一點兒都沒反省，要是真有一齣如火如荼的爭產戲碼，全都是她發動的。誰叫她積這麼多「吵架資本」給子女，誰叫她活了大半輩子看不透人性裡都有貪婪、自私的成分；她自己有，她生的子女怎可能沒有？積財，本應用來存德，不以智謀處理，反倒成了積仇。

分產之必要

老年財金生活體驗營最重要的一課，應是財產分配了。大半生，專家教的都是理財賺錢，沒人教如何分產，以致靠自行摸索卻摸得讓子女大打出手。

沒有財產只有債務的，最簡單，回家叮嚀子女將來記得辦理拋棄繼承，切割乾淨。有財產沒有繼承人的，問題也不大，回饋給社會，十方來十方去。只有一名獨生子女的，料想也不難，概括承受四字而已。難就難在，繼承人有兩個以上，除去戶籍謄本過於複雜必須動用幾名律師幾條司法途徑這種非一般人碰得到的戲碼，光說我們小老百姓屋簷下的財產分配好了，走了一個老爸（或老媽）之後，手足之間不積怨不吵架的，極少。

人啊人，老的時候能夠以理智與智慧妥善地分配財產，使資產成為遺愛而非蠢財，似乎不多。關鍵在於，對大多數老者而言，「死亡」是不可談論、不願面對的禁忌，以致錯失處理的時機。而錢財之事，更是父母與子女間的敏感話題，分配之議若由子女提出，常會落入通俗連續劇情：「我還活著你就問我財產怎麼處理，你巴不得我早點死啊！」別否認，這話曾在很多老人腦海浮現過。

一個已老將病之人，能在未病之前妥貼地規劃好財物，有所分配，不必讓子女費心，乃非常人也。他的內在必然具有帝王相，足以與神對弈，能決他人所不能決，斷凡人所不能斷，提起放下之間，讓一城築成、一牆倒塌。芸芸眾生，大多是驚怖恐懼之輩，不願面對，以致埋下火線，死後燒燬一個家。人性是循私的，不為自己也為子女，清算父母的遺產時，放大自己的功績貶抑其他繼承人的正當性，兄弟鬩牆、妯娌開戰、姑嫂反目、連襟對決，也不是新鮮事了。此中，豈是教育水平低下的緣故，不，博士兒子們爭起財產的慘烈狀不輸草原上兩虎爭食一羊，哪顧得了形象。

龐大的遺產當前，人人都流下口水而不是眼淚，覺得自己應得。而所謂應得，實不難找出強而有力之理由。

基於血緣，我是他兒子（雖然在他生前多所忤逆，還出手毆打導致他心臟病發埋下死因），應得。

我是他妻子（雖然紅杏出牆去了，但顧念他是我身分證上的配偶，在他死前，有從三峽趕回八里見最後一面，還親手幫他換穿西裝），應得。

我是長年照顧他的阿玉嫂，雖然每月有付我薪水，但這些年來，我們發生了不只三五次或深或淺的超友誼關係，他還幫我女兒付學費，有撫養事實，他意識清楚時曾說這棟老厝是他的發跡地，要留給我做紀念。應得。

我是他四十年的老鄰居，他說那塊地上的五十棵櫻花樹要送我，我想做點裝潢蓋一間小木屋，賣咖啡，讓遊客看看他種的櫻花樹有多美，也是一件功德是吧！

我是他的前祕書，十九年前，一個颱風夜，他來我家接我去辦公室加班，加著加著又加了別的東西，「業績」就出來了，他欠我一個交代，現在我兒子要當兵了，不能再瞞下去，我不能讓他不明不白地去做阿兵哥啊！

……

一個人走的時候，留下一筆感情爛帳及數千萬數億財產供子女合縱連橫、啟動戰國時代兵燹，豈是睿智？義大利一隻流浪黑貓被老婦人收留，此人於九十四歲高齡辭世，根據遺囑，留下約四億元台幣由黑貓繼承，最後落入一名護士手裡，這豈是美事？美國有人大發奇想，在自己的墓碑旁設提款機，來探望的子女才能提領，更是胡鬧至極！

「財產分配」是一個人的社會價值觀與家庭觀念的總體檢，依循傳統的、作風新派的，各有堅持，理應自己釐清。

再怎麼釐不清，也可，就是千萬別像莎士比亞筆下《李爾王》昏庸，我真心推薦每個老人做「財產分配」前應該好好讀一讀這劇本，瞧一瞧家亡國破是怎麼從一個昏頭國王兼父親要依據三個女兒說出愛他的程度來分配土地遂種下了禍根！為什麼說他昏了頭？愛與親情，能用演講比賽來分高低嗎？偏偏老人就吃這一套，喜歡甜言蜜語，喜歡你咳一個嗽她就眼眶含淚撲向你懷說：「爸爸怎麼了怎麼了？我好心疼你喔！」你就恨不得把三棟房子兩筆土地全都給她！

千萬別做李爾王！要用智慧分配財產。

首先，應該優先提撥一筆數目做為公益慈善之用，感謝扶養了你七八十年甚至更久的社會，若非芸芸有情眾生相助，你怎能優渥以終？這一本「慈善存摺」，是老年人留給自己最美的一枚胸章。

其餘，才論及分配。沒有一樁分配是公平的，公平也不應是財產分配的唯一依據。

「重男輕女」永遠是第一道難關，多少人在這一關絕裂！然而，細加分析，亦不宜含糊籠統地以重男輕女一概而論，此中涉及父母的家族宗法信仰，必須予以尊重。做父母的，若是重視家族姓氏傳承、祭祀、墓園永續管理，認定此一重責大任宜乎由兒子繼承，應與女兒充分溝通，獲得理解，分配時理應稍為豐厚。

父母不可能是公平的，子女資質各異，養育過程的花費也不盡相同；大兒子赴國外深造七年，老二職校畢業投入職場，這一層差異也應列入參考。同理，子女回饋給父母的也不可能等量公平；大女兒婚前薪水泰半交給父母協助家中置產，么兒縱情玩樂從未反哺，論及分配時，若做父母的要求女兒要拋棄繼承，那是手刃親情，極為不智。

子女之中，境遇有幸有不幸，父母對景況不佳的子女份外掛念乃人之常情，宜乎另有暗盤以成全父母心。

此外，很多人忽略一件事，對那跟在身邊聽候差遣、伴老陪病、負起照顧之責的人，理應另外犒賞。一個人老了，身邊有個靠得住的人聽令，一開口就辦成、一有病就陪醫，去打聽打聽，有這種福氣的人多不多？惜乎，做父母的與其他子女極容易忽略這件事而視作理所當然，何以如此？台語有言：「近近燒火目，遠遠殺雞角」，近在身邊的易有衝突，一相見就兩眼冒火花；住得遠的，久久回來一次，關心溢於言表，得人歡心，所以一相見就要殺雞辦席寵愛他。做父母的若看不到這一層，其他繼承人也從未設身處地體會那份辛勞，那侍老陪病的人難免要積一點怨的。

然而，我總認為，做子女的回饋父母是天經地義之理，親恩不報，枉費為人。父母的財產，是他們畢生拚搏所積，要如何分配是他們的自由，做子女的不應有所貪圖、計算，即使一毛都不留給子女，也要尊重。我一生暗自期許的就是「不要祖產」靠自己安頓，來去之間光明正大。即使長上基於公平而有所分配，也應該歸流於較需要的手足才是成全父母、體貼父母的方式，畢竟，今生做一家人，來生不會再相遇，何不就好好地把人情世故都繡成鳥語花香，不枉費同一個屋簷長大。父母生我齊全、養我健壯、育我知識，沒欠我一餐飯、沒少我一份學費，還不夠嗎？若當著他們的面或是屍骨未寒即演一齣奪財大戲，那也是手刃親情、糟蹋自己的生身父母啊！

何時處理財產最好？沒有人能回答。

某日，路過郵局，見兩名壯漢——約六十歲，實則也不壯了，鮪魚肚，姑且名之胖漢，左右攙扶一位孱弱老翁，約九十歲，戴帽戴口罩，穿拖鞋，很瘦，像竹竿上晾一件寬鬆的白襯衫一般，無風盛夏，氣溫飆上三十八度，好似風都藏在他的襯衫裡。胖漢攙扶他，其實是半騰空平行走。老人的手臂貼一塊白色膠布，猜測是針孔。三人進了郵局，正是週一早上人最多、細菌最活躍的時刻，有什麼道理老人必須親自出現？當然，不是去寄一封掛號信給海外的遊子，不是去領包裹——南部鄉親給他寄一箱燕巢蜜棗，那必是跟錢有關，不是活儲，是定存必須解約。來日不多，財產該領一領了。重病時不能安養，還要親自出外辦事，豈是睿智之舉？

人都是往墳墓的方向前進的，記得盧梭的提醒：「我們每個人去墳墓的時候，手上只能拿著生前所施贈出去的銀兩。」

也許，這才是處理財產時最應該聽的，理財專家的建言。

後記：二〇一三年起政府進行年金改革，昔日優渥的軍公教退休條件已經成為歷史了。

老人詞典

「有何用處，當一個懶散的國王，
安居家中，統治巉岩峭壁的窮國
老妻作伴，我制定賞罰，須布
不平等法律給未開化的種族，
他們囤積，睡，吃，不知道我是誰。
我不能荒廢我的旅程，我要暢飲
生命之酒直到杯底。」
——英詩人丁尼生〈尤里西斯〉

1 寂寞

手機響起，又是阿婆的聲音。

「喂，明明啊！」

她在菜市場，正吩咐老闆處理她要的雞肉，比了一個稍待的手勢，避到旁邊，和顏悅色地說：「不是，妳打錯了喔，這支電話不是明明的！」

每隔一週或十天，阿婆會來電，每次對話的內容都一樣，如此已數年。一個一直撥錯電話的阿婆不能算陌生人了，但她一直沒與她進展到第三句、第四句話，所以依然算陌生人。

明明是誰？為什麼留了錯誤號碼給一個時常想要找她的老人？既然每次都說了「這支電話不是明明的」，為什麼阿婆還要打過來？可能是，擁有這個號碼的她，從來沒對阿婆說：「妳不要再打來」的緣故吧！

茫茫人海之中，她與阿婆結了寂寞的緣。

明明，明明啊妳在哪裡？

2 無聊

外婆九十歲以後，腿力不好，已不能自行走回叢竹圍繞的老厝跟老鄰居聊天。每天，她坐在椅子上，對著大門外的院子，院子外的小路，路以外的稻田，看風景。久久看不到一條人影，鬼影也沒有。風景不變，稻田還在，路也在，院子沒有動，大門就在眼前。

馮至〈一棵老樹〉借用某詩人的比喻：「一個鐘面上沒有指針」來形容失去老牛的老人的模樣。外婆的鐘面，連數字都沒了，只剩天亮天黑這個邊框。

某日，忽然，她大大地嘆一口氣，高聲吟哦：「無聊啊——！」

接著，轉頭問：「現在幾點？」

3 四張木椅

沿著一道階梯爬上土丘，上面有個平台，站著十幾棵有點兒年紀的欒樹、野桐與榕樹，自成一處可以藏鳥雀、舞蝴蝶的小公園。腹地不寬，無法設置遊樂器材，只做了一條彎曲的鵝卵石步道可供赤腳行走的人按摩穴道。這倒也清靜，居民少來，樹下的四張木椅，在秋天時會躺幾片閒閒的落葉。

不知從何時起，有個八十多歲的老先生發現了這處清幽小園，每天上班似的，出現在小公園，像管理員看守那四張木椅。附近居民原本肯爬階梯上來的人就不多了，這下子，看見有人躺在木椅上，更不想來了。世間事都是這樣，這裡退一點兒那裡就進一寸，無須多久，這欒樹小園子成了他的禁臠。

他坐著，搖一把蒲扇，看同樣的風景，不看書、不看人、不聽音樂、不做運動，從早到晚，像一件被遺忘的行李，卻在他人的視網膜以人的形貌出現。坐得乏了，行李有時會躺在椅子上，直挺挺地，實踐了以天地為穹廬的古人瀟灑，卻阻礙了我這個現代人偶爾想要上去看看欒樹的興致。

我從陽台遠眺，希望他不在，但他都在。我放棄了，一個忙碌的人怎敵得過半流浪狀態的老人；他以家為圓心，以腳力所及的範圍為半徑，劃圓，每日重複出沒，這小公園是他每日流浪範圍內最好的所在，我應該讓步。

不知怎地，他不再出現。四張木椅空在那兒，給麻雀、野貓跳房子。我猜，他流浪得動的那個圓，縮小了，說不定，小得出不來自家的大門。

4 挨罵

一早，稍胖的老先生赤足拄杖，身著無袖麻紗汗衫、七分長條紋睡褲，站在一樓住家大門口，被兒子罵：「這麼懶，也不去運動，整天睡，講都講不聽，去運動！」

被兒子趕出門。老先生顯然中過風，行走緩慢，微跛。手上的杖是不知哪裡找來的竹竿，他像一個牧羊人，被迫去放牧那兩隻不離不棄卻已然衰弱的腳。

每個屋簷下必有家務事，意味著有一門至少五十學分的課要修——一年一學分，說不定更久。若有人在十多歲時父母雙亡，他修的是殘酷的「密集班」，主課上完還有二三十年的課外實習。有一天，當他坐在一棵古樹下因思念天倫而悲傷地哭泣時，另一處屋簷，說不定有一對父子正在反目，爭吵中說出割人心肝的話語。愚鈍如我，竟不能判斷哪一間教室的課程比較好修，哪一條心路歷程樂多苦少？

一大早被罵的感受是什麼？在兒子的怒目注視之下，老先生走出家門。才走二十步吧，拐了彎，坐在一棟大樓邊的木椅上，一棵年輕樟樹動員了所有葉子替他把風，沒人告狀他偷懶，沒人發現他真的走不動了。

他坐著，頭垂下，赤腳，兩手抱著竹杖，彷彿睡著了，彷彿飛到他夢想的地方。

5 規律

我的大學老師說：早晨活動的，都是怕死的，夜晚活動的，都是不怕死的。言之有理。我加上：大白天活動的，都是不能死的，上班族。

天濛濛亮，老先生、老太太與公園的關係就像羅密歐與茱麗葉無須多言。戀愛中的少男少女，目中是無人的，公車、捷運上，肆無忌憚地宣揚愛情是唯一的真理。老人也類似，固定的時間出門，往公園的路上，拿著一台收音機，音量開大，好像小盒子裡養了一群興奮的小雞，要你聞雞起舞，趕快離開被窩，做一個有為的中年人。

公園離你的房子其實有一段距離，但你仍然可以聽到拍手功的聲音，震動你的耳膜，趕跑耳朵邊一隻離家太遠的螞蟻。或是扇功，像雨刷一般刷洗你的意識面板，那上面有你的青春殘夢。

不久，拄杖老者的都都聲出現，不疾不徐，形成規律。

平凡的一天，就這樣開始了。

6 作法

老人總會生一點兒小病，就醫固然必要，適度地求神問卜、拜佛或虔誠禱告，亦有鎮魂安神作用。

外婆九十三歲時身上長了俗稱「飛蛇」的帶狀皰疹，痛不可當。雖然就醫，但痊癒得慢，每日總是煩躁。我母回去，依民俗「斬飛蛇」所傳，為她作法。

拿菜刀，在地上畫圓圈，先順時鐘畫一圈再逆時鐘畫一圈，叫外婆站入圈內，用草或繩比出飛蛇長短，一手執草，一手豎起如空刀，作勢斬草意即斬蛇，唸咒曰：「蛇公蛇母，隨斬隨好！」

「有輕鬆一點嗎？」

「啊，有卡輕鬆！」

我母叫我舅每天要勤快一點幫她斬飛蛇，反正免錢。

7 霉味

老人不喜歡洗頭洗澡，不喜歡換洗衣褲。感官的遲鈍使他們聞不到自己身上的異味，香與臭這兩個敵對嗅覺好似情同姊妹了。

也許，因為行動緩慢，每日例行洗浴變成一件大事，穿脫、蹲站的複雜動作使洗澡不再是享受而是苦差，所以，就以今天沒出門、沒流什麼汗、天氣冷會著涼、省水等理由而兩日一洗、進而三日一洗，演變成一週一洗。

河堤上，受寵小狗裝扮得比踽踽獨行的老人還光鮮亮麗。牠像剛從美容院出來，他像剛從垃圾堆鑽出來。

他，料想是獨居的人。約八十多歲，瘦小，身子骨算硬朗，每日固定時間在堤岸出現；戴一頂某立法委員的選戰帽，那頂汙漬帽告訴路人他的政黨顏色，身穿卡其布高中學生制服，左右側還有繡字的殘線，不知是哪一所高中哪一個學生的，被這位節儉的老爺爺「繼承」來穿，惜乎無法繼承年輕人那過剩的青春。制服也是髒兮兮的。他身上必有二物，一台小收音機掛在脖子上，嘈雜的音樂像從他的心口流瀉出來，一把傘懶得拿在手上，從背後勾住瘦得跟板一樣的肩頭，倒有幾分行走江湖誰怕誰的氣概。

但是，他有霉味。像一條沒洗沒擰乾的油抹布，布著筵席早已散去的味道。

每日固定時間在堤岸出現，存在，就是存在。

8 老夫妻

一對老夫妻，剛從公車下來，老太太一面走一面轉頭罵老先生：「那麼笨，叫你不要講你偏要講，丟臉死了！」

大賣場，也是一對老夫妻，老太太挑花車內每樣三十九元的小東西，老先生不耐煩：「不要買了，買那麼多，買買買，買不停！」

年輕時脾氣不好的，老了不會變好可能更糟。年輕時一天到晚吵架的夫妻，老了不會變恩愛，可能更水火不容。

七十歲鬧離婚，也是聽過的。

9 絕不認輸

怎麼可以服老？一服老，就真的老了。萬萬不可！

九十二歲老阿公，視力不佳，大概只看得見紅綠燈。莊稼，沒他的事了，成天無事可幹，他給自己安排一日遊。

每天從鄉下老厝騎摩托車四十公里到鎮上兒子家看孫子，黃昏再騎回來。戴著安全帽，騎速慢，警察眼中只抓超速的不抓龜速的。

兒子死勸活勸：「阿爸，你莫再這樣，真危險你知否？萬一撞到……」

「不會不會！」

「怎不會？你眼睛沒看見啊！」

「不會不會！我沒看見他們，他們看得見我啊！」

從此，兒子一聽到電話響就心驚膽跳，必須去看醫生。

十多年前，我從住處下山要到市中心，不久，背後響起喇叭聲，是隔巷鄰居的車，車速慢下來，招我搭便車的意思。開車的是鄰居的爸爸，約八十出頭，是一位很和氣的爺爺，身體還算健康。

但是，路走得還好的老人家，開起車來像開船，忽左忽右，臉上框著大眼鏡，他的下巴快抵到方向盤了。我的右手抓著手把，左手待命準備要抓他的方向盤萬一他昏厥的話，我的手心冒汗，眼睛盯著前方，心中一面罵自己為什麼不學開車，一面稱誦觀世音菩薩救苦救難！

終於到了。我下車時兩腳發軟、一手扶樹，暗示老爺爺開車比較累，是否把車停在這兒，搭計程車去目的地較好，他說：「不累不累，開車不會累！」說完，老爺車與老爺子向前駛去。

車鑰匙在老人家心中，等同雙腳，若被沒收，大概像被施了刖刑。家中若有絕不服輸的長輩，除了找醫生談一談自己的焦慮症，別無他法。

10 壞脾氣

一大早，排隊的人越來越多。醫院心臟科，看醫生前需先量血壓，有個六十多歲大約是剛退休來當志工的先生，幫待診的病人量血壓，他嗓門頗大，稍嫌嚕唆。

輪到一位八十多歲胖爺，他把手伸入測量筒內，沒伸到底，志工要他調整，胖爺做得不好，志工說這樣不能測的，旁人亦七嘴八舌加以指導，胖爺翻臉了，怒氣沖沖：「怎不能測？怎不能測？」大家趕緊閉嘴。一小片口香糖的安靜。測出來了，志工報了數字，一七三，九十，七十八。服藥控制的老病號還得到這種成績，待會兒醫生恐怕會皺眉：「哎呀呀，血壓太高嘍，給你多加一顆藥吧。」

當志工報數，周圍的人心中暗笑，一小片口香糖被七嘴八舌嚼開了。

也是醫院，領藥處，椅子幾乎坐滿，每個人面對櫃檯，注意領藥的燈號。一外傭推一位胖老奶奶來到等候區，她要外傭把輪椅朝向櫃檯，顯然這初來上工的外籍小姐沒聽懂她的意思，老奶奶當場發飆，大罵：「笨得要死，話都聽不懂！」又對投來眼光的旁人加重語氣批評：「笨吶！」

周圍有人勸了她幾聲。外傭終於如她所願調好輪椅方位，自己溫馴地坐在後面。

我目睹這一幕，要不是隔了幾排且被夾在中間位置，我很想出聲說幾句公道話。但這也不是善策，因為壞脾氣的人隨時都在等待一根火柴，撲面賞你幾把火，更抓到機會滔滔指控這異鄉來的小姐如何笨拙，這豈不是令她更下不了台！

於是，我一直看她，從來不曾這麼像阿Q！自以為用兇兇的眼神看她就是行使了懲罰。

她真是我所見過最難看的老人，戴著寬幅墨鏡，一臉橫肉，塗著豔色口紅，搽酒紅色指甲油，過胖，臉上沉積著長年憎厭、抱怨、喜怒無常所刻出的摺痕，無半絲笑意，連愉悅、自適的一丁點可能性都沒有，她的表情大約就是我們終於找到不共戴天的仇人時才會出現的線條。

我知道我不應該這樣打量她，但她確實是一個最具說服力的模特兒：一個不快樂老人的典型。她的不快樂具有強大的殺傷力，能把周遭的人拖入不快樂的爛泥漿池塘，一起過著濕淋淋的爛日子。

燈號到了，外傭為她領藥，又嚇我一跳，總有八九袋藥。

望著那台輪椅離去的背影，我原先的小怒氣變成小同情；她還有好長的一段苦路要走，因為，刀山、油鍋都搬到她眼前了。

11 牢籠

老，豈是自由的？照說家庭與工作的擔子都放下了，人生走到此，正是「行到水窮處，坐看雲起時」，無比悠閒才是。不，智者才能坐看雲起時，為數不少的老人是自動去坐牢。

最多的，坐「子女不孝牢」，開頭不到三句話即導入兒子、媳婦之恩怨情仇，宛如八點檔連續劇，中間不穿插廣告，一集一小時要更長也可以從訂婚那天講起變成兩小時。想來，子女必有離譜之處，不孝的帽子大約也真的適合他們戴，但是，話說回來，人老了，一定要活在切齒之恨中，一定要鑽入這「狗籠子」裡整日整夜地掙扎到死嗎？

既然提到狗，有一段父子對話是這樣的：兒子養的愛犬罹重病，欲斥巨資、尋良醫診治，老父反對，父子倆愈嚷愈大聲，面紅耳赤。老父搖搖頭，忽然聲音放軟，問兒子：「我老的時候，你會把我當成狗嗎？」太太聽了，說：「放狗屁，他怎會把你當成狗！」

次多，坐「病牢」。

不能接受，為什麼腳力比起去年差這麼多？為什麼眼力比起去年差這麼多？為什麼腸胃比起去年差這麼多？為什麼睡不好？為什麼頭會暈？是以，大部分時間都在喊不舒服：「好不舒服啊，唉唷，我好不舒服啊，怎麼這樣不舒服啊？痛啊，唉唷，痛死我了！你看，這樣坐也痛，那樣坐也痛，吃那個藥沒有效啊，醫生為什麼不幫我打針？打一針就好了，為什麼不打針呢？吃也吃不下，不想吃，一點都不想吃啊！這個腿沒力氣啊，唉唷啊！……」

也是一集一小時。做子女的不能不聽他哀嘆、抱怨，也不能不依他所願帶他四處求醫、卜卦批流年。

坐政治牢的，也有。街道上，常見一位做回收的老兵，倒推著手拉車，車上堆滿紙箱瓶罐。這老來還得自謀衣食的老者十分辛苦，想必退休金微薄。沒有人知道他的故事，也沒有人敢接近他；他聲如洪鐘，沿路吶喊著：「中華民國……」、「台灣獨立……」云云，他的政治論點被呼嘯的車聲打斷了，聽不出內容，接著詈罵李登輝、連戰、陳水扁、馬英九、宋楚瑜一掛人。罵聲悽厲，彷彿罵賣國賊。在台北街頭，一個人不論發出何種偏激的政治言論都不能使趕著上班的人停下摩托車、趕著上學的停下腳步、趕著買菜的停下菜籃車，那吶喊成為街聲的一部分，像某棵樹的果實掉入池塘，不能改變蛙族的作息、魚類的行程一般。

每天，他沿著固定路線收取店家留給他的回收物，也固定喊出他的憤怒！牢籠是脫離時代而自行存在的，沒有住址，牢籠已成自身。

12 驚懼

川端康成《山之音》，六十多歲的信吾夜中不寐，身旁的妻子熟睡，發出擾人的鼾聲。有月亮的晚上，庭院傳來嘎嘎聲，不是蟬。蟲鳴依然不休，夜露從樹葉落到樹葉上的聲音依稀可聞。就在這時候，信吾突然聽見了山之音。

彷彿遙遠的風聲，卻有地嘯的深沉內力。聲音停了以後，信吾才覺得恐懼，難道是預告死期已屆？信吾不由得起了寒顫。

與此類近，有些老人家進入一種忽明忽暗的驚慌狀態，莫名的沉重來勢洶洶揪住胸口，彷彿被有著尖指甲的死神拉住衣角。他開始眉頭深鎖；頭昏，懷疑長腦瘤，咳嗽，懷疑有肺癌，腹瀉，必定是大腸癌。一有風吹草動，緊張得立刻奔向醫院，覺得醫生護士都應該放下手邊的病人立即拯救他，因為他命在垂危。他打電話給子女，以驚恐的聲音說：「我快死了，我頭昏得不得了，站不住啊（語帶哽咽、聲音顫抖），血壓高的怎那麼高，一百六十六，從來沒有過的，你快來啊！」子女立刻請假從公司趕來，陪他就醫，醫生說，還好啦還好啦，我開點藥給你吃。他非常不滿意，認定此人醫術不行，多方打聽名醫，不辭辛勞就診，最後除了台大、榮總，其他醫院的醫生大概都是他們的媽媽用兩隻土雞換來醫師執照的，「那些醫生根本就不行！」加重語氣。

健保局統計，一位心臟病患，二〇一〇年全年領藥日數高達八一三四天，經健保局介入，此人就醫次數從一年三百四十四次減為一百七十三次，但他每天仍吃二十多種藥，全年領藥日數仍有四〇一九天。

另有一位病人，前年一年看病一千零七十八次，經健保局輔導，去年減為二百三十七次。還有一位，每天量血壓三十五次，一旦稍高，招救護車直奔醫院，把救護車當作小黃，急診室是他的後院躺椅。

過去兩年，每年有三萬三千多人一年看病超過一百次。

三萬三千人，可以擠爆小巨蛋，媲美女神卡卡演唱會之瘋狂現場。三萬三千人，他們瘋的是醫院，其答錄機可以如此留言：「我若不是在醫院，就是在往醫院的路上。」

他們成為死神手中玩弄的小人偶馬戲團，用來逗祂的老婆、小老婆們哈哈大笑。

然而，也可能，唯一不拒絕他們的地方，只剩醫院了。

生命的價值與意義在哪裡？一個人驚惶恐懼地企求長壽，卻把活著的每一天用來驚惶恐懼，這樣的長壽，意義何在？

13 煲電話

英國小說家波伊斯：「我們越老便會越孤單，這表示，喜歡孤單的人入老後快樂會增加，反觀不喜歡孤單的人入老後快樂會等比例地減少。這就是為什麼許多老人家會那麼聒噪多話，他們對於把他們包圍得越來越緊的孤單感到不是滋味，想要反抗。……一個老人如果能在陽光下自得其樂，

那他將可與一小片在陽光下自得其樂的大理石發生無言的應合。」（註）

不愛看電視，眼睛不好。不看報紙，眼睛不好也欠缺關心。不聽音樂，欠缺興趣。不畫畫不書法，欠缺興趣。不讀書，欠缺興趣。不想整理照片，欠缺興趣。不剪貼，欠缺興趣。不出門，體力已不濟。

唯一感興趣的是，聊天。

所以，鈴聲響起，他便活了，全神貫注、無比興奮，打開話匣子，滔滔不絕一小時又三十分鐘才依依不捨掛斷。若成天無人來電，便哀聲嘆氣，頓覺諸事不順心，一股悽苦被棄的感覺油然而生。所以，每日必須晨昏定省，而他也會依三餐電你，所談皆是家常瑣碎，一再重複，自成休閒。老人腦內，像一座小衣櫥，掛了六件外套五件上衣四條裙子三條長褲兩頂帽子一口皮箱，次序不變，每日盤點一次，抖一抖灰塵，順道把珠飾繡花都抖掉了，剩下一個條紋不清的小玉西瓜腦部。

但話說回來，他就只有這個嗜好，也沒吵著要你帶他去玩，就愛講電話而已，你怎能不聆聽？

「鈴……」

家人看了來電顯示，也不接，直接把電話遞給你。「誰啊？」你問。

「還有誰？」家人答。

14 年節送禮

由於當年交遊廣闊，往來酬酢無白丁，且知交乃一世高誼，所以端午、中秋、春節，此三節送禮必不可輕忽。而且，必須由兒子親送不可交給快遞，才顯出尊重以及書香門第之家教畢竟不同。

「這五袋燕窩禮盒送北投你鄭伯伯，天母郝董事長，仁愛路李阿姨，新店你大舅，羅斯福路林校長。這三盒花旗參，送杭州南路你大姑姑，新莊簡總經理，還有哇，你跑一趟林口，把這盒花旗參加上兩罐茶葉送給李院長，我上次開刀多虧他關照。」

做兒子的趁中午、下班，開車像瘋子一樣一家家去送，為此車子還被拖吊了。不久，收禮的要回禮，年紀大了，去郵寄不方便，爸爸當然叫兒子去取。

吃完粽子不久，怎麼中秋這麼快就來了。做爸爸的又在張羅送禮了。擴音電話裡，你聽到看著你長大的鄭伯伯說：「老李啊，我看我們不要這樣送來送去了，沒必要嘛，以前你有祕書我也有祕書，現在沒人使喚啦，折騰孩子做什麼呢，他們也忙啊！算了算了，我們別拖累他們！」

做兒子的聽了，心口忽然一股熱，恨不得插翅飛去，給鄭伯伯一個擁抱。

15 肉身與慾望

當你能觀看八九十歲的身軀，你便能深思、規劃死亡的路程，視作是一次度假、一次靈修、一次勞改、一次銷毀、一次驗收，或者當作是一次布施，當器官還可以捐贈時，是一次性歸還。

死亡話題是赤裸的、火熱的，深沉且世故的，重鹹且強酸的，猶如醃製過久的酸菜，什麼都是，就是不無辜。

而慾望，最後一抹霞影將溶於滾沸的夜色之中，當此時，慾望現身，以統治者的威權，宣告御駕親征。

「像這麼冷的晚上，能在少女的裸體旁死去是老人最快樂的死法。」老人說。

川端康成《睡美人》，老年人死亡與慾望交纏之書。已失去性能力的老男人到旅館尋春，服了藥的少女裸身沉睡，任憑老者撫摸、共眠，索得一夜安慰。本來老人就是死亡的鄰居，尋歡的老者豈有不知，正因為如此，這偷偷品嘗的暗夜小歡樂成為回憶昔日年輕歲月的唯一一杯酒，他需要嗅聞少女的芬芳青春，使他暫忘那虎視眈眈的惡鄰居的臭味。然而，「碰到她的皮膚，從心底所產生出來的是靠近死亡的恐怖感，以及對失去青春的哀怨和對自己所做的不道德的悔恨……」川端康成讓服藥的少女猝死，也讓尋歡老人暴斃。那間慾望旅館，像是死神設的報到處。

在現實上，慾望伴隨恐懼踹開了老年喪偶者的大門，每道牆壁都震倒了，只剩四根柱子，他坐在家中像坐在公園的涼亭。有一天，下定決心，他要再娶，再嘗一口世間美味，不計代價。

「你們媽媽走了一年，你們沒一個在我身邊，你們都有家，我沒有家了哇！誰來照顧我？」

兒子說，那對象看起來不像是當「老伴」的好人選，他發火了，罵兒子：「你這麼會看人，你怎麼沒看出你媳婦會跟你離婚咧？」

「爸，有很多，新聞上講，有很多老人娶了……，結果呢，人財兩失！」兒子吞吞吐吐。

「說穿了，你們想的就是這幾個錢，怕我的財產沒了，你們沒得分是不是？我的錢我賺的，到現在我沒用到你們一塊錢，你們急什麼？」

「爸，你怎麼這樣講？我們不是這個意思！」兒子說。

「我就是這個意思，」個性較強的女兒，不能忍了，踹開天窗：「媽才走一年，你就要再娶，我替媽感到不（哭了）……不值！你的財產也是媽幫忙賺的，你何必問我們，帶你女朋友去金寶山問她同不同意啊！」

「不要說了，不要說了，你們都給我滾！」

慾望是一把小刀，親情是禁不起被做成「沙西米」的，活生生地滲著血水，每一口都拌了芥末，吞不下也得吞，吞得你淚流滿面。

16 存摺與印章

灑了陽光的老宅樹林，宅邊九重葛開了豔花，遠山含著笑。一小段路之後，就是通衢大街，銀行已擠滿了人。

拄杖的八十多歲老奶奶站在櫃檯前，外傭陪在身旁。嚅動著缺牙漏風的嘴巴，要行員幫她更改提款密碼，由於聽力不佳、話語不清，行員小姑娘總算弄懂奶奶的意思，而大家也差不多都知道了。奶奶又問，可不可以限定本人提款。行員取出幾張單子要她簽名，她的眼睛大概也看不清了，問：簽哪裡？身旁的外傭靠過來，指著右下角說：這裡。奶奶不悅，揮手要她後退，外傭乖乖後退幾步。行員站起來，一一指給她簽名蓋章。

老了，還要親自出門辦瑣碎雜事，怎是福？能把身家性命——身分證、房地產權狀、存摺、印章、密碼、保險箱鑰匙，放一萬個心地交給一個年輕人（兒女或媳婦）保管、辦理，且帳目清楚，手腳清白，年終還做了收支帳給其他兄弟姊妹過目，這是一件常常被忽略卻關乎安危與和諧的幸運之事。

這種幸運，我猜，這位老奶奶是無緣領受的。

17 地母

菜市場角落，八十五歲賣菜籽、菜苗的阿婆，沒有閒功夫成天悲情、多疑、憂鬱、焦慮、呻吟、暴躁、煲電話，她的小攤子全靠她一人料理；各種肥料，適合不同陽台的菜籽，新鮮的當令菜苗，還有一格格必須弄清楚的豆籽，全靠她指揮。

她的行動慢了，眼睛明顯地有白內障，但仍然是一個隻手可以撐起半邊天的地母化身。客人問，年歲多了還這麼勤勞做生意，她說：「我們要自己打算，能做就做，坐在家裡當廢物啊！」她說，幾十年嘍，天天從南港騎摩托車來，幾天前還騎，孩子不准她再騎，現在搭公車來，真不利便，沒法度，孩子擔心，我也要替他想。

「妳種過菜嗎？」客人問。

「嚇！」她的臉上閃過一絲不屑的神情，像是「你不知道你在跟祖媽說話嗎？」說起以前撒種籽的盛況，用大鋁盆裝種籽，夜深了，用一根竹子插在土上做標記，第二天才知道撒到哪裡。客人聽了，本來想買十五顆豆籽種陽台，頓時覺得羞愧極了，不敢開口，瞧了瞧，有茄子苗，買一包也好，問她該怎麼施肥？

「一個禮拜後再落肥，要落在兩株之間，茄子惜根，太鹹會長不好，將來結的茄子彎彎曲曲像女人的耳環。」

客人嘆服，茄子惜根，從來不知道茄子的自尊心這麼強，你損了他，他不幫你鑄紫色的劍，只丟給你幾副女人耳環。

客人提著茄子苗，一路想，她真是一個好強悍的地母。她怎會怕老，是老怕她才對。

18 千金小姐

一位八十多歲阿婆，面帶微笑，沒空成天悲情、多疑、憂鬱、焦慮、呻吟、暴躁、煲電話，在農會做義工，提一桶水，這裡擦擦那裡擦擦，胸前掛一張門卡，可進出機關重地。她手中拎一條舊抹布，可是在我眼中，是千金小姐的繡花手帕，撲那春天的彩蝶！

為什麼她不在乎進進出出的人怎麼看她？為什麼她不悲情、多疑、憂鬱、焦慮、呻吟、暴躁、煲電話？為什麼她能面帶微笑看自己一天一天地老去？

19 戰將

人稱「阿姑」的她，七十多歲，做田近七十年，她的血液大概是稻禾綠色，她的身軀像田土捏成的。

三個兒子依序成婚生子，她幫大兒子帶大三個孩子，幫二兒子帶大兩個，也幫三兒子帶兩個。七個孫，最大的念大學了，最小的剛出生，她一手包辦。小孫在懷，念書的孫兒孫女從小學到高中，一放學都回來吃飯，「阿嬤，我肚子餓！」「阿嬤，有什麼東西可以吃？」她讓孫兒有熱飯吃，有乾淨衣服可換，有便當可帶。

她每天四點起床，先到菜園照料菜苗，拔起當日可吃的蔬菜，接著到後院洗衣服，晾畢，做早餐，喊大大小小起床上班上學。像她這樣的婆婆，簡直是超級台傭，可是天下事常常沒什麼公道可言——掌管公道的那個神肯定是個酒鬼，公道與否全看祂是醒是醉。阿姑的媳婦運不好，先後離了兩個。她不想開能怎樣？自嘲：「我嫁出去的都是仙女佛祖，娶進來的是山豬猛虎。」

八點不到，屋子空了，剩她與小嬰兒。她沒閒著，沒空悲情、多疑、憂鬱、焦慮、呻吟、暴躁、煲電話，她曬蘿蔔乾、做醬油，她做的醬油遠近馳名，常常未開工就被訂光了。

有一天，她剁雞肉，一滑，大菜刀剁到左拇指，幾乎斷指，速就醫縫合，醫生囑咐住院觀察。她躺在病床像躺在針氈上，一下子起來一下子躺著一下子去逛護理站一下子又回來躺下，難得阿姑也會抱怨起來：「唉，歸世人（一輩子）不曾這樣，沒代沒誌剁到流血流滴，實在有夠含病（笨）！」

隔壁床病友問她緣故，她說明後，補了一句：「叫我住院，我歸（整個）厝間的息頭都沒法度做，這幾天要做醬油，氣死我嘍！」

「妳會做醬油？」左右兩床病人同時問。

「嚇，」阿姑的臉上閃過一絲不屑，也是類似「你不知道你在跟祖媽說話嗎？」反正閒著也是閒著，從黑豆開始，說一缸純手工、無防腐劑的純釀醬油給病人聽，霎時，像水淹金山寺，黑溜溜的醬油汩汩冒出，淹沒這充斥著藥水味的病房。病友們下訂單，我要兩瓶，一瓶原味一瓶薏仁的，我要三瓶，我要四瓶……。

阿姑去護理站要紙筆，「姓名跟住址你們自己寫，字識我，我不識字。」

出院時，阿姑賣了十二瓶醬油。

左姆指纏著沙布，像一球冰淇淋，阿姑照樣操持家務。人勸她休息，她說，為了一隻「大不翁」，整身軀都免顫動，太不划算了。

她不識字，她不富有，但在命運面前，她絕對是不把天地放在眼裡的戰將。

我問阿姑：「妳怕死？」

「不怕，」她斬釘截鐵：「不要給我拖！」

氣勢飽足，猶如怒目金剛，嚇死一群病魔瘟神。

20 摺星星的老人

銀行裡，等待的人頗多。她注意到老先生不知在摺什麼？手還算巧，一條紙片在他手裡摺出了形，他的口袋裡露出數十條紙條，大概是月曆紙裁成的。她好奇地問：「伯伯，請問你在摺什麼？」

他給她看，每三條可以摺成一個多角星，摺好，隨手送給陌生人。他摺好一個，送她。

九十歲，他找到玩耍的快樂之道，不彎進大多數老人走的那條悲情、多疑、憂鬱、焦慮、呻吟、暴躁、煲電話的泥濘路，不必對子女說：「你們都不理我，把我丟給外傭，你們恨不得我早點死就輕鬆了！」他選了一條有風景的小路，笑瞇瞇地，以星星作標記，紀念平凡日子裡萍水相逢所帶來的瞬間快樂。

這可愛的老人家，在衰頹的身軀裡仍住著一位頑童；從來不好好走路，必是一腳蹦一腳跳的走法，嘴裡啣著一莖稻草，或折一片榕葉，吹幾個令麻雀嚇一跳的高音。他的生命分成兩派，肉體那一派逐年老去，靈魂派自在地駐紮在童樂的國度。不，他不是戍守的兵，他是不老的王。

他讓我想起捷克電影《秋天裡的春光》（*Autumn Spring*），男主角范達是個享受生命每一刻的七十多歲老頑童，他與好友艾德最愛假扮富豪到處看屋。在老妻眼中，卻是個逃避面對死亡、耍小丑的人，她認為他應該嚴肅看待死亡這件事，學她存棺材本、買墓地、寫訃聞、備壽衣、留葬儀社電話，按部就班做準備。范達如此遊戲人間讓老妻受不了，訴請離婚，在庭上指責他說：「他拒絕承認人生最後的路，他拿死亡開玩笑，從不參加喪禮，拿訃聞摺飛機，我還不知道他要土葬還是火葬？」

婚沒離成，樓下一位坐在窗口望著外面的老人死了三天沒人知道，給老妻一個警示，死亡遲早會來按門鈴，人不必天天坐在窗口等。老妻也有了覺悟，對兒子說：「你有錢，有工作，年輕，有的是時間，我們沒時間了。」

范達與老妻展開生命中宛如秋天的晚年探險，嬉戲著，沐浴在春光之中。

21 人生燃燒於每一瞬間

老，是拔根的過程還是另一次種植？是一條通向黑暗還是光明的路？老，一定必須悽涼悲苦，陷溺於自憐自艾的苦水裡？還是正好可以把健忘當成一支掃帚，掃蕩了不值得保存的檔案。老，必然要繳械投降，自此貧化了靈魂乖乖等待肉軀被啃蝕？還是拿出積累多年的智慧與文化底蘊，服膺艾略特的箴言，「人生燃燒於每一瞬間」。

她，八十多歲，遠離塵世，躲在山村小書房鑄字。若能像一隻藍腹鷴，飛過中海拔的闊葉林，沐著深夜的月光，棲在她窗前的枝幹上，應當可以看到她微駝的背影，伏案，一燈黃暈如盛放的花，一字一字地刻著，刻著骨銘著心，手微微抖動，心志卻明亮純潔，喚醒那可歌可泣時代的靈魂，再次活過來，示現一種信仰，一種無邊的愛，遂能慷慨地，把生命燃燒於每一瞬間。

西元前四八〇年，波希戰爭，斯巴達國王列奧尼達一世率領三百名精兵及聯軍，抵禦兵力強盛的波斯軍隊；國王與三百壯士戰死於溫泉關一役，人們在紀念碑鐫刻銘文以紀念這英勇的犧牲，銘文大意：「過客啊！請帶話給斯巴達人民，說我們壯烈地履行了諾言，長眠在此。」

她像是唯一目睹那壯烈戰役的過客，視作一生的責任，要把話帶到天外之天、海外之海，讓家鄉的子民明白這歷史。她不理會病魔作弄，要趕在死神敲門之前把話說清楚，遂以堅毅的精神千里跋涉。

暗夜裡那沙沙的聲音，不是老人在悲嘆，不是夜梟的吟唱，是筆尖劃破了鐵壁一般的寂靜，是一個人所能發出、唯神能聆聽的，字的濤聲。

22 整理自己的腳印

他從信仰中得到喜與樂，領受一切，凡事感恩。他不是把話掛在嘴上說說而已，感恩的話語湧自內心深處，他真摯感謝上天對他的賞賜。

一個覺知必須對自己的生命負起完全責任的人，才有可能走到他所抵達的境界，看見他所看到的風景；這一條境界之路，跟教育程度與閱歷無關，但跟一個人是否思索生命最高價值、是否做生死學練習題、是否警惕自己必須持之以恆地鍛鍊心志有關。他是好學的人，也是能做深度思考的人，所以，信仰所指示的道路與他一生所尋思的道路合流，更壯大他靈魂的力量，顯出了異於其他老人的生命氣象。

他真的認為一個人應該為自己的老年負起責任，完全承受不可避免的肉身衰頹所帶來的苦惱，從中尋求平衡之法而不動搖對信仰的堅固信心，不鬆懈對靈魂的護守，不回頭走墜落的路變成一個向子女需索、對世間哀號的老人。

他具有王者的氣派。

希臘神話門神雅納斯（Janus）有兩張臉，一張望向過去，一張前瞻未來。九十歲左右，他覺知生命離終點站越來越近，回望過去，興起自我整理的念頭。他在紙上寫著年代大綱，記下事件，以及他認為應當傳給子女的金玉之言。

他一遍又一遍打著草稿，絕不把珍貴的時間進貢給悲情、多疑、憂鬱、焦慮、呻吟、暴躁、煲電話這一群土匪，他積極地整理一生，記錄一雙平凡的腳所踩過的不平凡的路，留下個人的歷史，感謝神之恩賜。

他示範了一種行走的姿勢，如丁尼生〈尤里西斯〉詩中所言：

> 我不能荒廢我的旅程，我要暢飲
> 生命之酒直到杯底。

註：摘自《老年之書》，主編：湯瑪斯·柯爾，瑪麗·溫克爾。梁永安譯，立　。

老伴兒走了

卞之琳譯、法國作家馬拉梅〈秋天的哀怨〉：「自從瑪麗亞丟下了我，去別一個星球，我長抱孤寂之感了。……因為自從那人兒不在了，真算是又希奇又古怪，我愛上了的種種，皆可一言以蔽之曰：衰落。所以，一年之中，我偏好的季節，是盛夏已闌，清秋將至的日子；一日之中，我散步的時間，是太陽快下去了，依依不捨的把黃銅色的光線照在灰牆上，把紅銅色的照在瓦片上的一刻兒。對於文藝也一樣，我靈魂所求、快慰所寄的作品，自然是在羅馬末日凋零的詩篇了。」

伴隨自己走過青年、壯年、中年、老年的另一半走了，像房子拆去半間，身體癱了半邊。老伴兒，人際關係中最神祕的一個辭，通常來自婚姻，但不是所有的婚姻都能修成老伴兒，多的是老冤家。年輕時絕對不能理解老伴兒有什麼必要，老了才知道那代表一種絕對信任的依靠。

老伴兒走了，活著的那一個可能在子女的安排下換個環境以釋傷懷，也可能不忍離去守在舊居。

《老人與海》，老頭子想起與小伙子釣過的一對馬林魚；雄魚總是讓雌魚先吃，雌魚上鉤之後，驚慌地拚命掙扎，雄魚始終陪著她，橫過釣繩，陪她在水面轉圈子。老頭子用棒子敲死雌魚，把她拉上船，雄魚仍然流連不去，在船邊跳得半天高，要看看雌魚在什麼地方，接著深深潛入水裡，一直留在船邊。「我看過魚類的事情，就數這一件最叫人傷心。」

元好問聽獵人說，捕獲大雁，殺之，那脫網而逃的雁兒，不忍離去，悲鳴徘徊，自絕而亡。元好問買下那隻殉情的雁，埋雁為丘，作〈雁丘詞〉：「問世間情是何物，直教人生死相許。……」

屋子空了，彷彿全世界沒人要的空白都堆到這屋子般。令人窒息的空白，但失偶的人就像那條雄魚那隻孤雁，觸景固然傷情，卻感覺得到聲息氣味，流連不忍去。

電影《白狗的最後華爾滋》（*To Dance With The White Dog*），喪偶的老先生山姆，早晨起來看到窗外太太種的玫瑰花，綻放一片，自語：「好美的早晨，我想妳！」他要用獨特的方式重新整理他與老伴兒的一生。他冒險長途開車，重回五十七年前向妻子求婚的池塘邊。池中蓮花盛放，草地上開遍花朵，空中傳來啁啾的鳥鳴，他沉浸在甜蜜的回憶中，彷彿對跟隨在他身邊的妻子亡靈說：「那是我人生中最美好的一天。」

這樣的深情也在蘇東坡的〈江城子〉顯現：

> 十年生死兩茫茫，不思量，自難忘。千里孤墳，無處話淒涼。縱使相逢應不識，塵滿面，鬢如霜。
>
> 夜來幽夢忽還鄉，小軒窗，正梳妝。相顧無言，惟有淚千行。料得年年腸斷處，明月夜，短松岡。

東坡十八歲時娶十五歲的王弗為妻，夫妻緣分只有十一年，王弗於二十六歲夭亡，是個正當風姿綽約的少婦。依俗例，東坡再娶，但未曾淡忘亡妻的身影。東坡仕途坎坷，謫路飄蕩，即使想起亡妻，也不免感慨自己一身旅塵，兩鬢如霜，若天上人間能相逢，恐怕道塗相遇，亡妻已認不得自己了啊！王弗逝世十年後，正月某一夜，東坡夢見自己回到家鄉，年輕美麗的王弗正在窗邊梳妝，人物情景依舊，但夢中的妻子與他似乎都是返回者，好似各從一陰一陽的世界偷偷返回昔日閨房，所以兩人相對，看著摯愛的臉龐卻說不出話，只是一逕兒地流淚。夢醒後，東坡寫了這闋深情徘徊、幽思輾轉的悼亡詞，千百年後讀來，依然眼濕。東坡把妻子葬在離父母墓不遠處，他在山坡上種了萬株松苗，十年時間，應是長成短松了。

如果夫妻鶼鰈情深，從年輕相知相伴走到鎏銀時光，還能低唱：「親愛我已漸年老，白髮如霜銀光耀」，還能說出：「唯妳永是我愛人，永遠美麗又溫存。」那麼，當另一半離去，獨活的人更有被棄的孤單之感。

老年喪偶，也是一堂重擊之課。

由於女性的平均壽命高過男性，八十歲以後喪偶的苦澀滋味，成了年長女性最割喉的一杯酒。一位老奶奶於八十四歲喪偶，三四年來仍無法走出傷懷，常因思念丈夫而哭，孩子把照片都收起來。

也是老奶奶，今年靠近九十，老伴走後，一人獨居，常對著丈夫的照片說話。

黃昏的公園是交換資深人生滋味的處所，失去老伴的人不怕被知道，因為，在這裡遇得到同病相憐的人，說出的話他們聽得懂。一位五年前喪偶的老人家，跟同樣遭遇的人說起老伴，仍會流下老淚。

三年四年五年，對失去老伴的人似乎沒什麼不同。時間過於緩慢，生活裡沒有新事件，更容易陷入傷感的漩渦。

老人家在喪偶之後，常會有被掏空的刺痛感，伴隨著被遺棄、被欺瞞、被處罰的強烈感受。使得理智薄弱，只像一層薄膜，底下是滾沸的人生湯頭，翻騰著掏空、遺棄、欺瞞、處罰這四顆丸子，日日夜夜嚼著，偏偏嚼不爛、嚥不下，吐出來，四顆丸子變八顆，八顆變十六顆，「為什麼那麼早走？」「為什麼身體這樣壞下去？」「為什麼生這種病？」「他活一天，我快樂一天！」一連串為什麼，適合三四十歲喪偶的人來問，但不適合結褵五六十年、八九十歲喪偶的老夫或老妻來問。

照說，老夫老妻擁有充裕的時間，應該談論過先走後走的死生大事。但往往是過於依恃數十年不變的生活模式而逃避著，或是基於禁忌不敢談論這必定到來的分離，以致生離死別之後，喪偶的心理復健過程太長，長到變成屋簷下的負擔。

每晚，下了班一身疲憊的兒女聽老人家說話、遣悲懷，滔滔不絕兩個鐘頭，夾雜唉聲嘆氣，幾句「沒辦法」、「早知道」、幾句「不聽我勸」、「太苦太苦了」，串連出一世夫妻末段路的病苦內容，「你爸爸太痛苦太痛苦了！」「那個病把他折磨得不成人形啊，我捨不得啊！」於是，老淚從扭曲的臉上流出，像扭手帕一樣扭出一灘水，做兒女的擁肩拍背，握她的手，遞面紙，勸她：「身體要緊，堅強一點，爸爸去好地方了，沒有病痛了，妳這樣哭，他會放心不下的！」

「是啊，」老人家的情緒稍緩，理智復位，「想通了，這個病治不好，早點解脫也好！」

做兒女的端杯溫水讓她潤一潤喉，刻意把話題轉到小孩身上，叛逆啦功課啦愛玩啦，想用孫兒逗她開心，不知怎地，憶起當年也是叛逆啦功課啦愛玩啦相關情節，老人家跌進去了：「你當年說那種話，你爸爸一句話都沒罵你，他對我講，孩子上學也是辛苦的，不要罵他！」話匣一開，又看見當年老伴的音容，覺知老伴如此之好，勝過其他男人，老淚又湧出來了。這一哭，用掉半包衛生紙，好不容易養出一刻鐘的平穩心情，小芽苞一般，又被摧毀了。做兒女的，嘆了一口氣，他不是不想爸，不是不知道爸爸對這個家的付出，但他必須推著工作與家庭的石磨，做不到每晚兩個鐘頭陪老媽媽浸在無止境的悲懷裡。

那麼，在我們必修的老年學習課程上，是不是應該加上一堂「喪偶課」！

白首偕老的「喪偶課」，內容較艱深，唸著唸著，唸到夫妻本是比翼鳥、連理枝這一章，很多老人家輟學，找老伴去了。這是無法解釋的生命共同體的愛，一個走了，另一個留不久。

這麼說來，一輩子吵吵鬧鬧的婚姻，到晚年上「喪偶課」似乎容易些。也不盡然。恨不得買一張登仙列車商務艙，讓那越來越胡鬧的老冤家早日上車的，聽過，畢竟是少數。多的是愛恨摻半，刀子嘴豆腐心。蛋糕掉到地上，沾了草屑碎石，還是個蛋糕，雖然嚼得鏗鏗鏘鏘，甜味還是有的。這堂「喪偶課」，修起來也不容易。

電影《妻別五日》（*Nora's Will*），諾拉與丈夫荷西早在二十年前即離婚了，但兩人卻以奇特的方式繼續相互關心。他們住在面對面的兩棟大樓裡，諾拉不時以望遠鏡窺視荷西。年輕時，諾拉頗有精神困擾，曾多次自殺。到了晚年，獨居的諾拉在自我了結之前，做了一番精心安排；鋪上宛如婚紗的白色蕾花桌巾，擺好整套宴客的瓷花餐具，如同布置一場期待已久的盛宴。冰箱裡，一盒盒食材貼上便利貼，讓廚子料理她開出的佳餚。在諾拉的安排中，荷西成為第一個發現她自殺的人。她要他幫她辦理一切後事，他是她所託付的人，如同當年婚約。但這位既不是喪偶也不是不喪偶的男人，卻在這場諾拉的遺願中有了新的發現與整理。愛與不愛，忠貞與背叛，漠視與關切，誰能分能清呢？婚姻裡的愛恨情仇並不因離了婚而終止，反而有了自己的主見般繼續延伸，直到死神來了，那糾纏也還是糾纏。

換個角度看，諾拉是幸運的，那些先走一步的人也是幸運的，有老伴可以託付，為他送行。

但是，留下來的人卻困在未完的時間裡。老伴走了之後，日子必須繼續，但已遠遠不同於以往。

一扇門永遠關上了。

書房裡的星空

——齊老師與簡媜，漫談、隨想與對話

1 漫談

在我面前放著一個紀念性的馬克杯，杯身印著一張海邊大合照，那是去年（二〇一〇）早春二月，齊老師邀請在《巨流河》寫作期間催逼有功的「親友團」至墾丁一遊攝下的。攜家帶眷共十四人，她一心要帶大家去看看她的「啞口海」——去不了源頭「巨流河」，到終程「啞口海」，亦足以在形上層次參訪這部作品的心靈歷史現場：一種宿命，一趟浪與浪低吼相續的漂流之旅，一群人凋零與幻滅的心靈現場。

連續微雨的墾丁天氣意外地在我們抵達時放了晴，啞口海，這個無路標、不存在於觀光導覽手冊的名字，竟在每個人的腦海澎湃著；那是靈視才能指認的風景，從綿延的礁岸辨識那宛如張著大嘴的崖彎、自奔騰而來的浪濤中聽出齊老師所指的「沉默的浪群」。

「就是這裡，啞口海。我這幾個月的心願就是要拉你們來看看，我是很認真的！」齊老師誠摯

地說。

雨幕與晴紗交界之日，微暖的春陽灑在海面上，既清晰又氤氳，一行人在啞口海邊留下合影，歷史的沉默與喧譁的現實同在，曾經被遺忘的，因裹入新事件遂有了新的記憶長度。

我們的對話之約是去年冬風最烈的時候訂下的。那時，雖已過了《巨流河》出版週年慶，齊老師仍被排山倒海而來的事務纏住；每一件都獨特且重要，重要到必須抽幾根疏鬆的八十六齡骨頭才能擊退。由電話中喊累語氣之強弱緩急，可以判斷剔肉抽骨猶如反手抽箭射中敵兵之激烈程度。我十分佩服，次日老師還能從泥濘般的疲憊裡爬起來，稍作喘息，繼續與下一個笑呵呵胖嘟嘟的敵兵做殊死戰。這還沒完，勤奮的主編除了重整三本舊作又要催促一本新書；文字是芬芳的呼吸，是儲存靈魂的古甕，是不能抗拒的捕夢網，老師又栽進去了。那時的我，也被龐雜的事務綁著，每日一醒，總有上山砍柴、與野豬搏鬥的想像，有時同一頭豬還偷襲我好幾回。不論中年或晚歲，只要還在人間就得受人間律則管束。對談之約，好像散步時自路邊摘下的小野花，放入口袋，久了，變成皮膚上的一朵刺青。

照說，履約之前應該認真設想嚴肅的對談內容，然而耳畔響起的卻是漫無邊際的閒談，都是角落裡的事。

五年來，旁觀《巨流河》撰寫過程及其後續發展，此時浮在我眼前的都是細節。那發著螢火蟲小光的細節，不會被正式的文字收留，卻能從其隱沒、竄出、低飛的路徑勾描出一個負軛者的人生輪廓——能同時被五六個獎座鎮著的人生，豈是容易的。在只有我們相對的有限時刻，話題、情緒恣意跳盪，學術語言、文學句法、家常口吻自由切換，穿梭於戰爭、文學、家族、疾病、詩、歷史、革命、漂流、女性、學術、情感、生活……，無拘無束任意跳接，間或穿插一封意想不到的遠洋來信，或推敲幾行句子，或轉身評論一則不像話的新聞，或翻查一段史料以佐證筆下所言不虛，或僅僅是一個突發的幽默值得笑幾聲，或某某學生帶來的巧克力現在就吃一顆吧。我變成一個奇怪的旁觀者，非親非故，亦非課室內的門生弟子或雞犬相聞的鄰人，卻無意間擦身而過，看到了某些稍縱即逝的現場。

數年前，《巨流河》寫了大半，尚在匍匐前進。有一天，齊老師約我到麗水街，她說她得「親手拆了這個家」。

隱在通衢大道後的一條靜巷，朱門內一棵高聳的玉蘭樹，葉大如碟，每碟足以躺一尾熱帶魚。佛手樣的玉蘭花在樹上捻指，香氛如煙。

幾棟宿舍共用的庭院靜悄悄，沒有人味，只有一地枯葉，幾面粗牆爬著綠油油的藤蔓，清幽裡透著荒涼。老師家在三樓，雖然擺設如常，收拾乾淨，但一間屋若欠缺人的體溫渥著，就有濕木與冷鐵的味道。

老鄰居或搬離或大去，院內只剩一兩盞燈火。此時，家人散居各處，老師也遷入養生村，決定歸還住了三十多年的鐵路局宿舍，滿屋的起居用品，必須搬空。我問：「怎不請人整理？」她說：「兒子說，全部車到福德坑丟算了，我一聽，幾個晚上睡不著！」我深知搬家的規模有多大，看一條癯瘦人影飄來飄去，頓時手腳俱軟。然而，這種事確實必須自己動手，誰也不能幫誰整理記憶。

必然是藏在壁縫櫃頂桌底的往事聽到女主人回來的聲音，一起醒轉了。她指著一把椅子說，丈夫未倒下前，習慣坐在那裡看書報；這幅畫，是哪一年哪個人送的；這棵聖誕小燈樹在哪裡買的，每次回來都要打開一下，看這燈就覺得溫暖；這房間是兒子睡的；這整套大同碗盤是宴客專用的；這一塊石頭是從黃石公園帶回來的；這是德國買的玻璃杯子，藏著一朵瓷燒梔子花……。她走到廚房倒水，說，未到養生村前，晚上一個人在廚房洗杯子，覺得背後一陣黑浪，那陣子吃了很多小黃瓜沾醬。臥房小几上，站著裝框的全家福照片，彷彿一家五口還擠在一張大床上。她說，這些要搬到養生村，這些，要送人。她像穿了飛鞋的柏修斯（Perseus），在空盪的屋子裡挽救只有她才能辨認的記憶，獨自擊退能令一切化成石頭的美杜莎（Medusa）。我跟不上她的腳步與話語，只是盲從地忽東忽西看著。每件物品貼了小字條，依舊是工整的字跡，鏤刻著戀戀不捨的往事，卻也像一筆一劃在揮別。

她說，這是書房，終於有自己的書房。這屋子廚房太大，書房太小。

我既是初次也是最後一次踏進這屋，是以，有著不同的觀看角度。如果，我是一個庸俗且急於變現的小偷，對牆上的字畫與月曆全無認識，那麼大概會暗叫一聲今晚真倒楣，這戶人家連個值得偷的東西都沒有！如果，如果我是五十年後才出現的年輕人，偶然間在圖書館讀了一本叫《巨流河》的紙本老書，被那個可歌可泣的時代、一群潔淨晶亮的人所感動，竟有機緣踩著時光迴轉的路徑，踏入作者的屋子；逡巡那狹小的書房宛如駝隊旅程裡的一塊小綠洲，那堆疊的中英文書籍，保留古今文學心靈吹出的哨聲，書桌上即將淹沒桌面的文稿信件，那些重要會議照片、全家福與孫輩寄來的卡片，那牆上掛著的畫《讀書的女人》（*The Reading Woman*），那用來標記重要事件的五顏六色的便利貼……。如果我是來自未來的人，我有什麼感觸呢？我會如設想中的小偷一般，認為這是一個「不值錢」的人生轉頭就走，或是，站在這狹仄的書房裡，聽到不知從何處發出彷彿來自幽谷的喟嘆，感覺即使是書桌上的灰塵也說了幾句跟生命相關的箴言，因而仰起頭來，覺得此刻的自己離星空最近。

然而，這只是我瞬間的想像，我暗自啞笑，這些都不會發生，作者正在親手解構呢。

老師站在餐桌前喚我，指著靠牆的位置說：「當年，『兩路案』在鬧的時候，我先生就坐在這裡寫自白書，三更半夜，大家都睡了，他坐在這裡一遍又一遍地寫。」

一轉身，她從抽屜拿出一疊信件紙片，說起先生病倒後住在療養中心，她去看他，只能筆談。她描述那無比折磨的病況，鯨豚擱淺在沙灘上的那種痛苦。

「我先生是真的愛我，到五六十歲了還說：『我就是愛她。』他第一次倒下，醒來問兒子：『你媽媽吃什麼？』他對我很好，他是善良的人，絕不侵略別人。」

紙片中，有一張紙上交錯著歪斜與端正的字跡，一行字寫著：

「你還要活下去嗎？」

之後，我偶然路過麗水街，彎進那庭院，玉蘭樹還在，氣氛全無。被收回的宿舍有了新主人，新油漆新盆栽新招牌，來來往往的人都是新的。貯藏在這寧靜小巷的老歲月，她的屋簷、她的書房、她的鍋爐、她的根鬚，俱往矣，俱往矣！

2 對話之一

今年溽暑，我到養生村，發覺老師的體力明顯地下滑，疲累已淹至胸口，走幾步得休息，像極了在水澇中行走的人。但即使如此，我們倆都同意必須買一杯咖啡上樓，算是對這水深火熱生活的小小反抗。

踏進老師的小屋，又被地上一綑綑的書給嚇了一跳，數年前麗水街的書房景象重現，我問：「老師，這是怎麼回事？」她說她厭倦了在人堆裡行走，兒子備了屋，要接她到身邊住。

我對綑綁的書有異樣的感觸，直指一種飄浮狀態，暗示人生總有難以言說的困難。突如其來又看到準備離去的現場，我應該擔心這些預兆嗎？

幸好，音樂適時地沖淡一些灰色思維，於是在混而不亂的小書屋，在隨處可聽聞的書冊的竊語中，齊老師談及「後巨流河時期」的種種變化：兒子們去四川，特地到樂山文廟拍了一些照片回來，大成殿——當年朱光潛老師的辦公室，櫺星門——貼號外的地方，用他們的眼替媽媽重溫往日時光；也帶了一束花去南京張大飛的墓，抗日航空烈士紀念碑上密密麻麻的字，其中一行：「張大飛，上尉，遼寧營口，1918.6.16-1945」。

一切都是真的。

「您知道他要去看張大飛的墓嗎？」我問。

「不知道，沒跟我講。」

似乎有點兒氣惱為什麼事先沒跟她說。於是，岔出去講母子各有各的「耍驢」技巧，其描述頗具3D立體效果，近似阿凡達。我問，他們對《巨流河》有何評論？老師學兒子的口吻，雄壯威武：「很好，寫出來很好。」頓了一頓，自己笑著補註：「不是說你寫得很好，是寫出來很好。」

「要不然呢？您希望他們說：我看了好感動，躲在棉被裡哭到天亮。這種話是讀者說的，兒子說不出口。」

由於不在場的人提供了笑料，我們的對話因此有了愉快的開頭。

・關於未及書寫的內容

「出版兩年了，關於內容，是否覺得哪些地方還沒寫夠？」

「有人說，在我的書裡沒有黑暗面。這是真的，沒有黑暗面，我父母一生沒做過需要躲起來的事，沒有做不能寫的骯髒事情，光明磊落。說不定這就是為什麼我一定要寫他們，我覺得他們很難得。」

「也影響您？」

「我自己也是，我對人沒想到要把人家拉下來或背地裡陷害他，我喜歡看好的一面，我看人只看妳衣服上的花，沒看上面可能有小洞，這應該也是很正常的人生存在的理由吧，看美好的一面。」

「您從小就這樣嗎？看光明面。」

「我從來沒想過要整人家一傢伙什麼的，其實我從小就是個崇拜者，很容易崇拜別人。什麼都崇拜，我連我家那兩隻鵝都很崇拜。」

「哪來的鵝？」

「我祖父有個勤務兵，叫趙同勤。我祖母一叫：趙同勤。他馬上立正說：有，夫人！祖父去世後，祖母把趙同勤養在家裡，跟著我們到北京，住四合院房子，進門的地方，趙同勤不養狗養了兩隻鵝，鵝是看家的你知道吧，看到人就貓追耗子似的追過來，兇得很。我也蠻崇拜趙同勤的，他每天早上紮著綁腿，在那兒打太極拳，威風得不得了。

其實我祖父也蠻值得寫的。他在奉軍做到旅長也算中上等，第一次直奉戰爭，他的部下有些戰死了，撫恤金不夠發，我祖父回家叫祖母去賣田，我記得祖母講過，田一天一天地賣，一天是十畝，給有困難的人家安頓。

我母系那邊也很有故事。我大舅是被馬踩死的，姥爺家在東北是大戶人家，收成的糧食用馬車送到火車站，馬受到驚嚇，發狂起來把大舅踩死了，五十多歲的外婆悲傷過度把眼睛給哭瞎了。我聽我母親講這些，庶民生活、家常經驗，就覺得整個東北是活的，跟我從父親這邊聽到的以及後來讀中國東北史得到印證的面貌雖然不太一樣，但都是一體的。我母親蠻有說故事的才能，如果我的體力精神能好一點，應該寫一寫姥爺這邊。

事實上，我姥爺對我父親而言就是個知音，他認為這小子有出息。他明明知道我父親不是個能安分守己的人——從小就想反抗這個反抗那個，可是他喜歡這小孩，從那一見就喜歡這小孩。他把寶貝女兒給他，而且是主動給他。我聽了很多他的故事，覺得姥爺很了不起。當年，他聽到女婿在南京不能回來，放著女兒在家，這事該怎麼個了局？他對我祖母說：『親家母，他們能團聚就團聚，不能團聚，女兒我帶回家養著。』

他把我們送到南京，對我父親說：『我給你送來了，你想想，你怎麼個主意？』我父親說：『爹，您放心，這麼多年她幫我撐著這個家，我不是沒良心的人。您放心，您回去吧！』

姥爺對我父親是賞識的，他始終認為我父親是對的，如果他來台灣，肯定也是我父親一黨。這很難得不是嗎？

我記得姥爺第二次來南京的時候，我七八歲。我父親不讓我們小孩到處跑也不讓看電影，姥爺對我說：『來，我帶妳去看電影，別讓妳爸爸知道。』我們到南京新街口看電影，我記得非常清楚。」

「蠻時髦的。」

「是啊，他是個處處對人生充滿好奇、很精采的人。我聽我母親講，外婆瞎了以後，坐在炕上，姥爺始終捨不得這個老伴，無論什麼外頭的事，回來就講給她聽，很細心的。後來外婆死了，姥爺天天去墳上拔草，又把每天的事情講給她聽。他自己身體也不大好，最後一次上南京看我母親，看她操持一個家又懷了孩子，蠻幸福的，回家後對別人說：『我這回心裡沒記掛了。』沒多久就死了。我覺得姥爺是個很棒的人，真希望能多寫寫他。」

「知音這部分很難得，還把女兒嫁給他。」

「是啊，我父親跟我母親也像那樣，也許表面上外人看起來不夠親密，也沒送花也不會買好吃的甜點，不過晚上回到家等孩子睡了總是慢慢說些話，人間的感情怎麼說呢！他們是很能專情的人，也是革命伴侶。」

‧關於搬遷與離去

「老師您打算什麼時候搬？」

「七月。我是二〇〇五年三月來的，六年多了。前幾天，我請阿霞把夏天的衣服拿出來，我說，沒想到能穿上第七個夏天的衣服。阿霞說，老師您怎麼這麼說！每年收夏衣時，我都想，不知道明年能不能再穿上？」

「聽起來很傷感！」

「找妳來，就是要談談生死的事情。」
「您真的想談？」
書桌上，有個牛皮紙袋裝著「預立不施行心肺復甦術意向書」，靠牆站在顯眼的位置，這已是宣告了。
「終究，我們要碰觸終極主題：生與死，永恆與剎那，流傳與消逝。老師您這一生攝取了古往今來文學史學哲學精華，想必有不同的看法，您怎麼看待自己這一生，有沒有遺憾？您經歷過不同的死別，怎麼設想必然會發生在自己身上的事？如果那也是一種旅程，您有所準備嗎？您設想過旅程最後的歸宿嗎？如果，當您闔上眼睛之後，不再有人珍惜您的文字，不再有人記得您曾經做過的努力，您會預先感到悵惘嗎？如果，捨不得您、呼喚您的人像湖面上不止息的漣漪，您會留給他們什麼話語？如果，有一面光滑的石碑交給您，您會寫下什麼樣的墓誌銘？」
這小書屋頓時像地底三呎的小地窖，門緊閉著。
「我從小看過各式各樣的死亡。弟弟三歲夭折，我陪我母親每天去小墳上哭他，西山療養院跟我同病相憐的張姊姊忽然去世，一歲半的妹妹在逃難途中夭折，祖母病死，抗戰時到處都是觸目驚心的屍體，張大飛殉國……。死亡對我這一代人而言，太稀鬆平常。
我的睡眠很糟，每天得吃一顆安眠藥，換得一宿無話，第二天就像活過來一樣，又是另外一天，好像另一個人生。我沒有覺得恐怖。
我現在常問我自己問題：我還捨不得什麼？急切地捨不得什麼？你說山這麼美，月光，花樹，當然會捨不得，但基本上我不貪心，我覺得自己享受過很多很多。我每天吃完安眠藥，沒有感覺，睡著了什麼都不知道，地震、聲音都不知道，沒有驚醒的時候。已經十多年了，不是很自然的睡眠，不像一般睡眠會像河一樣流動，比較像一種死亡現象。捨不得什麼呢？……」

靛藍夜色從窗口飄了進來，更襯托這話題的重量。我們之間存著薄薄的一片沉默，燈光下，小書屋好似融入一望無際的黑沙漠，眼前的路徑紛歧，星光閃爍，揮別的時刻到了嗎？

「現在幾點了？」老師猛地問。

「快七點。」

「唉呀，這麼晚了，阿樹等我們吃飯！」

真好，回到人間了，回到阿樹廚師親手料裡的豬腳花生湯與油飯的包圍裡。

3 隨想

回溯過去不可計數的話語中——討論文稿的電話空隙、餐會後一小段散步、旅館房內閒聊，有一個主題時常以樸素的面貌躍出：

「簡媜哪，如果有人覺得我的一生很幸運，那真是個笑話！」

必然是一陣極深沉的疲倦襲擊著衰弱的身軀，肉與肉、骨與骨擋不住了，遂被推入深淵狀態，以至於瞬間無所依靠，積存在內心底層的一股累適時撐住了她，那一生的累意像是荒漠中的線索，她依隨著，開口，嘆息，尋得語句，才能回到生命的現場。

「不是嗎？我猜有人會認為您是個受恩寵的人，得天獨厚。」

「簡媜，我的四周太多炸彈，就是沒把我炸死！」

沉默。

「其實，老師」，我說：「在巨流河之前，您給我的印象是單純、清晰的，就是一位學者，進入巨流河，我發覺您變得複雜——怎麼說呢？我隱約發覺您大半生都處在一種艱困的對峙，處在銅牆鐵壁的夾縫中，而您用厚重的布幔把這些都遮住了；我現在明白您心裡積著一代人的歷史鬱悶情結渴望高聲喊叫，除此之外，還有別的。我是以一個作家及挑家庭擔子的女性心理來感受的，您在字裡行間不經意流露了油鍋日子，當然，後來大部分文字被您刪減了。可是，我看過口述記錄完整版也讀過原稿，很難忘記那些事件；譬如，您曾經申請出國進修，原本通過了，竟被黑箱作業做掉，您跑去主辦單位問明白，那人老實告訴您：獲選的那個人是個有力人士。您寫到，那個人已是有錢有名望的社會知名人士，為什麼要跟您這麼想讀書的窮年輕人搶機會！您氣瘋了，竟衝到墓地像牛一樣狂奔，精神受到很大的刺激，氣這麼大的學術機構為什麼這樣對待您。我知道那時您們的經濟能力不好，沒有獎學金等於毫無希望出國深造，您追求學術天梯的夢幾度被敲碎，必須回到活生生的油鍋邊。也因此，當我讀到您在印大時，拚死命讀書，卻無法再延長半年拿學位，坐在草地上俯首哭泣許久，我有很強的感受，那幾乎是哭自己的學術夢的輓歌。也許，別人很難理解，為什麼對您而言這會是個遺憾？」

「我這一生，打了很長的爛仗！」

「您怎麼能夠一面打爛仗一面維持優雅的學者形象？」

「跟我父親有關，」老師毫不遲疑地說：「尊嚴很重要，妳從我書裡處處可以看到尊嚴，絕不妥協，個人的、國家的、民族的。我是我自己的事，我夠強，不需要得人同情，我個人的完整性很重要，忍受得了要忍，忍受不了也要忍。

我打從內心喜歡美、寧靜、和諧，但油鍋邊的日子不會是美與寧靜的。我一向知道我夠聰明能念書，卻不得不把最好的時光拿來打爛仗。孩子小的時候，我幾度想逃，such a life！我們這一代女性沒有太多選擇，別人也不明白妳為什麼要做這種選擇。我在課堂上不必打爛仗，唯一可以說心裡想說的話。當年去印大，我對三個兒子感到抱歉，兒子在日記裡寫：為什麼媽媽不在家……。我記得他們小時候，颱風天停電了，我回家看到他們躲在桌底下。……我以為他們長大了，其實正是需要媽媽的年紀。……」

沉默。一個母親的沉默。

「如果時間重返，」我問：「您還會出國念書嗎？」

「會。」堅定地。

既然如此，就以無論如何都能長得雄壯威武的壯漢之手，把一個母親的歉意拔除掉吧。人生，總有各自的憾恨，只能經歷，無法多言，因為憾恨從沒有可對應的語言。

「我一生鬱悶，多少想做的事埋在心裡。」老師說：「八十一歲搬到養生村，套我母親的話『完蛋了』，沒想到忍死以求時間寬限，能把書寫出來，掙了好大一口氣！」

「是啊，雖然打了爛仗，最後完成心願，也算不虛此生吧！」

行進間，走在前面的老師停下腳步，回頭看著我，說：

「何必此生。」

4 對話之二

桂花飄香的九月，在天母的花園之屋，我們繼續對話。

寬敞的屋裡，甫安頓的樣子，熟悉的書椅、慣用的傢具都在，把舊生活都搬來了。客廳連著餐廳，都已書房化，因為餐桌、茶几、書桌都是書。老師的老年生活跟別人不同，上了這年紀的老者家裡到處都是藥袋，齊老師仍然到處是書，書比藥重要。別的老者熱切宣布、討論、闡述、研討、註解、傳播自己一身的病痛，齊老師不想花時間背誦病歷，頂多以金聖嘆眉批法說：「覺得累」「會喘」「不愛吃東西」。講得最多的是：「我的心肺功能弱，左半肺纖維化，需要受照顧，卻不太習慣。做了檢查，醫生說，心電圖正常，我聽了蠻失望的。」說完咕咕笑了幾聲，這算是幽默小品文的規模，聽者本能地跟著笑，笑完才覺得不成體統。

日文版剛出版不久，也開過研討會，話題自然從各版本講起。

「您對大陸版、日文版有什麼看法？」

「台灣讀者對這書好奇我能理解，大陸讀者讀它，我蠻高興的，也許時代不一樣了，他們也想聽一點官方說法之外的話。日文版，太意外了，因為這是生死決鬥的敵人，能出日文版我很興奮；當年，你們在頭上炸我的時候，我在想什麼？多少炸彈從空中下來，好漂亮，像銀珠一樣，被炸死的人焦炭似的，路邊到處都是，這樣疲勞轟炸，你說我能怎麼想！我不愛吃黑色烤焦的東西，一生很怕，可能下意識跟這個有關。我也受不了烤肉。」

中秋節剛過，滿街還有BBQ的味道，戰爭記憶與節慶燒烤連結起來，這讓她很憤慨，甚至用「絕望」，不明白為什麼這麼美的節日要用烏煙瘴氣的燒烤來慶祝？我都同意，兩人花了不少氣力批評文化裡的庸俗成分。我想起去養生村，看到她散步時撿回來的紅葉，日記裡也寫到彎腰選哪一片紅葉最美，處處流露她對美有一種先驗且不讓步的堅持。

沏了茶，老師要我用一個有小屋圖案的馬克杯，她說在德國買的，想家，看到這個杯，好開心。

日記裡有一段，兒子到養生村來探，要離開了，「小龍上車，車子一陣子未開，小龍竟然走下車來，朝我走過來，我又得以握住他的手幾分鐘，他又上車真離去了。原是知道，有一天誰也不繞誰了。」如今，回到家人的圍繞中，老師看起來跟養生村時期不同。形式上的家屋拆了，家人在的地方就是家，不必一定要三間瓦房或一塊土。

「您有寫日記的習慣嗎？」

「沒有。到養生村才寫，為了遣懷吧。」

「《巨流河》寫的那些事件，不是靠日記？」

「不是，我在心裡寫了無數回，所以都記得。」老師說：「書房的歲月，心願已了，現在這最後的歲月，希望留在家人身邊，過一段好日子。他們對我是真心的。」

乾淨的屋子，隨時補充的鮮花，過去的油鍋日子換得三個壯漢圍繞，看得出是被珍惜的，亦是晚福。牆上仍掛著《讀書的女人》，桌上仍見到那只牛皮紙袋。上回未竟的話題，此時飄了出來。

「我最近重讀歌德作品，讀到他歷五十多年寫成《浮士德》，完成時非常快樂，說：以後的生命，可以把它看做純粹的贈品。老師您也有這種感覺嗎？」

「是啊，我每天感謝上帝，跪在床邊禱告，現在不跪了怕爬不起來，感謝上帝賜福。回想過去，常常有光影交錯的感覺，有時，生出很多不切實際的力量，有時又覺得欠那麼多人情，累得厲害。」

「您怎麼看自己的一生？」

「我這一生，很夠，很累，很滿意。出生時，我那一把不足五斤的小骨頭竟然活了下來，這一生有了後代、孫子孫女、那麼多學生，他們對我是真心的好。我一生都在奉獻，給家庭、學生，但願服務期滿的時候，從這個人生到另一個人生，當我過了那個界限時，我的船沒有發出沉重的聲音。」

我指了牛皮紙袋，是這個意思嗎？

「我跟醫生講，萬一我被送來，請你不要攔阻。」

「您害怕嗎？」

「我對死亡本身不怕，我每天吃安眠藥，第二天就像另一個人生，怕的是纏綿病榻。如果還能有自由意志，我絕對不要像我先生那樣（註）。我禱告，能不能擁有上帝的仁慈，讓我平安而且流暢地離去。」

「您想像過死後的世界嗎？」

「我對死後的世界毫無所求。」

日影一吋吋地移動，植著樹的中庭安安靜靜地，有風吹動窗簾。這是忙碌的生命的世界，有人準備誕生，有人預習離去。

「您有沒有想過最後的時刻？」

「濟慈〈夜鶯頌〉寫：

我在黑暗裡傾聽；啊，多少次
我幾乎愛上了寧謐的死亡，
我在詩思裡用盡了好的言辭，

黑暗與光明，同在於晴空之中。（簡媜攝於自家陽台）

求他把我的一息散入空茫；
而現在，哦，死更是多麼富麗……

我希望我還記得很多美好的事情，把自己收拾乾淨，穿戴整齊，不要不成人樣要叫人收拾。我希望最後有兩個小天使來帶我走，有薄薄的小翅膀……」

老師立刻起身到廚房冰箱取來有翅膀的小人偶磁鐵，說明是這種小翅膀，不是但丁《神曲》裡那種拖地的大翅膀。我說我明白了，彷彿我是裁縫師助手，記下款式型號，回去跟師父報告，齊老師不要大翅膀。

「不要哭哭啼啼？」

「不要哭哭啼啼。」頓了一頓，老師說：「我希望我死的時候，是個讀書人的樣子。」

讀書人的樣子！

這是多麼珍貴且難得的話題，當我們大大方方地談論死亡，彷彿收回本來就屬於自己、最重的那一件生命證據，意味著，我們強壯到能自己保管了。老師一生喜愛美好事物，且以無比的尊嚴與異於常人的意志，重視每一樁結局，在最後的驛站，她仍然堅持自我的完整。為了這，她事先備課，仍是一個老師。

離開花園小屋，我想著，如果那一刻來臨，站在岸邊的人該雙手挽留還是如她所願高高地舉起右手揮別？岸邊一群人加起來是否抵得過她一人的堅強？

那麼就用讀書人的樣子來揮別吧。我想像，老師理應擁有被應允的那種甜美時分，書房幻出了星空，夜色降臨，她棲在稿紙上，聽見由遠而近嘹亮的鳥啼，雲雀的，夜鶯的，置身於《茵夢湖》

般的森林美景又彷彿返回年輕時響著天籟的深林，遇見她想遇見的人。

我想像，那兩個薄翅小天使抵達之前，老師剛唸完一首濟慈。

註：師丈羅裕昌先生，被譽為「台灣鐵路電氣化之父」，逝於二〇一二年九月，享壽九十三歲。

〔幻想之三〕

晚秋絮語

——寫給晚年的自己

秋日降臨。黃昏，涼風習習，吹動溪水，水的鱗片流動著，如一條冥思的大魚。芒草在秋天肥了起來，尚未飄花，長葉在風中搖曳，窸窸窣窣，低語著。

我在堤岸小坐，遠處是山及有了倦意的天色。散步、騎車的人多了起來，干擾我的視線。我乾脆步下階梯，坐在河邊，眼前是溪流，散步、騎車的人在我背後了。

這一陣晚風真好，有一種自在的況味，能深入衣袖，飄去塵埃，賜予一個勤奮的人應該享有的舒暢。於是，我想起童年，黃昏時彩霞在天邊燃燒，亮橙、靛藍、淡紫，幻化出瑰麗的景象。田裡的粗活終於收工了，我感到輕鬆，忘情地在田埂上奔跑，家就在不遠處，炊煙從竹叢溢出，米飯的香味誘引著嗅覺。一陣風吹去我身上的疲憊，有一種解脫之感。忽地，我想，不要急著回去，先在稻草上躺一會兒吧！我躺下來，舒展疲乏的四肢，完整地望著如一場夢般的絢爛天空，享受晚風吹拂我身的愜意，甜美的睡意，竟湧了上來。

生命中美好的瞬間都在大自然懷裡發生，如同此時，這一陣流動對他人而言不足為奇，於我，卻有著特殊的應答；剛才，我從案頭稿紙抽身，決定出門散步，心緒是沉重的，高消耗的文字書寫與世俗重軛同時壓在肩上，我渴望走路，渴望對話，以恢復一些元氣。是以，今天踏上堤岸的腳步一定與往常不同，大自然感應到了，贈我一陣適合啟航的晚風。

乘著風的羽翼，這獨自徜徉的時刻，我想要與「妳」對話。

稱作「妳」，有點古怪。所有我的身分識別，妳都會沿用，妳不是另一個人，照說不宜以「妳」指稱。但時光如刃，修整每個人，十多年後，妳使用的身軀與我此時擁有的截然不同，說是判若兩人也不為過，如此一來，豈不是另成一人了，稱作「妳」，又是適切的了。

十四年之後，妳六十五歲，是個初老之人。我曾從鏡中想像妳的模樣，那必是以我現在的形貌為基礎加以細膩化損毀而得的。其實，我不關心形貌，想必妳能接受六十五歲的模樣如同現在的我完全接受五十一歲該有的樣子，我一向關心心智是否壯碩，靈魂是否朝向自由。

無數次，我眺望肉眼無法穿透的未來，自問：「我會在哪裡老？我的老年是什麼樣子？我會帶什麼進入老年？」

經歷了不能細述的薛西弗斯式的世間勞役，體察了無法言說的人生滋味，若有掌管的神守在六十五歲路口，拿著點名簿詢問每一個旅客：「你願意跨過這道門，進入老年嗎？」恐怕，背著行囊的我，當下會遲疑起來，要求祂讓我在路邊想一會兒。我回顧過去，茫茫渺渺卻又時而清晰的過往，感覺它與我無關了，印證班雅明所言：「人能夠閱讀自己的過去，正是因為這過去已經死了。」過去已逝，猶如城堡崩塌，留著一把城門鑰匙有何用處？展望前路，我知道那是艱辛且寂寞的末段旅途，說不定也有狼狽的路段。當此時，我恐怕會渴望童年時經歷的那一個美好黃昏，企盼如釋重負的睡眠，我會對祂說：「我的任務完成了，我想離開。」

那麼，妳就不必存在了。

但是，這只是猜想，人生，何時是按照我們的意願運行的？如果，命運要我踏入老年，且必須全程走完老年之路——世人以「福壽雙全」字樣精美包裝的老、病、死全程，我固然極不願意亦無法反抗，唯一能做的，是提早打點野外求生的行囊，慢慢鍛鍊能適應泥濘路況的能力，形塑理想中的老者形象——也就是妳，平靜地把末段人生走完。

妳，必須比現在的我堅強——應會如此，從我現在到妳所在的時間，還有十四年，我算得出籮筐裡還有哪些勞役未了，那一樁樁都是我的擔子，不可能逃避。服完這幾件勞役，想必堅毅更勝現在的我吧！但除了堅毅，可能也儲存了深沉的疲憊——精緻的疲憊是好的，有助於面對終結時刻來臨，能夠毫無眷戀地鬆手，就像甜美的睡意湧入疲憊的身軀。然而，在漫長的老年生活裡，積累過多的疲憊卻不是好事，這就是我要妳牢記的第一條守則：不要把因疲憊而滋生的「怨」帶進老年。

怨，讓妳覺得所有人都虧欠妳，妳不知不覺需索無度，時時刻刻想為自己喊冤、控訴、翻案、平反，久之，變成滿腹怨言、面目可憎的老人。

一件俗世任務落下來，總有人靠得近、有人站得遠，有人本能地承接、有人卸責，有人的生命格局不管走到何處都在第一現場，有人命中注定總有樹蔭遮涼。

希臘神話中，尋找金蘋果的赫丘力，先在高加索山釋放了因盜火而受罰的普羅米修斯，蒙他指點，來到亞特拉斯站立著以雙肩背負蒼天的地方。在這附近，夜神那機靈的女兒們看守著枝繁葉茂、結著閃亮金蘋果的聖園。普羅米修斯叫赫丘力不要自己去偷，最好讓亞特拉斯去。赫丘力答應亞特拉斯，幫他背負沉重的蒼天，好讓他去聖園偷摘金蘋果。亞特拉斯進入園子，殺了看守的巨龍，計誘夜神的女兒，順利地摘了三個金蘋果回來。他嘗到自由的快樂了，雙肩感到輕鬆，不想再受罪，正要離去，聰明的英雄赫丘力想到一條計策好讓自己脫身，他要求亞特拉斯：「讓我繞一條繩子在頭上吧，否則這重量會壓碎我！」亞特拉斯認為這是合理的要求，答應他，他以為只要代替赫丘力一兩分鐘即可，怎料，蒼天一移到亞特拉斯肩上，赫丘力撿起金蘋果一溜煙逃了。老實人總是被騙。

世間，總看得到亞特拉斯的子裔，站立著以雙肩擔負沉重的人間任務。老了的亞特拉斯，佝僂一身，不能再問為何讓他挑重擔，要問的是，任務是否圓滿達成，無愧無憾，若是，這事就該結案，交給遺忘，不必再計算勞役不均這等小事。因為，被妳計算的人永遠不知道妳耗費寶貴心力為他編了一本論文厚的反省簿、懺悔錄，妳得到的絕不會是公平（世間並無公平）與平靜，而是怨憎心起、善念枯竭的內心世界。我希望妳依然記得晉代左思詩句：「振衣千仞崗，濯足萬里流」，保有一份豪氣，將恩恩怨怨都灑向流水，如浮萍飄去，留一個無怨的人生。

第二個字，貪，請妳戒除貪念。

我一向不重視物質享受，想必妳亦如此。是以，這貪字指的不是飲讌起居，而是對生命的執著與貪慾：想要長壽，想要躲在病的薄紗掩飾之下留在人間，永遠享有活著的感覺。

萬萬不可，切記，萬萬不可！

當妳起念挽留：「留住吧，生命！」妳便不自覺地變成不敢面對疾病、無法思考死亡而凡事採取逃避的老小孩，妳所思所想都是如何祛病回春，妳會開始貪婪，認為家人應該全心全意照顧妳，把妳的「存活」視作生活重心、奮鬥標的，稍有不足，便遭妳斥責，甚至不惜翻帳本向家人討「人情債」，落入最俗不可耐的金錢投報率的計算。如果妳變成這樣的人，我真心地，義無反顧地，希望妳的生命終止於一場小型濾過性病毒的狂歡，讓猥鄙的場面不致發生。

妳要常常告訴自己，用一個特殊的聲音叮嚀自己，如同赫塞《流浪者之歌》（註），悉達多來到森林中那條長河，在河邊凝視自己映在河上的面容，意欲投河了結生命，就在這當口，「他聽到了一個聲音——一個來自他的靈魂深處、來自他的疲憊生命深處的聲音。那只是一個字，只是一個音節，他曾不加思索地隨口混念，但卻是古代一切婆羅門禱詞起首和結束要用的一個字——神聖的『唵』字真言，而它的涵義則是『完美』或『至善』。這個『唵』就在這個當口傳到悉達多的耳中，而使他那沉睡的靈魂猛然清醒過來。」希望妳也能找到自己的神聖真言，掛起一盞發亮的燈，即使逐日流失智能，亦能因這光明的指引而奮力地返回心靈居所，不變成浪遊的浮草。當妳回到心靈小屋，妳當能拾回理智，不受畏懼宰制，把「貪」這條心魔小蛇拎出門外，野放於山林，妳一生得之於自然的啟迪甚深，焉會不知，蓓蕾要綻放，枯葉應飄零。

回味李白詩：「夫天地者，萬物之逆旅也，光陰者，百代之過客也。」生命必有盡時，踏上險坡的時候，雙手要握著尊嚴，妳要像一條好漢。

第三，是我最不擔憂的，除非命運之神交給妳的「病役單」是癱瘓或失智，否則，妳應能秉承一生的習慣，活在文學與藝術所建構的行宮裡。法國作家蒙田認為，我們可以把老年託付給保護健康與智慧的神靈阿波羅，老年應過得愉快且合群。他懇求阿波羅：「別讓我為暮年羞愧難當，別讓我在晚年把詩與丟光。」

即使妳只剩一湯匙智能，我也希望文字是妳最後才遺忘的東西。

書寫，是妳這一生種種勞頓的珍貴補償，命運給妳坎坷，文學賜妳康莊，妳酣嘗這形下與形上兩個世界的滋味，勞頓苦役之鞭策，換得書寫世界裡無限悠遊，妳活著妳自己，也活著他人的那千瘡百孔的人生。在書寫國度裡，總有神奇的風吹拂妳的文字，被閱讀，被喜愛，如是多年。妳應當回想這些，心生感激，無比富足。而這一切的源頭，是一個十七歲少女發願要成為作家所開啟的，那純真且熱切的意念，不染塵不夾雜功利，一生以來，我時常省思自己的書寫步伐是否辜負了那十七歲少女的初衷，以此自惕。如今換妳，請妳讓那十七歲少女的心與眼來為妳的書寫生涯劃下句點，莫落入藏諸名山、聲名永傳的虛妄陷阱，莫興起造神鑄像的愚昧慾望。「你命在須臾，不久便要燒成灰或是幾根枯骨，也許只剩下一個名字，也許連名字都留不下來。名字只是虛聲，只是遙遠的迴響而已。」西元二世紀，瑪克斯·奧瑞利阿斯，這位更適於稱作哲學家的羅馬皇帝，在征途中寫下《沉思錄》。

我曾在散步途中，見到一棵豐美燦亮的欒樹，在風中盡情飄落細碎的黃花，地上紅磚縫隙都被碎花填滿，宛如鑲了金線。

我讚嘆這美景，視作是一句提醒：飄零也是一樁盛事，也是一種自由之美。

當妳老邁，妳的時代不再被當代珍惜，妳的文

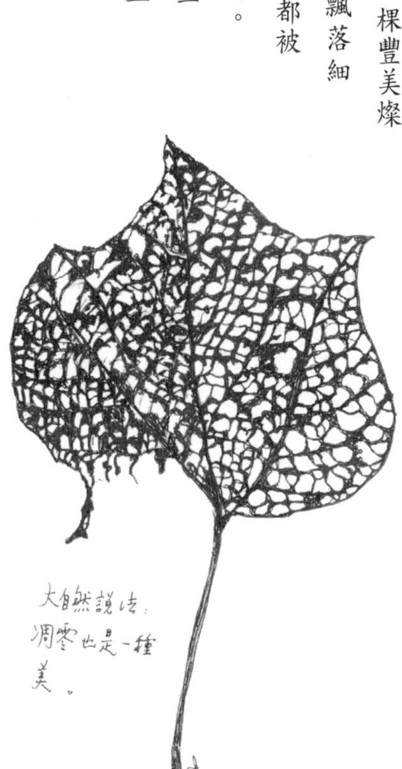

字不值得閱讀，無人在乎妳的書寫身分，當此時，妳要記起那位哲學家皇帝的箴言，學習那棵寶樹的瀟灑，把一切還諸天地。

第四，也是我較不擔憂的，但願妳繼續保有「慈悲」。

我不知道妳會在哪裡度過鎏銀歲月？服哪一種病役？老友們還在嗎？家人是否近在身旁？只知道我必須學習帶著知足與感恩的心，替自己製一雙好鞋，以備來日踏上老年旅程，好走一點。何等幸運，五十歲開始，我覺知應該做這種準備，才能換得妳，優雅地老去，堅毅地老去，慈悲地老去。等這世間的粗工與細活都做完了，且是盡可能完美地交卷了，有一天，妳可以帶著這小小的金色功勳，到主宰者面前（如果有的話），卸下亞特拉斯式的袍服，換得千年自由，做一名無面目無姓名無牽掛的野靈，悠遊於山水間，隨風而飛、因雨而詠嘆，不再做人。

最後，我希望妳時常稱誦的真言是：「我夠了。」

註：《流浪者之歌》，赫塞著，徐進夫譯，志文。

病，最後一項修煉

「我相信疾病是一串鑰匙，可以為我們打開某些門戶。我相信有些門戶，唯有疾病才能打開。有一種健康狀態不允許我們了解每一樣事情，也許疾病蒙蔽了某些真相，可是健康同樣也會蒙蔽另一些真相，或者使我們避開那些真相，而對之毫不關懷。我從來沒有遇到一個敢誇口說他從不生病的人，不多少是有點愚蠢的；就如從來沒有旅行過的人，我記得查爾路易．菲利浦很巧妙地說過，**疾病是窮人的旅行**。從不生病的人，對於許多不幸的事，無法產生真正的憐憫。」

——紀德《遣悲懷》（聶華苓譯，晨鐘）

歡歌與悲啼同在

記某日。

救護車多了起來。一輛鳴笛的救護車駛過那條路不久，換建築工地的重機械聲接棒，蹦、蹦、蹦，搥打地面，彷彿它的仇人們躲在地底，今天要一個個把他們搥出原形。蹦、蹦、蹦，漸漸變成背景噪音，讓人無奈地只能接受。接著，一隊綁著紅綵帶的黑車停在隔壁大樓門前，鞭炮猛地炸開，大約把重機械好不容易搥出來的敵人給嚇縮回去了。

新郎下車，後頭跟著伴郎及數台相機，還有兩部看來很專業的攝影機。大門口，有幾個年輕小姐攔著，看來是要給新郎通關難題的。果然，發號施令的那位，要新郎朝樓上大聲喊：「娟娟（假設這是新娘的名字）我愛妳！」

虎姑婆（假設這是她的本性）不滿意，「太小聲了！」四周笑開了。

今天是大喜之日，想必龍心大悅，新郎笑嘻嘻地，好似她們的喧鬧是婚禮中不可缺少的一部分，吸飽一口氣，再喊：「娟娟我愛妳！」

虎姑婆搖搖頭，尖聲笑說：「哎哎，妳們說，是不是太小聲了！不行不行！」四周也起鬨，重來啦重來啦！

「娟・娟・我愛・妳！」

喊聲蓋過重機械聲，四周笑翻了，紛紛舉起手機、相機、攝影機，取景拍照。

「不行不行，重來重來！」

「娟・娟・我愛・妳！」

四周笑得更浪了，左鄰右舍拉窗探頭，有的直接站在陽台，兩手支在欄杆上，偏頭看著。

「再來一次！」

「娟娟我愛妳！」

「再一次！」

我開始懷疑，攔在門口的這位虎姑婆小姐想必是新娘最貼心的姊妹淘，她的潛意識裡其實想拆散這對新人，因為她對新郎其實有一股禁不起分析、隱藏的愛意，她幻想過不同的情節，但怎曉得他們不必經過什麼阻礙就在雙方家長呵呵的笑聲中籌備了婚禮。當她下令要他喊「我愛妳！」，其實，她正在祕密地享受心儀的男子穿著英挺西裝、手拿一束唯美捧花在她面前喊「我愛妳！」的夢幻滋味，她貪婪起來，好美的一刻，不要停不要停不要停！

「娟・娟・我愛・妳！」

「用最大聲！」

「娟・娟・我愛・妳！」

虎姑婆透過手機問娟娟：「有沒有聽到？聽不清楚對不對？」

「再一次！」

「娟・娟・我愛・妳！」

這遊戲玩過了界限，旁觀人群中若有智者，可能會問新郎：「喜歡玩這種遊戲的娟娟，值得你娶回家嗎？你要不要再想清楚一點？」

咿哦咿哦，一輛救護車從另一條路經過。

忽然，沙啞的吶喊遊戲結束了，男男女女進了大門，留下一排黑車像一群肥肥的黑鵝，呆立在路邊。想必，當新郎見到新娘，獻上捧花時，救護車也抵達急診室，病人見到了醫生。當攝影機舉起，為這一室歡歌留下影音時，護士們也為患者量了血壓、抽了血，正要推去照X光，留下最新的骷髏身影。

有生有死，各忙各的人生，只是同在。

病役通知書

XX君惠鑒：

日月如梭，韶光易逝。閣下誤落塵罟，倏忽已數十寒暑。緬懷賢勞，宵衣旰食；翹企相會，常在念中。今，日薄西山，閣下病役佳期將至，特於XX醫院XX科，敬備「天人五衰」菲酌，以表歡迎之微忱。敬希祈　哂納。早日排憂銷愁，榮返仙鄉，共話巴山夜雨，再敘佳誼。

耑此　敬頌

病悅

病役司　敬呈

彷彿一群野獸住進家裡

「疾病是生命的暗面，一較幽暗的公民身分。每個來到這世界的人都握有雙重公民身分——既是健康王國的公民，也是疾病王國的公民。儘管我們都希望僅使用好護照，遲早我們每個人都會成為疾病王國的公民。」——蘇珊．桑塔格

1 宣判

一條獨木舟用了七八十年，航行大海的夢遠了，捕魚的網收了，但這舟是唯一忠實的夥伴；舟身布滿河流的印記，魚影蟹跡、苔痕水草裝飾著原有的紋路，雖然老舊，仍是堅固的依靠。每日放牧於小溪畔，天光雲影徘徊，野渡無人舟自橫，拍拍舟身，一起跟著天荒地老也未可知啊！

怎料到，起初僅是一線裂痕，竟像有隱形的斧頭日夜砍伐，舟身裂開。

醫生說：「先做個檢查。」開了檢驗單，意味著舟身將滑入蜿蜒的暗流。X光、驗血、驗尿、驗糞、驗痰，心電圖、內視鏡、超音波、電腦斷層、核磁共振……，偵察兵尋找敵跡，造謎與解謎者鬥智角力。終於，看報告的時刻到了，燈號亮起，你在家人的陪伴下推門進入診間，坐在小圓凳

上，家人站著。醫生盯著電腦螢幕，正在解讀你的體內小宇宙。那黑白影像顯現了一副無血無淚的骷髏架，那展開的臟器類似迷航於外太空的衛星或是被狂沙埋沒的上古廢墟，清空的腸道比較像地下鐵或礦坑運煤車。總之，很難相信這些影像跟你有關，那上面既沒有你的名字、笑容，也沒有性格、故事，像一堆毫無意義的「東西」，可是，這些「東西」將決定你能否繼續保有故事、性格、笑容、名字，保有你根深柢固認為那有血有淚、有情有義的「真實」。

醫生的眉頭鎖著，不吭聲，表情嚴肅，繼續觀看，有一處影像被放大，他把螢幕轉向你們，說：「這個地方怪怪的，我懷疑是壞東西。」

這是溫和的言說策略，以略帶不明確的盪漾語氣，指向黑色路徑，造成懸疑感但不是法槌敲下的宣判感，讓病人與家屬因「壞東西」而自行聯想到惡性腫瘤可是又因「懷疑」語句而存著一絲希望。目前，只是懷疑而已。

另一張病理檢驗需求開出了，住院、切片。舟身，已滑入蜿蜒暗流。

從未發現，等待真相的過程是這麼煎熬。「害怕」就像一陣蝗風，飛臨你的農田，嗡嗡嚙咬每一條神經、每一束肌肉像嘗著香甜的玉米株、高粱桿。「沮喪」是氾濫的川流，淹沒路徑，浮起鼠屍。「時間」，原本流暢的時間，其實是殘忍的整人刑具：一個鐵圈套在你身上，二十四條鐵鍊繫住二十四匹馬，有人揚鞭，馬匹翹首嘶叫，扯動鍊條，分不了屍，只是凌遲。

你寢食難安，吞的每一口飯都像燙鐵，夜來輾轉，像有人拿你當麵糰在揉。你嘆的氣比說的話多，老友來電關切，你不自覺地哽咽。你想要禱告、祈求，才發現信仰是太平盛世裡的事，你只會在燈光明亮、冷氣充足、信眾聚集的會所祈禱，你從未孤獨地在深沉的黑暗中與神對話，你的禱詞一向只有保平安、護健康、生意興隆、事業發達、金榜題名，你從未呼喚「請拿走我的害怕，請醫治我的脆弱」，以致握水杯時手會抖，呼求時心亂如麻。

身體怪怪的，說不上來，你有不好的預感。那日出了診間，你兒子又進去找醫生，出來後，你問他，他只說：「沒啦，問清楚做什麼檢查，都搞定了。」你懷疑他瞞你，但又響起醫生所說的「懷疑」字句，勸自己不要想太多，老了都會這樣，應該沒事。電話中，老友舉了好多例子說明「懷疑」是普遍用法，那些醫生都愛做檢查，「懷疑」跟健保給付有關，結果都沒事，「放心啦，沒事的啦！」你發覺這番話組成強而有力的禁衛軍隊伍，趕走刺客般的害怕心理。每當你感到心浮浮地、胸口發悶，那番話便播放，如高懸在監獄牆上的大喇叭，日夜放送，你因此得了幾夜安眠。

宣判日到了。兒子去看報告，要你在家。你打開電視，翻報紙，走動，關電視，喝水，又開電視。拿起電話撥兒子手機，轉入語音信箱。你關電視，想找人講話，偏偏沒人接。你低頭誦唸，祈求神的慈悲，賜你健康，你才七十五歲，還不應該生大病。

兒子來電，說：「沒事啦，不過有些發炎，醫生說要治療。你不要想太多，沒事啦！」

你連連打電話給老友，大笑說：「沒事沒事，我整個人都輕鬆了！」

2 瞞

「要不要告訴他真相？」

子女們背地裡聚會，商量病情。首先為有人沒空來這件事，大家發了一陣怨辭，接著，聆聽判決的人報告醫生診斷與治療方針。有人查資料做了簡報，順便提供打聽來的病訊。要不要換醫院找名醫再做確認，要不要告訴他真相？

「你看他這陣子脆弱成那個樣子，能講嗎？」

「不講怎麼往下走啊？化療是什麼意思，他又不是笨蛋？」

「要講，你去講，嚇死他了你負責！」

「你這什麼話？你那麼行以後你帶他去看病！」

因為，屋簷下領航的你，從未在任何一次歡愉的聚餐之後，與子女談論生命觀、人生價值，所有跟五斗米、存摺無關的事項不在你的興趣範圍。你忌談疾病，視死亡為妖邪。你喜歡分享養生之道、長壽故事，誇讚某某先生鶴齡九六仍然面色紅潤，某某人瑞百歲猶能穿針。你展現了對生的眷戀，不能有一根頭髮掉入湯鍋般地，凡涉及疾病、死亡，便是穢念，是仇敵的狠毒陰謀，誰敢提及死，必可斬殺之。唯有永不涉及死的課題，便可永生。啊！永生，彷彿永遠以童女之身無止境地在現世輪迴；此刻是垂老之人，下一刻，不可思議的陽光照耀到你，便於瞬間回復成青春少年、蓓蕾少女。所以，不能放棄，不可輕易被邪道說動，說什麼凡人終將一死！不，是不死，死的是凡人病人他人古人，死的不會是我，我永生！所以，誰也不准在我面前談死！

你從未有一句話叮嚀子女：「身體是我的，任何情況，你們不可以瞞我。」你從不認為你會生病，以致，當你生病，一群野獸立刻住進家裡。

3 誰應該

如果你認為你不應該生病，請問誰應該「負責」生病？

如果你認為七十五歲「還」不應該生病，請問幾歲生病才是「適當」的？「八十五歲。」有個聲音這麼說，聽起來頗合理。但是，我們從沒聽過八十五歲的人認為自己應該生病了，他們搖搖頭，指向九十五歲。而九十五歲的人，想再多活幾年，有位老爺爺告訴子女他要拼一百歲，整數。

這就是了，不管幾歲，每個人都認為自己不應該被病魔纏住而斷送性命，病魔應該從最年長的開始清查；若照這個遊戲規則，九五的鬆一口氣，八五的露出笑容，七五的可以去樹下納涼。

問題是，遊戲規則不是人訂的。不獨人的壽夭不照長幼順序、不抽號碼牌先到先辦，任何物種生命皆如此。這是自然定律、生命通則，而每一個人——帝王將相或販夫走卒——無不受這亙古洶湧、驚濤駭浪奔騰而下的生命長河管轄；我們若不受制，就不會在這世上，我們既在世上，就受制於律法。奔流之中，那飛迸的水花——無數水滴猶如無數生命——對沛然莫之能禦的怒江而言，不須一顧，亦無損其浩蕩，然自每一水滴視之，其唯一能體會的真實是自我存在，浩瀚長河過於浩瀚反倒成為虛幻了。而事實恰好相反，真實的是亙古奔騰的生命流域，虛幻的是瞬間生滅的個我。

若曾在片刻之間，這渺小如芥子如微塵的個我暫時放下「我」的概念而任憑意識神遊於億萬千百年以來的時空流轉之中，這偶開的天眼見識了自然定律、生命通則亦無私地管轄千古以降之帝王、英雄、文豪，以病為鉤為廷杖，令其殞落，則回顧自身，思之再三，七十五歲（或往上八十、八十五，往下七十、六十五）罹病災，有何冤屈？

能夠參天地之化育，以人身經歷這一趟行旅，是奇蹟。能夠跨越六十五老年線，從容地完成人生夢想、家庭任務，更是無上恩典。「使我能有一次奢靡的死亡」，寫下這麼氣派的句子的詩人濟慈卻在二十六歲病死。亞歷山大大帝三十三歲逝，莫札特貧病交迫，死於三十五歲。徐志摩墜機，三十五歲逝。梵谷一生抑鬱，遺言：「悲傷會永遠留存」，三十七歲自殺，親弟弟西奧悲傷過度，次年亦逝，葬於兄旁。他們沒有機會跨過三十、四十年線，生命短暫卻永遠絢爛。與之相較，六十五歲之後才需面對疾厄的現代人，還能喊不夠嗎？況且，數不盡命運乖舛的老者，遭逢不幸，仍需扛負家庭重擔，照顧癱病的子女、無依的雛孫，老邁貧病卻不能歇息，與之相較，已完成任務卸下重軛的人，還能捶胸頓足地喊不公平嗎？還能抗拒、號叫、抱怨、發怒像一個在地上耍賴打滾、不值得半點尊敬的小孩嗎？

你不應該生病，誰應該？

4 疒部

疒，音「牀」，人躺在牀上的樣子，會其意為患病。病，小篆「病」字，從疒、丙聲，本義作「疾加」解。疾為較輕的病恙，疾加劇——體溫劇昇、性亦焦躁，叫做病。

翻開辭書「疒」部，痌瘝在抱，疔瘡纏身，癡瘋發作，痀瘻難行，瘢痕歷歷，滿目瘡痍。一百九十多個部首，就屬這一部最像哀嚎不絕的屠宰場，是以，落入這部首的人鬼叫幾聲也是合乎情理的。這病字部會，有我最嫌惡的成語「吮癰舐痔」，一百七十多個疒族文字，只有「癡雨」、「癯仙」、「瘦雪」保有美感，其餘皆令人心情潰瘍，以頭撞牆。

什麼人生什麼病，有些是，有些無道理可言；病，不是只給「經年努力追求」這種病的人得的，也像發票一樣，只不過買了一份報紙，那張發票竟中了頭獎。「為什麼？」這三個字像三把小刀，每一把都刺向自己。原因不明，是最常用的說法，只能歸諸遺傳。所謂遺傳，就是回家怪父母、祖父母、曾祖父母的意思。

某醫院病房，一位五十多歲罹癌婦女每日放聲嘶吼、哭喊、控訴：「為什麼給我得這種病？我不甘願！」吵得隔床不得安寧，回嗆：「哭什麼？我全身都是癌，妳才一個地方而已，哭什麼？」仿若地獄問答。

婦人堅持不治療，日日咒罵，不多時而絕。她極度不甘心，咬牙切齒地恨，以一死赴黃泉找那司命的神算帳！

一樁病，把人間變成地獄。如果，病是不可逆轉的，如果，病途的終點指向死亡，我們只能用這種方式面對嗎？這是我們最喜愛的方式嗎？

《莊子．大宗師第六》，有四個好朋友：子祀、子輿、子犁、子來，這四人喜歡探討生老病死之道；把「無」看作頭部，將「生」當成背脊，把「死」視作臀部，生老病死是渾然一體的，不可分割。

有一天，子輿生病了，病得不輕，子祀去看他。子輿彎腰駝背，軀幹都變形了，自語：「造物者真是偉大，把我變得如此彎曲！」他氣定神閒，蹣跚地走到井邊照看自己的樣子，仍不住地讚歎造物者的神力。子祀問他：「汝惡之乎？」你會不會討厭這副模樣？子輿笑著安慰老友：「我怎會討厭呢？如果造物者的神力把我的左臂變成公雞，我就用牠來報曉，如果把我的右臂變成彈丸，我就用來打小鳥，如果把我的臀部變成車輛、精神化成駿馬，我正好用來馳騁一番！」

對於生命，「得者，時也；失者，順也。安時而處順，哀樂不能入也。」

沒多久，換子來生病了，「喘喘然將死」，妻兒們圍著他哭泣，老朋友子犁來探視，看到子來妻兒啼哭的樣子，喝斥他們：「嚇！走開，不要驚擾子來的變化！」接著，子來講了一段名言：「夫大塊載我以形，勞我以生，佚我以老，息我以死。故善吾生者，乃所以善吾死也。」

生老病死既是一體成形、一氣呵成之事，人不妨安時知命，順勢自然。「以天地為大鑪，以造化為大治」，把天地當成大熔爐，造物者是大鐵匠，管祂要把人煉成什麼樣子！

什麼人生什麼病，不可臆測，也不重要。重要是，生了那種病，你變成什麼樣的人？

5 廝殺

都說，老者是智慧化身，這話不是定理。歌德八十二歲時說：「人們時常以為，人必須歲數老大才能成為高明，但是歲數大了而要保持和年輕時候同樣聰明，實在是漸漸困難起來的。人在不同的生活時期，或許成為不同的人，但不能說是變成更好的人。」

古人壽短，五六十歲算長的，這年紀確實是智慧發光的時候，加上一旦罹病，不消一兩年（甚至只有數月）即殞逝，家人門生故舊老鄰來不及看到他久病纏身的模樣，沒機會見識腦部額葉顳葉病變所引發的失智症狀，其智慧語錄言猶在耳，自然是音容恆在，智者形象長存。

現代醫學文明，既是延命也是延病，八九十不算高齡，有潛力拿百歲金牌的人只會愈多不會愈少。帶病延年是現今醫療惠賜給老人的福利，久病纏身，一纏十幾年，時有所聞。是以，家人門生故舊老鄰有機會見識其病史，閱讀老人心理學與疾病心理學雙主修內容，猶如混讀《黑暗的心》與《塊肉餘生記》之病榻改寫版。

如果一個人年輕時不夠智慧，也從不認為應該提煉智慧，何以見得老了就變成智慧化身？天底下有這麼便宜的事，智慧若是老年贈品，那我們混吃賴活等著死前變智慧就行了，何必辛苦修煉？

如果年輕時從未預習這一門關鍵的人生課程「跟疾病相處」，如何期許他到了七八十歲（甚至更高齡）進入病途時，能展現一種肚量，視疾病為遲來的么兒或么女，小心呵護無任何不耐：若是中風半癱，那是前世失散的手足來訪，需誦念「他不重，他是我兄弟」。除此之外，夢中情人躲藏於心臟，天使降臨於肝，都是等著帶領我們離開塵世的使者。

如果社會養成一種風氣，老者不畏懼談論疾病、死亡，不視之為不潔、詛咒、瘟病、罪愆，而是尋常的杜鵑花潮、楓紅或冬雪，那麼，病痛的耐受力會不會高一點，是不是更輕靈點兒，更樂於享受生命，更從容一些，更勇於道再見，就像何其芳〈貨郎〉中的老者，「我們這倔強的瘦瘦的朋友又戴上他的寬邊草帽了，夕陽燦爛。……他又舉起手裡的鼓，正如我們向我們的朋友告別時高高舉起帽子，搖得綳綳、綳地響了起來。」

道再見的時候，夕陽燦爛，何等氣象！

然而，實況往往相反。逛醫院像逛百貨公司，選醫生像選女婿，活在病情加劇、腫瘤旁生的恐懼裡。恐懼中，那病是真的，雖然檢驗報告稱正常，但病者斬釘截鐵相信，醫療檢查的盲點與極限恰好都發生在他身上。那躲在體內的惡病極為兇狠，化整為零，隱在正常細胞的縫隙，以至於超音波、斷層掃瞄都無法偵測。

於是，低潮來襲，度日無歡，感受不到人生歡愉的老病之人，活著最大的功效就是送幾朵烏雲給周圍的人，如一台烏雲製造機。

病中烏雲，夾著悶雷，情景如下：「唉喲喂呀，我唉喲喂呀痛死了喔，救救我不要痛啊，嗚，我命苦啊！唉喲喂呀，要死也不快死去啊，這樣受罪喔……」侍病者見長者如此哀嚎，神色慌張不知如何是好，持止痛藥請他服下，他說這藥無效、傷胃，不願服用，侍病者說：「熱敷好不好？側躺好不好？幫你按摩好不好？要不然煮個魚湯你熱熱喝好不好？」

「唉喲喂呀受不了（拍打床邊），得這什麼病這樣難受，×醫生你這個沒用的人，當什麼醫生，治不好我，你有什麼臉當醫生，你滾蛋吧你，你讓我這樣痛！受不了啊受不了啊！……」

我們觀看病中老人，如觀看一生修煉的總檢驗。有時，可以看到自己父母在與病魔纏鬥的過程中展現出過人的膽識與出類拔萃的智慧，這是幸運的，父母以肉身示範教學，教子女寶貴的最後一堂課，我們必須認真學習。有時，看到的是至親一路潰敗，遂目睹病魔的手法，如何令病者哀叫、咆哮、恐懼。當此時，我們必須堅毅，設停損點，不可讓病魔搏攫至親之後，又以至親為餌，擒拿了一家而分崩離析。

每一個病中長者都可以開我們的眼。要不，看到抵擋的勇氣、愛的行動；要不，看到強敵壓境，一路殘殺。

值得省思的是，人會不知不覺擱淺於暗礁間，活在恐懼、焦慮、憂愁之中，卻又冀望無止境地延壽。究其根柢，這豈是熱愛生命？不，他不愛生命，愛的是擁有的感覺，愛的是主權，故不許被奪。生命，應該賞給想要尋求意義、開墾快樂與眾人分享的人，把生命賜給一個成天抱怨的人真是暴殄天物，還讓他高壽，真是豈有此理！

需儲存多少哲學與信仰的靈糧，囤藏多少文學、音樂、藝術之真善美，一個濁骨凡胎吃過八萬七千頓之後，才不會變成一個哀嚎的老人？

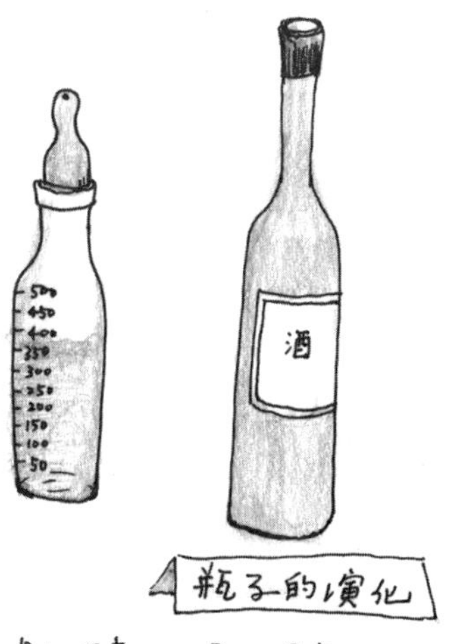

瓶子的演化

喝奶要專心，喝酒要盡興
打點滴，要認份。

6 病中日月長

戰場上的時間過得最快。天色甫暗，早月還只是一枚薄薄的唇印，埋伏在深山叢林的突擊兵已分頭行動，在夜的掩護下，摸入敵營，才激戰一回合，已是東方大白。病榻上的時間最慢，像蝸牛，不，像受了傷的蝸牛，只比微風吹滾一片厚紙板的速度快些，比鉛塊溶化的速度快些。安養中心病榻上，盯著床頭鐘的老者，專神地看著秒數，凌晨四點二十九分三十四秒。他別過頭，改看天花板。一閉上眼，把自己一生，好友的一生，敵人的一生都各想一遍了，怎麼才過了二十分鐘？迷迷糊糊睡過去，醒來，終於過了五點。

7 長壽稅

他，笑臉迎人，散發著好老師的特質。第一次見面，他自嘲自己的名字「張鑫熙」唸三遍聽起來就像「髒兮兮」，適度的幽默感，釋放溫煦，像暖和的日光。在我演講之後，他還遞上宜蘭自家親戚做的豆腐乳，這是純樸的鄉親情感，我歡喜接受，快樂合影。第二次見面，也是演講，他發揮美術老師專長，將我的照片與海報做了美化，裱框以作紀念，我亦歡喜接受，快樂合影。

忽然，寒冬時節傳來他猝逝的消息，學生的留言與追思灌滿臉書，不及四十歲，正是發光發熱的時候，來不及實現夢想，來不及看到兒女自立，來不及把指頭的粉筆灰洗乾淨，來不及好好告別，一朵燦爛的向日葵硬生生地折斷了。

那麼，安全地跨過五十五歲、六十五歲、七十五歲的人有什麼好抱怨？我們真的看不懂造物主的帳冊；一個才華洋溢的年輕人死於二十六，正當旺盛的壯年人死於三十七歲，可是一個滿腹牢騷天天哀嘆、抱怨的老年人卻抵達八十九，上看九十歲毫無問題。彼太薄，此太厚，上天賜彼壽夭，賜此壽長，豈有「好生之德」？思及此，心生憤然，不只不想敬天，還想瞪祂一眼。

如果，陽壽也像收入一樣，可以重新分配或課徵一點富人稅（長壽稅），該有多好！

8 活到幾歲才夠？

《揭開老化之謎》提及，十七世紀一個名叫湯瑪士．帕爾的英國農夫，聲稱自己一百五十歲了，受到國王召見到宮廷來「展覽」人瑞模樣，卻不幸感染風寒一命嗚呼，遺體由權威醫生解剖以揭開長壽之鑰，但解剖報告說，帕爾先生的內臟不像活了一百五十多年的樣子。總之，這是個騙局，帕爾騙到了一席之地：葬在西敏寺，與英國歷史上最著名的詩人、藝術家、科學家和政治家躺在一起。

報載，美國有位「人體冷藏法」專家於九十二歲過世，他的身體被急速冷凍，存放於大量液態氮內，在攝氏零下一百九十六度的實驗室，等待有一天醫學科技進步到能治癒任何疾病時再退冰，治療、還魂、重生。這位老兄（我本想用「老番顛」）臨死前認為，每個人都可以長生不死。不過，如果能重生，那他得處理棘手問題，因為前後兩任太太都緊緊地躺在他旁邊。

看到這則報導，實在不能怪我喜歡盧梭，他說：「如果我們永遠不死，我們反而會成為十分不幸的人。……如果有人允許我們在這個世界上長生不老，請問誰願意接受這不祥的禮物？」

長壽慾望，像中了蠱毒，企求福如東海、壽比南山，其嚴重性不下於強迫症。當然，也有些非自願的長壽者，上天給了他們不可思議的長壽基因；一位九十五歲老阿嬤住安養院，自怨：「我活太長了！」一位老爺爺九十九歲即將破百，對子女說：「活一百歲很辛苦，是不是有什麼單位可以頒個獎牌給我？」

根據內政部二〇一二年資料，台灣最高齡的是兩位一百一十二歲的女阿祖（不，應該是阿太），百歲人瑞共有一千八百七十六人，比去年多了三百八十七人，當然是女性多過於男性。

「我要活到幾歲才夠？」這問題宜於健康時自我詰問，養出不忮不求的隨緣心態，以免邁入老年，恐病懼死，觳觫如一隻無辜的羔羊，變成一個不用功學習「生死學」的老人！

活到責任善盡，活到工作完成，活到能留下愛與溫暖的存糧，就夠了。

追隨歌德九年，門人兼祕書的愛克爾曼撰寫《歌德對話錄》，一八三一年記錄著：「歌德把以前還缺著的第四幕（《浮士德》）在其後的幾星期內完成，在八月裡第二部全體合訂起來，完全告成了。他那麼長久努力追求的目標終於達到了，這使他非常快樂。『我以後的生命，』他說，『我今後可以把它看做純粹的贈品了。』」

歌德逝於一八三二年，八十三歲，享有七個月的贈品。一個人能工作到離世前七個月，以豐沛的靈泉完成不朽巨著，哺育後世無數心靈，這是何等的榮寵，偉哉歌德！

9 你準備好服病役了嗎？

總是如此，年輕時被叫「蜜糖」，老來得了「糖尿病」，妖嬌時提過「鉑金包」，老了拖著「柏金森」。我要記得勞役始祖薛西弗斯的勤奮精神與歌德的帝王氣象，以此面對創作、人生以及步入老年（如果有的話）的病役軍種。當然，幽默感是我一生的布娃娃、絨毛玩具，我打算把它繫在腰間，晃盪晃盪地，去見我的主治醫生。那麼，醫生看著斷層掃瞄，就有以下情節：

「您要喝什麼？」護士的助理問我。

「熱咖啡，加糖跟奶油球，謝謝。」我說。

「嗯，有意思，」醫生啜了一口熱茶，熱霧撲上鏡片，他霧著一隻眼，看起來挺滑稽。「簡小姐，有個頑皮的腫瘤在肺這裡，有點大咧！」

「真的哦！在哪裡在哪裡？」我取下眼鏡，睜大眼看螢幕，其實看不太懂，但大概知道有顆乒乓球窩在那裡。

「醫生，你看大概幾克拉？」

「什麼？」他狐疑，以為自己置身珠寶店。

「多大啦！」我掏出筆記本，這是職業病使然。

「鴿子蛋！」他也改用具體物項來形容，好讓我明白肺上鑲的是碎鑽還是別針。看起來是別針了。

「你有什麼建議？」我問，「我來不來得及把作品看一遍修一修，想一想要不要犧牲幾棵樹出全集！一般作家都會這麼做！唉，要命，我越來越像一般作家了！」

醫生沒搭腔，叫喚護士小姐，要她開禮物櫃，這年頭流行送病人禮物，小病小禮，大病大禮。

護士問：「送簡小姐什麼？」

醫生說：「南極旅遊。」

「這麼大的禮，」我說：「醫生，你要不要跟我一起去？」

「去南極呀？」

「不，去死。」

我們兩個哈哈笑起來，笑出了淚，護士嘀咕一句：「神經！」

如果，我真的可以跟醫生開自己病情的玩笑，那是什麼樣的社會，那是什麼樣的生活，那是什麼樣的我？

10 病榻戰火

家中有生病的父母，十之八九會出現火拚場面；輕者唇槍舌戰，重則動手扭打。病魔張大了口，化成一座火爐，藉此檢驗這戶人家的親情是真金不怕火煉，還是一把乾草，一燒成灰！

起火點，大約不出：

一、經濟因素：疾病與金錢形成共伴效應，錢字風暴，吹得一家窗破牆倒。龐大的醫療照護費用，如何分攤？病榻前，各攤各的帳本，算帳的話語豈有好聽的？兄弟姊妹若本來就有裂痕，再加上伴侶「攪拌」，難逃絕裂場面。可憐的是，躺在床上的那個老父及半病的老母，是病了，不是聾了瞎了呆了，看子女賞他們一齣火爆劇情，怎能不感慨？

二、醫療策略：開刀派與棄刀派論戰，中醫與西醫對決，致使生病的老父或老母無所適從；大兒子把中藥丟了要他吃西藥，二兒子把西藥丟了要他吃中藥，病苦、心苦，雙重煎熬，自己偷偷吃草藥，吃出洗腎結局。大兒子罵：「你就是不聽我的話才這樣！」二兒子搥桌子：「你為什麼不聽我的話？」但大兒子與二兒子早已不講話了。

三、照顧方式：不同的疾病有不同的病程，老父老母的最後一段路可能纏綿病榻十年，可能如猛獸攻擊只戰了數月半載，前者長路迢遙磨得一家山窮水盡，後者戰況激烈度日如年。

誰負責照顧？誰主動站出來說：「我來照顧，你們不必擔心！」

即使送進安養院、照護中心，也要有一個主要聯絡者，誰是留下電話二十四小時聽候差遣的人？若是在家僱請外傭照顧，誰是送醫陪病、料理龐雜家務、聆聽病者情緒的人？生兒二三、生女三四，最後，哪一個兒子（通常是兒子）待在身邊掌兵符？哪一個無血緣、無養育的別人家女兒做了媳婦，擔任總務大臣？

裂痕，由此迸生，「為什麼是我？」這句話很難不在負責照顧者腦中浮現，他不是不愛父母，不是不肯憐惜承受病苦的至親，他只是太不平衡了。

是以，真實案例如下：被送至安養院的老人家出現新病況，需討論醫療方式。院方聯絡兒子，他說：「兒子不只我一個，你幹嘛老叫我？」聯絡另一個兒子，他說：「我人在大陸哈爾濱，你打給我姊。」聯絡女兒，她說：「我是嫁出去的女兒，這種事應該由兩個兒子處理才對！」可憐的病癱老人躺在床上呻吟，可憐的小職員到處撥電話，終於又找到第一個兒子，稟明聯絡情況，他發火了：「什麼叫嫁出去的女兒？分財產的時候怎麼不說她是嫁出去的女兒不要拿，啪！」掛電話了。小職員鼓起勇氣一撥再撥，哀求曰：「大哥，你別生氣好不好，我們真的需要家屬來一趟做決定，不然婆婆愈來愈難受……，大哥，求求你（快哭了），可不可以今天過來？」夫婦倆不甘不願來了，也不進房探視老母，只在櫃檯談話，院方說婆婆恐怕要洗腎了，媳婦曰：「洗什麼腎，苦她還不死，洗什麼腎？」

這來自地獄的話語重創兩個人，一個是房裡老母，沒多久她厭食接著出現併發症而亡，另一個是小職員，她冷透了心辭職，寧願去熱呼呼早餐店工作也不要看盡冷酷人生。

真實案例又如下：半癱瘓老父住二兒家，一、三、四兒，有遠居他鄉的，有「另一半」抵死表明不照顧老人的，有站得遠遠地不過問家事的。遠居他鄉的，回來探望像做客，站得遠遠的買一盒蛋糕恩情大過天，抵死不從的說：「出錢可以，出力辦不到」。有一天，二兒二媳吵了架，「媳婦有四個，為什麼全賴給我？你的兄弟疼老婆，你這樣對我你摸摸良心，我不做可不可以？我不做可不可以？」桌上物件被掃落，鏗鏗鏘鏘，音量飆高繞梁三匝，語句紅火猶如烙鐵，「離婚」二字也說出口了。這時，房門口，癱瘓老父爬了出來，霜髮白髭、淚流滿面，說：「對不起……，都是我拖累你們，不要吵架，不要離婚……」

戰火，在病榻前蔓延，燒出人性底層最猙獰的原形。帶病延壽的老人生不如死，眼睜睜看著一生劬勞換得親情薄如一張紙。

最後，連同那具冰冷身軀，一個家火化了。

請問，病的是誰？

病之遐想

身體一向不佳、飽受精神煎熬的維吉尼亞．伍爾芙，難得用詼諧的筆調〈論生病〉（註）：

「生病是如此司空見慣，而它所帶來的精神變化是如此巨大，……感冒的一次輕微的攻擊卻使人看到了靈魂中的荒野和沙漠，熱度的些微升高所揭示的竟是點綴著鮮豔花朵的草坪和峭壁，病懨懨的行為在我們心中連根拔起的居然是那古老而執拗的橡樹，在我們去拔牙齒，又在牙醫的扶手椅上清醒過來，卻把他『漱漱嘴——漱漱嘴』的聲音與上帝從天堂的地面俯身歡迎我們的問候聲混淆起來時，我們竟是如此的沉溺於死亡之池中，感覺到湮滅之水就在我們的頭頂上邊……」

伍爾芙滔滔申論，文學過於關注心靈，視軀體不過是一片白玻璃，通過它看到心靈，此外毫無價值。她用一支筆尖輕輕翻了面，「所有的白天、所有的夜晚，軀體都在干預插手，……在六月的暖和中變成軟蠟，在二月的陰暗中凝成硬脂，那裡面的心靈只能透過這玻璃——汙跡斑斑的或者玫瑰色的——注視外面。」所以，心靈必須經歷軀體與整個那沒完沒了的變化過程，直到最終不可避免的瓦解來臨，靈魂才能逃逸。伍爾芙因此拉高聲調（想像她正站在質詢台，坐在官員席的就是一群削尖腦袋思索人類偉大主題以舞文弄墨的作家們），振振有辭：「愛情必須下台以支持那一百零四度的高燒，嫉妒要讓位給坐骨的劇痛，失眠扮演的是惡棍的角色，英雄則變成了一種帶甜味的白色液體——那有著飛蛾眼睛和羽毛腳的偉大王子，他其中的一個名字是三氯乙醛（一種消炎止咳藥水）。」

如果，我坐在官員席，想必腦袋瓜不是削得最尖的但手沒停過在紙上畫小圖譬如一只口紅印水杯、裂痕眼鏡或一坨受蒼蠅愛戴的軟物這等跟心靈無關的東西，遂忍不住站起來發言：「尊敬的伍爾芙祖奶奶，您怎麼可以叫我們做您自己做不到的事呢？您自十三歲首次精神崩潰以來受病魔糾纏幾度活不下去，您《航向燈塔》也沒航向疾病，您的《歐蘭朵》穿越三百四十多年寫性別、愛情、人生、放逐、真理、詩，就是沒寫軀體這片白玻璃如何承受永恆的孤獨！而且，雖然您口口聲聲叫愛情下台，換寫一百零四度高燒，可是您自己寫生病也寫出這種句子：『每個人的內心都有一片原始森林，一片甚至連飛鳥的足跡都是聞所未聞的雪原。在那兒我們獨往獨來，而且但願如此。老是被人同情、被人陪伴、被人理解將會使人難以忍受。……』瞧，對付疾病最佳的方式不是把它擴大，是將它縮小，縮成一克拉鑽戒或一顆痣，不是停駐於軀體，是遁隱於心靈。所以，您所謂『小說本該奉獻給感冒，史詩該忠實於傷寒，頌歌應獻身給肺炎，抒情詩則須盡心於牙痛。』我打算以讀者的註釋自由，解讀為：感冒時，適合讀偵探小說或羅曼史，害了傷寒讀荷馬史詩是不錯的選擇，肺炎需咳嗽吐痰跑進跑出適合頌歌，牙痛因位置靠近腦部，適合讀濟慈『生命是沒開的玫瑰的希望；是同一故事永遠不同的誦讀；是少女的面紗的輕輕揭露；是一隻鴿子翻飛在清朗的夏空；是一個不知憂愁的小學童騎著一條有彈性的榆樹枝。』」

不過，我倒是同意祖奶奶對疾病語言過於貧乏的看法：「女學生在陷入熱戀時，有莎士比亞和濟慈為她表述衷情，可是讓一個病人試著向醫生描述他的頭疼，其語言立即就變得乾巴巴了……他被迫自己去鑄煉詞語……」

這番話一針見血地點出我們駕馭語言以鋪橋造路的能力太差，無法擺脫「痛、脹、怪怪的、不舒服」這些低階語句的控制而升級到使用高密度的精緻語言來描述輸尿管裡一顆小結石所引發的潮騷似的刺痛。但是，反過來講，幸好大家描述病痛的語言趨向貧乏，要不，像我們這種擅長描述的人，藉由朗誦一首詩陳述病情時，會被警衛從診間拖出直接丟到大馬路，護士把詩頁跟精神科轉診單釘在一起，也扔了過來。

病，都是醜的，即使是心病，發作起來亦是醜態畢露。既是醜，談之引人心煩，不如不說。然而，有些病不是懶得說，是說不出口。在特殊的時空背景下，社會對某些疾病懷有潛藏的敵意，視為敗德或生活靡爛所致；譬如，梅毒，是敗壞精神、殘害身體的傳染病，痲瘋病患者是腐敗社會的象徵——吳兆鈞導演《索瑪花開的季節》記錄大陸四川偏遠山區彝族村落，因痲瘋病受到隔絕，當地政府亦任其自生自滅。得病者，遭受歧視、孤立，形同被遺棄。

蘇珊・桑塔格（Susan Sontag）《疾病的隱喻》開宗明義說：「要在未受隱喻汙染的疾病王國定居是件幾乎不可能的事。」她舉出特別受到「隱喻」綑綁的疾病：十九世紀結核病和二十世紀癌症，後來又加入愛滋病。

當醫學無力解謎、醫療常識尚未吹成普遍的風時，這些病就像一棵害了病蟲的行道樹，被掛上破傘、爛鞋及死貓屍，行人掩鼻疾走，兒童朝它丟石子，男人們說這是邪樹不如砍掉。臭的不是害病的樹，是樹上的死貓。一種病，不只生在個人身上，恰好也像探測器探出社會集體潛意識底層、因這病而生成的意識形態魔鬼。《疾病的隱喻》於一九七八年出版，彼時其筆下的「癌」是「惡魔的妊娠……，在那裡腆著腫脹肚子的那個人是孕育著自己的死亡。」出書十年後作者亦自癌中復原，對癌的看法已改變：「罹癌不再是恥辱，『不體面社會身分』的創造者。」可知，醫學進步不僅治療疾病，亦揭開蒙在世人眼前的汙穢面紗，驅除心魔，使禁錮的心靈得以釋放。時至今日，台灣每六分三十五秒有一人罹癌、每四人有一人跟癌症打交道之風行率下，書中述及一般人看法：「癌症病人則被視為人生的失敗者。」已不符實況了，所謂的「成功人士」得癌的風險可能比「失敗者」還高。癌，打破了性別、年齡、教育、族群、文化、政治、信仰之藩籬，幾乎可以媲美文學了。

慢著，我怎麼這麼輕易就把「文學」二字賞給癌，這潛藏在體內、自擁血管掠奪養分的惡性腫瘤，任誰想像都難以視為沖積扇上一叢蓓蕾點點的野玫瑰，反倒像一個死皮賴臉的無賴住進家裡同爨共眠。癌，是這麼地不美，叔本華有句話：「沒有無刺的玫瑰，但有很多沒有玫瑰的刺。」癌就是沒有玫瑰的刺。這蔓生的刺，像兵器，戳破獨木舟，惡水漫漶，舟身積水，終於沉沒。

相較之下，蘇珊．桑格塔翻查、考證文學作品與史料，證明結核病在作家筆下披上了浪漫且神祕的薄紗。病，都是難受的，但生了一種可以美化的病，心裡舒坦些。憂鬱的結核病患者，富創造力，纖細敏感，輕愁如霧在他的眼眸深處飄動，多美多浪漫啊！「濟慈和雪萊可能深受結核病之苦，」蘇珊．桑格塔說：「但雪萊安慰濟慈『此肺病是一尤其喜歡如你這般寫好文章的人的病⋯⋯』。連結結核病與創造力的陳腔濫調是如此根深柢固，以至於在十九世紀末有位評論者指出，是結核病的逐漸消失造成當前文學／藝術衰退。」

啊！按照祖奶奶伍爾芙的看法，結核桿菌是繆思女神嘍！不過，話說回來，咯一口血確實比其他重症更具有文學的想像空間。《紅樓夢》九十六回，一干情債要收筆了；寶玉瘋瘋傻傻，黛玉形銷骨立，兩人相見，只是傻笑，這一傻一笑，天地注定要灰飛煙滅了。紫鵑催著：「姑娘回家去歇歇罷。」黛玉道：「可不是，我這就是回去的時候兒了。」出了院門，也不用丫頭攙扶，走得飛快，到瀟湘館門口，紫鵑道：「阿彌陀佛，可到了家了！」話未說完，只見黛玉身子往前一栽，哇的一聲，一口血直吐出來。

盛放的紅玫瑰，醉酒的紅斑蝶，靈魂的紅色印鑑，這口血吐得真好，總不能讓黛玉罹患子宮頸癌來破壞這份淒美吧！

而這一口血，也適合吐在稿紙上，如我們尊敬的鍾理和先生。

無論得什麼病，只能接受。《輓歌——寫給我的妻子艾瑞絲》，牛津大學教授約翰．貝禮（John Bayley），寫被譽為「二十世紀最偉大英語作家之一」的小說家妻子艾瑞絲．梅鐸（Iris Murdoch）晚年罹患阿茲海默症的狼狽病程。一個被雅典娜親吻過的黃金頭腦，竟在七十五歲掉入「阿茲海默」深淵變成每天看天線寶寶卡通的老小孩。有什麼比這更能「羞辱」一個作家呢？一個飲譽世界的小說家、哲學家竟分配到「癡呆」這麼不相稱的疾病軍種，造化弄人至此。

「她內心有一個完整的世界，而這個世界她不想讓我知道。……身為小說家，艾瑞絲以前確實擁有一個無比遼闊、豐美、複雜的內心世界，……這些神祕地域，如今還留存在艾瑞絲心靈中的，究竟有多少呢？」

書中描寫醫生指著艾瑞絲的腦部斷層掃描圖片，解釋那一片已經萎縮、退化的地區，讀來令人嘆息。閃閃發光的黃金頭腦熄滅了，小說家的腦子一片空白，航向黑暗。

一位女士告訴作者，她跟那個也罹患阿茲海默症的丈夫住在一起，就像身上繫著一條鎖鍊，跟一具屍體拴在一起似的。讀來愴然。

「我會得什麼病？」我們必須練習這一道題。不同的疾病之軛，是否有輕重之別？雖然，承受痛苦的人主觀感受自己的病最苦乃人之常情——一位老奶奶腰部扭傷，起臥皆痛，說出寧願得「柏金森症」也不要這種痛——但持平而論，一排病軛，輕重短長各自不同；有輕而長，有重而短，有輕短的，也有重且長的。重度中風癱躺十年與心肌梗塞一炷香功夫猝逝哪一種較好？柏金森症與阿茲海默症，哪一種比較適合我？看著我阿嬤從九十歲到一百歲十年間逐漸老化，等同結交柏金森與阿茲海默兩位知己但不受人人驚恐的癌腫侵犯，至今肢體僵化，穿「包大人」躺氣墊床，餵半碗粥餵出了半碗水，智能如猢猻走散只剩一棵枯樹聳立在茫茫寒風之中。看她這樣躺著，我情願冒「不孝」指責而衷心希望心肝阿嬤早日成仙，自病軛解脫。

哪一種病比較適合我？看著病役「菜單」，如果我可以選擇，拿起筆，趕緊把柏金森與阿茲海默劃掉再說，中風癱躺、洗腎，也劃掉，我不喜歡纏太久的病，看來看去，心肌梗塞與半年期癌似乎是不錯的選擇。

有沒有更快的方式？有人問凱撒，他最希望怎麼死，他答：「你最意想不到的死和死得最快的死。」西元前四十四年，在劇院東門廊，果然有一把刀子直直地刺進他的脖子。

雖然凱撒沙拉頗可口，但凱撒的死法未免太戲劇化了，我現在很脆弱，不能接受這種邀請。

註：《純淨之泉》，維吉尼亞·伍爾芙著，孔小炯、黃梅譯，幼獅。

醫院浮生錄

「一個人如果從來沒有參觀過痛苦的展覽所，那麼他只看見過半個宇宙。正如海洋的鹽水蓋滿了地面的三分之二以上，憂傷也同樣地侵蝕人的幸福。」——愛默森

1 窗口

從病房走廊盡頭的窗口望出去，是座小公園。左邊的樹枯萎著，留著殘冬的氣息，想起奧瑪·開儼《魯拜集》，「不論在納霞堡或在巴比倫，不論杯中物是苦還是醇，生命之汁滴滴流盡，生命之葉片片飄零。」可是，右邊的樹卻蒸蒸然萌發嫩葉，好似一縷綠煙。自然界每年說法，每一片枯葉指涉一個名字，每一枚新綠亦對應一名嬰兒。該老的人要平安地老去，該長的要健康地壯起來。生生不息。

2 新鞋

醫院旁星巴克咖啡廳，大片玻璃牆閃著銀燦燦的冬日陽光，像出清存貨，所有人都穿錯了，毛衣、夾克、圍巾，若是趁機曬衣倒還可以，若是逛街辦事，撐不了多久就得進7-11吹冷氣。

偏偏店內響起輕快活潑的聖誕歌曲：jingle bells，jingle bells，jingle all the way。又一個錯亂的場景，這麼個剝人皮的熱天，實在沒心情迎接耶穌誕生。

掛著聖誕花環的玻璃窗外，駛來一輛復康小巴士。接著，一名外傭推出輪椅，椅上老者套著毛線帽，身上裹著蓬鬆大衣，加上毛料長褲，包得嚴嚴實實。臉上露出透明的鼻胃管，像一條小蛇。腳上一雙NIKE球鞋，太新了，閃出一道光，好像剛從盒裡取出來試穿的樣子，怎知是魔鞋，年輕小伙子霎時變成老朽，急著到醫院找解藥。一種錯亂的感覺衝激著我，那雙鞋不應該穿在他身上。有個聲音接著問我：「妳叫他穿什麼？」

能穿著新球鞋走路，原來是這麼幸福的一件事。

3 醫院

我不喜歡醫院。這是句廢話，除了經營者與醫護人員，誰喜歡醫院？哦不，病瘟與死神喜歡醫院，這是祂們拚業績的好所在。

上天給我異乎尋常的勞役卻也賜我優良的體質，生了病只要巷口藥房就可以解決，被玻璃劃破手掌血流不止，也是小診所在沒有麻醉的情況下縫了七八針了事。十多年前難得做一次胃鏡，醫生親切地向我說明胃炎情形，說著說著，問：「妳是作家對不對？」我含著令人作嘔的管子能說什麼？年輕醫生說他很喜歡我的作品，讀了很感動，念醫學系時曾寫過一封信給我，「不過，妳沒有回。」我含著管子能說什麼？心裡擠出一絲突梯念頭：「難怪你剛剛通管子通得我不舒服！」

我不喜歡醫院，不是自己的身體受什麼折騰，是心裡不能承受。第一次在醫院暈倒，是半夜趕到醫院看到我的小弟重大車禍腦部開刀之後的樣子，霎時阿爸、大弟、阿母三場車禍的血色記憶洶湧灌入我的腦海，以致不能承受而眼前發黑。對我而言，醫院是邪魔盤據的所在，是惡靈凌虐病人與家屬的刑場，我恨一切跟病痛、膿血、藥物、救護車、醫院、棺材店、殯儀館、墳墓連結的事項，卻偏偏，這些事項主動連結到我。

大約隨著醫療環境改善，醫院經營趨於人性化、服務導向，而我雖然馬齒徒長一事無成，卻也因入世漸深而能拔除不必要的驚恐，因此對醫院的看法也逐漸改觀——有什麼地方比這裡更能卸下一個人的肉身苦軀？誰比醫護人員更能撫慰病中的脆弱？這裡仍是邪靈惡魔盤據的地方，正因為如此，以親切的態度全力以赴、為病患解痛除病的人，有了天使的光。

由於這燈光明亮的建築，是每個人都會來到的血淋淋生死競技場，是心靈遭受鞭笞的刑庭，所以醫院必須是病苦者、受難者的堡壘；城牆上有一排驃悍武士戍守著叫做醫術，一條護城河名曰仁慈的心阻擋暗夜邪魔。對壽元尚豐的人而言，醫院只是維修、養護的地方，短暫停留即能返回豔陽下，但對肉身殘敗的重病者來說，進得來恐怕出不去了。是以，醫院是他們闔上眼睛離開人世的最後月台；列車駛來，離情依依，一個人若在月台上得到站務人員的溫暖對待、親切安慰，踏上列車的腳步應該是輕盈的吧。那麼，醫院等同於方舟，披袍的人是神的使者。看盡生老病死，不是為了得到冷硬的心，而是能更柔軟地對待下一個與死神搏鬥的人，更懂得以暖語拔除驚怖，在醫療的限度內撫慰病者的脆弱，鼓舞其堅強。那一身袍，不是白色粗布，確實是天使的光。

跟醫院打交道，最折磨的是掛號。被認為名醫聚集的大型教學醫院，網路掛號往往一個月內全都額滿，為了必看此醫——傳說中武功高強的名醫、權威、主任、院長，只好當天到醫院現場掛號；為了搶到較前面的號碼牌，往往必須凌晨四五點鐘就去醫院排隊，等七點鐘號碼機開動能抽到較前面的號碼牌，八點鐘開始掛號時能掛到該醫生的號，九點鐘開始看診能較早看到醫生，等到終於拿到藥，耗費六七個鐘頭是小事。曾聽聞，掛了早診七十幾號的，直到下午三四點才看到醫生。人老了，生病了，看個醫生也要這麼競爭，使我無比嘆息——十二年國教要減輕學生的壓力，唉，殊不知人生最沒壓力的是學生，請在凌晨四五點去幾家大醫院現場觀摩，看那中老年人徹夜排隊、媲美年輕人為了買iPhone或演唱會門票睡地上在所不惜的盛況。連生病看醫生都得具備高度競爭力、承受壓力，這裡才是最需要「減輕壓力」的地方啊！

貼近病人需求、流淌親和氣氛的醫院，能讓看病的焦躁感降低。有朋友在美國史丹佛醫院做電療，療程結束後院方發給他一張證書，表彰其勇氣。做電療像參加夏令營，這真是人性化的體貼，值得仿效。多麼幸運，離我家最近的萬芳醫院展現了以病人為尊的經營方向；明亮的大廳，舒適的椅子，掛號、報到模式，候診環境，電子螢幕呈現各科看診進度以疏散診間的擁擠，輕音樂與畫廊……，除了受限於空間無法規劃有樹的小公園讓住院病人曬太陽之外，大約也不能再要求什麼了——當然，如果能更精準地縮短每個人在醫院等待的時間，有志工招呼站一對一協助獨自來看病的老人批價領藥、檢查免其奔波，當能更臻完善。

然而，等待，在醫院等待自己的號碼亮起，是一件磨人的事。如果等一兩個小時，卻匆匆不到三分鐘被惜話如金、不願多解釋的醫生打發出來，心中一定懊喪不已啊！

醫院的靈魂人物仍是醫護人員，他們決定了這家醫院是病人的堡壘，還是拚業績的批發商店面。一個受病人深深感念的醫生，從來不是因為他一天能看三百個病人、開出兩公斤藥粒、抽了一公升鮮血，而是讓每個病人覺得，他的眼睛裡有誠懇與關懷，深深地看進了自己。

勞動過度的阿姑傷了手骨，一位骨科醫生要她不能再做田了，阿姑說：「沒法度哩，要做啊！」醫生握著她的病手、拍拍手背，看著她，溫和地說：「妳叫妳兒子來，我講給他聽！」

事後，阿姑說：「這個醫生實在勁——好！他這樣講，我當場病好一半嘍！」

4 阿母的藥袋

原本以為苦命女人都是鐵打的，我母是苦海女神龍，照說應該像一尾活龍不受疾病侵擾。沒想到才靠近七十，竟然出了狀況。有一天，她主動要我帶她看醫生，胸口很悶，感冒咳嗽不癒。我深知我家都有「死個性」，極度不喜歡上醫院，她自己開口，表示茲事體大了。

胸腔科醫生從她那因車禍斷過兩根肋骨的X光片判定胸部沒問題，但是，心臟看起來比較大，叫我趕快掛心臟科。

我忍不住揶揄：「妳心肝黑白想是在想啥？想到心臟變大粒！妳若閒閒無代誌，多想看眠床下有沒有埋金仔塊，緊的挖出來給我較實在啦！」她嘻然而笑：「金仔塊？屎塊啦！」

我當然能猜到原因。人的身體，不會無緣無故變化，身體就是一份會議紀錄，巨細靡遺地記下浮生戰火、世間勞役、內心憂懼與憤懣。「若無閑事掛心頭，便是人間好時節。」難就難在，人心一排鉤，掛滿了髒衣服（苦命）、泥巴鞋（路途坎坷）、別人的痰盂（罵你的話），這不過癮，還把廚餘桶放到床上整夜嗅聞，抱著廚餘桶睡覺當然睡不著，身體怎能不敗？我們無力消滅別人的痰盂與廚餘桶，只能鍛鍊自己養成天天倒垃圾的習慣。

心臟內科依例做了X光及驗血、心電圖等一系列檢查。膽固醇數據不好看，心血管有阻塞現象，醫槌一敲：吃藥！從此變成心臟科病號。

心臟科是大科，每日一開診，爺奶公嬤級的老病人擠滿候診間，看診前需先量血壓，排隊的人蜿蜒著，乍看以為在買鳳梨酥。有兩三位醫生大概就是「江湖中傳說的名醫」，掛號的人往往破百。爺奶公嬤大多是每三個月來看一次的老病號，大約像看兒子一樣跟醫生建立了探親的潛在聯繫，所以有的看來不以等待為苦，有的由外傭推著輪椅來就診，應該也不苦，有的由子女陪同，中年人頻頻講手機聯絡事項，一看就知道很苦。

每次看完醫生，才出診間，我母必從皮包掏出一千元當著眾人的面給我，起初被我唸了幾句，

但她執意不讓我出掛號費，我懶得爭執也就收下，免得母女倆在擁擠的心臟科扭打起來，最主要是，我若不收，她下次會帶五個蘋果一個高麗菜半隻土雞這些讓我氣到血壓飆高的東西到醫院給我。護士拿藥單出來，我對她說：「走喔，來去樓腳領金柑仔糖嘍！」

領完藥，十點，正是喝杯咖啡吃小點心的時候，我們都喜歡鹹食，最理想的地方就是肯德基的早餐酥餅，「來去呷酥餅嘍！」成了看完醫生的必定行程。她不宜喝咖啡，但偷喝幾口有益心情也就不管心臟了（反正有在吃藥）。幾次後，我發現她頗期待吃酥餅，七十歲的人開始過「童年」，成為速食店老童，這意外得來的母女悠閒時光，竟拜那顆不乖的心臟之賜，想來唏噓。

吃餅的時候，我得幫她弄好藥品服法，她不識字，要把四五種不同的藥、一天一次或三餐飯後、半顆或一顆標示清楚讓她一目了然，可不容易！我很怕她吃錯藥在地上打滾，只好用最原始的圖示法在每個藥袋畫小圖；早上畫太陽，中午畫時鐘十二點加一碗飯，晚上畫月亮，睡前畫一人睡床上與檯燈。一一解釋，講完之後要她複誦一遍，吃完酥餅，再抽問一遍，如家教老師對待即將上考場的基測學生。她一面說一面笑，非常不認真。

有一次，她要跟親戚去大陸玩，醫生特地開了一小瓶舌下含錠，又針對暈眩問題開了暈眩藥。吃酥餅時，我在暈眩藥袋上畫了皺眉的女人，「這個就是妳啦！」頭上畫了圓圈圈，冒幾顆小星星，「暈到頭殼頂五粒星金閃閃！若是這樣，就吃這個藥。」她看了，笑到流眼淚，自評：「真慘，不識字！」

她期待看我畫小圖的樣子像個小女生。我想起小學時，同學撕下數學練習簿的紙張，央我幫她們畫歌仔戲或布袋戲主角的情景，搞得我下課比上課還忙。我在藥袋上畫出興頭，又給暈眩女人畫上一串珍珠項鍊，說：「給妳一串項鍊，免得妳突然間心臟按怎樣（怎麼樣），黑頭車要來接的時候，身上什麼首飾都沒有！」

她一點都不忌諱，覺得蠻好玩的。

我常勸她不要想太多，自己要懂得調適，「吃乎肥肥，裝乎鎚鎚（憨笨貌），吃乎瘦瘦，裝乎懶懶」，天下即太平。她頗能聽進幾句，有時不免又有事端惹惱心血管，我就語帶威脅說：「妳自己心臟顧好最重要，我公婆年紀這麼大了要顧，公公又生病，如果妳怎麼樣，我顧不到妳，豈不是很艱苦？妳把自己顧好，就是幫我的忙！」她也聽進了，深覺會同情女兒的還是自己的老阿母。但太平日子裡總有想像不到的烏雲，高齡九十五的外婆於睡眠中離世，她奔回鄉下，在電話中對我哭號：「我沒老母了！我沒老母了！」

有一天，我問她：「妳以後還要不要出世做人？」她毫不遲疑說：「不要。」

「那妳要做什麼？」

「做仙。」

「我也不要再做人。」我說。

講完，才意識到，我跟我老母相處的時間，也不多了。

5 鼻胃管與抽痰機

至醫院幫阿嬤拿藥。等候中，有人推來一病床，大約要做超音波的。床上躺著枯瘦老翁，接近九十貌，插著鼻胃管，右手被綁在病床的邊欄，左手也許有綁也許沒有，看不見。看來，已不太能言語了，身體孱弱，但還有意識及些微的活動力。他的身體左右顛動，幅度雖不大，但很清楚地知道他在「掙扎」，腳弓起來，又伸直，蓋在身上的被子忽而攏起忽而塌下，這動作如果出現在熟睡的孩子身上，意味著正在夢中回味有趣的遊戲，因此會伴隨一陣鈴鐺似的笑聲。而此刻病床上被硬是插入鼻胃管的老人，口中發出痛苦的呻吟聲，坐著的、走動的人都望向他，彷彿望著影片中的人物。不久，運送工將病床推走，診間的燈號聲此起彼落，恢復了各人的現實。

我們的鼻腔被設計讓空氣進出、液體流出，不是被設計來插鼻胃管好讓八十歲的可以活到九十，九十歲的活到一百，一百的因為管灌得法而延長四個月又二十九天十個小時的壽命，成全了兒女的孝心。

除非已癱軟昏迷，否則從未聽過插鼻胃管的老人不需要戴手套或綁手以防他們抽出管子。即使身體已然癱瘓像植物人的阿嬤，九十八歲那年住院，因吞嚥困難被插入鼻胃管，她也奮力地、奮力地伸出岩石般沉重的右手要拉下那條讓她痛苦的軟管。

她閉著眼，不知是睡著了還是內在渙散，不能言談僅能發出嗯喔之聲，但知覺還在。因肺炎必須抽痰，因吞嚥困難必須插鼻胃管，這是普遍的醫療作為。當我們把病人送到醫院，就是希望醫生治療她，而醫生下令抽痰、插鼻胃管絕對是合理的作法。我們有什麼好抱怨的？但是——但是——，看著九十八歲老人被盡責的護士拿著管子強行伸入口腔、下探咽喉抵達氣管，打開馬達轟轟作響，抽出痰液連同粉紅色的血液，做家屬的得按住病人的手，說：「忍一下快好了，不要動忍一下」，聯手讓她因現代醫療的奇蹟而延長了壽命，當此時，卻有個聲音在心中響起：「結束吧！結束吧！」

對面病房，床上，也是一位老者，逼近一百的樣子，老到從門口望去不能分辨是男是女，一逕維持不甦醒的休眠狀態，表情留著眉頭深鎖的樣子，輸送氧氣的軟管、鼻胃管、掛在牆上的抽痰設備，顯示他的生命已跟我阿嬤一樣毫無品質。五點一刻的晚餐時分，看護舉著一包灌食液，讓豐富的營養繼續維持殘軀的生命狀態，繼續哺育尚未衰竭的心臟、胃、腸、肝、腎，不必理會腦部崩坍、肢體癱瘓、肺功能衰弱、吞嚥閘口關閉的事實，繼續活下去。

如果在五十年前，他應該已經解脫了。如此說來，活在現代，是幸還是不幸？現代醫療，是不是給了老人不能結束的痛苦？當我們懇求醫生盡一切積極作為讓老病孱弱的父母活下去，不惜氣切、插管、電擊時，我們是從生命的律法、至親的角度來衡量這件事還是從自己的感受來下決定？「我不允許我爸爸（或媽媽）死！」是一條潛在命令，是以，至親必須為我活下去，而活下去的代價是，一天灌五次鼻胃管，抽三次痰，至親叫得越痛苦越表示活了下來。

活著，是勝利，是王道，是一切。

是這樣嗎？

澳洲曾傳出一群老人集體在家製造非法的安樂死藥，被查緝共有數百多名老人祕密進行實驗，經過無數次失敗，終於製成獸醫用來讓動物安樂死的藥劑。想像有個年輕人問這群老者：「你們為什麼要製這種藥？生命是很美好的，要珍惜。」想像有個癱臥老者回答：「給我一顆，我會覺得更美好！」

某位曾從事護理工作的老婆婆，纏綿病榻多年後對女兒說：「我現在連自己結束的能力都沒有了！」

但是，自我結束的意志有時會做出令家人不可置信的事。美國小說家安娜昆德蘭《One True Thing》，改編成電影《親情無價》（梅莉史崔普、威廉赫特、芮妮齊薇格主演），那位在女兒眼中只是一位普通家庭主婦的媽媽，飽受癌末痛苦，夜裡竟撐著孱弱的病體起床服用大量嗎啡而逝。

問題是，在現代醫療面前，哪一個子女敢說不，誰敢對醫生說：「不要給他插鼻胃管！」不必等到醫生解釋，自家手足已伸出食指指著你的額頭，怒目質問：「你想餓死他嗎？你要活活餓死他嗎？你太不孝！」

「你看他那麼痛苦，這樣活下去有什麼意思？」你說。

「沒有啊，他睡著了哪有很痛苦，他是國寶耶，爸爸越長壽我越高興！」你的兄弟說。

「孝」這個字，是醫院裡的熱門關鍵詞。「孝」與「活」聯手鞏固了老病者的病榻現實。老的時候能避開抽痰機的伺候，絕對是一樁值得跪下來叩謝皇天隆恩的事。

一根細管子連著馬達，醫療器材行有賣，身價一萬多元。性能完足，強又有力，附一只透明圓杯用來裝水，準備恭敬地承接那費盡氣力卻唾不出、積在氣管腔壁、對人世的諍言與深沉的眷戀。細長的管子探觸咽喉，伸入，你啊呀咿哦，夾著：「難過啊，受不了啊！」舌頭抵制小細管不讓異族入侵，那持管的手豈容猶豫，一箭似地成功刺入，按下開關，咻咻急抽，再深入一些，急抽，你面容扭曲現出痛苦，咿哦聲更高亢，再抽，細管抽出的「諍言」直直落入水杯，那杯上立刻浮上一坨坨淡黃色的濃言稠語。抽完之後，你長長哦咿一聲，兩眼緊閉，虛弱疲憊如鬼門關歸來。哦——咿，你哀鳴著，又活過來了！

一天抽兩次。活著真好，還是，真不好？

6 急診室

在急診室，護士為病患做了必要的處理之後，家屬陪在旁邊，等待病房。

「要等多久？」

「不知道，有了會通知你。」護士風一般飄走了，手上拿著我們永遠搞不清的器具；量體溫、血壓、血氧濃度、抽血，打針的、拿藥的、寫資料的，監控生命跡象，一間急診室像7-11，有時沒什麼人，有時忽然湧入放學的學生，擠得手忙腳亂。護士們連喝口水的時間都很難得，我甚至懷疑她們連廁所都不必上，大約身體已進化到直接蒸發吧。血壓飆高呼吸不順的婦人、被蜂螫的妙齡女子、車禍的年輕人、骨折的小學生、腹痛的胖漢，消防員、警察、志工、警衛、清潔員加上家屬及好奇的路人，川流著，抓到護士就問，「等一下」是標準答案，護士的兩條腿沒停過，飄走了，等待的人焦躁起來，再抓一個正好路過的護士問，這個高聲問那個，那個急忙趕來「接case」，難免也要接一兩句抱怨的話。門口隨時駛來咿哦作響的救護車，尖銳的聲音聽久了也就麻痺了，鏗鏗鏘鏘一陣，擔架輪子滑動，推進來病患及面色倉惶的家屬，護士高聲叫這喊那，兩條腿像「爆鼓筷」（打鼓），圍簾拉上，緊急處理中。

「唉唷喂呀，護士小姐！唉唷喂呀，護士小姐！」有一位生命跡象看來蠻穩定的口罩中年人呼叫著，叫不到人，他發火了，音量飆高，有個忙得要死的護士趕過來，此老兄說他屁股癢要護士幫他擦藥膏，護士取來一條藥膏請他自己擦。到此，我這旁觀的人實在看不出他有何必要躺在急診室「叫爸叫母」？臀癢老兄從廁所回來躺下不久一陣咳嗽，又呼叫了，這回說他肚子餓，嚷嚷一陣，有個志工媽媽對好奇的其他人使個眼色：「常來的」，一面走過來「接case」，幫他去買便當，要素的喔。此時，我那分泌旺盛的邪念像醃漬在甕裡的豆腐乳，散出重鹹味道，我控制不住這樣想：「急診室應該與監獄建教合作一下，請獄方派一個改邪歸正、刺龍刺鳳的大哥來駐點，凡有亂民，請大哥出面，問：你有啥米貴事？哪裡在癢？」我承認我心術不正，也願意因這不正的心術將來去地獄住一天一夜，但看到有人在急診室毆打醫護人員的新聞，加上眼前這位把急診室當自家客廳的老兄，我的修養也飄走了。我不禁想，若我是護士，可能早就開罵了，但她們不可以，必須自我壓抑。這一行何止傷身，也有礙心理健康。

忽然，空檔出現，我好像也跟著放鬆，可以欣賞他們的穿著；住院醫師，深藍制服短白衣，年輕，睡眠不足，有鬍渣，頭髮接近油麵程度，衣服是皺的。有個女醫師十分時髦，穿格裙，長靴——難得在急診室看到時尚，取悅了我的眼睛。

他們的一天看起來沒什麼樂趣。如果不是對這一行懷有形上層次的理想性，具有強烈的熱血助人的特質，能從工作中獲得跟金錢報酬無關的內在富足，否則很難不變成一個冷漠、失望、嫌棄病人必須轉行的醫護人員。這可能是醫美這一行與醫院崗位極其不同的地方；轉跑道的人找到九十九個必須轉的理由，沒轉的人只需要一個不轉的理由。那位早逝的醫生說：「即使死在工作崗位上我也願意。」偉哉斯言！生命是什麼？生命雖是蜉蝣朝夕，卻應該如馬偕所言：「寧願燃盡，不願朽壞。」

在我眼前有兩位年輕醫生，衣皺髮亂，腳穿布希鞋，下午六點半，尚未吃晚飯，幾乎沒上廁所——至少在被我盯上的這兩個小時是如此。可憐的年輕人，完全沒料到背後有個阿姨這麼關心他們的膀胱！

趁著空檔，兩人閒聊某次考試那條蛇是不是眼鏡蛇？一個說，沒把握，反正都是神經毒。一個立刻google圖片，兩人湊近，專心觀賞，指指點點，如看A片。

我怕看蛇，把頭轉開，因此看見門口又有一輛救護車駛來了。

7 手術室

一早趕到醫院，有個不聽話的親人需開刀；第一台刀，八點，病人被推進手術室等候區。共有十幾床病患等待著，旁邊坐著穿粉紅色罩袍的家屬，陪著即將上戰場的家人。由於開刀之必要性、手術同意書皆已確認，所以，病患與家屬的臉上都很平靜，顯然也沒有交談的需求。我忍不住揶揄這個不聽話的傢伙：「拖到必須挨一刀，給醫生做個業績，很值得對不對！」挖苦之後再補上正經話：「不要怕，這是小手術，睡一覺就好了。我們都在這裡。」

時間一到，一群綠衣護士蜂擁而至，叫家屬到外面等，她們各推各的病患進入手術室，入口處竟有「塞床」現象。不久，全部進去了。

手術室外，一排排藍椅，坐滿了人，盯著螢幕看自己家人的名字標著「手術中」，彷彿看一遍就能給他灌注一些平安。

寬闊的長廊，明亮且潔淨，等待中覺得這空間太大了，大到足以迷路。

8 感應

在醫院前面等紅燈，忽然一輛救護車鳴笛而來，駛向急診室，當它經過我身邊，我竟起了非常奇怪的感應；鼻酸，眼眶熱起來，滲出了淚，我起了悲傷念頭：今天是車裡那個人的最後一日了。小綠人出現，我隨著人群過馬路，心情仍未能平復。

一年前，我前往松羅山區，必然遠眺那巍然雄壯的山群，之後才知，那日正是一位因登山踩到枯木而永遠跌入山林懷抱的人的最後一日，數日後，我行經板橋殯儀館，見一群媒體待命，立即明白那是等待他返回台北的，做為路人的我，也是一瞥。遂憶起大學時期，與詩相關的某次招徠新生的活動，年輕、瘦小的他，有一朵詩似的笑容。甚至不記得季節，只記得一笑。

我們都有機會以一瞥的情份，旁觀一生命之崛起或忽然隕落。

9 路人

在藥局領了藥，忽然看見急診室那裡有熟面孔。待我尋去，見簾子拉得密密實實，只看出四五雙腳圍在床邊，隱約聽得到錄音機放誦梵唱。我問站在外邊的那孩子：「阿嬤現在怎樣？」他說：「應該是走了。」

我是個不著邊際的路人、鄰人，竟恰巧站在老人家淒苦一生最後一刻的最外邊，稱不上目送，算是耳聞，可又離她只有三步，遂在心裡向她鞠躬：「再見了，老前輩，您解脫了，去做仙女，做蝴蝶，做任何一種會飛的生命，二十九年中風的枷鎖今天解開了，真的解開了，您就自由自在地飛一次吧！再見了，做沙鷗，做什麼都好，就是不要再回頭做人！」

佛號續續如流水如輕風，想必她已啟程，我心裡響起振翅之聲，鼻頭忽然一酸。

10 看護

梁實秋有篇文章〈病〉，以其一貫詼諧筆法寫住院見聞；他說中國人最不適合住院，因為會把醫院家庭化，一旦住院，把整個家連同廚房都搬來了。進而又把醫院旅館化，人聲嘈雜，「四號病人快要咽氣，這並不妨礙五號病人的客人高談闊論；六號病人剛吞下兩包安眠藥，這也不能阻止七號病房裡扯著嗓子叫黃嫂。」

《雅舍小品》的時代遠矣，醫院生態與今日相差如天地，但亦有不變之處，例如，文中寫到：「是夜半，是女人聲音，先是搖鈴隨後是喊『小姐』，然後一聲鈴間一聲喊，由元板到流水板，愈來愈促，愈來愈高，我想醫院裡的人除了住了太平間的之外大概誰都聽到了，然而沒有人送給她所要用的那件東西，呼聲漸變成號聲……」令人拍案叫絕。

較輕型的住院狀況，通常由家人一手照顧，所需住院期間大約數天，這種住院可視作小放假。重病老者住了院，半月一個月是常有的事，礙於健保規定，常必須先出院再回鍋住院，或是因身體不穩定必須常常進出醫院。街上的救護車多了起來，我總認為車裡大多是老人。

老病長者住了院，若非由家人看護（大多是媳婦或兒女輪流），就是由家中外傭看著，要不就是僱用一日二千元的二十四小時看護。若是無外傭，又礙於財力無法僱請看護，直接把老人家「丟」在病房也是有的。

雙人病房，另一床，來了個八十多歲胖爺，神智不清爽或許有癡呆之虞，已不能自行下床，據云是因腎臟問題住院的。夜裡忽睡忽鬧，不鬧的時候就打鼾，吵得旁人無法安歇。白日，也不見家人來，據云是做便當生意的，胖爺叫護士打電話給他兒子，護士說打過了。不久，胖爺喊要小便，沒人理會，隔床的正好有家人在，那好心人幫他拿來尿壺，尿完了，胖爺手拿著尿壺竟睡著了，一壺楊桃汁斜斜放著，怎辦？好心人幫他拿去倒。胖爺醒都沒醒，手指頭撐得開開地，還拿著壺的樣子。

像胖爺這樣的病人，實在需要一台「仿真機器人」，如果科技能快快走到那一步，也許像他這樣處境的老人能少受一點罪。

到醫院看到的外傭，應該都是受僱在家照顧老奶奶老爺爺或阿嬤阿公的，老人家進出醫院，她們也跟著駐守營區。醫院固然不是好場所，但她們在這裡可以遇到很多同鄉，幾乎可以開小型「同鄉聯誼會」，因此，反倒可以從她們臉上看出難得的笑容。

自一九九二年引進以來二十年間，這群照護軍，是步向高齡社會、平均餘命越來越長的現代台灣不可或缺的助手與穩定力量。目前在台的外籍看護約有二十萬人，以印尼居多，超過十五萬。報載，五年後恐出現看護荒，而政府所推展的長照體系與本國照顧服務員能否因應變局、順利接軌，有待觀察。除了工作內容、時間、薪水，是難以克服的障礙之外，歷年來偷跑的外傭活躍於社會各個角落已自成黑市生態，相較之下便宜的薪資也衝擊本國的長照機會。換個角度看，本國照護員寧願到醫院擔任看護工作，日薪兩千，誰願意住進僱主家二十四小時包山包海地工作？

是以，在醫院擔任看護工作的，本國女性與陸配是大宗。她們靠鐵打的體力賺錢，二十四小時豈是好玩的，手上拉著滑輪行李箱來報到，三五天或半月綁在病床邊，床上那個人全交給她了。管灌、抽痰、拍痰、按摩，把屎把尿、洗浴、餵藥、翻身、檢查傷口、注意點滴，體溫、血壓、心跳……，掌握病況，做醫護與家屬間的橋樑。盡責勤快的看護幫家屬扛了重擔，換得子女喘息——這種身心煎熬的重擔，沒挑過的人永遠不能理解。放眼望去，穿梭在病房、走廊、護理站、檢驗室、地下室餐廳的異國姊妹、大陸姊妹、本國姊妹，成為醫院戰場上不可或缺的照護兵卒，如果沒有她們以異乎尋常的韌性與體力扛起這份任務，久病床前即使有孝子孝女孝媳，恐怕身體也敗了一半。需知，越長壽的老病者，越需要用子女的健康去換。

正因為病者與看護者是這麼辛苦，所以，理想的醫院病房區應該有曬得到太陽的花園與樹蔭，有音樂有影片有小型的筋骨活動設備，有大魚缸讓病人與孩童觀想另一個無憂的世界，有接受訂製的特調食物小站，因為自第三頓飯起，中央廚房變成令胃部害怕的地方，十一點半、五點半，碰隆碰隆的餐車輪轉聲就像要逼你吞筷子嚼盤子的母夜叉出巡聲，如果有熱呼呼的地瓜粥、魚湯，應可拯救一點胃口。病中心靈脆弱，醫院還要有小佛堂可祈求、禮拜堂可禱告。當然，有的人可能較喜歡批八字看流年的命理攤，每張論命單都寫著「否極泰來」。

如果醫院在不失其專業的範圍內，自成一完整的生態區，或許能讓成天在醫院進出的人稍微嗅得到滾滾紅塵的氣味吧！需知，在病房待久了，連馬路上的灰塵都是香的。有一天，我忽然明白，為什麼一樓大廳旁附設的麵包店總是播放莫札特的《A大調第二十三號鋼琴協奏曲》及《魔笛》序曲，在這沉重的病殿，也只有莫札特能讓病人與侍病者的腳離地十公分。

病中日月長，有時長得看不到盡頭。一條病繩，綁的豈是只有自己；第一圈綁住了看護，第二圈綁住了家人。看護隨時可以因病人命在旦夕她不願碰死亡而辭職不幹，管你是否措手不及，外傭從醫院偷跑的也不是新鮮事，你不是她的家人，她對你不必同情。但家人怎能自行鬆綁？病榻上是自己的至親啊，看護的重責，終究還是落在自家肩上。

侍病者是下一個病人

之一　你的半條命值得用子女的人生來換嗎？

最初只是路過，初夏已經布局完畢，我賞遍山巒裡的新綠，滿心歡喜。從山上下來的公車正好停在一戶人家門口。那是熱鬧的主要街道，幾線公車聚集在此，附近有學校、銀行、市場，這幾戶人家像是扼守重地的關口，人潮川流不息。

這戶人家的大門敞開，一對母子坐在客廳往外看，剛下車的我若是一個大踉蹌必定進了他家客廳，因此，當他們往外看時，我也直直地往內看，而且在地理位置允許的範圍內多看了幾眼。老人家，有著病容，臉上沒什麼表情，那兒子約四十多歲，一雙茫然且無所事事的眼睛望著馬路上的熙攘人群，好像他每天最重要的工作就是坐在藤椅上陪媽媽往外看。

我立刻猜想，這可能是老地主因都市化而獲利的例子之一——曾聽聞有信義區地主，售地或合建後家產達天文數字，兩代男丁皆不必生產，國中畢業後以玩樂為業。這一對往外望的母子，看來兒子是不必擔心生計的，陪伴老母或許是他認為最有意義的事了。

老輩的觀念裡，老病了就要靠兒子照顧，其實背後的潛在期望是靠媳婦。於今，媳婦有工作的不少，或是因婚變而沒有媳婦可供差遣的也不乏其人。伊朗電影《分居風暴》講的就是兒子為了照顧癡呆老父不願移民，以致太太要求分居，不得不僱用一位懷有身孕的看護來照顧家中老父，卻引發一連串悲劇，最後毀了兩個家庭。一個老病人的難題豈是一人份而已，蝴蝶效應最好的觀測點就在屋簷下，每一個人都不是單一而是眾多，不是簡單而是複雜。

家中老者不願進養老院，順理成章，潛意識裡有一張家庭成員階級與能力認證表，會從兒女中選出一個來扛任務；通常，不會叫擔任銀行經理的兒子辭職在家照顧，不會叫已婚嫁的女兒照顧，但是若有一個失婚或未婚的女兒，其工作也不太穩定，她就會成為大家心中的「選民」。如果她不願意，首先，在背負父母的病體之前，得先背一條手足們丟來的不孝罪名。而在父母的老觀念裡，失婚或未婚意味著社會化不成功，此時能回家陪老侍病，也是她的出路。

親情有時是救命的繩索，有時是勒頸的布條。

守寡多年的女兒，自然而然成為照顧七十多歲有焦慮症、身體多病的母親的理想人選。手足多人，在國外的排除了，常出差的排除了，有家小的排除了，脾氣較古怪不講話的排除了，身體不佳的也排除了。她必須挑起一肩籮筐，總攬一切事務。

假設她叫阿芬。

「阿芬，我頭殼暈暈，妳帶我來看醫生。」

「阿芬，我上排假嘴牙奈也搖搖，妳帶我來乎醫生喬一下。」

「芬也，我的腳板奈也腫腫，妳看，是不是腫腫？妳帶我來乎腰子科醫生照一下電光。」

「阿芬，我心臟藥沒有了。」

「阿芬，我這目周奈也霧霧，攏看沒，來去看眼科。」

每看一次醫生，一個早上耗掉了。阿芬女士是有守寡經驗的女性不是受過照顧老者訓練的專業人員，雖說是自己母親，但人老了之後成為病人，意味著她注意自己的時候多過於注意其他人；病人具有優先權：「你應該關心我、照顧我，我是病人，怎會是我去關心你、照顧你？」所以，病人需索聆聽，但他已不能聆聽別人，需索侍候，但已無法判定侍候他的人是否接近生病邊緣。

阿芬女士的不平衡感越來越嚴重，她的心被負面情緒鼓動著，身心俱疲。手足們兩手一攤，沒法可想，或有真心想接手的兒子要接老母去住，但老人家就像幼童不願離開熟悉的老窩，不願跟那個她一向不喜歡的媳婦住在一起。

有一天，老人家走了，阿芬鬆了一口氣，接著竟掩面痛哭起來。不久，她因憂鬱症就醫，沒人陪她去。老母，是手足的共同責任，阿芬扛下，但阿芬不是手足的責任，她只能好自為之。

也是女兒，未婚。無非是這樣：罹患惡症的父親經過治療已控制病情，需例行追蹤，但身體處於不確定狀態，時有情節需處理。每次就醫的過程都是一種身心的大量耗費——對陪病者而言是如此，對病人來說，因處於積極就醫以求取健康的行動之中，反倒不覺得太辛苦。

故事無非是這樣的：

你女兒在四週前或數天前先上網搶預約，掛到早診三十九號，意味著十點半以後才看得到醫生。為了不過號，當然也因為你非常急（當你要出門，會不自覺陷入焦慮，一直催：好了沒有？要出門了？現在幾點？到底好了沒有？）希望早一點到診間，於是，估算車程一小時加上你行動較慢、停車步行，所以九點鐘一定要出門。那麼，八點要吃完早餐，好讓你從容地漱洗換衣。果然，十點整到了診間，一看燈號，十一號（可能是醫生巡房晚到或前面有棘手的病人），你很急，要她問護士是不是過號了怎麼現在才十一號，她喘口氣正想著要跟醫生說什麼，被你一催只好敲門去問，護士不客氣地回：「看燈號。」離三十九號還有二十七個人要看，大段的空白突然丟過來了，把人擱淺在孤單的涵洞裡，你一直複習這陣子以來的身體變化好似要參加論文口試。

終於輪到了，在三分鐘內看完，領到藥，已過了十二點。上了車，你閉眼休息，不必吩咐任何事。她問：「中午想吃什麼？」你答：「隨便，回家吃吧。」

一個小時後到家，你自去換衣洗臉，精神放鬆不少。女兒從冰箱取出蔬果，洗洗切切，你問：「吃什麼？」她說：「炒兩個青菜蒸一片魚。」你說：「魚不要蒸，想喝魚湯。」她關了爐火，下樓去附近菜場買一條鮮魚煮湯。

半小時後，飯菜上桌，你喝了魚湯，吃幾口絲瓜，吃了木瓜。「把藥給我。」你對女兒說。戴上眼鏡，你又問：「今天醫生說換了藥，是這顆是吧。」她答是，幫你倒杯水來，服侍你服下，自去收桌洗碗。

你看藥袋，忽然看到這藥的副作用是腹瀉，叫她來看：「是不是寫腹瀉？」她說是，補上一句：「寫歸寫，這看人，不見得會。」

「怎不會，不會他幹嘛寫？」你抱怨：「中午吃絲瓜木瓜就不對了，瓜寒，更要瀉了！」

女兒沒搭腔。

此時已過了兩點半。你自去午睡，她坐下來看一會兒新聞瞄幾段韓劇打個盹兒，已是四點出頭。開始洗衣、拖地，處理信件雜務，五點鐘來了，陪你去國小散步六圈，回來準備晚餐。

第二天一早，你抱怨昨晚沒睡好，半夜裡肚子怪怪的，雖然沒有起來上廁所，但今早上廁所大號偏軟，「出來好多好多，怎麼這樣多，是不是不正常？這藥開了二十八天份，能繼續吃嗎？妳打電話問問醫生。」

女兒說：「再觀察看看嘛！」

你不悅了，臉色下沉：「觀察什麼？才吃兩次，大便就變軟了，觀察什麼？」

女兒說：「好好好，我打，那得等九點醫生到診間呀！」

你說：「九點，醫生開始看診哪有空聽妳好好講，八點五十分就可以打，先跟護士說，護士跟醫生講，妳再打電話去，醫生就可以直接回答妳了。」

「好，我打。」女兒拿無線電話翻電話簿，東轉西轉「該分機無人接聽請改撥其他分機」，再打。你突然覺得肚子有些動靜，去廁所坐著，又出了貨，你仔細看，覺得比一小時前的更軟些，你喊女兒：「阿真！阿真！快來啊！」

女兒聞聲立即衝來，前一秒她以為你跌倒，看你沒事，稍緩一口氣，卻見你焦躁地說：「妳看看，瀉了瀉了，嘖，怎辦？這怎辦？這醫生亂開什麼藥？我吃得好好的藥為什麼換掉？我不舒服啊，腳沒力氣啊！」

你女兒的目光停在馬桶內那兩小球軟便上，她的生身父親排出的。她那枯乾夾著白絲的頭髮凌亂著，一張素顏沒有血色，盯著小軟球像一個不用功的學生盯著考卷。她沖了馬桶，想起電影《奧斯卡媽媽》，那位想逃離安養院的老媽媽提著皮箱、穿戴整齊，站在馬桶內拉沖水繩，要把自己沖離那個鬼地方，她也很想這麼做。一陣順時鐘漩渦帶走穢物，但不負責帶走難題。她看你衣褲稍亂，問：「擦了沒？」你說：「擦是擦了，我想洗一下，今早大了兩次，從來沒有過，一個多小時大了兩次，是瀉肚子了，怎麼這樣？唉！」

女兒幫你褪下內外褲，放熱水幫你沖洗下半身，擦乾，服侍你穿上乾淨衣服，她自去打電話。

窗外有小發財車擴音喊叫：「修理紗窗紗門，換紗窗紗門，換玻璃。」浮生如夢，不，如在霧中沼澤，鱷魚游來游去。

「醫生怎麼說？」你問。

「他說先減成半顆，再觀察一天。」

「聽妳錢伯伯講，台大那個方醫師很厲害，妳去掛號，我想看看他，聽他怎麼個說法。這個陳醫師提都不提副作用，太不負責任了！」

接著，你打了六通電話給六個人包括老友及其他子女，詳細轉播大便的軟度及次數，女兒在一旁插話：「哪有瀉，是軟好不好！」你聽到了，不悅地說：「妳懂個屁，病的是我不是妳！」

這六個人有的正在上班、有的在開車、有的在大陸，一致贊成你應該立即改看台大方醫師，其中一個要你把電話交給小真，以急迫且嚴厲的口氣對她說：「妳現在就幫爸掛方醫師，那個陳醫師不靈光，妳幹嘛非看他不可！」

女兒像洩氣的皮球說：「好，我掛方醫師。」但她心裡有個聲音喊著：「你能幹你回來照顧呀！」壓抑再壓抑，她把話吞石頭一樣吞下去。

你那焦急且脆弱的心稍為好轉，每碰到關口，這個雖不在身邊但指揮大局的「急迫且嚴厲」的聲音總能解除危機，你內心很安慰，生兒生女只要生一個能幹的就是福氣了。你對女兒說：「妳哥也說掛方醫師才對。」

女兒一言不發，去電腦前摸了老半天，你問：「掛到了沒有？」

「他是主任耶，這禮拜早額滿了。他的專業又不是……，掛他好像不太對！」

「怎不對，妳錢伯伯那個病就是找他看好的。」

「他那個病不看也會好。」女兒嘟囔著，「掛到下禮拜五下午，七十一號。」

「這麼久，還十天，太久太久了，我肚子這樣拉下去會死掉，怎麼這樣掛不到呢？這怎麼辦呢，唉呀，這個醫生怎麼搞的啊？打電話問妳哥有沒有認識的人託一下，十天太久了，我受不了哇這樣瀉下去都沒命了，吶吶吶（手撫腹部，眉頭深鎖），腸子轉得厲害，不舒服啊，快打給妳哥啊！」

「你不要吵好不好？」女兒音量提高了，眼睛仍盯著螢幕，她搜到同科的李醫師，專業吻合，後天有門診。你不要，什麼李醫師聽都沒聽過，堅持要看方醫師，此時的他，是華佗再世、觀音化身，唯他能悲海緣聲，消災解厄。

女兒允諾明日凌晨四點去現場排隊掛號，你總算放了心。

晚飯後，兒子自大陸來電詢問，你神情愉快、聲音洪亮：「小真明早去現場掛號，沒事。你吃過飯沒有？軒軒都還乖吧？嘿，軒軒我的乖孫子，有沒有想爺爺啊？要聽爸爸媽媽的話哦，好，讓爸爸聽。喂，你自己多當心啊，身體要注意啊！好好好，再見再見。」

你恢復一個在晚年享有天倫之樂的父親應有的樣子，為擁有事業成功的兒子感到欣慰，臉上綻出笑容。你打電話告訴老友，兒子真是孝心啊，那麼忙還掛心著呢，又稱讚媳婦真是能幹，唉呀真辛苦帶一個孩子，不簡單不簡單。

你是老友眼中熱心助人的好友，是晚輩眼中和氣的長者，也是其他子女心中的好爸爸；他們看過你做父親的一面、做長輩的一面、做朋友的一面，但沒看過你做病人的一面。

當此時，你的女兒在浴室。她坐在馬桶上盯著白磁磚牆壁被一陣疲憊感襲擊，彷彿被抽去脊椎骨，幾乎癱軟。

你從未想過，你的女兒做你的杖，誰做她的杖？她的兄弟姊妹能做她的靠山嗎？你口中那個成功的兒子，是否曾對她說：「妹妹，謝謝妳扛下來，妳的功勞和苦勞我不會忘記，妳放心，哥哥不會虧待妳。爸爸這個病只會越來越麻煩，脾氣越來越大，妳有什麼委屈跟我講，我來解決。我在妳戶頭放了一筆錢，不需要讓別人知道，妳看情況，若需要找個鐘點的做家事就去辦，不要讓自己太累。年底，我們會回台灣半個月，妳出國去透透氣，換我跟妳嫂嫂來照顧。」

沒有，沒有人謝過她，沒有人做她的精神支援，彷彿這是她的事。他們心裡想的是，她在家吃住不用上班，每個月兩萬元生活費也隨她運用，剩的又不跟她計較，很優待了，憑她，到外面找得到工作嗎？人性內裡都有一層自私的油脂，血濃於水，但濃不過油。

你從未看過女兒的這一面，也從未關心她的身心是否承受得住。現在，她心緒混亂，思及明日凌晨必須冒著酷寒去醫院掛號，感到不情願。她覺得自己是個沒用的人，覺得自己的人生徹頭徹尾失敗了。

這些，你都不會知道。電熱器旋轉著，室內溫暖舒適。你正在看電視，這是每日必看的政論節目，你頗同意某位名嘴的論點，一面做甩手拍打的保健動作，一面頻頻點頭稱道。

你曾經問過女兒：「願意留在爸爸身邊侍候我嗎？」你曾經替她的人生想一想嗎？你是不是一個看得起她的爸爸？你設想過有一天你離開這個世界後，她的兄弟會怎麼對待她嗎？

路過別人家窗戶，看到屋簷下的情節之後，我自問，我要像這樣綁住我的孩子嗎？像粉紅色的福壽螺卵串，牢牢吸在稻莖上，水田倒影著無雲的陰天，蜻蜓飛過，輕盈地舞動它的冒險故事，而布著卵串的一莖稻漸漸垂下了，萎靡了，沒有自己的故事，只有粉紅色的腫瘤般的模樣。

「我的半條命，值得用我兒的人生來換嗎？」

不，我要不斷地自惕、祈求，不要用我兒的人生來換我這副殘軀繼續存活，我不要附生在子女身上，像永不放棄的亡靈。我情願動用積蓄僱請專人來協助我，也不願把子女拴在身邊吸食他的年華，我情願他去工作，與人相遇，鑄造自己的人生故事。

但願，關在浴室裡以水聲掩飾哭聲的花髮好女生，有一天，當她認真盡責地完成課業時，忽然被一陣香風吸引，走到河邊，深山裡一棵炯炯有神的菩提樹幻化到她的面前，只對她一人，百年一笑。

之二　阿菊去算命

阿菊偷偷去算命，她想知道，她公公什麼時候會死？

八十一歲的公公兩年前中風，原本賃居在外的他回家找子女。那時，阿菊剛送走罹癌兩年的婆婆不到一年，一口氣還沒喘夠。阿菊的兒子考上南部大學搬了出去，女兒上高中，先生被公司派到大陸當幹部，阿菊自己也剛渡過最難受的更年期，家中只剩她與女兒。原本盤算重回自己的生活軌道，到社大上課，學太極拳，把自己的寡母接來住一陣子，好彌補分離多年的母女親情，阿菊非常愛她的媽媽。

就在這時候，公公中風住院了。他的二兒二女在病房外商量往下怎辦？兩個女兒端出事不關己的樣子，一個說我去上廁所一個說我去看爸一下，不久聯手背起包包說要先回去了免得塞車。只剩兩個兒子，你看我，我看你。阿菊事先嗆明：「不可以丟給我，媽媽從頭到尾都是我照顧的，不可以再把你爸丟給我喔！我也想孝順我媽媽！」

「阿菊說，」阿菊先生對他哥哥說：「她身體哦，好像也不太好，你知道我現在被派到大陸，是不是……。」

再婚又晚生的哥哥面有難色，說：「你嫂嫂上班，婷婷才四歲，我家空間也不夠……」兄弟倆，你看看我，我看看你。最後，哥哥說：「弟弟，我這個哥哥沒你出息，我要是有錢換個大房子，爸爸由我照顧也是應該的，你就同情你哥哥吧！」

就這麼定案。阿菊發了一大頓脾氣：「怎麼這麼好，媽生病，他說婷婷還沒斷奶，爸生病，他說婷婷上幼稚園。空間不夠沒關係，我跟他換屋住！」做先生的只好打電話給哥哥，哥哥說要問一下太太，回電說：「不方便，我們這裡的學區較好，你們的孩子都大了，不用考慮這些，我們要為婷婷著想。」阿菊聽了又發一頓脾氣。她先生臨上飛機前，半跪著求她，女兒拉起爸爸，對阿菊說：「媽，爸都跟妳跪了妳還要怎樣？妳不是教我們要孝順嗎，言教不如身教啊！」

阿菊只好答應，但那句「言教不如身教」讓她很受傷。她在夢中吶喊：我要孝順我媽媽，為什麼我不能孝順我媽媽！阿菊很鬱卒，覺得為什麼她做媳婦做得這麼辛苦，別人做媳婦可以一概不理？

公公有高血壓、心臟病、攝護腺肥大，喜歡喝酒吃肉不愛運動，偏愛政論節目，晚上看一遍，次日再看重播，一日兩遍，因重聽，聲音開得很大，又喜歡一面看一面跟著評論。阿菊的政黨顏色跟公公相反，強迫看那節目，是精神虐待，有一次她受不了，回說：「麥擱看啦，看看那些沒路用啦，欲救台灣，電視關關掉，省電就是救台灣啦！」

阿菊想到一個辦法，把自己變成鐘點女傭，午餐備好，讓公公蒸來吃，她自去圖書館、咖啡廳打混。沒想到晚上六點回到家，公公叫餓；原來他蒸好飯要拿出來時失手打落在地，手腳不聽使喚，不會收拾，飯菜都還在地上。阿菊問他：「你怎麼不打電話給我？」公公說：「有吃餅乾。」阿菊蹲地上收拾，有點自責。

這情況很明白了，放他一個人在家，會出事的。阿菊的「暫時性離家出走」計畫宣告失敗。當然，她也覺得在外混一整天蠻累的，擱下一堆家務沒做又花錢喝咖啡太不划算。阿菊另想一計，跟女兒借MP3，塞住耳朵聽女神卡卡，一整天聽下來精神確實「卡卡」，女兒幫她抓費玉清跟鄧麗君，總算覺得有人了解她的心。

秋冬之交，公公倒地了。救護車急送醫院，疑似再度中風。阿菊一顆心很矛盾，希望就這麼有個了局，又怕老人家有個萬一，他的女兒、兒子會怪她：「妳專心照顧，怎麼把爸爸照顧成這樣？」需知，苦差事沒人要做，一旦老人家有個安危，孝子孝女的哭喊聲就十分刺耳了。

醫生做了詳細檢查，告訴阿菊：「只是一時暈眩跌倒傷到筋骨，妳公公的身體還不錯！」阿菊聽了，一時語塞，掩面哭了起來，豈料越哭越順口，竟致雙肩抽搐。醫生拍拍她的肩，安慰道：「不用擔心不用擔心，他明天就可以出院了！以後多注意，避免再跌倒。」護士小姐低聲稱讚：「真有孝心啊！」阿菊心中五味雜陳。

由於傷到筋骨，大小便、洗浴都得靠她了。

雖說阿菊已過了半百，不是沒見過老人的身體，但幫一個毫無血緣親情、未曾建立共同居住關係的老男性洗滌那老化的私密身體、搓洗沾糞內褲，心理有一層很難調適的障礙。阿菊受不了，跟先生商量請外傭或是送安養院，隔海電話中，先生頗苦惱地說：「唉，這也是一條花費，每個月總要多開銷三萬，妳也知道，我哥哥拿不出來，兩個姊姊更不可能，這筆錢如果能省下來，我們兒子將來要出國留學也有個本，我在這裡省吃儉用，唉，妳也知道。」

阿菊身體累壞了，但頭腦沒壞；確實，一年省三十六萬，三年一百零八萬，這筆錢與其交給印尼小姐回鄉蓋樓房不如交給兒子出國留學。阿菊沒答腔，最後嘆一口氣，丟了一句：「再說啦！」

第二天，阿菊偷偷去算命。

她把公公的生辰八字給了算命仙，人稱老師的他，擒拿小楷，在粉紅紙上批流年，小指甲又長又彎，成了鉤，翹著小指寫毛筆，阿菊的心臟撲通撲通跳。桌上檀香裊裊，老師清了喉嚨，嗯嗯兩聲，說：「這人前世積德造福，今生遇大劫必有貴人，逢凶化吉啊！一生衣食無虞，無正倖有偏財，晚年子女盡孝，得養天年，九十歲有一劫，若過了這關，百歲可期啊！」

「百……百歲！」阿菊聽得面色如土，說不出話，腦中好像有什麼轟隆隆作響，問老師：「剛剛有飛機飛過嗎？」

老師愣了一秒，牛頭對不上馬嘴，喝口茶，問：「妳還有什麼要問的？」

阿菊說：「那就，看看我的吧！」把八字給了老師。

翹指老師叫助理打來一張新命盤，巡視一番，抬頭看阿菊：「今年化忌當頭衝，流年凶險，有血光。」

阿菊噗哧一笑，心想：「你不死，我死！」

但這個念頭在回家的捷運上打消了。她中途轉車去了弟弟家，一進門看到老母，忍不住訴了滿坑滿谷的苦楚。阿菊對老母說：「妳要活久一點，等我好好孝順妳！」

老母說：「妳免煩惱我，妳公公較需要人照顧，妳好好顧他就好了。妳做人的媳婦，鋪路鋪一里，不差最後一畚箕。我們對得起自己的良心，佛祖知道。」

阿菊抱著老母親，哭了起來。

之三　浪子回頭

由於做「丈夫」的大她十歲，又由於女性的平均壽命比男性高也就是身體比較好，所以，丈夫在七十歲那年「浪子回頭」搬回家時，她才六十整，剛從大陸黃山爬很多階梯回來。

其實，女性平均壽命較高是因為吃苦太多、勞動太勤、辛酸太烈造成的（至少對她而言是如此），為什麼會有苦役、酸楚？還不是男性造成的（至少對她而言是如此），好了，結論出來了，注意聽：男性折磨女性，是為了讓她長壽，女性長壽是為了照顧生病的男性，讓他「好好去死」（至少對她而言是如此）！

她的婚姻是一則笑話，原以為自己是元配，搞了半天才發現是小三——前面的婚沒離乾淨，好像一顆隱藏版智齒。元配說，我跟他早就沒什麼感情，妳要就拿去，不過，空殼子我要保留，面子給我顧一下啦。她能說什麼？生米不僅煮成熟飯，還熬成皮蛋瘦肉粥了——兒子已在肚中。他這時候很有協商本事，要大家以「大局」為重，各盡本份，一起向前努力。「大橘，」她憤憤不平：「我還葡萄柚咧！」

努力不到兩年，大約就是兒子學會叫爸爸的那節骨眼，外面的熱心眼線給了線報，說小四若隱若現了；她跟他大吵一頓，他也覺得這樣若隱若現蠻累人的，乾脆給她正式呈現，那女人叫「朱古力」，古銅色皮膚也正好姓朱。不久，換小五「提拉米蘇」——人家就姓蘇不然你想怎樣——若隱若現了，這回有了傳承，她「站高山看馬相踢」（布袋戲語），小四出手打擊小五，提拉米蘇榨得一筆巨款後退出戰局。

總之（由於篇幅有限且作者無意發展成「怨偶像劇」），他變成火坑孝子與商場大亨的結合體——一具高功能的情慾變形金鋼——沒錯，是「威而鋼」的鋼。光說錢吧，小情節，就別浪費我們的纖纖玉指去敲計算機了，大事故加總起來耗去半個資本額不離譜。所以（作者忍不住手癢再說幾句），有陣子新聞熱烈討論「安樂死」立法問題，她心裡想的是，為什麼中華民國的法律沒有「閹刑」？

她死了心，也想通了，一個人的婚姻若是一則笑話，不要想把它變成一齣傳奇，那是不可能的；教大象跳芭蕾舞，要付出慘痛代價，不是地板裂了這種小事，是牠會把你踩死，哪一頭大象偉大到值得你為牠去死？大約就是兒子們（後來又生了一個）上國中那節骨眼，她已經不在乎他的情場值日生叫「蛋塔」、「舒芙蕾」還是「馬卡龍」了，只要按時養兒子就好。她的婚姻變成「按件計酬」與「版稅結算」之綜合體。

兒子，他是有養的，過年過節也有回來，這我們得說公道話，只不過，養別人的兒子多過養自己的。漸漸，他的風光日子隨著年紀愈來愈大變得愈「兩光」——頭頂光了，口袋也光了。「浮浪狂」（台語，泛指有路無厝的浪蕩子）一陣，有一天，滿臉倦容出現在門口，對她說：「唉，我要浪子回頭！」

「浪子回頭」，她雖然沒上過大學，但對這個成語還算清楚。恨就恨，她長年習於獨自生活，欠缺與男性打交道的經驗，以致無法在第一時間以辣椒語言回應這個浮浪狂，更過分是，她還幫他把包包拎進來，還問：「吃過飯沒？」忽然，她愈想愈不對，「浪子回頭」不是應該回元配那裡嗎？繼之想到，元配大姊已經過世了，不可能回那兒；可是，還有很多……很多……，怎麼講呢？「相好」？「姘頭」？「狐狸精」？「伴侶」？「玩伴」？「床友」？她還在推敲正確用法，只見七十歲浪子已吃完飯，筷子往桌上一拍，要去洗澡，問她：「毛巾在哪裡？」

浪子從此變成宅男，她變成供食宿的「阿桑」，完全符合高深的台語箴言：「有路找路，沒路找老主顧。」一人兩腳，錢四腳，沒錢當然沒路，沒路只剩下一步，回頭找老主顧。

更要命的是，這個宅男帶著「三高」回來——高血壓、高血糖、高膽固醇。一般而言，有本事男人的「三高」其中兩高是指「高樓」、「高薪」，最後一高才是高血壓。一事無成的男人只有一高叫「高個子」，他比這還糟，他帶回來的三高像猛虎餓狼，果然，三個月後，中風了。

兩個兒子一在國外就學一在大陸工作，一聽到爸爸回家且中風了，即刻奔回來探望，缺了一角的家好像團圓了，老宅男露出欣慰的笑容，做出願意努力復健將來去國外一起旅遊的承諾。兒子們囑咐媽媽：「爸爸現在很脆弱，不要刺激他，以前的事都不要再提了，最重要是現在，把爸爸照顧好，讓他趕快好起來！」

她沒答腔，心想「刺激」這兩個字是什麼意思？「照顧」是什麼意思？

從此，她的人生進入生命中不可承受的「拖油瓶」階段。一向過著與姊妹淘唱歌跳舞爬山做志工生活的她，被一個習於使喚人的老宅男「纏腳絆手」，除了上菜場、帶他就醫，哪裡都別想去。剛開始，姊妹淘體諒她出門不便，上家裡來陪她閒聊，但是，旁邊晃著一個不良於行的人一會兒問遙控器在哪裡一會兒要倒水吃藥，眾人覺得索然無味，草草作散。她積了一桶子怨，有一天，嚷開了：「少年時我勸你要為老年打算，你一句也不聽，還笑我傻，現在搞成這樣！你為什麼不去找朱古力，找那些什麼蛋糕碗糕，你找我做什麼？……」

俗話說，識時務者為俊傑，能伸能屈真好漢。浮浪狂看過日月星辰，行過五湖四海，哄過三千佳麗，對伸縮之道甚有研究，深知「皮之不存，毛將焉附」之理，當下涎著懺悔式的苦笑，眼眶含淚、語帶哽咽：「我真後悔當時沒聽妳的話，現在才知道，妳才是真正關心我的人，看在兒子的面，妳給我最後一個機會吧！」

能怎樣？你叫這位「先知」能怎樣？她抹了眼角的淚滴之後，看看時鐘，說：「去復健！」

大約隨著他懶於復健、不願改變生活作息飲食習慣開始，她才領悟到「牛，牽到北京還是牛」的道理。領悟之後沒多久，她的身體出現狀況，失眠、暈眩、胃痛，從此上醫院不只陪他看心臟科、復健科，也看自己的腸胃科、精神科。

有一天，她看連續劇，看到做太太的哭哭啼啼，想盡辦法要從小三手中把丈夫奪回來，她忽然有所領悟，那些編劇都是未經風霜的年輕人，演來演去都是俗套，她想：不要怕男人不回來，怕只怕老了窮了病了，他自動回來！

這時候，那個不良於行的人從房間晃出來，問她：「晚餐吃什麼？」

之四　給老仙女的私房話

小仙女在花楊草茵上憩息，與蝴蝶共舞、翠鳥合鳴。老仙女的妳，成天與四腳拐、便盆椅、血壓計、拍痰器、尿布為伍，侍候那枯皺的身軀。

抬頭望天，妳無法倒提江水回到源頭阻止河川成形，妳無法潛返年輕歲月修改命運的方向，妳也無法鍛鍊自己做一個冷鐵心腸的人。

是的，妳從來不是冷鐵心腸的人，妳有道德上的嚮往，在無處不講究功利的人世裡，妳對真、善與美仍有追尋。

那麼，肩頭的重擔一概承擔吧，當他人提出九十九個不能做的理由，妳只需一個必須做的理由，那是妳的本能，妳入世的任務。妳必須看清楚，妳之所以無法收手不管，是因為妳愛其他家人勝於愛自己，妳知道若妳卸下擔子，其他人會翻覆。妳不願看到這種局面，彎下腰，做了挑夫。

既然如此，所有於事無補的怨言都丟棄吧，所有不切實際的期許都焚燬吧，所有積存的勞累都遺忘吧。

不管妳以女兒身分照顧親父母，還是以無血緣的媳婦身分照顧老邁公婆，或是以妻子角色照顧丈夫；不管妳的手足是否看到、感謝妳以身體心力反哺病榻上的親生爸媽，不管其他人是否看到、感謝妳侍候他們的親爹娘，妳的心裡不要存著任何一絲希望他人感謝、善待妳的念頭。人生，寫來只有兩個字，但人生的內容，從頭到尾只有一句話：妳做了什麼？

別人做了什麼，不是妳的事，他不需要向妳解釋妳也不必幫他做記錄，那是他的人生。妳做了什麼，是妳自己的事，是妳跟神之間的事。終究，妳看重的那張成績單是妳自己蓋了手印、問心無愧的那一張。

妳是親手侍候的人，受妳照顧的長輩必能感受到妳的付出，妳讓他的人生最後一段路有溫暖有依靠有陪伴。當他即將抵達終點，握妳的手說：「女兒，還好有妳在我身邊！」當他最後一次呼喚的是媳婦的名字時，妳知道那微弱的聲音裡飽含著感謝。此時，所有的勞苦都化成煙散，妳領悟到這是長輩以肉身傳授最後一堂生死課，而妳純良地祈禱他解除一切痛苦到喜樂的國度，這一刻，真呼應了真，善引導著善，聖成全了聖。闔上眼睛的是他，感受到恩澤與平安的是妳。

那是妳獨得的，埋藏在死亡裡的，神的芒光。

尋找奇蹟

希臘神話裡，宙斯的兒子坦達羅斯是個暴虐且傲慢的人，他以殘酷的作為冒犯了諸神；神祇將他打入地獄，罰他站在大湖之中，湖水漫至下巴，但當他口渴想要低頭飲水，水即速退，一滴不剩，讓他飽嘗焦渴之苦。湖邊有各種果樹，結實累累，但當他想要摘取，一陣狂風將樹枝吹向雲際，讓他領受饑餓之苦。最可怕的折磨是，一塊大石頭懸掛在他的頭頂上，隨時有墜落的危險，讓他飽受粉身碎骨的死亡威脅。嘲弄了神祇的坦達羅斯，必須在地獄遭受這三種苦刑。

長者的病程若過於緩慢，纏綿病榻不進不退如卡在岩縫的羔羊，其受苦的程度不下於坦達羅斯。當此時，屋簷下常有醫療論戰之即興演出：或為中西對決——棄中就西、棄西保中或中醫為體西醫為用；或是靈藥傳奇、祖傳祕方再現——一帖喊餓兩帖下床三帖下田；或是奇人異士發功拯救，腫瘤縮小，積水消退。

在這場生死拔河比賽中，態勢越來越複雜，第一回合是子女與父母聯手對抗死神，第二回合變成以病人為繩，子女與死神拉鋸。是以，病人與家屬一起進入脆弱期，驚惶如受暴的稚童，渴盼奇蹟如地獄裡的坦達羅斯，而奇蹟使者的話語總是如此：「我同事的爸爸就是看那個醫生好的，（壓低聲音）也是肺癌第三期，你快帶你爸去，不要來不及了！」或是：「你媽媽睡這間房不對，整個磁場都亂了，負能量太強，容易窩藏冤親債主，化解方式是把這一面牆敲掉！」

奇蹟需動用到泥水工，要不就是在遠方，越遠越有奇蹟，必須開車九拐十八彎又九彎十八拐，才見得到治好無數位被西醫宣判死刑的末期病人的神醫，求得到高僧加持過的靈水，吃得到有緣才賜下的不傳之祕，遇得到能消災解厄、起死回生的延命高人。

火爆爭吵常在這時點燃，信與不信交戰，迷與不迷決鬥，甚至哭喊：「你沒看到爸爸那麼想活下去嗎？你為什麼不試試看？」

於是，黎明即起，攙扶病榻上的老父，背他上車，繫好安全帶，左右各塞一個椅墊以免晃盪，「爸，我帶你去高雄看一個神醫，他會治好你的病！」瘦骨嶙峋的老人家點點頭已不能多言。車行向南，如風雨飄搖中一葉扁舟航向傳說中的仙島；島上有祛病花、長生果、不老泉，令髑髏重獲肉身，肉身奪回青春。

或是，揮汗如雨趕回家，手拿一大罐藥粉，奔至病榻前稟告：「媽，這是我去求來的祕方，妳吃了就會好！真的真的，很多人第一次被抬著去，吃完一罐，自己走路去了！」可憐床上老母連吞一口水都要嗆了，那一大罐藥粉怎個吞法？「醫生說，吃完這罐藥，就能改善吞嚥能力！媽，嘴巴張大一點，把它吞下去！」

傳說中的奇蹟總在遠方，而且總是來得太遲。

魯迅〈父親的病〉，為了治療老父，延請名醫到家診治，第一個醫生開了方子，「藥引」難得，得去河邊掘蘆根，搜尋「經霜三年的甘蔗」。藥方一換，藥引不同，就得大忙一場。忙了兩年，老人家的病沒啥起色，水腫逐日嚴重，不能下床。換了第二個名醫，用藥不同，藥引更是刁鑽：

「蘆根和經霜三年的甘蔗，他就從來沒有用過。最平常的是『蟋蟀一對』，旁注小字道：『要原配，即本在一窠中者。』似乎昆蟲也要貞節，續弦或再醮，連做藥資格也喪失了。」

蟋蟀易得，他家有個百草園，要幾對有幾對。但另一味藥引「平地木十株」，可就不知道是啥了？魯迅寫來風趣：「**問藥店，問鄉下人，問賣草藥的，問老年人，問讀書人，問木匠，都只是搖搖頭**。」終於問到愛種花木的遠房叔祖，才得見廬山真面目。再要有一味丸散叫「敗鼓皮丸」，用破鼓皮做成丸藥，因水腫又叫鼓脹，所以用「破鼓」破之，收剋伏之效。照這邏輯，何不乾脆拿刀子刺一刺肚皮「破鼓」算了！

藥方不見效，醫生竟建議在舌頭下點靈丹、請人看前世冤愆。魯迅也覺得過頭了，沒做，光吃藥打不破水腫，老人家終於躺在床上喘氣了。

往下十分逼真，那病榻前的難關是每個人都有可能遇到的，不妨請魯迅蒞臨指導，跟我們做一場心靈交流，（作者遞麥克風），有請魯迅先生。

「父親的喘氣頗長久，連我也聽得很吃力，然而誰也不能幫助他，我有時竟至于電光一閃似的想道：『還是快一點喘完了罷。……』立刻覺得這思想就不該，就是犯了罪；但同時又覺得這思想實在是正當的，我很愛我的父親。便是現在，也還是這樣想。」

魯迅忙過的事我們正在忙，課題一致，只是忙法不同。老人家啟程的那一日到了，一個精通禮節的婦人衍太太，見魯迅兄弟像傻子一樣杵在那裡，指揮他們不該空等著，給老人家換衣服，又將紙錠與經文燒成灰用紙包起來給臨終老人捏在拳頭裡。

「叫呀，你父親要斷氣了。快叫呀！」衍太太說。

「父親！父親！」我就叫起來。

「大聲，他聽不見。還不快叫！」

「父親！父親！」

他已經平靜下去的臉，忽然緊張了，將眼微微一睜，彷彿有一些痛苦。

「叫呀，快叫呀！」她催促說。

「父親！」

「什麼呢？……不要嚷。……不……。」他低低地說，又較急地喘著氣，好一會，這才復了原狀，平靜下去了。

「父親！」我還叫他，一直到他咽了氣。

我現在還聽到那時的自己的這聲音，每聽到時，就覺得這卻是我對於父親的最大的錯處。

聽完魯迅自述，有兩個感想：

感想一：唉！

感想二：在悲傷中被衍太太催促，像我這樣昏頭昏腦的人，可能驚慌地喊成：衍太太！衍太太！

尊貴地離席

「現在，生命對我已經沒有用了，如果我揪住了生命捨不得放手，我只會叫我自己都覺得可笑。」——蘇格拉底

1 你必須思考死亡

誰在黃昏的山丘，吹起離別的洞簫？

獨木舟已朽壞了，擱淺在世間一隅，只是積生泥垢供養青苔，了無意義。生命最蓬勃的時刻，已經過去了，最豐美的時刻，遠去了，最甘醇的時光，消逝如煙了。所有的勞役與課業、任務與心願都已完成，功過也成了定局。這獨木舟般闖盪了五湖四海、捕獲精采故事的肉身已進入崩裂階段——這是造物者的另一次神蹟，我們沒有機會鑑賞祂如何讓生命寸寸生成，卻能目睹祂怎麼讓身軀逐日裂解，終於釋放了靈魂。

「死神是個帶爪子的動物」，馬奎斯如是說。但是，死神難道不是思慮周密、手法純熟的神？祂讓一個人安全地航過老年門檻，看到自己的第三代或第四代誕生，送來不短於數月不長於數年的

病役，讓人有充裕的時間、體力、精神整頓自我，與家人偕手共同迎接死亡。如此善待，相較於剎那間被掠奪生命的年輕人，還能哭天喊地說死神是兇殘的嗎？

人老了，必須思考死亡。蒙田說：「你的死亡是宇宙的一部分，也是世界的生命的一部分。」如此聖美，焉能不莊嚴面對！以不作壽、避談歲數，消極地規避死亡，是不智的。對一個享有豐壽的老人而言，死亡，已不是敵人身分，是摯友，死亡，不僅是完整生命的一部分，更可視作一篇文章的精采結尾。這結尾，必須由自己親自撰寫。

柏拉圖《斐多》（註），紀錄了偉大哲學家蘇格拉底的最後一日——他因信念被捕入獄，判服毒死刑。飲毒藥之前，七十歲的他依然與前來探望的朋友、學生暢談哲學，辯證靈魂不朽，思想的芒光一如往常照耀著學生。斐多，也是陪在監獄裡的學生之一，他說：「如果我看到一個朋友要死了，我心裡準是悲傷的，可是我並不，因為瞧他的氣度，聽他的說話，他是毫無畏懼、而且心情高尚地在等死，我覺得他是快樂的。」

蘇格拉底從容的樣子，如一場春季郊遊，在林蔭下亭子裡，對年輕弟子闡述真理：「真正的追求哲學，無非是學習死亡，學習處於死的狀態，他既然一輩子只是學習死，學習處於死的狀態，一旦他認真學習的死到了眼前，他倒煩惱了，這不是笑話嗎？」最後的時刻將至，「命運呼喚我了，也是我該去洗澡的時候了。」蘇格拉底說：「我想最好是洗完澡再喝毒藥，免得煩那些女人來洗我的遺體。」

當學生問他有什麼囑咐？他說：「只是我經常說的那些話，沒別的了。」問他該怎麼葬？他說：「隨你愛怎麼葬就怎麼葬。……看到我的身體燒了或埋了，不用難受，不要以為我是在經受虐待。」

蘇格拉底一一與家人、朋友、學生告別。獄卒也來了，對他說：「你始終是這監獄裡最高尚、最溫和、最善良的人。」獄卒和他告別，忍不住哭了起來。

蘇格拉底接過了毒藥，向天神們祈禱，祈求離開人世後一切幸運。說完，把杯子舉到嘴邊，高高興興、平平靜靜地乾了杯。當學生們不由自主地哭泣，他說：「人最好是在安靜中死，你們要安靜，要勇敢。」

人，必須思考死亡，不斷地在心裡練習。當那一天來臨，但願能高尚、尊貴，如蘇格拉底。

2 死前清單

一部溫馨的電影小品《The Bucket List》（譯作通俗且膚淺的《一路玩到掛》），兩個老男人在醫院相遇，罹癌的摩根費里曼與身體不適的富豪傑克尼克森正好同病房；同房不同病，不同病卻同憐，聯手寫下死前最想做的事，趁身體尚未衰弱展開生命最後的冒險與體驗。簡言之，是兩個老男人的死前旅行。電影中提及埃及人對死亡的想像：人死後，靈魂來到天堂門口，使者會問兩個問題，以判定能否進入天堂：「你生命中是否有喜悅？你是否帶給他人喜悅？」

空白的紙，放在你面前，你的清單是什麼？該寫下「全家到山上小木屋賞楓」還是「向一出生就送養的女兒說對不起」？是「跟絕交三十年的哥哥見一面，一切和解」，還是如魯迅在死前一個多月所言：「讓他們怨恨去，我也一個都不寬恕。」

3 你想去哪裡？

蘇格拉底：「一個人死了，屬於凡人的部分就死掉了，不朽的部分就完好無損地離開了死亡。靈魂不朽也不可消滅，我們的靈魂會在另一個世界上的某一個地方生存。」

讓信仰指向的道路在心中顯現，這是心靈主宰的時刻。病榻不只是床鋪，是另一艘長板船，四面牆壁悄然寸移，讓出渡口，小船將駛向彼岸。

你想去哪裡？

是仗憑一股專注且剛毅的意念如同撐住一竿，要與你一生摯愛卻先你而逝的人在洪荒亂流中重逢，再一次緊緊擁抱，即使一說那是冤親債主幻化，亦甘心甘願緊緊擁抱絕不分開。

或是，任由意識逐漸消散，有歌聲自深沉之處傳來，不知是自己的靈魂的歡唱還是來自他方的呼喚，有風隨風，遇水隨波，無牽無掛地沉入無盡的黑暗，讓肉體與靈魂俱入空無。

是端正衣冠，以飽滿的詩心、渴慕真善美的純粹之情，「我用我的聲音求告耶和華，他就從他的聖山上應允我。」祈求永恆生命的牧者引你躺臥在青草上，領你在可安歇的水邊，使你的靈魂從霧鎖中甦醒，雖行過死蔭的幽谷亦不怕遭害，因為牧者的杖與竿必不離棄你，神以他的袍服披覆你，因為你在他心中唯一。你憑著他豐盛的慈愛進入他的居所，那沒有黑夜只有神的榮光照耀的所在，那寶石根基、黃金城牆，流動著生命長河、河邊有生命樹的永恆家園，那只有自由、信心、喜樂的歸宿。

或是，一束純淨柔和的光在你面前閃動，阿彌陀佛與諸聖眾現身，有花雨灑在你身，法喜充滿，你歡喜地踏上往生之路。你知道你要去微風吹動著燦爛寶樹的地方；那裡有金沙布地的清淨水池，池中綻放各色蓮花，微妙香潔。有金銀琉璃、赤珠瑪瑙裝飾的樓閣，階道都是七彩寶石鋪成的。那裡有你從未見過的奇妙的雜色鳥，羽毛斑爛，鳴聲悅耳，如歡唱如吟誦。當你抵達，一隻迎接的靈鳥棲在你的肩頭，為你終於回到這眾人等待著你的極樂世界獻上詩與歌。

你想去哪裡？若你知道自己的去處，當能如瑪克斯．奧瑞利阿斯這位羅馬皇帝所言：「以愉快的心情等待死亡。」

是的，像一個皇帝。

4 遺囑與後事

多年前一次漫無邊際的閒聊中，我母忽然說她死後要灑海，我說：「這樣的話，到時候是不是要幫妳穿泳衣？」她笑說：「青菜（隨便）啦！」我又說：「萬一，妳生的這些沒路用的孝子孝女暈船，一面吐一面幫妳灑骨灰，變成玉米濃湯怎麼辦？」她也說：「青菜啦！」我進一步刺激：「清明節，就去海邊呼請妳的魂，是不是要先燒一個泳圈給妳？妳要游快一點喔，祭拜的東西，用甜甜圈就好了。」她笑得花枝亂顫，好像子女不孝是蠻開心的事。當然，這是笑鬧不必當真。

老友黃姐對死生之事時有感觸，囑咐我將來如何如何，彷彿我是她的禮儀師。我答：「好，到時候我會幫妳穿迷你裙配網襪！」她驚聲曰：「不要啦！」我更進一步加以刺激：「玫瑰花很貴，妳的骨灰，我會拌橘子皮。」她說：「不要，橘子讓我胃痛！」換我驚聲曰：「那時候還有胃呀？」當然，這也是笑鬧不必當真。

笑鬧也好，嚴肅也罷，自己要大大方方地把末段路鋪好，別讓做子女的不知如何啟齒，問也不是，不問也不是，「爸，你……希望將來用火葬還是土葬？」「媽，妳銀行裡的定存、基金還有股票，是不是趁現在處理一下？」「爸，你要留一口氣回家還是在醫院走？」「媽，告別式要怎麼辦？要不要發訃聞收奠儀？」總不能毫無頭緒，無半句交代，留下一攤亂。

在把死亡當作不祥、邪穢、冥暗的觀念裡，跟死相關的話題都是不能碰觸的禁忌。彷彿一句話露了餡，邪靈將附身，惡魔會糾纏。然而，既然死亡是每個人必須走的一條最平等的路，有什麼道理活到一大把歲數、累積數籮筐人生滋味的人不能勇敢地面對死亡？如果那是不能逃避的奇幻之旅，有什麼道理不能、不敢、不願親自整理行李？死，可怕，怕死的心，更可怕。

寫下遺囑吧，不是給自己，是給屋簷下「未完的人生」一個妥善的安排、圓滿的交代；該告解的，該補償的，該答謝的，該讓人家認祖歸宗的，該和解的，難道不該一面服病役一面把握時間親自安排？好讓活著的人不至於因為你留下的複雜謎團、錯綜的導火線而活在一連串的爆裂之中，一生被濃煙籠罩——若走到這一步，遠去的你焉能安息？

至於後事，宜乎也應該自己設想，免得愛熱鬧的與恨虛華的兩個子女為了要不要掛上禮儀社弄來的「馬英九」「王金平」署名的輓聯而大吵一架，「懇辭花籃」與「懇求花籃」兩派大打出手。

「生前告別式」是新興思潮，能在活著的時候聽到家人、親友的讚辭是很特別的經驗。常言：「人之將死，其言也善。」將死之人對親友說出善言，給與祝福，親友也以善言回應，表達感謝。死，引出彼此的善良力量，回憶過去、整理人生、抒發感懷，相互用溫暖的方式擁抱道別，「要是知道死會讓你們對我這麼好，我早就該死了！」「雖然我們捨不得你，但也不想陪你去天堂。」人生處處有險灘，但險灘旁邊也處處有春暖花開，如弘一大師所示：「悲欣交集」。既是生前小聚，還可送親友小禮物，「你們不用回送我，我帶不走！」揮別之後，了卻禮俗，恢復安靜，該病的繼續病，往下的發展從速從簡，輕舟已過萬重山。

作風保守的，大概不能接受「生前告別」這種有笑有淚、不知該哭該笑的情緒雲霄飛車，回歸傳統作法——大家的表情比較一致，那麼更需要自行規劃，以免後事之情節足以媲美灑狗血的鄉土劇。

如果這一生所經營的人生故事是一部血淚交織的懸疑長篇小說，或是雖然故事單純但夾了一頁很討厭的銷售單，若有以上情形，最好鼓起勇氣，戴上老花眼鏡，想一想訃聞的內容。免得一長串「泣啟」的親倫名號中，夾雜一兩個在你生前百般嘲諷你、咒詛你、辱罵你、惹你五內俱焚因此塞了兩條血管、爆了半個肝埋下死因的名字；這名字躲在「杖期夫」「護喪妻」旗號下，尤其可能現身於「孝子」「孝媳」「孝女」「孝女婿」陣營中。告別式時，這些人也是哭得非常傷心的，甚至哭到令人費解的地步：譬如，狂哭大叫：「爸（或媽）！你不要走啊！你回來啊！」身子一揚，兩膝下跪，作勢欲滾欲爬欲摔欲撞，眾人左右扶起，半攙半拖，司儀以哀悽抖動的聲音勸曰：「人死不能復生，請節哀啊！」哀樂奏起，滿場皆啜泣，無不讚揚「遺照」上的你有此「孝子」「孝媳」「孝女」「孝女婿」真是一世人值得！只有幾人心裡有數，這欲滾欲爬欲摔欲撞的表演者在老父老母纏綿病榻期間，可一次也沒來服侍過，還說過：「也不快死，拖累人！」這些，你心裡清清楚楚。當此時，如果你的靈仍附在照片上那兩丸炯炯有神的眼珠裡，看了這場面，你恐怕會有些許情緒。這不好，非常不好，別的不怕，怕只怕在這時刻動了情緒，原本已一切放下現在又把一切提起，一個踉蹌，變成厲鬼候選人。

後事，指死後之事，但必須在死前想清楚。

5 乘風歸去——關於「放棄急救，器捐，捐大體」

放棄急救，是淺顯易懂的口頭說法，正式的書面名稱是「安寧緩和醫療」，其施行的法源根據是二〇〇〇年立法院通過的《安寧緩和醫療條例》。此條例定義「安寧緩和醫療」為：「為減輕或免除末期病人之痛苦，施予緩解性、支持性之醫療照顧或不施行心肺復甦術。」這串解釋，用最簡單的話講就是：不要急救，讓他自然地、沒有痛苦地離開。

「安寧緩和醫療」挑戰了根深柢固的、窮盡醫療技術救到最後一秒鐘的傳統醫療思維。

我國「醫療法」第四十三條規定：「醫院、診所遇有危急病人，應即依其設備予以救治或採取一切必要措施，不得無故拖延。」救人是醫生的天職，「有危急病人」不分男女老幼，醫院本應救治。但是，如果這位「有危急病人」是末期病患或重症老人，所謂「採取一切必要措施，不得無故拖延」就變得非常嚇人；醫療法規定醫生必須救，從來不曾討論醫療課題、不願放手讓至親離去的家屬也主張必須救，於是，地獄現身，用來急救的「心肺復甦術」包括：對臨終病人或無生命跡象之病人，施予氣管內插管、體外心臟按壓、急救藥物注射、心臟電擊、心臟人工調頻、人工呼吸或其他救治行為。

（要不要幫九十五歲肺炎老爸「氣切」以答謝他的養育之恩？要不要幫癌末積水老媽心臟電擊以報答她為你洗衣燒飯四十年？）

想像自己即將走到盡頭，引路天使或阿彌陀佛或是登仙列車就在眼前，天女奏樂，迎賓舞跳起，竟被醫生與子女聯手擲來的急救追捕令抓回來，承受氣切或插管、心臟電擊的待遇，肋骨斷了、皮膚燒灼、鮮血噴灑，又活了一個星期或一個月。而這多出來的時間並不能使一個末期病人回春、復元，徒然造成醫療浪費、病人痛苦、家人事後懊惱，意義何在？孝心何在？人性何在？

雖然「安寧緩和醫療」在台灣已推動近二十年，正式通過也已十二年，然而，一般人在太平無事時不會積極思考「老、病、死」課題，更不會理智地設想自己的末程病況，跟家人暢談，預做心理建設與準備——據統計，有一半以上的癌末病人未被告知病情，換言之，這些病人不只未曾與家人談過死生之事，也沒有機會對自己的末程病況處理表達意見，因此，事到臨頭，家人也就無法理智地抉擇，遂在紛亂的心緒下墜入一般人認為「安寧緩和」四個字的非理性隱喻：「安寧，安寧病房，不救，等死，放棄，自生自滅，遺棄，不孝」，以致做出極度非理性但是充分地照顧了自己的感受的決定：盡一切力量急救！

黃勝堅醫師《生死謎藏》，寫及：「台灣一年死亡人數約十五萬五千人，但只有七八千名臨終病人接受安寧照顧，能『有尊嚴地好走』，其餘往生者，臨終前，多少都歷劫過度醫療的有口難言之苦，毫無善終可言。」

做子女的不是不知道「死亡已不可逆」，只是過不了「讓父母等死」這一關的心理痛苦，更過不了被家族長輩評為「不孝」的終生陰影。如果，醫院有急救影片讓家屬一起觀看，或是讓家屬躺在床上模擬，或許能讓他們瞬間清醒，知道叔叔伯伯阿姨舅舅的批評都是無關其痛癢的嘴皮之事，但承受「不得好死」痛苦的卻是自己的老父老母；孩子生病時，做父母的知道怎麼做能讓孩子舒服，父母臨危，為什麼做孩子的不知道怎麼做能讓父母舒服？關鍵時刻，應該替父母做一個好決定，還是優先照顧自己的感受做下決定，或是被家族輿論牽著鼻子，做出他們想要的決定？

《死亡的臉》作者許爾文．努蘭醫生提及一位九十二歲老奶奶，因摔倒被療養院送到醫院，他發現她有嚴重的十二指腸潰瘍，建議動手術，她拒絕：「夠長了，年輕人。」他極力說服她手術，否則等於宣告死亡，老奶奶基於對他的信任答應了。但手術後，當她完全清醒，「用盡每一分鐘責備地瞪視著我，當她兩天後拔管能說話，開始不浪費任何時間讓我知道，我不如她所願讓她死去，卻動了手術，是對她開了一個多麼汙穢的玩笑。我認為我以具體行動證明我做對了決定，畢竟她存活了下來。但她對此事有異議，且不厭其煩地讓我知道，我沒告訴她手術後的困難現象等於出賣了她。」老奶奶出院兩週後中風，在一天內辭世，作者誠實且誠懇地反省了這件事：「我已經解了謎題，卻敗在更大的戰役——對病人的關懷。」

無怪乎，英國一位老太太在胸前刺青「別急救」，她目睹老伴晚年求生不得求死不能的慘狀，用如此極端卻明確的方式告訴醫護人員她的意願。

所以，活著的時候，請撥開禁忌之幕，明確地告訴家人，在那危急存亡的時刻，你希望醫生窮盡一切醫療作為對你「急救」，還是預先立下意願書，接受「安寧緩和醫療」，讓緩解痛苦的照顧護送你回歸自然脈動，依隨各器官的退休時程，一盞又一盞地熄燈，帶著滿懷的溫暖闔上雙眼，生者與逝者兩相平安。

植根在一般人內心深處的那株恐懼樹，使我們對死亡抱持投射式的非理性態度。我們若要移民他國，陽台上的盆景，若有鄰人需要，應會慷慨地贈送，甚至覺得那花樹有人照顧繼續在季節裡生長是很好的事。我們的靈魂要離開獨木舟，去天國或佛國，舟上的木塊、螺絲釘若還能用，送給幾個人修繕他們的獨木舟，是善舉，有何不好？「器官」若是像珠寶一樣可以留給家人「以待不時之需」，那麼存放於「器官銀行」（如果有的話）做定存，也是可以的——當然，誰也不希望自己的兒孫需要用到這顆珠寶心臟、瑪瑙腎臟。既然家人用不上，走時，送給芸芸眾生之中的有緣人，不亦樂乎？這種「天作之合」，何等高貴何等美麗！

戰勝死亡最厲害的武器是，把死亡變成無盡的溫暖與愛，把死變成生。

預立安寧緩和醫療，只要突破第一關「等死」障礙，不難。簽署同意器官捐贈，只要突破第二關「全屍情結」，也不難。第三關最難，捐大體。

我的姑丈承受四年罕見疾病之苦，七十五歲那年，生命最後三個月，對自己的一生做了總整理也是總檢討，對妻子說：「我這一生做錯很多事，希望最後做一件對的事。」

「預立選擇安寧緩和醫療意願書」、「器官捐贈」及「捐大體」，他在意識清楚、意願強烈的狀況下由家人見證簽署了這三份文件。他說：「人死了，只剩一個空殼，捐出去，讓醫生做研究，幫助更多人。」說得好像捐一件不合身的舊大衣。

他的內心充滿堅定的善念，倒數第二日，忐忑不安的家人問他後不後悔捐大體，已不能言語的他猶然奮力搖頭。他的么兒自美返國，用大手一面溫柔地撫著他的額頭一面說：「爸，我們都很愛你！」他決定走，黃昏時往生。

由於器官衰竭已不能捐贈，經過評估，符合大體捐贈的條件。現在，他的遺身交給醫院做藥物處理，一年後，將於適當時間成為「大體老師」，讓年輕的醫學院學生把他的獨木舟當作練習簿，劃過千刀，只為一心救人。

他替家人上了寶貴的一課，解除每個人心中「不能入土為安」、「千刀萬剮」的死亡心鎖，呈現莊嚴的一面，留下不可思議的善念。他示範了一個人在生命最後如何尊貴地離席，像一名壯士。

6 道一聲謝

不管是，美好的仗已經打過，或者是，打過的仗都不美好。

生命來到終岸，都要放下。

向四方有緣無緣、有情無情、有義無義，道一聲謝。

向醫治你的醫生、護士，照顧你的看護，道一聲謝。

向為你禱告、祈福的人道謝。

向陪伴你的老友一一道謝。

向你最愛也是最愛你的家人道謝。

一趟人生悠悠隨逝水，生者珍重，逝者平安。

註：《斐多》，柏拉圖著，楊絳譯，時報。

第二個爸爸

——叩別公公姚鴻鈞大人

「爸爸，我是簡媜，我來了。」

不記得從何時起，我一見到您就說這話，您總是回答：「妳忙啊！」我也總是回說：「不忙不忙！」每週六或是年節，您與媽媽到我們這兒聚餐，一進門穿上拖鞋，您一定對廚房裡的我說一句：「哎呀，讓妳忙啊！」我也立刻在抽油煙機的轟炸下高聲說：「不忙不忙，一點都不忙！」忙與不忙，似乎成了多年來我們的見面慣語。即使在您病中，我給您送粥過去，躺在病床上的您見到我，仍舊是這句話；即使是最後一天早上，我帶著您的西裝與鞋襪趕到醫院，看到您大口喘著，正要從燭滅般的身軀蟬蛻而去，我忍著淚在您耳邊說：「爸爸，我是簡媜，我來了。」您的嘴忽然顫抖抖地抿了一下卻發不出聲音，然而我知道，因著多年來的默契我知道您要說的是：「妳忙啊！」

淡定的智者

您與媽媽是奉行獨立自主生活的長者，不願給子女添一點麻煩。您們倆相依相伴，形影不離，住在老公寓四樓，生活起居自理。所幸保養得宜，雖逾八十五而身心朗健，仍能晨起運動、搭公車辦事購物聽演講做禮拜，怡然自得，幾乎讓我們竊喜時間的鞭子放過了您們。然而，我們也理智地知道那間公寓的樓梯終會成為障礙，因此數年前即在離自家僅三分鐘腳程的電梯大樓為您們覓得一屋，把您們圈在附近，讓您與媽媽既能繼續保有獨立空間，又能與我們就近呼應。

雖然只隔個小樹林，您們仍不願「麻煩」我們；逢到陰雨天氣，做兒子的「順路」要載您們出門，您們卻堅持要搭公車，因為「年輕人時間寶貴」，電話中總有一番攻防，氣急敗壞的兒子甚至說出：「沒關係，您們不坐沒關係，我開車跟在您們後面！」這種具有威脅嫌疑的話。您們是處處為兒女設想、體諒子女的父母，從不要求回報；就像往高處走的行者，平原河口的耕耘都收成了，兩人規劃妥當，越走越高，終於走成高山上的針葉木，不要求浪花鷗鳥前來取悅。

您與媽媽一向硬朗，稱得上粒藥不進，父母健康是子女的福氣。直到去年（二〇一〇）四月初，您咳嗽不癒，經就醫檢查初步判斷是肺癌末。我們與醫生詳談後，決定告訴您們實情。

那真是艱難時刻，沙發上坐著九十二歲老父、八十九歲老母，四人相對，閒話家常後，陷入沉默。真希望沉默就這樣永遠留著，不必驚動任何一次呼吸。然而話題已觸及斷層掃瞄報告，說到水就得提到舟，由不得閃躲，做兒子的緩緩說出「判決」；媽媽放聲而哭，我望著您，您不發一語不問一句，看著前方牆壁，表情肅然，不驚不懼不瞋不怨不悲不泣，彷彿聽聞的是抗戰時期報紙裡的戰事。接著，您非常堅定地揮動右手，說：「我不住院，不做切片，不治療。」於今回想，當我們忙著安慰媽媽而您靜默的片刻，您固然衡量了年齡體力，但必是預見兒子帶您往返醫院、種種奔波的畫面遂回到一個父親疼愛兒女、不願子女勞動的最高原則而做出毫不遲疑、毫不反悔的決定！

您的決定，軍容壯盛，既卸去子女肩上的鐵扁擔——我們雖傾向不積極作為但也不能斷然替您決定，亦抹除老伴心中的驚懼。第二天起，不，即刻起，「判決」是病歷表上的事，這個家因著您能處變不驚，定調為「一切都沒發生」而當下恢復平靜。您依然晨起運動，聽廣播閱報，讀書寫字，飲食如常。我們除了急召在美的大哥嫂回來共享數週親情之外，「癌」這個字被您逐出家門，一切彷彿不曾發生。

整整八個月，您樂觀淡定。有時，我們小心翼翼地問您的身體狀況，您斬釘截鐵地答：「我都很好啊！」我們無從得知您的內心歷程，您是如此溫厚堅毅的人，不願讓家人擔一絲憂、嚐一口苦。直到您走了之後，我整理您的書桌，看到您留著一張剪報「留下自己活過的證據」，又寫下「告誡後輩：為人處世，傳承永續」箴言，我頓然明白，這段時間您靜靜地在整理一生，練習告別。

姚家屋簷

人與人之間，總有個或深或淺的緣字；與我們深緣者，不見得是血緣至親，緣淺的，也不見得都是萍水相逢的陌生客。終究是緣深緣淺，固然有深耕經營之判，但更常發端於心性是否契合。合者，一路順風，不合的，一路風暴。人與人相處，說得通的，叫道理，說不通的，歸諸緣。

回想我踏入這個家的過程，不能不說是特別的緣分。我記得結婚那日拜見公婆，您與媽媽贈我金元寶，您以歡愉的神情對我說了許多鼓勵祝福的話。我恭敬聆聽，對您說：「謝謝爸爸，很高興我又有爸爸了！」

那是由衷之言。十三歲喪父的我，是以孤兒心情成長的，失去自己的「阿爸」二十多年，怎料到因著婚姻續接了被斲斷的父親之情。婚前，我阿母叮囑我：「大家大官年歲多了，要好好給人照顧。」那是必然的，我甚至揣想阿爸在天之靈若得知這位江蘇來的親家公會替他彌補無法疼愛女兒的遺憾，他也會交代女兒要恪守孝道的。

喊了十六年，如今，又失去爸爸了。

然而，我已非當年手無寸鐵的十三歲孩兒，人間煙塵結成了霜髮，兩眼也略略看得懂生老病死，明白那條自然律：非自己即是至親摯友，總有一天要送別。

也許，這是天意。去年夏天，罹癌判決兩個月後，在山上那座「生命紀念館」，我替您與媽媽選定了「愛的小屋」（夫妻塔位）。遠山含翠，白雲悠然，我忽地明白，我必須扮演執事角色，提早部署，為您那進入倒數的人生做好準備。天意如此，您為我彌補了無父的缺憾，我必須為您送行。

爸爸的人生七講

十六年來在您身邊，何只彌補了親情遺憾，您更像一位師長，為我們開設寶貴的人生講座。每一講的講義，皆是您用腳步印成的。

您生於民國八年，家道中落自幼困頓，身為長子的您十八歲高中畢業即須挑起家計，卻逢上抗戰砲火，是不可計數被亂世海嘯衝散、流離、渡台的一員。但您具備了極為特殊的鎮定能力，如錨之於船舶，地基之於屋舍；抗戰間，不管當銀行行員或是後來從軍擔任財務工作——先隨軍移防南北後駐留重慶，您絲毫不因神州板蕩而喪志、不被硝煙蒙蔽而自棄，鎮定且積極。十八至二十六歲正是黃金青年時期，您搜集光陰敦品勤學，完成自我鍛練、惕厲之人生重責。民國三十五年春，奉派為第二批接收特派員來台，不久將母親接來，次年娶初中同窗好友的妹妹為妻。在局勢動盪、人心驚惶的年代，您鎮定如錨，扎根深耕，倏然白手起家。因而，您開宗明義的人生第一講，即是鎮定、堅毅與信心。

因鎮靜篤定，故能隨遇而安，因堅毅不撓，故無畏艱困，因信心豐實，故開創新局。這一份性格特質亦形成鑠鑠操守，您在聯勤總部經手的業務皆是他人眼中的肥膏，但您廉潔自持公私分明，凡有人送禮必原封而退，亦不做賄賂之事以求升遷。這是何等的自我錘鍊，您長於貧門又無祖蔭，竟能擯棄貪婪、拒絕權錢誘惑，一生光明磊落，無一隅陰暗。何等令人讚嘆，您自少年即自我導航，彷彿預知有一天將成為人子之父、孫輩之祖，故以身作則走光明大道。則您所導航的豈只是亂世中的自己，亦涵蓋那未來的子子孫孫。是以，您留給子孫的，非存簿上的數目，正是這不偏不倚的光明大道、這崇高無瑕的精神人格。

您教我們的第二講是，鴛鴦夫妻。

婚姻是一種誓，不是紙張契約。抗戰勝利後回到上海，您與初中同班好友慕陶見面，您們倆自幼相知相契，彼此欣賞。末了，您提及將有台灣之行，慕陶問您：「有沒有朋友？」您答沒有。上海一別接著便是兩岸分裂，但因著您的回答，同窗高誼化成月老的紅繩；慕陶賞悅您是正人君子，想把妹妹雅英介紹給您，您信任這位知交，也樂於成婚。三十六年，二十五歲的雅英拎著行李來到台灣，要嫁給從未謀面的哥哥的知己。第一次見面，您對她說：「妳跟妳哥哥長得很像。」而隻身來台、舉目無親的雅英，對眼前這位英姿煥發的姚家大哥亦一見鍾情。知己紅繩繫住了一對鴛鴦。

您與媽媽結縭六十四年，彼此是初戀情人也是偕老的伴侶，一生同床共枕，儷影成雙，似比翼鳥如連理枝。您有著老輩男人做妻子靠山的傳統觀念，又具備新時代尊重女性的優點；對妻子不曾說過一句粗話重話，不曾抱怨責備爭吵冷戰亦從不回嘴，凡事商量設想呵護。媽媽的朋友曾說：「若嫁的像姚先生這樣的人，做牛做馬也甘願。」壯哉斯言，這是女性對男性的最高讚辭。您確實是妻子眼中「完美的丈夫」，媽媽說過，只要你在身邊，吃什麼苦都不在乎。

即使年邁了，仍看得出您們彼此深情呵護。媽媽是基督徒，您雖未受洗，但不僅尊重她的宗教選擇還每週陪她上教堂做禮拜，慕道近二十年。每次來我們這兒吃飯，您會幫媽媽先把牙刷擺好牙杯注水，以便她飯後刷牙。而媽媽，總是把好吃的營養的讓您多吃一些，苛刻自己。她看您吃，心裡高興，自己吃，反而不覺其滋味。

去年十二月初，您因肺部感染住院，癌已擴及肝。住院十二天後，感染稍癒，可以出院，採居家安寧照護方式，購醫療器具，請全日看護小姐，讓您在家抗病，萬芳醫院亦每週派安寧護士來家送藥檢查。

這段期間，您最受折磨；咳不完的濃痰，越來越吞嚥困難，身體消瘦枯槁，但意識清晰如常。夜裡，您一咳，媽媽必從另一房間跑來：「你哪裡不舒服？」為您擦痰，而您忍著病苦，仍然呵護老妻：「妳去睡，妳去睡！」一夜如是數回。冬冷，晾乾的衣服總裹著一層薄冰，媽媽會把當天要換的衣褲折一折藏入腹腰，用體溫渥暖，好讓你觸膚時不必挨那股寒氣。日常點滴，皆是鴛鴦夫妻的廝守細節。年輕時，甜言蜜語是情愛的表現，求的是「同心」，到了白髮，語言只是一層華麗的包裝紙，更要看是否「連體」——涕痰屎尿，皆是穢物，我們日日處理自己的不嫌髒，處理孩子的亦不覺其臭，是否也能把另一半的身體視作自己的，為病榻上的他（或她）抹痰拭涕把屎擦尿，求只求這鍾愛一生的伴侶得片刻舒適，得那婚約所言不離不棄的安慰。媽媽說，為你擦拭穢物，不覺得髒，從來都不覺得髒，只要你能舒服。這確實是鴛鴦話語了。

您仔細收著民國三十六年的結婚照，照片中，新郎俊秀挺拔，新娘清麗嫺雅，依偎著是一對璧人，彎著腰是能把荒土墾成豐年的胼胝夫妻。五十年金婚時，您與媽媽到相館拍了結婚紀念照。此時二子一女皆已成家立業，分別任職州政府、教育界、學術界，第三代正欣然成長。您們的神情舒展，眉眼間洋溢著歡愉。四年前，結婚六十年，您不改浪漫，對媽媽說：「我們去相館拍一張照留個紀念。」時間的鏤痕雖布在臉上，但您們慈眉善目，嘴邊含笑，煥發著人間責任皆已圓滿達成後的怡然光澤。鴛鴦老了，還是鴛鴦。

看著您們的照片不禁問：佳偶是天成的，還是那溫文儒雅的君子、明亮勤敏的麗人一起修煉而得的？您們的婚姻裡沒有猜疑、偵測、試探、爭奪、辯駁、哭喊、垂泣、委屈、傷痕、冷漠、撕裂、怨懟，只有手牽手彼此疼愛互為靠山，從年輕走到生命終了，牽的還是同一隻手。聖哉，這必是完美的婚姻了。

親情才是祖產

第三講，您講的是親情。

從未聽聞像您一樣以虔誠之心經營家庭的。每年月曆上，您標著子女媳婿、孫兒孫女的生日，到了時間，必贈以寫著賀辭的生日紅包。若逢上值得慶賀的事，如：整數壽、上大學進小學、獲獎出書、結婚生子、留學購屋搬家⋯⋯，您另備大禮，紅包袋上寫著想必打過草稿斟酌用辭的賀文，在家庭聚餐後，稱讚、嘉勉、祝福一番，再贈以紅包，攝影留念。兒女從您這兒得到的是純粹的讚美，即使只是一樁小榮譽，您也一疊聲地說「這是不簡單的事啊！」深深以子女為榮。

抽屜裡留著一疊您贈我們的紅色袋，紅紙墨字，筆劃間藏著濃濃父愛。

您的遠孫上小學，您在紅包袋上書以「祝賀遠孫今上小學開始接受學校教育誌喜，永保學習邁進精神，創造光輝燦爛願景……」飯後，八十三歲爺爺親自頒贈給七歲小孫，一時客廳如禮堂。您的慶兒獲獎，您書以「專潛精研，廣啟學用。綻放異彩，績著榮增。」亦在客廳舉行頒獎小典禮。逢到我出書，您也必定備上大紅包，書以「歡賀敏媜賢媳新著問世」，並寫上讀後讚辭；賀《天涯海角》出書的紅袋上，您寫著：「綜覈史冊，緬懷感念；警句醒世，源遠流長。感懷身世，今日何日；願禱天佑，永共關愛。」我的書獲選文學經典，您在兩個紅包袋上寫了綿綿密密近五百字美言，並讚以「稟賦非凡，卓爾不群；筆底生花，世代永傳。」

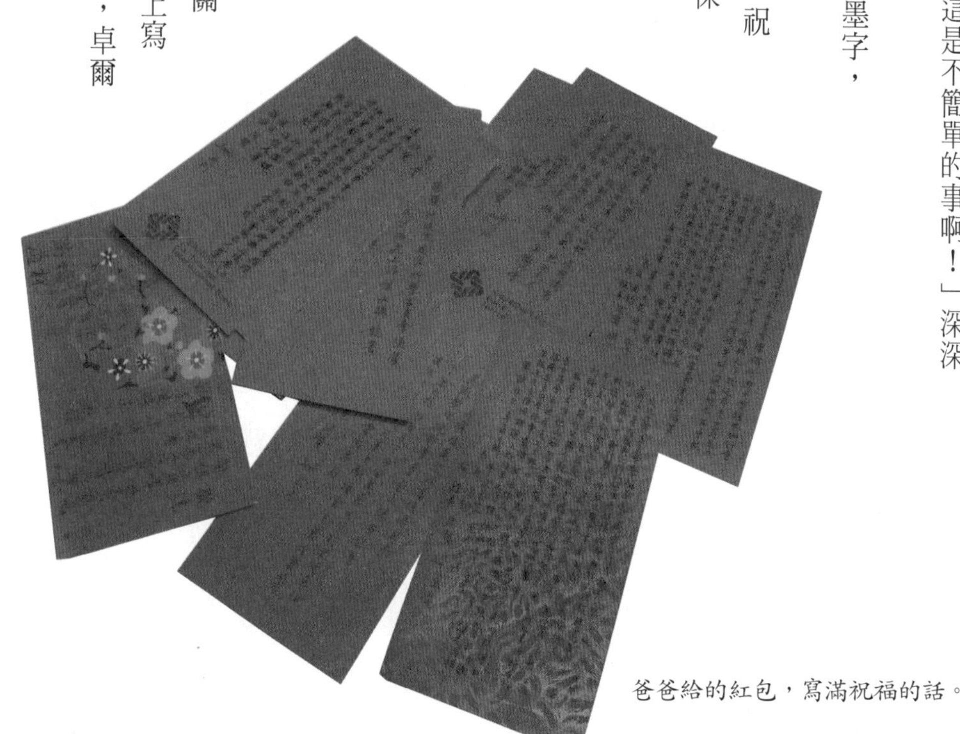

爸爸給的紅包，寫滿祝福的話。

我的生身阿爸若知道您這樣疼惜他的女兒，定能放下猝逝的遺憾了。

去年深秋，是我的整數生日，也正是您身體轉壞之際，您依然備了紅包，持筆顫抖地寫著：「歡逢賢媳五秩華誕……坤範永持，璇閣長春；勤謹實踐，南山獻壽。」這是最後一個紅包了。

在您與媽媽心中，親情是永恆無價的，而家庭和諧喜樂，才是傳家的祖產。五年前，長居美國的大哥大嫂回台度假，您早早準備，要趁著這機會教給子女傳家心法。您寫下姚家六代世系表、銘記力行的座右銘、榮譽紀念事項、捐助公益紀念事項等並附一長信，影印成三份，子女媳婿圍坐客廳，您慎重虔誠，說明全家團聚一堂是上天關懷、祖上庇佑，大家要永遠感念不忘。接著，贈子女一家一塊金子附上文件，您說：「以貴重的金子為信物，不在金子的量少價錢，是要大家團結合作，全家一條心，能堅貞如金石，永遠保有。」您要子女媳婿六人疊手為證，您拿出那台老相機，支著彎駝的背，為我們拍照。

您以恭謹虔敬之心扮演每一個人生角色：長子長兄、為夫為父為祖、大伯娘舅，每個角色無不盡責盡善盡美。家，首先是個寶蓋頭，您強壯的手臂一張開就是寶蓋，擁抱了現在及未來的子子孫孫，讓他們是血脈至親，也是金石盟友。

因著您的父愛濃蔭，姚家屋簷下，父母慈愛、子女純孝、手足親善，不曾有過嫉妒、爭奪、詈罵、忤逆、算計。您一手帶大的孩子，純良寬厚慈善，光明正大。

抗病期間，大哥不時越洋電詢，姊姊日日奔波來探，慶每日送餐晚上為您讀報、之後讀《蔣經國傳》。病魔捆綁您，您的子女以孝心滋潤那勒痕。

某週日，慶帶媽媽上教堂做禮拜，我去陪您。您枯瘦如柴，痰多虛弱，鎮日臥床，已不能多言。我坐在醫療床邊，唸完報紙，唸幾頁《蔣經國傳》，您閉眼似乎睡著了，我輕聲問：「爸爸，您睡著了嗎？」您微微張開眼皮，答：「沒有。」接著又是劇烈地咳痰。那陣子，因痰深且多，您無力咳出，恐有致命之險，我們買了抽痰機讓看護小姐為您抽痰；那根深入咽喉的抽痰管子猶如長劍，您極為抗拒，每當機器一開，您喊唉唷，媽媽驚哭，我們不捨。遂決定只在口腔內清掃，不探入喉嚨。看著病床上的您如一截斷木，生命一日日流失，肉體一寸寸衰頹，任何醫療作為已不能逆轉、不能阻擋您必須走的路，任何子女親情都沒得商量，只能眼睜睜看著您逐漸離去。忽地，我的腦海湧現了早已塵封、眼睜睜看著阿爸流血而絕的場景，那個仲夏夜與眼前初春的早晨相疊，那副溢著血的三十九歲壯年身軀與眼前蓄著痰的九十三歲病體合一，是血緣阿爸是尊敬的爸爸，而我一樣無能為力，只能眼睜睜看著自然律這條鋼繩捆綁著至親。

總有能讓您舒緩的法子吧！我牽起您的左手，輕輕按摩指頭，說：「爸爸，很抱歉，抽痰讓您受苦了！」您勉強睜眼說：「哪裡。」不一會兒，您自動移來右手，我握著您的雙手，明白這意思。有些話應該儘早說，我說：「爸爸，謝謝您栽培一個那麼優秀的兒子給我做丈夫，照顧我。」言語是心花，沖淡空氣中的藥味。「不過，唯一缺點是，不會做家事。」您聞言，蠟色臉上浮出半朵突如其來的笑——媽媽口中，您連煮水餃也不會，有子若父，也是合理的。病中半朵笑，得來不易。

那個仲夏夜，我太弱小，不懂得對父親說：「阿爸，多謝您生了我。」眼下，我接住那半朵得來不易的笑，繼續說：「爸爸，謝謝您對我那麼好，做您的媳婦，我覺得很榮幸！」

趕在冥神抵達之前，種種關愛要提早做，想必您也這麼想。舊曆年後，您已完全無法下床，三餐只嚥得下一餐。即使病重如此，您的心中仍然牽念著子孫；您的遠孫正值國三下學期，三個月後要上考場拚高中「聯測」，病榻前，元氣只夠說幾句簡短話的您，竟用飽足的聲音對他說：「考試的時候，不要緊張，身體要緊，不要太用功。」爺爺的一番話鼓動了他，他對我說：「媽，我決定了，我要穿X中的制服跟爺爺照相。」

您也記得唯一的女兒將過整六十生日，要媽媽備紅包，然您已無力寫字。姊姊來探時，病榻前，見到這個無字紅包，看被惡病百般折磨的爸爸還記得要賀女兒生日，一時悲從中來抱著老父痛哭。明知生命榮枯是遲早的事，但人子怎能割捨這麼一位慈父？

您的第四講是勤儉節約。

您與媽媽都是崇尚簡樸的人，不僅不慕物質，更練就一門惜物惜福功夫。婚後上你們那兒聚餐，看到窗台上放了幾片柳丁皮橘子皮，暗想是否在曬陳皮燉中藥？隨後才知是用來抹碗盤油漬以利清洗的。日常用度，粒米滴水絕不浪費，水電瓦斯電話一整年費用僅需數千元。在〈爸爸的皮夾〉一文，慶寫著：

> 小時候，我常對父親那不體面的皮夾感到很沒面子。這個皮夾其實就是用土黃色公文紙袋改裝的，裝著紙鈔、零錢及證件，謂之皮夾不太恰當，姑且稱為「非皮夾」。
>
> 記得小學時，需繳幾塊錢班費，我向父親要，他就從「非皮夾」裡算出幾十個一毛錢鎳幣給我，我拿去交時被同學笑：「這是你自己存的嗎？」
>
> 這個「非皮夾」經多年使用之後，顯得色澤暗淡、布滿皺紋，忠誠地任由主人利用它所剩的最後一絲價值，像個飽經風霜而又打死不退的老兵。不知用了多少年，父親終於讓這個殘破不堪的「非皮夾」退役，再用一個新的信封。
>
> 長大後，我漸漸從父親的身教中體認到他一生對世上各種資源的愛惜之心；一件內衣、一

雙襪子，補了又補，就是捨不得丟掉。他不喜用昂貴的物品，也從不因物品廉價而浪費，他從未丟棄可用之物，真正落實物盡其用。父親從未高談永續經營、節能減碳等時尚名詞，但他用一生默默地實踐，是一個真正的先驅者。

您們這一代經歷抗戰，嘗過一無所有的滋味，「惜物」觀念生了根，把每樣東西視作「資源」。現代年輕人三十年用掉的物質與資源，夠您們兩人用到一百歲。到處都在呼籲全球暖化、生態危機，人人皆需節能減碳；然而，人之惰性與私心難改，希望別人去節能減碳過苦日子，我繼續自在揮霍。每年酷夏，我這個自詡不開冷氣、力行節能的人在您們面前還是矮一截；您與媽媽不僅不開冷氣，連電風扇也不動，只搖著一把數十齡的蒲扇或是印著房地產廣告的小紙扇。我佩服至極，總算見識了徒步走過半壁江山、藏過防空壕躲轟炸的這一代人的厲害。我甚至認為，那些趕流行高喊節能減碳「理論」的人都應該慚愧地退到牆角，換經歷日據或抗戰的這一輩父祖現身示範：一盆水的階段任務，一條毛巾如何洗成魚網，如何一雙鞋穿到鞋底粉化，如何一件內衣在他人眼中「破一洞」必須丟在您們眼中卻是「只破一洞」還能補，如何隨手關燈甚至不必開燈，如何吃淨碗中食糧且心存感謝！我們這一代沒決心、下一代沒感覺，真正有能力「救地球」的恐怕是您們這一代吧。

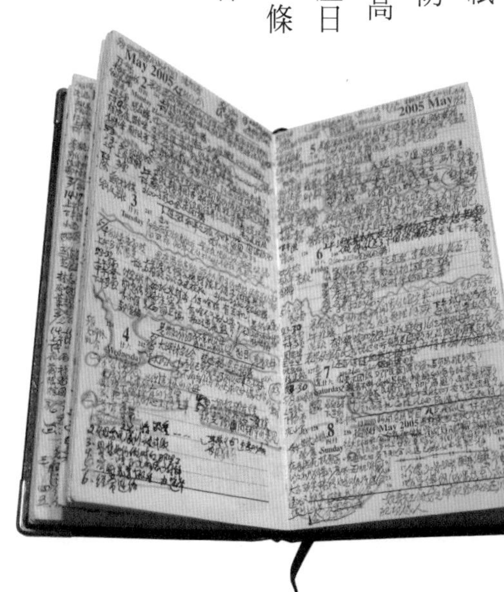

爸爸的筆記本

是以，我明白您的操守是如何鍛造出來的！菜根自有百般滋味，杯水別具朗闊乾坤；安貧若素者，豈能以權勢名利使之顛動？企慕澡雪境界的人，哪看得上區區一把茶葉罐裡的鈔票、月餅盒內的珠寶！

於今思之，您那寫滿密密麻麻小字的筆記本與媽媽為您縫補的襪子、汗衫，連同紅包袋都應該仔細收疊，裝篋以傳承後代——讓他們睹物而思索，砲火歲月、藍縷光陰，遙遠的那一位曾祖父留給他們的寶藏是什麼？

左手慈悲，右手感謝

第五講，是的，那是您一生信仰、實踐之所在：慈悲與感謝。

您十六歲考上海門高中，高一上學期繳不出十元學費——當時您父親一個月的薪水僅二十元，正是困坐愁城之際，鄰居徐公公慷慨襄助，送來十元，解決了燃眉之急。這十元之恩，您感念一生，無數次在閒聊之中向我們提起。

您與媽媽儉樸度日，錙銖必省，所蓄積的資財除了培育子女，更樂於布施；二十年前，您以父母之名在台北縣智光商職設清寒獎學金，贊助寒門子弟，至今不輟。數十年來每年捐贈家扶等單位，亦不曾間斷。四年前，您們返鄉終於探得徐公公後人下落，您與媽媽都是九十靠邊的人了，仍一秉誠敬，至徐公公夫婦墳前鞠躬致敬，向徐公公稟告：「七十多年來，夙興夜寐，奮勵自己，雖多嘗艱辛，都能把握，俯仰無愧，無負公公當年囑望。」

二〇一〇年春天，正是您遭到醫療判決的前一月。在這之前，您已念了不止一年，要在江蘇海門母校為徐公公設紀念清寒獎學金，感謝他當年的善行。我們都不能體會您的心願，總是婉言相勸、餘話後談，就這麼擱淺著。或許冥冥之中，自有負責點醒的神祇催促您，去年初春您意志堅定起來，親擬章程辦法，幾經書信往返終於如願，在家鄉母校以徐公公伉儷名義設紀念清寒獎學金，獎助國中、高中學子。

偉哉！十元之恩，終生不忘。布施者，世間難得，如此感恩者，更屬人間罕見。

當我看著兩岸兩所學校寄來獲獎學子的家庭狀況簡介：

「某生，父親單身，在家務農，患有多種慢性病……」

「某生，父母無工作，母親殘疾……」

「某生，父母離異，父親殘疾……」

「該生父親原在市場賣魚，母親因腳受傷不良於行無法工作……該生及弟弟放學後需打工維持家計。」

「該生自小父母雙亡，目前跟表姊住……制服書包鞋子皆是撿畢業學長姐留下的，午餐亦是學校供應的愛心便當……」

「該生母親過世，父親因案在押……」

「該生父親去世……生活費無法供應，雖已幫該生申請佛堂愛心素食便當，但該生有時一條土司要吃好幾天……」

當我看著這些，不禁泫然，遂領悟您一生律己嚴苛，寶惜滴水粒米，穿破襪食粗糧而甘之如飴，就是為了積存資財，幫助無數陷入困頓的家庭；疼惜角落裡的孩子，做他們從不曾知曉的姚爺爺，期望他們長成，自立，有一天翻身。

您是個把感謝掛在嘴邊的人，不只是口頭禪亦是肺腑之言。常人所說的感謝有保存期限，您的感謝刻骨銘心。

年輕時，主管李處長賞識您的才幹與品德，欲升您為科長。那個位置應是具有八方雲集之便的隘口，以致多方勢力角逐，欲安插自己的人馬。李處長極力保薦您，甚至驚動副座高層面談才拍板定案。您對李處長的提攜之恩，終生感謝；逢年節必親訪致意，他一生未婚，死後葬在軍人公墓，您與媽媽每年清明必定上山到他靈前獻花鞠躬，直到去年清明，九十二歲高齡、彎駝著背的您依然去鞠了躬。這種感謝，至死方歇。

罹病以來，您不曾因困惑（一個不菸不酒不茶不咖啡的人竟得到肺癌）而中止感謝；不曾為這病驚恐、喊叫、瞋恨、掉淚，您對家人說：「我已經很好了，感謝！感謝！」對護士說：「感謝！感謝！」對看護說：「感謝！感謝！」對醫生說：「哎呀，感謝！感謝！」

人生，因慈悲而圓滿，因感謝而得以無憾。

去年十二月初，正是過了八個月淡定如常生活、病情生變之際，我感覺到您的身體在變化了，時間緊迫，有一天對您說：「爸爸，您要不要說一說經歷，我幫您記下來，將來孫輩的才知道家族的故事。」您竟然毫不遲疑地答應。那瞬間，我深感自責；我應該早一點發覺您的心願，您從不主動要求子女為您效力，而我這個媳婦最能回報您的，其實就是「文字」。

連續數日，您坐在客廳椅上蓋著毛毯，從清末曾祖說起，我振筆而書；您急切的語聲與嚴重的咳嗽交雜著，搏鬥著，霎時一室如小舟，飄搖於時代的洪流與生命的暗礁之中，幾度翻浪騰空，終於在台灣找到風平浪靜的光陰，扎根而成蔭。

故事說到眼前了，筆即將在紙上畫句點，卻起了流連不捨的心情——這是書寫者的痼疾，明知該停卻不忍停。該說的細節都說了，該提的人名都提了，您沉默著。這沉默意味著紙上離別的時間到了，令我難受。於是我兀自搏鬥，讓筆能繼續往下寫，不要告別。

我問了最後一個問題：「回想這一生，您有沒有覺得遺憾的地方？」

沒想到您毫不遲疑地說：「沒有，我是充滿感謝，沒有遺憾。」接著，繼續沉默。您做了告別。

這回答如閃電劈空，劃開蒙昧與清明。感謝您啊，爸爸，在只有我陪同的紙上溯洄之遊，旅程最後，您親自教我第六講「一生無憾」四字箴言。我設想當我走到生命終站，若有晚輩問我同樣問題，能否像您一般堅定地給出同樣純度的答案？我回顧一生，能否如您眼中所見心中所想，充滿感謝？

黃姐為爸爸做的壽餚，但他一口也沒吃到。

離別

居家照護兩個月後，病魔吞噬的速度加快了，您記憶依然清晰、修行涵養仍在。有一天，您對媽說：「我自己觀察，這個病好不了，叫孩子不要急救，那麼多人照顧我，我很滿足，沒有遺憾。」

我們看您受病苦，問您要不要去醫院，您總是搖頭。我判斷往下的發展恐怕難測了，建議大哥儘早回來。大哥自美回來，到您床邊叫了您一聲：「爸！」您原本昏沉而睡，竟醒覺，用鎮定的聲音說：「就是痰多。」彷彿是小事，不必驚動大兒子千里迢迢請假回來。

我們一起勸您到醫院，接受更好的醫療照顧，您答應了。慶叫了救護車，正好安寧護士例行來家，大家忙著整理衣物用品準備到醫院，說不出的感傷在屋裡瀰漫，兩名壯漢抬著您出門，媽媽哭了起來。安寧護士連絡院方，我看到這位每週來家的小護士臉上黯然神傷，黑框眼鏡後面已不是一個旁觀的護士，而是遠親、是近鄰，眸裡升起憐惜與傷感的淚霧，她又抱了抱哭泣中的媽媽。溫暖啊，世間令人感謝的溫暖，因著您的緣故，總是包圍著我們。

安寧病房提供了一般病房做不到的貼心照護，我們由衷感謝這套人性化的醫療系統，紓緩了您的病痛，甚至派出洗澡達人為您洗浴，三個人協力讓您享受水的沖洗、潤澤，即使您的身軀已如枯樹，但您的感官一定能在溫熱的水聲中重現歡愉——彷彿泡在豐沛的野溪裡，游魚啄著腳趾，日光照暖了皮膚。

這最後的七日，安寧病房裡，您完整地被兒女的愛圍繞著；為您放音樂、誦詩篇、讀《聖經》，為您禱告，祈求恩典降臨，說感謝的話語。您都靜靜地聽著。倒數前三天晚上，慶陪著，您撐著病體，氣息虛弱地對他說：

「我有三點指示，

要遵守姚家傳統，走正道。

要有信心，不要怕困難。

要勤儉克己，幫助別人，做慈善公益的事。」

這是最後一講，老父遺言了。

倒數前兩日，您說夢見您的母親，她對您說：「自己要保重身體。」頗吻合一般所說會夢見親人的傳聞。由於大哥的工作不能請假太久，返美的日期已定，正不知如何向您啟口，想必病榻上的你一定從家人談話中得知，依您疼愛子女、處處為子女設想的父親之心，必定不希望他為了您兩度奔波，遂悄然有了決定，病程加速下滑。

接著，您出現譫語，意識開始渙散，但仍努力地想認出我們；看著我的臉，旁人問您這是誰？您說：「寫很多書，……家人！」看著兒子女兒的臉，您已說不出名字，卻堅定地說：「小…小孩！」只剩最後一束稻草的燃料，您也要用那光逼退漫天而來的黑暗，指認自己最愛的小孩。

大哥預定回美的前一日，我相信您已下定決心要在這一天告別。清晨，慶為您送早餐去，不久，電告我情況危急。我帶著您的西裝與鞋襪趕到醫院，慶握您的手、向您複誦您的三點指示，我在您耳邊說：「爸爸，請您放心、放下，身體已經衰敗了，就放手吧。媽媽我會照顧，您交代的事我也會辦。爸爸，我們下輩子還會再見的！」

隨後趕來的大哥大姊也一一向您話別，媽媽哭著對您說：「您放心喔，孩子會照顧我。」您的遠孫從學校趕來，對您說：「爺爺，謝謝您陪伴我十五年。我會遵守您說的三點指示，我不會辜負您的。爺爺，來世做我的孩子，讓我回報您。」

在安寧病房護士的協助下，我們為您淨身，穿上您最愛的那套舊西裝，穿鞋襪，戴上帽子。緊閉雙眼、面容安詳的您看來像一個要出門遠行的人，要去美好的天堂等待我們。安寧病房主治醫師率護士，來到床邊，向您鞠躬送別，教會牧師帶領我們禱告。推車要離開病房，我們大聲對您說：「爸爸，出院了。」

每一個生命都必須結束，不得抗拒，方能讓位給源源不絕的新生命！差別只在於，離開的時候是否一生無憾？送別的人是否讓他無憾？

再怎麼堅強的人在親倫面前都是戀戀不捨的；父母捨不得天使子女，兒女捨不得慈藹父母，夫捨不得完美妻子，妻捨不得那說不盡美好的恩愛丈夫。是以，人生不在於長短，在於屋簷下攢存的是親情祖產還是累世冤債？在於行路中，鑄造的是閃亮德操還是貪婪之刃？在於兩手伸出，是掠奪還是布施？壽夭榮枯，豈是人能算計的，冥神最後只得到一副破損不堪的身軀，那豐饒的回憶與滿懷溫暖的思念，留下來了，繼續陪伴親愛的家人。且在一遍又一遍的覆誦中，成為故事、立下典範。最後勝利的，不是冥神，是天使兒女，慈父慈母，是鴛鴦夫妻。

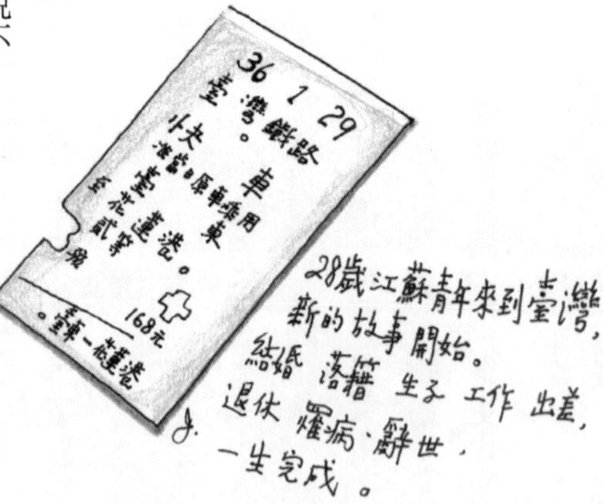

十六年來隨侍聽講，爸爸的人生講座已敲了下課鐘，學生不忍離開但老師已步下講台。每天早

28歲江蘇青年來到臺灣，
新的故事開始。
結婚 落籍 生子 工作 出差，
退休 罹病、辭世，
一生完成。

上為您裝早餐的保溫壺還有散不去的芝麻糊味，您的衣服還掛在竿上。雖然日子繼續轉輪，但每個人都有被掏去一方的感覺。

不知道您好不好？

追思禮拜之後數日，我夢見您。

夢境由一口黑色旅行箱提示了旅程即將開始，您現身，穿著常穿的大夾克，我與慶坐著，您也坐著。場景不明，只覺得溫溫潤潤的金黃色光暈環繞著您，且有三個小女孩伴隨您，一個較大，一個像少女，一個小女孩，最小的那個還飄在您頭上半空。

慶問您：「什麼時候到家？」

您答：「十點多，十一點。」

夢境結束，醒來是人間黎明。回想夢中所覺知的，爸爸要去的地方必是天堂，必是樂土。一生圓滿，不必哀傷。在無邊無際溫暖的金色光芒中，爸爸平安地與我們話別。

寫於二〇一一年五月

又及：您走後兩個多月，您的遠孫上考場。考完出來，竟說：「爺爺附身了！」原來有兩題較難令他心煩，眼看時間不多了，他想起爺爺叫他不要緊張，靜下心一看，立刻迎刃而解。他如願考上心目中的學校，九月開學，穿上新制服，我頗有感觸，對他說：「你說過要穿制服跟爺爺照相，來，照一張吧！」他拿著您的照片，留下了合影。

〔幻想之四〕

水面上的鳶尾花

「有兩樣東西，我對它們的思考越是深沉和持久，它們在我心靈中喚起的驚奇和敬畏之感越是歷久彌新。一是頭上璀璨的星空，一是心中的道德律。」——康德

我祈求仁慈的神聆聽我，當我體內的文學血液乾涸，手中的筆已折斷，當我服畢人生勞役，逐一善盡做為孫女、女兒、大姊、媳婦、妻子、母親這六宗責任，能慷慨地賜我，如濟慈詩所言：

從你那聖殿吹來清新的空氣，
為了迷人，再融以月桂的芬芳，
使我能有一次奢靡的死亡。

「身體已經完成任務」（註）。那麼，卸下重軛的片刻，我必然會為恢復自由而歡呼吧！

如果，我的心願不被聆聽，無法在理想的時刻離開，必須受制於家族長壽基因的管控，拖著病軀像一隻受傷的蝸牛緩緩行至終點，那麼，我希望用在我身上的醫療資源、被我驚動的人越少越好。我要早早簽下應該簽署的文件，我不願家人為了我披星戴月訪視權威醫生、尋找靈藥、祈求奇蹟，不要，千萬不要，有限的權威與珍貴的神蹟應該賜給年輕卻遭難的生命，賜給病床邊圍著幼兒的父親或母親，不應該浪擲在我——一個經驗了完整人生、步向朽壞的人身上。我也不願把年輕人綑在身邊，耽擱了他們的人生，相反地，盡其所能地去經驗精采的人生，才是為我戰勝可惱病魔的表現、反哺給我最滋潤的「孝心」的方式。

我要每日鍛鍊那僅存的腦力，呼籲自己做一個有智慧、有修養的病人，如前輩所示範，歷來智者所教導。

如果，不能在霧鎖江畔，在雲海翻騰的山崖，在瀲灩秋色的柔波裡，或是在突如其來的一陣迷眩之中告別我的獨木舟，卻必須緩慢地等待臟腑停工，那麼，我要時時刻刻向醫治我的醫護人員道謝，向照顧我的人致謝。我也要向餵哺我靈魂的一切美好事物致謝，不貪戀明日的太陽，不嫉妒身強力壯者發出的肉身芬芳而我的皮囊裡只有腐敗。我要時時刻刻感謝上天賜我這微不足道的人擁有自己的獨木舟，它載著熱烈又害羞的靈魂駛過暗礁，滑過旖旎春岸，遇見善良的人，收穫了自己的奇遇。感謝仁慈的力量眷顧我，讓我有能力在世間勞役之中追求真善美，實踐對道德的嚮往。由此觀之，一切勞役反倒成為盛住寶石的網，我在網中固然不得逃脫，卻也領受了份內的珍奇。人生滋味，不是等到勞役之後才能嘗到，是在塵網的絲縷之中，苦澀與甘醇互補，坎坷與恩典交織。

如果，我必須在病榻上修煉，困在殘軀裡檢驗自己的信仰，那麼，願我是一個平靜的老人，仍有餘力在內心深處創造自己的風景，設想靈魂的去處：依隨多年前所夢，一名穿黑袍的女人，在水面上種植鳶尾花，宛如一陣紫藍色的輕霧，我問她做何用處？她聲稱那是我的靈魂睡榻。我要守護這個美麗的預言，藏好，帶到我的病榻，伴我一心一意蟬蛻。

夢著夢，奔向另一個真實。

註：《西藏生死書》，索甲仁波切著，鄭振煌譯，張老師文化。

誰在銀閃閃的地方等你

「死亡也可以是一個目標或一種完成。」——榮格

一人旅途

「生者為過客，死者為歸人。天地一逆旅，同悲萬古塵。月兔空擣藥，扶桑已成薪。白骨寂無言，青松豈知春。前後更嘆息，浮榮何足珍。」——李白〈擬古〉

1 預言

人，聽得到死神的腳步聲嗎？不，不是窸窸窣窣的腳步聲，是一絲奇異的聲息，一陣幽冷的膚觸，隱在尋常現實裡，瞬間出現。彷彿板壁裂出一條細縫，接著被撬開，移進另一個世界的入口，等待一個名字；他，或許已臥榻數年，或許還是陽光下年華繁盛的壯年。

雪萊（Percy Bysshe Shelley, 1792-1822），一身叛骨的英國浪漫主義詩人，一八一八年，二十六歲，寫了〈沮喪〉（*Stanzas Written in Dejection-December 1818,near Naples*）一詩，抒發了極度沮喪自覺沒有希望、健康，沒有平靜與榮光，沒有聲譽、權勢、愛與閒適的內心感受，詩中出現這樣的句子：

My cheek grow cold, and hear the sea
Breathe o'er my dying brain its last monotony.
我的兩頰變冷，聽到千篇一律的浪濤在我垂死的頭上呼吸。

四年之後，一八二二年，三十歲的雪萊駕船出海，巨浪吞噬了這位用盡身上每一根骨頭鞭打不公不義社會卻也被學校家庭社會聯手驅逐的詩人。他的遺體在海灘上火化，有什麼比得上驚濤與烈燄更能彰顯雪萊這短暫卻光芒萬丈的生命？

The Sun is warm, The sky is clear,
The waves are dancing fast and bright.

〈沮喪〉，是雪萊對自己的預言。

「是人沒有不想飛的。老是在這地面上爬著夠多厭煩，不說別的。飛出這圈子，飛出這圈子，到雲端裡去，到雲端裡去！」

這是徐志摩的名篇〈想飛〉，行文酣暢，氣象萬千，寫於一九二六年，三十歲。下筆時，詩人吶喊似地寫著：「詩是翅膀上出世的；哲理是在空中盤旋的。飛：超越一切，籠蓋一切，掃蕩一切，吞吐一切。」難道他已感覺到死神的袍服拂過他的腳踝，以致寫下自己的預言？而這件袍服必然就是一八一八年拂過雪萊使他寫下〈沮喪〉詩的那一件，因為這兩位相隔一百零四年的詩人有著不可思議、相呼應的生命軌跡；同樣是反骨與浪漫，同樣是婚姻的叛徒又是愛情的奴隸，同樣哀悼了早夭的幼兒，同樣寫下死亡預言。

雪萊〈沮喪〉有一句：「The purple noon's transparent might」（紫色日午的晶亮光輝），彷彿文字能隔空呼喚、啟動同類的心靈，徐志摩〈想飛〉寫著：「趁這天還有紫色的光，你聽他們的翅膀在半空中沙沙的搖響」，更直接引雪萊〈致雲雀〉詩，心心相印，靈與靈疊合。

詭異的是，〈想飛〉寫到結尾，順著文氣可以收筆了，可他偏偏另起一段，寫下預言：「同時天上那一點子黑的已經迫近在我的頭頂，形成了一架鳥形的機器，忽的機沿一側，一球光直往下注，砰的一聲炸響——炸碎了我在飛行中的幻想，青天裡平添了幾堆破碎的浮雲。」

五年後，一九三一，詩人搭乘的飛機撞山，死於空難，三十五歲。

說來，生命還是有值得玩味之處，個人的死也許不僅僅只是個人的事，同樣手法的預言啟動了同類型的心靈，經歷同一版本的死之旅。這麼一想，詩人里爾克所言：「喔，主啊，賜給我們每個人屬於自己的死法。」宜乎改成「屬於自己族類」的死法。那麼，死亡這條「一人旅途」也不算太孤單，因為在我們之前，同樣風景的路已有同族的人走過了，那些翺翔的心靈應該會以獨特的方式等在路邊，給他們的同類奇妙的歡迎。

除此之外，死亡的預兆也會以無法解釋的夢境方式落在家人身上。我父親出事之前，我夢見他躺在木板上被抬著，之後，他確實是以類似的方式回家。聲稱「生命就像以根莖來延續生命的植物，真正的生命是看不見、深藏於根莖」的分析心理學大師榮格，是夢境教父，於八十三歲高齡寫下自傳，詭譎瑰麗，展示了心靈的奇幻國度，讀來宛如一場夢。書中，寫及母親去世前一晚，身在外地的他做了一個可怕的夢：

「在一座濃密陰晦的森林中，原始叢林的巨樹中間到處擺放奇形怪狀的大石塊，一片粗獷原始的景色。突然，我聽見一陣尖厲的口哨聲，響徹整個宇宙。我打起顫來，接著，灌木叢中呼啦呼拉地發出響聲，一頭巨大的獵狼犬張著可怕的大嘴竄過去。我一看到這頭猛獸，突然明白：是荒野獵人命令牠去擄走某一個人的靈魂。」

第二天早晨，傳來母親去世的消息。

「荒野獵人」帶著他豢養的狼群出外打獵，這強烈的意象使死亡的預兆宛如一行詩句自原詩脫落，沖淡了驚懼之感。不，也有可能觸動更深處的驚懼；鄉間傳說，夜半有狗吹狗螺（嗥叫），是看見鬼的緣故，必有大凶。證之榮格荒野獵人與狼群攫魂之說，竟有奇妙之迎合。

2 臨別贈言

楊柳依依的岸邊，歸人即將踏上返鄉之舟，握著送行的人的手，情深意濃，說出臨別之言，那言語瞬間變成錦繡蝴蝶，在四周迴飛。

人世離合，是當下之事，揮別的人知道下一刻要分開了，送行的人也知道別離在即，執手相看淚眼，望君珍重，言語交纏，叮嚀再三。下一刻，江面一點帆跡，岸邊模糊的身影，時間被拉長了，思念被犁深了，完成完整的離別場景。

生死岸邊的送別，卻不是如此。有時，彼此都不知道終止之日是何時，甚至連誰先走都不知，待天人永隔，生者回想日前不尋常的談話，忽地明白那就是臨別贈言，這話從此變成金句，在心中永誌不滅。

《禮記．檀弓上》記載，七十三歲的孔子一早起來，背著手，拖著手杖，在門口走來走去，忽然若有所思，唱起歌來：「泰山其頹乎？梁木其壞乎？哲人其萎乎？」唱完，進屋，對著門口坐著，一句話不吭。

泰山要崩了吧？棟梁要朽了吧？哲人要凋零了吧？子貢正好走到近邊兒，聽到夫子無緣無故這麼唱，心中掠過一絲不祥。他想起往昔，夫子家的看門狗死了，夫子叫他去埋狗，曾感嘆：「我聽說，破幔子不要丟掉，可以用來埋馬，破車蓋也留著，可以埋狗，我是個窮人，哪有什麼車蓋？可是這狗幫我看了門，你埋牠的時候，用蓆子裹著吧，別讓牠的頭碰到泥土。」這位最具政經長才、眼光獨到的弟子，停住腳步，心一沉：「啊！夫子要病了！」

才進門，老人家見了他，劈頭就說：「賜啊，賜啊，你怎麼來得這麼遲？前晚我做了夢，夢見自己安坐在兩楹之間，我大概快死了！」

子貢明白為什麼夫子一早唱這歌了。

「夫子，泰山塌了，我們要仰望什麼？梁木壞了，我們要依靠什麼？哲人凋零了，我們要追隨什麼？」子貢這麼問。孔子搖了搖手，不再言語。晨風吹動他的長鬚，話都說盡。病了七天之後，辭世。

弟子們無不悲哭，討論喪服該怎麼穿？子貢回想在夫子身邊學習的往事，止不住哀痛，說：「以前，顏回死的時候，夫子哭他像哭兒子一樣，沒有穿喪服，辦子路的喪事，也是如此。我們在他心中就像兒子一樣，現在，夫子走了，我們也像哭父親一樣哭他吧，但不必穿喪服。」

聽子貢這麼說，弟子們聚在一起時，都在頭上戴一塊麻布，腰間圍麻帶，為夫子居喪。出了門，就取下。

師生之情是另一種血緣。讀《論語》、《禮記》，嚮往兩千五百年前那場永恆且高貴的師生情，想像弟子們圍在孔子榻旁，臉上流露悲傷，多希望夫子坐起來，再說一句話，罵罵人也好，其情其景，令人悽惻。猶如讀到獄中的蘇格拉底，叫獄卒把毒藥拿來，學生忙說：「太陽還在山頭上，沒下山呢……，別著急，時候還早呢。」言辭間儘是不捨，不要老師這麼早服毒，一分一秒都要搶，要是老師死了，他們都會變成心靈的孤兒一般，也是動人肺腑的。

歌德的一首小詩〈流浪者之夜歌〉（梁宗岱譯），是對自己生命的傳奇預言：

一切的峰頂
沉靜，
一切的樹尖
全不見
絲兒風影。
小鳥們在林間無聲。
等著罷：俄頃
你也要安靜。

年輕的歌德，在伊爾美腦（Ilmenau）山上一間被松林包圍的狩獵小屋上，用鉛筆寫了這首饒富哲思的小詩。五十一年後，八十二歲的他重遊故地，見小詩仍在壁上，歲月侵蝕了一切，卻獨獨讓這八行詩以預言的姿態等待主人。歌德不禁淌淚，自語：「是啊，俄頃，你也要安靜。」數月之後即一八三二年，領取了份內的安靜。

追隨歌德九年，身兼門人與祕書的愛克爾曼，描述自己與歌德的關係是特異與微妙的，他說：「這是弟子對於師長的，子對於父的，教養貧乏者對於教養豐富者的關係。他把我引入於他的世界裡。」歌德逝世第二天早晨，他被強烈的悲傷淹沒了，渴望再看心靈的父親一眼，他進了安放歌德遺體的房間，看到他像睡著一般，高雅的臉上浮著和平與安詳，額頭上似乎還蘊含著不熄的思想。被哀傷與愛沖激著內心的愛克爾曼寫著：「我很想要他的一束遺髮，但畏敬之心阻止我去割取，他的身體赤裸地被用白寢布包裹而躺著。四周近處擺了冰塊，為的是要盡可能地長久保持他清爽。弗利特列希把布揭開，我驚異他的肢體的神異的壯麗。胸部非常強大、寬廣而隆起；臂膀和腿豐滿而多渾圓的筋肉；腳是秀美而具有極完整的形式，在全身上沒有一點肥大消瘦衰頹的痕跡。一個完人雄偉而美好地橫在我的面前，我因此而感到的歡悅，使我一時忘記了不死的靈魂已經離開了這樣的軀殼。我把手放在他的心上——到處都是深沉的靜寂——我轉過臉去，讓我含忍的眼淚自由地流出來。」

「把手放在他的心上」，再也沒有比這段描寫更讓我心情澎湃的了。比歌德小四十三歲的愛克爾曼，站在歌德赤裸的遺體面前，他眼中看到的已不是冰冷的凡人身軀，他看到了宙斯。

「你永遠不會知道你的影子落在何處」，誠哉斯言！歌德死後六十年才出生的德國思想家班雅明（Walter Benjamin,1892-1940），這位在世間僅停留四十八年卻在知識國度具有超級颶風影響力的大師，其作品《單行道》裡有一篇題為〈餐廳〉的短文，我不得不以奇異的眼光看待每一個字：「在一個夢中，我看見自己在歌德的工作室裡。那個工作室和他在威瑪時期的工作室迥然不同。首先房間很小，只有一個窗戶。寫字台的橫頭頂著他對面的牆。已屆耄耋之年的詩人正坐在桌前寫作。當他中斷寫作，將一個小花瓶，一件古雅的器皿作為禮物送給我時，我就站到一邊去了。我在手中轉動著它。室內悶熱之極。歌德站起來，和我一起走進隔壁房間，那裡一張長餐桌上已經為我的親戚們擺好食具。可是，我點數的時候發現，那好像是為更多的人準備的。也許連祖先們的位子都有了。在桌子右邊的頂頭，我在歌德旁邊就座。宴席過後，歌德要站起來，顯得很吃力。我用一個手勢請求他允許我扶他一把。當我觸摸到他肘部的時候，我開始激動地哭起來。」

對班雅明這類型的心靈而言，還有比這更激情的嗎？

相較之下，傳說中的歌德遺言：「多些光！」顯得微不足道了。偉大作家的死亡畢竟不同於一般人，於屬靈的文字國度，他擁有無數次新生及死亡的可能。在自由的心靈面前，時空限制、肉身生滅猶如草屑塵埃，不能阻擋千軍萬馬。歌德在班雅明心中重新活著，認識、交往、應答、共鳴，班雅明用他的方式讓歌德活著，也用獨特的情愫封存了對歌德的愛、詮釋了他的死亡。每個讀者會在心裡為賞愛的作家、為啟蒙他思想的導師辦一次告別式——或許也可以稱為愛的告白，這些跟思想的醍醐、巨著的火焰毫無關係的情愫，來自於人與人之間渴望相逢的慾望——想要見他一面，想要擁抱一次，想要促膝暢談一回，恨只恨生得太晚，此恨綿綿無絕期。班雅明在夢中的樣子，幾乎是另一個愛克爾曼了。

啟蒙者的臨別之言蘊含智性力量，與之迥異，屬於夫妻間的遺言常常是柴米現實的總整理，是共負一軛的苦澀言語；夫妻是同林鳥、連理枝，因為共苦過，腳踩過同一片荊棘，肚子挨過同一餐餓，話語勾起了最深沉的記憶，彼此說的話自然與對其他人說的不同——對父母、子女、手足、朋友、學生，話語裡的輕重是金子、玉石、晶鑽等級，唯獨夫妻間的話，是岩層，是地基。即使婚姻中曾有小風小雨，生命最後，同林鳥、連理枝的話語總是充滿歉意、憐惜與感激。

台大校長傅斯年先生於一九五〇年十二月二十日在省議會答詢時，因情緒激動引發腦溢血猝逝，五十五歲，震驚社會。這是台大校史上永遠的傷痛。前一晚在家中，傅校長與夫人閒話，毫無預兆可是又透出不尋常訊息。

時值隆冬之夜，氣溫極冷，校長穿著厚棉襖伏案疾書，趕著給雜誌寫稿。夫人俞大綵教授為他升了盆炭火，坐在他對面，替他補破襪子。因次日還有兩個會要開，夫人叫他早點睡。校長擱下筆，搓了搓眼皮子，靠近火盆暖暖手，說往下幾日都忙，今晚趕著把稿子寫完了事，能得點稿費也是好的，以下就是清貧夫妻的體己話：「你不對我哭窮，我也深知你的困苦，稿費到手後，你快去買幾尺粗布、一綑棉花，為我縫一條棉褲，我的腿怕冷，西裝褲太薄，不足以禦寒。」話說完，若寫稿的繼續寫稿，補襪的繼續補襪，便是單調生活尋常一夜，偏這時候，埋伏在窗外的死神進了屋，見這對患難夫妻燈下對坐，再過幾個時辰，天亮，校長出了這門是踏不回來的，死神起了一點慈悲心，趁夫人尚未去睡，讓做丈夫的對妻子說了一段話：「妳嫁給我這窮書生，十餘年來，沒有過幾天舒服的日子，而我死後，竟無半文錢留給你們母子，我對不起你們！」

這是夫妻遺言。

二十年前，罹癌的三十七歲壯漢已走到風中殘燭階段，一歲多的獨生女兒還不會叫爸爸，他的心中難捨卻必須捨。辭世前，對前來探望的老大哥說：「我想通了，生命是生生不息的！」這話像是給老友拍拍肩膀，卸下擔子。

九年前，罹癌的四十六歲男子鏖戰六個月後藥石罔效，離世前一日對妻子說：「我想通了，死一點都不可怕，我現在覺得好輕鬆！」這話生出大力量，安慰了妻子。

數月前，病重的七十四歲父親躺在病床上，對陪侍他兩年半的女兒說：「辛苦妳了！」次日離世。這話是父親用慈愛與感謝，最後一次擁抱女兒。

三十八年前一個夏日早晨，我阿爸吃過早飯要出門做生意，我從外面蹦跳著進屋。忽然，他叫住我，沒頭沒腦地對我說：「要骨力（勤勞），莫懶惰！」

竟是遺言。

3 壽衣

最有名的一件壽衣，是潘妮洛普（Penelope）手中那件織了又拆、永遠織不成的壽衣。

特洛伊戰爭結束後，英雄們各自返回他們的祖國，只有易塔克國王奧德修斯（Odysseus）沒有回來，他遭到飄泊詛咒，返國途中遇到海難，自此在海上荒島飄流，歸途愈來愈迢遙，費了十年才回到家鄉。他的命運，連眾神都不勝唏噓。

謠傳奧德修斯已死。宮殿中，他的妻子潘妮洛普也遭到另一種「戲弄」詛咒：一百多個求婚者像狼群般在宮中歡宴享樂，耗費倉廩，吞食脂膏，卻毫無辦法驅趕他們。他們逼迫潘妮洛普必須選定一個人結婚，以繼承奧德修斯擁有的一切。手無寸鐵的潘妮洛普，既無軍隊可供指揮亦無刺客、殺手為她效命，顯然，也欠缺謀士獻策。她被無情的命運下了戲弄咒，最終，也只能以女子的天賦技法「反戲弄」：她宣布，必須克盡孝道，親手為公公織好錦繡壽衣，免得他將來沒有適於國王身分的衣服。壽衣織好，她才能結婚。惡狼們吃喝玩樂被肥油灌腦，覺得有理，同意。

潘妮洛普白日坐在織布機前，成天紡織，到了晚上，偷偷把織好的布匹拆掉。那件壽衣，成了另類「國王的新衣」，永遠織不成。

回到現實，躺在病榻上的人，不能等壽衣織成才上路。家有老病者，家人一路共同奮鬥，待走到醫生技巧性地提醒「可以想一想財產怎麼處理」或「還有什麼心願」，這是警鐘第一響，猶如黑板上寫著距學測倒數一百天。到了危急存亡階段，見多識廣的人或醫護人員提及「衣服鞋襪有沒有準備」，這是第二響，日子屈指可數了。

在我阿嬤那一輩人心中，壽衣的重要性等同嫁裳，幾層幾件規定嚴苛，禮節繁縟。我們這一輩掙脫了這些拘束，顯得適切多了。一人之旅，最後一次著衣，何必要重金另購華服徒然浪費資財（這錢捐給偏鄉兒童多好！），衣櫥裡都是他（她）熟悉的、親自選購的，穿著一份舊記憶豈不更溫暖？各宗教對著裝之法各有講究，江湖上也充斥各種傳聞；有說，外套口袋要縫起來，有說口袋裡要放冥鈔，有說忌殺生之嫌故不配戴皮革製品如皮帶、皮衣、皮鞋，有說要戴真首飾免得冥府之路難行（這是我阿嬤的說法，但失竊風險極高，尤其在陽世），有說禮儀社有假的「金戒指」、「勞力士」可供選購彷彿陰間也流行名牌。需備兩套衣服，闔眼時一套，告別式一套，但聽說入夢時穿的是闔眼時那一套。

某日，我問某人：「你死的時候要穿什麼衣服？」他說：「出生時穿什麼，死時就穿什麼。」我說：「出生時，都穿……胎便耶！」

當我們是局外人，看「壽衣」之事覺得輕易甚至不免為某些細節感到可笑，但當我們是當事人，為時日已近的媽媽準備衣服，打開衣櫥才發現節儉的媽媽都是揀女兒不穿的，自己連件像樣的禮服都沒有；或是上街要為垂危的爸爸買鞋，才發現自己從來不知道他穿幾號；或是要為同甘共苦的配偶備衣，發現自己連把衣服取下來的力氣都沒有，摸到那西裝、那大衣就像摸刀子一樣；最悲哀的莫過於為早逝的兒女備衣，應該買一套時髦西裝給兒子，或晚宴禮服給女兒，還是讓他穿制服像尋常日子去上學一樣？當我們是當事人，才能了解「壽衣」的每一道皺褶是刺的，每一條縫線是燙的。

我阿爸躺在客廳木板上，我跪著替他穿襪穿鞋，看到「有個人」協助我阿母，幫我阿爸穿襯衫；阿爸的肢體已僵硬，阿母已穿好一邊，另一邊就是穿不進。我母接手，淚著喊她的丈夫名字，說：「你放乎軟，我來給你穿衫！」她揉著與她共生五個孩子的壯碩男子的身體，她無處不熟悉這身體的起伏，她揉著他的肩頭、手肘、手腕，奇異地，那身體竟在難以察覺的瞬間套進袖子。

我母說，我阿爸有孤僻性，不喜歡別人幫他穿衣。

4 手尾錢

還記得在墳上，葬了我阿爸之後，黃袍道士搖鈴誦念禱文，接著交給依次跪著的我們五個孩子一小包紅紙包著的東西，那就是「手尾錢」；象徵逝者留下財富與祝福庇蔭子孫，內有稻穀、鐵釘、銅板，主五穀豐登、添丁發財之意。那時候年紀小，不明其義也不懂得保留。後來，重修家族墓園，祭拜儀式之後亦發放「手尾錢」，仍是稻穀（又添了紅豆）、鐵釘、兩枚銅板。這回我懂了，把它跟存摺、印章放在一起，當作阿公、阿爸、兩個叔叔給我的祝福。明明知道他們沒辦法幫我把存摺上的數字多添一個零（一個就好），但這是他們跟我之間唯一的聯繫，感覺上是溫暖的。唯一，我對我阿母抱怨的是，鐵釘放太多支了，這是啥米意思！

藉「手尾錢」呈現出逝者對生者的福蔭，在生死訣別之事上，是非常重要的一環。各地做法或有不同，但本質一致。都會區採的是改良版，病者大多在醫院闔眼，淨身換衣後，將事先準備裝著紙鈔的紅包袋置於衣袋內，或助念八小時之後，或牧師帶領禱告之後，大體移往殯儀館之前取出，即是手尾錢。這筆福蔭如何分配，給誰不給誰，那是家規通常也是複雜的家務了。

某日，與我母閒磕牙，提及鄉下有此一說；若是凌晨走的，三頓飯都留給子孫，福蔭很大，若是下午走的，留了一餐，也很好。

我一聽，脾氣來了，頂嘴曰：「這種講法很沒道理，讓躺在那裡快斷氣的人壓力很大，萬一是晚上走的，豈不是被子孫嫌！為什麼要跟父母斤斤計較福蔭多寡，為什麼不問問自己對他們孝順到哪裡去？」我愈說愈順口，好像為「逝者」喉舌，冥界民意代表。

談及臨終時，身體可能出現的變化，有的會有排泄物流出，鄉下又有一種說法，視作吉兆，「那叫留財給子孫，要特別把『那包』留起來，放幾天再丟。」我母說。

我瞪大眼睛，看著她，說：「拜託喔，妳以後先拉乾淨好不好?不然，那包『黃金』留給妳的愛子金孫好了，我不要！」

兩人相視，抖著肩嘻笑，很是三八。

附帶一提，要是長輩是晚餐後走的，也沒留「黃金」，沒關係，據說留一件他的長褲有「財庫」之用，也能招

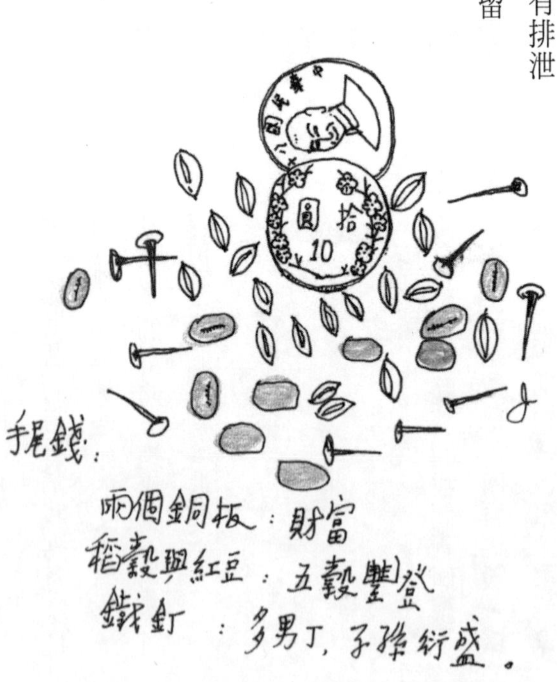

財。唉，不肖子孫，真是想錢想瘋了！

5 留一口氣回家

「孤魂野鬼」是我們傳統文化、生死意識形態裡最難以突破的心理障礙，深埋在潛意識底層，恐懼自己成為孤魂也害怕父母、家人成為野鬼，以致必須採取一切激烈手段把臨終或已闔眼的病者運送回家，在家中斷氣或形式上再斷一次氣，這樣就不會成為孤魂野鬼。

這種意識形態，可能來自於認為靈體是愚昧的、盲目的、驚怖的、禁錮的、無助的，所以必須帶他回家以防迷失或被不名的惡力挾持而去。也可能源自於生者尚未做好死別準備，無法當下捨離，需要完整的時間、沛然的哭泣，才能與摯愛分開，當此時，「帶他回家」是極為重要的儀式，不經過這道儀式，生者的哀傷無法療癒。尤其，當逝者，非常不幸地，是遭逢意外的孩子、年輕人時，「帶他回家」，讓家人最後一次呼喚他、圍繞他，傾訴心中無盡的愛意，好好地告別，是殘酷打擊之中唯一的善行了！

然而，若逝者是高齡長輩、久病父母，是否仍需不擇一切手段留一口氣帶他回家？

寒冬早上，九十五歲老奶奶喝完熱湯後，慢慢走到床鋪躺下。至午，家人發現她已無氣息，急召救護車送至急診室，請醫生盡一切力量急救，要插管「留一口氣」回家。老奶奶的一頭白髮被鮮血黏成慘紅麵條，完成表面上「在家過往」的堅持。而那一大片滲入衣服、床單的暗血，夾藏至親慘遭殛痛的心理創傷，永遠烙印在活人的心版，一閉眼，便完整呈現。

久病老爸進加護病房，走到殘燭將滅那一步，很危險了，家人說，大哥小弟住外縣市正在途中，「留一口氣」要帶老爸回家團圓，於是，一腳跨進登仙列車的硬是被醫護人員施行積極的醫療作為給拖回來，以等待兒子們來見最後一面。

如果，時光倒流，重新選擇，還會堅持要留一口氣回家嗎？

你要你的老父被強行插入管子，噴一灘血給你，好讓你帶著只存一絲氣息的他「回家再死」，或者，當啟程的時刻來臨，當時當下，管它是醫院，是野外，是粉蝶飛過的春天，還是冬雨綿綿季節，你握著他的手，在耳畔對他說：「爸，我們都很愛你，很感謝你把我們養大，你不要怕，我們都在你身邊，一切都要放下，菩薩會帶你去沒有痛苦的地方，去極樂世界，你要平平安安跟菩薩走！」

你要哪一款話別？或是，反過來問，你覺得辛苦一輩子的老爸或阿母值得哪一種對待？

然而，務實地看，傳統農業社會因交通、通訊不便，醫院亦欠缺適切的空間，臨危之際，返回家中以待親人遠道趕來見最後一面，自有其情感與實務上的考量。時至今日，訪親探病十分便捷，除非情況特殊，實在無須再施行激烈手法折磨臨終者以滿足生者的感受與需求。

再者，除了觀念修正也需佐以外在條件之配合。醫院除了安寧病房稍為符合臨終送別之用，其他病房皆非理想之所。倘若，醫院能更吻合人性地規劃出有家的味道的房間——假設，取弘一大師作詞〈送別〉：「長亭外，古道邊，芳草碧連天」，命名為「長亭」。潔淨、明亮、香氛、綠意、溫暖，關起門來不受任何干擾，讓風中一苗燭火在家人圍繞、陪伴下靜靜地離去，完成屬於他們的長亭送別。若能如此，「留一口氣回家」或許能成為歷史名詞吧！

6 告別的時刻

獄中，蘇格拉底給學生們講了小故事。

他說：「天鵝平時也唱，到臨死的時候，知道自己就要見到主管自己的天神了，快樂得引吭高歌，唱出了生平最響亮最動聽的歌。可是人只為自己怕死，就誤解了天鵝，以為天鵝為死而悲傷，唱自己的哀歌。……天鵝是阿波羅的神鳥，我相信它們有預見。它們見到另一個世界的幸福就要來臨，就在自己的末日唱出生平最歡樂的歌。」

告別人世的時刻，不盡然是歡樂的，恐怕大多是抱憾的。《三國演義》一百零四回，寫孔明仰觀天象，自知命在旦夕，「在帳中祈禳已六夜，披髮仗劍，踏罡步斗，壓鎮將星，見主燈明亮，心中甚喜。怎料，魏延一個飛步，把主燈踢翻了，孔明棄劍而嘆：『死生有命，不可得而禳也！』」以下這一段是每個「孔明迷」不忍卒睹卻又含著眼淚一讀再讀的：「孔明強支病體，令左右扶上小車，出寨遍觀各營；自覺秋風吹面，徹骨生寒；乃長歎曰：『再不能臨陣討賊矣！悠悠蒼天，曷此其極！』」

孔明抱的是家國之憾，林黛玉抱的是情憾。這位前身是一株絳珠草，受了寶玉的前身神瑛侍者以甘露灌溉之恩，說：「他是甘露之惠，我並無此水可還。他既下世為人，我也去下世為人，但把我一生所有的眼淚還他，也償還得過他了。」的靈慧女子，濁世一趟，臨死前直聲叫道：「寶玉，寶玉，你好……」說到「好」字，便渾身冷汗，不作聲了。黛玉氣絕之時，正是寶玉娶寶釵的時辰。「好」之下該接什麼呢？雖說是小說人物，講的可能是現實情節，能接的，大概是：「好一個悠悠蒼天，曷此其極」吧！

人在臨死前，是布著痛苦的掙扎嗎？《死亡的臉》作者許爾文．努蘭提及：臨床死亡前，有一個極短的瞬間稱作「巨痛期」。臨床醫師用「巨痛」這個字眼來形容生命要自原生質中分離開來，再也不能繼續下去時，他們所見到的景況。「巨痛」這個字的希臘字源是「agon」，意思是「掙扎」。我們常以為有一種瀕死的掙扎，其實病人根本感覺不到，他們的表情往往只是由於最後血液酸化造成的肌肉痙攣而已。……緊接在巨痛期後的，就是最後的安息。

這段描寫，對經歷親人死亡（尤其是摯愛猝逝）的人來說，非常重要。再也沒有一種安慰比得上有人告訴他：走的時候沒有痛苦，只有安詳。在骨血與骨血聯結、心與心共感的親密關係裡，若生者存留「逝者痛苦而死」的記憶，那傷害永難治癒。書中，引述一位目睹瘋狂兇手當街殺害她的九歲女兒凱蒂的母親的現場回憶，她把垂危女兒抱在臂彎裡，喚她的名字像唱搖籃歌，直至死亡。她在事發後不停地問自己：「她究竟有多痛？」，她很想知道女兒的感受……。她說：「你能想像凱蒂當時的神情嗎？她看來像是解脫了。當我親眼目睹凱蒂受到攻擊，只有她看似解脫的面容，使我得以平靜。我感覺她一定是從那痛苦中解脫了。……我們曾請人畫過一幅凱蒂的畫像，就像她那時的眼神。大大的眼睛沒有驚惶，但非常地純真——一種純真的解脫。她全身都由我而出；我是她的血液和所有一切的母親，能夠明瞭她的眼神使我得著安慰。在那一刻，我在她身旁，感覺到她已離開軀體，飄浮在空中，正向下望著自己的身體。雖然她已失去意識，但我覺得她還知道我在那兒。當她死去時，有母親陪伴著。我把她帶到這個世界，當她離世時，我也陪伴著她。儘管我的心中充滿恐懼震驚，但畢竟我在那兒。」

一個哀痛母親的經驗與話語，「解救」了很多人。

為什麼小女孩臉上竟沒有一絲恐懼，只有無辜與解脫？作者從醫學角度提出解釋：「這類面對重創劇痛卻只感到安詳疲憊的經驗，有一個原型，就是注射鴉片類或其他麻醉性止痛劑的結果。……人類本身就會製造嗎啡類物質，並且會在最需要的時候釋放出來。這是有事實根據的。而『最需要的時刻』正是啟動這個開關的關鍵。」

腦啡，我們體內會自行製造的「鴉片」，這種被比擬為睡眠與夢幻之神莫斐斯化身的物質，在關鍵時刻，改變人的感覺功能，提高對疼痛的忍受度，最重要，影響情緒反應。

《揭開生死謎》作者芭芭拉．羅默爾（Barbara R. Rommer），致力於研究瀕死經驗，藉著轉述死而復生者的經驗來減輕人們對死亡的恐懼。在她的研究中，經歷瀕死經驗者描述的過程具有高度的相似性，包括：難以描繪、聽到自己死訊、吵雜聲音、黑暗的隧道、祥和及寧靜的愉悅感覺、脫離肉體的經驗和遇見其他人、看到亮光、回顧以前的人生、不可踰越的界限。

引人注意的是隧道與愉悅感覺。想像那必然是：瀲灩如水的幽光，漸次明亮，洋溢其無邊的溫暖與純潔，無有恐懼，毫不驚怖，優美的山野次第延展，自由自在，被不可思議的愛包圍，忽有人聲人影，錯身時，笑語：「你回來了！」被接納的歸屬感油然而生，如同美國女詩人艾蜜莉．狄金生（Emily Dickison）的遺言：「被召回」。想必如此。

「我在研究時看到統計數字上出現最重大的人生轉變，」作者說：「是對死亡的恐懼感降低。為什麼經歷過恐怖瀕死經驗的人會有這麼高的比例不再那麼恐懼死亡，這有幾個原因可以說明。最主要原因是他們在死亡時已經證實，靈魂在他們的肉體死亡之後還會繼續存在。」很多瀕死經驗者從此不再參加喪禮，他們說，不是不尊重死者，而是因為已經知道死亡的人仍然存在於另一邊的世界。「瀕死經驗十分奧妙，當事人會感受到無條件的愛以及喜悅。」作者說。

那麼，從腦啡分泌到瀕死經驗者所言，祥和的死亡、愉悅的感覺、愛的圍繞，是可能的。「死亡」這兩個字，相對於生命，已牢不可破地被繡滿骷髏的黑幔緊緊裹住，透出強大的腐敗、邪穢氣息，以致引發極度的驚怖。如果，我們換個角度看，為「死亡」灌注一點新氣息：這只是一趟「歸返」，時間到了，踏上旅途。死亡，當然仍是訣別的意思，但另外岔出一條新枝，死亡，是愛與被愛的人無條件、無止境地心靈擁抱的時刻，共同成就了永恆的愛，這是靈魂的能源，自此以後，旅途中的那個人雖然少了家人陪伴，但必然前往無條件的愛所標示的國度，仍在世間的人雖然少了逝者陪伴，亦必然被富足的愛所充滿。是兩個世界，或者，是一個世界只是被「死亡」擴大了。

當告別的時刻來臨，若只有哭泣、號啕，顯得浪費時間了。

電影《大智若魚》（*Big Fish*），善說玄奇故事、用奇幻情節包覆現實經歷的父親，一向不受務實傾向的兒子尊重。父親最愛說，兒子出生那天，他在河裡用婚戒釣到傳說中那條大怪魚。在兒子眼中，父親是個無法區分真實與虛幻、神話與現實的人，父子兩人已多年不交談了。

父親走到癌末，兒子返家侍病。死亡，是可預期的事了，但真正要跨難關的是兒子，他必須對父子一場做總整理。在醫院，他問老醫生他出生那天的真實版本，醫生說，你父親在外地跑業務，鄰居載你媽媽過來，順利生產。醫生又說：「我寧可要誇張版。」

某小孩的勞作，問他這是什麼，他說：天使的時間。

半夜，病床上的父親醒來，對兒子說：「河，告訴我會怎樣？」

「什麼怎樣？」兒子疑惑地問。

「我怎麼死的？」父親虛弱地說，抛了一個難題的兒子。他當然知道自己罹癌，死亡已等在前面，但他不想聽這些，他渴望知道兒子怎麼敘述——掙脫現實、超越世俗，以自由的心靈、豐沛的想像給他的生命來一段最後的翱翔。

兒子明白了，說：「我試試，我需要你幫忙，幫我起個頭！」

「就從……這裡。」父親說。

兒子開始編故事，敘述帶他從醫院偷跑出去，開車到河邊。父親張開眼睛專注地聽著，像小男孩期待床邊故事般。兒子將父親曾說過的奇人異士一一納入，「他們早就到了，沒有人有哀戚的表情，大家都很高興看到你，來跟你道別。」

敘述中，兒子抱起老父走入河中，陽光閃亮的秋天，岸上是送別的好友們，父親雙手環胸，入河，化成那條大魚。

「你變回原來的你，一條很大的魚。結局就是這樣。」兒子說。

「是，沒錯。」父親露出滿意的笑容，闔眼而逝。

就像父親給兒子一個奇幻版的出生證明，現在，換兒子給父親一張奇幻版的死亡通行證，那既是文學的想像，可能也是最接近靈魂的原貌！

當告別的時刻來臨，且慢哭泣、號啕。有將丈夫圈在臂彎裡，訴說天上人間的情話；有至親好友一起在病房唱他最愛聽的歌曲，歌聲裡有悲傷也有堅強；有緊握母親的手，說感謝的話，說「下輩子還要當妳的孩子」。

多麼悲傷可是又多麼珍貴，這一刻，愛與被愛合一。

7 備極哀榮

我不在乎死掉——
但不喜歡孤單死去
我要有一打的美女
哭喊嗚咽。

我不在乎死掉
但要我的葬禮體面
我要一長排高䠷的媽媽桑
呼天搶地暈倒

我要一部會擺尾的靈車
還要十六輛擺尾的汽車
一組大銅管樂隊
以及滿滿一車子的鮮花

當他們放我下去
下到土裡，
我要這些女子又哭又喊：
請不要把他帶走！
　嗚嗚嗚嗚
不要把爹地帶走！

——美國詩人休斯（Langston Hughes），〈男人當如是〉（註1）

我所讀過最奢華的一場「喪禮派對」（請恕我加上派對二字），當屬《紅樓夢》第十三至十五回，寧國府賈蓉之妻秦可卿的喪禮。《紅樓夢》有幾場重要的死亡，但其喪儀都是草草帶過，唯獨秦可卿占了大篇幅。

秦可卿在書中稍縱即逝，卻是個具有指標意義的樞紐人物。寶玉在她房裡午睡（第五回），夢中遊歷太虛幻境，觀「金陵十二金釵」簿冊，賞《紅樓夢》十二支仙曲，甚至在旖旎夢中與她雲雨一番。叫寶玉「寶叔」、輩分低一輩的秦可卿，「生的裊娜纖巧，行事又溫柔和平」，可說是寶玉的「情慾啟蒙者」，是「警幻仙姑」用來點化世間風月情債的特使，是作者全書終極主旨的發言人。身負多重情慾任務的秦可卿，據專家考證，作者原先設想的結局是「秦可卿淫喪天香樓」，故薄命司判詞「情天情海幻情身，情既相逢必主淫」、仙曲所云「擅風情，秉月貌，便是敗家的根本。」是吻合原先布局的。但顯然，有一大段慾海翻騰的情節被刪去了，卻沒刪改判詞、仙曲內容，秦可卿變成一個無人不憐、無人不愛的「良家婦女」，可是關於她的描寫卻少得可憐，貌似虛擬人物，到了第十三回，更是沒頭沒腦地到鳳姐夢中——又是以夢的方式——越寧榮府際、越級也踰越了輩分，囑咐鳳姐購置祭祀田畝、設立家塾等關係著家道的大事，一個十幾歲的人卻儼若賈家先祖化身。鳳姐驚醒，人回：「東府蓉大奶奶沒了。」氣都不吭一聲，就這麼莫名其妙死了。

秦可卿，是作者寫得最糟的部分（我這麼說，需提防紅迷丟來皮鞋）；若依作者原設想的、派給她情慾啟蒙、敗家根本的任務，這位風情裊娜女子不配得兩回半重筆濃墨的喪禮場面，若依刪去淫情、改了死法的「良家婦女版」，足配得「備極哀榮」喪禮，可書中又見不出她有什麼「豐功偉績」？難道，讓寶玉在她房裡午睡，教一點性教育，領略雲雨滋味，就算立下大功嗎？

且不說它。無論如何，有兩件事是確定的，秦可卿是領寶玉進入太虛幻境，洞悉天機、領略情慾的關鍵人物，其二，秦可卿的喪禮是全書最奢華壯盛的一場，最高等級猶如辦理太上祖奶奶。姑且不論合理與否，開書不久，來這麼一場情慾與死亡共響的重頭戲，極盡豪奢筆墨，寓意深遠，既點明了夢，也用繁盛裹藏了衰亡。

場面有多大？

治喪委員會大總管是鳳姐，調派的人手算得出的有一百二十六人，各司其職，分作兩班：二十人單管客人來往倒茶，二十人管本家親戚茶飯，四十人負責靈前上香添油、掛幔守靈、供飯供茶，四人單在內茶房收管杯碟茶器，八人單管燈油、蠟燭、紙札，……。

做公公的賈珍，哭得淚人一般，「如何料理，不過盡我所有罷了！」這話講來清淡，知道府庫倉廪的明白人才懂得輕重；聽好，珍大爺說的不是「盡力」，是「盡我所有」，還要淡淡地拖個尾音「罷了」，翻成現在的「氣口」，就是：「不要考慮錢的問題，給我辦最頂級的！」請恕我手癢替他再添一話：「我這媳婦，比我親祖母還親！」

「寧國府前，府門洞開，兩邊燈籠照如白晝，亂烘烘人來人往，裡面哭聲搖山振岳。」接著寫自賈代儒算起，共四代男眷三十人弔喪哭靈，這是何等尊貴才擔得起的！賈珍令停靈四十九日，這七七四十九天裡，法事是這麼安排的：單請一百零八位禪僧在大廳上拜大悲懺；另設一壇，九十九位全真道士，打四十九日解冤洗業醮；停靈之處，靈前另有五十高僧、五十高道，對壇作七，誦經修福。法事規模，動用佛道三百零七人。——不算弔客，光治喪委員會員工加上誦經人員，四百三十三人！你能想像你家一開門有四百多人要吃飯、上廁所嗎？

這等手筆，那棺材鐵定不能用「環保棺木」。賈珍親自去看板（這真是啟人疑竇，這種事理應做丈夫的已經二十歲的賈蓉去辦才是，怎麼賈珍都一手攬下了？）幾副杉木板都看不上，正巧薛蟠說有一副板叫檣木，做了棺材，萬年不壞。賈珍喜之不盡，叫人抬來瞧瞧，只見幫底皆厚八寸，紋若檳榔，味若檀麝，以手扣之，玎璫如金玉。賈政勸他：「此物恐非常人可享者，殮以上等杉木也就是了。」賈珍一心恨不得代替他媳婦死，哪裡聽得進這些話？

賈珍又嫌兒子賈蓉的頭銜僅是個「監生」，端出來份量不夠，靈幡經榜上寫出來不好看，花錢替他買個五品「龍禁尉」的官。果然，靈前供用執事等物，俱按五品職例，身分地位一升，秦可卿的靈牌疏上皆寫「天朝誥授賈門秦氏恭人之靈位」——照道理，五品官的妻子叫「宜人」，四品官之妻才叫「恭人」，但為了喪禮體面，是可以在旗幡、靈牌上提高一級的。於是，看看這陣仗：停靈的會芳園臨街大門敞開，兩邊設鼓樂廳，兩班青衣按時奏樂。門外，豎著兩面朱紅銷金大字牌，寫著：「防護內廷紫禁道御前侍衛龍禁尉」。對面還高搭一座講經作法的宣壇，榜上大書：「世襲寧國公冢孫婦、防護內廷御前侍衛龍禁尉賈門秦氏恭人之喪。四大部州至中之地、奉天承運太平之國，總理虛無寂靜教門僧錄司正堂萬虛、總理元始三一教門道錄司正堂葉生等，敬謹修齋，朝天叩佛」曹雪芹寫紅了眼，當然不是哭秦可卿哭紅了眼，是不懷好意，用金碧輝煌來鏤刻腐敗，且要鏤個痛快！

四十九日期間，寧國府一條白漫漫人來人往，花簇簇官去官來，且不細說。出殯那日，吉時一到，「六十四名青衣請靈，銘旌上寫：『奉天洪建兆年不易之朝誥封一等寧國公冢孫婦防護內廷紫禁道御前侍衛龍禁尉享強壽賈門秦氏恭人之靈柩』」，大殯隊伍浩浩蕩蕩，壓地銀山一般從北而開。送殯者冠蓋雲集，公侯伯子男不計其數，大轎小轎車輛不下百餘十乘。路旁，更搭著彩棚，是各家路祭；第一座是東平王府祭棚，第二座是南安郡王祭棚，第三座乃西寧郡王，第四座是北靜郡王。祭棚內設筵、奏樂，各家手下僕從擁侍，盛極矣！

這樣的喪禮，備極哀榮！

待安靈於鐵檻寺，諸事畢，賓客散。鳳姐另需耽擱一日，於是帶寶玉及秦可卿之弟秦鐘（秦可卿是父親秦業自孤兒院抱養的，秦鐘是他親生的）到離鐵檻寺不遠的水月庵下榻。當晚，秦鐘尋了庵裡的小徒弟智能，「滿屋漆黑，將智能抱到炕上，就雲雨起來。」他姊姊的棺木就在不遠處，還有這種興致，吻合情慾與死亡的旨趣。果然，秦鐘沒活太久，回府後便生病，到十六回就死了。

這場「世紀喪禮」，寫出一般人對喪禮的兩大迷思，一，對逝者需「厚葬」。衣著器物法事棺槨墓園，務求極致，百萬起跳之稀世檜棺、緬甸白玉骨灰罈、龍脈墓地不在話下，厚葬之以求尊靈於冥間地府掌握權勢，迴蔭子孫官運亨通蹦出一位總統、財源廣進列名世界富豪榜。則，厚葬之潛層心理不是緬懷逝者的家庭功蹟，是要他（她）保佑子孫，繼續為子孫「效力」。其二，喪禮是社會政經地位、家族倫理、人際關係之「閱兵大典」。是以，輓聯、祭品、罐頭塔、花籃、花圈、樂隊、陣頭，所有能展現「國威」之事項無不全力布局。所謂「備極哀榮」，榮的是生者不是逝者。

白漫漫人來人往，花簇簇官去官來，給生者面子，與逝者何干？這種心態推到極致，必然落入「軍備競賽」：公祭時，大兒子交遊廣闊，前來致祭之工商團體或公教機關大排長龍，一疊公祭單，乃總經理率一級主管黑壓壓數十人或教育局長、校長、院長親臨致祭；二兒子，領死薪水的，同事只來一個代表。人群中就有耳語了：「你看，都靠大兒子撐場面，那個老二就不行了。唉，生兒生女生一打，能幹的生一個就夠了，咳，老先生一生值得啦，最後有這麼多大官大人物來送他，值得值得！」說完，還要抹一下眼角，不免生出一些羨慕。

次之，家屬也會暗中撥起算盤；朋友交遊，誰有來誰沒來，誰送花籃誰沒半點表示，誰包奠儀多少是否禮尚往來？是以，有來有花籃有奠儀者，友誼更進一層——即使他來了，沒安坐片刻，都在外面抽菸、講手機，與人聊業務、說八卦、批時局，仰頭哈哈乾笑幾聲。沒來沒花籃沒奠儀者，自此冷淡疏遠之。

喪禮，是逝者與家人、朋友的最後告別；必然需要經過形式化的儀式，才能梳理悲傷，釋放深情，使生者內心得到舒展，獲得安慰。弔死唁生乃人情之常，但走偏了路，虛應一場，意義何在？

保存農業社會人際模式的鄉下地方，同村者莫非親族即是數代老鄰，因此喪禮在自家稻埕舉行，是最理想的方式了。寬敞且獨立的空間，使法事與儀式得以安排，族親與老鄰人手充足，自動組成治喪執事，分派工作、採辦什物，亂中有序。是以，一人逝，是同村再次凝聚情感的大事，繁複的儀式、嚴守分別的喪服，彰顯逝者之親倫成就，同時也完成了集體的悲傷治療。

外婆九十五高壽祥然仙逝，喪禮在自家前庭搭棚舉行，弔客川流，細問竟都是或遠或近的親族；多少長輩後生、廣延三四代，經年未往來，只記得稱謂、名字，竟在這春雨緜密、演音奏樂的場合見面了。於是，那邊行公祭之禮，或得空檔讓我母放聲哀哭，這邊數十圓桌，人聲鼎沸，都是喚名認親的。生死兩岸合一，前一刻還在靈前垂泣行跪拜禮，下一刻掀了頭戴，握著嬸婆、姑婆的手歡然招呼。前院是祭場，後院是廚師與婦人準備外燴之處，哀樂與爐火聲交織。當人越能夠以平常心看待生死，在喪禮中越能處之泰然。外婆高壽，是喜喪，她的喪禮少了悲戚哀絕的氣氛，反倒像親族大集合。「大厝」（棺木）出門之日，家中廚房大鍋內沸水煮白蘿蔔，爐火不斷，取好彩頭福蔭子孫之意；原停靈的大廳地上，置一水桶，桶內吊一袋發糕，亦有趨吉避凶之用。喪禮上，處處呈現出以曾祖母之尊離世的她對子孫的祝福，料想，這應該是最貼近大地之母的心。大厝一啟程，鄰人合力收拾前庭，自動自發，添設桌椅，後院亦準備就緒，開席用餐，毫不怠慢。想必，這也是我外婆看重的。

都會區受限於時間場地，多行改良版。然不管如何，喪禮的核心人物是家人，因為，與逝者有血緣牽繫、共同生活、陪老侍病的是最親愛的家人，逝者對他們的人生有意義，他們也是帶給逝者最後溫暖的人，喪禮是彼此最後一次傾訴親情的時刻，在形上層次回想、依戀、不捨、找到另一種貯存情感的方式而願意放手，在實際上目送棺木即將推進火爐，喊著：「爸，您快走，火來了！」或是最後一次耳語：「媽，做您的孩子很幸福，下輩子再見！」熊熊爐口前，人子之哀思無盡、家人之愛充滿，一生圓滿完成。

即使是白髮送黑髮，生身父母送那短篇小說一般的兒女，流不盡泣血眼淚，訴不完繾綣親情，最後撫棺告別，也要用父母孕育生命的大力量說出：「爸爸媽媽原諒你了，你自由了，去找一個美好地方重新開始，不要掛念我們，我們會好好照顧自己當作你還在身邊，總有一天會再見面，再來做我的孩子！」如果，當年我阿嬤不僅只是日連夜地哀哭、昏厥，出殯日，她能夠撫棺對她兒子說：「一切都是命運，老母原諒你不能盡孝，你自己去找好所在重新開始！」應能讓懷著不能盡孝之愧疚的人子靈魂除去憾恨而得到安息，也讓無辜的孤兒不必在內心深處替父親擔起不孝罪名而加重了哀傷？

是以，只有家祭的喪禮並非不近人情也不見得是冷淡淒清，是家人珍惜最後一聚，不想分神應對、依俗答禮。沉浸在悲傷裡的愛是這麼澎湃且私密，匍匐之後，因著更堅定的愛而願意靜靜地思考死亡的意義，安頓思念，尋求昇華，這一段心路，也是私密且澎湃的。

告別式是為生者辦的還是為逝者辦的？什麼樣的告別式是最好的？宜乎深思。

8 雨下在墓園

墓園或靈骨塔，是安厝逝者、供家人緬懷追思的地方，可有些少數民族對逝者的追悼方式極為特別；據載，印尼的伊利安查雅島上有一支少數民族叫達尼族，家中若有男性過世，年長的女性除了在臉上塗泥，還必須由族長執行切掉一節指頭的儀式表示深切的哀悼與悲痛。由於切指之後，婦人依舊必須操持家務、營生幹活，所以——我伸出雙手數了數，共有十八節指頭可以切，換言之，累積的死亡人數超過十八個才能算「沒指望」而退役。這風俗隱藏著對女性的殘忍懲罰，好像男人喪命就是她的罪，她命中帶剋，沒有把男人照顧好，理應受罰。這種惡習，令人心生憤怒。

從景美溪畔萬壽橋上遠眺，右邊是動物園，左邊連緜山巒密密麻麻布著墓碑，是福德坑墓園。晴日，站在車水馬龍之中，極適合參「獸、人、鬼」之奧義，無論如何，就是輪不到參「美」字。

一副空殼，如何處理，依時代變遷、社會潮流、宗教信仰、個人意願而有所不同。早年尚土葬，今日以火化為主流。至於埋骨之處，自然是各地墓園或靈骨塔，但葉落是否歸根，應千里迢迢返鄉歸葬，抑是落腳處即為家園，不必再像古人買舟扶棺而歸，端看個人的漂流故事如何收尾了！

以色列導演艾朗瑞克里斯《人命派遣經理》（*The Human Resources Manager*），耶路撒冷一家麵包廠人力資源經理，廠內一名羅馬尼亞外籍女工尤莉亞死於市場爆炸意外，她舉目無親，無人收屍。為了平息輿論指責，經理奉命運送尤莉亞棺木返回其祖國厚葬。旅程迢遙且艱困，風雪中長途跋涉一千公里到山上老家，其母問：「尤莉亞在那裡快樂嗎？」經理答：「我不知道。」尤莉亞母親沉著臉，說：「感謝你送她回來，但是你錯了，而且大錯特錯，她一心嚮往耶路撒冷，她屬於那裡。」這話像針一樣刺中了經理。暗夜，尤莉亞的棺木停在她生前一心想逃離的家鄉屋旁，她的遺照此時才出現，觀眾包含經理到這時才算正式認識這位確實存在、漂泊異國追夢的女子，經理單獨在棺前沉思，撫摸那棺，彷彿握住她的手，等她回答。一陣雪花飛來，宛若回答，他聽到了微音，做了決定。此時，他不是職稱上的人力派遣經理，倒像一位大哥，明白了尤莉亞想要的歸屬，他又將棺木運回耶路撒冷，葬在清幽寧謐的墓園。

葉落，不盡然必須歸根。

葬在何處？涉及空間問題。早年台灣原住民包括泰雅族、布農族、排灣族……等都採「室內葬」，人死後，葬於家屋內的土地下，生者與逝者同在一屋，表現出深刻的情感。這項習俗於日據後被禁止，改葬於室外公共墓地。土地無法增生，活人與逝者爭地，永遠不夠用。義大利一小鎮，因缺乏墓地，必須改建新墓園，鎮長竟下令在墓園建好之前，「禁止居民死亡」——否則，否則怎樣？處以死刑還是活刑？小小一個鎮長，連天晴天冷都控制不了，遑論生死？果然，不久就有兩位鎮民公然違背他的命令，死給他看！

我一直有個疑問，為什麼我們的墳場總在靠山面海、風景優美的地方，而人的村鎮卻像盆裡泥緻？更可惜是，彷彿出自同一家工廠，墓園形式大同小異，鮮有美感可言，其碑文亦欠缺可讀性，無非是「×姓歷代之佳城」、「顯考×公諱××之墓」、「顯妣×太夫人之墓」，懷念之辭不出「祖德流芳」、「典範長存」、「親恩長存」。唯一，我所見過最特別的是夫妻雙穴墓園，在主碑旁另立小碑，上書：「愛永不渝至永恆的一對」。病榻上自知來日不多的丈夫，親自囑咐墓工砌建夫妻同眠之墓，小碑上，嵌一張夫妻同遊照片，做丈夫的回想雖然一生飄泊卻有幸得到完美的愛情，囑墓工鑄了這一行字。愛永不渝，上古文，認得這四個字的年輕人已經不多了。

詩人馮至〈山村的墓碣〉一文，像死蔭幽谷難得照到陽光。他提及，旅行至德國和瑞士交界一帶的山谷、樹林，忽見草叢中有一塊方石，仔細看，是一座墓碣，寫著：

一個過路人，不知為什麼，
走到這裡就死了。
一切過路人，從這裡經過，
請給他作個祈禱。

碣文雖淺顯，對路人來說卻是一次奇遇；「一切過路人」，觸動了每個人內心深處「白雲蒼狗，浮生若寄」的飄泊感，霎時，覺得埋在這裡的這個無名無姓的人也是自己的一部分，不免生出溫情，低頭為他祈禱，願他安息。

馮至從此對墓碑起了興趣，無意間購得一本專門搜集碑文的小冊子《山村的墓碣》，讀得逸趣橫生。有兩則特別引人會心一笑，一是：「我生於波登湖畔，我死於肚子痛。」另一則：「我是一個鄉村教員，鞭打了一輩子學童。」樸素的文字源自與世無爭的山村，讀來，比鐫刻一串頭銜貌似功業彪炳的碑文，更令人駐足沉思。

最有名的墓誌銘，當屬早逝的英國詩人濟慈，其〈希臘古甕頌〉詩末：「『美即是真，真即是美』，那是你所知道的一切，也是一切你應該知道。」可視作詩人的美學宣言，其自撰的墓誌銘也同等優美：

Here lies one whose name was writ in water.

（這裡躺著一個人，他的名字寫在水裡。）

其意境絕美，勝過「死於肚子痛」千萬倍。可見，文筆好壞，差別極大。

關於墓園，我讀過最美的，不是茱麗葉與羅密歐、梁山泊與祝英台等悲劇故事，是穿越千百年時空，文學心靈的相依相隨。

《魯拜集》作者，波斯詩人奧瑪．開儼（Omar Khayyam，生於一〇二五—一〇三三年之間），一生在納霞堡過著自在悠遊的日子，其四行詩（魯拜，意為「四行詩」）閃爍著哲思與優美的華采，如：

With them the seed of Wisdom did I sow,
And with my own hand wrought to make it grow;
And this was all the Harvest that I reap'd—

"I came like Water, and like Wind I go."

我將智慧的種子播下，勞動我的手使它們發芽長大，我的收穫即是如此，「來如水，去如風」。

七百七十多年後，生於十九世紀初英國的愛德華·費滋傑羅（Edward Fitzgerald, 1809-1883），是把波斯文《魯拜集》帶進英語世界的靈魂人物；四十七歲那年，他首次以創造性的翻譯手法譯了奧瑪·開儼的四行詩，自此沉浸也沉迷於與奧瑪的心靈交流之中，一生歷二十多年，五度出版、修訂其「衍譯」的《魯拜集》，最後一次在他逝後出版。再也舉不出更好的例子來說明作者與譯者的心靈纏綿關係了。若有所謂「投胎轉世」，視他為奧瑪再臨，也是合理的。

晚年，奧瑪曾說，他的墳上要有樹木一年兩度落花（註2）。逝後葬在納霞堡，依其所囑，墳上落英繽紛。一八八三年，七十四歲的愛德華·費滋傑羅在睡眠中安詳而逝，葬在波爾基園林的墓園中。次年，友人自納霞堡奧瑪墳上採了玫瑰種子，於別處花園培植，在十周年忌時，移種到愛德華墳上。讓奧瑪與愛德華這兩個無法解釋卻穿越時空心靈交會的人，墳前開著同一株光輝且柔美的玫瑰。

玫瑰（亦作薔薇），墳前的玫瑰令人憶及與愛德華時代相近的英國女詩人克莉絲蒂娜·羅塞蒂（Christina Rossetti, 1830-1894），其詩〈歌〉卻說墳上不需要種植玫瑰。這首詩經徐志摩以流暢、唯美的文字譯成中文，早已是我這一代文藝青年共同的青春印記之一，後由羅大佑譜曲演唱，似乎也找不到比他更具有詮釋感的蒼涼聲音，來演唱這份「濃在悲外」的告別之歌。

當我逝去的時候，親愛，
你別為我唱悲傷的歌；
我墳上不必安插薔薇，
也無須濃蔭的柏樹：
讓蓋著我的青青的草
淋著雨也沾著露珠；
假如你願意，請記得我，
要是你甘心，忘了我。

我再見不到地面的青蔭，
覺不到雨露的甜蜜；
我再聽不到夜鶯的歌喉
在黑夜裡傾吐悲啼；
在幽久的昏幕中迷惘
陽光不升起也不消翳，
我也許，也許我還記得你，
我也許，把你忘記。（註3）

「揮一揮衣袖，不帶走一片雲彩」的徐志摩會喜愛這首詩，不難理解了。最後一次告別的時候，有人要團團圍住的溫情，有人只要一人份的瀟灑。

不管是備極哀榮或靜靜地獨行，次日，一人旅途上仍然只有一條身影。

註1：引自《老年之書》，梁永安譯，立　。

註2：《魯拜集》，孟祥森譯，遠景。

註3：*SONG*, by: Christina Rossetti（1830-1894）

When I am dead, my dearest,
Sing no sad songs for me;
Plant thou no roses at my head,
Nor shady cypress tree:
Be the green grass above me
With showers and dewdrops wet;
And if thou wilt, remember,
And if thou wilt, forget.

I shall not see the shadows,
I shall not feel the rain;
I shall not hear the nightingale
Sing on, as if in pain;
And dreaming through the twilight
That doth not rise nor set,
Haply I may remember,
And haply may forget.

〔幻想之五〕

葬我於一棵被狂風吹歪的小樹

葬我於一棵被狂風吹歪的小樹，或嚴重營養不良的花叢，我的一把灰，給它們施了「五穀豐登、六畜興旺」的散文味的肥。

當我死去的時候，若是在洶湧的濤浪之中或險絕的山崖底下，千萬別派壯漢來找，我可不願意任何人為了扛回、撈回我那腐壞的獨木舟而擔受了危險與風寒，彼亦人子也、人夫也、人父也！放心，我的魂具有衛星導航能力，而且此生絕非路癡是個路精，要也可、不要也可，豎一支招魂桿，無須道士搖鈴也不必僧眾誦經，我自己會回來。

若我闔眼於病榻上（能用的器官要趕快「宅急便」送去），替我換穿舊衣即可，不必特地為我買布鞋，我不相信一個吃肉的人穿了布鞋就比吃素的人穿皮鞋慈悲。如果，冥府要替我的生前飲食論罪，想必像國稅局擁有我的財產清冊般擁有我的胃部業務報表，一雙布鞋絕對無法減輕我的肉食之罪——如果這是罪的話。但如果要考量火化之充分燃燒，我也不反對穿芭蕾舞鞋。其實，赤腳也蠻好的，那麼，我的赤腳童年會從冰冷的腳底回來，使我嚥下最後一口氣時恰恰好心靈定格於蘭陽平原微雨紛飛的季節，我回復成綁辮子的純真小女孩，赤著腳蹦蹦跳跳，享受一人份的快樂。

確實，無須哭泣，不必唱悲傷的歌。不要勞駕牧師為我禱告，也不必請師姐助念誦經八時，我只要我的家人陪在旁邊，加上幾位宛如家人的老友。對我說話也可以，唱一首歌、讀一篇詩，低頭禱告，或是靜靜地坐著流淚也行。再請專業的人把獨木舟送到冰存的地方，陰陽正式兩隔。

千萬不要任何儀式。不要佛事、做七，不要追思禮拜、告別式，不設靈堂、牌位，不必燒元寶、蓮花、庫銀，不要放大照片，不必寄訃聞、不收奠儀，既不要生前告別也無須死後紀念。我走了，就是走了，只需速速火化成灰，樹葬或灑海隨意。若是樹葬，在樹下說幾句告別的話，向四方行鞠躬禮，代我向鬱鬱蒼蒼的山林、悠悠雲空致謝，感謝祂們收留我，賜我四季盛景。像輕風，像流雲，不必張揚，要安安靜靜，只須家人陪我到入土時刻。如果一定要持香禮拜才能撫慰別離之情，折一段野枝條，或是一朵花即可。不要買水果給我，我不餓，也不想再處理果皮（此生做家庭主婦，處理得夠膩了），可為我茹素一天或一月，等同待我以滿漢全席。

若灑我於咖啡小樹之下，極度歡迎；感謝小樹的祖輩們哺育我一生，刺激我的神經，賜我興奮，一日至少兩回。灑於香樹小苗，也可，我不在意它一行瘦。

也可以，灑我於秋陽如醉的海上；光影閃閃如碎銀，如鎏金，我的灰觸及海面時，必有大幸福之感進入家人的內心，感應著我靈魂的歡呼、借鷗鳥的喉嚨喊出獲得自由的尖聲。我恢復成一名野靈，不急著去佛國淨土，不即刻投入天堂主懷，我要「乘赤豹兮從文狸，辛夷車兮結桂旗」（註），遊盪於山水花樹之間，徜徉於天光雲影之際，讚賞枯木老藤，崇拜山崖之險奇。我依然善良如早春的露水，耽美似燃放之花。

一片葉子落了，無須驚動整座森林。我或許不近人情，話說回來，活著的時候就不是個熱中人情世故的人，這最後一事，更應簡樸、寧靜，吻合性情。

因為無墓可掃所以不必掃墓。想念的時候，一張小照，供上一杯熱茶或咖啡，一束燦爛的花。也許，我還會乘著風的翅膀回來坐坐，四處巡一巡，順便把淡淡的喜悅繫在大門上。

註：《楚辭．山鬼》，屈原著。

冥界神遊

「我飲完至聖之水後重返河岸，已經脫胎換骨，像新苗新青，全部換上了新嫩的葉子，美善而純潔，能夠隨時飆舉向群星。」——但丁《神曲》（註1）

之一　地獄

有一天，在路邊草叢，莊子用馬鞭敲了一個骷髏頭。

莊子要去楚國，半路上內急，下馬撒了一泡野尿，看到不遠處有個髑髏。他蹲下來，伸手拂去骷髏頭上的泥土草屑，幾隻小蟲倉皇地從孔洞鑽出來，迅速地逃了。莊子拔去骷髏眼洞內竄出新葉的雜草，現在，它確實像一個骷髏頭了，而不是養著野草野花的小盆景。

莊子問它：「老兄，你是因為貪戀生命又養生不當才變成這樣？還是亡了國被砍頭？是做了什麼虧心事怕讓父母妻子蒙羞所以自行了斷？餓死的嗎？還是年紀大了時間到了？」

骷髏頭沒答腔。莊子看它形狀不惡，想必生前應是個不俗的人。乾脆將它取出來，用袖子拭淨，放入袋內。晚上，拿它當作枕頭，睡了。

夜半，骷髏先生來到夢境，對莊子說：「莊大師，久仰您的大名，可惜我生前無緣向您請益，今日萍水相逢，草叢一見，算來也是我的奇遇呢！您今天一連問我幾個問題，本來，陰陽兩隔，我無須作答，但看你把我的骷髏頭當作枕頭——奉勸您別再這麼做，會得『落枕』，看來是想知道我腦子裡怎麼個想法？所以，我就不揣簡陋，來跟您交流交流！」

莊子喜出望外，作揖：「骷髏兄，勞駕您來一趟，在下洗耳恭聽！」

「您問的問題，都是活人的煩惱，對我們死人而言，全沒這些雞毛蒜皮的麻煩，您想不想知道死後的快樂？」

莊子說：「當然，當然。」

「死了以後，上面沒國君，下頭無臣民，不受管轄，無拘無束；也沒有一年四季忙不完的活兒，自由自在地跟天地同壽，就算面向南邊稱王的快樂，也比不上。」

莊子聳了聳眉毛，不信，說：「如果我讓命運之神使你死而復生，恢復你的身體，讓你重新回到父母妻子身邊，你要不要？」

骷髏頭哈哈大笑，牙齒咯嘣咯嘣，差點滾下床來，他說：「我怎麼會放棄國王般的快樂，再去人間當奴隸呢？莊兄，等你死了你就知道，沒有一個死人想回去再受罪一次的！」（註2）

最後兩句是我編的，其實，整大段被我添了油醋，但無損這一段的原意：生不如死。

死後有樂土嗎？死後的「生活」（應作「死活」）比生時舒暢愉悅嗎？各宗教發了通行證，指路牌指向天堂或是極樂世界，這真是最了不起的精神文明，死亡所改變的只是形體，靈魂不增不減不衰竭不離散，直接歸返所屬，那天上的家、法喜充滿的樂土，無條件地接納子民，暖光與喜樂無所不在。死亡，有何可懼！

不同文明對於死後靈魂何去何從各有安排，生的世界與死後國度孰苦孰樂，亦各有「想像式的體會」。異於莊子藉髑髏所言，特洛伊戰爭中的希臘英雄阿基里斯（Achilles），曾在冥界獲得奧德修斯的幫助而恢復意識，他說：「寧可在貧民區做工，也不要在冥界稱王。」到底，我應該相信莊子手中那顆快樂的骷髏頭，還是相信大英雄阿基里斯的證詞——他爸爸是希臘英雄，媽媽是海洋女神。或是，合理地推測，骷髏頭去的地方是樂土，而阿基里斯去了可怖的地獄。

希臘神話對於神、人、鬼的世界有具體且生動的描述。天神宙斯是至高無上之神，其兄普西頓統治海洋，蒂美特是農耕女神，宙斯之弟黑帝斯統治死亡國度。

人死後，靈魂先進入一座草原，那裡開著死者之花，流淌著幾條河川。第一條叫阿克倫河，有一艘擺渡小舟，渡費是死者嘴裡含著的一枚希臘銀幣。河中有地獄狗，對所有要進入冥府的人搖尾歡迎，但決不讓他們出去。第二條河是感嘆河，第三條是忘川，亡靈飲忘川之水即忘卻世間一切。此外，尚有火焰河、憎恨河……等。

冥界是懲罰與痛苦之處，沒有人能脫離，即使是最動人的歌手奧佩烏斯亦是如此；他的妻子葉留迪克死了，徘徊於冥界，深愛妻子的奧佩烏斯以歌聲感動了冥王黑帝斯、冥后佩兒西鳳，允諾他將妻子帶回陽間，但途中不可回頭看。奧佩烏斯一路彈奏樂曲，以歌聲引導愛妻的靈魂，至冥界出口，奧佩烏斯以為回到陽間了，忍不住回頭看，卻忘了走在後面的妻子還在冥界，一眨之間，妻子永遠消失了。

西方文學史上最偉大的作品之列，必有但丁《神曲》。義大利詩人但丁（Dante Alighieri, 1265-1321），熔神話、歷史、哲學、神學於一爐，窮十餘年心力完成《神曲》三部曲——〈地獄篇〉、〈煉獄篇〉、〈天堂篇〉，以詩建構嚴謹且完整的亡靈世界，包含九層地獄、七層煉獄及天堂九重天。即使是《國家地理雜誌》派出全部攝影家、記者聯合採訪的規模，也無法與但丁那浩瀚的想像、繁複的情節、瑰奇的詩采相比。這一趟自地獄之門開始，歷地獄、煉獄至天堂的漫長旅行，幾乎可視作對自古以來禁錮於死亡課題之人類心靈的解鎖行動。人死之後，何去何從？用來懲罪的地獄是什麼樣子？為亡靈洗滌驕傲、嫉妒、憤怒、懶惰、貪婪、貪饕、邪淫七宗罪的煉獄是何情景？幸福的靈魂居住的天堂又是何等輝煌？《神曲》做了總體回答。

隱在《神曲》背後，是一段淒美的愛情故事。貝緹麗彩，一個被但丁神格化的凡間女子；但丁與她初相遇時，是八九歲無邪的童年，再次相逢，是十七八歲怦然心動的少年少女。僅此兩回，愛情的魔芽埋入但丁那肥沃的青春皐壤，札根抽枝，綻放慕戀之花。七年後，已婚的貝緹麗彩竟以二十四歲芳齡猝逝，可想見，但丁深受打擊，一度意志消沉。死亡奪去了他鍾愛的靈魂戀人，他卻以文學讓她重生。貝緹麗彩過世十多年後，但丁動筆撰寫《神曲》，他心中永恆的繆思女神貝緹麗彩在詩中「復活」，與鉅作同等不朽。

「我在人生旅程的半途醒轉，發覺置身於一座黑林裡面。」書中，天堂裡的貝緹麗彩發現但丁在世間墮落得厲害，「步子離開了真理的道路，去追隨一些偽善虛假的幻影」，所以央請古羅馬詩人維吉爾（生於西元前七十年）的靈魂做嚮導，引領但丁踏上荒途，遊歷地獄、煉獄，目睹罪孽深重的亡魂哀號、痛苦之狀，至天堂界，再由貝緹麗彩親自引導，體驗福靈之無上喜樂。書中，但丁不僅與貝緹麗彩重逢，更完成靈魂之救贖、飛升，同享天堂之永恆神恩。

我不禁幻想，在如此磅礡的書寫中，即使貝緹麗彩之死是個椎心之痛，這痛也會被翰墨沖淡而消除；死亡變成一件渺小的事，改變的只是目所視的形體，伊人依然住在但丁心中，共呼吸、同覺知而未曾須臾離。其二，在紙上建構空前絕後之地獄、煉獄、天堂世界的但丁，當他的生命來到死亡邊界，還會恐懼嗎？還需要嚮導嗎？料想，應有人同我一般，死後除了要去西方極樂世界參觀，也要拿著《神曲》當旅遊指南去自助旅行，遊一遊地獄、天堂。最好還能夠向但丁要一個親筆簽名。

佛教輪迴之說，使死亡像一道旋轉門，眾生各乘因業而旋轉於六道——地獄、餓鬼、畜生、阿修羅、人間、天上之道途。一生結束，是另一生的開始。死，是往生，奔赴新的旅程。則，千斤重的死亡，哀痛逾恆的死亡，在「往生」的觀念裡變得輕盈且尋常了。死亡，不是世界到了末日，天欲崩地欲裂，是一陣春風吹過，柳絮飛起，湖心水波皺了。死亡，也不是永無止境的黑暗，殘忍地拆散，來來去去之間、先行後到之間，幾次旋轉，又相逢了。有血緣是本份之親，無血緣是福份之親。裝過糖的口袋還留著甜味，包過鮮花的手絹還藏著暗香，愛（或恨）隨著轉世輪迴形成密碼，經千百劫，在另一次人生裡與冤親債主相逢。

地獄思想是各宗教重鎮，在中國傳統文化裡，冥界之路十分險惡，鄉間喪俗，棺木前置一根長竹枝，掛一條豬肉，說是免於惡鬼阻路，刃割亡靈。此外，十殿閻羅各有所司，十八層地獄亦耳熟能詳，各層刑期及痛苦指數皆有詳細規定。可惜，在世間作奸犯科的人都不知道死後的「地獄管理條例及施行細則」，故不能防患未然。由此可知，陽世與冥界兩岸交流工作推行不力，主管高層應該滅薪或下台。地獄，不能自恃是「天營機關」（非國營機關）而不改革。不過，話說回來，若懂得改革，那還叫地獄嗎？

《地藏菩薩本願經》第五品述及「地獄名號」。普賢菩薩請地藏菩薩給護法四大金剛及未來、現在一切眾生做個業務簡報，介紹一下「罪苦眾生所受報處，地獄名號及惡報等事」，使未來世末法眾生知道果報詳情。地藏菩薩現場演講必然極為生動，或者是，在座神通者皆具有一字繫萬象的神力，話語即出，影像即傳輸至腦海，所以無須多費舌唇詳述，以致吾人閱讀此品，只見一連串專有名詞，卻不知其內容實況，狀似看PowerPoint，只見大標題不知影像，不像《神曲》描寫生動，俯拾即是：「此刻，他們正裸著身體，在那裡遭牛虻和馬蜂狠狠刺螫折磨。鮮血從他們的臉龐流淌下滴，和眼淚混在一起滴落腳邊，再遭令人噁心的蛆蟲吮吸。」讀之，彷彿觀看《陰屍路》恐怖影集。關於地獄，經中僅記：「閻浮提東方有山，號曰鐵圍。其山黑邃，無日月光。有大地獄，號極無間；又有地獄，名大阿鼻；復有地獄，名曰四角；復有地獄，名曰飛刀；復有地獄，名曰火箭；復有地獄，名曰夾山；復有地獄，名曰通槍……。」鐵圍山內，地獄之數無限，地藏菩薩更進一步闡述，有：「叫喚地獄、拔舌地獄、糞尿地獄、銅鎖地獄、火象地獄……鋸牙地獄、剝皮地獄、燒手地獄、燒腳地獄……。」琳瑯滿目，仍然只有名稱，總算到了後面有較具體的描述：「或有地獄，取罪人舌，使牛耕之；或有地獄，取罪人心，夜叉食之；或有地獄，鑊湯盛沸，煮罪人身……。」刑具及用刑的情形堪稱挖空心思、不擇手段，只是，未說明何種刑用來罰何種罪？這一點，《神曲》較有人力管理、業務分級觀念，各層地獄專管各類罪犯，譬如第一層幽域，關的是像我這種未領洗者；第七層地獄的第三圈，關放高利貸的，想必金融罪犯如坑殺政府勞退基金、掏空公司資產、惡性倒閉者，都會聚在這裡勞改，「他們的痛苦，使他們睚眥欲裂；雙手在左揮右拍，一會兒撥拋炎土，一會兒想把裂火抓滅。」魂叢裡，人人頸上掛著一個錢包，而且緊盯著自己的錢包不放。這種「死愛錢」的生動描寫，令我大開眼界。

地藏菩薩轄下的地獄總管理處，固然在管理、企劃、宣傳方面有待加強，然祂發願：「度脫六道一切罪苦眾生，眾生度盡，然後成佛。」讀來依然動人，觸及靈魂深處。罪苦眾生一句，道盡多少生之辛酸，所犯之罪有多少是因為無奈與絕望而鑄下的？若無福力救拔、解脫苦罪，如何可能？

「未來世中，若有善男子、善女人，聞是地藏菩薩摩訶薩名者，或合掌者，讚歎者，作禮者，戀慕者，是人超越三十劫罪。」

因懺悔故，獲福如是。一切罪障，悉皆消滅。

之二　牽亡魂

如果沒有冥界讓亡靈暫歇，讓生者有尋索的處所，那令人發狂的思念該怎麼安頓？

三十八年前我父猝逝，殯葬畢，家中哀傷猶如潮浪拍岸。恍恍然，會因遠處傳來摩托車聲以為他回來了，因不知是誰喊「阿爸」而奔至竹叢外小路看是不是他回來了？家中每個人各自陷入自己的幽冥感受，徘徊生死邊界，進一步退一步拉鋸著，忽然相信下一個轉彎他會完好地出現，忽然被巨刺刺中內心有個聲音竄出來：「他死了！」我此生第一次知道瘋狂邊緣是怎麼回事，才知道「哀痛」也可以算是無期徒刑。

族親中，有人探聽宜蘭某處有靈媒能牽亡魂，其功力高深，無牽不出者。我們全家加上熱心的族親，浩浩蕩蕩十多人出發。臨出門，在我父靈前稟告今日之行，請他的亡靈隨我們去靈媒處相見、說話，一炷香與衣服象徵他的存在，由我弟一路捧著。我們走很長的路，上公車時，呼請他：「阿爸，上車了」，下車亦是，接著換乘火車，下車再步行甚遠，一炷香續續不斷，一縷煙如亡靈相隨。

是一處民宅，外觀尋常，進了門嚇一跳，大廳裡等著牽亡的人總有五六十個，黑壓壓一室，不知是人多簷低因此顯得昏暗，還是此處既是幽冥海關所以尚黑。煙霧瀰漫，有靈媒自行供奉各路神明是以燃香不斷，有來牽亡者帶進來的亡靈之香，有阿公阿伯等候間互敬香菸；渺渺茫茫，猶如霧鎖陰陽河，生者與逝者隔岸相尋。看來都是如我家這般新喪的，四周是嘆息與低泣，人聲沉沉，偶夾一兩聲刻意壓下的嗽聲，肅立的人交耳低語，轉過頭各自擤了涕淚。

內有一間房，應是牽亡處。門開，一群人魚貫而出，多在抹淚。接待的人說，輪到我們了。他把表單交給靈媒，是個稍胖之婦，聲音低沉富磁性，長得不辨男女相了。表單上只寫我父姓名、身故日期及家宅所在地，其餘一切資料空白。房間不大，供奉神像，有桌有椅，香煙裊裊，光線昏暗。靈媒對著神案喃喃誦念、禱求，接著以一長條布夾著冥紙蒙住雙眼綁在頭上，持續誦念彷彿有問答，觀其背影，宛若已潛入冥界，探聽家住某地、某日交割報到的某某人士是否在此？請來與家人相見。不得音訊，似乎另往他處牢籠，再次探尋，忽然，靈媒止聲，靜默瞬間，猛然向後傾倒，其助手扶她躺臥長椅上，觀者皆明白亡靈已附身了。我母等人呼喚我爸名字，那靈媒竟出現痛苦狀，聲音微弱，說：「真痛！」

聽到這，全家已哭聲震耳了。往下如何對話，做小孩的我們聽不清。事後聽大人談論，約略提到對我嬤、我母的歉意，也對小孩勉勵一番，不過，族親問「他」有幾個小孩，說的又不盡然相符。臨了，有一件怪事，靈媒問，有一人也來了，你們願不願相見？問來者何人？靈媒沒說名字，只描述了長相。大人們一致猜測是逝去多年的一位鄰家老翁，我對這位四處漫遊的「伯公」印象深刻，他擅說鄉野故事，是童年時唯一說故事給我聽的人，我擠到前面，想聽聽他說什麼？料想如果是他，應有一番特別的言語來寬慰我們，怎料，只是一般寒暄，我大失所望。

離開靈媒之屋，依然以一炷香帶父靈回家。人人臉上腫了雙眼，一觸到外頭燦亮的陽光，幾乎睜不開。但情緒釋放了，原本壓在胸口的悲傷石塊，因為剛剛喊了兒子、喊了丈夫、喊了「阿兒」、喊了「阿爸」而崩去大半，竟流露出難得的輕鬆之感，甚至回味靈媒話語，開起半信半疑的玩笑。

冥界必須存在，好讓陰陽兩界能在淼淼幽光之中相會、呼喚、傾訴，愛必須有出口，死亡把出口堵住了，靈媒打開一縫，讓愛流淌，即使只有片刻如夢如幻，似真還假，也能療幾寸傷、止幾分痛。

十多年後，家人又聽說某山某宮某靈媒功力高強，能喚亡靈來會，竟又興起去牽我父之靈的念頭。我甚不以為然，事隔十多年，生死殊途，各奔前程了，何必有此一舉？他們自去，我懶得相隨。

事後，問家人，阿爸講啥？家人說，「阿爸」一出來，大家又哭得「麻麻號」（放聲大哭），講什麼，都沒聽到！我說：「要『麻麻號』，在家就可以了，何必花錢費時間跑那麼遠？神經！」大家尷尬一笑。死亡一事，若走到哭笑不得地步，表示外面陽光很燦爛了。

之三　返回

希臘神話（註3）裡，半神人英雄赫丘力必須完成國王交給他的十二道難題，才可升格為神。但當他完成任務，才知道一切都是徒勞，他失去家庭，變成飄泊浪子。有一天，他來到一個小國，遇到一件奇事。

國王亞德美圖斯深受人民愛戴，和美麗的王后過著幸福日子。詎料，國王的死期將近，保護神阿波羅告訴他，唯一化解之道是找個人代替他到地府去，即可免於一死。國王四處找尋可以替死的人，但愛戴他的人民個個沉默，低下頭來嘆息，沒有一個人願意替他死。即使是他的年邁父母也不願意放棄所剩不多的生命來拯救兒子。（我必須承認，我又再度心術不正地從投資報酬率的角度認定風燭殘年的老人應發揮剩餘價值去當兒子的「替死鬼」，我這念頭邪惡得不得了，將來恐怕要去但丁地獄七樓三室，幫金融罪犯「看」錢包。）時間迫近，王后站出來，願意赴死，她對丈夫說：「因為我愛你的生命甚於自己的生命，所以願意為你而死。我只請求你記住我所做的事，不要將我們的孩子交給後母，因為她可能會虐待他們。」她的丈夫含淚發誓，她活著是他的妻，死後也是他唯一的妻（唉，對「替死」這件事，我有很大的意見，但這不是此處重點，我也就自我克制不再多言了，以免要下降到但丁地獄八樓九室，那是關「製造分裂者」的地方，我才不要跟此刻浮現腦海的那幾個人關在一起）。

王后死了。不久，赫丘力漫遊到此，受到國王的禮遇與款待，但被宮中的憂傷氣氛弄得不悅，問僕人才知這等大事，他深感愧疚：「我竟然在哀傷的屋子裡戴著花冠飲酒作樂，告訴我，王后的墓在哪裡？」僕人指了方向。

赫丘力獨自站在墓前，深深地看著，彷彿瞧見墓穴裡那張姣好的臉龐，他並不悲傷，但這位大英雄做了決定：「我必須救活這個已死的婦人，將她帶回給她的丈夫、孩子！」

赫丘力埋伏在墓邊，等待前來取祭品的死神，一把捉住祂，激烈地與祂戰鬥，迫使祂返還王后。赫丘力帶著蒙著面紗的王后回到宮裡，當國王揭開面紗看到自己的妻子，激動得幾乎暈倒，赫丘力告訴他：「她現在還不能說話，也聽不到，到第三天拂曉，死亡的束縛才可以完全割斷，帶她回寢宮，慶祝你們的團圓吧，我得啟程了！」

赫丘力離去，國王在他後面大聲喊著：「你指引我回復到更美的生命，現在我不僅是幸福，並且以感恩的心體會到我的幸福了……。我們將懷著無限的感謝和愛戴紀念你，啊，宙斯的偉大的兒子喲！」

上一次我想到赫丘力，是數年前盛夏某日在捷運車廂裡。我與班級導師去醫院探視一位首次見面也是最後一次見面的家長，她已走到癌末，見到導師，蒼白的臉立刻揪成一團，沒有客套、寒暄，脫口第一句話說：「老師，我兒子不愛念書怎麼辦？……我沒有要他考第一名，可是只考一、二十分……！」句句都是滴血的話，孩子啊，你聽見了嗎？你能無動於衷嗎？她喘得很厲害，虛弱得無法繼續，情緒非常激動，但已流不出眼淚。她的身體枯槁，如裹著皮的骨架，腹水嚴重，下肢腫脹，次日將移至安寧病房。老師安慰她。然而，我以一個母親的心知道，她最想聽到的是孩子對她發誓，這一生不讓媽媽蒙羞！

臨別，我握著她的手說祝福的話，冰冷，像握著冰棒，我感受到她仍有很多牽掛，做母親的牽掛。她胸前掛著護身符，手上戴佛珠躺在床上閉著眼，只能微微點頭作別。

捷運車廂裡，我祈求慈悲的神解除她的痛苦，我願神的恩典降臨，讓她心中掛念的孩子們日以繼夜地對她承諾，讓一個年輕母親在溫暖且堅定的語句中放下牽掛，讓她原諒命運對她的無情摧殘。就在此時，我想起赫丘力充滿力量的話：「我必須救活這個已死的婦人，將她帶回給她的丈夫、孩子！」

四天後，她離開了。

之四　當神失去祂的所愛——贈蘇姊姊

主掌大地上一切耕耘的女神蒂美特，失去了祂的女兒。祂與宙斯生下美麗的女兒佩兒西鳳，蒂美特寵愛她像呵護大地上獨一無二的花卉。某日，在山野遊玩的佩兒西鳳，被冥王擄走，誘拐為妻。

蒂美特四處尋找失蹤的女兒。祂追蹤每一株作物的根鬚分佈，翻查每一片葉子是否隱匿了訊息，所有聽令於祂的土壤、作物、鳥雀、蜂蝶、川流甚至擅於鑽動的蟲族，都回報沒有看到佩兒西鳳的影子。傷心的母親在世間、地界徘徊，放聲大哭九天九夜，第十天，一位能透視萬象的神不忍心，告訴祂真相。蒂美特極度憤怒，她沒有能力闖入冥界奪回女兒，遂化作人類，穿粗布衣裳，失魂落魄地在人間漫遊。憤怒與哀痛侵蝕著祂的心，絕望的母親毀去地上一切農作物，使人間出現饑荒。宙斯只好安排佩兒西鳳一年有三分之二的時間回到母親身邊，其餘時間留在冥界。當母女相會，快樂的母親蒂美特恢復大地之母的慈愛與豐饒，讓地上一切作物發芽抽長，令叢花盛放，蜂蝶飛繞。當女兒必須返回冥界，蒂美特抑鬱不歡，地上萬物凋零，進入枯萎、酷寒。季節的輪迴因此而形成。

特洛伊戰爭希臘聯軍第一英雄阿基里斯，最被後人熟悉的不是荷馬史詩《伊利亞德》（註4）以他為主角頌揚其英雄事蹟，而是他的腳踝；「阿基里斯的腳踝」，用來指稱一個人的致命弱點，而「阿基里斯腱炎」更是復健科的熱門用語，除了足球老金童貝克漢有此一痛，吾輩小有年紀之人也常因跳國標舞——不，是踩空樓梯這種沒出息的理由必須跟它纏鬥一番。

海洋女神特蒂斯與希臘英雄佩遼斯神人通婚生下阿基里斯，這位母愛澎湃的女神疼愛兒子的程度不亞於地面上的農耕女神蒂美特。祂一心要剔除兒子身上的人類成分，握著他的腳踝，倒提著，浸入冥河（一說放入天火燒煉），使他聖潔。據傳，唯一沒煉到的就是腳踝，這成了致命點。阿基里斯還是個孩子時，預言家告訴特蒂斯，這孩子將來是個英雄，他是特洛伊戰爭希臘聯軍致勝的關鍵，但他也會死於這場戰爭。憂愁的母親傾全力要改變命運，祂替這面容俊美的男孩穿上女生衣服，當作女兒養大，甚至，長大以後，眼力最好的人也難以從一群妙齡女子中看出哪一個是他，不得不使出詭計，在房間放兵器，再吹緊急喇叭，女郎們四處竄逃，只有「她」拿起武器，準備作戰。

命運的棋局已定，青年阿基里斯固然具有雌雄同體、男女相共美的獨特氣質，但骨子裡流的是陽剛的英雄血，他躲不掉屬於他的那一場戰爭。

阿基里斯穿著金光燦爛的鎧甲——那是神祇送給他父母的結婚禮物，在戰場上驍勇善戰，令敵人聞之喪膽。可是，他對母親的依賴、呼求，甚至遇到難題時首先向母親哭訴的情形，完全是個長不大、被寵壞的孩子模樣。而特蒂斯對兒子疼愛之深、呵護之切、用情之專在希臘神話中亦是絕無僅有的，《伊利亞德》書中，特蒂斯對海洋女妖們說：「我做了人類中最好的人的母親，我養出了一個完美無瑕的兒子，使他去做一個威武的英雄！」若說兒子是母親前世的戀人，用在特蒂斯與阿基里斯這對母子身上是最恰當的。

特洛伊戰爭中，阿基里斯兩度向母親呼救。第一次，是希臘聯軍統帥阿加孟農奪去他的戰利品——一名與他相愛的美麗女子。憤怒的阿基里斯獨自跑到灰濛濛的海岸，望著蒼茫海面，哭了起來，對母親禱告：「母親啊，既然祢以一個女神的身分給了我生命，那在奧林帕斯的宙斯總該對我有幾分照應，可是祂對我毫不關心……。」這番話，真像受了委屈的兒子鬧起脾氣的言辭，不像英雄言論。做母親的聽到兒子哭喊，急忙自深海趕來，坐在哭泣的兒子身邊，用手撫摸他，柔聲地問：「你為什麼掉眼淚？什麼事讓你煩惱？不要把愁苦悶在心裡，告訴我，讓我替你分憂。」

阿基里斯深深嘆口氣，以略帶撒嬌的語氣說：「祢是知道的，既然知道了，為什麼還要我敘述事情的底細！」阿基里斯要媽媽去向宙斯求情，替他出口氣，幫助特洛伊人打勝仗好教訓教訓阿加孟農。這是違背宙斯與赫拉旨意的，特蒂斯不是不知道，但祂願意為兒子做任何事，果然飛到奧林帕斯山絕頂，見到宙斯，跪倒在地上，左臂抱住宙斯的雙膝，右手舉起撫著祂的下巴，為兒子請願。

阿基里斯罷戰期間，與他從小一起長大也是親密摯友的帕特羅克羅斯，借穿那套獨一無二的鎧甲上戰場，被誤認為阿基里斯，死於特洛伊王子赫克托之手，鎧甲也被他奪走。阿基里斯得知死訊，如墜入絕望深淵，雙手抓起泥土塗抹那張漂亮的臉，在地上哀嚎打滾，若非他人制止，幾乎要拔劍自刎。

阿基里斯發出可怕的狂叫，海洋深處的母親聽到了。

帕特羅克羅斯，在阿基里斯心中具有獨特地位，超越兒時同伴、軍中同袍關係，視作密友亦不為過，他曾言愛帕特羅克羅斯「愛得同我自己的性命一般」。他的死，改變了阿基里斯的態度。

阿基里斯第二次呼求母親。

洶湧的大海分開兩邊讓路，做母親的看到愛子躺在地上呻吟，大哭一聲奔過去捧著他的臉，無限憐惜。特蒂斯並未忘記那則預言，戰爭打到第十年，決戰時刻逼近了。阿基里斯自悲痛中奮起，誓言要回到戰場殺死赫克托，為摯友報仇。

特蒂斯含淚告訴他：「我的兒子，那麼你的青春生命也將斷送，因為命運女神規定，赫克托死後，你的末日也近了！」

阿基里斯，這位英姿勃勃，集純真稚童、女性氣質、美男子與英雄氣概於一身的傳奇人物，此時恢復成不可一世的英雄樣貌：「我要殺死赫克托，讓宙斯和神祇們規定的命運臨到我頭上罷，親愛的母親，不要阻止我！」

做母親的沒有阻擋，「你是對的，我的兒子。」但祂要兒子等著，「明天日出時，我會帶給你新武器，我回來前你不要出戰！」

特蒂斯火速趕到火神宮中，抱著祂的雙膝，請求祂為她已注定即將死亡的兒子製造一頂戰盔、一面盾、一副胸甲和有著護踝的脛甲。火神答應，說了一句：「如果我能救祢的兒子免於死亡，那該多好！」

破曉時分，阿基里斯仍然守著帕特羅克羅斯的屍體悲泣。特蒂斯捧來森然閃亮的武裝，放在兒子面前，那鏗鏘的金屬聲令人聞之膽怯。阿基里斯一見，垂泣的雙眼射出淩厲的光芒，他迫不及待地在母親面前全副武裝，特蒂斯露出微笑，祂如此驕傲，養出了一個完美無瑕的兒子。

阿基里斯離開前，吩咐眾人：「小心看著，不要讓蒼蠅落在帕特羅克羅斯的傷口上，玷汙了他美麗的身體。」

做母親的說：「這事交給我吧！」祂用香膏和美酒保護屍身。祂愛兒子，也愛兒子所愛。

勇猛的阿基里斯殺死赫克托，不久，如神諭所示，特洛伊的保護神阿波羅自雲霧中搭起神箭，一箭射中阿基里斯最脆弱的腳踝，他怒吼：「用冷箭射我的是誰？出來跟我面對面作戰！」說完，憤怒地拔出箭，但鮮血直流，他如巨岩轟然倒下。

赫拉斥責阿波羅：「祢殺死他是因為祢嫉妒他！」

在這場神與神、人與人、神與人的激烈戰爭中，不世出的人間英雄終究嚐到敗績，而神注定失去祂的所愛。

阿基里斯倒下，大地震動，染血的鎧甲鏗鏘作響有如轟雷。戰友們帶回他的屍體，為他洗浴，穿上出征時他的母親給他的華麗衣袍，雅典娜從奧林帕斯山俯視，心中充滿無限憐惜，用香膏灑在他的額頭上。這位善戰英雄的臉上褪去了戰爭所鏤刻的憤慨與苦惱，恢復稚童與美男子的表情，面容美麗且聖潔。

特蒂斯感應到兒子死了。祂從深海悲號而出，天色驟暗，海面掀起咆哮巨浪，整條海岸線幾乎被瘋狂的浪濤沖毀。每個人都知道，阿基里斯的母親來了。特蒂斯緊緊擁抱高大俊美的兒子，撫摸他的金色頭髮，親吻他，哭泣著，訴說著他帶給祂的快樂與驕傲，祂以他為永遠的光榮。所有人退到遠處，不敢打擾海洋母親與祂的愛子最後一別。地面被特蒂斯的眼淚淋濕，連太陽也無法曬乾。

英雄們為阿基里斯舉行火葬，每個人割下一綹頭髮作為殉禮。熊熊的火焰衝天，彷彿能讓奧林帕斯山上眾神的腳底發燙。禮成後，將靈骨裝在鑲金的箱子裡，和帕特羅克羅斯的放在一起，置於海岸最高處。讓深海裡的母親一眼望見，也讓這不朽的青年偎依著海洋。

依例，人們會為戰死的英雄舉行殯葬賽會，以武藝或體能競賽來分配逝者留下的物品。帕特羅克羅斯的殯葬賽會由阿基里斯主持，而阿基里斯的，該由誰主持？

海浪分開，傷心的母親來了，頭上戴著黑色面紗，命侍女取出許多輝煌貴重的獎品，包括兒子的兩匹神馬、戰車、器物及最寶貴的鎧甲。她吩咐英雄們開始比賽，徒步競走、摔角、拳術、射箭、擲鐵餅、跳遠……等，她把獎品頒給獲勝者。海洋母親的臉上依然有著悲愁的神色，但任誰都能從輕紗一般的海面推測祂的內心有了大平靜。擁有完美無瑕的兒子是事實，兒子戰死沙場也是事實，這兩件事同時存在；她親自主持殯葬賽會，既是面對、承認兒子死亡的事實，卻又不僅於此，祂必須這麼做，因為，一個完美無瑕的兒子理應得到母親的這種對待——為他劃下完美的人生句點，為他而勇毅，為他而恢復平靜。

當我讀到，把因意外而身亡的美麗女兒的臉刺青在胸口的父親，把猝逝的兒子的臉刺青在手臂的母親，我總是想到尋找女兒的蒂美特，無論如何要把摯愛擁入懷裡的那份刻骨銘心。當我讀到這樣的一首詩：

最後的第一次

原來天，真的，會塌下來
原來井邊那少女，為她
未來的小孩的厄運悲泣
並非與庸人同溫的笑話
杞人許是洞燭機先的哲人

從那年冬暮除夕，我們母子
留置醫院守你的初歲，開始
欣悅地收藏許多的第一次
總以為那些的點滴珍貝

將無止境地繼續向上堆疊
詎料不過一個橫行的浪頭
瀝血的沙堡登時崩毀無蹤

只好戮力倒置廣漠的沙灘
由忽忽流淌的時間之漏
去顯微每一粒閃爍的細痕
然隨處撞遇，盡屬最後的摺頁
最後一張留影於外公的壽宴
最後一通微帶哽咽的電話
最後一封應諾的電子郵件
⋯⋯⋯⋯⋯⋯
而今年凜冽凍雨的新歲初——
未插茱萸但永遠少了一人
在你的空位前擺著素麵
於闔上你單薄的半冊之後
終又能為你加添一筆第一次
你的第一個，第一個冥誕啊（註5）

當我讀到這樣的詩，我怎能不想起特蒂斯和祂的愛子？

在痛失子女的哀傷父母面前，才發現，我們對眼淚了解得太少，對悲哀體會得太淺，而說出的話語都是雜草。當神失去祂的所愛，號啕哀哭，一如凡人；當人失去所愛，號啕哀哭，與神無異。死亡診斷書上寫的死因僅供參考，每一個迸裂青春都有屬於他們的特洛伊戰爭，十年長征，飄泊在外，使他們倒下的，不是因為武藝不精、懦弱怯戰，是來自雲端的一支冷箭射中了腳踝，一如阿基里斯。

「我做了人類中最好的人的母親，我養出了一個完美無瑕的兒子。」賜給兒子鎧甲的是母親，把鎧甲當作殯葬獎品分贈出去的也是母親，母親的愛是海，死亡只是一顆石頭。

一顆石頭，怎能推翻海洋？

註1：《神曲》，但丁著，黃國彬譯，九歌。

註2：《莊子・至樂篇》

註3：《希臘羅馬神話與傳說》，葛斯塔夫・舒維普著，齊震飛譯，志文。

註4：《伊利亞德》，荷馬著，鄧欣揚譯，遠景。

註5：《昨夜風》，白雨著，自印。

悲傷終結

之一 最後的歌

——某年撿骨，置父親三十九齡之頭顱於掌上，刷其泥垢，凝睇甚久，有感。

沉默的秋日山崗　紫花霍香薊占領無人墓域
你的頭顱在我掌中發亮　不斷以閩南古禮呼喚你
據說飄泊的靈魂得以安息。

煤油燈閃爍你的身影　童年的我
躲在八仙桌底逗弄金龜子的翡翠翼
一根黑線綁住蟲腳　飛喲飛喲
逃不出我的手指

蟲影映在你的白衣上　你彎腰問我
躲在神桌底下玩什麼把戲
遂應驗鬼節那晚　你終於逃不過死神的捕魂繩。

然而你總該記得多雨黃昏
我獨自跪在你的墓庭低泣
辨識鴨跖草踐踏我們的痕跡
我確實是你預言中遲早要離鄉背祖的女兒
不斷收集浮雲　製造廢墟。

我竟無法告訴你的頭顱　世間仍有濃蜜值得牢記
海水漫過我的肩頭時　曾呼喚你指給我冥府之路
另一個世界也飄毛毛雨嗎
你居住之處有火宅與冰牢嗎
曾對陽世女兒預警碎骨之途嗎
為何我從未躲過劫數。

刷亮你的頭顱之後　你都乾淨了
決定放你走

從今起　不想不念不提起無須捨下
人生草草一場
我已習慣去空曠的地方放牧自己　並且隨身攜帶
一株盛開的蟹爪蘭
預先為我清除頭顱內的汙泥。

寫於一九九三年

之二　相逢月台上

深秋時分，一個尋常的清早，我伏案書寫，這本書剛進入末卷，死亡氣息在紙上瀰漫，筆尖常因回憶過於壅塞而停了下來。

來了一通電話。一位在大學任教的朋友，像熱心的路人，描述一段曲折的尋人路徑；她的學生幫一位外系學生問她，關於我的連絡方式，她問我願不願意給？我問：那學生為什麼找我？她提到一個名字，這個外系學生是這人的女兒！

這個名字重新出現，距他辭世已悠悠二十年了。

當日，電子信箱來了一封信。

簡媜老師，（或是可以改口叫簡媜阿姨呢）：

說實在的，寫這封信的時候我真的很緊張，不知道您是否還記得我的父親？也不知道您是否願意和我多說一點關於我父親的事情？總之很多複雜的情緒，包含著期待、緊張、擔心、與奮……諸如此類。

第一次聽到簡媜阿姨您的事情是奶奶提起的，當時我國一，去參加文藝營。那時候聽完您的演講，似懂非懂，然後我拿著書找您簽名和合影，卻不知道該如何向您提起父親的事情。

因為一份作業，需要畫出家系圖，所以我開始尋找我父親的資料，在網路上發現了您《胭脂盆地》寫的那篇〈大踏步的流浪漢〉，一面讀，一面認識了我的父親。

從以前到現在，都只是不斷聽著一些父親開朗有趣的一面，卻從來不知道其他的事。真的非常感謝您為我父親留下了這麼一些文字，讓我能夠拼湊出父親的模樣，讓我在二十一歲的這一年終於知道更多父親的事情，讀到了父親當時對我的期待。

真的很多很多的感謝。

本來想要親筆寫信給您的，但是不知道若是寄去出版社，您是否會收到，於是我請文學系的學妹幫我問系上老師，輾轉問到您的mail。

祝您一切平安，身體健康

L

我讀了又讀，試圖從字裡行間窺見二十年間一個生命的成長，以及如何在每一刻度成長過程隱藏「沒有父親」的缺憾。這缺憾，我是知道的。

我取出舊作，二十年來不忍再看，如今，因著這則電郵，鼓起勇氣重閱，往事逆風撲來，歷歷在目，讀到：「第二殯儀館告別式中，你的女兒，安靜地吮吸奶嘴，盯著爸爸的遺照看。她才一歲多，還不懂悲傷。等她長大學會認字，她會從這篇文章知道，她的爸爸在生命最後寫給簡阿姨的信中曾提到：『這孩子遺傳了我的面貌，看到她一天天長大，成了我的生命最大寄託。』她會了解父親的愛，以你為榮而堅強地替你活下來。」

忽然明白，在滄桑世間是有拈花微笑的可能的！依著文字的線索，這孩子找來了！我想這是天意——不，是二十年前以三十七歲英年而逝、看不到女兒長大的年輕爸爸的心意，他要我履行文字承諾，與他女兒見面，親口告訴她父親對她的愛！

L寶寶：

收到妳的信很開心，妳應該早點跟我認親的。

妳的爸爸活在很多人心裡，用他特有的溫暖的方式。

我第一次看到妳，是在妳爸爸的告別式上，沒想到妳這麼大了。如果你爸爸還在，一定是那種溺愛女兒到不像話的爸爸。

妳住哪裡？家人都好嗎？我很樂於跟妳見見面聊一聊，什麼時間方便？現在幾年級？快告訴我吧。

簡媜

簡媜阿姨：

大家都很好。我已經大四了，住在學校宿舍。我目前因為在實習，所以只有假日比較有空，平日的話，只有禮拜五的晚上。不知道這樣的時間對阿姨來說方不方便？

L

L：

我們在小碧潭捷運站碰面，妳一出捷運車廂就站在月台上，我們在月台上相認吧。我帶妳去一家咖啡廳，有個江阿姨也會來，她也是妳爸爸的同事。

簡媜

多麼奇異的約會，這樣的心情不是我這歲數的人該有的。小碧潭站，步出車廂的乘客一一往閘門走，我尋找高顴骨男子可能遺傳出來的女貌，有個年輕女孩的臉略有幾分相似，她也看了我，現在，月台上只有我跟她，我叫了名字，與她相認。

這一刻，我覺得，我彷彿是她爸爸。是個多麼光輝燦爛的女兒啊！是每個做爸爸的願意為她做牛做馬、恨不得放在口袋裡像保護公主一樣保護她的那種女兒。她落落大方，毫無時下女孩的浮華俗氣，謙和有禮，遺傳了她父親的樸實與獨立自主，是一匹可以馳騁的黑馬！

溫暖的咖啡廳裡，我們三人的祕密相聚像是失散多年的某種關聯又黏合了。某個剎那，我以為那個爽朗熱情、笑聲響亮的壯年男子回來了，我們三個下了班的同事窩在咖啡廳聊得正起勁，二十年風雨滄桑是牆角某一本捲了頁過期雜誌的封面故事，與我們無關。某個剎那，我閃過一個念頭，生與死並非割裂，其實一直接續著，只是換了形式。

我問：「成長過程，沒有爸爸陪伴，會不會覺得缺憾？」

她說還好，同學、老師都不知道。怎麼可能沒有缺憾，但聰明的孩子自有一套包紮傷口的法子吧！

分別後，又通了電郵。

L：

我與江阿姨都很高興與妳見面，看到妳長得又懂事又漂亮又有主見，真要嫉妒妳的媽媽嘍，有這樣可愛的女兒一定很滿足！

妳也幫我彌補了一些遺憾，知道妳這麼認真地要活出自己的人生，使我心裡因為二十年前失去一個好同事好朋友的遺憾得到了安慰，可見妳的存在是多麼重要！

我相信妳爸爸一定護佑妳，因為我絕對絕對相信，妳是他最愛的人！

深深祝福

簡媜

簡媜阿姨：

很開心能與您和江阿姨見面，在七張的月台上就看到您的身影，那時還在猜想是不是您？沒想到，直覺就這麼準。我想大概是緣分吧！

真的謝謝您們，告訴我很多我不曾聽過的關於父親的事情。當您問我過去那段時間是否有些缺憾時，想一想，當時是說謊的。我也因為失去父親，反而父親似乎成了我心中的神一般。

每當遇到困難或人生必須做出選擇時，我都會暗自問問「心中的父親」，我該怎麼做，該怎麼選擇？

至今想到父親，偶爾還是會難過，但更多時候，我還是從父親那兒得到很多的力量。」

我想像，「心中的父親」擁抱女兒的情景，是虛，卻也是實。

這一場相逢，冥冥之中彷彿是天意，要幫死神說幾句好話；消失的只是形體，從生下孩子的那天起，父愛或母愛，從未遠離。也彷彿在為我的書寫作結，如同二十年前他離世前所領悟的真理，這真理如今在我眼前印證：

生生不息。

之三　完成

天若有情天會老，地若無情地會荒。我們扎根於有情大地，仰望亙古無情的天，於其間遇合離散，領受悲歡愛憎，或長或短都叫一生。或許，生命的真諦，不在於帶走什麼，在於留下什麼？不在於如何開始，在於怎麼結束？即使是出生即夭折的嬰兒，都要奮力地在母親心中留下永難忘懷的嬰啼，更何況得壽之輩？若只擺著空攤子，醉生一場，又何必這一趟？若是埋首耕耘、盡情度日，得壽者衍育了子孫、善盡了職責，早逝者發揚了華采，以己身說一場生死大法，則皆是不虛此生。我們的生命，是他人死亡之延續，來日，我們的死亡也將啟蒙他人。生是珍貴的，死也是珍貴的，生只有一回，死也只有一次，我們惜生之外也應該莊嚴地領受死亡，禮讚自己的一生終於完成。

功德圓滿的人生，應該是指能讓生者在悲痛之中猶然感受到力量的；愛的力量、智慧的力量、道德的力量、奉獻到春蠶絲盡的力量、在崗位上燃燒至蠟炬成灰的力量，這力量鼓舞生者，鞭策來人，源源不絕，死亡不僅不能消滅反而彰顯了它的價值。即便是一家屋簷下，目不識丁的老農，胼手胝足種作，養護幼雛成人，傳下堅毅的精神，亦是大成就，一生圓滿。功德，豈只在頭銜而已。

而中途被迫離席的人，或心願未了，或壯志未酬，或難關未破，一生戛然而止留下未竟的篇章，那篇章必須由生者續筆、補綴，了卻心願、酬了壯志、破了難關，替他劃一個圓。是以，活著的人，除了活著自己的，也必須伸展臂膀，替逝者解除遺憾，讓他得以安息。死亡，豈是一無所獲之事？我們從中領悟愛之無限，願之無窮，領悟人生峰頂，那風景叫「無憾」。

當我們埋首耕耘、盡情度日，份內有多少寒暑不妨聽天由命，得多少福祿功勳，任憑浮雲去注定。生命的意義在付出過的每一滴汗水、品嘗過的每一口滋味、了悟的每一樁道理，匯整之後做出了給與——生命是為了其他生命而存在的，生接續了生，擴大了生，是以生生不息。

當休息的時刻來臨，有何可懼？死亡，是完整生命的一部分，更是一種完成。朽壞的獨木舟還給大地，卸下的包袱交給世間，愛留給心所繫的人，溫暖贈給四方，那遼闊的自由賞給靈魂獨享。

當此時，笑意自內心深處浮出，誰會在銀閃閃的地方等著，不再重要，無邊無際的自由與愉悅蕩漾而來，只存一念：

帶我走吧，風，
我是落葉，我是空。

尾聲

下著雨的冬天早晨，阿嬤啟程

這一篇是多出來的，或許是阿嬤的意思。

撰寫這本書期間，我被文字與例行性的勞務綁住，回去看阿嬤的次數銳減。秋天，來台接任的看護工作不到三個月竟偷跑了，為了重新開立巴氏量表，阿嬤又被折騰一次，「運送」到醫院給醫生看（電詢所謂到府開立量表，需等待月餘，最快的方式還是親自上醫院）。有一晚，我夢見阿嬤縮到很小，像嬰兒，在她旁邊有一隻變形大蜘蛛，夢中的我一掌將它擊殺，此時卻看見已過世的親人的背影。醒來，不明所以。等待新看護期間，屘姑與我輪值回家協力，她得此機會與老母共眠數夜，我不過夜，其實只是帶筆電回去敲打，與我母閒磕牙，順便做一點輕省的小幫手而已。用過午膳喝過咖啡，叫一聲：「阿嬤，我要回去煮飯了！」她或是沉睡或是盹坐，沒有回應。

阿嬤活在昏暗搖晃的夜行列車裡，暈暈然，似睡非睡，季節風雨潲不進來，拂窗的樹枝打不進來。我們是查票員：「阿嬤，我誰人你知莫？」她掏了老半天，掏出殘缺不全的票。查票員查得太勤了，她乾脆答以：「不知啊！」逃票無罪，耍賴有理。有時，列車見了天光，她又清楚得很；我母逗弄她：「姨啊，妳女兒要來幫妳剪頭毛，順便染一染好不好？」她抖動嘴巴，表情正經地說：

「剪就好，莫染！」惹得眾人嘖嘖稱奇，此時的她是個老嬰兒，說了一句可愛的話被無聊的大人視作綸音。

秋深，小妹買了蛋糕，對她說：「嬤，妳今仔日生日，我買雞卵糕給妳呷。」她清楚地回答：「莫睬錢（浪費）！」妹問：「妳知影妳幾歲莫？」她答：「不知啊！」妹說：「妳一百歲嘍！」她腦中那渾沌天地忽然閃過明光，驚答：「啊，有這多！」

於今想來，天機觸動了。那一個我們從小熟稔的精明、膽識、果斷的阿嬤從腦中苔深露重的幽暗角落鑽了出來，開始測量時間。

匍匐二十六萬字之後，這本書在十一月底完成主體結構，剩下的只是繡面。我過了幾天身輕如燕的日子。十二月初，冷雨連綿的早晨，正是上班上學開始幹活的時刻，我打開電腦，精工修繕〈冥界神遊〉與〈悲傷終結〉兩篇，電話響了起來。

雲妹口氣急促，外傭電她，阿嬤情況不對，要看醫生。她在辦公室當天要發薪走不開，問我能不能回去帶阿嬤看病？我說可以，正準備出發，她又來電，是不是叫救護車較快？我說，叫救護車也得有人在那兒接應才行。我知道我母人在宜蘭參加親戚的告別式，小弟上班了，最有可能還沒出門的就是住附近的大弟，我電他，人在哪裡？他竟說：桃園。我當下像遭到雷擊，怎麼所有人都不在！幸好我家中老同學尚未上班，火速載我回去。途中，雲妹又來電，她也要趕回來了，因為外傭在哭，阿嬤很喘。

我一到，衝過去，阿嬤像睡著一樣，就是平常的樣子，身體熱呼呼的。我叫她：「阿嬤！阿嬤！我敏媜啦！阿嬤！阿嬤！」她都沒應。我從她的臉讀出她已準備離開了。我摸她的手，是熱的，而我的手是冰的，無法感覺出脈搏。我爬上床，趴在她的胸口，聽心跳，起初彷彿有微弱的感覺，但接著就聽不到，我又靜靜聽了一會兒，確定靈敏的耳朵已聽不到任何搏跳。當下決定不必叫救護車，阿嬤已啟程了。

我握著她還溫暖的手，輕輕摩娑她的心口，像幼時我們生病時她摩娑我們的胸口減緩病苦一樣，對她說：「阿嬤，妳現在都沒病痛，沒煩惱，也沒有委屈了，妳要隨佛祖去極樂世界，去快樂的所在。多謝妳一世人為我們犧牲，我阿爸死後妳把我們養大！……」我跪在床上，握著她的手，此時才發現她身上穿著跟我一模一樣的白棉襖，多年前我買兩件，一件給她一件自穿。生死相別的當口，前路茫茫，雨霧漫漫，我們祖孫以衣相認。

屘姑與家人一一進門，我母與二姑也自宜蘭趕回，叫她，跟她說話。「阿嬤，妳現在眼睛金朵朵，腳也能走了，不要走錯，要去極樂世界！」「姨啊，以前怕妳傷心不敢告訴妳，妳的大女兒跟兩個女婿也去極樂世界了，妳若看到他們不要驚，要一起隨菩薩去極樂世界！」淚水在每一張臉上流溢，叫姨的、叫阿嬤的、叫阿祖的，圍繞在她四周說感謝的話，連在美國的外孫也透過電話在她耳畔低語，送她這一程。

雲妹備了紅包袋放在阿嬤手上當作手尾錢，我母拿出早已備妥的衣服，一媳、二女、三個孫女齊手為她裝扮，「阿嬤，妳身軀放軟，我們要幫妳穿水水，戴手鐲戒指。」二姑熟稔古禮，由她指示著裝，我母為她梳頭，最後，在腰間繫上我母做的荷包袋，袋內裝銀紙，二姑持剪刀剪下一截帶子，說：「姨啊，短的妳帶去，長的留給子孫做家火（財產）。」

彷彿預演過，彷彿另有一個睿智的阿嬤超脫肉體束縛，調兵遣將安排這一切；她知道什麼時候、什麼事該找什麼人。一切是巧合，但也可能不是巧合。她知道我一整年陷入生死主題書寫，回顧過她的一生，思索過死亡，心理力量已與以前不同。她把所有人調開，指定我回去，她知道我會理智地為她做出一個最呵護她的決定，不讓她經歷無謂的醫療急救最後狼狽地離開，她知道自小疼愛的長孫女有足夠的膽量幫她顧好往生的路口，讓她在自己家裡自己的床上，無驚怖無折磨無阻撓，平安地跨過生與死的門檻，卸下背了一百年的人世。

阿嬤往生的路走得安詳平順，乾乾淨淨，沒有任何藥味臭味，換上厝姑為她買的漂亮衣服，家人好好地跟她說話，跟她告別。這是多麼大的福氣，多麼平安的事。雖然不捨，但想到她百歲善終，心中感到寬慰，覺得老天很疼我們的阿嬤，賜給她這麼難得的句點。或許，這就是她要的，她不要子孫因她而勞頓奔波、哀傷悲痛，她一生最重視的就是家庭，用家的溫暖送她，她才能一直住在我們的心裡，溫暖我們。

一個苦命的絕望女人活了下來，只有一個理由：愛，阿嬤愛我們所以活下來。她布滿哀哭的一生，留下的財富也只有一個字：愛。

阿嬤成為我們的祖產。

寫於二〇一二年十二月五日，阿嬤成仙日

簡媜作品

1 水問　一九八五／散文／洪範
2 只緣身在此山中　一九八六／散文／洪範
3 月娘照眠床　一九八七／散文／洪範
4 私房書　一九八八／札記／洪範
5 下午茶　一九八九／散文／大雁，一九九四由洪範重出
6 夢遊書　一九九一／散文／大雁，一九九四由洪範重出
7 空靈　一九九一／散文／漢藝色研
8 胭脂盆地　一九九四／散文／洪範
9 女兒紅　一九九六／散文／洪範
10 頑童小番茄　一九九七／散文／九歌
11 紅嬰仔　一九九九／散文／聯合文學，二〇一九由印刻重出
12 天涯海角　二〇〇一／散文／聯合文學，二〇二〇由印刻重出

電子書

1 老師的十二樣見面禮　二〇一九／散文／印刻
2 我為你灑下月光　二〇一九／散文／印刻
3 誰在銀閃閃的地方，等你　二〇一九／散文／印刻
4 吃朋友（策畫／撰寫）　二〇一九／散文／印刻
5 紅嬰仔　二〇一九／散文／印刻
6 陪我散步吧　二〇二〇／散文／印刻
7 天涯海角　二〇二〇／散文／印刻
8 十種寂寞　二〇二一／小說／印刻
9 女兒紅（重修版）　二〇二一／散文／印刻
10 胭脂盆地（重修版）　二〇二一／散文／印刻
11 夢遊書（重修版）　二〇二一／散文／印刻
12 只緣身在此山中（重修版）　二〇二一／散文／印刻

13 月娘照眠床（重修版）　二〇二一／散文／印刻

14 好一座浮島（重修版）　二〇二三／散文／印刻

15 微暈的樹林（重修版）　二〇二三／散文／印刻

INK PUBLISHING 文學叢書 350

誰在銀閃閃的地方，等你 增訂版

——老年書寫與凋零幻想

作　　者　簡　媜
繪　　圖　簡　媜
總 編 輯　初安民
責任編輯　陳健瑜
美術編輯　黃昶憲
校　　對　簡　媜　陳健瑜

發 行 人　張書銘
出　　版　INK 印刻文學生活雜誌出版股份有限公司
新北市中和區建一路 249 號 8 樓
電話：02-22281626
傳真：02-22281598
e-mail：ink.book@msa.hinet.net
網　　址　舒讀網http : //www.inksudu.com.tw

法律顧問　巨鼎博達法律事務所
施竣中律師
總 代 理　成陽出版股份有限公司
電話：03-3589000（代表號）
傳真：03-3556521
郵政劃撥　19785090　印刻文學生活雜誌出版股份有限公司
印　　刷　海王印刷事業股份有限公司

港澳總經銷　泛華發行代理有限公司
地　　址　香港新界將軍澳工業邨駿昌街 7 號 2 樓
電　　話　852-27982220
傳　　真　852-27965471
網　　址　www.gccd.com.hk

出版日期　2013年 3 月　初版（六十五 刷）
出版日期　2022年 7 月 15 日　二版 二 刷
ISBN　978-986-387-584-0

定　　價　560元

國家圖書館出版品預行編目資料

誰在銀閃閃的地方，等你
——老年書寫與凋零幻想（增訂版）／簡媜著；
－－二版，－－新北市中和區：INK印刻文學，
2022.6　面；17×23公分（文學叢書；350）
ISBN　978-986-387-584-0（平裝）
863.55　111007340

舒讀網